Aesthetics and Poetics

美学与诗学

——张晶学术文选

张晶 著

第五卷

中国社会科学出版社

图书在版编目 (CIP) 数据

美学与诗学：张晶学术文选：全 6 卷 / 张晶著 . —北京：中国社会科学出版社，2017. 5

ISBN 978 - 7 - 5161 - 6184 - 5

Ⅰ. ①美…　Ⅱ. ①张…　Ⅲ. ①古典诗歌 – 诗歌研究 – 中国 – 文集②美学 – 中国 – 古代 – 文集　Ⅳ. ①I207. 22 – 53②B83 – 092

中国版本图书馆 CIP 数据核字 (2015) 第 117585 号

出 版 人	赵剑英
责任编辑	曲弘梅
责任校对	张晓东
责任印制	戴　宽

出　　版	中国社会科学出版社
社　　址	北京鼓楼西大街甲 158 号
邮　　编	100720
网　　址	http：//www. csspw. cn
发 行 部	010 – 84083685
门 市 部	010 – 84029450
经　　销	新华书店及其他书店

印刷装订	北京君升印刷有限公司
版　　次	2017 年 5 月第 1 版
印　　次	2017 年 5 月第 1 次印刷

开　　本	710×1000　1/16
印　　张	195. 5
字　　数	3595 千字
定　　价	498. 00 元（全六卷）

目　　录

（第五卷）

辽金元诗学

金代诗人赵秉文诗论刍议 …………………………………………………（3）

试论金代女真民族文化心理的变迁

　　——兼议女真人的诗歌创作 ……………………………………（8）

金代诗人王庭筠诗歌创作摭论 ……………………………………（18）

金代女真与汉文化 …………………………………………………（28）

金代女真词人创作的文化品格 ……………………………………（35）

从李纯甫的诗学倾向看金代后期诗坛论争的性质 ………………（44）

金诗的北方文化特质及其发展轨迹 ………………………………（59）

不应忽视的辽代诗歌 ………………………………………………（71）

论元散曲的"陌生化" ………………………………………………（77）

论元好问的诗学思想 ………………………………………………（88）

论金诗的历史进程 …………………………………………………（94）

论金代教育的儒学化倾向及其文化功能 …………………………（113）

论金诗的"国朝文派" ………………………………………………（121）

论遗山词 ……………………………………………………………（132）

耶律楚材诗歌别论 …………………………………………………（143）

乾坤清气得来难

　　——试论金词的发展与词史价值 ………………………………（149）

王若虚诗学思想得失论 ……………………………………………（159）

金代文学批评述论 …………………………………………………（168）

元代诗人刘因初论 …………………………………………………（177）

元代后期少数民族诗人在元诗史中的地位 ………………………（188）

关于元代文学批评的几个问题 ……………………………………（196）

金代文化变异与女真诗人风格 ……………………………………（203）

论戴表元的诗学思想及其在宋元文学转型中的历史地位 ………（215）

元代正统文学思想与理学的因缘 …………………………………（224）

元代后期诗风的变异 ………………………………………………（240）

元代诗歌发展的历史进程 …………………………………………（245）

生机与汇流：民族文化交融中的辽金元诗歌 ……………………（261）

李纯甫的佛学观念与诗学倾向 ……………………………………（286）

《中国古代文学通论·辽金元卷》绪论 …………………………（296）

《中国诗歌通史·辽金元卷》绪论 ………………………………（308）

山水诗的承续与发展 ………………………………………………（321）

《中国书画》画论系列 ……………………………………………（394）

　董逌以"天机"论画 ……………………………………………（394）

　宗炳《画山水序》中的"山水有灵"观念 …………………………（396）

　画中之"化" ……………………………………………………（398）

　"无一点尘俗气"：山谷的标准 ………………………………（399）

　瘦硬通神：杜甫的诗画审美观 …………………………………（401）

　苏轼对于王维、吴道子的轩轾 …………………………………（404）

　画中"天趣"的获得 ……………………………………………（406）

　造化的节律 ………………………………………………………（408）

　恽南田对"逸"的发挥 …………………………………………（410）

　谢赫以奇论画 ……………………………………………………（412）

　咫尺万里之势 ……………………………………………………（415）

　顾恺之的"晤对通神" …………………………………………（416）

书序　书评

哲理的诗化生成

　——王充闾《诗性智慧》序 ……………………………………（421）

读《中国前期文化—心理研究》 …………………………………（425）

回归文学本身——读詹福瑞新著《不求甚解》 …………………（430）

吕木子《中国电视剧批评的科学精神》序 ………………………（435）

王韶华《元代题画诗研究》序 ……………………………………（438）

杨忠谦《政权对立与文化融合
　　——金代中期诗坛研究》序 ………………………………… （441）
夤夜断想
　　——谭旭东《重构文学场：当代文化情境中的传媒与文学》序 …（445）
李汉秋先生与李韵《关汉卿名剧赏析》序 …………………… （448）
京华的晨思
　　——王鹏《电视动画艺术价值论》序 ……………………… （452）
世纪的哲思
　　——读张世英新著《中西文化与自我》 …………………… （455）
张国涛《电视剧本体美学研究》序 …………………………… （461）
刘洁《美境玄心》序 …………………………………………… （465）

辽金元诗学

金代诗人赵秉文诗论刍议[*]

  论及金代文学，不可亦不能不对赵秉文这样的一代文宗避而不谈。作为金源士大夫的领袖，他在金后期主盟文坛多年。他曾多次主持进士考试，这就使更多的士子直接受到他的审美标准的左右。由于他的"金士巨擘"的威望、礼部尚书的地位以及他数量极丰、成就较大的创作实践，因此，他的论诗主张和诗风倾向，在当时和后来的诗坛上都发生了深刻的影响。在探索金诗的途程中，赵秉文是一座不可迂回过去的高峰。

  赵秉文（1159—1232），字周臣，号闲闲老人，磁州滏阳人。在金代允称一代文宗，其学术建树是多方面的。"上至六经解、外至浮屠（佛教）、庄老、医药丹诀，无不究心。"① 今存赵秉文诗文集《闲闲老人滏水文集》20卷，附补遗一卷，系赵秉文晚年亲自编定，当时另一文坛渠帅杨云翼为之作序。②

  赵秉文在诗歌、书法方面成就尤大。其诗歌创作在金诗中更有举足轻重的地位，存于《滏水文集》中的，就有古近体诗600余首，而且在艺术上有很高的成就。他的论诗主张，在金代后期诗坛上，影响尤深，值得认真探索。

  金诗的发展走过了一个独特的历程，也可以说是一个特殊的圆圈或云螺旋。这个圆圈或螺旋的起点是所谓"借才异代"。金代文坛上的第一批亮星，都是由宋入金的著名文士，他们的诗作自然而然地有着宋诗的姿态和气格。金诗是从这里开始它的螺旋式发展的。在这种发展中，女真民族那种原有的质朴、原始的文化—心理特点，在较深的层次中起着作用，使得金诗的发展途程走着自己独特的路，而没有完全"皈依"宋诗。比起宋诗来，它

---

  ① （金）刘祁：《归潜志》卷1，中华书局1983年版，第6页。

  ② 《金史·赵秉文传》云《滏水集》30卷，疑即20卷之误。

较为自然、较少用典，没有那么多的"头巾气"。然而到了金代中期，由于世宗、章宗的崇尚文治，金代社会也完成了封建化，金代统治集团也愈来愈丧失了刚健勇武的气质，而趋尚于靡丽奢华，这个时期的诗风也成为前期诗歌的一个否定性环节。刘祁所说的"明昌、承安间，作诗者尚尖新"①，是有其较为显明的文化背景的。中期以后，金诗的发展呈现出"二水分流"的形势，也就是呈现出两种截然不同的诗风倾向：一种是以李纯甫为代表的奇崛峭硬的诗风，这派诗总的特点是气势豪肆、意象奇崛、硬语盘空；另一种就是以赵秉文为代表的平淡含蕴的诗风，这派诗总的特点是近于盛唐诗风，含蓄蕴藉，意境淡远。这两种诗风在扭转金中期那种尖新浮丽的诗风的问题上，初衷是一致的，而且也收到了逆挽之功。但在金诗应该走哪条道路、怎样发展的问题上，二者有着明显的分歧和争议。南渡以后，这两种诗风似乎仍然在并存而且各自发展着。金诗的终结，也就是这个圆圈或螺旋的终点，正是对金代中期那种"尖新浮丽"诗风的又一个否定，这个终点正是元好问那些悲愤深沉、充满忧患意识的篇什。

赵秉文的诗论和诗歌创作，应该置于这个圆圈或螺旋之中来加以考察，这样，才能恰如其分地评价赵秉文在金诗发展中的地位和作用。如果孤立地来看赵秉文，便可能得出较为偏颇或者表面的认识。

赵秉文没有诗论专著，他的诗学观点主要见于他的《答李天英书》、《答麻知几书》、《竹溪先生文集引》以及刘祁《归潜志》中的有关记载。可征文献虽然不多，但其诗论有着鲜明的一贯性。从整体看来，赵秉文主张多师古人，兼学诸体，反对只恃才性不积学养，而在诗歌风格上更重含蓄蕴藉，对奇怪峭硬的诗风深致不满。

在继承和创造的关系问题，赵秉文主张多方师承，尽得诸家之长，而十分反感恃于才性不积学力的做法。他对李经就有这样的微词："足下天才英逸，不假绳削，岂复老夫所可拟议，然似受之于天而不受之人。"② 他对麻九畴也有过中肯而挚切的批评："大抵一时才人，多恃聪辨。少积前路资粮，故佛谓之福慧两足尊。足下无乃近此类，尚何怨耶。"③ 他认为在诗文书法等门类的艺术创作中，都应该广师博采，全面继承古人的长处："为文

---

① （金）刘祁：《归潜志》卷 8，中华书局 1983 年版，第 85 页。

② （金）赵秉文：《答李天英书》，见张金吾《金文最》卷 43，中华书局 1990 年版，第 780 页。

③ （金）赵秉文：《答麻知几书》，同上书，第 783 页。

当师六经、左丘明、庄周、太史公、贾谊、刘向、韩愈；为诗当师三百篇、
离骚、文选、古诗十九首，下及李杜，学书当师三代金石，钟、王、欧、
虞、颜、柳，尽得诸家之长，然后卓然自成一家。"① 赵秉文这种强调"得
诸人之长"的主张，虽然并不是新鲜的见解，但却成为其诗论中的一个显
著特色，他虽然也提到要"卓然自成一家"，但其着重点还是放在"得诸家
之长"上。由此，他进而主张一个诗人的创作应该"多体化"，不应该只有
一体。与赵秉文、李纯甫等人过从甚密的刘祁记述赵李之间的诗学纷争说：
"赵闲闲教后进为诗文则曰：'文章不可执一体，有时奇古，有时平淡，何
拘？'李尝与余论赵文曰：'才甚高，气象甚雄，然不免有失支堕节处，盖
学东坡而不成者。'赵亦语余曰：'之纯文字止一体，诗只一句去也。'"②
不难看出，赵秉文赞成一个诗人的作品不拘一体，而不满于拘执一体。这里
面所说的"体"，实际上是指风格而言。

　　就理论而言，主张广师博采，"得诸家之长"，不但没有什么荒谬之处，
而且是很有见识的正确见解。任何艺术上的创造，都不是撇开传统另起炉
灶，而是在继承基础上的创造。有意摒弃文化遗产，想通过对传统的遗弃，
来凭空创造新的东西，都是虚妄的。然而，继承的目的在于创造，"得诸家
之长"后，要加以熔铸贯通，来发展自己的独特之处，"卓然自成一家"。
如果仅是师法诸家，徒得各家之形貌，却未能熔铸成属于自己的独特风貌，
恐怕是难以在诗歌发展史上有多大新的贡献。联系赵秉文的创作情况看，
"得诸家之长"的特点较为突出，而"卓然自成一家"却尚欠火候。诗人有
意无意地仿效一些著名诗人的体格，很多诗句是几乎搬用前人成句，未能融
会成自己独创的新意境。李纯甫说他"有失支堕节处，盖学东坡而不成
者"③，批评得很中肯。

　　在诗歌的艺术表现和抒情写意的关系上，赵秉文强调前者应从属于后
者，形式要适应诗人抒写胸臆的需要。他认为："文以意为主，辞以达意而
已。古之文，不尚虚饰，因事遣辞，形吾心之所欲言者，间有心之所不能言
者，而能形之于文，斯亦文之至乎！譬之水不动则平，及其石激渊洄，纷然

---

① （金）赵秉文：《答李天英书》，见张金吾《金文最》卷43，中华书局1990年版，第
781页。
② （金）刘祁：《归潜志》卷8，中华书局1983年版，第87页。
③ 同上书，第87页。

而龙翔，宛然而凤蹙，千变万化，不可殚究，此天下之至文也。"① 人的内心宇宙风云翻覆，千变万化，艺术表现应该不拘一格地适应这种诗人思想感情变化的需要，把诗人的情感世界表现得更为真切完美。"辞以达意"也不是新鲜的见解，孔子早就提出"辞，达而已矣"② 的著名命题，但是，赵秉文在金代中期以后的文坛上，倡导这种观点，无疑是有着特殊的历史意义的。金代科举取士，词赋是极为重要的一科。"词赋进士，试赋、诗、策论各一道"③，科举录取过程中评定诗文优劣的衡量标准，直接影响到社会上的诗文风气。金代中期科举选士形成严重的弊病。《金史》载："金自泰和、大安以来，科举之文其弊益甚。盖有司惟守格法，所取之文卑陋陈腐，苟合程度而已，稍涉奇峭，即遭绌落，于是文风大衰。"④ 科举这种弊病，主要是恪守诗赋声律而不论其内容。"今之士人，以缀缉声律为学"⑤，赵秉文对这种积弊表示了极大的不满。为了扭转这种"卑陋陈腐"的文风，他利用主持科举考试的权柄，不顾那些庸滥文人的极力反对，而毅然改变这种陈腐不堪的取士法。《金史》载："贞祐初，秉文为省试，虽格律稍疏而词藻颇丽，擢为第一。举人遂大喧噪，愬于台省，以为赵公大坏文格，且作诗谤之，久之方息。俄而献能复中宏词，入翰林，而秉文竟以是得罪。"⑥ 赵秉文这个举动，与北宋欧阳修在嘉祐二年（1057）知贡举时痛革科场积弊、刷新文风有异曲同工之妙，同时，也的确需要欧阳修式的魄力和胆识。赵秉文此举的意义主要在于破除了只以声律为标准取士的科场积弊，扭转了文风趋向。

在诗歌风格上，赵秉文虽主张"不拘一体"，但更倾向于含蓄蕴藉的风格，而不满于李纯甫一派奇崛峭硬的风格。这在赵、李之间的诗论争议中，表现得最为明显。刘祁记述赵、李之间论诗标准的异同："赵于诗最细，贵含蓄工夫，于文颇粗，止论气象大概。李于文甚细，说关键宾主抑扬；于诗颇粗，止论词气才巧。"⑦ "赵闲闲论文曰：'文字无太硬，之纯文字最硬，

① （元）赵秉文：《竹溪先生文集引》，见《闲闲老人滏水文集》卷15，中华书局1985年版，第205页。

② 杨伯峻：《论语译注》，中华书局1980年版，第170页。

③ （元）脱脱等：《金史》卷51《选举志》1，中华书局1975年版，第1134页。

④ （元）脱脱等：《金史》卷110，中华书局1975年版，第2427页。

⑤ （金）赵秉文：《复麻知几书》，见（清）张金吾《金文最》，中华书局1990年版，第783页。

⑥ （元）脱脱等：《金史》卷110，中华书局1975年版，第2427页。

⑦ （金）刘祁：《归潜志》卷8，中华书局1983年版，第88页。

可伤！'"① "赵闲闲尝言，律诗最难工，须要工巧周圆。……又尝与余论诗曰：选诗曰：'南登灞陵岸，回首望长安。''朔风动秋草，边马有归心。''明月照高楼，流光正徘徊'，此其含蓄意几何？又曰：小诗贵风骚，今人往往止作硬语，非也。"② 从上述这些记述中，可以明显地看出，赵秉文对李纯甫、雷渊等人诗中那种奇峭突兀、硬语盘空的诗风表示出一贯的不满和非议，而努力提倡盛唐诗歌那种含蓄蕴藉的风格。这实质上是赵秉文等人对以李纯甫为代表的奇硬诗风的共同看法。

在目前本来就很少的谈及金代诗论的著述中，几乎都这样认为，赵秉文、王若虚等人对李纯甫等人奇硬诗风的批评，是现实主义对形式主义的斗争。李纯甫为代表的这些诗人，成了"形式主义逆流。"我以为这种观点未必妥当。李纯甫的诗风以奇崛峭硬著称，这是事实，但其诗中有深厚的现实内容，有充实激越的情感因素，李纯甫诗那些奇特的意象、奇拗的诗语，不是无病呻吟，斥之为"形式主义"是表面化的看法。赵、李之间的诗论分歧是不同风格间的争议，而谈不上是现实主义对形式主义的斗争。在扭转章宗时期那种尖新靡丽诗风的过程中，赵、李同是有力于此的关键人物，他们有着同样的功绩；所不同者只不过是把金诗导出泥淖后分成了两种不同的流向。

---

① （金）刘祁：《归潜志》卷 8，中华书局 1983 年版，第 88 页。
② 同上书，第 85 页。

试论金代女真民族文化心理的变迁*

——兼议女真人的诗歌创作

一

每个民族都有属于它自己的文化传统。这种文化传统，产生了与之对应的、特定的民族文化心理结构。这种民族文化心理结构，从历时性看来，是长期的文化积累、冲突、变迁动态发展而致，而不是一个恒定的凝结体。金代社会，作为统治主体的女真民族，在文化心理上经历了一个深刻的变迁过程。如果能够描述出这个过程的大致轨迹，对于金代社会研究将是不无裨益的。

在金朝开国之前，女真人的原初文化心理处于混沌状态。作为一个游猎民族，女真人是以性情剽悍勇猛著称的。由于文化形态的落后，女真人当时那种混沌心态，与开化民族相比，似乎还是一个分不清自身和客体的婴孩。他们甚至没有明确的生命意识，不懂得个体生命的价值："其人戆朴勇鸷，不能别死生。"① 也没有明确的时间观念："不知岁月晦朔。"② 同时，也没有任何行为规范的约束："生女直无书契，无约束，不可检制。"③ 即使是在金王朝开国初期，女真人还没有明确的尊卑观念："胡俗旧无仪法，君民同川而浴，肩相摩于道。民虽杀鸡，亦召其君而食，灸股烹脯，以余肉和蔡菜，捣臼中糜烂而进，率以为常。"④

然而，在金王朝立国以后，女真民族的文化形态得到了极大的提高。在

* 本文刊于《中央民族学院学报》1988年第4期。

① （宋）洪皓：《松漠纪闻》，吉林文史出版社1986年版，第21页。

② （元）脱脱等：《金史》卷1，中华书局1975年版，第4页。

③ 同上书，第3页。

④ （宋）洪皓：《松漠纪闻》上，吉林文史出版社1986年版，第33页。

高度发达的汉文化的深刻影响下，女真社会迅速地完成了从奴隶制向封建制的转化，在几乎是一片空白的文化基础上，构筑起封建关系的大厦。在文学艺术、典章礼乐、伦理道德、科举教育、国家机器诸方面，都大量地吸收、融合了汉文化。灭辽侵宋的战争是女真人接受、吸收大量的汉文化的真正起点。在某种意义上，战争充当了文化传播的媒介物。女真人此时不是作为匍匐在中原天子脚下不敢仰视的朝拜者，而是作为不可一世的军事征服者驰入中原的。只有在这种情势下，他们才能将大量的中原文化纳入女真文化系统中，大大提高了民族文化的层位。当徽、钦二帝作为阶下囚战战兢兢地被掳往塞北时，大量的中原文物也尽入女真铁骑的囊橐。于是，女真民族不可回避地、同时也是自觉地接受汉文化的渗透与濡染。我们不妨仅举礼乐一端，来看女真人是如何有意识地吸收汉文化的：

> 金人之入汴也，时宋承平日久，典章礼乐粲然备具。金人既悉收其图籍、载其车辂、法物、仪仗而北，时方事军旅，未遑讲也。既而，即会宁建宗社，庶事草创。皇统间，熙宗巡幸析津，始乘金辂，导仪卫，陈鼓吹，其观听赫然一新，而宗社朝会之礼亦次第举行矣。继而海陵狼顾，志欲并吞江南，乃命官修汴故宫，缮宗庙社稷，悉载宋故礼器以还。……世宗既兴，复收向所迁宋故礼器以旋，乃命官参校唐、宋故典沿革，开"详定所"以议礼，设"详校所"以审乐……①

> 金初得宋，始有金石之乐，然而未尽其美也。及乎大定、明昌之际，日修月葺，粲然大备。②

女真人原来是谈不到什么礼乐的。"胡俗旧无仪法"③，类似于汉人儒家思想体系中"君君臣臣"那套东西自然是没有的，至于所谓"乐"，"其乐惟鼓、笛，其歌惟鹧鸪曲，第高下、长短如鹧鸪声而已。"④ 不过是自然界某些音响的简单模拟，其简单粗糙是自不待言的。真正的礼乐完全是从汉文化系统中借用过来的。其他如法律、科举、伦理道德等文化子系统，也都是全面吸取汉文化的对应元素而完善提高的。女真人在军事上成为中原土地的

---

① （元）脱脱等：《金史》卷28《礼志》1，中华书局1975年版，第691页。
② （元）脱脱等：《金史》卷39《乐志》上，中华书局1975年版，第881页。
③ （宋）洪皓：《松漠纪闻》，吉林文史出版社1986年版，第33页。
④ （金）宇文懋昭：《金志·初兴风土》，见王云五主编《丛书集成》初编，商务印书馆1939年版，第5页。

征服者，而在文化上，则成为全面吸收汉文化的"被征服"者。正如马克思所说："野蛮的征服者总是被那些他们所征服的民族的较高文明所征服，这是一条永恒的历史规律。"① 没有这种"被征服"，没有民族文化的撞击和融合，女真社会那么快地封建化是不可想象的。而文化层位的大幅度提高，必然导致民族文化心理的深刻变迁。其总的趋势是由纯朴勇悍转向文弱儒雅。

二

在民族文化心理的变迁过程中，金熙宗完颜亶、海陵王完颜亮、金世宗完颜雍、宣孝太子（追谥显宗）、完颜允恭、金章宗完颜璟等女真统治者，都起了颇为关键的作用。他们或是本身即典型地体现这种文化心理变迁，或是推波助澜，使这场变迁不断深化。

熙宗完颜亶本人就表现出对汉文化的极力认同。他以汉族儒士韩昉等人为师，深受汉文化的熏陶。他不满于女真人以前那种尊卑不分的君臣关系，而依汉家天子的礼法制定了尊卑森严的君臣关系。在文化心理上，他归趋于汉族士大夫的儒雅风流，而与表现出女真原有文化心理的旧大功臣产生了深刻的隔阂与冲突。据张汇《节要》说：

> 今金主完颜亶也，自童稚时，金人已得中原，得燕人韩昉及中国儒士教之。其亶之学也，虽不能明经博古，而稍解赋诗翰墨，雅歌儒服，分茶焚香，弈棋战象，徒祖宗之旧习耳。由是与旧大功臣君臣之道殊不相合。渠视旧大功臣则曰：无知之辈也。旧大功臣视渠则曰：宛然一汉家少年子也。②

女真旧大功臣之所以不满于熙宗，正是以女真固有的文化心理来看这位"宛然一汉家少年"的皇帝，而熙宗正是以渗满了汉文化精神的文化心理来看这些旧大功臣，视他们为无知（《大金国志》与之略同的一段文字作"无知夷狄"），变迁前后的文化心理冲突是很强烈的，以至于造成"君臣之道殊不相合"。然而，这种整合了汉文化元素的新的文化心理结构，在女真民

---

① ［德］马克思、恩格斯：《马克思恩格斯选集》第3卷，人民出版社1965年版，第181页。
② （宋）徐梦莘：《三朝北盟会编》，上海古籍出版社1987年版，第1197页。

族此后的发展中，得到了愈来愈多的女真人的认同。

海陵王完颜亮，虽以黩武著称，但同样钦慕中原文明，尊崇中原学术，少年时即"好读书，学弈象戏，点茶，延接儒生"①，"迨亮杀亶自立，甚有尊经术、崇儒雅之意"。② 世宗完颜雍则致力于以儒家的伦理道德观念教化女真人，力图使"孝悌亲和"的伦理观念进入女真人的深层心理结构。他主持翻译儒家经典，并表露自己的目的"欲使女真人知仁义道德所在耳"。③ 他奖劝孝子之行，正为使女真人都以"孝悌"为荣。无疑地，在女真文化心理的变迁过程中，世宗与力大焉。世宗的嫡子宣孝太子允恭（谥为显宗）本身就标示着变迁的深化。他饱读诗书，俨然一派儒士风范："专心学问，与诸儒臣讲议于承华殿。燕闲观书，乙夜忘倦，翼日辄以疑字付儒臣校证。"④ 他崇尚文治，倘能践履大统，早继帝位，会更有力地促进文化变迁的进行。刘祁曾说："宣孝太子最高明绝人，读书喜文，欲变夷狄风俗，行中国礼乐如魏孝文。"⑤ 可见，这位夭折的太子是很典型地体现着女真文化心理变迁的趋势的。章宗则发展了乃祖（宣孝太子）的意愿，崇尚文治，使当朝风气趋向美文，使女真人的审美心理趋于华美典丽。史书言其"好文辞"，使得后妃也以文辞迎其所好。⑥ 章宗本人就是一位很有成就的文学家，所存诗词，典雅工丽，脱尽豪犷气质。（这要在后面详论，此处不赘。）在这样一位君主的提倡下，明昌、承安、泰和前后，文风甚盛，女真人在文化心理上对汉文化的归趋，如水之就下，不可逆转。刘祁评述章宗朝的文治情形说："章宗聪慧，有父风，属文为学，崇尚儒雅，故一时名士辈出。大臣执政，多有文采学问可取，能吏直臣皆得显用，政令修举，文治灿然，金朝之盛极矣。然学止于词章，不知讲明经术为保国保民之道，以图基祚久长。"⑦ 刘祁的议论很中肯，一方面描述出章宗朝的文治盛况，另一方面指出章宗崇尚儒雅，止于文辞，使女真人争效文雅，溺于浮华，走向文弱，因而催生了金王朝由盛入衰以至亡国的胚芽。

---

① （金）宇文懋昭：《大金国志》卷13，见崔文印《大金国志校证》，中华书局1986年版，第185页。

② （金）张棣：《金虏图经·取士》，见崔文印《大金国志校证》附录2，中华书局1986年版，第599页。

③ （元）脱脱等：《金史》卷8《世宗纪》下，中华书局1975年版，第184页。

④ （元）脱脱等：《金史》卷19《世纪补》，中华书局1975年版，第410页。

⑤ （金）刘祁：《归潜志》卷12，中华书局1983年版，第136页。

⑥ （元）脱脱等：《金史》卷64《后妃传》，中华书局1975年版，第1527页。

⑦ （金）刘祁：《归潜志》卷12，中华书局1983年版，第136页。

　　从熙宗到章宗，由于统治者的率先垂范，女真人的文化心理发生了普遍性的变迁。原初的混沌懵懂，变而为聪慧文雅，而女真人赖以起家的纯朴勇悍的民族精神，也伴随着对中原文明的耽溺而渐致渐泯。那些曾经是叱咤风云、凶猛剽悍的猛安谋克及其后代，南迁到中原以后，耽于中国文明，争羡儒雅。曾经引为豪迈的猛安谋克身份，竟然有许多人宁肯放弃它，去应进士考试。过去是对金戈铁马、沙场驰突的景羡，而现在则是对汉族士大夫那种琴棋书画、分茶焚香的儒雅风流趋之若鹜。他们觉得和汉族士大夫相交游，是很高雅的事。他们对操觚弄翰的兴趣，似乎远在骑马射箭之上。我们看刘祁的记述很明显地感受到这种倾向："南渡后，诸女真世袭猛安、谋克，往往好文学，与士大夫游。如完颜斜烈兄弟、移剌廷玉温甫总领、夹谷德固、术虎士、乌林答肃孺辈作诗，多有可称。"① 这些女真猛安谋克，在举止风度上也都宛如汉族士大夫，讽诵诗书，潇洒风流。如乌林答爽，"女真世袭谋克也，风神潇洒美少年。性聪颖，从名士游，居淮阳，日诣余家，夜归其室，钞写讽诵终夕，虽世族家甚贫"②。这在当时是颇有代表性的。这种文弱儒雅之风，对于女真人的原初文化心理来讲，当然是巨大的进化，而对金朝这样一个以勇猛剽悍的民族性格起家的军国来说，却又不啻丧失了唯一的资本，这的确是深堪忧虑的。明昌初年，"尚书省奏猛安谋克愿试进士者听之"，刚刚即位不久的章宗问道："其应袭猛安谋克者学于太学可乎？"元老重臣徒单克宁甚忧虑地说："承平日久，今之猛安谋克其材武已不及前辈，万一有警，使谁御之？习辞艺，忘武备，于国弗便。"③ 历史事实证明了这位老臣的忧虑是极有见地的。金王朝被踏碎于蒙古铁骑之下，这与女真人纯朴勇悍之民族精神的丧失是很有关系的。正如日人三上次男先生所指出的那样："当时，猛安、谋克兵已丧失了质朴刚健的风习和他们依靠的社会组织，比起蒙古军的精悍、坚强来显得分外脆弱。"④ 从纯朴勇悍转向儒雅文弱，这种民族文化心理的变迁，一方面是适应了女真封建化的需要，另一方面，又加速了王朝的没落。

---

① （金）刘祁：《归潜志》卷6，中华书局1983年版，第63页。
② 同上书，第26页。
③ （元）脱脱等：《金史》卷92《徒单克宁传》，中华书局1975年版，第2052页。
④ ［日］三上次男：《金代女真研究》，金启孮译，黑龙江人民出版社1984年版，第237页。

三

在金代的文坛上，女真诗人为数寥寥，然而在他们的诗歌创作中，可以透视出女真民族文化心理变迁的痕迹。如果我们不是孤立地、零碎地去看这些女真人的诗作，而是看到它们之间的内在联系，找到它们之间动态发展的线索，就不难发现女真民族文化心理的变迁，在诗歌创作上是有着深刻反映的。

完颜亮的诗，留下来的很少，但是却较为典型地反映出女真人初学写作汉诗时的朴野状态和艺术上颇不成熟的程度。金代诗歌创作的起点是"借才异代"，也就是清人庄仲方在《金文雅·序》中所谈到的情形："金初无文字也，自太祖得辽人韩昉而言始文，太宗入宋汴州，取经籍图书，宋宇文虚中、张斛、蔡松年、高士谈辈后先归之，而文字煨兴，然犹借才异代也。"① 此时在诗坛上活跃着的诗人都是汉族士大夫，还没有女真人写作汉诗。现在所能见到的最早的女真人的诗歌创作，就要算是完颜亮。完颜亮胸怀大志，野心勃勃，不肯居于人下，终以弑杀熙宗而夺得帝位。而后又对江南河山垂涎欲滴，发动南侵战争，而以身死名裂宣告了南侵的败绩。作为一代枭雄，他既有着对中原文明的倾慕与向往，"逌亮弑熙而自立，粗通经史，知中国朝著之尊，密有迁都意"②。"至亮徙燕，知中国威仪之尊，护从悉具。"③ 同时，他又有着女真人那种原初的雄豪强悍气质，这又与他女真奴隶主的凶残本性掺杂在一起。他也正是凭着强悍与凶残，登上了他觊觎久之的帝位。他又进一步想凭着女真人的勇悍，来夺得汉族君主所享有的一切：万里江山、高度文明……因此，他的诗作正是映射出他的个性。在做藩王时，他曾为人书扇，寄寓己志："大柄若在手，清风满天下。"④ 这两句诗借扇发挥，抒写出作者那种不可一世的雄杰气概。就艺术而言，殆同直遣胸臆，无复曲折含蕴。语言是质素粗糙的。又有《书壁述怀》一诗，视其语气也是未得帝位之前所为，诗中勃发出按捺不住的雄心大志："蛟龙潜匿隐苍波，且与虾蟆作混和。等待一朝头角就，撼摇霹雳震山河。"诗人以潜龙

---

① （清）庄仲方：《金文雅·序》，吉林人民出版社 1998 年版，第 1 页。
② （金）张棣：《金虏图经·京邑》，见崔文印《大金国志校证》附录 2，中华书局 1986 年版，第 593 页。
③ 同上书，第 596 页。
④ （金）刘祁：《归潜志》卷 1，中华书局 1983 年版，第 3 页。

自喻。时机未到时暂且雌伏，一旦"头角"养就，便要施威于海内，做一番惊天动地的大事业。形式上虽然是七言绝句，但艺术表现还相当拙陋。既没有对偶句，也不合于平仄，意象的创造颇为粗戾。又据载，正隆（海陵王年号，1156—1161）南征前，完颜亮曾派画工随施宜生出使南宋，"密写临安之湖山、城郭以归，上令绘为软壁，而图己像策马于吴山绝顶，后题以诗，有'自古车书一混同，南人何事费车工？提师百万临江上，立马吴山第一峰'之句"①。这首诗同样是气势雄豪，有一口并吞江南之概。在表现上仍然是直抒怀抱，略无润饰的。就我们所能见到的这几首诗作，不难感受到完颜亮所具有的女真人那种豪犷雄健而又粗戾朴野的心态特征，强烈地从诗的字里行间透射而出。而艺术表现上的朴陋，正表明女真人濡染汉文化未深时的初级形态。

世宗完颜雍一方面用儒家的伦理道德观念教化女真人，力图使这个开化未久的民族在伦理——心理结构上，全面地接受汉文化中儒家思想体系的价值取向；另一方面，又力图保持女真民族那种质朴淳厚的民俗和刚健勇悍的民族精神，唯恐在大量汉文化元素的濡染中陷于萎靡奢华。他曾通过艺术的途径来达此目的。大定二十五年（1185）四月，在一次宗室宴会上，世宗感慨于多时未闻有人唱本曲（本朝乐曲，指区别于辽、宋等外来乐曲的女真乐曲），亲自歌之。歌辞是这样的："乃眷上都，兴帝之第。属兹来游，恻然予思。风物减耗，殆非昔时。于乡于里，皆非初始。虽非初始，朕自乐此。虽非昔时，朕无异视。瞻恋慨想，祖宗旧宇。属属音容，宛然如睹。童嬉孺慕，历历其处。壮岁经行，恍然如故。旧年从游，依稀如昨。"②这首四言古诗，尽管不敢肯定地说是世宗亲自创作的，但它是女真人的创作，它所抒写的，是地地道道的女真之音，则是无可怀疑的。这首诗"道王业之艰难，及继述之不易"③，是对金王朝创业历程的回顾。语言质朴笃实，毫无藻饰，直叙其事，直道其情，与女真民族原来的纯朴的文化心理相适应。

宣孝太子完颜允恭对中原文化的景慕已如前述。他本人"好文学，作诗善画"④，所作诗有《赐右相石琚诗》：

---

　　①　（金）宇文懋昭：《大金国志》卷14，见崔文印《大金国志校证》，中华书局1986年版，第199页。

　　②　（元）脱脱等：《金史》卷39，中华书局1975年版，第892页。

　　③　（元）脱脱等：《金史》卷8《世宗纪》下，中华书局1975年版，第189页。

　　④　（金）刘祁：《归潜志》卷1，中华书局1983年版，第3页。

黄阁今姚宋，青宫旧绮园。绣绨归里社，冠盖画都门。
善训怀师席，深仁寄寿尊。所期河润溥，余福被元元。

这首诗高度评价了石琚的为人、学问及政绩，格律工稳，用典恰切，显示出诗人较高的汉文化修养和诗歌技巧。所反映出的文化心理已不再是雄豪粗犷的，而是雅致渊静的。

章宗也是个很有特色的诗人。"天资聪悟，诗词多有可称者。"[①] 如《宫中绝句》：

五云金碧拱朝霞，楼阁峥嵘帝子家。
三十六宫帘尽卷，东风无处不飞花。

这首诗典丽精工，气象绚烂，描写帝城景物颇见功力。化用唐人诗句入己诗而能创造出浑融完整的诗境，艺术上是颇为成熟的。再如《云龙川泰和殿五月牡丹》：

洛阳谷雨红千叶，岭外朱明玉一枝。
地力发生虽有异，天公造物本无私。

这首诗意象明丽，又不泥于写实，而是通过艺术联想，打破时空域限，使诗具有更大的艺术容量。而且，诗的立意并未止于牡丹本身，而是概括生发出深远的意蕴，使诗富有哲理意义。章宗"好文辞"，提倡美文，对女真人审美心理素质的迅速提高，起了很大作用。章宗本人的诗歌就典型地反映出女真人审美心理所达到的高度。

完颜璹是金代最有成就的女真诗人之一。从他的诗作可以看到，女真人受汉文化的濡染渗透，已经进入深层心理。完颜璹是世宗之孙，越王允功之子，封密国公，自号为樗轩居士。平生所作诗文甚多，晚年自刊其诗300首，乐府（词）100首，名为《如庵小稿》。

完颜璹虽然贵为王侯，却宛如一介寒儒。他受汉文化的濡染之深，已使他完全脱略了女真人原来的那种民族心理特征，而酷似一个自甘淡泊而又修养醇深的汉族隐逸之士。刘祁谈他对完颜璹的直接印象说："其举止谈笑真一

---

① （金）刘祁：《归潜志》卷1，中华书局1983年版，第3页。

老儒，殊无骄贵之态。后因造其第，一室萧然，琴书满案，诸子环侍无俗谈，可谓贤公子矣。"① 与完颜璹交游密切的，多是有名的士大夫，金史载其"时时潜与士大夫唱酬，然不敢明白往来。永功（即允功）薨后，稍得出游，与文士赵秉文、杨云翼、雷渊、元好问、李汾、王飞伯辈交善"②。这些汉族士大夫都是金源一代的名士，完颜璹与他们志趣相投，在文学修养、人格理想等方面都颇为接近，由此可以看出这位女真诗人的文化心理趋向。

完颜璹的诗歌创作达到了"外枯而中膏，似淡而实美"③ 的境界，也可谓之曰"豪华落尽见真淳"。他的诗歌往往流溢出随缘忘机、淡泊自如的意绪。在萧散野逸的风格和平淡质素的语言中，表现出深刻的人生体验和悠远深厚的诗味。如《秋郊雨中》一诗：

> 赢骖破盖雨淋浪，一抹烟林覆野塘。
> 不着沙禽闲点缀，只横秋浦更凄凉。

秋雨本来就易给人以凄迷悲凉的感觉，又加之行进于秋雨中的"赢骖破盖"，更使画面染上了萧疏凄凉的色调。"一抹烟林"一句，则将笔致宕开，使诗的境界辽远空阔而富层次感。"不着沙禽"两句，使诗的画面十分空灵蕴藉，却又贮满了诗人的情感。如以绘事为喻，完颜璹的诗不类于金碧山水，却近于水墨写意。这首诗的意境就颇似倪云林那种"聊写胸中逸气"④ 的写意画。再如《北郊晚步》一诗：

> 陂水荷凋晚，茅檐燕去凉。
> 远林明落景，平麓淡秋光。
> 群牧归村巷，孤禽立野航。
> 自谙闲散乐，园圃意尤长。

诗的风格近于王、孟一派山水田园之作，而萧散野逸之态而又过之。笔致疏淡而意象鲜明，诗人的淡泊心境外化于诗境，静谧、闲散中似又透出隐隐

---

① （金）刘祁：《归潜志》卷1，中华书局1983年版，第4页。
② 同上。
③ （宋）苏轼：《评韩柳诗》，见邓立勋编校《苏东坡全集》中，黄山书社1997年版，第444页。
④ （元）倪瓒：《玄元馆读书序》，见《全元文》第46册。凤凰出版社2004年版，第618页。

禅机。

完颜璹的七言律诗也是"渐老渐熟，乃造平淡"的，诗人对律诗技巧的掌握运用，已臻于"得之于手而应于心"的境界，如《漫赋》一诗：

> 贫知囊底一钱无，老觉人间万事虚。
> 富贵倘来终作么，勋名便了又何如。
> 季鹰未饱松江脍，鲁望将成笠泽书。
> 自是杜门无客过，不关多病故人疏。

诗中所抒写的是一种识破尘缘、自甘淡泊的心境，同时又有对塞北桑梓的思念情怀。作为律诗来说，对偶的工稳，用典的自然恰切，格律的精严，都达到了炉火纯青的地步。

完颜璹的诗歌是平淡自然的，却远非质木无文的，它是超越了"豪华"、"绮丽"这一层次的"淡"，"发纤秾于简古，寄至味于淡泊"①用来移评完颜璹的诗作是很恰当的。从这些诗中，我们可以感觉到，完颜璹代表着女真民族文化心理变迁的最高层次。他深得汉文化的神髓，而非仅得其貌。女真人原初的文化心理形态在他这里早就不复存在了，汉文化深层精神把他陶冶得宛如一个修养至深、渊静淡泊的汉族士大夫了。

女真民族的文化心理，在汉文化的渗透、参与下，发生了深刻的变迁，这是很明显的事实。这里仅是作了一个简单的勾勒。在一个不太长的历史时期内，这种文化心理的变迁，有效地适应着金代社会的封建化过程。没有这种"移风易俗"，只靠统治者的政令，封建化的变革是难以想象的。这种文化心理的变迁是高层文化对低层文化冲击渗入的必然结果，也是民族文化整合所导致的必然趋势。变迁大大提高了女真人的文化素质，使其步入了文明民族之列。然而，在这场变迁中，女真人丧失了自己赖以起家的"本钱"——纯朴勇悍的民族精神，而渐致萎靡文弱，这对女真民族本身来说，又是极为沉痛的悲剧。至于女真人的诗歌创作，究竟在怎样的程度和意义上，折射出民族文化心理的变迁，是个很有意思的题目。虽然在这个问题的探讨上"前不见古人"，但我相信会"后有来者"，我这里只是从这个角度提出问题，希望能够引起研究者们的兴趣。

---

① （宋）苏轼：《书黄子思诗后》，见牛宝彤选注《三苏文选》，四川人民出版社1983年版，第123页。

金代诗人王庭筠诗歌创作摭论[*]

在与南宋对峙并立的金源土地上，继"借才异代"的金初文坛之后，成长起一批真正代表金代文学特色的文学家，如蔡珪、王庭筠、赵秉文、李纯甫、王若虚、元好问等著名文士，形成了一个"星汉灿烂"的北方作家群，显示着金源一代文学的独特成就。在这些作家之中，王庭筠是颇具特色的一位。

王庭筠（1151—1202）①，字子端，自号黄华山主，金盖州熊岳县（今辽宁盖州市熊岳镇）人。出身于渤海望族，文学世家。祖父王政，仕至保静军节度使。父王遵古，正隆五年（1160）进士，曾任翰林直学士，人称"辽东夫子"。章宗做太子时，遵古曾任侍读。王庭筠少时即聪颖过人，"七岁学诗，十一岁赋全题"②。大定十六年（1176）进士及第，授恩州军判，后调馆陶主簿。庭筠此时已颇负盛名，且怀鸿鹄之志，中进士后，却"限于常选，簿书期会，随俗俯仰，殊不自聊"③，心中未免抑郁。馆陶秩满后，遂隐居黄华山（在今河南林县境内），前后长达十年之久。山居期间，创作了许多优美的诗文佳品。明昌三年（1192），召为书思局都监，后迁翰林修撰。明昌六年，坐赵秉文上书案下狱。承安二年（1197），贬为郑州防御判官。泰和元年（1501），复为翰林修撰。二年十月卒。

王庭筠是位具有多方面成就的学者，诗、文、书、画均负盛名。尤其是在诗歌创作方面，王庭筠堪称金代中期诗坛的翘楚，受到当时及后世论者的

---

　* 本文刊于《文学遗产》1988 年第 5 期，与都兴智教授合作。

　① 王庭筠卒时年龄有两说，《中州集》王庭筠小传和《金史》本传记作卒年四十七岁，元好问所作碑文为五十二岁。《中州集》小传与碑文虽同出于元氏之手，但前者撰成于宋理宗淳祐九年（1249），盖据传闻所记。墓碑则据王庭筠之子万庆面请书之，故应以碑文为准，推其生年为天德三年（1151）。

　② （元）脱脱等：《金史》卷 126《文艺传》下，中华书局 1975 年版，第 2730 页。

　③ （金）元好问：《王黄华墓碑》，见《全元文》第 1 册，江苏古籍出版社 1998 年版，第 449 页。

高度赞誉。金代大文学家元好问推崇王庭筠的文学成就："子端诗文有师法，高出时辈之右。"① 近人金毓黻先生称王庭筠的金代文化史上的地位："金源一代文学之彦，以黄华山主王子端先生为巨擘，诗文书画并称卓绝。同时作家如党承旨怀英、赵滏水秉文、赵黄山沨、李屏山纯甫、冯内翰璧，皆不之及也。"② 金先生的评价也许是由于对诗人有所偏爱而失之过高，但足可说明，王庭筠的文学成就是很令人瞩目的。黄华诗（庭筠号黄华山主，故云）虽然很难称为金诗之冠冕，但确实是有很高的艺术成就和突出的特色。

据金毓黻先生所辑录、收在《黄华集》中的诗作共有 44 首，另外，尚有四联佚句。这些诗中，有七绝 21 首，七律 7 首，七古 2 首，五绝 6 首，五律 3 首，五古 5 首。就题材内容而言，多为即景抒怀之作。诗人往往在高朗明净的艺术境界中投射深沉的人生感慨，在看似萧散恬淡的诗句里，透散出心灵世界孤独悲凉的折光。黄华诗语言精粹洗练而又清新，但又不流入纤弱一类，而是风骨内蕴、气格自高，创造出一种不同于宋诗的独特风格，显示出金源文派自己的特色，本文拟从几个不同角度探索黄华诗的艺术成就。

一　王庭筠诗的情感投射内涵及其方式

所谓情感投射的内涵及其方式，无非是说诗人于即景抒怀的过程中，在其所创造的审美表象中投射了怎样的情感特质以及如何投射。从这个角度来理解诗作，可以使我们在领略诗歌完整的审美境界的同时，通过知性分解的方式，进一步了解诗歌意象深层结构中的底蕴以及诗人与审美客体之间的种种关系。"情动而言形"③，情感是决定作品形式的内在因素。诗歌意象，作为"一种诉诸于直接的知觉的意象，一种充满了情感、生命和富有个性的意象"④，它的形态，是要受创作主体的情感特质所制约的。不同的诗人在诗歌意象中投射的情感，既有共通之处，也有各自不同的特质，而且，感情投射的方式也各有特色。不同的诗人，有着各自的感情投射系统。这对于诗

---

① （金）元好问：《中州集》卷 3，中华书局 1959 年版，第 146 页。
② 罗振玉：《黄华集》叙目，见金毓黻《辽海丛书》第 6 集，辽沈书社 1985 年版，第 1815 页。
③ 范文澜：《文心雕龙注》，人民文学出版社 1962 年版，第 505 页。
④ ［美］苏珊·朗格：《艺术问题》，滕守尧、朱疆源译，中国社会科学出版社 1983 年版，第 134 页。

人风格的稳态结构是一个重要因素。

王庭筠在许多诗作之中，所投射的是一种深沉苍茫的孤独意识，世无知音、独往独来的情调，萦绕于其间。诗人选择了一些清幽、冷寂的审美表象，来寄寓自己深刻浩渺的孤独意识。譬如这样的篇什：

> 闲来桥北行，偶过桥南去。寂寞独归时，沙鸥晚无数。（《孙氏午沟桥亭》）
>
> 极目江湖雨，连阴甲子秋。青灯十年梦，白发一扁舟。（《忆澠川》）
>
> 隔竹微闻钟磬音，墙头脩绿冷阴阴。山迎初日花枝靓，寺里清潭塔影深。吾道萧条三已仕，此行衰病独登临。简书催得匆匆去，暗记风烟拟梦寻。（《超化寺》）

这几首诗，审美表象都是清幽、冷寂的，诗人那种孤独、衰竭的内心世界，在这些审美表象中得到了和谐浑融的映现。寂寞独归，形单影只，无人相随，只有无数沙鸥在暮色中陪伴着孤寂的灵魂；江湖夜雨，白发扁舟，萦绕着不堪回首的梦境；"吾道萧条"，衰病登临，情怀的落寞是可想而知的。把这些意象贯通起来观照，我们所看到的，是如苏东坡《卜算子》词中所刻画的缥缈孤鸿般的"幽人"形象。这种投射着孤独感的意识固然使人感到冷寂，却又使人感到几分峻洁、几许苍凉，一种与尘俗世界的抗衡。

诗人为什么会产生这种深沉浩茫的孤独意识呢？这并非是难以理解的。诗人的仕履并不是"春风得意马蹄疾"，而是多所坎坷。中进士之时，虽是才大名重，却被授以"奔走风尘"的俗吏，因而"殊不自聊"。馆陶秩满便挂冠而去，隐居黄华，这个行动本身就可以表明他的抑郁心境。明昌六年，诗人因受赵秉文牵连而下狱，对诗人刺激更大，也使他对世态人情的认识更为透彻、更感到心灵的孤独和灰冷。赵秉文是金代著名文学家，成名之前曾师事庭筠，明昌六年受庭筠荐引而任应奉翰林同知制诰。是冬，庭筠却因事为赵秉文所出首而系狱，尽管"虽百负不恨也"①，但总不会再把赵秉文视为知己了吧！事实上，诗人不止一次地抒写其怨抑之情，这种世无知己的悲凉感触包围着他，这就不能不使他在其诗作中投射进苍凉深沉的孤独意识。

王庭筠的篇什虽然不多，但其情感内涵并不是单一的。除了前举的那类

---

① （元）脱脱等：《金史》卷126《文艺传》下，中华书局1975年版，第2732页。

投射了孤独意识的作品之外，还有一些诗作，对大自然流露出特殊的亲切感，在诗歌的审美表象中，投射了对大自然的抚爱之情。这里不妨采撷数首：

　　瘦马踏晴沙，微风度陇斜。西风八九月，疏树两三家。寒草留归犊，夕阳送去鸦。邻村有新酒，篱畔看黄花。（《秋郊》）

　　一派湍流漱石崖，九峰高倚翠屏开。
　　笔头滴下烟岚句，知是栖霞观里来。（《黄华亭》其六）

　　道人邂逅一开颜，为借筇枝策我孱。
　　幽鸟留人还小住，晚风吹破水中山。（《黄华亭》其五）

在这类诗中，诗人所投射的情感是亲切而悠然的。诗人用审美的态度观照着自然景物，烟岚、幽鸟、寒草、湍流……似乎都有着跃动着的生命和宇宙的律动，道家哲学中"天地与我并生，万物与我为一"① 那种热爱自然的思想似乎对诗人有很深的濡染。诗人隐居期间"悉力经史，无所不窥，旁及释老"②。对于佛、道思想是有很多接触的。隐居期间，诗人创作了《游黄华山诗》（4首）、《黄华亭》（6首）等描写黄华风光的诗作，都流溢出对大自然的爱恋。在尘世社会所感到的孤独与对自然的亲近，是有着深刻的内在联系的。

　　诗人情感投射的方式也有独到的特色。某些情感浓重的篇什，诗人不是直接抒写情感，而是把情感投射到某一特定的审美表象之中，然后再从这个饱蘸诗人情感的表象中抽绎出自己的情感，诗人的情感经历了这样一个从表象入、又从表象出的历程。如诗人在狱中所写的两首诗：

　　笑我迂疏触祸机，嗟君底事入圜扉。
　　落花吹湿东风雨，何处茅檐不可飞。（《狱中见燕》）

---

　　① 陈鼓应：《庄子今注今译》，商务印书馆2007年版，第88页。
　　② 金毓黻：《黄华山主王庭筠传》，见《丛书集成续编》第133册《宁极斋稿》1卷，新文丰出版公司1989年版，第162—163页。

沙麓百战场，乌卤不敏树。况复幽圄中，万古结愁雾。寸根不择地，于此生意具。婆娑绿云杪，金凤掣未去。晚雨沾濡之，向我法如诉。忘忧定漫说，相对清泪雨。（《狱中赋萱》）

前一首咏狱中所见之燕，后一首赋狱中所生之萱草，实际上都是借咏物而写怀。诗人把自己的情感对象化，投射到表象之中。咏燕一首"我"与"燕"对举，而以"我"的遭遇所产生的悲惋，移射到燕子身上，因此使燕子形象蒙上了一层悲剧色彩，这完全是诗人悲郁之情的投射作用。《狱中赋萱》一首，更使萱草意象独具性灵，纡曲委婉，回肠九折，似乎是向诗人低诉自己的幽愁暗恨。实则是诗人把全部悲郁之情投射于萱草，再由萱草的意象中剥茧抽丝般地抽绎出具象化了的悲愤情感。元好问曾将柳宗元、苏轼、党怀英等诗人的咏物之什连同王庭筠的《狱中赋萱》一诗凡9首集于一处，请赵秉文题作一轴，元氏在题跋中高度评价《狱中赋萱》这首诗云："王内翰无意追配古人，而偶与之合，遂为集中第一。"[1] 以元好问那种很高的审美标准来衡量这些名家咏物之作，《狱中赋萱》诗竟能独占鳌头，可见它还是有着很强的艺术感染力。

诗人情感投射的另一种方式，是将情感深藏于意象底层，作为一种底色，映射于意象表层。这类诗从意象表层来看，似乎平淡、萧散，实际上却如平静水面下的漩涡，字面后有着渊深而丰富的情感内涵。《偕乐亭》一诗便有着类似的特点：

日暮西风吹竹枝，天寒杖屦独来时。
门前流水清如镜，照我星星两鬓丝。

意境是如此明净清洌、宛如一泓秋天的潭水。但若认真地玩味一下，这四句诗所构成的艺术整体后面，却缭绕着一种深沉浩茫的孤独感。在秋暮天寒时节，走来了杖屦独行的诗人。他若有所思地面对着清澈如镜的秋水，发现了水中映出的是星星白鬓。意象表层似乎是淡然的平静的，但又包蕴了多少人世沧桑的感慨呵！在这首诗中，诗人的情感是经过了积淀、净化了的。饱经了世事风霜，已经不再痛苦激动，而是以一种更为渊深的静穆眼光、来审视纷扰的尘世。无疑地，诗人的感慨是更为深沉的。真有些像稼轩词中"而

---

① （金）元好问：《中州集》卷3，中华书局1959年版，第148页。

今识尽愁滋味，欲说还休，欲说还休，却道天凉好个秋”的抒情笔致。再如《张礼部溪山真乐图》所写那种淡泊意绪：

> 悠悠春天云，想见平日闲。朝游溪桥畔，暮宿山堂间。澹然不知愁，亦复忘所欢。出山初无心，既出还思山。人间待霖雨，欲归良归难。山堂怅何许，萧萧松桂寒。

这首诗从意象表层看，感情色彩极为淡漠，如黄山谷所说"似非吃人间烟火食人语"①。山居的怡悦，淡泊的情怀，如一片片无心出岫的白云飘荡在诗中，但诗人对于世事的感慨和高洁的志趣，还是从这首题画诗的意象中透散出来。

这里只是简单摭举黄华诗的情感特质和投射方式的几个特点，实际上，黄华诗的情形是更为复杂的。

二　王庭筠诗的审美境界

王国维在《人间词话》标举"境界"，开拓了诗歌美学领域的一片新天地。所谓"境界"，绝不只是状物写景，而是诗人真实性灵贯注于外物的结晶。正如王国维所说："境非独谓景物也。喜怒哀乐，亦人心中之一境界。故能写真景物、真感情者，谓之有境界。否则谓之无境界。"② 王国维对境界的美学规定是"真"与"自然"，只有自然浑成，方能达到"真"与"美"的统一。在金代诗人中，王庭筠的确是创造自然浑成的审美境界的能手。元好问对王庭筠之所以评价甚高，并不是毫无道理的。应该说，黄华诗确实是以审美境界的浑融自然卓立于金诗之林的。比较起来，金代中期其他诗人在这方面确实不及王庭筠造境的自然完美。如赵秉文诗歌在造境取意方面，常有明显的模拟前代大诗人的痕迹；李纯甫诗歌的境界又过于奇崛突兀。王庭筠的诗歌境界却是浑融清美、毫无斧斤之痕，颇有"清水出芙蓉，天然去雕饰"的韵致。

诗人情感投射的内涵与方式之差异，造成了诗的审美境界的各臻其妙。与情感投射的内涵与方式紧相联系，诗人创造了几类不同的审美境界。

---

① （宋）黄庭坚：《山谷题跋》卷2《跋东坡乐府》，中华书局1985年版，第15页。
② （清）王国维：《人间词话》，人民文学出版社1960年版，第193页。

在那种深沉苍茫的孤独意识的投射下，诗人所创造的乃是一种明净清冷而又高洁寂寥的审美境界。《超化寺》、《偕乐亭》、《孙氏午沟桥亭》等诗，都有着这种境界。另如《中秋》一诗：

> 虚空流玉洗，世界纳冰壶。明月几时有？流光何处无？人心但秋物，天下近庭梧。好在黄华寺，山空夜鹤孤。

这首诗所创造的审美境界明净高朗，澄澈寥廓，正如宗白华先生所说的"超凡入圣，独立于万象之表"①，"冰清玉洁，脱尽尘滓"②，是一种脱略凡俗、空诸一切的美，而且流动着一种夐绝的宇宙意识，是"一个更深沉、更寥廓、更宁静的境界！"③

黄华诗另一类审美境界，则是宁馨、静谧的。如《野堂》二首：

> 绿李黄梅绕屋疏，秋眠不着鸟相呼。
> 雨声偏向竹间好，山色渐从烟际无。
>
> 云自知归鸟自还，一堂足了一堂闲。
> 门前剥啄定佳客，檐外屠颜皆好山。

这两首诗描写"野堂"周围的风物，清新宁静，并且通过对安谧环境的渲染，透散出诗人悠然自适的心境。前诗中的雨声、鸟声，以动衬静，进一步烘托了"野堂"所处的山林那种充满诗意的宁馨气氛。"山色"一句，则使诗的境界显得空灵缥缈；后诗更多地是在"境"中透出诗人之"意"，诗中景物泛着诗人心灵的折光。云归鸟还，暗用了陶渊明《归去来兮辞》的意境而加以变化，借以表现诗人厌倦尘俗、从"尘网"得脱的喜悦心情。

再一类诗的审美境界，明朗欣悦，属于暖色调。诗人用明丽活泼的笔触，描绘出村野之间纯朴的劳动生活画面，并对这种劳动生活流露出深深的喜爱：

---

① 宗白华：《艺境》，北京大学出版社 1986 年版，第 185 页。
② 同上书，第 176 页。
③ 闻一多：《唐诗杂论》，上海古籍出版社 2006 年版，第 293 页。

> 梨叶成荫杏子青，榴花相映可怜生。
> 林深不见人家住，道上唯闻打麦声。(《河阴道中》)

> 南北湖亭竞采莲，吴娃娇小得人怜。
> 临行折得新荷叶，却障斜阳入画船。(《采莲曲》)

这类诗的境界，既非凄冷孤独，也非静谧超然，而是明朗、温暖、怡悦的。诗人把乡村生活的某个特定场景加以诗意化的描写。前诗写乡村夏收农忙时的印象。诗人不直接写打麦场面，而是把它隐于色调明丽的画面之后，用"林深"中传出的打麦声，含蓄地写出农家的欢乐气氛。后诗写采莲女的娇憨情态，用"障"的动作诱发人们的审美联想。王庭筠生活的时代，号称金源盛世，社会经济得到很大发展繁荣。史书记载："章宗在位二十年，承世宗治平日久，宇内小康。"① 又云："世宗、章宗之隆，府库充实，天下富庶。"② 黄华诗的这类境界，在一定程度上，使我们得以管窥金代较繁荣时期社会风貌之一斑。

　　"艺术境界主于美"③，黄华诗创造了多种不同的艺术境界，有的高朗清寂，有的萧散超然，有的明丽欣悦，但无论怎样，都有一种较高的审美价值。它们的共同特征在于能够"去俗"，如黄山谷所说："笔下无一点尘俗气。"④ 诗人能使自己的心灵洗去尘垢，脱略凡庸，进入一种高度纯净的审美境界，然后再以这种处于审美境界的心态来构造诗的审美境界。因此所造之境，使人们的心灵在审美的天地里得到澡雪、净化。正如恽南田在评论唐洁庵画境时所说的"谛视斯境，一草一树，一丘一壑，皆洁庵灵想之所独辟，总非人间所有，其意象在六合之表，荣落于四时之外"⑤，正可移评黄华诗的审美境界。再一个特征可称为心灵的超越性。诗人对世态人生有深沉的感慨，但他从来不使自己的情感激荡于诗的境界之中而是同所造之境保持一定的心理距离，以一种静观的、谛视的态度来创造诗境。因此，黄华诗的境界总是观照性的，诗人不是那种把主体全副熔化于诗中，写出激情奔进的

---

① （元）脱脱等：《金史》卷12《章宗纪》4，中华书局1975年版，第285页。
② （元）脱脱等：《金史》卷109《许古传》，中华书局1975年版，第2416页。
③ 宗白华：《美学散步》，上海人民出版社1981年版，第70页。
④ （宋）黄庭坚：《山谷题跋》卷2《跋东坡乐府》，中华书局1985年版，第15页。
⑤ （清）恽格：《瓯香馆画跋》，见王云五主编《书学心印》，商务印书馆1937年版，第133页。

作品，而是一种带有距离感的情感投射。

三　王庭筠诗的风格特征

　　王庭筠主要生活于金朝文化大为繁盛的世宗、章宗时期。这段历史时期内，金朝统治者崇尚文治，因此"一时名士辈出"①，"政令脩举，文治斓然，金朝之盛极矣"②。在这种文化气氛中，诗坛也十分繁荣，并且由"借才异代"的局面转入成熟阶段，形成金诗自己的特色。王庭筠是金代中期的重要诗人，在金源一代的诗史上也有较突出的地位。元好问曾赞他"百年文章公主盟"③，虽然不免于有些夸张口气，但在金代中期诗坛，王庭筠可以说是一位体现金诗特色的杰出诗人。

　　关于王庭筠诗歌的艺术风格，前人已不乏评说。金代文学家李纯甫推崇说："东坡变而山谷，山谷变而黄华，人难及也。"④ 意谓黄华诗的风格是承祧苏黄一脉而加以发展，并可与之比肩。赵秉文则对王庭筠诗颇致微词："王子端才固高，然太为名所使。每出一联，必要时人称之，故止是尖新。"⑤ 刘祁则把"尖新"视为当日诗坛的时代风会："明昌、承安间作诗者尚尖新"⑥。那么，王庭筠也就成了"尖新"诗风的代表人物。事实上，当代一些学者也都持这种看法，有的学者指出，尖新奇峭的诗风是江西诗风在金源诗人中的影响形成的，王庭筠代表了这种风气。然而，就王庭筠的现存诗作来看，很难用"尖新"对黄华诗的风格一言蔽之。

　　金源诗歌受宋诗尤其是江西诗风的影响，这是事实，毋庸置疑。然而，这也是一般性的倾向。金代社会有自己政治、经济、民俗等方面的特点，北方士大夫的心理结构与南方士大夫也未必全同。金代文化生长在北方土地上有它独特的、异于南方的质素。金初文化"借才异代"，文人士大夫大抵"皆宋儒，难以国朝文派论之"⑦，后至世宗、章宗时期，便逐渐形成了金朝自己

----

① （金）刘祁：《归潜志》卷12，中华书局1983年版，第132页。
② 同上。
③ 金毓黻：《黄华集》附录，见《丛书集成续编》第133册《宁极斋稿》1卷，新文丰出版公司1989年版，第142页。
④ （金）刘祁：《归潜志》卷10，中华书局1983年版，第119页。
⑤ 同上。
⑥ 同上书，第85页。
⑦ （金）元好问：《中州集》卷1，中华书局1959年版，第33页。

的文化特色。《金史》言金源文学创作"一代制作能自树于唐、宋之间"①，是说金代文学有不同于唐、宋的特异风貌。王庭筠正是金代文学特色的代表作家之一。在他的诗作中，自然有北宋文学很深的影响，江西诗风也确实对其诗有沾溉濡染之痕，如《韩陵道中》等诗，确乎有山谷诗境的影子，但这不构成黄华诗的主要特色。他也受着唐代诗人王维、刘长卿等以写山水题材著称的诗人影响，再往前溯源，陶渊明那种自然恬淡而又韵味醇美的诗风，又何尝没有滋育着黄华诗的奇葩。但王庭筠终归是王庭筠，他虽熔众家于一炉，但锻炼出来的是属于他自己的独特诗格。（与之相比，赵秉文的诗就更多地背着其他诗人的影子）。从现存篇什而言，黄华诗的风格特征可以用峻洁而不险怪，清新而不尖涩这两句话加以概括（关于黄华诗的具体分析已见前两部分，兹不赘言），可说是得"江西"新异之长，弃"江西"蹇涩之短。

王庭筠诗风与江西作法有两点主要差异。首先，江西派奉山谷的"无一字无来处""点铁成金、夺胎换骨"为开山纲领，诗中典故丛生。江西诗（以黄山谷为代表）产生了许多构思奇特、含意深隽的佳构。同时，也有许多滞涩钩棘的篇什。论者诟病为"掉书袋"。这种浓重的书卷气，在黄华诗中极难觅得踪迹。黄华诗很少用典，也很少借助前人之语隐括点化，绝大多数是直接从客观世界撷取审美表象，然后以自己独特的感受熔铸之。另外一点，江西诗风着意追求诗歌意象的突兀奇崛，竟至时而流入险怪，山谷诗中便多有此例。黄华诗的意象则是清新而不险怪。如"人随白雁霜前到，诗绕青山马上成"、"风如惜花影，不肯生微涟"等意象，都涉想新奇，而绝不流入诡谲险怪一派。

王庭筠在力避陈俗这一点上，是接近于山谷和江西诗风的。黄山谷力倡反俗。"笔下无一点尘俗气"、"胸中俗气一点无"等说法，在山谷题跋或尺牍中俯拾即是。落实到创作实践中，就是诗的境界峭洁拔俗，超轶绝尘。王庭筠似乎是颇为理想地体现了山谷这种去陈反俗的主张。黄华诗确乎是格高调逸，淡雅超绝，而极少尘俗之气，这也许是山谷对他的影响所致。

总的说来，王庭筠诗歌的风格可说是"新而不尖"。没有连篇累牍的典故，又扬弃了宋诗中的意象险异之病。他从唐诗那里学得了创造优美的境界，却又不是那样圆熟。王、孟的神韵天然，杜甫的浑融沉郁，山谷的生新峻洁，都在他的诗中得以熔冶，尽管他的成就和影响远不能与前列这几位大诗人比拟，但他毕竟发出的是自己的声音。

---

① （元）脱脱等：《金史》卷125《文艺传》上，中华书局1975年版，第2713页。

金代女真与汉文化 *

一

　　金朝开国以后，女真社会迅速地从奴隶制进入封建制，社会结构的变化是非常明显的。另一方面女真民族文化素质得到了空前的提高，由开国前那种较为原始的、蒙昧的文化形态，提高到了初具封建文化规模的文化形态。就个人的文化心理而言，作为游猎民族的成员，女真人素以粗犷蛮勇著称，"俗勇悍，喜战斗"①，而在进入金代中期以后，女真人竞以儒雅为尚，文风大盛，很多世袭的猛安谋克都弃武修文，世风多喜文采风流。就文学创作来说，金源一代的诗文成就，蔚然可观，远轶辽、元文坛。其中，女真作家如完颜璹、金章宗、完颜璟等人的诗词创作有相当高的艺术水平，并已形成了自己的独特风格。其他女真贵族也多有能诗善文者。这种崇尚儒雅风流，以诗文为能事的风气，比起开国前没有文字，"赋敛科发射箭为号，事急者三射之"②的原始形态的"落差"，何啻霄壤。女真民族文化层位的提高，主要的原因在于大量地吸收、融合了汉文化元素，改变了原有的文化构成。汉文化元素的大量渗入，有力地刺激了女真民族文化层位的提高与民族文化心理的位移。那些本来"只识弯弓射大雕"的猛安谋克健儿，渐渐地开始厌武修文、吟诗作赋，主要是汉化的结果。不难看出，在女真社会的发展中，汉文化的介入，是最关键的助力。本文仅从共时性维度，对精神文化方面一些基本元素进行横切面剖解，来考察女真人与汉文化的关系，并且试图探索

<hr>

　　* 本文刊于《中州学刊》1989 年第 3 期。

　　① （金）宇文懋昭：《大金国志》卷 39，见王云五主编《万有文库第二集七百种·大金国志》下册，商务印书馆 1936 年版，第 297 页。

　　② （金）宇文懋昭：《金志·初兴风土》，见王云五主编《丛书集成》初编，商务印书馆 1939 年版，第 6 页。

女真人迅速接受汉文化的主要原因以及对女真民族本身带来的影响。

二

科举与教育。金代科举，一开始便是参酌汉制，再结合本朝的特点创设的，无论是科目设置还是考试内容，都充满了汉文化精神。金代科举设科，始有词赋、经义、策试、律科、经童等科。大定十一年（1171）又创设了女真进士科。明昌初，又设置宏词科。这些科目除女真进士外，都是仿效辽宋科举而设立的。而"辽起唐季，颇用唐进士法取人"①，"金承后，凡事欲轶辽世，故进士科目兼采唐、宋之法而增损之"②。

金代科举的考试内容，与唐宋科举基本一致，都是汉文化中的经史典籍，词赋诗文，如正隆元年（1136）的科举考试，即"命以五经三史正文内出题"③。而女真进士与其他科目的不同，仅在于它是以女真大、小字应试，内容则无甚差异，仍是五经三史等汉文化典籍。

女真统治者对教育的重视超过了前此任何一个少数民族政权。建立了上下一体、遍及全国的教育网络。中央、府、州都有官办学校，而且规定统一的教学内容，形成了较为完备的教育体制。而教学内容，则完全是汉文化经典。各级学校的规定教材，如经学，《易》则用王弼、韩康伯注。《书》用孔安国注，《诗》用毛苌注、郑玄笺，春秋左传用杜预注，礼记用孔颖达疏。……这些经典史籍的注疏本，都是经学中的权威之作，是汉文化系统中有高度学术价值的东西。女真学与汉学的教学内容相同，不过用以女真大小字所译经史。文字属于女真人自己的，思想内涵则仍是汉文化系统的东西。

典章礼乐。在女真民族的原初文化形态中，谈不上什么典章礼乐。侵宋以后，女真统治者从汉文化中汲取了许多典章礼乐，以建立、完备本朝制度。史载："金人之入汴也，时宋承平日久，典章礼乐粲然备具。金人既悉收其图籍，载其车辂、法物、仪仗而北，时方事军旅，未遑讲也。既而，即会宁建宗社，庶事草创，皇统间，熙宗巡幸析津，始乘金辂，导仪卫，陈鼓吹，其观听赫然一新，而宗社朝会之礼，亦次第举行矣。"④ 世宗则参酌唐

---

① （元）脱脱等：《金史》卷51《选举志》1，中华书局1975年版，第1129页。
② 同上。
③ 同上书，第1135页。
④ （元）脱脱等：《金史》卷28《礼志》1，中华书局1975年版，第691页。

宋，制定本朝礼制，以理论形态固定下来。"世宗既兴，复收向所迁宋故礼器以旋，乃命官参校唐、宋故典沿革。开'详定所'以议礼，设'详校所'以审乐，……至明昌初书成，凡四百余卷，名曰《金纂修杂录》。"① 从文献上看，金源礼制愈加繁缛，如郊祀、宗庙、禘祫等都是如此，而其基本参照系都是唐宋礼制，

乐制情形大致相同。女真在侵辽战争中获得了汉乐，为其所用。"初，太宗取汴，得宋之仪章钟磬乐虡，挈之以归。皇统元年。熙宗加尊号。始就用宋乐。"② 到章宗时代，开始注意参照唐宋乐制，从理论上规定本朝乐制："明昌五年（1194），诏用唐宋故事，讲仪礼乐。"③ 在音乐观念上，女真人接受了儒家"中和之美"的思想。章宗曾论乐道："尝观宋人论乐，以为律主于人事，不当泥于其器，要之在声和而已。"④ 力求和谐，这正是汉文化传统中"中和"美学思想的濡染。

文学。在未接受汉文化之前，女真人只能算是处于"前文学"状态。金文学的起点，应该是所谓"借才异代"。元好问谈到这种情形："国初文士如宇文大学（虚中）、蔡丞相（松年）、吴深州（激）之等，不可不谓豪杰之士，然皆宋儒，难以国朝文派论之"⑤，这些汉族士人所创作的诗文，自然是"正宗"的汉文学。女真人的文学就以此为开端，从文字到形式、体裁、格律，都属汉文学系统。在诗文创作的内在质素上，女真作家也有着一个逐渐趋近汉文化的过程。我们可以从海陵王、章宗、完颜璹等女真作家的篇什中，感受到这样一个过程。海陵王诗词较为典型地代表着女真人刚刚接触汉文诗词时那种质拙朴野的状态和艺术上颇不成熟的程度。其诗如："蛟龙潜匿隐苍波，且与虾蟆作混和。等待一朝头角就，撼摇霹雳震山河。"（《书壁述怀》）诗之气度豪犷不凡，风格雄鸷，胸中大志勃然而出，可说是一片"天籁"，透射出女真人那种质野雄豪的心态。在艺术上则较为粗糙浑朴、笔触恣厉。章宗的诗词风格则是典丽精工。诗如："五云金碧拱朝霞，楼阁峥嵘帝子家。三十六宫帘尽卷，东风无处不飞花。"（《宫中绝句》）词如："几股湘江龙骨瘦，巧样翻腾，叠作湘波皱，金镂小钿花草斗，翠条更结同心扣。金殿日长承宴久，招来暂喜清风透。忽听传宣须急奏。轻轻褪入

① （元）脱脱等：《金史》卷28《礼志》1，中华书局1975年版，第691页。
② （元）脱脱等：《金史》卷39《乐志》上，中华书局1975年版，第882页。
③ 同上。
④ 同上书，第883页。
⑤ （金）元好问：《中州集》卷1，中华书局1959年版，第33页。

香罗袖。"（《聚骨扇词》）艺术上细腻而成熟，雍容典丽，海陵王、章宗在创作上的差异，固然是个人风格的不同，但似乎也说明了这种倾向：女真作家渐而脱离了原来那种质朴粗憨的心态，而向汉文化趋近，女真族文学家完颜璹更典型地体现出在审美心理上向汉文化的深层机制趋近。其诗如："陂水荷凋晚，茅檐燕去凉，远林明落景，平麓淡秋光。群牧归村巷，孤禽立野航。自谙闲散乐，园圃意犹长。"（《北郊晚步》）完颜璹的诗作宛如一幅幅淡远的水墨画，以写意笔法抒情摹景，抒写出诗人淡泊的胸次。诗歌风格萧散淡远、豪华落尽，深得王孟一派山水田园诗之真谛。可以说，完颜璹完全涵泳于汉文化精神之中了。

金源一代，女真人在文学上受汉文化的濡染最为深广。这种濡染浸润到民族心理结构的审美层次，不仅是表层的艺术形式的同一，而且在深层的气质、格调等因素上也逐渐与汉文化认同。

三

女真民族在金朝开国之后，各个方面深受汉文化的濡染渗透，迅速趋向汉化，其主要原因何在？这种趋势对女真民族的发展产生了怎样的影响？

首先，我们认为女真民族所以能在建国以后迅速接受汉文化元素，大幅度地提高了本民族文化的层位，是与统一的、成熟的女真民族的最后形成和军事上的胜利、充当征服者的角色有密切的关系的。

统一的女真民族的形成，作为大量接受汉文化的先决条件，可以从女真人的前世，肃慎、挹娄、勿吉、靺鞨等种族的文化发展——极为原始的文化形态中得到反证。它们经历了千余年的历史沧桑，而文化形态的进程却是极为缓慢的。而只有当他们在军事上以胜利者的姿态，站在辽、宋王朝面前，任意攫取那些目迷五色的灿烂文化元素之后，他们才能真正地占有这种文化。军事上的征服者和文化上的被征服者，是同一个演员所扮演的两个角色。马克思的精辟概括适足说明女真文化与汉文化的这种双向关系："野蛮的征服者总是被那些他们所征服的较高文明所征服，这是一条永恒的历史规律。"① 这种文化上的"被征服"，在女真人这方面来说，是主动的、心悦诚服的。当女真人的铁蹄踏碎了北宋的金瓯、耀武扬威地把北宋王朝的仪仗、钟磬、礼器以及许多经史典籍据为己有的同时，他们就向汉文化树起了

① ［德］马克思、恩格斯：《马克思恩格斯选集》，人民出版社 1965 年版，第 181 页。

"降旌"。这个时候，女真民族，已是一个"自为"的民族，要摆脱那种原始的文化形态，要享受先进民族的物质文化与精神文化，要使民族自身得到更为完善的发展，眼前的汉文化模式正是最佳参照系统。实事求是地说，宋金之间的战争，充当了女真文化与汉文化融合的某种媒介。

女真文化接受汉文化速度之快、范围之广、程度之深，又和南宋与金南北并峙的局面不无关系。作为北宋王朝的赓续，南宋王朝与金王朝划淮而治，虽是半壁江山，但文化上的发展繁荣却没有奄息停顿。南宋城市经济颇为发达，临安等大城市显示出富庶繁华的景象，这对隔水相望的金人，有很强的刺激作用。据说北宋著名词人柳永在其名作《望海潮》（"东南形胜"）中描绘的余杭（南宋首都临安）繁华，使海陵垂涎三尺，"欣然有慕于'三秋桂子，十里荷花'，遂起投鞭渡江之志"①。这生动地说明了南朝文明对女真统治者的刺激作用之强烈。在思想界，南宋出现了朱熹、陆九渊、叶适这样一些著名的思想家。在文学界，则涌现了陆游、杨万里、范成大等一些杰出诗人与辛弃疾、李清照、姜夔等著名词人，成就并不亚于北宋。南宋封建文化的蔚兴，自然而然地对女真人产生了深刻影响。宋、金之间除了几次大战役外，大部分时间是并峙共处，而且正常往来，双方屡屡互派使者。南宋那种较高层次的文化，通过种种渠道，源源流向北方。不能不说南宋与金并存，为女真接受汉文化提供了现实条件和激素。

金代女真对汉文化的大量吸收，对女真民族自身产生了怎样的影响呢？这要从两个方面来认识。就其积极意义而言，首先在于极大程度地提高了民族文化素质。女真人原来没有自己的文字，文化素质极低。在文化发展过程中，他们参照汉文和契丹文创造了女真文字，又兼之科举制度的完善，女真进士科的设置，刺激了许多女真人对"读书做官"的道路趋之若鹜。从中央到地方官办的女真学的普及化、网络化，使更多的女真人得到了受教育的机会。又由于教育的内容都是汉民族文化积淀下来的经史萃华，受教育的女真人所接受的，都是汉文化中文学、史学、哲学中的成熟体系，这就使女真的文化素质得到了空前提高，逐渐改变了女真作为游猎民族那种粗糙朴野的心理结构。

女真人接受了汉文化的另一个重要意义，是极大地加快了女真社会由奴隶制向封建制的转化。汉文化中有一整套发达的封建秩序、伦理道德观念、国家机构模式等。女真统治者借鉴这些文化元素在一个很短的时期内建立起

---

① （宋）罗大经：《鹤林玉露》，上海书店1990年版，第290页。

初具规模的封建关系，制订一套适合封建关系的职官制度、礼乐制度、法律制度，所有这些，都有力地促进了女真封建化的实现。

然而，女真人的汉化，大量吸收汉文化元素，对于女真民族自身肌体来说，也有着消极作用，那便是在中华文明儒雅之风熏陶之下，女真人在其原初野蛮性消退的同时，那种勇武纯朴的民族精神也渐趋沦丧。女真民族本是游猎民族，有着勇武强悍的民族性格。当他们入据中原，接触了大量的汉文化元素后，渐渐丧失了女真人赖以起家的勇武精神，却争羡儒雅。他们得到了中原的沃土，却不能适应汉人的农业生产方式。他们学会了汉人的儒雅，却不会像汉人那样勤于经营自己的土地。他们失去了赖以起家的勇悍精神，却没有得到汉人那种勤恳耐久的韧性品格。日本学者三上次男先生论述这种情况说："由于耽于中国文明、奢侈和懒惰，经济消费增大了。众所周知，起兵以前，一般女真人是在东满州森林地带过着以狩猎为主的素朴生活的。自从金称霸华北以来，他们陆续迁入了新领土，骑在汉人头上作威作福，但他们的文化生活都很低，实质上不能对抗被统治的汉人因而在文化和经济两方面，反而受着汉人的强烈影响。他们本来就不擅长农事，于是忘掉了农耕，抛弃了武功，一味追求中国文明，他们把田地租给汉人耕种，自己却不动手，一味沉溺于懒惰生活。这种情形，当然加速了他们的贫困化。"① 这基本上是符合历史状况的。

在汉文化的熏陶下，很多世膺武职的猛安谋克，都欣羡于汉族士大夫的儒雅风流，学着做起"雅士"来。《归潜志》载："南渡后，诸女真世袭猛安谋克往往好文学，喜与士大夫游。"② 甚至许多世袭猛安谋克，竞相参加进士考试，弃武从文。章宗朝元老宿臣徒单克宁对这种情况十分忧虑，他说："承平日久。今之猛安谋克其材艺已不及前辈。万一有警。使谁御之？习辞艺，忘武备，于国弗便。"③ 可见，崇尚文弱儒雅已成为一种令人担忧的普遍倾向。因此，在蒙古军的进攻面前，"猛安谋克兵已丧失了质朴刚毅的风习和他们依靠的社会组织。比起蒙古军的精悍、坚强来显得分外脆弱"④，这不能不视为大量的汉文化元素的渗入给女真民族带来的消极影响：中华文明使女真人聪明了，儒雅了；同时，也使他们奢侈了，文弱了。

① ［日］三上次男：《金代女真研究》，金启孮译，黑龙江人民出版社 1984 年版，第 201 页。
② （金）刘祁：《归潜志》卷 6，中华书局 1983 年版，第 63 页。
③ （元）脱脱等：《金史》卷 92《徒单克宁传》，中华书局 1975 年版，第 2052 页。
④ ［日］三上次男：《金代女真研究》，金启孮译，黑龙江人民出版社 1984 年版，第 237 页。

　　女真文化与汉文化的融合，是历史的必然要求，也是顺乎历史的趋势的。汉文化的渗透与介入，对女真社会的变革起了极为重要的作用，因此，客观地、历史地认识这种文化整合现象，并给予正确的评价，对于女真史研究以及民族文化研究，都是很有意义的。本文的探讨虽然是粗浅而片面的，但希望它能作为"引玉之砖"，使学术界的视线注意一下这个领域。

金代女真词人创作的文化品格[*]

一　金词：在另一片文化土壤上

词以宋称，足见词艺在有宋一代登峰而造极。斯不待言。而崛起于北方原野、与宋对峙的金朝。于词也颇多可述。宋金虽为敌国，而其文化交融互渗，则非淮河天堑所可阻隔。也许正是宋词的刺激，金源一代亦是词家辈出，词作浩繁。唐圭璋先生辑录之《全金元词》，收录金代词人 70 位，词作 3572 首，足称可观。以前学术界极少论及金词成就，或许是囿于正统观念吧。发掘这份遗产，客观地评价它的文化价值与审美价值，应该说是大有益处的。

金词之煨兴，自然离不开宋词这个母体。没有宋词也便没有金词。金朝的统治主体是女真民族，而女真人在灭辽侵宋之前，在文化形态上处于十分原始的层位。没有文字，有事以射箭为号，不知岁月晦朔。所谓歌曲，也不过是学鹧鸪声叫的"鹧鸪曲"而已。当然更谈不上诗词创作。经过灭辽侵宋战争，女真人接触了大量的汉文化元素，深深倾慕于中原文明。因而从伦理观念、礼仪制度、典章文物、国家机构、文学艺术等诸多方面，全方位地吸收汉文化，使女真民族的文化心理在汉文化的渗透下发生了深刻变迁。在文学上，金初的诗词都可以说是宋诗、宋词的分蘖或移植，这个时期活跃于文坛的作家如宇文虚中、吴激等人，都是由宋而入金的。正如清人庄仲方在《金文雅·序》中所说："金初无文字也，自太祖得辽人韩昉而言始文；太宗入宋汴州，取经籍图书，宋宇文虚中、张斛、蔡松年、高士谈辈后先归之，而文字煨兴，然犹借才异代也。"[①] 可以说，金诗、金词，在其伊始之

---

[*]　本文刊于《民族文学研究》1989 年第 6 期。
① 　（清）庄仲方：《金文雅·序》，吉林人民出版社 1998 年版，第 1 页。

际，都是从宋诗、宋词的大树上分出的树杈。

但是，能否因此便说，金诗、金词全然是宋诗、宋词的影子，而没有自己的特色呢？恐怕不能这样说。这一点，也许正是我们与某些研究者的分歧所在。在所读到的为数不多的金诗、金词研究论述中，一般都更多地看到金诗、金词受宋诗和宋词的深刻影响，看到双方的密切联系，而鲜能找出双方的差异所在，少有能论及金源文学的独特成就的。而这，恰恰是我们所要探寻的目标所在。

正如"橘越淮而为枳"一样，金词虽然胎息于宋词，但它生长在北方大地，逐渐形成了自己的文派特点。这种特点由金源词人所植根的文化土壤所决定。诚然，金源文坛上主要是汉族作家，但这些作家生长于北方，他们与南方作家有心理素质上的某种差异。幽并之气慷慨，河朔词义贞刚，金源作家群又有许多是生长在这一文化圈内。像李纯甫、雷希颜、李经等人那种豪犷不羁、慷慨任气的性格特征，就很典型地体现着北方士人的文化心理素质。就词而论，与金对峙的南宋词坛，固然有辛稼轩那样"大声鞺鞳，小声铿鍧"[1] 的黄钟大吕之声，（请注意，稼轩本来亦是北人），但更多的是像白石、草窗、梦窗、碧山那样的深婉秀逸之作（就其共同之处而论）。金源之词，就其大略倾向而言，没有那么深曲，没有那么典雅蕴藉，也没有那样琢饰圆润，却多了几分清越，几许疏爽。情感表露也是直多于曲。前人已有慧眼洞悉此中分野。清人陈匪石云："金据中原之地，郝经所谓歌谣跌宕，挟幽并之气者，迥异南方之文弱。国势新造，无禾油麦秀之感，故与南宋之柔丽者不同，而亦无辛刘慷慨愤懑之气。"[2] 这就很明白地指出了金词的特点与其文化气氛之间的内在亲缘。清末况周颐说得很明确："金源人词伉爽清疏，自成格调。"[3] 也就是说金词形成了迥异于宋词的独特风格，我们觉得这种看法是较为切合金源文学的实际状况的。金词之所以与宋词不同，正因为它生长在另一片文化土壤上。而金源词坛上女真词人的创作，一方面体现着金词的整体风格，另一方面有着更为复杂的文化品格。

---

① （宋）刘克庄：《辛稼轩集序》，见傅云龙、吴可主编《唐宋明清文集》第 1 辑《宋人文集》卷 4，天津古籍出版社 2000 年版，第 2518 页。

② （清）陈匪石：《声执》，见唐圭璋《词话丛编》第 4 册，中华书局 1986 年版。

③ （清）况周颐、王国维：《蕙风词话·人间词话》卷 3，人民文学出版社 1960 年版，第 61—62 页。

二　女真词人：两种文化心理淤积汇流

我们所能见到的女真人的词作，主要有海陵王完颜亮，金章宗完颜璟，密国公完颜璹的作品，其他尚有两三人，如世宗完颜雍与完颜从郁等，但作品太少，且无特色，故不拟讨论。完颜亮、完颜璟、完颜璹的词作各有其代表意义，反映出较为复杂的文化心理，体现出女真原初文化心理与汉文化的交融互渗。

海陵王完颜亮，本名迪古乃，是金太祖之孙，宗干之子。海陵雄杰不凡，少有大志，不肯居于人下，野心勃勃。未得帝位时，曾有《书壁述怀》一诗，云："蛟龙潜匿隐苍波，且与虾蟆作混和。等待一朝头角就，撼摇霹雳震山河。"就中可见其按捺不住的雄心大志。海陵王以弑杀熙宗而得帝位，即位后穷兵黩武，必欲并吞江南河山，倾国家之物力，发动大规模的南侵战争，终至身死名裂。海陵王身上有着女真民族固有的那种雄鸷猛悍的气质与朴陋的原初文化心理。同时，又有着较好的汉文化教养，"读书有文才"①，他对中原文明是颇为倾慕的，"迨亮弑亶（金熙宗）而自立，粗通经史，知中国朝著之尊，密有迁都意"。② 海陵的词作透射出女真人的雄鸷强悍之气，也反映出女真族词人在词学修养上所达到的深度。较为典型的篇什是《鹊桥仙·待月》：

> 停杯不举，停歌不发，等候银蟾出海。不知何处片云来，做许大、通天障碍。　　虬髯捻断，星眸睁裂，唯恨剑锋不快。一挥截断紫云腰，仔细看，嫦娥体态。

这首词写的是等待月出时的焦急心情，从中投射出词人那种儳急强悍的蛮野之气。词中出现的待月之人，不是袅袅婷婷、豆蔻梢头的妙龄少女，也非多愁善感、文采风流的白面书生，而是虬髯星眸、手挥利剑的赳赳武夫。为了看到"嫦娥体态"，恨不能挥剑斩断"紫云腰"，充分表现出海陵王的性格，想要得到什么，不惜一切，必欲得之而后快。史称海陵"为人儳急，多猜

---

① （金）刘祁：《归潜志》卷1，中华书局1983年版，第3页。
② （金）张棣：《金虏图经·京邑》，见崔文印《大金国志校证》附录2，中华书局1986年版，第593页。

忌，残忍任数"①，在这首词里也有某种程度的反映，字里行间透射出来女真族勇鸷猛悍的民族性格。

《念奴娇》一词写下雪时的情景："天丁震怒，掀翻银海，散乱珠箔，六出奇花飞滚滚，平填了山中丘壑。皓虎颠狂，素麟猖獗，掣断真珠索。玉龙酣战，鳞甲满天飘落。"这些意象都有着雄奇猛悍的特征，表现着作者的个性，充满了力的美感，气势非凡。《喜迁莺》词可能作于南侵之际，词中描写出征的场面与气势："旌麾初举，正驶骢力健，嘶风江渚，射虎将军，落雕都尉，绣帽锦袍翘楚、怒磔戟髯，争奋卷地，一声鼙鼓。笑谈顷，指长江齐楚，六师飞渡。"就这次南侵战争的性质而言，自然是一场不义的战争，它也葬送了海陵王自己。但就词作本身而言，充满了一种豪放勇武的美感，读之使人撼奋。

海陵王词语言极富力度，词中洋溢着一种生命的亢奋和一种游猎民族的野性，从表情方式上看，是喷薄而出，直抒胸臆，以气夺人，而少淳泓含蓄之致，委婉曲折之笔。因此，海陵王词突出地反射出女真民族那种质朴勇鸷的原初文化心理。从词的语言运用、形式把握等方面来看，又达到了相当的高度，可以见出女真词人接受汉文化影响的深度所及。

金章宗完颜璟，世宗之孙，宣孝太子之子，小字麻达葛。是金朝历史上最为崇尚文治的君主。《归潜志》谈到宣孝太子与章宗倾慕汉文化、崇尚文治时说："宣孝太子最高明绝人，读书喜文，欲变夷狄风俗，行中国礼乐如魏孝文。天不祚金，不即大位早世。章宗聪慧，有父风，崇尚儒雅，故一时名士辈出。大臣执政，多有文采学问可取，能吏直臣皆得显用，政令修举，文治烂然，金朝之盛极矣。然学止于词章，不知讲明经术为保国保民之道，以图基祚之长。"② 就中可以看出，女真文化心理的变迁，是金代社会发展的必然趋势。改变女真民族那种朴陋质野的文化形态，全面吸收汉文化，是几代君主的努力。宣孝太子虽然未能即帝位，但他的文化倾向深深影响了章宗。在章宗朝，对文治的崇尚达到了顶峰。而章宗的文治，更侧重于词章，也就是注重文学创作的辞采，倡导美文，这又是一种偏仄。这种偏仄又刺激了文坛，使当日文风趋于藻丽华美，"明昌、承安间，作诗者尚尖新"③。当

---

① （元）脱脱等：《金史》卷 5《海陵纪》，中华书局 1975 年版，第 91 页。

② （金）刘祁：《归潜志》卷 12，中华书局 1983 年版，第 136 页。

③ （金）刘祁：《归潜志》卷 8，中华书局 1983 年版，第 85 页。

时有个人叫张耷的，因有文名而被朝廷召用，而"其诗大抵皆浮艳语"①，可见当日诗坛风气，词坛亦如此。这种风气的形成，与章宗本人的倡导及创作实践的影响有关密切系。"章宗天资聪悟，诗词多有可称者。"② 而这些诗词，基本上可说以辞采华美为特点。我们不妨读一下章宗现存的两首词，一首是《蝶恋花·聚骨扇》：

> 几股湘江龙骨瘦，巧样翻腾，叠作湘波皱。金缕小钿花草斗，翠条更结同心扣。　　金殿珠帘闲永昼，一握清风，暂喜怀中透。忽听传宣须急奏，轻轻褪入香罗袖。

另一首是《生查子·软金杯》：

> 风流紫府郎，痛饮乌纱岸。柔软九回肠，冷却玻璃碗。
> 纤纤白玉葱，分破黄金弹。借得洞庭春，飞上桃花面。

这两首词都是咏物小令，前者咏聚骨扇，后者咏擘橙以为之的"软金杯"。两首词都别无寄托，而又都有宫女形象。在物象的刻画上，词人的笔致精巧细腻，清新生动，而辞采都较为华丽。《蝶恋花》词上阕写扇，下阕写执扇之宫女，两相映衬，玲珑可喜。《生查子》以"风流紫府郎"与"纤纤白玉葱"对举，也是相映成趣，使这首咏物之作不粘于物象摹写。这两首词又都有较浓的宫体味儿，辞采秾丽更是其共同特点。

　　章宗的词作标志着女真人吸收汉文化过程中的一个阶段，一个层面，即是对汉文化中美文的欣羡与认同。追求语言修饰，设色秾丽，讲究艺术形式，这是汉文学在两晋及南朝时期走过的道路。由自在的素朴转而为自为的华美，这似乎是文学发展的一个必经阶段，而更高的层次应是"既雕既琢，复归于朴"③、"发纤秾于简古，寄至味于淡泊"④ 的境界。如果说，章宗词体现了"自为的华美"这样一种文化心理，那么，更高的境界则是由完颜璹来体现的。

---

① （金）刘祁：《归潜志》卷 8，中华书局 1983 年版，第 85 页。
② 同上书，第 3 页。
③ 《庄子·山木》，见郭庆藩《庄子集释》卷 7，中华书局 1961 年版，第 677 页。
④ （宋）苏轼：《书黄子思诗后》，见牛宝彤选注《三苏文选》，四川人民出版社 1983 年版，第 123 页。

　　完颜璹是金代女真族最为杰出的诗人、词人。他的文学成就标志着女真作家的最高水准。完颜璹是世宗之孙，越王永功之子。字仲实，一字子瑜。号樗轩老人，封密国公。完颜璹"博学有俊才"①，尤长于诗词创作，"平生诗文甚多。自删其诗，存三百首，乐府（即词）一百首，号《如庵小稿》"②，《全金元词》存其词九首。完颜璹受汉文化濡染颇深，他对生活抱着儒家那种"一箪食、一瓢饮，在陋巷。人不堪其忧，回也不改其乐"③的态度，安贫乐道，萧散淡泊。本来贵为王胄，却宛如一寒士。他十分乐于同汉族士大夫交游，"时时潜与士大夫唱酬"④，"以讲诵、吟咏为乐"⑤。刘祁谈他对完颜璹的直接印象说："其举止谈笑真一老儒，殊无骄贵之态。后因造其第，一室萧然，琴书满案。"⑥一派修养醇深的士大夫风度。

　　完颜璹的词作，含蓄蕴藉，笔致深婉，意境深邃悠远，臻于渐老渐熟、豪华落尽的境地。如《春草碧》一词：

　　　　几番风雨西城陌，不见海棠红，梨花白，底事胜赏匆匆，正自天付酒肠窄，更笑老东君，人间客。　　　赖有玉管新翻，罗襟醉墨，望中依栏，如曾识，旧梦回首何堪。故苑春光又陈迹，落尽后庭花，春草碧。

这首词是惜春之作，但却寄托了词人的"伤心人怀抱"。词借风雨暮春、花事凋零的景象，写出了对"无可奈何花落去"般的衰颓时局的感伤。"几番风雨"四句，写出风狂雨骤过后花儿残败的情形，同时暗写出姹紫嫣红的盛春情景。其中包含着词人深重的叹息。下面则由景物转入抒情主人公。春光虽好，却又匆匆归去，引出赏春人的无限悲哀。下阕充满了对昔日春光的留恋与惋惜。这首词用比兴象征的手法，抒写了词人对国势的估计与忧怀。金王朝曾有过安定繁荣的时期，世宗时便被称为"小尧舜"。但好景不长，金朝便走了下坡路，颓势日显。宣宗南渡后更是江河日下。作为皇室成员的完颜璹，对国家的局势深为忧虑。词中"后庭花"的意象，就象征着亡国

---

① （元）脱脱等：《金史》卷85《完颜璹传》，中华书局1975年版，第1902页。
② 同上书，第1903页。
③ 杨伯峻：《论语译注》，中华书局1980年版，第59页。
④ （金）刘祁：《归潜志》卷1，中华书局1983年版，第4页。
⑤ 同上。
⑥ 同上。

的危机，"春草碧"则暗含着词人忧虑国事的凄迷心境。这首词委婉深曲，言近旨远，有着浑然完整的艺术境界。结构上也颇为细密。况周颐称赏此词"幽秀可诵"①，道出了完颜璹词的特点。

另有一首《青玉案》，也是"幽秀可诵"之作：

> 冻云封却驼冈路。有谁访、溪梅去。梦里疏香风暗度，觉来唯见，一窗凉月，瘦影无寻处。　　明朝画笔江天暮，定向渔蓑得奇句。试问帘前深几许，儿童笑道，犹是帘纤雨。

完颜璹的词以含蓄蕴藉见长，这首词便给人以题旨微茫之感。词人创造了整体的艺术氛围，却很难指实词的具体意蕴，但总的看来，是抒写个人的幽独情怀。词的上片主要写梅花的幽独，就中投射了词人的品格和胸臆。词人以梦幻来写梅，显得空灵摇曳，虚处生神。下片写词人的情怀，表现了他淡泊萧散的意绪。南渡以后，国势日颓，宣宗又对同宗防忌甚严，完颜璹的心境很抑郁，他很想遁入隐逸生活。这首词映现了他的人格与心境，艺术上意境深邃邈远，含蕴极多，意脉曲折回环，而情趣高洁雅致、隽永悠长。

完颜璹的词作，有很高的艺术造诣，已臻于"豪华落尽见真淳"的境界，标志着女真族接受汉文化影响渗透已经达到醇深的程度。海陵词怒张，章宗词华美，而完颜璹词可称简淡，简淡之中却又淳厚有味，这是词艺的高致。况周颐曾举完颜璹《临江仙》词中"熏风楼阁夕阳多，倚阑凝思久，渔笛起烟波"数句，评价道："淡淡着笔，言外却有无限感怆。"② 其实，这也正可以概括完颜璹词的整体特征。

海陵、章宗、完颜璹的词作风格各异，但都从不同程度上表现了女真族文化心理的变迁，以及女真原初文化与汉文化的融会。汉文化对女真文化的注入、渗透，大大提高了女真民族的文化层次。

三　余论：文化互渗与金词流向

金词与宋词之所以不同，首先在于文化土壤的不同。宋词多"南国情

---

① （清）况周颐，王国维：《蕙风词话·人间词话》卷3，人民文学出版社1960年版，第57页。

② 同上。

味"，秀雅温润者居多。金词多旷野气息，"伉爽清疏"，因北地多平野大漠，北人性情慷慨任气（这是就大略趋势而言，当然也有变例），金源士大夫多是北方之人，性格豪犷不羁者大有人在。李纯甫"纵酒自放"、"啸祖歌褅出礼法外"①，宋九嘉"为人刚直豪迈"②，李长源"为人尚气，跌宕不羁"③，其他如李经、周嗣明、张伯玉等，都有着这样一种慷慨任气、桀骜不驯的性格特征。这是北方文化圈内士大夫的较为典型的文化心理。在诗坛，形成了以李纯甫为代表的奇崛豪肆一派。在词坛上，也形成了清劲刚方的特点。况周颐这样来比较宋词与金词的差异：

> 南宋佳词能浑，至金源佳词近刚方。金词深致能入骨，知清真、梦窗是。金词清劲能树骨，如萧闲、遁庵是。南人得江山之秀，北人以冰霜为清。南或失之绮靡，近于雕文刻镂之技。北或失之荒率，无解深衷大马之讥。……金词之不同，固显而易见者也。④

总的来说，这段议论基本上道出了宋词与金词的不同特征。而所谓"得江山之秀""以冰霜为清，"也正是地域文化的差异。金源士大夫与女真人接触频繁，在心理素质上互相渗透，女真人的豪犷气质对汉族士大夫不能不产生深远影响，这对于金词清劲刚方的特点的形成，是个很重要的因素。

另一方面，原来"只识弯弓射大雕"的女真猛安谋克，在接触中原文明之后，非常欣羡汉文化的儒雅风流。他们有意识地接受汉文化的渗透，对于吟诗赋词，弈棋战象，产生了浓厚的兴趣，逐渐摆脱了女真族的原初文化形态。金熙宗在这方面是很有代表意义的："其亶之学也，虽不能明经博古，而稍解赋诗翰墨，雅歌儒服，分茶焚香，弈棋战象，徒祖宗之旧习耳。"⑤ 过去那些靠金戈铁马起家、身膺世袭武职的女真贵族的子弟，"习辞艺，忘武备"⑥，他们中间的很多人，宁愿抛弃曾引为自豪的猛安谋克身份，而去参加科举考试。他们对操觚弄翰的兴趣，似乎远在骑马射猎之上。女真

---

① （元）脱脱等：《金史》卷126《文艺传》下，中华书局1975年版，第2735页。
② 同上书，第2736页。
③ 同上书，第2741页。
④ （清）况周颐、王国维：《蕙风词话·人间词话》卷3，人民文学出版社1960年版，第57页。
⑤ （宋）徐梦莘：《三朝北盟会编》，上海古籍出版社1987年版，第1197页。
⑥ （元）脱脱等：《金史》卷92《徒单克宁传》，中华书局1975年版，第2052页。

贵族尤其乐于与汉族士大夫交游，并引以为高雅，"南渡后，诸女真世袭猛安、谋克，往往好文学，与士大夫游。如完颜斜烈兄弟、移剌廷玉温甫总领、夹谷德固、术虎士、乌林答肃孺辈作诗，多有可称。"① 密国公完颜璹也时时与士大夫唱酬，交游甚密。女真贵族与汉族士大夫的交往，正是出于对汉文化的倾慕。而女真人对汉文化的吸取，在文学方面（主要是诗、词）表现尤著。章宗朝崇尚文治，"仅止于词章"，恐怕也不是偶然的。女真人与汉族士大夫的交游，产生文化心理的互渗，对于女真人的词风，产生着值得重视的影响，那就是越加追求表现的精巧，讲究语言的典雅工丽，表情方式越加含蕴深曲。因此，在金源词坛上，汉族词人的作品与南宋比较，显得清劲刚方，而女真词人的作品，与自己的过去相比，则越加含蓄、华美、工丽。

---

① （金）刘祁：《归潜志》卷 1，中华书局 1983 年版，第 3 页。

从李纯甫的诗学倾向看金代后期
诗坛论争的性质*

一

无疑地，金王朝的气运由盛入衰乃至于急剧的没落，当以宣宗贞祐南渡（1214）为其转捩点。从这以后，金王朝愈来愈陷入风雨飘摇、四郊多垒的境地。诗坛的景况却不能与之画上等号，应该说，金诗走到这里，非但没有衰落，而且进入了全面的成熟阶段，形成了金源自己的文派特点。赵瓯北有两句名诗"国家不幸诗家幸，赋到沧桑句便工"（《题遗山诗》）是评元遗山那些充满黍离之悲的诗作的，倘泛以形容金代后期诗坛的情形，也可得其仿佛。

金源后期诗坛，改变了"明昌、承安间，作诗者尚尖新"、多艳靡、拘声律的风气，诗歌主流转向质朴刚健。从社会因素来说，蒙古铁骑骎骎南下、朝政日趋腐败、士大夫的境遇远不如章宗朝……这些现实的困境，使诗人们置身于焦虑之中，洗褪了怡和浮艳的诗风，而使诗作带有了更多的矫厉之气。从文坛自身因素来看，当时的诗坛领袖李纯甫、赵秉文的逆挽之功亦不可漠视。刘祁说："南渡后，文风一变，文多学奇古，诗多学风雅，由赵闲闲（赵秉文号闲闲老人）、李屏山（李纯甫号屏山居士）倡之。"① 可见，赵、李二人在诗风转变中与力大焉。

同样是反对艳靡与拘律，但李纯甫与赵秉文之间有着明显的诗学分歧。在对诗的性质、创作方法、艺术风格等方面，各有自己的认识与见解，争执不下。在诗坛上树起了两面旗帜。各自周围又都有一批志同道合的诗人，形

———————

　* 本文刊于《文学遗产》1990 年第 2 期。

　① （金）刘祁：《归潜志》卷 8，中华书局 1983 年版，第 85 页。

成了不同的诗歌流派。这是金源诗坛上最大的一次论争。李纯甫这一派以李纯甫、雷希颜为代表；赵秉文这一派则以赵秉文、王若虚为代表。这场论争的理论分野颇为明确，但对这场论争的性质何种评价，却有重新考察的必要。目前所见到的权威观点，基本上是认为李纯甫等人忽视内容，以奇险新巧为尚，走向形式主义；而赵秉文、王若虚与李纯甫、雷渊（希颜）的论争，是反形式主义的斗争。质言之，赵秉文、王若虚是现实主义诗论的代表，李纯甫则是形式主义的代表。不言而喻，前者与后者的论争，显然是正确对于谬误的斗争了。这种观点是普遍的，以往涉及金代文论的著述，基本上都持这种观点。实际上并不奇怪，这是由那种曾经在建国后二三十年中占统治地位的价值尺度与是非标准决定的，"现实主义"唯我独尊，只有直接反映社会现实方是好诗！但是，无论怎样，这种标准、这种观点在今天看来，都失之于简单。就是持这种观点的论者本人可能也已经产生了新的认识。对于这场论争性质的重新评价，是新时期古代文论研究理应提出的课题。观念的更新、认识尺度的转换、期待视野的跃迁，都使我们不能不重新思考这个问题。

如果说，以往对这场论争性质的评价与我们今天的看法不尽相同，甚至有很大距离，这并不是由于资料的差异，也不是字面分析的歧义，我们所接触的资料大同小异，没有多少出入。关键在于探索的深入与价值尺度的转换，但对于有关论争的关键材料还是应该呈示出来的。有关双方论争的正面记述，主要见于与赵、李二人都过从甚密的刘祁所撰之《归潜志》中，此撷举二三，以见其大略情形：

> 李屏山教后学为文，欲自成一家，每曰："当别转一路，勿随人脚跟。"故多喜奇怪，然其文亦不出庄、左、柳、苏，诗不出卢仝、李贺。晚甚爱杨万里诗，曰："活泼刺底，人难及也。"赵闲闲教后进为诗文则曰："文章不可执一体，有时奇古，有时平淡，何拘？"李尝与余论赵文曰："才甚高，气象甚雄，然不免有失支堕节处，盖学东坡而不成者。"赵亦语余曰："之纯（李纯甫字）文字止一体，诗只一句去也。"又，赵诗多犯古人语，一篇或有数句，此亦文章病。屏山尝序其《闲闲集》云："公诗往往有李太白、白乐天语，某辄能识之。"又云："公谓男子不食人唾，后当与之纯、天英（李经）作真文字。"亦阴

讥云。①

　　赵闲闲论文曰："文字无太硬，之纯文字最硬，可伤！"②

　　兴定、元光间，余在南京，从赵闲闲、李屏山、王从之、雷希颜诸公游，多论为文作诗。赵于诗最细，贵含蓄工夫；于文颇粗，止论气象大概。李于文甚细，说关键宾主抑扬；于诗颇粗，止论词气才巧。……若王，则贵议论文字有体致，不喜出奇，下字止欲如家人语言，尤以助辞为尚，与屏山之纯学大不同。尝曰："之纯虽才高，好作险句怪语，无意味。"③

　　正大中，王翰林从之在史院领史事，雷翰林希颜为应奉兼编修官，同修《宣宗实录》。二公由文体不同，多纷争，盖王平日好平淡纪实，雷尚奇峭造语也。④

倘若只就这几段记载进行客观的分析而不旁及其他的话，可以看出争论双方有这样几点分歧。在继承与创造的关系上，赵秉文主张得诸家之长，转益多师，以多方继承古人为尚；李纯甫更强调摆脱蹊径，自成一家，勿随人脚跟。在诗歌风格上（上面记载中有时兼及于文，本文主要讲诗），赵秉文主张风格的多样化，不拘于奇古或平淡，而不满于李纯甫只有一种面目，"文字止一体"。但实际上，赵秉文力主含蓄平淡的艺术风格，而明确反对李纯甫的奇险风格。在创作论上，赵秉文更重学养工力，因此，论诗最细，多讲规矩方圆；李纯甫更重天资才气，因此，论诗颇粗，只论词气才巧。在文学与现实的关系上，赵秉文一派重在纪实，此以王若虚为代表。李纯甫一派则重主观抒情，抒写峥嵘胸臆，造语奇峭。这是李纯甫、雷希颜、李经等人的共同之处。

　　赵秉文、王若虚等人集矢于李纯甫的，在于一个靶心：就是以屏山为代表的诗论与创作实践中的狠重奇险的倾向。细绎之，赵秉文与王若虚对李纯甫的批评并不完全一致，赵主要不满于屏山下笔峭硬、驰骋才气、不受羁勒，又不多方面地师法古人；王若虚诗论主张"随物赋形"，"情致曲尽"，力倡求是征实，不满于屏山等人不拘物象，兀自以奇峭造语，认为这种奇峭

① （金）刘祁：《归潜志》卷8，中华书局1983年版，第85—86页。

② 同上书，第88页。

③ 同上。

④ 同上书，第89页。

与现实有较大距离。同是攻李，但两人的诗学思想并不完全相同，因此出发点也不一致，但他们都紧紧抓住奇险这一点施以攻击。这也正是论者们认为他们是以现实主义反对李纯甫的形式主义的主要根据。但是，仅以风格"奇险"便够得上"形式主义"的罪名吗？我们以为证据大大地不足。用不着为李纯甫们开脱，这一派人的诗风确乎可以说是狠重奇险的。这种倾向无论是从诗学理论方面还是创作实践方面，在李纯甫这里都得到了长足的表现。但假如诗人不是无病呻吟、不是内容苍白空虚，不是徒然为了追求奇险而奇险，而是由于社会原因、创作个性、文化心理等多种因素交叉决定这一派人的这种诗学倾向，这种奇险作风又适足以表现他们的情感，就不能遽然给李纯甫们扣上一顶"形式主义"的帽子。那么，关于这场论争，认为是现实主义反对形式主义的"定性"之论就须重新考虑是否妥当。简单地下结论、靠意气用事是不足以说明问题的，对李纯甫及他所代表的流派的诗学倾向，进行深入的、客观的分析就显得十分必要，一切结论只能产生于其后而不能是其前。

二

李纯甫文字传世绝少，身前著述甚丰，身后却风流云散，阙佚殆尽。不要说论诗谈文的专著，连一篇涉及诗文创作的文章也看不到了。好在他还留下了几十首诗，可以作为其诗学倾向最有力的证明。再就是通过一些别人谈及他的言行的材料，如前面提到的《归潜志》。从别人的议论、赵秉文、王若虚等人对他的指责以及他的诗作来看，尚奇，确实是他的诗歌主张及创作中的一贯倾向。这种尚奇的审美倾向，是由当时的社会环境、他的经历及个性禀赋，还有他的思想文化修养所决定的。

"金朝名士大夫多出北方"[①]。李屏山出生于弘州（今河北阳原），从小便植根于"挟慷慨之气"的文化心理氛围中。北方士大夫也多慷慨豪宕之气。李纯甫于承安二年（1197）擢经义进士第。他素有济世之怀抱，"喜谈兵，慨然有经世志"[②]。他曾作《矮柏赋》，以诸葛孔明自期。章宗"崇尚儒雅，故一时名士辈出。大臣执政，多有文采学问可取，能吏直臣皆得显

① （金）刘祁：《归潜志》卷10，中华书局1983年版，第118页。
② （元）脱脱等：《金史》卷126《文艺传》下，中华书局1975年版，第2734页。

用，政令修举，文治烂然，金朝之盛极矣。"① 在这种社会环境下，屏山欲施鸿才、大展抱负，"章宗南征，两上疏策其胜负，上奇之，给送军中，后多如所料。宰执爱其文，荐入翰林"②。这时的屏山，真像当年的太白，有"仰天大笑出门去，我辈岂是蓬蒿人"的劲头！

转眼到了宣宗南渡以后，朝中是术虎高琪擅政。术虎高琪为人阴险忌刻，"附己者用，不附己者斥"，③ 尤其是"喜吏而恶儒"④，排挤、压抑士大夫，"擢用胥吏，抑士大夫之气不得伸"⑤，"士大夫一有敢言、敢为者，皆投置散地。"⑥ 朝政的这种逆转，使一腔济世壮怀的屏山感到极大的忧愤与失望，他豪犷不羁的个性决定了他不能摧眉折腰，而是"益纵酒自放"、"啸歌袒裼，出礼法外，或饮数月不醒。"⑦ 俨然一派阮步兵之风！个性禀赋的狂放不羁与其道不行的胸中块垒，无处排遣，只好盘曲于诗中，勃发出磊落不平之气，呈现出迥异常格、雄拗奇峭的艺术风貌。

屏山的诗，确实是狠重奇险，确实是峥嵘怒张，但绝非无病之呻吟，决非故作其态，他心中有不平，有愤郁，不得不尔！发于中心，溢于言表，我们处处都受到屏山诗的感染，被它们所攫住。如《怪松谣》虽是咏物，而却有着强烈的抒情性。诗云：

> 阿谁栽汝来几时，轮囷拥肿苍虬姿。鳞皴百怪雄牙髭，拏空夭矫蟠枯枝。疑是秘魔岩中老慵物，旱火烧天鞭不出，睡中失却照海珠，羞入黄泉蜕其骨。石钳沙锢汗且僵，埋头卧角正摧藏。试与摩挲定何似，怒我伥触须髯张。壮士囚缚不得住，神物世间无着处。堤防半夜雷破山，尾血淋漓飞却去。

这首诗与其说是"怪松"的形象，毋宁说是吐弃胸中的勃郁不平之气。诗人将自己的个性、情怀都移入"怪松"的形象之中。在诗人笔下，这棵怪松是何等矫异不群。它"伤痕累累、瘢迹重重"，经历了千磨百劫，长就一

---

① （金）刘祁：《归潜志》卷3，中华书局1983年版，第27页。
② （元）脱脱等：《金史》卷126《文艺传》下，中华书局1975年版，第2734页。
③ （元）脱脱等：《金史》卷106《术虎高琪传》，中华书局1975年版，第2345页。
④ 同上书，第2347页。
⑤ （金）刘祁：《归潜志》卷12，中华书局1983年版，第136页。
⑥ 同上书，第137页。
⑦ 同上书，第6页。

副峥嵘怪相，却又洋溢着一种怒张飞动的生命力。为了在诗中投射自己的峥嵘胸臆与桀骜个性，诗人用"苍虬"作为喻体，通过这样的媒质，一方面把"怪松"的形象刻画得十分生动传神，又一方面把诗人的自我投射进去。诗作所描写的本体是怪松，用来表现它的喻体是苍虬，而最深一个层次则是诗人的自我。用不着指实哪一句是表现了诗人的情感，诗人的个性——豪犷不羁、昂藏不凡、有着无限的抗争力——成为怪松的魂灵。怪松的形象，在诗人笔下是那样奇突怪戾、怒张飞动，诗的风格奇险狠重，实际上它表现的是诗人"感士不遇"的不平之情。它是能够震撼人们灵魂的。

《雪后》一诗，诗人编织了那么多超越现实的奇幻意象，重构了一个怪异、幻化、狂戾的宇宙："玉环晕月蟠长虹，飞沙卷土号阴风。……天符夜下扶桑宫，玄冥震怒鞭鱼龙。鱼龙飞出沧海底，咄嗟如律愁神工。急斡北斗卷云汉，凌澌卷入天瓢中。椎璋碎璧纷破碎，六华剪出寒珑璁。翩翩作穗大如手，千奇万状难形容，恍如堕我银沙界，清光缟夜寒瞳胧。……"诗中的意象瑰丽雄奇，又充满了动态。意象之间的转换形成了一条光怪陆离的意象链。怒张中显沉郁，飞动中寓博大。它不像"明月照积雪，朔风劲且哀"，在静寂琼洁中潜沉着伤慨；也不像"燕山雪花大如席，片片吹落轩辕台"那样，在无边的苍茫中寓凄苦万分。它似乎是造物主狂怒的产物，诗人忧烈而不安的灵魂躁动于其间。这些意象对我们的审美观照来说，不是"媚人的魅力"，而是"生命力的因而更加强烈的喷射"①。它当然不是对自然界风雪的复制、映像，而是诗人风云翻卷、慷慨勃郁的内心宇宙的外化。

现实的黯淡、社会的悲剧、宣宗朝士大夫的蹇厄命运，造就了诗人郁愤难平、盘曲奇崛的灵府，投射于诗中，便形成了奇险狠重的风格，也就是说，这种风格乃是"郁于中而泄于外"、"不得其平则鸣"的产物。《灞陵风雪》借写穷途诗人的境遇，抒自己胸中的块垒。"君不见浣花老人醉归图，熊儿捉辔骥子扶。又不见玉川先生一绝句，健倒莓苔三四五。蹇驴驮着尽诗仙，短策长鞭似有缘。正在灞陵风雪里，管是襄阳孟浩然，官家放归殊不恶。蹇驴大胜扬州鹤，莫爱东华门外软红尘，席帽乌靴老却人。"如果说肥马往往指代仕宦得意的官僚，蹇驴则成为流落不遇之士的喻指。这一篇"蹇驴叹"，借杜甫、卢仝、孟浩然等诗人的乖蹇命运，一抒胸中郁气。《赵宜之愚轩》，写友人，亦是自照："先生有胆乃许大，落笔突兀无黄初。轩昂学古淡，家法出关雎。暗中摸索出奇语，字字不减琼琚。神憎鬼妒天公

---

① ［德］康德：《判断力批判》上卷，宗白华译，商务印书馆1964年版，第84页。

怛，戏将片雪翳玄珠。九窍凿开混沌死，罔象未必输离朱。静扫空花万病除，一片古心含太虚。屏山有眼不如无，安得恰似愚轩愚。安得恰似愚轩愚。"① 赞赏赵愚轩，把赵氏写得很是奇特不凡，但诗中那种奇突的意象，则是诗人磊落不平的胸臆吐弃而出的。

屏山诗笔触狠重，意象奇突险怪，通过前面的引述，我们可以认同这一点。然而，说这就是"形式主义"，上面的分析只能得出否定的答案。屏山诗的奇险来自于情感的郁愤、激越与焦灼，给人以灼热的、超拔的艺术感染力，而且这种情感是有着深厚的现实基础的。它典型地体现了一个特定时代很大一批士大夫的共同心态。李纯甫系经义进士出身，儒家思想在他的一生中产生深刻的影响是势所必然的。他汲汲于"求经济之术"，要实现经世匡时、大济天下的理想，因此除在宣宗朝两上策疏外，后来又"由小官上万言书"，建言国事，然而，却被忌恨士大夫的执政者抛在一边，"当路者以迂阔见抑，士论惜之"②。以他那种豪放不羁、心气高远的个性，遇到如此时运，如此挫抑，其勃郁不平的心境不是完全能够理解的吗！屏山诗的奇险风格的情感机制正在于此！这种情感是在现实的困厄焦灼中产生的，它不仅是个人的穷达得失，而且联系着时代的悲剧。我们透过屏山诗那种奇突不平的风貌，难道不是可以感受到它们后面的时代氛围吗？倘若是"形式主义"，为奇险而奇险，则只能写出苍白羸弱的篇什，它再炫人眼目，也只能是了无生气的纸花！而屏山诗的强度、力度，时代感，决不能与"形式主义"同日而语！

屏山虽是"儒家子"，"学大义以业科举"，但他"学诗以道意"，是为排遣郁怀，而非为功利之目的。屏山又深喜佛学，自称"于佛学亦有所入"。他对佛的崇拜，有甚于对孔孟圣贤的顶礼。他曾说："学至佛则无可学者，乃知佛即圣人，圣人非佛，西方有中国之书，中国无西方之书也。"③认为佛教可以囊括儒学，儒学却包括不了佛教。佛陀就是圣人，中国的圣人却够不上佛。因此，佛家的思想方法对屏山的文艺思想有深刻影响是可以想见的。唐宋之际，正是禅宗盛行之时。金朝士大夫之染佛者，也多笼罩于禅风之中。从《重修面壁庵记》看来，屏山之喜佛，也多是青睐于禅。屏山

---

① （金）元好问：《中州集》卷4，中华书局1959年版，第225页。

② （金）刘祁：《归潜志》卷1，中华书局1983年版，第6页。

③ （金）李纯甫：《重修面壁庵记》，见张金吾《金文最》卷81，中华书局1990年版，第1185—1186页。

在记中，以理学符契禅学，阐扬"顿悟"之说："虽犴夫愚妇，可以立悟于便旋顾盼之顷，如分余灯以烛冥室，顾不快哉！"禅宗以"教外别传"自任，力倡"以心传心，不立文字"，并以"顿悟成佛"之说立宗。禅宗的悟解方式，破弃逻辑理念，废除规矩方圆，而以随机利物、拳打棒喝为悟解方式，所谓禅家机锋，是以废弃规矩、匪夷所思为特点的。因此，读禅宗公案，颇有奇外出奇之感。这种以奇制胜、不蹈常轨的思维方式，对屏山诗的险怪奇特之风，不能没有影响。屏山就说过："道冠儒履皆有大解脱门，翰墨文章亦为游戏三昧，此师之力也！"① 这里说得明白，以翰墨文为游戏三昧之途，是受了达摩祖师及其禅说之启悟。因此，屏山诗冲破儒家诗教倡导之"中和之美"的诗学标准，也有意扬弃超越前人的诗歌艺术技巧模式，出之以"奇"。屏山诗大多是古体，诗人在创作中有意突破唐代歌行中运律入古、浏亮圆美的范型。而是承绪韩愈"以文为诗"的传统加以发展。诗中极少对偶，韵律突兀不平，意象雄奇。这种风格特征，倘若不是情感匮乏，为奇而奇，就难以扣上"形式主义"的帽子。虽然在审美观照上增加了难度，但往往使欣赏者得到更为振拔的审美感受。赵秉文等讥屏山诗"不过卢仝、李贺合而为一"②，现代论者又以卢、李、山谷等诗人为形式主义的代表，从而把形式主义的帽子又转送给李纯甫。这种推论，从根底上便站不住脚，卢仝、李贺算不上形式主义可谓明矣，此处不必置辩，李纯甫于卢、李之诗风，有相类之处，即在于尚奇好怪的美学倾向；但屏山诗又自有面目，它们有着慑人的气势、强烈的情感，能够马上抓住你的心！这样的诗，算不得形式主义，道理是很清楚的。

三

　　李纯甫的诗学倾向在当时很有代表性。作为一个诗坛领袖，李纯甫善于奖拔人才，为他人延誉。当时许多有影响的诗人，都出于他的名下，或与他过从甚密、与之游。在这方面，他的威望超过了赵秉文。刘祁说："李屏山雅喜奖拔后进，每得一人诗文有可称，必延誉于人。……屏山在世，一时才

---

① （金）李纯甫：《重修面壁庵记》，见张金吾《金文最》卷81，中华书局1990年版，第1186页。
② （金）赵秉文：《答李天英书》，见张金吾《金文最》卷54，中华书局1990年版，第782页。

士皆趋向之。至于赵所成立者甚少。……至今士论止归屏山也。"①"士大夫归附，号为当世龙门。"② 在屏山的旗帜下所聚集的诗人们，在性格方面多有着豪放超迈、刚直任气等特点，而在诗歌创作方面多喜奇峭造语。尚奇，是这一诗歌流派的共同美学倾向。我们不妨略撮数人，就能看出李纯甫的诗学倾向在当日诗坛的代表意义。

雷渊，字希颜，金代后期颇有影响的诗人。"为人躯干雄伟，髯张口哆。……遇不平，则疾恶之气见于颜间，或嚼齿大骂不休。虽痛自摧折，然猝亦不能变也。生平慕田畴、陈元龙之为人，而人亦以古人期之。"③ 如此刚肠疾恶，可见性格之亢直。雷希颜很早就"从李屏山游，遂知名"④。在文学创作上，"博学有雄气，为文章专法韩昌黎，尤长于叙事。诗杂坡、谷，喜新奇"⑤。与王若虚同领史院，颇多纷争，王尚平淡纪实，而不满于他的奇峭造语。雷希颜的诗作意气高迈，格调清新，有卓荦不平之致。如"寒侵桃李凄无色，雪压池塘惨不波"（《赠陈司谏正叔》），意象虽是常见之物，但却一反陈俗之调，因而显得悲惋而奇崛。另如"千古崩崖一罅开，强将神怪附郊禖。无情顽石犹贻谤，贝锦从为巷伯哀"（《启母石同裕之赋》），也是奇崛突兀的。

李经，字天英，当时颇有诗名，"为诗极刻苦，喜出奇语，不蹈袭前人。李纯甫见其诗曰：'真今世太白也。'由是声名大震"⑥。其诗"长河老秋冻，马怯冰未牢。河山冷鞭底，日暮风更号。晨井冻不爨，谁疗壮士饥、天廊玉山禾，不救我马隤"（《杂诗》），抒写落第回乡、流落塞北的情怀，意象甚奇，涵盖深广，写出了南渡后士大夫的普遍性内心悲哀。

张谷，字伯玉，"为人豪迈不羁，奇士也。初入太学，有声。从屏山游，与雷、李诸君及余先子（刘祁之父刘从益——笔者按）善。雅尚气任侠，不肯下人。其诗云：'想见屏山老，疗饥西山隈。餐尽西山色，高楼空崔嵬。'涉想奇特；又赋古镜云：'轩姿古镜黑如漆，锦华鳞皴秋雨湿。'人以为不减李长吉"⑦。

① （金）刘祁：《归潜志》卷8，中华书局1983年版，第87页。
② 同上书，第6页。
③ （金）元好问：《中州集》卷6，中华书局1959年版，第314页。
④ （金）刘祁：《归潜志》卷1，中华书局1983年版，第9页。
⑤ 同上书，第10页。
⑥ 同上书，第12页。
⑦ 同上。

　　周嗣明，字晦之，真定人。为人雄豪，自号"放翁"。"屏山尝作真赞，与雷、宋、张、李辈颉颃。"① 李纯甫有《送李经》一诗，勾勒张伯玉、周嗣明、李经三人的狂放情态，煞是传神写照。"髯张（张伯玉美髯，故有此称）元是人中雄，喜如俊鹘盘秋空，怒如怪兽拔枯松。老我不敢婴其锋。更着短周（周嗣明身材矮，故有此称）时缓颊，智囊无底眼如月，斫头不屈面如铁。一说未穷复一说，劲敌相扼已铮铮。二豪同军又连衡，屏山直欲把降旌。不意人间有阿经。阿经瑰奇天下士，笔头风雨三千字。醉倒谪仙元不死，时借奇兵攻二子。纵饮高歌燕市中，相视一笑生春风……"周、张、李经，再加上屏山，飘逸狂放之态，呼之欲出，可见屏山这派诗人性格之一斑了。宋九嘉，字飞卿，夏津人。"少游太学，有词赋声。从屏山游，读书、为文有奇气，与雷希颜、李天英相埒也。……少时题太白泛月图云：'江心月影尽一掬，船头杯酒尽一吸。夜深风露点宫袍，天地之间一李白。'可想见其意气也。"② 不仅诗风如此豪隽，其为人亦"刚直豪迈"③。

　　其他如麻知几、李长源、王士衡等诗人，也都与屏山游，过从颇密，而且在性格上都有狂放不羁、跌宕任气的特点。写诗为文也都雄峭奇突、壮浪恣肆。

　　从上面的介绍中，我们可以说在李纯甫周围的确形成了这样一个诗歌流派。这派诗人在性格特征上较为相近，大都不受儒家行为准则的羁勒，而颇有纵横家和侠士之风，豪纵尚气，跌宕不羁。这种相近的性格特点在这个流派的形成中起了聚合的作用。为什么这么多的士大夫具有这种性格特征？依我的揣测，这与金源士大夫多数是生长在北方文化圈有很直接的关系。杏花春雨之江南与大漠秋风之塞北，造就了不同的文化心理。郝经在《遗山先生墓铭》中论遗山诗云："歌谣跌宕，挟幽并之气，高视一也。"这幽并慷慨之气，乃是屏山这派诗人在文化心理上的共同之处。清人陈匪石于此颇有所见："金据中原之地，郝经所谓歌谣跌宕、挟幽并之气者，迥异南方之文弱，国势新造，无禾油麦秀之感，故与南宋之柔丽者不同。"④ 论南北文学风气之不同颇能给人启迪。清人况周颐论金词时说："金源人词伉爽清疏，

---

①　（金）刘祁：《归潜志》卷 2，中华书局 1983 年版，第 13 页。

②　同上书，第 11 页。

③　同上书，第 6 页。

④　（清）陈匪石：《声执》，见唐圭璋《词话丛编》第 4 册，中华书局 1986 年版，第 4961 页。

自成格调。"① 虽是论词，也给我们以借鉴。这些都涉及文化心理上的南北分野。

再就是女真文化与汉文化的互渗，对金源士大夫的性格也有一定影响。金源以女真人为统治核心。女真人原是游猎民族，其人勇悍纯朴，文化处于原始阶段。灭辽侵宋后，欣羡于高度发达的汉文化，大量吸收汉文化元素，很快完成了封建化的过程。女真人与汉族士大夫的文化心理有着双向影响。女真人越趋崇尚儒雅，"习辞艺，忘武备"②，纯朴勇悍的民族性格渐致退化。但是，女真人原来那种粗犷的性格，对汉士是有所渗透的。女真人与汉人杂居共处，很多女真贵族与汉士交朋友。如金代著名女真诗人、密国公完颜璹，就与汉族士大夫多所交往。南渡后，"时时潜与士大夫唱酬"③，"一时文士如雷希颜、元裕之、李长源、王飞伯皆游其门"④，许多世袭武职的女真人也都颇与汉士过从。"南渡后，诸女真世袭猛安、谋克往往好文学，喜与士大夫游。如完颜斜烈兄弟、移剌廷玉温甫总领、夹谷德固、术虎士、马林答肃孺辈，作诗多有可称。"⑤ 像夹谷德固等都是军中悍将，他们学诗，多与汉族诗人讨论切磋，那种女真人的豪爽雄放，对诗人们不能不产生影响。

我们说北方士人多有慷慨任气的性格特征，这当然并不绝对，与南方士人相比，有这样的大略趋势。但李纯甫这派诗人，的确很典型地体现了这一点。作为一个诗派，如果没有明确的理论纲领，似乎不太够格。但是，李纯甫等诗人在论诗、作诗中尚奇的共同倾向是显而易见的。他们的诗歌创作大都仗气而行，不依傍古人，绝去蹊径，显示出较多的创新特质。他们往往多以主观感受与情感摄熔来折射时代的风雨，正是在这些地方，赵秉文、王若虚对李纯甫等人颇多指责，在理论上划开了明显的分野。

四

赵秉文与李纯甫颇多往还，相与论诗，但在诗学主张上却迥然有异。如

---

① （清）况周颐，王国维：《蕙风词话·人间词话》卷3，人民文学出版社1960年版，第61—62页。

② （元）脱脱等：《金史》卷92《徒单克宁传》，中华书局1975年版，第2052页。

③ （金）刘祁：《归潜志》卷1，中华书局1983年版，第4页。

④ 同上。

⑤ （金）刘祁：《归潜志》卷6，中华书局1983年版，第63页。

果我们具体分析一下赵、李之间的诗学分歧之关键点，就不会得出所谓是现实主义反对形式主义的斗争的结论。

赵在金朝是一代文宗，主盟文坛多年，在朝中地位颇高，官至礼部尚书。与李纯甫相比，赵秉文是以儒家正统的面目出现的。在诗歌主张与创作实践中，他都以儒家诗教为归依。赵秉文明确提出文学的载道使命，他说："至于诗文之意，当以明王道辅教化为主，六经吾师也，可以一艺名之哉？"① 这种文学观可以说是颇为陈腐的，把文学视为教化的工具，明道的载体，这是汉儒以来，儒家对文学的一贯看法，毫无新意可言。从这个角度出发，他认为李白、杜甫、苏轼都不符合明道的要求："太白、杜陵、东坡。词人之文也。吾师其词，不师其意。"② 这种文学观念迂腐得很可以了。赵、李之间的论争，有些就是由于文学观念的差异而引起的。赵氏一贯指责李纯甫作诗务为奇险，是因为那些奇险之诗，情感勃郁不平，意象峥嵘奇突，颇为不合"中和之美"的古典主义诗学规范。他认为"文以意为主，辞以达意而已"③，这并不错，是很通达、很正确的艺术表现论。他称赞欧阳修之文"不为尖新艰险之语，而有从容闲雅之态，……盖非务奇之为尚，而其势不得不然之为尚也"④，表现出反对务奇的鲜明态度。我们认为，倘是内容空虚，感情干瘪，为奇而奇，自然是应该加以摒弃的，但如果由于禀赋、学养决定，感情激越、如风水相遭、自然而奇，就没有更多指责的必要。这种奇险之诗，如果按儒家"温柔敦厚"的尺度来衡量，往往是不合格的，因为它矫激凌厉，不合中庸之道，但它是情感喷薄的产物。李纯甫在文学观上并非正统的儒家观念，而是以"不平则鸣"为其出发点的。因而，赵秉文指责于李纯甫的奇险，不能说是现实主义反对形式主义的斗争。

在诗歌风格上，赵秉文主张风格的多样化："文章不可执一体，有时奇古，有时平淡，何拘？"⑤ 但实际上，主要是力主平淡含蓄。他指责李纯甫"文字止一体，诗只一句"⑥，批评屏山诗格的单一。与此相联系，赵秉文更多地主张多方师承、得诸家之长，"为文当师六经、左丘明、庄周、太史

---

① （金）赵秉文：《答李天英书》，见张金吾《金文最》卷43，中华书局1990年版，第781页。

② 同上书，第781页。

③ （金）赵秉文：《竹溪先生文集引》，见《闲闲老人滏水文集》卷15，中华书局1985年版，第205页。

④ 同上。

⑤ （金）刘祁：《归潜志》卷8，中华书局1983年版，第87页。

⑥ 同上。

公、贾谊、刘向、韩愈；为诗当师三百篇、离骚、文选、古诗十九首，下及李杜，学书当师三代金石，钟、王、欧、虞、颜、柳，尽得诸家之长，然后卓然自成一家。"① 他十分反感于恃于才性、不积学力的做法。对于李经，就有这样的微词："足下天才英逸，不假绳削，岂复老夫所可拟议，然似受之于天而不受之人。"② 他对麻知几也提出过这类批评："大抵一时才人，多恃聪辨，少积前路资粮，故佛谓之福慧两足尊。足下无乃近此类。尚何怨耶？"③ 赵秉文强调风格多样化，"得诸家之长"，这些都是其诗论中的合理因素，值得认真借鉴，而联系他的创作情形看，"得诸家之长"有余，"自成一家"不足。诗人有意无意地效仿一些著名诗人如王维、白乐天等的诗格，很多诗句几乎搬弄前人成句，却未能融会成自己独创的新意境。赵集中拟作甚多，如拟韦应物的两首诗《和韦苏州秋斋独宿》、《拟兵卫森画戟》，所表现出的清冷幽谈之趣，确与韦诗相仿佛。再如《效王右丞独步幽篁里》呈现的空灵蕴藉的氛围，深得右丞之妙。拟作尽管可以乱真，却缺少自家面貌。李纯甫讥他诗中往往有李太白、白乐天语，有失支堕节处，实在是捅到了赵闲闲的痛处。另外，赵秉文论诗重功力，主张合于规范，倡导平和含蓄的诗风。他曾说："律诗最难工，须要工巧周围。"④ 这些都是符合儒家诗学那种"中和之美"的原则的。李纯甫作诗，论诗，以奇为尚，必然摆脱蹊径、超越法度，正如许学夷所说："古今好奇之士多不循古法，创为新变，以自取异。"⑤ 这也正是对传统诗学规范的一种冲决与超越。

　　王若虚与李纯甫等的论争，也在于反对李纯甫、雷希颜的奇险，但其诗论侧重点不同，因此，与赵、李之争不尽一致。由前面所引可以得知，王若虚持平淡纪实的文学观念，平淡是风格问题，纪实则是文学与现实的关系问题。纵观王若虚的诗论，是以真为美。他特别强调文学描写要符契于客观事物之真。在他看来，求是与务奇，是他与李纯甫、雷希颜论争的关键。征实，乃是他抨击李纯甫、雷希颜好为奇语的出发点。《滹南诗话》中有一段话集中表述了他把求是与求奇对立起来的观点：

　　① （金）赵秉文：《答李天英书》，见张金吾《金文最》卷43，中华书局1990年版，第781页。

　　② 同上书，第780页。

　　③ （金）赵秉文：《答麻知几书》，见张金吾《金文最》卷43，中华书局1990年版，第783页。

　　④ （金）刘祁：《归潜志》卷8，中华书局1983年版，第85页。

　　⑤ （明）许学夷：《诗源辨体》，人民文学出版社1987年版，第372页。

东坡云："论画以形似，见与儿童邻，赋诗必此诗，定非知诗人。"
夫所贵于画者，为其似耳，画而不似，则如勿画。命题而赋诗，不必此
诗，果为何语！……世人不本其实，无得于心，而借此论以为高。画山
水者，未能正作一木一石，而托云烟杳霭，谓之气象；赋诗者，茫昧僻
远，按题而索之，不知所谓，乃曰格律贵尔。一有不然，则必相嗤点以
为浅易而寻常。不求是而求奇，真伪未知，而先论高下，亦自欺而已
矣。岂坡公之本意哉！

很明显，王若虚是把"真"作为艺术美的首要标准。此处以绘画来说，他
认为如果画得不像，就毫无价值可言。因此，艺术作品必须是客观现实的肖
子，不然，则没有存在的必要。在这里，他把求是与求奇对立起来，在另一
处，他批评"不求当而新"的倾向，"求当"与"求新"同样被他对立起
来。实质上，他就是要求艺术品成为客观事物的直观映像？他为什么一定要
视奇险新异为敌呢？因为奇险新异，是从人的主体世界出发，而客观外物的
一种变形。奇险，必不同于常态，不同于常态，在王若虚看来，就是荒谬而
无意义的。这种证实的艺术论正说明王若虚不懂得艺术的独特功用，不懂得
艺术与现实联系的独特方式。艺术就是艺术，它既不是现实本身，也不是现
实的直观映像。它有资格，而且应该在现实之外，创造出一个审美的世界！
艺术与现实不可能没有联系，而这种联系却不必是直观的酷肖、线性的附
丽！李纯甫诗中的世界，往往是瑰奇新异的，他所描写的怪松，并非原来的
怪松的写真，而是诗人个性的投射；他所涂抹的风雪宇宙也非真的雪天映
像，而是诗人内在宇宙的外化。诗是没有义务一定要当客观外物的镜子的。
意象之奇，正是诗人主体对客体进行较大变形的审美创造，今天看来，这是
毋庸指责的。

要求艺术必须摹写现实，直观地反映现实，这正是我们原来所理解的
"现实主义"。这种"现实主义"正是以机械的"反映论"作为哲学基础
的。它忽视了作家的主体世界，漠视作家的个性，也遗忘了审美创造的独特
性。但这正是以前曾通行的"现实主义"。在这种标准下，只有直接地、线
性地描摹社会状况方是好诗，那些有高度审美价值，而没有直接描写社会生
活的篇什，往往如失宠的美人被打入了冷宫。反之，王若虚的"征实论"，
恰好被作为现实主义理论的标本。这种眼光，今天该换一换了。我们无意否
定王若虚诗论中的"连城璧"，但我们不必将其中的"碔砆"捧为瑰宝。

我们中国的现实主义又往往与古代的儒家传统诗教"携手暗相期"。儒

家的济世精神与诗的美刺说确与现实主义干预生活的态度有相通之处，但儒家苛求文学要做封建道统的婢女，一定要做封建教化的工具，以讽谕论诗，往往失却了文学的审美标准。在以往的文学史或文学批评史中，有些近于迂腐的儒家诗论，却戴着现实主义的桂冠，高居于宝座之上。说得直接些，白居易诗论以诗为讽谕之具，"上以纽王教、系国风；下以存戒，通讽谕"①，用这把尺子一量，李白的诗被骂得一钱不值，"索其风雅比兴，十无一焉"②。杜诗有点价值的，也不过三四十首。整个中国诗史，被白居易的铁尺一卡，竟是一片荒芜。赵秉文的诗论荣膺"现实主义"光荣称号，也与此甚有关系。它更符合传统的儒家诗教，因此，也就深得以往的那种带有中国色彩的"现实主义"的青睐！于是，赵、王与之论争的对方——李纯甫，就只好带上了形式主义的帽子！

　　实事求是地说，赵秉文、王若虚的诗论中确实都有许多闪光的东西，足资我们借鉴，李纯甫的诗说与创作也颇有瑕疵可挑。刘祁说他论诗粗，这很中肯。艺术上缺乏锤炼，失之荒率处正自不少。有的地方"奇"过了头，竟自不知所云之处也并非没有。但是，本文主要是有感于把赵、王与李纯甫的论争，说成是现实主义反对形式主义的斗争，对李纯甫来说，过于冤枉，站出来打抱不平。超越了旧的思维定式，换一个视角，会得到新的认识。过去被我们冠以"形式主义"的诗人及其创作，其实，有许多金子待我们去淘！金代后期诗坛的这场论争如果不重新加以勘察，就无法深入进行金诗的整体性研究。李纯甫这派诗人戴着"形式主义"的帽子被丢在墙角，无人问津，实在是很可惜的。应该是发掘其珍贵价值的时候了！

---

① （唐）白居易：《策林六十八》，见《白居易集》，岳麓书社1992年版，第726页。
② （唐）白居易：《与元九书》，同上书，第424—425页。

金诗的北方文化特质及其发展轨迹[*]

一

在中国诗歌发展史上，金诗的地位似乎无足轻重，因而金诗研究也就显得颇为薄弱。在目前通行的《中国文学史》中，金代文学所占的篇幅不到一章。在新时期的古代文学之中，金诗研究得到了更多的重视和拓展，一些作家的专题研究有了进一步的深入（如元好问研究）。然而，一般研究者论及金诗更多地看到金诗的独特风貌。实际上，金诗虽在很大程度上受宋诗的滋养，但它根植于北方的文化土壤。有着较为浓厚的北方文化特质，因而也就走着与宋诗并不完全相同的道路，形成了它独特的发展轨迹。

金人倾覆北宋王朝，占领了北中国的全部版图。以淮水为界，长期与南宋并峙。由于女真人在未建立金王朝之前，文化形态处于原始阶段，"其乐惟鼓笛，其歌惟鹧鸪曲，长短如鹧鸪声而已"[①]，这便概括了女真人立国之前的所有文学艺术，其原始性显而易见。金诗发展的起点是从灭辽侵宋、大量接触中原文化开始的。金代前期诗坛的诗人，基本上是由宋入金的士大夫，可称为"借才异代"时期。金诗原本无基础，全得宋诗乳育，由宋入金的诗人们，自然将宋诗的风格体式带入金诗，形成金诗最初的形貌。因而，可以说金诗的发展伊始，直接捧过来的便是宋诗的衣钵。因而，无论写法、风格，还是诗坛上谈论的问题，都往往是从宋诗中来。李纯甫称赞王庭筠的诗"东坡变而山谷，山谷变而黄华（庭筠之号），人难及也"[②]，意谓

---

　*　本文刊于《江海学刊》1991年第2期。

　①　（金）宇文懋昭：《大金国志》卷39，见崔文印《大金国志校证》，中华书局1986年版，第551页。

　②　（金）刘祁：《归潜志》卷10，中华书局1983年版，第119页。

王诗的风格是承袭苏、黄一脉而加以发展。清人翁方纲《读元遗山诗》云
"遗山接眉山，浩乎海波翻"，都可见苏、黄诗风对金源诗坛的影响。金代
的大部分时间是与南宋对峙相望，南宋文学成就斐然，比起北宋来又有新的
变化发展。金与南宋虽系敌国，而在文化上却颇得宋之沾溉。如南宋大诗人
杨万里的"诚斋体"，就对金诗很有影响，《归潜志》记述李纯甫"晚甚爱
杨万里诗，曰'活泼刺底，人难及也'"①。这些都说明金诗与宋诗有着天然
的骨血姻缘联系。

以上所言，是得到金诗研究者们所认同的一面，即金诗所受宋诗之影
响；然而，金诗在其一个世纪有余的发展历程之中，逐渐形成了自己的独特
之处。金诗有以北方士人和女真人共同组成的作者群，虽以"借才异代"
作为发展的起点，却逐渐地与宋诗风貌有了很大的分野，有了属于自己的文
派风格。《金史·文艺传序》云："金用武得国，无以异于辽，而一代制作
能自树立唐、宋之间，有非辽世所及，以文不以武也。"②"一代制作"主要
是指诗词创作，"自树立唐、宋之间"，当然是说在唐诗、宋诗之外能够独
树一帜。这个概括应该说是很恰切的。金诗因其独特的文化特质，形成了既
不同于唐，又不同于宋的整体风貌。

二

中国幅员辽阔，虽然同属于中华文化，但不同地域之间又有着不同的文
化特质。在长期的历史发展过程中，南方与北方形成了颇为鲜明的文化特
色。可以视为南北两大文化圈。这是由于地理环境、经济条件、民俗传承等
方面因素，积久而造成的差别。"铁马秋风塞北，杏花春雨江南"。可作为
南北文化差异的生动写照。比较起来，南人较为细腻文弱，北人较为粗犷豪
放。以文学而言，"江左宫商发越，贵于轻绮；河朔词义贞刚，重乎气
质"③，这种概括，已为南北朝乐府诗歌等文学现象所证实，为文学史界所
认同。对于金诗特点的省察，似乎也可以从中得到类似的启迪。清人陈匪石
论金词"挟幽并之气者，迥异南方之弱"④，况周颐云"金源人词伉爽清疏，

---

① （金）刘祁：《归潜志》卷8，中华书局1983年版，第87页。
② （元）脱脱等：《金史》卷125《文艺传》上，中华书局1975年版，第2713页。
③ （唐）魏征等：《隋书》卷76《文学传》，中华书局1975年版，第1730页。
④ （清）陈匪石：《声执》，见唐圭璋《词话丛编》第4册，中华书局1986年版，第4961页。

自成格调"①、"南人得江山之秀，北人以冰霜为清。南或失之绮靡，近于雕文刻镂之技；北或失之荒率，无解深裘大马之讥"②，虽就金词而言，却揭示金源文学不同于宋的文化特征。以之观金诗，亦可得其大略。与宋诗比较，金诗更为粗犷雄健，多清壮顿挫之美，而少深曲柔丽之致。尤其是金代后期诗坛，面临蒙古铁骑的步步紧逼，社稷倾覆、生灵涂炭的危难时局，以元好问为代表的一些诗人，更是写下了许多雄浑悲壮、慷慨淋漓的诗作。这当然并不是说宋诗没有雄奇健劲之作，如陆游诗歌便是意境雄阔、情感激切，勃发着一种堂堂剑气。而从普遍倾向上看，金诗的粗犷豪宕之作，远远多于宋诗。

金初诗坛的几位诗人如宇文虚中、吴激，蔡松年、高士谈、张斛等，都是由宋入金的士大夫。他们的诗作，有着较浓的宋诗气息，还谈不上金诗自己的特色，但是金诗的发展轨迹，却是由他们描下第一笔的。他们的创作使金代诗史建立在一个较高的起点上，从原本荒芜的平地上建筑起金代文学的大厦，他们的始基之功是不可埋没的。如宇文虚中在宋朝便是有名的诗人曾任北宋王朝的黄门侍郎，因奉使北朝而被羁留，仕为翰林学士承旨。宇文虚中羁留北方是被迫的，心中多有故国之痛，在诗中辄以苏武自喻，后终因谋夺兵杖南归而被女真统治者杀害。宇文虚中在宋朝时的诗作已颇有成就，艺术上很成熟了，故入金以后，其诗自然仍是宋诗体格。但也应该看到，宇文入金以后，身置北国，大漠风尘自然而然地给他的诗作充填进某种新质。诗人心境悲凉郁愤，系念故国，经历与心情都与庾信颇为相似，诗风也显示出庾信式的南北融合特点。在一定程度上脱略了南方的柔婉，而注入了北地的苍凉情调。如《又和九日》："老畏年光短，愁随秋色来。一持旄节出，五见菊花开。强忍玄猿泪，聊浮绿蚁杯。不堪南向望，故国又丛台。"抒发了诗人羁留北方、心念故国的悲凉心情。再如《乙酉岁书怀》："去国匆匆遂隔年，公私无益两茫然。当时议论不能固，今日穷愁何足怜。生死已从前世定，是非留与后人传。孤臣不为沉湘恨，怅望三韩别有天。"在苍凉之中又融着怨愤，比起庾信来，虽觉深婉不足，但郁愤过之。吴激的诗作则更多一些南国的温婉，如《宿湖城簿厅》："日迟风暖燕飞飞，古柳高槐面翠微。卷上疏帘无一事，满池春水照蔷薇。"从这类诗作，可以窥见金初诗坛之一

① （清）况周颐，王国维：《蕙风词话·人间词话》卷3，人民文学出版社1960年版，第61—62页。

② 同上书，第57页。

斑，这时的金诗，在很大的程度上是宋诗的分蘖与移植。但是，文化土壤的不同，已经使金初的诗歌悄然地生长出不同于金诗的枝芽。

那么真正意义上的金诗从哪里开始的呢？易言之，金诗从何时起开始形成了迥异于宋诗的风貌呢？要探寻金诗的发展轨迹，不能不找到这个重要的转机。在这个问题上，元好问的说法给我们以很大的启示，他说："国初文士如宇文大学、蔡丞相、吴深州之等，不可不谓豪杰之士，然皆宋儒，难以国朝文派论之。故断自正甫（蔡珪）为正传之宗，党竹溪（党怀英）次之，礼部闲闲公（赵秉文）又次之。自萧户部真卿倡此论，天下迄今无异议。"①所谓"国朝文派"，就是指地道的金源文学传统，这当然是区别于宋诗的独特风格。以蔡珪作为"国朝文派"的开端，是为金源文论家所公认的。我们不妨通过蔡珪的作品来认识一下"国朝文派"的特征。如《野鹰来》一诗："南山有奇鹰，置穴千仞山。网罗虽欲施，藤石不可攀。鹰朝飞，耸肩下视平芜低，健狐跃兔藏何迟。鹰暮来，腹内一饱精神开，招呼不上刘表台。锦衣少年莫留意，饥饱不能随尔辈。"这首诗写鹰的形象，十分凶猛矫健，期间也寄寓了诗人的矫厉之志。语言质朴峭健，故意打破骈偶，以错落参差的句式显示出古朴拗折的风貌。再如《医巫间》一诗写出了辽西名山医巫间的雄峻，意象奇伟，诗风豪放，很能代表蔡珪诗的艺术个性，这里举出这两首诗大体上可以见出蔡诗的突出之处，风格豪犷雄健，艺术表现上不事雕琢，勃发出一股雄杰之气。

唐诗诸体皆备，神韵天然，宋诗则另辟蹊径，思致深隽刻露，表现出尚理特点。金诗在很大程度上继承、吸收了唐诗、宋诗的艺术经验，而在整体风貌上又既不同于唐，也不同于宋。女真民族所具有的质朴剽悍的气质，以及北方士人的豪迈慷慨禀赋，融在一起，形成一种文坛的氛围，使金诗返熟为生，具有了一种朴野的、原生态的美，而在艺术的细腻超妙上，则不能与唐、宋比肩。"国朝文派"似乎可以得到这种阐释。蔡珪确乎可作为"国朝文派"的开山之人。

金代社会发展过程中，女真统治者愈来愈重视文治。在典章礼乐、科举教育、文学艺术诸方面，都大量吸收汉文化元素，很快地走上封建化道路。金世宗十分重视在观念形态上吸收儒家的"忠孝"思想，以儒家的伦理道德观教化百姓，金章宗更为重视文学艺术，倡导诗文创作，"属文为学，崇尚儒雅，故一时名士辈出。大臣执政，多有文采学问可取，能吏直臣皆得显

---

① （金）元好问：《中州集》卷1，中华书局1959年版，第33页。

用，政令修举，文治烂然，金朝之极盛矣"①，因而，进入中期之后，金源诗坛颇为繁荣，呈现出彬彬之盛的状貌，涌现出一些体现"国朝文派"特征的重要诗人，如周昂、王若虚、党怀英、王庭筠等。这个时期，金诗逐渐走向深婉细腻，艺术上愈加成熟，那种雄健刚戾之气往往渗入诗的深层，从整体上看，则表现出一种清劲的特色。金代中期几位著名诗人，似乎都有这样一种共同之处。周昂是王若虚的舅父，他的论诗主张对王若虚有深刻影响，其诗作清简工致，体现了他"以意为主"的主张。如《晚望》："烟抹平林水退沙，碧山西畔夕阳家。无人解得诗人意，只有云边数点鸦。"《秋夜》："高阁钟初殷，层城月未光。净含舍宇大，卧斗带星长。暗觉巢乌动，清闻露菊香。谁家砧杵急，应怯莫天凉。"意境用笔，皆见清远工致。王庭筠是金代中期的著名诗人，也是当时的文坛领袖，其诗作往往表现一种深沉苍茫的孤独意识，意象清幽冷寂。如《偕乐亭》："日暮西风吹竹枝，天寒杖屦独来时。门前流水清如镜，照我星星两鬓丝。"《中秋》："虚空流玉洗，世界纳冰壶。明月几时有？清光何处无。人心但秋物，天下近庭橘。好在黄华寺，山空夜鹤孤。"于冷洁表象内蕴骨力，表达了诗人的孤高的情怀。赵秉文诗作也多有清劲之风。如《同粹中师赋梅》："寒梅雪中春，高节自一奇。人间无此花，风月恐未宜。不为爱冷艳，不为惜幽姿。爱此骨中香，花余嗅空枝。影斜清浅处，香度黄昏时。可使饥无食，不可无吾诗。"这首诗写寒梅的品格风神，实际上投射了诗人的襟怀情趣。再如《和渊明饮酒》其三："秋菊有至性，霜松无俗姿。朵朵黄金花，笑拊苍烟枝。偶有杯中物，成此一段奇。白云南山来，出岫复何为。醉卧东篱下，聊脱人间羁。"这首诗是和陶渊明《饮酒》第五首（"结庐在人境"）的，风格与陶诗相近，而更为清劲。党怀英与辛弃疾同学于刘岩老门下，辛南渡归宋，成为一代爱国词人，党在金源，成为"一时文字宗主"②，元好问引赵秉文为党怀英所写墓志铭说"公之文似欧公，不为尖新奇险之语。诗似陶谢，奄有魏晋"③，基本上是中肯的。党诗也有清劲的特色，不过是偶有激切之语，《郎溪别吴安雅》："浪花青且白，频年照行役。褰裳涉微波，微波去无极。悠悠溪上山，送我往复还。与君临水别，幽恨寄山间。"写离别情愫，清劲之

---

① （金）刘祁：《归潜志》卷12，中华书局1983年版，第136页。

② 同上书，第84页。

③ （金）赵秉文：《大夫翰林学士承旨文献党公神道碑》，见张金吾《金文最》卷88，中华书局1990年版，第1290页。

中内蕴风力。清劲，作为金代中期诗坛一种带有普遍性的特色，是北方文化的底蕴在诗歌中的透射。

金代中期，女真统治者倡导美文，颇喜艳靡之风，这种导向一方面促进了诗学繁盛，才士辈出，同时，也使诗坛滋生了一种尖新浮艳之风，这是金代中期诗歌发展的又一趋向。章宗善为诗词，风格艳丽精工，如《宫中绝句》："五云金碧拱朝霞，楼阁峥嵘帝子家。三十六宫帝尽卷，东风无处不扬花。"无怪刘祁叹为"真帝王诗也"①。君主倡导于上，一些文士步趋于下。因此，明昌、承安时期形成了一股尖新浮艳的诗风，在诗坛上有一定的影响。刘祁记载说："明昌、承安间，作诗者尚尖新，故张耍仲扬布衣有名，召用。其诗大抵皆浮艳语，如'矮窗小户寒不到，一炉香火四围书'，又'西风了却黄花事，不管安仁两鬓秋'。人号'张了却'。"②既然凭着浮艳诗风能得以召用，自然会风靡影从，以作稻粱之谋了。

宣宗南渡（1214）以后，金源社会进入后期。这个时期朝政日趋腐败，经济凋敝，民不聊生。蒙古军队日日进逼，金王朝越来越风雨飘摇。与世宗、章宗朝爱惜才俊、奖用名士之风相比，宣宗朝则以忌刻士大夫而闻名，《金史》称宣宗"性本猜忌，奖用胥吏，苛刻成风，举措失当"③，政治益见酷虐衰敝。然而，诗坛情形却并不与时局等同，"国家不幸诗家幸，赋到沧桑句便工"④，赵翼这两句诗不仅可以概括遗山诗，对南渡以后整个金诗界也颇适合。士大夫们正是因为在政治生活中遭受排挤压抑，更将郁愤之气遣之于诗，积郁的慷慨不平在诗中得以勃发，形成了这个时期诗歌创作"清壮顿挫"的基本特色。明昌、承安年间流行的浮艳诗风，在这时期得到了流转与廓清，"南渡后，文风一变，文学多奇古，诗多学风雅，由赵闲闲、李屏山倡之"⑤，其时诗坛由赵秉文、李纯甫主盟，各树一面旗号，各自团结了一批诗人，形成了不同的诗歌流派。赵秉文主张风格多样化，实际上，更重视平淡含蓄。王若虚论诗主张与赵秉文相近，提倡平淡纪实，不满于李纯甫、雷希颜等人的"奇峭造语"，由此形成金代后期诗坛上的一场论争。

然而，在金代后期诗坛上，李纯甫、雷希颜、李汾、李经等诗人，最能

① （金）刘祁：《归潜志》卷1，中华书局1983年版，第3页。
② 同上书，第85页。
③ （元）脱脱等：《金史》卷16《宣宗纪》下，中华书局1975年版，第370页。
④ 胡艺肖：《赵翼诗选》，中州古籍出版社1985年版，第162页。
⑤ （金）刘祁：《归潜志》卷8，中华书局1983年版，第85页。

代表北方士大夫的豪放性格。他们的诗作也都奇崛豪肆、雄放不羁。李纯甫诗风奇险豪肆、峥嵘怒张，如他写怪松的形象："阿谁栽汝来几时，轮囷拥肿苍虬姿。鳞皴百怪雄牙髭，拏空夭矫蟠枯枝。疑是秘魔岩中老慵物，旱火烧天鞭不出……壮士囚缚不得住，神物世间无着处。堤防半夜雷破山，尾血淋漓飞却去。"（《怪松谣》）写大雪纷飞之景状，充满了奇幻怪谲的想象："玉环晕月蟠长虹，飞沙卷土号阴风。黄云幂幂翳晴空，屋头唧唧鸣寒虫。天符夜下扶桑宫，玄冥震怒鞭鱼龙。鱼龙飞出沧海底，咄嗟如律愁神工。"意象之奇崛雄肆、光怪陆离，不逊于韩愈的《赤藤杖歌》和《陆浑山火》，显示出诗人那种豪迈不羁的个性。雷希颜的诗作也以奇峭豪迈见称于世，"奇峭造语"是王若虚对他的不满之词，却概括出其诗的特征。如《洛阳同裕之钦叔赋》："日上烟花一片红，崧邙西峙洛川东。才闻候骑传青盖，又见牵羊出绛宫。事去关河不横草，秋来陵寝但飞蓬。书生不奈亡国恨，斗酒聊浇块垒胸。"通过苍茫阔大的意境，表现了诗人的峥嵘胸臆。余如李汾、李经、宋九嘉等人的创作都有着"清壮顿挫"的特色。

　　金末诗坛出现了一位大诗人，那就是元好问。元好问存诗一千余首，他不仅是金代诗坛首屈一指的诗人，而且在中国诗史上也不愧为一代大家。元好问生活和创作的年代正逢社稷倾覆、国家败亡之际，诗人发而为慷慨悲歌。元好问的诗作，尤其是丧乱诗，都以慷慨悲壮为特色，读之令人回肠荡气。诗人遭遇丧乱，"亲见国家残破，诗多感怆"[1]，但其并不流于颓丧，而是气魄宏大，境界雄浑，悲壮慷慨的感情渗透在苍莽雄阔的意境之中。钱锺书先生说："元遗山以骚怨弘衍之才，崛起金季，苞桑之惧，沧桑之痛，发为声诗，情并七哀，变穷百态。"[2] 元氏常以"清壮顿挫"评价他人之诗，其实，元诗是最足以当之的。元诗博大悲壮，艺术上却决不粗戾草率，而是在雄浑中见精深，古体、近体都颇多炉火纯青的佳作。赵翼对元诗称许道："苏、陆古体诗，行墨间尚多排偶，一则以肆其辨博，一则以侈其藻绘，固才人之能事也。遗山则专以单行，绝无偶句，构思窅渺，十步九折，愈折而意愈深、味愈隽，虽苏、陆亦不及也。七言律则更沉挚悲凉，自成声调。唐以来律诗之可歌可泣者，少陵十数联外，绝无嗣响，遗山则往往有之。如《车驾遁入归德》之'白骨又多兵死鬼，青山原有地行仙'、'蛟龙岂是池中物，虮虱空悲地上臣'；《出京》之'只知灞上真儿戏，谁谓神州竟陆沉'；

---

① （明）瞿佑：《归田诗话》，中华书局1985年版，第27页。
② 钱锺书：《谈艺录》，中华书局1984年版，第150页。

《送徐威卿》之'荡荡青天非向日，萧萧春色是他乡'；《镇州》之'只知终老归唐土，忽漫相看是楚囚，日月尽随天北转，古今谁见海西流'；《还冠氏》之'千里关河高骨马，四更风雪短檠灯'；《座主闲闲公讳日》之'赠官不暇似平日，草诏空传似奉天'。此等感时触事，声泪俱下，千载后犹使读者低回不能置。"① 这类诗句在遗山诗集中俯拾即是，可以说，从来没有谁把如此雄浑苍莽的意境同如此悲怆沉挚的情感融合得如此高妙。元好问的诗歌创作，为整个金诗大增其色，是金诗的光辉终结。

这里所描述的金诗发展轨迹是极其粗略的，而这个轨迹本身便向我们显示着金诗的北方文化特质。女真人以一个原始性的游猎民族夺取了中原，于是便十分欣羡于中原文化，大量吸收了汉文化素质，尤其是濡染于艺文。如赵翼论史所说："惟帝王宗亲，皆与文事相浃，是以朝野习尚，遂成风会，金源一代文物，上掩辽而下轶元，非偶然也。"② 女真民族原有的那种勇悍豪迈的民族性格与中原文化的融合，遂形成了金诗的独特风貌。

三

金诗植根于北中国的雄川大漠之中，带着一种质朴刚方之美向我们走来。产生金诗的北方文化特质的因素非止一端，此处略加探寻。

首先是女真人作为统治民族，其勇悍质朴的民族精神对金诗有很大渗透力。女真民族是崛起于白山黑水之间的游猎民族，有着极为勇悍的民族性格。洪皓在《松漠纪闻》中记载女真人较为原始时期的精神状况："其人戆朴勇鸷，不能别生死。"《女真传》记述女真人的勇悍："贵壮贱老，善骑，上下崖壁如飞。渡江不用舟楫，浮马而过，精射猎，每见野兽之踪，能蹑而摧之，得其潜伏之所。以桦皮为角，吹作呦呦之声，呼麋鹿，射而啖之，但有其皮骨。"③ 女真在其初起时便是这样的一个强悍的游猎民族。凭着游猎民族"进取和好战的性格"，由原来作为辽的附庸，起而一举消灭吞并了辽国，并夺取了宋的北半部。整个北方大地都控制在女真猛安谋克的铁骑之下了。女真人赖以起家的，便是那种勇悍的尚武精神；而金朝社稷的倾覆，在

---

① （清）赵翼：《瓯北诗话》卷8，人民文学出版社1963年版，第117页。

② （清）赵翼：《廿二史札记》卷28，中国书店1987年版，第389页。

③ （金）宇文懋昭：《大金国志》，见崔文印《大金国志校证》附录1《女真传》，中华书局1986年版，第584页。

很大程度上，是由于逐渐的汉化，使他们丧失了尚武精神。对于金诗发展来说，女真人那种尚武精神，那种雄鸷勇悍的心理特征，起了强筋健骨的作用，充填进刚健生野的气息与骨力。

在金代诗坛上，女真诗人并不多，但他们大都是最高统治者或王公贵胄，因而，对诗坛有较大影响。譬如海陵王完颜亮，性格勇悍，女真人原初的那种雄豪强悍气质与其作为奴隶主的凶残本性掺杂在一起。完颜亮留下了几首诗词，都以雄豪刚戾著称。如《书壁述怀》一诗："蛟龙潜匿隐苍波，且与虾蟆作混和。等待一朝头角就，撼摇霹雳震山河。"看来是未得帝位之前所作，诗中勃发着按捺不住的野心，气势咄咄逼人。艺术上虽较为粗糙拙陋，但诗中所迸射出的生命的强力，确实令人震慑的。又据记载，完颜亮在其发动南侵战争之前，曾派施宜生出使南宋，"密写临安之湖山、城郭以归，上令绘为软壁，而图己像策马于吴山绝顶，后题一诗，有'自古车书一混同，南人何事费车工？提师百万临江上，立马吴山第一峰'之句"①。这首诗气势雄杰，质朴刚方，大有一统天下之气概。他所进行的南侵战争，是不义之战，但这首诗则表现出很强的力度感，"桀骜之态，溢于言表"②，表现上是直抒怀抱、略无润饰的。完颜亮诗作中显露出来的豪犷雄鸷而又粗戾朴野的心态特征，并非他个人所独有，而是在金朝前期的猛安谋克中很有代表性。在很大程度上，是女真人那种雄鸷质朴的文化心理和勇悍尚武的民族精神的表征。

法国的斯达尔夫人有一段话很能揭示民族文化关系的某种规律。她说："对当时各民族来说，蛮族的入侵当然是一场严重的灾难，然而文化却正因此得到传播。在与北方民族混杂的过程中，萎靡不振的南方民族从他们那里汲取了力量，同时使北方民族取得了有助于充实智能的灵活性。"③ 如果说，斯达尔夫人在这里所说的南方民族与北方民族的关系，只是一种"风马牛"的偶合，那么，民族之间通过战争这种媒介发生文化交流与融合当是事实。就金代诗坛而言，大多数诗人是汉族士大夫，他们写诗作文，不能不受到作为统治者的女真贵族的强烈影响和渗透。那些金戈铁马、勇悍雄鸷的"猛安谋克"们，接触了高度发达的汉文化后，颇致欣羡之情，他们往往乐于罗致文士于幕府。我们不妨看一下这方面的记载："南渡后，诸女真世袭猛

① 宇文懋昭：《大金国志》中，商务印书馆1936年版，第111—112页。
② 吴梅：《吴梅全集·理论卷》中，河北教育出版社2002年版，第593页。
③ ［法］斯达尔夫人：《论文学》，徐继曾译，人民文学出版社1986年版，第107页。

安、谋克往往好文学，喜与士大夫游。如完颜斜烈兄弟、移剌廷玉温甫总领、夹谷德固、术虎士、乌林答肃孺辈，作诗多有可称。德固勇悍，在军中有声，尝送舍弟以诗，亦可喜。"① "完颜中郎将陈和尚，字良佐，兄斜烈，毕里海世袭猛安也。忠义勇敢著名……性好士，幕府延致文人……良佐为人爱重士大夫，王渥仲泽在其兄幕府，良佐从之游。"② "移剌枢密粘合，字廷玉，契丹世袭猛安也。弟兄俱好文，幕府延致文士。初帅彭城，雷希颜、杨叔能、元裕之皆游其门，一时士望甚重。"③ 由于女真贵族的统治地位，同时由于这些猛安谋克对汉文化的好尚，形成了汉族士大夫依附于女真军事贵族的上述情形。女真军事贵族与汉士之间的影响是双向的：一方面，女真人从汉士得到文化的熏陶，逐渐习染风雅；另一方面，他们那种勇悍质朴的民族精神对汉士的诗文创作必然产生很深刻的影响。女真贵族是幕主，汉士是幕僚，汉士处于这样的依附地位，其诗文投合女真贵族的口味，尽量将诗写得骨力健劲、具有朴野之风，乃是自然的。

金代诗坛多是汉族诗人，而这些汉族诗人绝大多数都生于北方。刘祁说"金朝名士大夫多出北方"④，信非虚语。尤其是云朔、齐鲁一代，诞育了许多诗人。在金代特殊的社会条件下，出生于北方的一些诗人，往往有着豪侠性格，以李纯甫为代表的一派诗人更是如此。李纯甫是宏州襄阴人，在今河北临近山西地界，正是古代所谓幽并之地。他的性格以豪侠狂放著称，"啸歌祖袒，出礼法之外，或以数月不醒"⑤；雷希颜是应州人，在今山西应县。雷氏也以"豪士"见称，"为人躯干雄伟，髯张口哆，颜渥丹，眼如望羊。遇不平，则疾恶之气，见于颜间，或嚼齿大骂不休。虽痛自摧折，然猝亦不能变也。生平慕田畴、陈元龙之为人，而人亦以古人期之。故虽以文章见称，在希颜仍为余事耳"⑥；宋九嘉的性格也是"为人刚直，豪迈不群"⑦，因而"读书、为文有奇气，与雷希颜、李天英相埒也"⑧。与李纯甫交游颇深的张伯玉、周嗣明、李经、王士衡等，都是北方士人，在当时都以诗名世，而他们的共同特点也都是"尚气任侠"。如《归潜志》记述王士衡云：

---

① （金）刘祁：《归潜志》卷6，中华书局1983年版，第63页。
② 同上书，第62页。
③ 同上书，第63页。
④ 同上书，第118页。
⑤ 同上书，第6页。
⑥ （金）元好问：《中州集》卷6，中华书局1959年版，第314页。
⑦ （金）刘祁：《归潜志》卷1，中华书局1983年版，第6页。
⑧ 同上书，第11页。

"从屏山游，屏山称之，为人跌宕不羁，喜功名，博学，无所不览，酣歌放饮，人以为狂。"① 李纯甫有《送李经（天英）》一诗，传神地写照出周嗣明、张伯玉和李天英的豪侠之气："髯张元是人中雄，喜如俊鹘盘秋空。怒如怪兽拔枯松，老我不敢婴其锋。更着短周时缓颊，智囊无底眼如月。斫头不屈面如铁，一时未穷复一说。二豪同军又连横，屏山直欲把降旌。不意人间有阿经。阿经瑰奇天下士，笔头风雨三千字。醉倒谪仙元不死，时借奇兵攻二子。纵饮高歌燕市中，相视一笑生春风。"张、周、李三位诗人的豪迈气概，跃然纸上。另一位很有名的诗人李汾（字长源），山西太原人，也是"为人尚气，跌宕不羁"②。在金代中后期诗坛上，李纯甫周围的这些诗人，诗风大都雄放跌宕，而在性格上大都慷慨尚气，有豪士之风，突出地表现出北方文化的特征。至于元好问的诗风，与他所禀受的北方文化亦有直接联系。郝经所作墓铭中"歌谣跌宕，挟幽并之气，高视一世"③ 之语，可为千古定评。元好问生长于幽、并之地，从小习染于那种豪迈慷慨、豪侠尚武的民风之中，这对他的诗风有很大影响。恰如赵翼所说："此固地为之也，时为之也。"④ 遗山诗那种雄浑苍莽之境界与悲怆沉挚之情感的融合，形成了不可重复的艺术个性，这其中的因素当然是多方面的，然而，北方文化对他的熏习，自然是一重要因素。

　　文学上的差异，可以从文化上追溯到根源，而不同的地域可以产生不同的文化丛，本文正是循着这样的思路来探求金诗特征的。中国的南方与北方，由于地理环境、民俗、生产方式方面的不同，形成了一定程度上的差异，这是历史的存在。当然，不同的文化圈中的许多文化特质是相同或相近的，可以相互沟通的、交融的，只是由于一部分文化特质及其结构方式的不同，形成了大致不同的"文化圈"。不过，在中华民族文化与异质文化的比较中，"文化圈"应该指中华民族文化这样更大的整合性内涵；南北文化的差异，只能看作是"亚文化圈"。我们借用这一概念，旨在从文化差异的角度出发，来认识金诗与宋诗的不同之处，揭示金诗的本质特征。这种特征是我们在较为全面地认识金诗后可以直观感受到的。比如，宋诗颇重用典，尤其是江西诗派的诗风及其影响所及；金诗与宋诗相比，用典要少得多，更极

---

① （金）刘祁：《归潜志》卷2，中华书局1983年版，第12页。

② （元）脱脱等：《金史》卷126《文艺传》下，中华书局1975年版，第2741页。

③ 秦雪清点校：《郝文忠公陵川文集》卷35《遗山先生墓铭》，山西人民出版社2006年版，第478页。

④ （清）赵翼：《瓯北诗话》卷8，人民文学出版社1963年版，第117页。

少用僻典。宋诗多有理性思致，尤其是理学的崛起，使很多富有理趣，在意象中显示人生哲理，如苏轼《题西林壁》、《饮湖上初晴后雨》、朱熹的《春日》、《观书有感》、《偶题三首》等等，另有很多诗堕入理窟，如邵雍《伊川击壤集》中诸作；金诗未及于宋人的思辨高度，既无理趣睿智之什，也极少"理障"、"理窟"中语。宋诗颇多议论之笔，这乃是人所共见的；金诗极少议论，更多的是即景抒情之作。宋诗沿韩愈的道路继续开拓，"以文为诗"的倾向延嗣不断；金诗在句法用词等方面，却很少见到"以文为诗"的倾向。诸如此类的差别，都可看出金诗与宋诗不一致的地方。这些情形造就了金诗的独特的风貌，在很大程度上显示出北方文化的特质。这是我们在文化的视角上对金诗取得的一点认识。

不应忽视的辽代诗歌[*]

在中国诗歌史上，辽诗的地位似乎过于微黯，极少进入研究者们的视域之内。人们也好像不情愿把辽诗作为中国文学传统的正宗看待，因而在文学史教材上，辽诗的篇幅就少得再可怜不过了。这除了辽诗的成就确实无法与唐诗、宋诗相提并论这个客观原因之外，对辽诗的缺乏了解，恐怕是重要的主观因素。

诚然，辽诗留存至今的数量确乎很少，总共只有70余首，但它们却反映着一个完整的朝代的文学风貌。而且，从更为广阔的意义上来说，辽诗的价值更不止于此，远远超越了一个历史时期的文学断限。它表征着北方文学成熟期的开端。南北诗风的融合，孕育了风骨遒上而又神韵悠远的唐诗，开启了中国诗史上最为璀璨的黄金季节。接踵而来的宋诗，则是思理清峻、渐老渐熟，别是一番姿态。辽诗，则是以北方民族纯朴质野的文化心态、接受唐诗滋育、同时在某种程度上受宋诗熏染的产物。同时，作为北方民族的文学传统，对金元诗歌产生了不容忽略的深远影响。辽金元诗歌，同是北方民族的歌吟，反映出共同的文化心理特征，有着内在的连续性，辽诗是其源头。

以作者而言，辽诗可分为契丹诗人作品与汉族文士作品两类。其中最能体现辽诗成就的，应是为数众多的契丹诗人之作。契丹诗人的创作，实际上是中华诗歌传统的继承与发扬，而其诗作的深层，所映现出的却是独特的北方民族文化心理。

现存的契丹诗人创作，大多数是君主、皇族、后妃的篇什，这些篇什表现出契丹贵族接受汉文化影响之深。清人赵翼在其史学名著《廿二史札记》中专列"辽族多好文学"一节，记述契丹贵族多喜为诗的情形。辽太祖耶律阿保机的长子东丹王耶律倍（小字图欲）便多有诗作。他颇为欣慕唐代

———————————
　＊　本文刊于《文史知识》1992 年第 2 期。

大诗人白居易，诗风亦受元白一派影响。《尧山堂外纪》云："东丹王有文才，博古今，习举子。每通名刺云'乡贡进士黄居难字乐地'，以拟白居易字乐天也。"① 现存有《海上诗》："小山压大山，大山全无力。羞见故乡人，从此投外国。"这首诗表现了诗人的孤危境遇以及亡命国外的不得已心情。"山"为契丹"小"字，其义为汗。"小山压大山，大山全无力"，实际上是写太后立德光，而自己虽是长子却被摒斥的处境。这首诗自然可以视为汉文、契丹文合璧为诗的范例，但诗人是有意地利用了汉字"山"的意象和契丹文"汗"的意思的一种巧合，使诗富有鲜明的意象感，同时又有深微的隐喻义，二者互为表里，意蕴十分丰富，无怪乎赵翼称赏此诗云："情词凄婉，言短意长，已深合风人之旨矣。"② 平王耶律隆先也"博学能诗，有《阆苑集》行于世"③。在帝位49年的辽圣宗耶律隆绪深受汉文学濡染，"幼喜书翰，十岁能诗"④。圣宗为诗也师法白居易，其《题乐天诗佚句》云"乐天诗集是吾师"，可见其对白诗的仰慕之情。辽兴宗耶律宗真也颇喜作诗，常与大臣唱和，向臣下赐诗，尝以司空大师不肯赋诗，以诗挑之："为避绮吟不肯吟，既吟何必昧真心。吾师如此过形外，弟子争能识浅深。"（《以司空大师不肯赋诗，以诗挑之》）可见兴宗对于诗歌创作的热忱。在几位皇帝之中，要数道宗耶律弘基最精于诗道，诗的艺术造诣最高。其诗赋集为《清宁集》，今佚。现存诗作中以《题李俨黄菊赋》最富韵味。诗云："昨日得卿黄菊赋，碎剪金英填作句。袖中犹觉有余香，冷落西风吹不去。"这首诗称赏李俨的《黄菊赋》，不是用直露的语言，而是用含蓄优美的审美意象来表现李赋之佳。后二句更以"西风"吹不去的余香来写李赋的艺术魅力。这首诗在辽诗中是颇有审美韵味的。

契丹诗人中最有成就的当推萧观音、萧瑟瑟等几位出色的女作家。其中，尤以萧观音最为杰出。萧观音（1040—1075），钦哀皇后弟、枢密使萧惠之女，小字观音。清宁初，立为懿德皇后。大康元年，因宫廷内部的互相倾轧，被诬与伶官有私，被赐自尽。乾统初年，追谥为宣懿皇后。据王鼎《焚椒录》载，观音姿容秀美，工诗能书，雅擅音乐，能自制歌词。她的诗作风格较为多样化。有雄豪隽爽，颇见北地豪放之气的篇什，也有委婉深曲

---

① （明）杨慎：《升庵诗话》卷6，见丁福保《历代诗话续编》中册，中华书局2006年版，第759页。

② （清）赵翼：《廿二史札记》卷27，中国书店1987年版，第368页。

③ （元）脱脱等：《辽史》卷72《平王隆先传》，中华书局1975年版，第1212页。

④ （元）脱脱等：《辽史》卷10《圣宗纪》1，中华书局1975年版，第107页。

的风雅之辞。前者如《伏虎林待制》诗云："威风万里压南邦，东去能翻鸭绿江。灵怪大千俱破胆，哪教猛虎不投降。"风格豪放粗犷，意象奇崛，气势非凡，很难令人相信是出自宫廷女性之手，直欲压倒须眉。据《焚椒录》载："（清宁）二年八月，上猎秋山，后率妃嫔从行在所。至伏虎林，命后赋诗，后应声曰：'威风万里压南邦……上大喜，出示群臣，曰：'皇后可谓女中才子。'"① 可见此诗是狩猎环境下的产物，而同时又是契丹民族粗犷雄健之风的显露，游猎民族的雄豪之气在诗中勃然而出。后者如《怀古》一诗："宫中只数赵家妆，败雨残云误汉王。惟有知情一片月，曾窥飞燕入昭阳。"据《焚椒录》载，枢密使耶律乙辛与萧后家争权，指使宫婢取《十香词》淫词，伪称宋朝皇后所作，骗萧后书写，借以构陷之。萧后（观音）书写后并在纸尾书自作绝句一首，以示自己的批评态度，也就是这首《怀古诗》。耶律乙辛得诗后使宫婢及教坊朱顶鹤出首，言萧后与伶官赵惟一私通，以《十香词》及此诗为证，并指摘此诗中寓有"赵惟一"三字，狱成，族诛赵惟一，赐后自尽。《怀古诗》有这样一个背景，而就诗作本身来看，诗人借汉代赵飞燕姊妹擅宠败政的史实兴发感慨，诗意深刻警醒，同时，诗的意象鲜明，又深婉含蓄，颇有唐诗风味。

　　萧观音有《回心院词》十阕，表现出很高的艺术造诣。萧后对于道宗多所规谏，尤其是道宗常常入山驰猎，甚是忧虑，忧其荒嬉于政事，也恐其身遇不测，于是上《谏猎疏》。道宗个性倔强，刚愎自用，不但未加节制，反而疏远冷落了她。萧观音内心幽怨，又盼夫妻能够欢爱如初，于是作《回心院词》十阕以达其情，词作缠绵哀怨，深得风人之旨。女诗人从宫室的各个角度写出自己孤苦寂寞的心态，盼望道宗能重新眷顾她。这些作品情感深挚婉曲，意象细腻，在辽代诗词中，确乎是难得的佳构。清人徐釚评价云："回心院词怨而不怒，深得词家含蓄之意，斯时柳七之调尚未行于北国，故萧词大有唐人遗意也。"②

　　另一位女诗人萧瑟瑟，是国舅大父房之女，天祚帝妃，善诗歌创作，又有较为深刻的政治见解。现存之《讽谏歌》、《咏史》，都语涉朝政，写得英拔不凡。《讽谏歌》云："勿嗟塞上兮暗红尘，勿使多难兮畏夷人；不如塞奸邪之路兮选取贤臣，直须卧薪尝胆兮激壮士之捐身，可以朝清漠北兮夕枕燕云。"这首诗指出了辽朝所面临的危难时局，劝谏天祚帝要励精图治，任

①　蒋祖怡、张涤云：《全辽诗话·懿德皇后萧氏》，岳麓书社 1992 年版，第 17 页。
②　徐釚：《词苑丛谈》，中华书局 2008 年版，第 189 页。

用忠良，摒塞奸佞，这样方能力振朝纲，永镇漠北。《咏史》诗云："丞相来朝兮剑佩鸣，千官侧目兮寂无声。养成外患兮嗟何及，祸尽忠臣兮罚不明。亲戚并居兮藩屏位，私门潜畜兮爪牙兵。可怜往代兮秦天子，犹向宫中兮望太平。"这首诗借咏史题材来讽刺朝政的昏暗壅蔽，任人唯亲，赏罚不明，忠臣罹祸，百官缄口，致使外患临门，大厦将倾。这实际上正是天祚帝朝政的生动写照。作为一名皇妃，萧瑟瑟并不满足于后宫享乐，而是以强烈的政治责任感来指摘朝政之非，充分表现出她的政治卓识。这两首诗都是为讽谏目的而作，诗风剀切直露，缺乏余韵，但情感之激切，见解之深刻，颇令人惊心醒目。诗用骚体写成，句式参差错落，更加强了诗的力度感。

在契丹诗人的创作中，成就最高、篇幅最大的，莫过于《醉义歌》。《醉义歌》署为寺公大师所作。寺公恐非真名，可能是对作者法号的尊称。耶律楚材在《醉义歌》序言中说："辽朝寺公大师者，一时豪俊也，贤而能文，尤长于歌诗，其旨趣高远，不类世间语，可与苏、黄并驱争先耳。有《醉义歌》，乃寺公之绝唱也。"① 此诗本是用契丹文创作的，由元代著名诗人耶律楚材译为汉文，最早见于耶律楚材文集《湛然居士文集》卷八，全诗 120 句计 842 言，是一首七言歌行体长诗。

诗人以重阳饮酒为抒情契机，抒写了诗人对人生的感慨。他深感人世的短暂与无常，于是欲在醉乡中忘却尘世的忧烦，得到精神上的飞升与解脱。全诗大致可分四节，每三十句成一节。第一节写重阳之际，诗人客居天涯，黯然神伤，自怜幽独，"晓来雨霁日苍凉，枕帏摇曳西风香。困眠未足正展转，儿童来报今重阳。吟儿苍苍浑塞色，客怀衮衮皆吾乡。敛衾默坐思往事，天涯三载空悲伤……"诗人惆怅悲秋，羁旅愁厄，东邻友人携酒以慰诗人，于是有第二节对农村纯朴古风的赞叹，"我爱南村农丈人，山溪幽隐潜修真。老病犹耽黑甜味，古风清远途犹迤。喧嚣避遁岩路僻，幽闲放旷云泉滨……"诗人又满怀感激之忱写了这位"南村农丈人"对诗人的纯挚友情："旋舂新黍爨香饭，一樽浊酒呼予频……开怀属酒谢予意，村家不弃来相陪，适遇今年东鄙阜，黍稷馨香栖畎亩。相邀斗酒不浃旬，爱君萧散真良友，我酬一语白丈人，解译羁愁感黄耇。"这节诗中所表达的意思与陶渊明的《饮酒》、《移居》等诗一脉相承，同时颇有杜甫《遭田父泥饮美严中丞》的影子在，表现出诗人与"农丈人"之间的深醇情愫。第三节，诗人抒写醉乡忘怀世事之乐，指出人生无常，犹如电光石火："风云不与世荣

---

① （元）耶律楚材：《湛然居士文集》卷 8，中华书局 1985 年版，第 109 页。

别，石火又异人生何。荣利悦来岂苟得，穷通夙定徒奔波……醉中佳趣欲告君，至乐无形难说似。"诗人在醉乡之中体验到与天地万物融而为一的至高境界。"四时为驭驰太虚，二曜为轮辗空廓。须臾纵辔入无何，自然汝我融真乐。陶陶一任玉山颓，藉地为茵天作幕。"这里虽然有消极出世的意念，但脱略形骸、与天地为一的境界，使人的精神得以升华。第四节，诗人借用庄子哲学的"齐物"思想来看待人生与世界，"梦里蝴蝶勿云假，庄周亦觉非真者。以指喻指指成虚，马喻马兮马非马。天地犹一马，万物一指同。胡为一指分彼此，胡为一马奔西东。人之富贵我富贵，我之贫困非予穷。三界唯心更无物，世中物我成融通"。诗人以诗的语言充分发挥了齐物论思想，同时又掺杂了佛教人生观，用来排遣自己的内心愁苦，获得心灵的平衡。

《醉义歌》的思想内涵十分丰富、复杂，诗人深受陶渊明皈依自然思想的影响，又深受李太白纵酒放歌精神境界之感染，老庄思想与佛教世界观在诗中都有充分的表现。诗中虽多出世超尘之想，但并不能全然归之于消极避世，而洋溢着一种高远振拔的精神。

《醉义歌》在艺术上是相当成熟的，代表着辽诗的最高成就。诗人充分利用了七言歌行的体裁优势，淋漓酣畅地抒写了诗人的思想感情。诗的结构开阖动荡、脉络鲜明而又浑然一体，首尾相衔，完整而又宏阔。诗的风格雄浑豪健，境界高朗，语言骈散间行，错落有致。即使置于唐代歌行众作之中，也无愧于一篇金声玉振的佳作。

相形之下，辽朝的汉人之诗远不如契丹诗人的丰富宏广，但也不无能代表辽诗特征的佳作。如赵延寿的《失题》，就带有鲜明的北国色调。赵延寿（？—948），五代时常山（今河北正定）人。本姓刘，后为赵德钧养子，改姓赵。投契丹后为幽州节度使，封燕王。赵虽然并非儒士，却雅好书史，工诗能文，又因多年转战沙场，故而诗作多慷慨雄放之风。《失题》是其现存的唯一一首诗。诗云："黄沙风卷半空抛，云重阴山雪满郊。探水人回移帐就，射雕箭落著弓抄。鸟逢霜果饥还啄，马渡沙河渴自跑。占得高原肥草地，夜深生火折林梢。"这首诗写辽地景物与军旅生活，十分富有北地特征。诗人抓住了一些典型的物象来构写诗的意境，表现出质朴雄犷的特色。《太平广记》引此诗后云："此诗描写契丹景物、习俗，为南人所称道宜也。"足见这首诗是颇为受人重视的。另如天祚时进士王枢的《三河道中》一诗："十载归来对故山，山光依旧白云闲。不须更读元通偈，始信人间是梦间。"诗风淡泊而诗艺精熟，意境清淳，感慨深邃，亦是辽诗中的精品。

辽诗存篇不多，但作为一代之诗自有特色，在文学史上应占有更重要的地位。比起以前的北朝诗歌，无疑是有了长足的进步，融进了唐诗的乳血；而对后来的金诗，又有着深广的影响。金诗以"借才异代"为开端，这些"异代"之才，便有一些是辽朝汉士，如韩昉便是由辽入金的。辽诗的风格气度，在金诗中是扎根很深的。因此，进一步认识辽诗，对于探讨文学史的多元发展，是大有裨益的。

论元散曲的"陌生化"*

　　"陌生化"的命题，不是中国传统艺术理论中的固有之物，而是近年来从国外文艺理论"引进"的。在俄国形式主义美学和著名的德国剧作家布莱希特的戏剧理论中，"陌生化"成为最重要的美学原则。然而，"陌生化"理论的提出，不能仅仅视为几个理论家的凭空臆想，而是对人类的文学艺术创作的某种规律性的概括揭示。实际上，以"陌生化"为审美原则的艺术品不仅大量存在于西方文明宝库之中，在中国文学传统中，具有"陌生化效果"的作品是相当多的。尤其是元代散曲创作中，"陌生化效果"更成为一种普遍现象。固然，在诗、词、赋等文学体裁中也不乏"陌生化效果"的佳作，但元曲中的"陌生化"却显得更为强烈、鲜明、突出，甚至不妨看作是元散曲的一个重要艺术特征。从这个视角来重新理解和欣赏元曲，也许会别有一番观感。

一　关于"陌生化"理论

　　"陌生化"，在20世纪前期的俄国形式主义文论中，不仅仅是作为一种艺术手法来提倡的。而且是作为美学和本体论的问题提出的。最为集中论述这个问题的是俄国形式主义的代表人物什克洛夫斯基，维克托·什克洛夫斯基（1893—1984），是诗语研究会的创始人之一，也是原苏联的著名作家、文艺理论家。当他还是彼得堡大学的一名学生时，便写出了《词的再生》的小册子，表述出后来称为"形式主义方法"的原则，奠定了他作为诗语研究会的精神领袖的地位。1917年，什克洛夫斯基写出了《作为手法的艺术》一文，成为俄国形式主义文论的重要纲领与宣言。在这篇文章中，什氏鲜明地提出了"陌生化"（octpahehhe，亦译为"异化""反常化"）这个

---

　　* 本文刊于《内蒙古师范大学学报》1993年第2期。

命题，而且从审美心理的角度进行了集中的阐述。什克洛夫斯基认为："经过数次感受过的事物，人们便开始用认知来接受：事物摆在我们面前，我们知道它，但对它视而不见。因此，关于它，我们说不出什么来。使事物摆脱知觉的机械性，在艺术中是通过各种方法实现的。"① 而在"多种方法"中，什氏所唯一强调和论证的就是"陌生化"手法。而通过他的论述，我们还能看到，他是把"陌生化"作为诗歌艺术的根本特征的。什克洛夫斯基说："形象的目的不是使其意义接近于我们的理解，而是造成一种对客体的特殊感受，创造对客体的'视象'，而不是对它的认知。……无论在哪个方面，我们都可以发现艺术的特征，即它是专为使感受摆脱机械性而创造的。"② "艺术的目的是使你对事物的感觉如同你所见的视象那样，而不是如同你所认知的那样；艺术的手法是事物的'陌生化'（octpahehhe）手法，是复杂化形式的手法，它增加了感受的难度和时延，既然艺术中的领悟是以自身为目的的，它就理应延长，艺术是一种体验事物之创造的方式，而被创造物在艺术中已无足轻重。"③ 什克洛夫斯基的意思是，从审美心理角度来说，多次感受同一类对象，主体的感知便会失去新鲜感，变得熟视无睹，以"认知"来接受。而文学艺术之所以崇尚独创性，正是为了摆脱感知的机械性，恢复生动的刺激性，因而，"陌生化"便成为艺术的根本特征。

那么，"陌生化"手法究竟是怎样的呢？也就是说，怎样实行这种艺术手法呢？什克洛夫斯基以托尔斯泰为典型。他在《作为手法的艺术》一文中说："列夫·托尔斯泰的陌生化手法在于，他不用事物的名称来指称事物，而是像描述第一次看到的事物那样去加以描述，就像是初次发生的事情，同时，他在描述事物时所用的名称，不是该事物中已通用的那部分的名称，而是像称呼其他事物中相应部分那样来称呼。"④ 这种艺术处理的方式是使熟悉对象变得生疏起来，使读者感受到艺术的新颖别致。在诗歌艺术形式这个层面上，什克洛夫斯基所提倡的"陌生化"确实是艺术创新的重要途径。

---

① ［俄］维克托·什克洛夫斯基：《作为手法的艺术》，见［俄］什克洛夫斯基等《俄国形式主义文论选》，方珊等译，三联书店 1989 年版，第 7 页。

② ［俄］维克托·什克洛夫斯基：《散文理论》，刘宗次译，百花洲文艺出版社 1997 年版，第 16 页。

③ ［俄］维克托·什克洛夫斯基：《作为手法的艺术》，见［俄］什克洛夫斯基等《俄国形式主义文论选》，方珊等译，三联书店 1989 年版，第 8 页。

④ 同上书，第 7 页。

"陌生化"理论对于德国著名戏剧作家布莱希特产生了深刻影响。贝托尔特·布莱希特（1898—1956），是 20 世纪德国的一位杰出的戏剧家兼诗人，布莱希特在戏剧理论中提出的最为重要的观点就是"陌生化效果。"这是新马克思主义文论的突出成果之一。

布莱希特的"陌生化"，是德文词"verf-remdongseffekt"，具有间离、陌生化者多种意义，论者称之为"V—效果"、"间离效果"、"陌生化效果"，三者意思是一致的。

"陌生化"首先是作者必须使作品的内容意象陌生化。在《论实验戏剧》一文中，布莱希特说，陌生化是"把一个事件或一个人物性格陌生化，首先意味着简单地剥去这一事件或人物性格中的理所当然的、众所周知的和显而易见的东西，从而制造出对它的惊愕与新奇感"①。比起什克洛夫斯基来，布莱希特的"陌生化效果"不是仅在形式层次上，而且通过这一手段，使观众（或读者）在新奇感中思考，进而认识社会生活中还未广为人知的本质及深层结构。达到社会批判的目的。在 1940 年写的《街景》中，布莱希特称他所追求的陌生化效果为这样"一种技巧，它使所要表演的人与人之间的事件，是有令人诧异的、需要解释的、而不是理所当然的、不是单纯自然的事物的烙印。这种效果的目的是使观众能够从社会角度做出有意的批判"②。这就明确道出了布氏"陌生化"的宗旨所在，正如德国学者恩斯特·舒马赫所指出的："布莱希特的陌生化概念，离开马克思和恩格斯早期著作中的异化概念，是无法理解的。陌生化的目的就是要借助戏剧，借助戏剧性手段消除人从自身异化出来的现象以及造成异化的条件。"③ 很显然，布莱希特的"陌生化"理论，在艺术形式方面直接受俄国形式主义美学的启发，而在另一方面，又接受了马克思"异化"概念的社会批判意义。他在《娱乐戏剧还是教育戏剧》一文中，说过："异化必要的，以便使人们能够理解。"马克思对布莱希特的影响也是没有疑义的。

与此密切联系的是，"陌生化"的另一含义是观众与作品之间的"间离"，力反观众与作品的融汇。在《戏剧小工具篇》中，布莱希特指出："戏剧必须使观众吃惊。要做到这一点，就必须运用对熟悉的事物进行间离

---

① 张黎：《布莱希特研究》，中国社会科学出版社 1984 年版，第 204 页。

② ［德］布莱希特：《街景》，转引自林克欢《戏剧表现论》，中国社会科学出版社 1993 年版，第 182 页。

③ 张黎：《布莱希特研究》，中国社会科学出版社 1984 年版，第 181 页。

的技巧。"① 这样，使观众与作品间存在距离，由此对作品作出更为清晰的审视与思考。"陌生"本身决非目的，而是要使观众在更高层次上理解作品。布莱希特的学生维克维尔特在他的论文集《戏剧在变化中》里披露了布莱希特的一些论述，诸如"累积不可理解的东西，直到理解出现……"②"陌生化作为一种理解（理解—不理解—理解），否定之否定。"③ 对此，维克维尔特作了这样的解释："'陌生化'是在更高一级的水平上消除所表演的东西和观众之间的间隔。陌生化是一种可以排除任何现象的'陌生性'的可能性……因此，陌生化是真正的令人熟悉。"④ 这种解释是合乎布氏"陌生化"理论原意的。

　　无论在俄国形式主义文论家那里，还是在布莱希特手上，"陌生化"都不仅是一种手法，而且成为一种美学原则，布莱希特进而使之具有深刻的社会批判内涵。"陌生化"理论对于艺术创新确实开辟了有益的途径。而它并非全然是一种理论杜撰，在很大程度上，是对艺术创作经验的一种发掘与概括。以之观察元代散曲的艺术风貌与创作手法，可以惊喜地发现它与"陌生化"理论的契合。

二　元散曲的陌生化效果

　　王国维先生有这样的名言："凡一代有一代之文学：楚之骚，汉之赋，六代之骈语，唐之诗，宋之词，元之曲，皆所谓一代之文学，而后世莫能继焉者也。"⑤ 实际上，这也并非他一人的看法，而是文学史上公认的事实，不过王国维从文学发展的眼光加以理论概括而已。元曲（包括散曲与杂剧），的确足以代表元代的文学成就而彪炳文学史册，在诗歌范围里，散曲所以能与唐诗、宋词鼎足而三，就在于它有鲜明的审美特征，或者说是"当行本色"。元曲在抒情方式上与诗词有很大不同。诗、词大都以含蓄蕴藉为标准，讲究"言有尽而意无穷"。曲则不然。曲的抒情方式以明快淋漓

---

　　① ［德］布莱希特：《戏剧小工具篇》第44条，见伍蠡甫《现代西方文论选》，朱光潜译，上海译文出版社1983年版，第157页。
　　② ［德］维克维尔特：《戏剧在变化中》，转引自林克欢《戏剧表现论》，中国社会科学出版社1993年版，第253页。
　　③ 同上书，第253页。
　　④ 张黎：《布莱希特研究》，中国社会科学出版社1984年版，第181页。
　　⑤ （清）王国维：《宋元戏曲考·自序》，见《王国维先生全集》续编4，大通书局有限公司1976年版，第1435页。

为佳。正如王骥德所说:"曲则惟吾意之欲至,口之欲宣,纵横出入,无之而无不可也,故吾谓:快人情者,要毋过于曲也。"① 这正是曲的抒情特征。在语言上,诗词都讲究典雅,个别的俗语只是变例。而曲的语言却不避俚俗,"贵浅不贵深",这是曲的"当行本色"之一。

　　散曲的诸如此类的审美特征,往往是和作者所取的特殊视角有关系。特殊的视角正是采用了"陌生化"的眼光,使人们熟悉的东西变得似乎陌生。在散曲中有不少名篇都采用了一种十分独特的叙述角度来造成"陌生化"的审美效应。一个非常有名的例子是睢景臣的《哨遍·高祖还乡》。作者选取了一个非常独特的叙述视角,即从一个老农的角度来描述"高祖还乡"的情景以及从这样一个乡下人眼中所产生的特定观感,对于皇帝的銮驾仪仗,叙述主体——一位从未见过宫廷排场的"乡下佬",觉得十分奇怪、滑稽:

　　　　[耍孩儿] 瞎王留引定火乔男女,胡踢蹬吹笛擂鼓,见一彪人马到庄门,匹头里几面旗舒。一面旗白胡阑套住个迎霜兔,一面旗红曲连打着个毕月乌。一面旗鸡学舞,一面旗狗生双翅,一面旗蛇缠胡芦。

　　　　[五煞] 红漆了叉,银铮了斧。甜瓜苦瓜黄金镀。明晃晃马蹬枪尖上挑,白雪雪鹅毛扇上铺。这几个乔人物,拿着些不曾见的器仗,穿着些大作怪衣服。

若叙述主体是士大夫,那么,就决不会产生这些观感。妙就妙在作者选择了一个"不曾见"过皇帝威仪的"乡下佬"的叙述视角。正因为"不曾见",他才把皇帝的仪仗旗帜描述得如此细致又非常古怪滑稽。正如什克洛夫斯基所举的托尔斯泰的"陌生化手法"那样,"他不用事物的名称来指称事物,而是像描述第一次看到的事物那样去描述"②,《高祖还乡》所用的手法,可以说是非常典型的。

　　作者采用这种"陌生化"手法,很显然的目的是揭露汉高祖的无赖根底,使最高统治者的"神至"、"庄严"的油彩被剥掉。"陌生化"手法产生了强烈的滑稽感,把高祖的皇帝威仪烧毁在一阵嬉笑之中。曲中又写道:

---

　　① (明)王骥德:《曲律》,见中国戏曲研究院《中国古典戏曲论著集成》第4集,中国戏剧出版社1959年版,第160页。

　　② (清)李渔:《闲情偶寄·词曲部》,浙江古籍出版社1985年版,第48页。

那大汉下的车，众人施礼数。那大汉觑得人如无物。众乡老展脚舒腰拜，那大汉挪身着手扶。猛可里抬头觑，觑多时认得，险气破我胸脯。

你身须姓刘，你妻须姓吕，把你两家根脚从头数：你本身做亭长耽几盏酒，你丈人教村学读几卷书。曾在俺庄东住，也曾与我喂牛切草，拽坝扶锄。

春采了桑，冬借了俺粟，零支了米麦无重数。换田契强秤了麻三秤，还酒债偷量了豆几斛。有甚胡突处？明标着册历，见放着文书。

少我的钱差发内旋拨还，欠我的粟税粮中私准除。只道刘三谁肯把你揪捽住，白甚么改了姓更了名唤作汉高祖！

曲的后半部更见出作者的社会批判宗旨。这汉高祖原来就是同乡刘三。没发迹时曾有许多无赖行径。从这个"乡下佬"看来，就更觉得好气又好笑，前面那种以陌生的眼光所看到的"銮舆"、"车驾"的排场，皇帝的威仪，就更充满了喜剧色彩。

杜仁杰的散套［般涉调·耍孩儿］《庄家不识勾栏》，也采取了明显的"陌生化"手法。他也选择了"庄家"即乡下人作为叙述主体，通过"庄家"头一次到勾栏看戏的情景，以特定的角度，生动地描述了当时的杂剧演出情况。"不识"，正是典型的"陌生化"。正因其"不识"，才能对司空见惯的勾栏演出，产生强烈的新鲜感，描绘得很具体、生动，套曲中写道：

见一个人手撑着椽做的门，高声的叫"请请"。道"迟来的满了无处停坐。"说道："前截儿院本《调风月》，背后么末敷演《刘耍和》"。高声叫："赶散易得，难得的妆哈！"

要了二百钱放过咱，入得门上个木坡。见层层叠叠团圞坐。抬头觑是个钟楼模样，往下觑却是人旋窝。见几个妇女向台儿上坐。又不是迎神赛社，不住的擂鼓筛锣。

一个女孩儿转了几遭，不多时引出一伙。中间里一个央人货，裹着枚皂头巾，顶门上插一管笔。满脸石灰更着些黑道抹，知他待是如何过？浑身上下，则穿领花布直裰。

念了会诗共词，说了会赋与歌。无差错。唇天口地无高下，巧语花言记许多。临绝末，道了低头撮脚，爨罢将么拨。

一个妆做张太公，他改做小二哥，行行行说向城中过。见个年少的妇女向帘儿下立,那老子用意铺谋待娶做老婆,教小二哥相说合。但要的豆谷米麦,问什么布绢纱罗。

　　教太公往前挪不敢往后挪,抬左脚不敢抬右脚。翻来复去由他一个。太公心下实焦燥,把一个皮棒槌打做两半个。我则道脑袋天灵破。则道兴词告状,划地大笑呵呵。

这首套曲从"庄家"的眼中写当时勾栏演出,处处落在"不识"上,这是未可轻易放过的。"庄家"头一次进城看戏,对于勾栏中的这一切:道具、行头、角色、宾白等,全是十分陌生的,而"戏"恰恰就在这个"陌生"上。如果用惯常的戏剧术语来说明这场演出,恐怕就没什么意思了。恰恰是由于曲家选了这个"不识"的庄稼汉的角度,来描述勾栏演出,所以才处处新鲜。这正是"陌生化"的美学效果。

　　散曲的"陌生化",叙述视角的独特是一个重要因素。而通过叙述视角来产生"陌生化"效果,还表现在曲家们往往从牛、马、羊等动物心理为叙述视角,这是更为奇特的。姚守中的套曲〔中吕·粉蝶儿〕《牛诉冤》、曾瑞的〔般涉调·哨遍〕《羊诉冤》、刘时中的〔双调·新水令〕《代马诉冤》等散曲,都是以动物心理为叙述视角的,因而产生了明显的"陌生化"效果。曲家通过牛、马、羊的口吻来揭露元代统治者对于贤才功臣的迫害,而以这种特殊的视角来写,就极为惊心醒目。如姚守中的《牛诉冤》写牛将被杀时的"心理":

　　衔冤负屈。春工办足,却待闲居。圈门前见两个人来觑,多应是将我窥图。一个曾受戒南庄上的忻都,一个是累经断北疆汪屠。好教我心惊虑。若是将咱卖与,一命在须臾。

　　心中畏惧,意下踌躇。莫不待将我衅钟,不忍其觳觫。那思想耕牛为主,他则是嗜利而图。被这厮添钱买我离桑枢,不睹是牵咱过前途。一声频叹气长吁,两眼恓惶泪如珠。凶徒,凶徒!贪财性狠毒!绑我在将军柱。

　　只见他手持刀器将咱觑,唬得我战扑速魂归地府。登时间满地血模糊,碎分张骨肉皮肤。尖刀儿割下薄刀儿切,官秤称来私秤上估。应捕人在旁边觑。张弹压先抬了膊项,李弓兵强要了胸脯。

这里,曲家完全是揣摩牛的心理写的,这种写法是诗词中所不曾有过的,角度十分新颖。在读者面前展示的，是以动物心理出发的独特情境，对于审美感知的刺激是很强烈的。

元散曲的"陌生化"特征，除了这种叙述视角的奇特与陌生之外，更多的是意象的"陌生化"。比起诗、词而言，散曲的意象往往出人意料、匪夷所思，有极大的创造性，在诗词中，"尖新"、"纤巧"为人们所忌，但在曲中却决不回避，而且往往刻意求之，以期能够唤起听众的审美兴趣。关汉卿的名作〔南吕·一枝花〕中说："我是个蒸不烂、煮不熟、捶不扁、炒不爆、响珰珰一粒铜豌豆。"以这样一个非常奇特陌生的意象来形容自己的倔强个性，十分引人注目。乔吉的〔中吕·山坡羊〕《寓兴》中写道："一片世情天地间。白，也是眼；青，也是眼。"用青白眼的意象来寓含世态炎凉，有很高程度的"陌生化"，读之又发人深思。马致远的名作〔双调·夜行船〕中以"看密匝匝蚁排兵，乱纷纷蜂酿蜜，急攘攘蝇争血"来比拟世态之乱，人们之间的你争我夺，意象新奇而陌生。乔吉的〔双调·卖花声〕《悟世》"肝肠百炼炉间铁，富贵三更枕上蝶，功名两字酒中蛇"，意象与意义之间的关系也经过了陌生化的处理。再如王和卿的小令〔仙吕·醉中天〕《咏大蝴蝶》：

> 挣破庄周梦，两翅架东风，三百座名园一采一个空。难道风流种，唬杀寻芳的蜜蜂。轻轻的飞动，把卖花人扇过桥东。

这大蝴蝶的意象，可以说是非常陌生的。说它陌生，是曲家把它写得出奇的大。采空三百名园，"把卖花人扇过桥东"，都使读者感到惊愕、陌生。明代著名戏曲理论家李渔说过："同一话也，以尖新出之，则令人眉扬目展，有如闻所未闻，以老实出之，则令人意懒心灰，有如听所不必听。白有尖新之文，文有尖新之句，句有尖新之字；则列之案头，不观则已，观则欲罢不能；奏之场上，不听则已，听则求归不得。尤物足以移人，尖新二字，即文中之尤物也。"[①] 所谓"尖新"，从意象上来说，往往是将熟悉的事物化为奇特陌生的意象来描述或比喻，引发人的审美注意。这在元曲中是比比皆是的。

艺术陌生化的前提是语言陌生化。俄国形式主义文论是把诗歌语言研究放在第一位的。他们的团体（彼得堡学派）就称为诗歌语言理论研究协会。

---

① （清）李渔：《闲情偶寄·词曲部》，浙江古籍出版社1985年版，第16页。

什克洛夫斯基曾经给诗下过这样一个定义："诗就是受阻的、扭曲的言语。"① 这也便是"陌生化"了的语言。元代散曲的语言，与诗词语言有很明显的不同，它大量使用俚俗口语，而且在句式上具有很大开放性，可以添加许多衬字，形成了与诗词有很大差异的语言风貌。如王和卿的〔商调·百字知秋令〕：

绛蜡残半明不灭寒灰看时看节落，沉烟烬细里末里微分间即里渐里消。碧纱窗外风弄雨昔留昔零打芭蕉，恼碎芳心近砌下啾啾唧唧寒蛩闹。惊回幽梦丁丁当当檐间铁马敲，半敧单枕乞留乞良捱彻今宵。只被这一弄儿凄凉断送的愁人登时间病了。

这首散曲语式十分特别，因而显得颇为陌生。在诗、词中是看不到这种语式的，即便在散曲中也不多见。在这里，语言确实是被"扭曲"了，与日常语言差距太大，它逼着读者采取"细读"的方式来贯通其中意蕴，那种冗长而细碎的语式把抒情主体在晚秋中的无可奈何表现得颇为微妙。再如关汉卿〔双调·乔牌儿〕中"恁则待闲熬煎闲烦恼闲萦系，闲追欢闲游戏"，也造成了一种语感上的"陌生化"。奥敦周卿的〔南吕·一枝花〕中这样一段："一会家上心来烦烦恼恼，恨不得没人处等等潜潜。想俺闷乡中直恁欢娱俭。本是连枝芳树，比翼鸣鹣。尺紧他遭坎坷，俺受拘钳！致令得万种愁添，不离了两叶眉尖。自揽场不成不就姻缘，自把些不死不活病染，自担着不明不白淹煎。情思不欢。这相思多敢是前生欠！憔悴损杏桃脸，一任教梅香冷句儿惦，苦痛淹淹！"这里通过语言的"陌生化"，把一个女子被相思折磨的心态写得非常真切。对于读惯了诗、词的文人来说，散曲语言的"陌生化"程度是相当高的。

三 "陌生化"产生的审美效应

元散曲中"陌生化"手法的大量存在，产生了某些特定的审美效应，造就了与诗、词都不相类的艺术风貌。

首先是由此而产生的某种滑稽感，使作品具有喜剧性的美学效果。诗、词语言大都较为典雅，而散曲却不避俚俗。正如李渔所说："曲文之词采，

---

① 张黎：《布莱希特研究》，中国社会科学出版社1984年版，第117—118页。

与诗文之词采习非但不同，且要判然相反，何也？诗文之词采贵典雅而贱粗俗，宜蕴藉而忌分明；词曲不然，话则本之街谈巷议，事则取其直说明言，凡读传奇而有令人费解，或初阅不见其佳，深思而后得其意之所在者，便非绝妙好词，不问而知为今曲，非元曲也。"① 这确乎准确指出了元曲的特征。曲家往往在浅俗之处，运用"陌生化"手法，更使作品增加了滑稽感。《高祖还乡》，《庄家不识勾栏》都有很强的滑稽性。《咏大蝴蝶》中"轻轻的飞动，把卖花人扇过桥东"，也使人感到滑稽。再如王和卿的小令〔双调·拨不断〕《长毛小狗》："丑如驴，小如猪，《山海经》检遍了无寻处。遍体浑身都是毛。我道你有似个成精物，咬人的笤帚。""咬人的笤帚"，这个意象是"陌生化"的，所具有的滑稽感也是明显的。马致远的套曲〔般涉调·耍孩儿〕《借马》，写马的主人的吝啬心态，十分滑稽，如曲中这些段落：

> 不骑呵西棚下凉处拴，骑时节拣地皮平处骑。将青青嫩草频频的喂，歇时节肚带松松放，怕坐的困尻包儿款款移。勤觑着鞍和辔，牢踏着宝镫，前口儿休提！
>
> 饥时节喂些草，渴时节饮些水，着皮肤休使粗毡屈。三山骨休使鞭来打，砖瓦上休教稳着蹄。有口话你明明的记：饱时休走，饮了休驰！……

马主人这些叮嘱，都是出于吝啬心理的啰唆，但他把这些话当作重要的事一件一件交代，使人觉得非常好笑，充满了滑稽感，而这正是由"陌生化"叙述所产生的。原东德学者汉斯·考夫曼说："喜剧，总而言之滑稽讽刺表现方式是将表现对象陌生化，这是它们固有的本性。……因为滑稽效果的产生总是和发生出乎意外的事或者说出出乎意外的话连在一起的。"② 这很恰当地说明了陌生化与滑稽效果之间的必然联系，元散曲中之所以多滑稽之作，其实正是"陌生化"手法所致。

其次，"陌生化"手法刺激了欣赏者的审美感知，打破了那种由于意象、语言、立意等方面要素的因袭而给欣赏者造成的"司空见惯"、麻木不

---

① （清）李渔：《闲情偶寄·词曲部》，浙江古籍出版社2011年版，第9页。

② 〔德〕汉斯·考夫曼：《寓意剧、喜剧、陌生化》，见张黎《布莱希特研究》，中国社会科学出版社1984年版，第147—148页。

仁，中止了由感受向认知的审美萎缩，而造成了惊愕与新奇，极大地激活了人们的审美感知。如张养浩的名作〔中吕·山坡羊〕《潼关怀古》最后两句："兴，百姓苦，亡，百姓苦！"可视为一种立意上的"陌生化"。它们给人以石破天惊之感，使读者极为震愕，震愕之余更加认识了封建王朝对人民的残虐。再如查德卿的小令〔仙吕·寄生草〕《感叹》：

> 姜太公贱卖了磻溪岸，韩元帅命博得拜将坛。羡傅说守定岩前版，叹灵辄吃了桑间饭，劝豫让吐出喉中炭。如今凌烟阁一层一个鬼门关，长安道一步一个连云栈！

这首散曲感叹宦海风波，仕途凶险。最后两句最为精警。作者运用了意象的"陌生化"，使人们登时感到官场的凶险。封建社会的士大夫大多志在功名，对于"凌烟阁"、"长安道"是梦寐以求的，而作者以"鬼门关"、"连云栈"的意象形容之，使人感到反常，造成了极大的震惊感。这类例子在散曲中是很多的。布莱希特所期待的"惊愕与新奇感"，在散曲中是比比可见的。这就在更大程度上激活了人们的审美感知，同时，在"惊愕与新奇"中，有了对社会的深入思考。

　　以"陌生化"理论来观照元散曲，也许不那么"名正言顺"，因为理论是"舶来"的。但理论是创作实践的总结，中国的古典文论固然没有出现这个概念，但在创作实践上却不乏其例，散曲在这方面确乎较为特出，散曲的艺术特征甚至与此有某种深刻联系，既如此，本文所论，也就算不得唐突了。

论元好问的诗学思想[*]

元好问不仅是金源一代的伟大诗人，而且是著名的诗论家。在金代文学思想史上，他有着集大成的重要历史地位，同时，在中国诗论史上，也因其独特的理论贡献而令人瞩目。

元好问的诗论，以《论诗三十首》最为脍炙人口，在诗学界影响广泛，有翁方纲、宗廷辅等学者为之疏笺；《遗山文集》中有若干篇为他人诗集所作"序"、"引"，较为鲜明地表达出诗人的诗学观；《中州集》里遗山为各位诗人所作小传，往往有对诗人的评价，也流露出诗人的美学趣味。这里参酌有关资料来分析遗山的诗歌美学思想。

一　诗歌本原论

遗山认为，诗的本原在于一个"诚"字。所谓"诚"，也就是诗人的真性情。只有"以诚为本"，才能有真正感人的诗作。这构成了遗山诗论的基础和逻辑起点。这个观点集中地表述在《杨叔能小亨集引》中，他这样说："唐诗所以绝出《三百篇》之后者，知本焉尔矣。何谓本？诚是也。……故由心而诚，由诚而言，由言而诗也，三者相为一。情动于中而形于言，言发乎迩而见乎远，同声相应，同气相求，虽小夫贱妇、孤臣孽子之感讽，皆可以厚人伦、美教化，无他道也。故曰：不诚无物。夫惟不诚，故言无所主，心口别为二物，物我邈其千里，漠然而往，悠然而来，人之听之，若春风之过马耳。其欲动天地、感神鬼，难矣。其是之谓本。"①

"诚"是中国哲学的特定范畴，孟子、荀子都讲"诚"。孟子说："诚

＊　本文刊于《山西师范大学学报》（社会科学版）1993 年第 2 期
①　（金）元好问：《元好问全集》下，山西人民出版社 1990 年版，第 38 页。

者，天之道也；思诚者，人之道也。"① 荀子说："君子养心莫善于诚，致诚则无它事矣。惟仁之为守，唯义之为行，诚心守仁则形，形则神，神则能化矣；诚心行义则理，理则明，明则能变矣。"② 所谓"诚"，乃是真实不妄之意。《中庸》则进一步综合孟、荀，以"诚"为人生之最高境界，人道的第一原则。《中庸》云："诚者，天之道也；诚之者，人之道也。诚者，不勉而中，不思而得，从容中道，圣人也。诚之者，择善而固执之者也。"③ "诚者，物之终始，不诚无物。是故君子诚之为贵。"④ 在《中庸》里，诚是与道合一的境界，圣人不待思勉即诚在其中，而一般人则要求做到诚。如果不诚，则一切无有，因此，君子以求诚为贵。这是传统哲学意义上的"诚"。元好问把它引入诗歌美学领域，其基本含义有密切联系也有区别。"诚"在遗山诗论中是指创作主体发自内心的真情实感。由于有了"情动于中"的"诚"，才使诗有了"同声相应，同气相求"的普遍感染力。遗山论诗特重"性情"，赞赏"性情之外，不知有文字"⑤ 的境界以及由此而产生的"动摇人心"的艺术感染力。

在《论诗三十首》中，诗人贯穿了这种"以诚为本"的论诗宗旨。如第五首："纵横诗笔见高情，何物能浇块垒平？"此诗赞扬阮籍《咏怀》流露诗人"高情"，借诗以浇胸中块垒。再如第六首："心画心声总失真，文章宁复见为人，高情千古《闲居赋》，争信安仁拜路尘。"此诗贬斥那种不诚之诗、不诚之人，这正是遗山所鄙薄的。

遗山论诗重一"诚"字，由此特别赞赏天然本色，以见真淳之情。看第四首对陶诗的推崇："一语天然万古新，豪华落尽见真淳。南窗白日羲皇上，未害渊明是晋人。"此举陶诗为楷模，崇尚天然本色，剥落豪华，正道出陶潜诗之佳处。陶诗以"任真"为宗旨，恰如朱熹所说："渊明诗所以为高，正在不待安排，胸中自然流出。"⑥ 正是以"自然"而见"真淳"。

由此可见，以"诚"为本，是遗山的诗歌本原论，也是其诗论的基础，其他方面的观点，也是由此引申的。这是我们认识遗山诗论的基本线索。

---

① 杨伯峻：《孟子译注》，中华书局 2012 年版，第 185 页。
② （清）王先谦：《荀子集解》，中华书局 1988 年版，第 46 页。
③ （宋）朱熹：《中庸章句集注》，中国书店 1984 年版，第 10 页。
④ 同上书，第 12 页。
⑤ （金）元好问：《遗山文集》下，山西人民出版社 1990 年版，第 39 页。
⑥ （宋）朱熹：《答谢成之书》，引自《四部备要·日知录集释》卷 21，第 385 页。

二　诗歌传统论

遗山以"诗中疏凿手"自任，要辨析正体，别裁伪体，使之泾渭分明，那么，他的心中自有一个正确的诗歌传统。概而言之，遗山所继承、阐扬的诗歌传统，是从《诗三百》发源，经由汉、魏、建安、陶渊明而到唐诗的风雅传统。

"汉谣魏什久纷纭，正体无人与细论。"所谓"正体"，是指以《诗经》为源的风雅之脉。翁方纲释云："'正体'云者，其发源长矣。由汉魏以上推其源，实从《三百篇》得之。"①遗山在《陶然集诗引》、《新轩乐府引》中一再讲《诗三百》的典范意义。他甚为崇尚唐诗，而云"唐诗所以绝出《三百篇》之后者，知本焉尔矣"，自然是以《诗经》为源头了。

遗山对于唐代诗人，于初唐最推陈子昂，于盛唐最推杜甫，于中唐推白居易，于晚唐推李商隐。《论诗绝句》第八首云："沈宋横驰翰墨场，风流初不废齐梁。论功若准平吴例，合著黄金铸子昂。"初唐之诗尚染齐梁之习，至陈子昂始一变。而对陈子昂的推崇，则正是对"风雅"传统的提倡。翁方纲论此诗云："此于论唐接六代之风会，最有关系，可与东坡'五代文章付劫灰'一首并读之。于初唐独推陈射洪，识力直接杜、韩矣。"②极称遗山见识。

遗山在唐诗人中，最为心仪杜甫，曾专著《杜诗学》一书，开以杜诗为专门之学的先例。他称赞杜诗的博大精深，"窃尝谓子美之妙，释氏所谓学至于无学者耳。今观其诗，如元气淋漓，随物赋形；如三江五湖，合而为海，浩浩瀚瀚，无有涯涘；如祥光庆云，千变万化，不可名状。固学者之所以动心而骇目。及读之熟，求之深，含咀之久，则九经百氏古人之精华所以膏润其笔端者，犹可仿佛其余韵也"③，足见他对杜诗的推崇。唐代诗人元稹亦极崇杜甫，但他认为杜诗佳处在于"铺陈终始，排比声韵，大或千言，次犹数百，词气豪迈，而风调清深，属对律切，而脱弃凡近"④，遗山则不以为然。第十首绝句云："排比铺张特一途，藩篱如此亦区区。少陵自有连

---

① 郭绍虞：《元好问论诗三十首小笺》，人民文学出版社1978年版，第58页。
② （清）翁方纲：《石洲诗话》卷7，中华书局1985年版，第124页。
③ （金）元好问：《遗山文集》下，山西人民出版社1990年版，第24页。
④ （唐）元稹：《唐故工部员外郎杜君墓系铭》，见傅云龙、吴可主编《唐宋明清文集》第1辑《唐人文集》卷2，天津古籍出版社2000年版，第1199页。

城壁，争奈微之识碔砆。"他认为"排比铺张"并非杜诗高处，而恰是"碔砆"（似玉之石）。可见，遗山反对"排比铺张"，而且对于杜诗也是有所分析的。

对于宋诗，遗山持更为冷峻分析批评的态度。他对苏轼是颇为赞赏的，对黄庭坚本人的诗歌成就也是佩服的，但对江西诗派就大有贬词了。翁方纲有诗云："遗山接眉山，浩乎海波翻。效忠苏门后，此意岂易言。"① 又有诗云："苏学盛于北，景行遗山师。"② 认为遗山最得东坡之风。遗山有《新轩乐府引》一文，说："自东坡一出，情性之外，不知有文字，真有'一洗万古凡马空'气象。"③ 但遗山又对苏诗下有针砭："金入洪炉不厌烦，精真那计受纤尘。苏门果有忠臣在，肯放坡诗百态新。"对于苏诗的"百态新"颇有微词。

遗山说："五言以来，六朝之谢、陶，唐之陈子昂、柳子厚最为近风雅；自余多以杂体为之，诗之亡久矣！杂体愈备，则去风雅愈远，其理然也。"④ 可见，遗山是以"风雅"为"诗文正脉"的。

三 诗歌风格境界论

遗山论诗，崇尚雄放的风格和壮美的境界，对枯涩逼仄之辞大为不满，其中高下轩轾是很鲜明的。他赞赏刘琨的激壮之诗，可以媲美于建安中的曹（植）、刘（桢），推崇"缺壶歌"的壮怀，而对"温李新声"颇有鄙薄之意。当然对遗山之论不应作拘泥之解，遗山评价某人往往只是褒贬其代表的文学现象，如"温李新声"是指那种温婉旖旎的晚唐风韵，并非对李商隐等如何贬损。在第 28 首中有"精纯全失义山真"，对义山的"精纯"，还是很赞赏的。

对于充满粗犷豪放气息的《敕勒歌》，诗人深为钟爱。那"天苍苍，野茫茫"的雄阔气象，犷悍风格，最为契合遗山的审美旨趣。宗廷辅说："北

---

① 杨仲羲撰集，刘承干参校：《雪桥诗话》，北京古籍出版社 1989 年版，第 286 页。
② （清）翁方纲：《斋中与友人论诗》，转引自郭绍虞《中国文学批评史》，百花文艺出版社 1999 年版，第 334 页。
③ （金）元好问：《新轩乐府序》，见张金吾《金文最》卷 43，中华书局 1990 年版，第 625 页。
④ （金）元好问：《遗山文集》下，山西人民出版社 1990 年版，第 25 页。

齐解律金《敕勒歌》极豪莽，且本是北音，故先生深取之。"①

　　对于孟郊那样寒苦跼蹐之诗，遗山也颇有不满。中唐诗人中韩孟齐名，但诗境有所不同。遗山把韩孟诗加以对比："东野穷愁死不休，高天厚地一诗囚。江山万古潮阳笔，合在元龙百尺楼。"韩诗刚健遒劲，为遗山所喜爱。在遗山眼里，孟与韩相差很大，一在"百尺楼"下，一在"百尺楼"上。与此相近，遗山不喜欢温婉柔媚之诗而尚刚方健举之作。以韩愈的《山石》与秦观诗相比较："有情芍药含春泪，无力蔷薇卧晚枝。拈出退之《山石》句，始知渠是女郎诗。"诗中戏称淮海诗为"女郎诗"，足见遗山对柔婉诗风的轻视。遗山在《中州集·拟栩先生王中立传》中说："予尝从先生学，间作诗究竟当如何？先生举秦少游《春雨》诗云：'有情芍药含春泪，无力蔷薇卧晚枝。'此诗非不工，若以退之'芭蕉叶大栀子肥'之句校之，则春雨为妇人语矣。破却工夫何至学妇人！"可见，遗山的观点是有所秉受的。他未必是如何小觑淮海，而是推许骨力遒劲的诗什。

　　遗山论诗力主"天然"，赞陶诗谓之"一语天然万古新"，称《敕勒歌》为"穹庐一曲本天然"。他的审美趣味是喜爱"天然去雕饰"之美的。第二十九首绝句云："池塘春草谢家春，万古千秋五字新。"谢灵运"池塘生春草，园柳变鸣禽"（《登池上楼》）确是千古之名句，妙在自然中偶得，正见宇宙之生机。宋人叶石林说得好："此语之工，正在于无所用意，猝然与景相遇，借以成章，不假绳削，故非常情所能到。诗家妙处，当须以此为根本。而思苦言艰者，往往不悟。"② 此言正是敲在点子上。

四　诗歌创作论

　　有关诗歌创作论方面的观点，是与遗山对于诗歌本原的认识紧密联系的。他认为诗歌应是内心情感勃发的自然流溢，而不应把创作的重心放在追求外在形式之工巧上。这便是他说的"情性之外，不知有文字"。他赞苏词谓："东坡圣处，非有意于文字之为工，不得不然之为工也。"③ 从这个意义上，他反对诗人创作中的"苦吟力索"，对于"闭门觅句"的创作方式给以

　　① 郭绍虞：《元好问论诗三十首小笺》，人民文学出版社 1978 年版，第 63 页。
　　② （宋）叶梦得：《石林诗话》卷中，见（清）何文焕《历代诗话》，中华书局 1981 年版。第 426 页。
　　③ （金）元好问：《遗山文集》下，山西人民出版社 1990 年版，第 39 页。

讥刺，而认为好诗是在与客观事物的直接接触中感发出来的。如《论诗三十首》其二："诗肠搜苦白头生，故纸尘昏枉乞灵。不信骊珠不难得，试看金翅擘沧溟。"很明显，矛头是针对着江西诗派的创作风气的。《自题》其一又写道"共笑诗人太瘦生，谁从惨淡得经营。千秋万古回文锦，只许苏娘读得成"，可见他不主张作诗苦吟力索、惨淡经营，并且认为那种壮美高华的诗境，与向隅苦吟、惨淡经营的创作方式无缘。他在《自题中州集后五首》其三中说"万古骚人呕肺肝，乾坤清气得来难"，这个意思也很明确。

　　遗山虽然反对雕琢藻饰，但却对诗歌的语言表现有更高的美学要求，用他自己的诗句来概括，就是"豪华落尽见真淳"。他批评"斗靡夸多"、"排比铺张"，要求诗歌语言更为凝练含蓄。"心声只要传心了"，是说语言要更好地服从于表达感情，并非可有可无。遗山认为，好诗的立身之本不在于诗歌语言自身，而在诗人深刻的人生体验，他说："今就子美而下论之，后世累以诗为专门之学，求追配古人，欲不死生于诗，其可已乎？虽然方外之学，有'为道日损'之说，又有'学至于无学'之说，诗家亦有之。子美夔州以后，乐天香山以后，东坡海南以后，皆不烦绳削而自合，非技进乎道者能之乎？诗家所以异于方外者，渠辈谈道不在文字，不离文字；诗家圣处不离文字，不在文字。"① 这对诗歌语言来说，自然是更高更难的要求。"技进乎道"，是远远超越于一般文字追求的，是一种化境。它使人们在欣赏诗作时，不自觉地超越文字层面，而进入主客体交融的审美体验之中。"不离文字"，是提醒作者不可忽略语言表现；而"不在文字"，又要求进入一个更高的审美境界。"风行水上之文，决不在于一字之奇"②，用李卓吾的话说，遗山所推崇的是"化工"，而非"画工"。

---

① （金）元好问：《元好问全集》下，山西人民出版社 1990 年版，第 45—46 页。
② （明）李贽：《焚书·续焚书》卷 3《杂说》，岳麓书社 1990 年版，第 96 页。

论金诗的历史进程

一 问题的提出与笔者的自答

在北中国的广袤土地上，曾经存在过一个将近 120 年的封建王朝——由女真贵族建立的金朝。在史学研究中，金代历史有着相当重要的地位；而在文学研究中情形则不同了，与对其他一些朝代的文学的研究相比，似乎显得过于微弱了。在一般的文学史著作中，辽、金文学合在一起凑成很单薄的一章。这种状况是不符合金代文学的创作实绩的。在少数民族所建立的王朝之中，金代是最为重视文化建设的王朝之一，尤其是诗词创作，更是取得了令人瞩目的灿烂成就。

近年来，随着研究领域的开拓，在金诗研究方面有了长足的进展。无论是有关金诗的宏观描述，还是具体作家的个案分析，都取得了颇有价值的研究成果，金诗研究的前景是大可乐观的。但是，在金诗研究中还有些重要问题需要提出来进行进一步的讨论。只有使这些具有重要理论意义与实践意义的问题得以科学的、客观的认识，才能够进一步确定金诗在整个中国诗史中的特殊地位。

一是关于金诗的性质问题。大多数论者在这个问题上的基本观点是，金诗是宋诗的延续，或者认为，金与南宋诗词是在南北不同地区具有同一时代特色的产品，只是具体内容的差异。总之，是认为金诗不过是宋诗的分蘖，缺少属于自己的特点。

在这个问题上，笔者与上述观点有着根本的分歧。在笔者看来，金诗与宋诗固然有着千丝万缕的联系，金代诗人、诗论家们也常以宋代诗学的一些问题为话题，北宋一些诗人如苏轼、黄庭坚对金诗坛也确有重要影响，但这

本文刊于《文学评论》1993 年第 3 期。

都不足以论证金诗没有自己的特色、而只是宋诗的延续或附庸。金诗与宋诗，有着不同的文化心理作为各自的土壤，金诗的发展在几方面合力的作用下，形成了不同于其他历史时期文学的独特轨迹。

二是关于金诗的分期问题。关于金诗的分期，文学史界依据金源的历史发展，结合创作情况，分为初、中、后三期。初期指从金太祖完颜旻（阿骨打）到海陵王完颜亮这段时间；中期指金世宗、金章宗这段时间；后期指从宣宗贞祐南渡到金亡。金史分期只有这一种基本观点，迄无二说。

笔者认为金诗的分期问题主要当以诗歌发展的自身历程、客观轨迹为依据，而以历史线索作为时间上的参照系。就金诗的发展历程而言，笔者以为大致可以分为四个阶段。一是金初诗坛，也可称为"借才异代"时期。间上是从太祖到海陵朝。这个时期的主要作家是由宋入金的文士，如宇文虚中、吴激、高士谈、蔡松年等。二是金诗的成熟时期，时间上是世宗、章宗两朝，史称大定、明昌。在这个阶段，金诗走向成熟，形成了属于金诗自己的特色，史称"国朝文派"。三是金诗的繁荣时期。时间上主要是"贞祐南渡"（1214）到元兵围汴（1232）这段金朝走向衰亡的时期。四是金诗的升华时期，时间上主要是金亡前后。主要作家是元好问。元氏以雄浑苍劲之笔，写国破家亡之痛，情感之沉挚，风格之悲壮，实系中国诗史所罕见，使金诗在其末端却达到了伟岸的顶峰。无论从内容到风格，元氏的丧乱诗都非第三时期的创作所能比拟。虽然从时间上三、四两期略有交错，但把元好问在金末丧乱时期的创作作为金诗的第四时期，是客观的，也是合于逻辑的。

金诗有着自己独特的发展轨迹，取得了不可忽视的成就，完全可以自立于列朝诗史之林。《金史·文艺传序》曾言："金用武得国，无以异于辽，而一代制作能自树立唐、宋之间，有非辽世所及，以文不以武也。"① 这段话信非虚语！金代文学（主要是诗词）确实有着既不同于唐、又不混于宋的特质。这种特质的产生，是因为金诗有着独特的文化基因。本文意欲通过对金诗独特的发展轨迹的动态描述，揭示金诗的特质以及它的文化基因。

二　"借才异代"：金诗的发轫

金朝是女真人建立的国家，在建国之前，女真人处于部落联盟的社会形态，文化上也是相当落后的，在灭辽战争时，尚无文字。史籍载："太祖伐

---

① （元）脱脱等：《金史》卷125《文艺传》上，中华书局1975年版，第2713页。

辽，是时未有文字。"① "与契丹言语不通，而无文字。赋敛科发射箭为号，事急者三射之。"② 不过是处在类于"结绳记事"的阶段。

灭辽侵宋，是金代社会发展的重要转捩点。以此为契机，女真统治者开始大量吸收汉文化中的一些元素，使女真人很快从奴隶制社会跃迁到封建制社会。在文化上，女真人获得了长足发展。而在金代初叶，诗坛上已经出现了一批诗人，写出了许多有相当艺术造诣的篇什。这些诗人基本上都非产生于金代社会内部的，而是由宋入金或由辽入金的汉士。其中最主要的诗人如宇文虚中、吴激、蔡松年等都来自宋朝。《金史》云："太祖既兴，得辽旧人用之，使介往复，其言已文。太宗继统，乃行选举之法，及伐宋，取汴经籍图，宋士多归之。"③ 这里所说的"宋士"，大抵就是上述那些诗人。"借才异代"这个命题是清人庄仲方在《金文雅·序》中提出来的，他说："金初无文字也，自太祖得辽人韩昉而言始文；太宗入汴州，取经籍图书。宋宇文虚中、张斛、蔡松年、高士谈辈后先归之，而文字煨兴，然犹借才异代也。" "借才异代"这个命题，非常准确地概括了金代初叶的文学现象。

说这些宋士是"归之"，好像他们是欢天喜地、心甘情愿地投奔到金人这里的，其实不然。这几位诗人中除了张斛本是北人、曾仕于宋后来回归金朝而外，其他几位虽然都在金朝有了高官显位，但却基本上属于被羁留的性质，因而，心里颇多矛盾与痛苦。这就形成了金初诗坛上，这些"借"来的诗人们创作的一个基本主题：故国之思与故园之恋。

宇文虚中在宋任黄门侍郎，很有文名。因奉使金朝而被羁留，仕为翰林学士承旨，被金人奉为"国师"。他虽为金朝高官，却时时系念故国，常以屈原、苏武自喻。后来因谋划夺兵杖南奔，事觉而被金人杀害。宇文诗中充溢着强烈而深沉的故国之思，读来恻恻动人。九月重阳，他南望故国，吟道："老畏年光短，愁随秋色来。一持旄节出，五见菊花开。强忍玄猿泪，聊浮绿蚁杯。不堪南向望，故国又丛台。"与友人唱和，他孤愤满胸："穷愁诗满箧，孤愤气填胸。脱身枳棘下，顾我雪窖中。竟日朋盍簪，论文一樽同。翻然南飞燕，却背北归鸿。人生悲与乐，倚伏如张弓。莫言竟愤愤，作书怨天公。"（《郑下赵光道，与余有十五年家世之旧，守官代郡之崞县。闻

　　① （元）脱脱等：《金史》卷84《耨碗温敦思忠传》，中华书局1975年版，第1881页。
　　② （金）宇文懋昭：《金志·初兴风土》，见王云五主编《丛书集成》初编，商务印书馆1939年版，第6页。
　　③ （元）脱脱等：《金史》卷125《文艺传》上，中华书局1975年版，第2713页。

余以使事羁留平城，与诸公相从，皆一时英彦，遂以应举自免去，恕短辕，下泽车，驱一僮二驴，扶病以来，相聚凡旬日而归。昔白乐天与元微之偶相遇于夷陵峡口，既而作诗叙别，虽憔悴哀伤，感念存没，至叹泣不能自已，而终篇之意，盖亦自开慰。况吾辈今日，可无片言以识一时之事邪！因各题数句，而余为之叙，夜将半，各有酒，所语不复锻炼，要之皆肺腑中流出也》）这一长达二百余字的题目也是诗序，足以剖明了诗人的心迹。

吴激字彦高，自号东山，是北宋著名书画家米芾的女婿，因奉使金廷而被羁留，命为翰林待制。吴激有多方面的艺术才能，"工诗能文，字画俊逸，得芾笔意"①。吴激在诗中往往以饱蘸深情的彩笔来描绘忆念中的江南风光，来寄寓自己魂牵梦绕的故国之恋。如这样的篇什："天南家万里，江上橘千头。梦绕阊门迥，霜飞震泽秋。秋深宜映屋，香远解随舟。怀袖何时献，庭闱底处愁。"（《岁暮江南四忆》其二）字里行间，充满着对故乡的深恋。

高士谈，字子文，一字季默，宋宣和末年任忻州户曹，入金后任翰林直学士。皇统六年（1146），宇文虚中以谋复宋罪而被杀，高士谈因牵连进此案而同时遇害。他常用白描手法来直接抒写故国之思，如《不眠》一诗："不眠披短褐，曳杖出门行。月近中秋白，风从半夜清。乱鸡惊昨梦，漂泊念平生。泪眼依南斗，难忘故国情。"这首诗颇有老杜神韵，洗练素朴却蕴含极深。"故国情"可谓跃然于纸上了。由上述诗人的创作可以看出，对于故国的深切怀念是这时期创作的重要的、带有普遍性的主题。

另外一位重要诗人蔡松年，在诗中更多地歌吟田园归耕之趣。松年字伯坚，入金后位至右丞相，最为显达，却一再表示自己是宦海中的"倦游客"，而要买田归隐，远离尘嚣。他把"归田"作为一种理想来追求："归田不早计，岁月易云徂。"（《闲居漫兴》）"莫忘共山买田约，藕花相间柳荫荫。"（《西京道中》）尽管他只是把这种超然之趣，当作一种"乌托邦"来欣赏，并不会真正地实行，却对后来的诗坛产生很深的影响。

"借才异代"的诗人们，原来都是在宋诗的氛围里进行写作，入金以后的篇什当然带着许多原来的特点，艺术圆熟，抒情细腻，风格较为含蓄深婉。与之可为比较的是，海陵王完颜亮的诗作，则显示出女真诗人豪犷朴野的心态特征。完颜亮有《书壁述怀》一诗："蛟龙潜匿隐苍波，且与虾蟆作混和。等待一朝头角就，摇撼霹雳震山河。"又有为人书扇诗句云："大柄

---

① （元）脱脱等：《金史》卷125《文艺传》上，中华书局1975年版，第2718页。

若在手，清风满天下。"观其诗意，都是身居藩王时所作，很明显地反映出女真人初始濡染汉文学的程度。风格豪犷，意象粗戾，与"借才异代"的诗人们相比较，南北诗风的差异是很显豁的。

作为一种特殊的文学现象，"借才异代"成为金诗的发轫，有很重要的意义。宇文虚中等人在金朝都身居高位，颇受尊崇，他们的创作又有较高的艺术造诣，这就为金诗的发展奠定了一个很高的艺术基点，成为后来诗人们所效法的鹄的。金诗能有很高的成就，是与这个基点有直接关系的。

"借才异代"也为我们提供了一个文化变异的范例。这些来自宋朝的诗人，在金源土地上的创作是不能不受北方的环境与氛围的影响的。大漠的风尘，山河的雄壮，粗犷的风习，都给他们的创作带来某种不易明察的影子，具体一些说，是使作品染上了某种苍凉的色调，更加具有了内蕴的风骨。

纵观中国诗史，不难看到这样一种似乎有点规律性的现象：一个朝代开国之初的诗坛，往往出现典丽艳靡、吟咏升平的诗风，在唐有宫体，在宋有西崑，这种诗风往往要经过反复斗争方才得以拨转。金初则不然，"借才异代"的诗坛，出现了那么多忧怀故国之作，诗风深沉凝练而悲郁感人。这就使金初的诗歌创作，有较高的艺术起点而无浮艳诗风，这也是值得思索的。

三　"国朝文派"：金诗走向自我的成熟

世宗、章宗时期，堪称金源历史的黄金时代。宋金"隆兴和议"达成以后，"南北讲好，与民休息"①，社会趋于安定繁荣。世宗朝被称为"小尧舜"。章宗朝更重礼乐文治，金人刘祁评价说："章宗聪慧，有父风，属文为学，崇尚儒雅，故一时名士辈出。大臣执政，多有文采学问可取，能吏直臣皆得显用，政令修举，文治烂然，金朝之盛极矣。然学止于词章，不知讲明经术为保国保民之道，以图基祚久长。"②刘氏对章宗朝政治、文化的评价是较为客观的。所谓"学止于词章"，是说更多地重视诗词等审美文化。世宗、章宗朝都十分重视大量吸收汉文化元素，以加速推进封建化进程，而且，都重文治，他们本人也都颇具文学才能，经常与一些词臣互相酬和。章宗本人便是有影响的诗人。诗风雍容华美。如《宫中绝句》云："五云金碧

---

①　（元）脱脱等：《金史》卷8《世宗纪》下，中华书局1975年版，第203页。
②　（金）刘祁：《归潜志》卷12，中华书局1983年版，第136页。

拱朝霞，楼阁峥嵘帝子家。三十六宫帘尽卷，东风无处不扬花。"典丽精工，气象绚烂，化用唐人诗句而能创造出浑融之境。"章宗好文辞"①，乃是于史有名的。

世宗、章宗都十分重视科举取士。金代科举颇为完善，"金承辽后，凡事欲轶辽世，故进士科目兼采唐、宋之法而增损之"②。金代科举首列词赋进士一科，考试内容以诗、赋为主。世宗、章宗都曾有诏命，"会试毋限人数，文合格则取"③。这就大大刺激了社会尚文的风气，许多世袭武职的"猛安谋克"都弃武修文，参加科举考试，使得当时的女真老臣徒单克宁十分忧虑地说："习辞艺，忘武备，于国弗便。"④

大定、明昌间这种浓郁的尚文气氛，加之皇帝本人濡翰弄诗，对于美文的大力提倡，造成了诗坛上益加活跃的创作势头，在大定、明昌诗坛上涌现了不少有成就、有个性的诗人。从整体上来说，这个时期已经形成了金诗自己的特色，也就是金诗区别于唐、不同于宋、能够自立于中国诗史之林的特色。元好问曾不无自豪地称之为"国朝文派"。

"国朝文派"的产生从哪里开始呢？人们公认为是从蔡松年之子蔡珪开始的。元好问有一段有名的话："国初文士如宇文大学、蔡丞相、吴深州之等，不可不谓之豪杰之士，然皆宋儒，难以国朝文派论之。故断自正甫（蔡珪字）为正传之宗，党竹溪次之，礼部闲闲公又次之。自萧户部真卿倡此论，天下迄今无异议云。"⑤ 这里明确提出"国朝文派"的概念，并以蔡珪作为它的起始与范本。这不仅是时间上的，更是逻辑上的。

我们不主张割断金诗与宋诗的联系，当然也承认宋诗对金诗的深刻影响，但这并不足以成为否认金诗特质的论据；相反地，认识这种联系和影响，可以帮助我们更为清晰地把握金诗的特质。"国朝文派"不是某一个文学流派的称谓，而是金诗区别于其他朝代诗歌的整体特色。

既然以蔡珪作为"国朝文派"的"正传之宗"，也就是以蔡珪为开创者，那么，蔡珪的诗应该是能够体现"国朝文派"特色的。这不仅是推理，更主要的是金代诗人、诗论家们所共同认定的事实。蔡珪的诗作，雄健矫厉，风势峥嵘，不乏北国的豪放慷慨之气。如为人所称道的《医巫闾》诗：

① （元）脱脱等：《金史》卷64《后妃传》，中华书局1975年版，第1527页。

② （元）脱脱等：《金史》卷51《选举志》1，中华书局1975年版，第1129页。

③ 同上书，第1137页。

④ （元）脱脱等：《金史》卷92《徒单克宁传》，中华书局1975年版，第2052页。

⑤ （金）元好问：《中州集》卷1，中华书局1959年版，第33页。

"幽州北镇高且雄，倚天万仞蟠天东。祖龙力驱不肯去，至今鞭血余殷红。崩崖岸谷森云树，萧寺门横入山路。谁道营丘笔有神，只得峰峦两三处。我方万里来天涯，坡陀缭绕昏风沙。直教眼界增明秀，好在岚光日夕佳。封龙山边生处乐，此山之间亦不恶。他年南北两生涯，不妨世有扬州鹤。"此诗描写医巫闾山的雄伟巍峨之状，意象雄奇壮丽，气势磅礴，而又不失语言锤炼之工，的确是七言歌行中的上乘。胡应麟论及金诗时指出"七言歌行，时有佳什"①，并举蔡珪《医巫闾》诗为例。这是很有眼力的。

"国朝文派"并不意味着一味粗犷豪放，而是以较为慷慨豪放的气质为底蕴，与成熟的诗歌艺术表现形式相融合，使诗作产生一种更有强劲的生命力感的审美效应。蔡珪的七言绝句，如《雪谷早行图》："冰雪刮面雪埋屋，客子晨征有底忙。我欲题诗还自笑，东华待漏满靴霜。"明快俊爽，而又有着生新的特色。

大定、明昌间出现了一批重要的诗人，如党怀英、周昂、王寂、王庭筠、赵秉文等。他们都形成了自己的风格特色，而又都以自己的特色，展示着"国朝文派"的实绩。"国朝文派"并非只是一种风格，而是由各种诗歌风格汇成的一部金诗交响曲。所谓"国朝文派"，只是金诗的一种基质。

这一时期的重要诗人党怀英，也是"国朝文派"的一个代表。党怀英是大定十年（1170）进士，是宋太尉党进的十一代孙。党怀英与辛弃疾同学于刘岩老门下。辛南渡归宋，成为一代爱国词人；党在金朝，成为"一时文字宗主"②。党诗较为清淡，元好问评他"诗似陶谢，奄有魏晋"③。诗如《奉使行高邮道中》："野雪来无际，风樯岸转迷。潮吞淮泽小，云抱楚天低。蹭蹬船鸣浪，联翩路牵泥。林乌亦惊起，夜半傍人啼。"意象还是生新有力的。

王庭筠是这时期的重要诗人，明昌年间主盟诗坛。王庭筠字子端，自号黄华山主，出身于渤海望族，文学世家。元好问推崇王庭筠的文学成就："子端诗文有师法，高出时辈之右。"④近人金毓黻先生称赞王庭筠在金代文化史上的地位："金源一代文学之彦，以黄华山主王子端先生为巨擘，诗文书画并称卓绝。同时作家如党承旨怀英、赵釜水秉文、赵黄山沨、李屏山纯

① （明）胡应麟：《诗薮》，上海古籍出版社1958年版，第331页。
② 同上书，第330页。
③ （金）赵秉文：《滏水文集》卷11，中华书局1985年版，第164页。
④ （金）元好问：《中州集》，华东师范大学出版社2014年版，第182页。

甫、冯内翰璧，皆不之及也。"① 评价未免有些偏高，但足可说明，王庭筠诗的成就是令人瞩目的。王庭筠常常选择一些清幽、冷寂的意象，来寄托自己深沉浩茫的孤独感。如《孙氏午沟桥亭》："闲来桥北行，偶过桥南去。寂寞独归时，沙鸥晚无数。"再如："日暮西风吹竹枝，天寒杖屦独来时，门前流水清如镜，照我星星两鬓丝。"意象清冷生新，其中蕴含的孤独意识令人深有感触。诗人李纯甫评价黄华诗说："东坡变而山谷，山谷变而黄华，人难及也。"② 意思是王庭筠承绪苏、黄加以发展。实际上黄华诗峻洁而不险怪，清新而不尖涩。

　　章宗明昌、承安时期，诗坛渐而形成一仰尖新浮艳之风，这恐怕与"章宗好文辞"的影响不无关系吧。刘祁记载此时期诗风说："明昌、承安间，作诗者尚尖新，故张翥仲扬由布衣有名，召用。其诗大抵皆浮艳语，如：'矮窗小户寒不到，一炉香火四围书。'又，'西风了却黄花事，不管安仁两鬓秋'，人号'张了却。'"③ 在刘祁眼中，这类诗句已是相当尖新浮艳了，实际从字面上看不算是非常浮艳，只是较为缺乏内在风骨。刘祁多与李纯甫、元好问等诗人往还，深受其慷慨豪宕诗风的影响，故而评价诗坛亦以此为标准。不惟刘祁如此，这也是金代诗论家的一般眼光吧。从这段记述可以看出，章宗时期，诗坛更重文辞之美，而诗的气格渐致萎弱，当是事实。这种情形并没有持续多久，到南渡以后的诗坛就得到了有力的反拨。

　　"国朝文派"是一个包容很大的概念，是金诗的整体特色。这种特色更为突出地体现在南渡以后诗坛上，尤其是元好问那种雄浑悲壮的诗风。明昌、承安年间的尖新浮艳，只是金诗发展中的一个支流，也是承平年月的产物。到了四郊多垒、国步维艰的金代后期，诗坛不仅没有沿着这种萎弱趋向下滑，反而激起了更加雄阔的波澜。诗歌潮流的波诡云谲，委实是难以一个模式来想其当然的。南渡以后的诗坛，使金代诗史呈现出更加雄阔的新局面。

四　南渡诗坛：金诗的振起

　　以宣宗贞祐南渡（1214）、迁都汴京为转折点，金代社会进入后期，走

---

　　① 罗振玉：《黄华集》叙目，见金毓黻《辽海丛书》第 6 集，辽沈书社 1985 年版，第 1815 页。

　　② （金）刘祁：《归潜志》，中华书局 1983 年版，第 119 页。

　　③ 同上书，第 85 页。

向衰亡。蒙古铁骑步步进逼，而女真军队早已丧失了原来的剽悍勇鸷而因汉化流于文弱。宣宗朝政日趋腐败，丞相术虎高琪专权，对士大夫极为苛刻，"大恶进士，更用胥吏"①。朝廷因循苟且成风，"南渡以后，为宰执者往往无恢复之谋，上下同风止以苟安目前为乐，凡有人言当改革，则必以生事抑之。每北兵压境，则君臣相对泣下，或殿上发叹吁。已而敌退解严，则又张具会饮黄阁中矣。每相与议时事，至其危处，辄罢散曰：'俟再议。'已而复然，因循苟且，竟至亡国"②。这便是南渡后的朝政！

诗坛却出现了新的生机。南渡后的诗坛，改变了明昌、承安年间的尖新浮艳之风，诗的主流转向质朴刚健。现实的困境，使诗人们洗褪了怡和浮艳的诗风，诗作有了更多的勃郁矫厉之气。

南渡以后的诗坛，领袖人物是赵秉文、李纯甫。他们都致力于扭转诗坛上的不良风气，把诗歌创作引向质朴健康的轨道。但两人在诗学观念上存在着很大分歧，互相辩难，又各自在周围团结了一批诗人，形成了不同的诗歌流派。赵秉文一派以赵秉文、王若虚为代表；李纯甫一派以李纯甫、雷希颜为代表。这时期诗坛，形成了"二水分流"的趋势。

赵秉文，字周臣，磁州滏阳（今河北磁县）人，大定二十五年（1185），官至礼部尚书。赵秉文有多方面的艺术成就，诗文书画均极有名于世。"诗专法唐人，魁然一时文士领袖。"③ 赵秉文主盟文坛数十年，尤以南渡后影响为大。李纯甫，字之纯，弘州襄阴（今河北阳原）人，自号屏山居士。承安二年（1197）进士。南渡后，主盟诗坛，影响甚广。纯甫乐于奖掖后进，"天资喜士，后进有一善，极口称推，一时名士，皆由公显于世。……故士大夫归附，号为当世龙门"④。李、赵都有很卓越的创作实绩，又都有鲜明的诗学主张，他们之间的诗学论争，成为南渡后诗坛潋流的核心。

刘祁有一段话，既说明了李、赵在扭转诗风中的关键作用，也揭示了他们之间的歧异。他说："南渡后，文风一变，文多学奇古，诗多学风雅，由赵闲闲、李屏山倡之。屏山幼无师传，为文下笔便喜左氏、庄周，故能一扫辽宋余习。而雷希颜、宋飞卿诸人，皆作古文，故复往往相法效，不作浅弱

---

① （金）刘祁：《归潜志》，中华书局1983年版，第71页。
② 同上书，第70页。
③ 同上书，第5页。
④ 同上书，第6页。

语。赵闲闲晚年，诗多法唐人李、杜诸公，然未尝语于人。已而，麻知几、李长源、元裕之之辈鼎出，故后进作诗者争以唐人为法也。"① 由此可以看出，李纯甫一派为诗文一扫辽宋余习而自出机杼，以峭健除浅弱；赵秉文一派则专拟唐代诸公。

有关赵、李论争，主要材料见于《归潜志》，其作者刘祁与二人都过从甚密，他的记述当是较为可信的，此处撷举二三：

> 李屏山教后学为文，欲自成一家，每曰："当别转一路，勿随人脚跟。"故多喜奇怪，然其文亦不出庄、左、柳、苏，诗不出卢仝、李贺。晚甚爱杨万里诗，曰："活泼剌底，人难及也。"赵闲闲教后进为诗文则曰："文章不可执一体，有时奇古，有时平淡，何拘？"李尝与余论赵文曰："才甚高，气象甚雄，然不免有失支堕节处，盖学东坡而不成者。"赵亦语余曰："之纯文字止一体，诗只一句去也。"又，赵诗多犯古人语，一篇或有数句，此亦文章病。屏山尝序其《闲闲集》云："公诗往往有李太白、自乐天语，某辄能识之。"又云："公谓男子不食人唾，后当与之纯、天英（李经）作真文字。"亦阴讥云。赵闲闲论文曰："文字无太硬，之纯文字最硬，可伤！"②
>
> 兴定、元光间，余在南京，从赵闲闲、李屏山、王从之、雷希颜诸公游，多论为文作诗。赵于诗最细，贵含蓄工夫；于文最粗，止论气象大概。李于文最细，说关键宾主抑扬，于诗最粗，止论词气才巧。……若王（若虚），则贵议论文字有体致，不喜出奇，下字止欲如家人语言，尤以助词为尚，与屏山之纯学大不同。尝曰："之纯虽才高，好作险句怪语，无意味。"③
>
> 正大中，王翰林从之在史院领史事，雷翰林希颜为应奉兼编修官，同修《宣宗实录》。二公由文体不同，多纷争，盖王平日好平淡纪实，雷尚奇峭造语也。④

从以上记载中，我们可以看出论争双方的几点分歧。在继承与创造的关系

---

① （金）刘祁：《归潜志》卷8，中华书局1983年版，第85页。
② 同上书，第87页。
③ 同上书，第88页。
④ 同上书，第89页。

上，赵秉文主张得诸家之长，转益多师，以多方继承古人为尚；李纯甫更强调摆脱蹊径，自成一家，勿随人脚跟。在诗歌风格上，赵秉文主张风格多样化，不拘于奇古或平淡，而不满于李纯甫的作品只有一种面目，"文字止一体"。但实际上，赵秉文力主含蓄平淡的艺术风格，而明确反对李纯甫的奇险风格。在创作论上，赵更重学养工力，因此，论诗最细，多讲规矩方圆；李更重天资才气，因此，论诗颇粗，只论词气才巧。在文学与现实的关系上，赵秉文一派重在纪实，此以王若虚为代表。李纯甫一派重在主观抒情，喷薄峥嵘胸臆，造语奇峭。这是李纯甫、雷希颜、李经等人的共同之处。

南渡之后的诗坛，出现了许多诗人，创作是非常活跃的。重要的诗人有赵秉文、王若虚、完颜璹、李纯甫、雷希颜、宋九嘉、李经等人。这个时期的诗作，有的抒发遭受压抑、勃郁不平的孤愤，有的流露与世不谐、冷眼旁观的心情。压抑与不平，是这个时期士人的普遍心态。因为他们都经历了南渡前后的转折。在章宗时期，崇尚儒雅，士大夫颇受礼遇，而到宣宗南渡后，士大夫多被贬黜、压制，心情普遍郁愤不平。如刘祁所说："如明昌、泰和间崇文养士，故一时士大夫以敢言、敢为相尚。……南渡后，宣宗奖用胥吏，抑士大夫，凡有敢为、敢言者，多被斥逐。"① 这种被压抑的心情往往通过诗歌创作得以抒泄。

南渡后诗人从多，风格各异。但围绕在赵、李两家的诗学之争，形成了两种基本流向。一类是以含蓄蕴藉、工稳平实为审美追求，赵秉文，王若虚、完颜璹等诗人都在此列。如赵秉文的《雨晴》："一抹平林媚夕辉，山烟漠漠燕飞飞。倚栏遥认天边电，何处行人带雨归。"《桃花岛寄王伯直》："冰破村桥拥，春寒旅雁低。远山封雾小，高浪与云齐。岛寺明松雪，潮船溅藕泥。诗情吟不尽，寄与画中题。"清新恬静，含蓄蕴藉，意象较为细腻。但赵诗中多有拟作，如《效王右丞独步幽篁里》、《拟兵卫森画戟》等诗，以模拟为旨，缺少个人风格，多有用前人之语而未化者。李纯甫的讥刺并非毫无道理的。王若虚是金代著名诗人、诗论家，有《滹南遗老集》行于世。在其诗论名著《滹南诗话》及其他文章中，都力诋黄庭坚及江西诗风，主张自然真率；他的诗歌也较为质朴平实，道出胸臆中语。如《慵夫自号》："身世飘然一瞬间，更将辛苦送朱颜。时人莫笑慵夫拙，差比时人得少闲。"《感怀》："枉却全家仰此身，书生哪是治生人。百忧耿耿填胸臆，强作欢颜慰老亲。"在真切质朴中见磊落不平。完颜璹，是金世宗之孙，封

_____

① （金）刘祁：《归潜志》卷12，中华书局1983年版，第136页。

密国公，是金代最有成就的女真族作家。晚年自刊其诗 300 首，词 100 首，号《如庵小稿》。完颜璹虽然贵为公侯，又是皇帝嫡亲，却自甘淡泊，南渡后"家居以讲诵、吟咏为乐"，"一室萧然，琴书满案"①，俨然如一老儒。完颜璹的诗风萧散平淡，如《北郊晚步》："陂水荷凋晚，茅檐燕去凉。远林明落景，平麓淡秋光。群牧归村者，孤禽立野航。自谙闲傲乐，园圃意犹长。"这类诗更多的是萧散情味，意境淡远，近于王、孟一派。

　　南渡以后诗人更有特点的是以李纯甫、雷希颜为代表的一派，在李纯甫的旗帜下所聚集的诗人们，在性格上多是豪放超迈、刚直任气，而在诗歌创作上多喜奇峭造语。尚奇，是这一诗歌流派共同的美学倾向。李纯甫的尚奇，已如前述，雷希颜"博学有雄气"②、"诗杂坡、谷、喜新奇"。③ 宋九嘉"为文有奇气，与雷希颜、李天英相埒"④。李经（天英）作诗也"喜出奇语"⑤。雄拗奇峭是这派诗人的流派风格。但是，应该指出，他们并非是为奇而奇，并非如有的论者所批评的形式主义（有人把王若虚对李纯甫、雷希颜的批评说成是现实主义对形式主义的斗争，这是不客观的），而是由他们胸中所积郁的愤懑不平之气与其豪宕个性相结合的产物。

　　李纯甫的诗作足以代表这派诗风。如《怪松谣》，虽为咏物，实则抒怀。诗云："阿谁栽汝来几时，轮囷拥肿苍虬姿。鳞皴百怪雄牙髭，拏空夭矫蟠枯枝。疑是秋魔岩中老恼物，旱火烧天鞭不出。睡中失却照海珠，羞入黄泉蜕其骨。石钳沙锢汗且僵，埋头卧角正摧藏。试与摩挲定何似，怒我枨触须鬣张。壮士囚缚不得住，神物世间无着处。堤防半夜雷破山，尾血淋漓飞却去。"与其说这诗是写"怪松"，毋宁说是在吐弃胸中的勃郁不平之气。诗人的个性——豪犷不羁，成为怪松的魂灵！《灞陵风雪》一诗，也借穷途诗人的境遇，抒写自己胸中块垒。诗云："君不见浣花老人醉归图，熊儿捉辔骥子扶。又不见玉川先生一绝句，健倒莓苔三四五。蹇驴驮着尽诗仙，短策长鞭似有缘。正在灞陵风雪里，管是襄阳孟浩然。官家放归殊不恶，蹇驴大胜扬州鹤。莫爱东华门外软红尘，席帽乌靴老却人。"诗中的郁愤不平是显而易见的。如果说"肥马"往往代指仕宦得意的官僚，"蹇驴"则成为流落不遇之士的喻指。诗中借杜甫、卢仝、孟浩然等诗人的乖蹇命运，一抒胸

① （金）刘祁：《归潜志》卷 1，中华书局 1983 年版，第 4 页。
② 同上书，第 10 页。
③ 同上。
④ 同上书，第 11 页。
⑤ 同上书，第 12 页。

中之郁气。李纯甫的诗，狠重奇险，峥嵘怒张，但绝非无病呻吟，他心中有不平，有郁愤，不吐不快。明昌时期，诗人曾有春风得意之时，"章宗南征，两上疏策其胜负，上奇之，给送军中，后多如所料。宰执爱其文，荐入翰林"①，正要大展宏图。而到南渡之后，士大夫备受排挤压抑，"士大夫一有敢言敢为者，皆投置散地"②。李纯甫便受到冷落，自然感到极大的忧愤与失望，于是乎"益纵酒自放"，"啸歌袒裼，出礼法外，或饮数月不醒"③。这种狂放不羁的个性与其道不行自胸中块垒无处排遣，只好盘曲于诗中，呈现出迥异常格、雄拗奇峭的艺术特征。

再看这派中其他诗人。雷希颜"为人躯干雄伟，髯张口哆。……遇不平，则疾恶之气见于颜间，或嚼齿大骂不休"④。其诗意气高迈，奇峭不平。如"千古崩崖一罅开，强将神怪附郊禖。无情顽石犹贻谤，贝锦徒为巷伯哀"（《启母石同裕之赋》），诗意奇崛突兀。

李经，字天英，当时诗名颇震，"为诗极刻苦，喜出奇语，不蹈袭前人"⑤。李纯甫见其诗曰："真今世太白也。"⑥ 其诗如"长河老秋冻，马怯冰未牢。河山冷鞭底，日暮风更号"，"晨井冻不爨，谁疗壮士饥。天厩玉山禾，不救我马鬌"（《杂诗》），抒写落第还乡、流落塞北的情怀，意象甚奇。

其他如张谷、周嗣明、宋九嘉、麻知几等都是豪迈不羁的奇士，都"从屏山游"，诗风都雄奇跌宕。南渡后的诗坛，形成了不同的诗歌流派，也就产生了各自的流派风格，在艺术上比南渡前更加成熟。而在一个更加宏阔的背景下观照南渡以后诗坛，以李纯甫为代表的这派诗人的创作，比起赵秉文那派，更有独创性的特点，既不蹈袭于唐，也不雷同于宋，体现出鲜明的特色，更能代表"国朝文派"。

以南渡诗坛为金诗的繁荣期，似乎不可思议，实则是符合金诗发展的客观情形的。

---

① （元）脱脱等：《金史》卷126《文艺传》下，中华书局1975年版，第2734页。
② （金）刘祁：《归潜志》卷12，中华书局1983年版，第137页。
③ 同上书，第6页。
④ （金）元好问：《中州集》卷6，中华书局1959年版，第314页。
⑤ （元）脱脱等：《金史》卷126《文艺传》下，中华书局1975年版，第2733页。
⑥ （金）刘祁：《归潜志》卷1，中华书局1983年版，第12页。

五　元好问：金诗之巅

把以元好问为主的金末诗坛，划为金诗发展的第四时期，并称之为"金诗的升华期"，这也许是更为令人费解的。然而，我以为非如此不足以重新认识元好问在金诗中、在中国诗史中的重要地位。

在金诗研究中，关于元好问的成果大概是最多的，比其他作家研究的总和还要多出几倍吧（这只是个大致估计）。所以，本文无意在这里全面分析、论述元氏的诗歌创作，而是要在金诗的整体中认识遗山诗，以遗山诗为终点来认识金诗，从而重新考察元好问以及金诗在整个中国诗史中的地位。

为什么把元好问划为金诗的第四期或云金诗的升华期，是否仅仅是为了标新立异？这是需要笔者作出认真的回答的。

按照一般的分法，元好问当然划在金诗的后期，也就是南渡以后到金亡这个时期，从时间上看，这没什么不妥之处。但要看到元好问对诗史的独特贡献所在，就不能不做进一步的具体分析。

在金诗发展史上，南渡初期，领诗坛风骚的是赵秉文、李纯甫诸人，南渡初期诗坛的创作情况已如前述，元好问此时虽然已有诗名，但他尚未进士及第，没有真正步入政坛与文坛的核心。从贞祐到兴定年间，他颠沛流离，数度逃难，从家乡忻县，到河南福昌，饱受战乱之苦。兴定五年（1221），元好问进士及第，然后在正大年间出任镇平、内乡、南阳的县令，长期接触战乱中的农村，并未活动在汴京的文学核心圈里。其间曾一度任国史院编修官，不久又出知南阳县令。正大八年（1231），入京任左司都事等职。紧接着在天兴元年（1232），元兵便大举攻汴，金王朝到了最后的危难关头。天元二年，西面元帅崔立叛乱，举城降元，元好问与其他朝臣一起，被羁管于聊城。金亡之后，誓不出任，隐居故乡，编纂《中州集》、《壬辰杂编》等一代文献，直至1257年68岁去世。元好问在京城的短短几年，饱经了金王朝覆亡前后的惨痛，目睹了蒙古军队的种种暴行，自己又亲身蒙受了阶下囚的耻辱。而他的诗歌创作正是在这最为惨痛的洗礼中，产生了最为动人心魄的力量。

金诗并没有随金王朝的没落走向下坡路，而是由元好问的诗笔矗起了一个前所未有的峰巅，它凸起在王朝陆沉的惨痛年代，却使金诗有了一个光辉的终端。

元好问存诗1400余首，在数量上就相当可观。当然，从遗山诗所取得的成就看，足以作为中国诗史上的一位大诗人而无愧色了。

元好问的诗应该得到更加全面、深入的研究，或者说是在整个诗史的宏阔背景下的观照，这些，都有待于研究者们更多的努力。然而，如人们所认同的，元好问诗中最有成就、最有特色的是"丧乱诗"，也就是金末丧乱期间，抒写国破家亡之痛的篇什。要进一步确立元好问在中国诗史上的地位，就必须对他的"丧乱诗"以及其他诗作给予足够的评价。

人们称唐代大诗人杜甫写在"安史之乱"时期那些感人肺腑的忧国忧民之作为"诗史"，也把这个光荣的称号送给遗山，意思是他们的诗笔足以纪录一代兴亡。真实地写照出鼎革之际的历史画卷，抒发出国破家亡的深哀剧痛，这是遗山诗获得广泛称誉的原因，但也许并非全部。遗山诗之所以堪入"大家"之列，一则在于其可歌可泣、震撼人心的悲剧审美效应，二则在于他为诗史提供了新的艺术范本。

遗山诗写国破家亡、生灵涂炭之史实，为何能够产生震撼人心的力量？这既不在于拘于实写一时一事，也不全系于惨惨戚戚之悲切。清人赵翼颇有识度，在其《瓯北诗话》中为遗山诗开专卷，他的话多可玩味。他评价遗山的七言律诗说："七言律则更沉挚悲凉，自成声调。唐以来律诗之可歌可泣者，少陵十数联外，绝无嗣响；遗山则往往有之。如：《车驾遁入归德》之'白骨又多兵死鬼，青山原有地行仙'，'蛟龙岂是池中物，虮虱空悲地上臣'；《出京》之'只知灞上真儿戏，谁识神州竟陆沉'；《送徐威卿》之'荡荡青天非向日，萧萧春色是他乡'；《镇州》之'只知终老归唐土，忽漫相看是楚囚，日月尽随天北转，古今谁见海西流'；《还冠氏》之'千里关河高骨马，四更风雪短檠灯'；《座主闲闲公讳日》之'赠官不暇似平日，草诏空传似奉天'；此等感时触事，声泪俱下，千载后犹使读者低回不能置。盖事关家国，尤易感人。"①赵瓯北从律诗的角度举例，实际都是遗山"丧乱诗"中的名句。瓯北也指出了遗山诗的感人力量。我以为需要加以补充的是，诗人虽是"亲见国家残破，诗多感怆"②，但不止于悲哀。遗山的"丧乱诗"之所以震撼人心，更在于气魄宏大，境界雄浑，悲壮慷慨的感情渗透在苍莽雄阔的意境之中。从来没有谁把如此雄浑苍莽的意境同如此悲怆沉挚的情感融合得如此高妙。遗山的七律诗中充满了这种雄浑与悲怆相融合的诗句。如"高原水出山河改，战地风来草木腥。精卫有冤填瀚海，包胥

---

① （清）赵翼：《瓯北诗话》卷8，人民文学出版社1963年版，第117—118页。

② （明）瞿佑：《归田诗话》，中华书局1985年版，第27页。

无泪哭秦庭"（《壬辰十二月车驾东狩后即事五首》），"秋风一掬孤臣泪，叫断苍梧日暮云"（《即事》），"眼中高岸移深谷，愁里残阳更乱蝉"（《外家南寺》），等等。实事求是地说，这些诗的意象的力度，是超过了杜甫七律的。其间岂止是悲哀，更是一种大气包举的悲壮，是一种力的崇高，它们不能不使人受到强烈的震撼。这种雄浑苍莽而又沉挚悲凉的境界，既有文化心理作为底蕴，又有诗人的审美理想作为导引。郝经称"歌谣跌宕，挟幽、并之气，高视一世"①。所谓"挟幽、并之气"，就是文化心理因素。赵翼论述得更为全面些："盖生长云、朔，其天禀本多豪健英杰之气；又值金源亡国，以宗社邱墟之感，发为慷慨悲歌，有不求而自工者；此固地为之也，时为之也。"② 这些都道出了遗山生长于幽、并之地所禀受的雄豪气质。遗山诗论也以"清壮顿挫"为审美理想，讥刺秦观的"女儿诗"，也赞赏"中原万古英雄气"，这种审美理想是完美地体现在遗山本人的诗中的。

对于金末的惨痛史实，诗人并非用客观描摹的手法纪录之，也不是像杜甫那样将巨大的历史变故，凝缩为一个个叙事性片断，而是以在这历史惨剧中所激起的强烈的主体感受，外化为有巨大历史容量的意象，这些意象不以切近具体事实为目的，带有较大的超越性，如"紫气已沉牛斗夜，白云空望帝乡秋"（《卫州感事》）、"西风白发三千丈，故国青山一万重"（《寄杨飞卿》）等都是如此。这些意象却更为深邃地写出了时代变乱的影像！同样可称"诗史"，遗山既不同于少陵，又不同于放翁，而是以一种充满艺术个性的笔法为一个时代存照。遗山诗是从时代的深处涌出来的，使人们如此具体地感应着那段血与火的历史，但又是由主体高度统摄融化的，有着强烈的主体意识，这就为诗史提供了新的艺术范本。

元好问非常重视金诗发展中的"国朝文派"，并且以之作为标志来判断金诗的开始成熟。实际上，"国朝文派"最杰出的代表和典范乃是遗山本人。无论是蔡珪也好，南渡后的李纯甫诸人也好，都只是"国朝文派"发展的某个阶段，与遗山诗相比较，便显得大为逊色了。遗山诗包含了"国朝文派"的全部内涵，它的出现并不是偶然的。正是经过了金诗的不断发展、扬弃，才产生了元遗山！没有金代诗人们的不断努力、发展，就不会有元遗山。对于元遗山诗，不能孤立地去认识，必须把它放在金诗发展的长流

① （元）郝经撰，秦雪清点校：《郝文忠公陵川文集》卷35《遗山先生墓铭》，山西人民出版社2006年版，第478页。

② （清）赵翼：《瓯北诗话》卷8，人民文学出版社1963年版，第117页。

中才能真正认识其价值。丹纳在评价卢本斯的时候说得很好："卢本斯不是一个孤独的天才；在他周围的能手之多，才具之相似，证明那一片茂盛的鲜花是整个民族、整个时代的产物，卢本斯不过是一根最美的枝条。"① 以之移评元遗山，也是颇为合适的。遗山诗是整个金诗发展的产物，也是金诗发展的最高峰。

　　一般朝代的末期创作，基本上是"强弩之末"，声息较为微弱了。鼎革之际，也颇有一些遗民诗人抒写亡国之恨，格调基本是低回哀伤的，在相似时期的创作中，有谁能与元遗山相媲美呢？雄浑苍莽而又沉挚悲凉，宛如来自历史深处的洪钟大吕。艺术上却决不粗糙，高度凝练的语言创造与雄阔悲壮的审美意象。都是经过反复陶冶、含蕴无穷的，赵翼说他"专以精思锐笔，清炼而出"，信非虚语！由遗山诗作为金诗的终端，真可谓大放厥彩。它使金诗的发展轨迹，呈现出与其他朝代诗史迥然不同的端点，使金诗得到了前所未有的升华。那么，把元遗山作为金诗发展的升华期，就是一种客观的描绘，而非主观臆造或"独出心裁"！

　　笔者以为，在整个中华诗史中，元遗山应该得到与李、杜、苏、辛、陆这样一些大家同等重要的地位。不仅是"丧乱诗"，他的创作的整体情况应该得到更加系统性的研究，也就是放在中国诗史的宏观背景下确立他的重要地位。遗山诗的成就值得更充分的重视，它是以北方民族的慷慨雄莽之气为底蕴，而又全面继承了中华诗歌传统而创造出的一种新诗风，这种新诗风给中国诗史吹进了强劲的生命力。

六　余论

　　这篇貌似全面实则疏简的文章，目的也并不在于"全面"地论述金诗，而是通过对金诗发展轮廓的大致勾勒，显示出金诗与其他断代诗史不同的发展轨迹。各个时代的诗史有共性的东西，也就是所谓规律。得到这种规律性的认识，我们可以用演绎的方法对断代诗史进行考察，以便进一步证明这种规律的普适性；然而，任何时代又都有各自的特殊性，有许多用普遍性规律所难以解释的历史现象、文学现象，这是必须根据该时代的政治、经济、文化的具体材料进行深入探索的。金朝是个很有特点的朝代，它是一个由北方少数民族贵族集团建立的王朝，这一点，与辽、元都是一样的；但它又很有

---

① ［法］丹纳：《艺术哲学》，傅雷译，人民文学出版社1963年版，第217页。

特殊性，它对高层位的汉文化采取全面的积极态度，使女真社会很快由奴隶制跃迁到封建制。金朝统治者崇尚文治，带来了文化建设的繁荣，这给金诗的发展提供了非常适宜的土壤。而金诗又形成了不同于其他任何一个断代诗史的特殊的发展道路，这是很值得深入挖掘的。正面展开这个工作，要留待日后或其他论者来进行。这里仅想指出一点：金诗的特质以及独特的发展轨迹的成因之一、便是汉文化与女真文化心理的交融互渗，形成一种特殊的北方文化形态。马克思曾十分睿智地指出："野蛮的征服者总是被那些他们所征服的较高文明所征服，这是一条永恒的历史规律。"① 这个精辟的论述适足说明女真人与汉文化的关系。灭辽侵宋，是女真统治者全面接受汉文化元素的开端。当女真人的铁蹄踏碎了北宋的金瓯，耀武扬威地把宋王朝的仪仗、钟磬、礼器以及许多经史典籍据为己有的时候，他们就向汉文化竖起了"降旗"。

女真贵族对汉族士人非常尊重，需要汉族士人尽快帮助他们完成向封建制的过渡。宇文虚中被尊为"国师"，蔡松年当了丞相，韩昉一直是金熙宗的老师……这不能不说明女真人对汉文化的浓厚兴趣。在金代社会中，女真贵族对于汉士没有民族歧视，而是相处得很融洽。

女真民族是一个纯朴勇悍的民族，而在占领中原以后，欣羡于汉族士人的儒雅风流，逐渐失去了原来的勇武。反之，汉族士人在与女真人的交往中，又不能不受女真人那种较为纯朴豪爽的文化心理的影响。女真贵族乐于与汉士交游，如完颜中郎将陈和尚，"性好士，幕府延致文人"②，"南渡后，诸女真世袭猛安、谋克往往好文学，喜与士大夫游"③。这种汉士与女真贵族的密切往还，不能不导致双方文化心理的交融互渗。

金代的汉族士大夫多出生于北方，且多是古幽、并、燕云、辽东一带人士，植根于"挟慷慨之气"的文化心理氛围中，因此亦多有豪放慷慨、跌宕任气的性格，"金朝名士大夫多出北方"，这对于金诗特质的形成无形中是有很大影响的。大多数汉士的北方气质与女真人文化心理的融合，造成了一种独特的北方文化气氛，使金代诗词别具一派刚健豪宕之风。清人陈匪石曾评金词云："金据中原之地，郝经所谓歌谣跌宕、挟幽并之气者，迥异南

---

① ［德］马克思、恩格斯：《马克思恩格斯选集》第 3 卷，人民出版社 1965 年版，第 181 页。
② （金）刘祁：《归潜志》卷 6，中华书局 1983 年版，第 62 页。
③ 同上书，第 63 页。

方之文弱。国势新造，无禾油麦秀之感，故与南宋之柔丽者不同。"① 大致可以概括金代诗词与南宋的区别。

金诗，作为一代诗史应该得到更多的关注，在中国诗史上占有特殊的地位，有许多重要的论题有待于深入探索。需要把金诗作为一个有机整体、作为整个中国诗史的有机部分给予系统的考察。果能如此，相信会有更多的收获！

---

① （清）陈匪石：《声执》，见唐圭璋《词话丛编》第 4 册，中华书局 1986 年版。

论金代教育的儒学化倾向及其文化功能[*]

一

在中国古代教育史研究中，金代教育的地位似乎显得颇为黯弱，人们很少把注意力投射到这个领域，大概是觉得金朝是女真人创立的政权，在教育方面无多建树吧。实则不然。金虽是北方少数民族所立政权，但对文化教育甚为重视，几代有作为的君主，都大力兴办教育，形成了从中央到地方的完备的教育网络，而且创立了汉学与女真学双轨并行的教育体制，这对于以后的少数民族所建王朝（如元代）来说，有十分重要的示范作用。

金代是少数民族政权，其统治核心是女真人在金王朝建立之前，女真民族无教育可言。女真民族原本是以氏族部落的形态存在的，据《大金国志》记载："其人勇悍，善骑射，喜耕种，好渔猎。……其居多依山谷联木为栅，或覆以板与桦皮如墙壁，亦以木为之。"① 女真人原无文字，"与契丹言语不通，而无文字，赋敛科发射箭为号，事急者三射之"②，处于"结绳记事"的蒙昧时代。完颜阿骨打伐辽时，尚未有女真文字。"太祖伐辽，是时未有文字"③，后由太祖时期的完颜希尹创制了女真文字，史载："金人初无文字，国势日强，与邻国交好，乃用契丹字。太祖命希尹撰本国字，备制度。希尹乃依汉人楷字，因契丹字制度，合本国语，制女真字。天辅三年

  ＊ 本文刊于《教育研究》1994年第3期。

① （金）宇文懋昭：《大金国志》卷39，见王云五主编《万有文库第二集七百种·大金国志》下册，商务印书馆1936年版，第297页。

② （金）宇文懋昭：《金志·初兴风土》，见王云五主编《丛书集成》初编，商务印书馆1939年版，第6页。

③ （元）脱脱等：《金史》卷84《耨盌温敦思忠传》，中华书局1975年版，第1881页。

（1119）八月，字书成，太祖大悦，命颁行之。"① 女真文字创立之晚，也就决定了金代教育的起步是很晚的。

然而，女真统治者在灭辽后，大量接受汉文化，以很快的速度进行了封建化改革，使女真社会由奴隶制迅速跃迁到封建制。其中，参照中原王朝的教育体制，全面兴办教育，使儒家思想渗透于社会生活各个角落，在封建化过程中起了十分重要的积极作用。纵观金代教育的各个侧面，儒家思想是金代教育的核心，儒学化教育的倾向是很鲜明的。但是，女真统治者又意欲避免儒学教育对女真民族的消极方面的影响，因而以一种独特的方式来贯彻施行儒学教育，力图使女真民族那种淳朴刚健的民族精神与儒家的"忠孝仁义"观念得以完美地结合。

二

金朝女真统治者如熙宗、世宗、章宗等都深受以儒家思想为核心的汉文化的熏陶，在政治、伦理道德等方面都深深服膺儒家文化，同时他们又通过行政手段及其他各种方式尤其是教育的渠道在全社会中进行儒学教化，通过这种移风易俗的努力，使女真社会适应封建化的需要。《金史·文艺列传》曰："金初未有文字。世祖以来渐立教条，太祖既兴，得辽旧人用之，使介往复，其言已文。太宗继统，乃行选举之法，及伐宋，取汴经籍图，宋士多归之。熙宗款谒先圣，北面如弟子礼。世宗、章宗之世，儒风丕变，庠序日盛，士由科第位至宰辅者接踵。当时儒者虽无专门名家之学，然而朝廷典策，邻国书命灿然有可观者矣。"② 概略地描述了金朝教育儒学化的背景与历程。

金代教育的儒学化历程，实际是从金熙宗完颜亶开其端绪的。熙宗自幼受汉文化熏陶教育，以辽朝的汉士韩昉为自己的老师。韩昉施之于熙宗的教育，主要是"君君臣臣"、尊卑分明的儒家纲常观念。熙宗即位后，以韩昉为翰林学士，制订礼仪典章，严明君臣之间的尊卑关系一改女真旧俗。《三朝北盟会编》载："今虏主完颜亶也，自童稚时金人已寇中原，得燕人韩昉及中国儒士教之；其亶之学也，虽不能明经博古，而稍解赋诗翰墨，雅歌儒服，烹茶焚香，弈棋战象，徒失女真之本态耳。由是则与旧功大臣，君臣之

① （元）脱脱等：《金史》卷8《世宗纪》下，中华书局1975年版，第184页。

② （元）脱脱等：《金史》卷125《文艺传》上，中华书局1975年版，第2713页。

道，殊不相合。渠视旧功大臣，则曰：无知夷狄也；旧功大臣视渠，则曰：宛然一汉家少年子也。既如是也，欲上下同心，不亦难乎？又曰：僭位以来，左右诸儒，日进谄谀，教以宫室之壮，服御之美，妃嫔之盛，燕乐之侈，乘舆之贵，禁卫之严，礼义之尊，府库之限，以尽中国为君之道。今亶出则清道警跸，入则端居九重，旧功大臣，非惟道不相合，仍非其时莫得见，瞻望墀阶，洞分霄壤矣。"① 由此足见熙宗是全面接受儒家文化的。尤其是尊卑等级、典章礼仪的"礼"，更是熙宗所大力提倡的。

金世宗完颜雍在金代教育儒学化的进程中，起了十分关键的倡导作用。世宗一方面通过科举与学校教育贯彻儒学精神，以儒学经典为钦定教学内容；另一方面，通过一切教化手段，在宫廷和社会中倡导儒家"忠孝"观念。世宗责成译经所，以女真文字翻译儒学经典及其他一些汉文化典籍。大定二十三年（1183）"译经所进所译《易》、《书》、《论语》、《孟子》、《老子》、《扬子》、《文中子》、《刘子》及《新唐书》，上谓宰臣曰：'朕所以令译'五经'者，正欲使女真人知仁义道德所在耳。'命颁行之"②。可见，世宗是有明确目的来进行儒学教育的，侧重于使儒家最普通、也是最重要的"仁义道德"观念内化到女真人的思想之中。

世宗在经籍学习方面，倡导"知行统一"，强调学而后必能实行。大定十六年（1176）正月，"上与亲王、从官从容论古今兴废事，曰：'经籍之兴，其来久矣，垂教后世，无不尽善。今之学者，既能诵之，必须行之。然知而不能行者多矣，苟不能行，诵之何益'"③。他是反对那种"知而不能行"的不良学风的。

世宗还亲自在女真民众中推行"忠孝仁义"的教化。大定二十一年（1181）正月，世宗"如春水，丙子，次永清县。有移剌余里也者，契丹人也，隶虞王猛安，有一妻一妾。妻之子六，妾之子四。妻死，其六子庐墓下，更宿守之。妾之子皆曰'是嫡母也，我辈独不当守坟墓乎？'于是，亦更宿焉，三岁如一。上因猎，过而闻之，赐钱五百贯，仍令县官积钱于市，以示县民，然后给之，以为孝子之劝"④。世宗褒彰此家子弟的功利目的十分明显，就是为了用儒家"孝悌"观念来教化整个女真社会，使之渗透于

---

① （宋）徐梦莘：《三朝北盟会编》，上海古籍出版社1987年版，第1197页。
② （元）脱脱等：《金史》卷8《世宗纪》下，中华书局1975年版，第184页。
③ 同上书，第163页。
④ 同上书，第179页。

民众灵魂之中。

　　世宗在宫廷中也处处以儒家思想教育宗亲王室，这点对于宣孝太子（显宗）影响至深。世宗对太子的教育颇为重视，大定二年四月，世宗立第二子完颜允恭为皇太子，赐名允迪，告诫他说："在礼贵嫡，所以立卿。卿友于兄弟，接百官以礼，勿以储位生骄慢。日勉学问，非有召命，不得侍食。"① 宣孝太子也更究心儒学，处处以之规范自己，倡行儒家礼乐之治。他"专心学问，与诸儒臣讲议于承华殿。燕闲观书，整夜忘倦，翌日辄以疑字付儒臣校证"②。金末史学家刘祁评述金源历朝兴衰时说："宣孝太子最聪明绝人，读书喜文，欲变夷狄风俗，行中国礼乐如魏孝文。"③ 宣孝太子虽然未即大统，但他在储日久，在朝野之中都威信颇高，对于儒学化进程的发展，起了很大推动作用。

　　金章宗完颜璟在其祖父世宗、父亲宣孝太子的深刻影响下，自幼深受儒学教育，"始习本朝语言小字，及汉字经书"④。章宗即位后，数次祭拜孔庙，并"诏修曲阜孔子庙学"⑤，又"诏诸郡邑文宣王庙、风雨师、社稷神坛隳废者，复之"⑥。明确昭示了自己以儒治国的施政方略，而且大兴了"庙学"这样一种教育形式。章宗又以廉耻德化作为吏治教育的内容，诏谕有司，擢用"务行德化"的官吏。章宗曾说："宰臣又言：'近言事者谓，方今孝悌廉耻道缺，乞正风俗。'此盖官吏不能奉教化使然。今之察举官吏者，多责近效，以干办为上，其有秉心宽厚，欲行德化者，辄谓之迂阔。故人人皆以教化为余事，此孝弟所以废也。若谕有司，官吏有能务行德化者，擢而用之，则教化可行，孝弟可兴矣。"⑦ 章宗是以孝悌德化作为擢用官吏的标准的，因而，章宗朝多用儒士，与南渡后宣宗朝奖用胥吏、压抑儒臣形成鲜明对比。刘祁评述道："章宗聪慧，有父风，属文为学，崇尚儒雅，故一时名士辈出。大臣执政，多有文采学问可取，能吏直臣皆得显用，政令修举，文治烂然，金朝之盛极矣。"⑧ 可见章宗朝儒风之盛。

　　金朝倡行儒道最力者，主要是上述几位君主，而"金朝之盛"主要体

---

① （元）脱脱等：《金史》卷19，中华书局1975年版，第273页。
② 同上书，第410页。
③ （金）刘祁：《归潜志》卷12，中华书局1983年版，第136页。
④ （元）脱脱等：《金史》卷9《章宗纪》，中华书局1975年版，第207页。
⑤ 同上书，第214页。
⑥ 同上书，第218页。
⑦ 同上书，第227页。
⑧ （金）刘祁：《归潜志》卷12，中华书局1983年版，第132页。

现于这几个时期，尤其是世宗朝号为"小尧舜"，这不仅说明，比较而言世宗朝算是金朝的"太平盛世"，而且表明了它也是士大夫儒学化理想所寄，体现了"以儒治国"的精神。世宗、章宗朝号为"盛世"，其实主要不在于国力之强盛，而在于文治之隆行，儒学之昌明。学校教育与科举制度以儒学为内涵，更是显明的表征。

三

金朝女真统治者甚重教育，大力兴办各级学校，形成了从中央到地方的各级学校网络。金代的中央官学始设于海陵王天德三年（1151），起初只有国子监，在世宗大定六年（1166）又设太学。国子学和太学已有相当规模。《金史·选举制》载："凡养士之地曰国子监，始置于天德三年，后定制，词赋、经义生百人，小学生百人，以宗室及外戚皇后大功以上亲、诸功臣及三品以上官兄弟子孙年十五以上者入学，不及十五者入小学。大定六年始置太学，初养士百六十人，后定五品以上官兄弟子孙百五十人，曾得府荐及终场人二百五十人，凡四百人。"① 重视小学教育，在中央官学中设小学定制，这恐怕是金代教育的一个特点。

在建立、完善中央官学的同时，女真统治者十分重视地方学校建设，地方普遍设立了府、州、县学。大定十六年始置府学，凡 17 处，共千人，至章宗朝，府学增至 24 处，节镇州学 39 处，防御州学 21 处，养士凡 1800 余人，加之各刺史州、县学的学生，总数逾万人。由于地方学校的完善与普及，金国形成了上下一体的学校网络。

与汉学学校并行，女真统治者创立了女真学，大定十三年，设女真国子学，大定二十八年建女真太学。同时，又在有女真人居住的诸路设女真府、州学 22 处。这样，就构成了汉学与女真学"双轨"并行的完整教育体制。

女真学建立的基础是女真大、小字的创造完成。女真学的教育对象基本是女真人，（也有个别汉人学习女真学）所用文字都是女真文字，所任教授都是女真进士。创立女真学的目的，无非是使女真人接受教育，通过科举途径进入统治机构，此乃其一；其二则在于以女真学来保有女真民族的民族文化特质，以免全然被汉文化所消融，保留一套显型的女真文化机制（这个问题下节重点论及，此处从略）。但是，我们必须看到，女真学只是以女真

---

① （元）脱脱等：《金史》卷51《选举志》，中华书局1975年版，第1131页。

文字为物质外壳，而教学内容与汉学一样，都是儒家经典。"自大定四年，以女真大小字译经书颁行之。"① 是为女真学的教材。大定十六年，世宗说："契丹文字年远，观其所撰诗，义理深微，当时何不立契丹进士科举。今虽立女真字科，虑女真字创制日近，义理未如汉字深奥，恐为后人议论。"② 丞相守道答云："汉文字恐初亦未必能如此，由历代圣贤渐加修举也。圣主天姿明哲，令译经教天下，行之久亦可同汉人文章矣。"③ 这都说明女真学的教学内容全然是儒家经典。

科举自隋代创立以来，愈来愈成为封建统治阶级选拔人才的主要渠道。因而，科举是中国封建社会后半期教育的最重要的构成成分。科举与教育是一体化的。金代科举上承唐、宋、辽的科举体制，而根据金朝的社会需要而加以增损，形成了金代科举的特殊体制。最主要的特征乃是汉人进士与女真进士并行的体制。《金史·选举志》概述金代科举时说："金承辽后，凡事欲轶辽世，故进士科目兼采唐、宋之法而增损之。其及第出身，视前代特重，而法亦密焉。若夫以策论进士取其国人，而用女真文字以为程文，斯盖就其所长以收其用，又欲行其国字，使人通习而不废耳。……金设科皆因辽、宋制，有词赋、经义、策试、律科、经童之制。海陵天德三年，罢策试科。世宗大定十一年，创设女真进士科，初但试策，后增试论，所策论进士也，明昌初，又设制举宏词科，以待非常之士。故金取士之目有七焉。其试词赋、经义、策论中选者，谓之进士。律科、经童中选者，曰举人。"④ 这些取士之科目中，策论进士是专取女真人的，也即女真进士，举子都是由女真学校出身的。

科举考试与学校教育的一体化，表现在教学内容与考试范围的一致性。在金代的科举与学校教育中，以儒学经籍为主的汉文化典籍是其一致的内容。《金史·选举制》载："凡经，《易》则用王弼、韩康伯注，《书》用孔安国注，《诗》用毛苌注、郑玄笺，《春秋左氏传》用杜预注，《礼记》用孔颖达疏，《周礼》用郑玄注、贾公彦疏，《论语》用何晏集注、邢昺疏，《孟子》用赵岐注、孙奭疏。《孝经》用唐玄宗注，《史记》用裴骃注，《前汉书》用颜师古注，《后汉书》用李贤注，《三国志》用裴松之注，及唐太

---

① （元）脱脱等：《金史》卷51《选举志》，中华书局1975年版，第1133页。
② 同上书，第1141页。
③ 同上。
④ 同上书，第1130—1131页。

宗《晋书》、沈约《宋书》、萧子显《齐书》、姚思廉《梁书》《陈书》，魏收《后魏书》、李百药《北齐书》，令狐德棻《周书》、魏征《隋书》、新旧《唐书》、新旧《五代史》，《老子》用唐玄宗注疏，《荀子》用杨倞注，《扬子》用李轨、宋咸、柳宗元、吴秘注，皆自国子监印之，授诸学校。"① 这些典籍以儒家坟典为核心，体现了很强的经学色彩。这些都是全国"通用教材"，由中央最高教育机构国子监统一监印，然后发放给所有学校，保证了教学内容的高度统一。

　　教材的统一和科举考试内容的经学化是一致的。历届科考，基本上是在儒学经典范围内进行的。如"正隆元年（1156），命以五经、三史正文内出题，始定为三年一辟"②。海陵王时期科举考试即以儒家经典正文内出题。大定二十八年，世宗便欲以"经义"作为女真进士的考试内容。世宗"谕宰臣曰：'女真进士惟试以策，行之既久，人能预备。今若试以经义可乎？'宰臣对曰：'五经中《书》、《易》、《春秋》已译之矣，俟译《诗》、《礼》毕，试之可也。'上曰：'大经义理深奥，不加岁月不能贯通。今宜于经内姑试以论题，后当徐试经义也'"③，都是在五经内容中出试题。律科考试本来不考五经内容，明昌元年，有司进奏章宗："律科止知读律，不知教化之源，可使通治《论语》、《孟子》以涵养其气度。"章宗"遂令自今举后，复于《论语》、《孟子》内试小义一道，府会试别作一日引试，命经义试官出题，与本科通考定之"④。科举中试题出自五经，这自然有着强烈的导向作用，引导人们穷治儒学经典，涵咏儒学思想，这使金代的科举与教育体现出明显的儒学化倾向。

四

　　在中国封建社会的教育史上，教育与科举的儒学化，不能算是什么新话题，恐怕是"老生常谈"了。但对金代教育来说，却似有尤为特殊的意义与功能。而且，女真统治者对待儒家思想观念在吸收过程中也进行了"特殊处理"。应该指出，儒学思想对于女真社会的渗透力与影响是巨大而广泛

① （元）脱脱等：《金史》卷51《选举志》，中华书局1975年版，第1131—1132页。
② 同上书，第1135页。
③ 同上书，第1142页。
④ 同上书，第1148页。

的，它使女真人的文化心理产生了深刻的变化。正因为如此，女真统治者对儒家思想的态度也是颇为微妙的。

讲究尊卑秩序、礼乐诗书的儒学观念，给女真人的文化心理带来了怎样的变化呢？前面谈到的金熙宗的心态，便是很典型的例子。女真人以武立国，靠着铁骑劲弩灭辽侵宋，入主中原，大量接受儒学观念后，摆脱了原来那种落后的蒙昧状态，进入封建文明社会，使许多女真人欣羡于儒士风度，开始偃武修文。许多女真军事贵族乐于与汉儒交游。"南渡后，诸女真世袭猛安、谋克往往好文学，喜与士大夫游。如完颜斜烈兄弟、移剌廷玉温甫总领、夹谷德固、术虎士、乌林答肃孺辈，作诗多有可称。"① 很多女真贵族宁肯放弃世袭的猛安、谋克地位，而去参加进士考试。社会上下形成一种文治儒雅之风。

儒学渗透的结果，使女真社会很快步入文明，典章礼乐、尊卑秩序、忠孝节义……很快就自然而纯熟了，原来那种野蛮犷悍的民族性格却逐渐消退。女真统治者一方面大力吸取以儒学为核心的汉文化；另一方面，又唯恐失去女真民族固有的纯朴勇悍之风，因此，世宗、章宗在提倡儒学思想的同时，又力主保存一些女真旧俗，女真学的建立，未始没有这样的动机。大定十二年四月，世宗在睿思殿，命歌者歌女真本曲，并对太子说："朕思前朝所行之事，未尝暂忘，故时听此词，亦欲令汝辈知之。汝辈自幼惟习汉人风俗，不知女直（真）醇直之风，至于文字、语言或不通晓，是忘本也。"② 世宗又提出女真旧风与儒家思想相一致的说法，他指出："女直旧风最为纯直，虽不如书，然祭天地、敬亲戚、尊耆老、接宾客、信朋友，礼意款曲，皆出自然，其善与古书所载无异，汝辈当习学之，旧风不可忘也。"③ 对女真旧风的提倡，实际是欲弥补儒风渗透于女真社会带来的某种消极影响。

不管怎么说，儒家思想对于女真社会迅速进入封建制轨道起了关键的作用，这种作用的发挥，则主要是通过教育这个主渠道的。教育施之于社会的深刻影响，在金代的史实中得到又一次强有力的显示。

---

① （金）刘祁：《归潜志》卷6，中华书局1983年版，第63页。
② （元）脱脱等：《金史》卷7《世宗纪》中，中华书局1975年版，第159页。
③ 同上书，第163页。

论金诗的 "国朝文派"[*]

一

在古代文学研究领域里，一向少有问津的金诗研究，近年来取得了不少可喜成果，有了颇为深入的进展。为了进一步探索金诗的整体特色及其动态发展流程，本文拈出 "国朝文派" 这个概念，以概括金诗的特质。这个概念并非笔者杜撰的产物，而是金人自己提出并逐步完善的。

清人庄仲方在《金文雅序》中曾言："金初无文字也，自太祖得辽人韩昉而言始文；太宗入汴州，取经籍图书。宋宇文虚中、张斛、蔡松年、高士谈辈后先归之，而文字煨兴，然犹借才异代也。"① 这便是有名的 "借才异代" 之说。"借才异代"，颇为恰当地道出了诗坛的性质，同时，也揭示了金初诗歌创作与宋诗的 "血缘" 关系。"借才异代" 指金初文坛尚无生长于金源文化土壤中的属于金朝自己的作家，而基本上都是来自于辽、宋异朝的汉族文人。这其中由辽入金的文人有韩昉、虞仲文、张通古、左企弓等；由宋入金的文人主要有宇文虚中、高士谈、蔡松年、张斛等。由辽入金的文人所存诗作寥寥，在入金后几无诗歌成就可言，他们更多的是发挥其政治才具，如韩昉作为金熙宗的启蒙老师，在政治思想、治国方略上对熙宗影响颇深，在文章方面，"善属文，最长于诏册，作《太祖睿德神功碑》，当世称之"②。他长于诏册写作，却未见其诗。其他几位也很少有诗翰传世。金初诗坛上的诗人，几乎都是由宋入金的汉族文士，他们曾长期生活在诗歌创作气氛浓厚的北宋，谙熟诗歌艺术技巧，有的（如宇文虚中）在宋时便是有

---

* 本文刊于《文学遗产》1994 年第 5 期。

① （清）庄仲方：《金文雅·序》，吉林人民出版社 1998 年版，第 1 页。

② （元）脱脱等：《金史》卷 125《文艺传》上，中华书局 1975 年版，第 2715 页。

名的诗人。入金之后，他们创作了许多诗什，如《中州集》录存宇文诗50首，吴激诗25首，张斛诗18首，蔡松年诗59首，高士谈诗30首，几乎囊括了整个金代初叶的诗坛。他们的诗歌创作，无论是从风格、体貌上，还是在意象传统上，都带有很浓的宋诗色彩。尽管由于环境转换等因素产生了一定的变异，但它毕竟是"移植"于宋诗，与宋诗有直接的"姻缘"，在诗的体式风貌上与宋诗相仿佛。

然而，"借才异代"只能说明金诗的启动阶段，却不足以概括金诗的整体性质。在长达一百余年的历史流程中，金源诗歌不断发展变化，逐渐形成了不同于宋诗的独特气派、风貌。为此，金末大诗人、诗论家元好问在其编选的金诗总集《中州集》卷1《蔡珪小传》中提出"国朝文派"之说：

> 国初文士如宇文大学（虚中）、蔡丞相（松年）、吴深州（激）之等，不可不谓豪杰之士，然皆宋儒，难以国朝文派论之。故断自正甫（蔡珪）为正传之宗，党竹溪（怀英）次之，礼部闲闲公（赵秉文）又次之。自萧户部真卿倡此论，天下迄无异议云。①

这段话同"借才异代"那番议论联系起来，正可以看出金诗初期到中期的发展脉络。由此又可以得知，"国朝文派"的提法是大定、明昌时期的诗人萧贡首倡的。萧贡字真卿，咸阳人，大定二十二年进士，曾任监察御史等职，累迁右司郎中，以户部尚书致仕。故称"萧户部"。《金史》卷105有传。萧贡不仅有良好的政声，而且识见卓拔，议论剀切。史传载：当时世宗"诏词臣作《唐用董重质诛郭谊得失论》，贡为第一，赐重币四端。贡论时政五弊，言路四难，词意切至，改治书侍御史"②。萧贡是当时重要词臣之一，首任国子祭酒，在当日文坛上是有地位、有影响的。元好问评价他说："博学能文，不减前辈蔡正甫。"③《中州集》录存其诗32首。

萧贡称蔡珪始为"国朝文派"的奠基人的观点，看来得到当日诗坛的普遍认同，元好问说："天下迄无异议。"遗憾的是萧贡的原话早已湮没不闻。然而，元好问在金亡后为保存一代诗歌文献而编纂的《中州集》中再提这个观点，并持完全赞同的看法，使之具有总结概括的性质。元好问生当

---

① （金）元好问：《中州集》卷1，中华书局1959年版，第33页。
② （元）脱脱等：《金史》卷105《萧贡传》，中华书局1975年版，第2320页。
③ （金）元好问：《中州集》卷5，中华书局1959年版，第235页。

金末元初丧乱之际，而其搜集整理一代文献不遗余力，有着巨大的历史责任感。同时，他又不仅是一般性的搜集整理，而是站在一代历史的端点，对其文学发展的脉络进行全景式的审辨与总结。元好问自叙其编选《中州集》的经过与动机说："岁壬辰（1232），予掾东曹，冯内翰子骏延登、刘邓州光甫祖谦，约予为此集。时京师方受围，危急存亡之际，不暇及也。明年留滞聊城，杜门深居，颇以翰墨为事，冯刘之言，日往来于心。亦念百余年以来，诗人为多。苦心之士，积日力之久，故其诗往往可传。兵火散亡，计所存者，才什一耳。不总萃之，则将遂湮灭而无闻，为可惜也。乃记忆前辈及交游诸人之诗，随即录之。会平叔之子孟卿，携其先公手抄本来东平，因得合予所录为一编，目曰《中州集》。"① 他是抱着存留一代诗史于人世的强烈责任感来进行这项工作的。在《自题中州集后》第五首诗中，元好问又这样抒写了编选《中州集》时那种宏远而强烈的历史意识："平世保曾有稗官，乱来史笔亦烧残。百年遗稿天留在，抱向空山掩泪看。"这里面充满了对金源一代文学的深情，要使之永恒存在于时空之中。"国朝文派"的概念，虽然并未反复出现于元好问的诗论之中，但它可以提摄金诗的文化特质，我们应以元好问的这种历史感为参照，来认识它的丰富内蕴。

二

"国朝文派"的开端，萧贡说是蔡珪，当日诗坛广泛认同，元好问从总结诗史的角度重新肯定此说，那么，蔡珪自然便是"国朝文派"的首开者和代表了。由此，我们不免要问："国朝文派"是以什么标准来划分的呢？易言之，这个概念的内涵又是什么呢？从元好问的论述来看，首先，诗人是不是地道的"国朝"人。金初诗坛主将宇文虚中、蔡松年、吴激等都是宋儒，由宋而入金，所以不能称为"国朝文派"。清人顾奎光的说法可佐说明："宇文虚中叔通，吴激彦高，蔡松年伯坚，高士谈子文辈，楚材晋用，本皆宋人，犹是南渡派别。"②

可见这是一个很明确的尺度。蔡珪则不然，他虽是蔡松年之子，但他生

① （金）元好问：《〈中州集〉序》，见（清）张金吾《金文最》，中华书局 1990 年版，第642—643 页。

② （清）顾奎光：《金诗选·例言》，见徐丽华主编《中国少数民族古籍集成（汉文版）》第18 册，四川民族出版社 2002 年版，第 269 页。

长在金源土地上，由金朝科举出身，是金朝自己培养的士大夫。因此，"国朝文派"从蔡珪开始，是不是地道的"国朝"人，这是一个"硬杠杠"，也可以说是"国朝文派"这个概念的内涵之一。

　　然而，这绝非"国朝文派"的全部含义。出身与地缘，仅是一个外在的标准，这个标准是易于把握的。"国朝文派"尚有更重要、更根本的标准，就是金代诗歌所具有的那种属于自己的风骨、神韵、面目。元好问所说："断自正甫（蔡珪字）为正传之宗"，并非仅指出身与地缘，而且更包含着诗的内在气质。宋人杨万里评论江西诗派时说："江西宗派诗者，诗江西也，人非皆江西也。人非皆江西，而诗曰江西者何？系之也。系之者何？以味不以形也！"① 这对我们理解"国朝文派"是很有借鉴意义的。"国朝文派"，除了人须是地道的"国朝"出身而外，诗也须有"国朝味"。

　　那么，这一层内涵又该如何概括呢？这是一个难题。用知性分析的方法在这里有些行不通，无法用几句话来界定明晰。因为在我们对这个概念的理解中，"国朝文派"不是仅指金诗中的某一流派，也不是指某一时期的创作，而是指着金源诗歌区别于宋诗乃至其他断代诗史的整体特色。它在这个层面上的内涵是很丰富、很广阔的，同时，又是动态发展变化的。与其简单地进行抽象界定，莫如略选几例进行"活"的描述，然后再进一步加以归结。

　　先看蔡珪的情况。从《中州集》卷一《蔡珪小传》可以看出，蔡珪在金源前期文人中极为博学，在古文、金石等方面都有很深造诣，著述甚丰。他中进士后"不赴选调"的举动，说明了他有非同寻常的抱负。

　　蔡珪诗作，《中州集》收录了46首。这些诗有很鲜明的风格特征，确乎与金初"借才异代"的宋儒之诗风貌迥异。《野鹰来》一诗有突出的表现：

> 南山有奇鹰，置穴千仞山。网罗虽欲施，藤石不可攀。鹰朝飞，耸肩下视平芜低。健狐跃兔藏何迟；鹰暮来，腹肉一饱精神开，招呼不上刘表台。锦衣少年莫留意，饥饱不能随尔辈。

"野鹰"的意象有很深的象征意义。诗人通过对"野鹰"的描写，充分展示

---

① （宋）杨万里：《江西宗派诗序》，见傅云龙、吴可主编《唐宋明清文集》第1辑《宋人文集》卷3，天津古籍出版社2000年版，第1981页。

了自己的主体世界。"野鹰"志在高远，非凡鸟可比。它勇猛矫厉，俯视平芜，凌然超越。"野鹰"个性倔强，不慕荣利，不吃"嗟来之食"，不受豪族豢养、羁勒。这些都是诗人意趣的投射。在"野鹰"意象中，有一股雄悍朴野之气，显示着与"宋儒"之诗不一致的风貌。诗的句式参差变化，适于表现诗人慷慨豪宕的气质。语言较为质朴，多为本色语。意象奇矫生新，带有一种原生态的生命强力。再如《医巫闾》也很典型地体现出蔡珪诗的风格。此诗描绘了辽西名山医巫闾的雄伟巍峨之状，意象雄奇，气势磅礴，闪烁着一种阳刚之美。明代著名诗论家胡应麟论述金诗时指出"七言歌行，时有佳什"①，并举此诗为例。清人陶玉禾评此诗时说"诗亦清劲有骨"②，确也指出了蔡珪诗的普遍特征。

我们不妨撷举"借才异代"诗人的篇什以为比较。如宇文虚中的《和高子文秋兴》其二："摇落山城暮，栖迟客馆幽。葵衰前日雨，菊老异乡秋。自信浮沉数，仍怀顾望愁。蜀江归棹在，浩荡逐春鸥。"吴激《岁暮江南四忆》其一："瘦梅如玉人，一笑江南春。照水影许许，怕寒妆未匀。花中有仙骨，物外见天真。骤使无消息，忆君清泪频。"这些诗能够代表"借才异代"诗人们的共同风格。与蔡珪诗相比较，这类篇什的特征很明显，艺术上纯熟典雅，而蔡珪诗则雄奇矫厉。蔡珪诗体现了"国朝文派"的美学特征，为金诗发展走自己的路打下了一个坚实的基础。元人郝经称赞蔡珪云"不肯蹈袭抵自作，建瓴一派雄燕都"③，是赞赏他能摆脱模仿，戛戛独造，开创北国雄健一派。

"国朝文派"的产生并非偶然。与蔡珪诗风相近，有着雄健诗风、苍劲气骨的，是一批诗人。如萧贡最为心仪蔡珪，推蔡珪为"国朝文派"之始，而他自己的诗作便与蔡珪相近，意境雄浑苍劲。如《按部道中》其二："寒城睥睨插山隅，秋半霜风寒草枯。月转谯楼天未晓，角声响彻小单于。"《日观峰》："半夜东风搅邓林，三山银阙杳沉沉。洪波万里兼天涌，一点金乌出海心。"风格豪放，意境雄奇，笔力颇为苍劲。再如大定时期的刘迎也是一位能体现"国朝文派"特点的诗人。

刘迎（？—1180）字无党，号无诤居士，东莱（今山东莱州）人。大

---

① （明）胡应麟：《诗薮》，上海古籍出版社1958年版，第331页。

② （清）顾奎光：《金诗选》卷1，见徐丽华主编《中国少数民族古籍集成（汉文版）》第18册，四川民族出版社2002年版，第277页。

③ 秦雪清点校：《郝文忠公陵川文集》卷9《书〈蔡正甫集〉》，山西人民出版社2006年版，第109页。

定十三年（1173）因荐书对策为当时第一，明年登进士第，除幽王府记室，改太子思经。大定二十年，从驾凉陉，以疾卒。《中州集》录其诗 75 首。刘迎诗作时时流露出忧国忧民的襟抱，对当时的社会矛盾颇为关注，并且形诸诗笔。他长于歌行体，语言质朴，风格刚劲，意象雄奇拗峭。陶玉禾评刘迎诗云："金诗推刘迎、李汾，而迎七古尤擅场，苍莽朴直中语，皆有关系，不为苟作，其气骨固绝高也。"①

大定、明昌诗坛，颇为活跃，出现了一批体现"国朝文派"发展的重要诗人，在风格上呈现多元化的态势，蔡珪等人气骨苍劲的诗风仍有发展。另一方面，出现了党怀英、王庭筠、赵秉文、杨云翼等重要诗人为代表的清切诗风。看上去，这些诗人的创作风格并不具有那种慷慨雄放的特点，在艺术上更为细腻深沉，但仔细品味，仍然有着不同于宋诗的地方。大定、明昌是金代社会发展的鼎盛时期，尚文之风非常浓郁，诗歌创作也甚为繁荣。上述几位诗人，正是此期诗坛的主盟者。顾奎光说："至赵秉文、杨云翼、党怀英、王庭筠，主盟风雅，提倡后学，始得自为一代之音。"② 金源诗歌发展至此，进入成熟阶段。这个阶段风格各异，但可以拈出一个"清"字来概括此时期"国朝文派"的最具特征之处。党怀英诗即以"清"见称。赵秉文评之云"诗似陶谢，奄有魏晋"③，正是言其诗风清淡。王庭筠多写一些清幽冷寂之诗，如《绝句》云："竹影和诗瘦，梅花入梦香。可怜今夜月，不肯下西厢。"《中秋》云："虚空流玉洗，世界纳冰壶。明月几时有？清光何处无。人心但秋物，天下近庭橘。好在黄华寺，山空夜鹤孤。"风格之清幽冷寂，是显而易见的。杨云翼、赵秉文的诗作也都有清切之风。

这种"清切"诗风，是金诗与宋诗的一个区别。元好问在《自题中州集后》第三首诗中写道："万古骚人呕肺肝，乾坤清气得来难。诗家亦有长沙帖，莫作宣和阁本看。"他认为金诗最可珍贵的乃是这种"乾坤清气"，这是金诗区别于其他时代诗风的一个特征。所谓"莫作宣和阁本看"，正是提醒人们以"乾坤清气"来区别金诗与宋诗。顾奎光就此发挥道："诗文莫难于清。不清不可以言雄，不清不可以言古，不清不可以言新，不清不可以言丽。所诣各殊，清为之本。故长江大河，鱼鼋蛟龙，万怪惶惑，无害为

---

① （清）顾奎光：《金诗选》卷 1，见徐丽华主编《中国少数民族古籍集成（汉文版）》第 18 册，四川民族出版社 2002 年版，第 282 页。

② 同上书，第 269 页。

③ （金）赵秉文：《中大夫翰林学士承旨文献党公神道碑》，见张金吾《金文最》卷 88，中华书局 1990 年版，第 1290 页。

清，不必潦尽潭寒也。崇桃积李，千红万紫，亦无害为清，不必枯枝槁叶也。学力积于人工，清气秉诸天授。金人之诗清，其雄古新丽处，觉清气拂拂，从楮墨间出。元人便觉有沉浊者。"① 尽管是一种直观的体悟，顾氏的审美把握还是相当敏锐而准确的。金诗在整体上确乎是有一种"乾坤清气"为底蕴。而这乃是地缘、人文、民族文化心理的综合产物。

贞祐南渡以后的诗坛，形成了各以李纯甫、赵秉文为代表的两大诗歌流派。相比较之下，李纯甫、雷希颜这派诗人，更能突出体现"国朝文派"的特点。尤其是李纯甫的诗风，狠重奇险，峥嵘怒张，透露出北方士人豪犷超迈、刚直任气的性格特征。如《怪松谣》、《虞舜卿送橙酒》、《赵宜之愚轩》等诗，都以意象的狠重奇险、气势的狂放不羁而见其特色。王若虚颇有微词："之纯虽才高，好作险句怪语。"②（尽管赵、王是从自己的诗学观念出发，话里话外不无贬义，但却道出了李纯甫诗的特色）雷希颜也是这派诗人的一个代表人物。为人刚肠疾恶，性格狂放亢直，诗作意气高迈，卓荦不平。这派诗人中李汾极有特色。李汾"旷达不羁，好以奇节自许"③，元好问评其诗云："辛卯秋，遇予襄城，杯酒间诵关中往来诗十数首，道其流离世故，妻子凋丧，道涂万里，奔走狼狈之意。虽辞旨危苦，而耿耿自信者故在，郁郁不平者不能掩。清壮磊落，有幽并豪侠歌谣慷慨之气。"④ 李汾的诗作，确乎是在凄黯之中又勃发苍莽豪侠之慨的。如《汴梁杂诗》第三首云：

> 楼外风烟隔紫垣，楼头客子动归魂。
> 飘萧蓬鬓惊秋色，狼藉麻衣浣酒痕。
> 天堑波光摇落日，太行山色照中原。
> 谁知沧浪横流意，独倚牛车哭孝孙。

再如《避乱陈仓南山，回望三秦，追怀淮阴侯信，漫赋长句》云：

> 凭高四顾战尘昏，鹑野山川自吐吞。

① （清）顾奎光：《金诗选·例言》，见徐丽华主编《中国少数民族古籍集成（汉文版）》第18册，四川民族出版社2002年版，第270页。
② （金）刘祁：《归潜志》卷8，中华书局1983年版，第85页。
③ （金）元好问：《中州集》卷10，中华书局1959年版，第491页。
④ 同上书，第491页。

渭水波涛喧陇阪，散关形势轧兴元。

旌旗日落黄云戍，弓剑霜寒白草原。

一饭悠悠从漂母，谁怜国士未酬恩。

在四郊多垒、身经乱离的伤慨中，又处处有着宏大气魄与自信。陶玉禾评得很好："沉郁顿挫，寄托遥深。"① "凄凉之音，雄壮之气。"② 这派诗人大都有任侠豪放的个性，诗的豪犷雄奇与个性禀赋的狂放不羁，造就了这派诗人迥异于宋诗或其他时代的诗风，有着鲜明的北方文化特色。③

在金诗的终端，涌出了一座难以企及的高峰，那就是大诗人元好问。元好问以"国朝文派"来包举金诗的整体特征，而他本人的创作，恰恰是"国朝文派"的最佳代表。如果说，其他诗人可以代表"国朝文派"的某一侧面或某一阶段，那么，元好问的诗歌创作，则使金诗上升到前所未有的高度，包容了"国朝文派"的全部内涵。他把诗的形式之美与内在的慷慨雄放之气熔炼得炉火纯青。清人赵翼说遗山之诗"专以精思锐笔，清炼而出，故其廉悍沉挚处，较胜于苏、陆。盖生长云、朔，其天禀多豪健英杰之气；又值金源亡国，以宗社邱墟之感，发为慷慨悲歌，有不求工而自工者。此固地为之也，时为之也"④，揭示了遗山诗的特色及其北方文化底蕴。遗山的"纪乱诗"最能体现其特点。试读其《壬辰十二月车驾东狩后即事》其一："惨淡龙蛇日斗争，干戈直欲尽生灵。高原水出山河改，战地风来草木腥。精卫有冤填瀚海，包胥无泪哭秦庭。并州豪杰知谁在，莫拟分军下井陉。"这首诗可以代表遗山"纪乱诗"的成就，沉郁怆痛而又大气包举，艺术形式上又颇为纯熟。遗山的七言古诗更是淋漓尽致地发挥了体裁的特点，势磅礴，慷慨雄放，而又绝不粗率。如《涌金亭示同游诸君》、《南冠行》、《泛舟大明湖》等。陶玉禾评之云"遗山空阔豪宕，意气横逸，波澜起伏，自行自止，不以粗率为奇，不以雕搜为巧，而其中纵横变化不可端倪。其长篇大章皆应作如是观"⑤，颇能道其中艺术个性所在。

---

① （清）沈祥龙：《论词随笔》，见唐圭璋《词话丛编》，中华书局1986年版，第4058页。

② （清）顾奎光：《金诗选》卷3，见徐丽华主编《中国少数民族古籍集成（汉文版）》第18册，四川民族出版社2002年版，第310页。

③ 参阅张晶《从李纯甫的诗学倾向看金代后期诗坛论争的性质》，《文学遗产》1990年第2期。

④ （清）赵翼：《瓯北诗话》卷8，人民文学出版社1963年版，第117页。

⑤ （清）顾奎光：《金诗选》卷3，见徐丽华主编《中国少数民族古籍集成（汉文版）》第18册，四川民族出版社2002年版，第321页。

遗山诗具有感荡人心而又大气包举的悲剧美的力量，从来没有谁把如此雄浑苍莽的意境与如此悲怆浓挚的情感融合得如此浑然一体，字里行间都充盈着浑灏之气。郝经论遗山诗说："歌谣跌宕，挟幽、并之气，高视一世。"[①] 而遗山诗并不因其磅礴气势与雄莽意境而导致诗歌艺术形式的粗糙率易，而是以颇为完美的语言锤炼完成其抒情功能，"精炼而出"，达到了炉火纯青的境地！

应该说，"国朝文派"的最后完成者是元好问。他的诗歌成就，使"国朝文派"具有了独特魅力以及自立于诗史之林的资格。

三

作为金诗的整体特色，"国朝文派"是以北方文化特质为其灵魂的。"国朝文派"实质上是一个不断演化流变的过程，金诗的风格也是多样化的，但是，豪犷雄健的北方文化特质，一直渗透于其中。

"国朝文派"这个概念本身，也渗透着强烈的北方文化意识。在元好问的诗学思想里，尤为重视金诗所禀受的北方文化以及由此而生成的诗风特征。"国朝文派"正深寓此种内涵。元好问本系鲜卑后裔，深深植根于北方文化土壤之中。尽管他久受汉文化诗书礼乐之教育濡染，而对北方民族那种质朴刚方、雄豪粗犷的文化心理还是深为认同的。他对《敕勒歌》这北方游牧民族的雄唱发之以"慷慨歌谣绝不传，穹庐一曲本天然"（《论诗三十首》其七）的高度叹赏，就足以说明这个问题。在《自题中州集后》五首中，贯穿着诗人的这种意向，尤其是前两首尤为突出。其一云：

> 邺下曹刘气尽豪，江东诸谢韵尤高。
> 若从华实评诗品，未便吴侬得锦袍。

这首诗提出了一个评诗的标准："华实"，也就是风格的华美与质朴。很明显，诗人是倾向于"实"的。从这个标准出发，诗人自豪地宣称："未便吴侬得锦袍"，言下之意，"锦袍"则非"北人"莫属了。对于金诗，诗人有着这种强烈的自豪感，认为绝不亚于宋人之诗。同时，诗人也揭示了南北诗

---

① 秦雪清点校：《郝文忠公陵川文集》卷35《遗山先生墓铭》，山西人民出版社2006年版，第478页。

风之别。

第二首诗更为明显地表现出诗人的北方文化意识。诗曰：

> 陶谢风流到百家，半山老眼净无花。
> 北人不拾江西唾，未要曾郎借齿牙。

诗人更为鲜明地打出大旗，与宋诗分庭抗礼，声称决不拾江西诗风的余唾（这里主要是代指整个宋诗），而有着金诗自己的鲜明特色。元好问有着强烈的北方文化意识，"国朝文派"的概念贯穿、浸透着这种内蕴。

《金史·文艺传序》云："金用武得国，无以异于辽。而一代制作能自树立唐、宋之间，有非辽世所及，以文不以武也。"① 所谓"一代制作"，指文学写作，主要是诗、词。史家认为金代文学是能在唐、宋之外独树一帜的，这颇有助于说明"国朝文派"。金诗善于从唐诗、宋诗中汲取艺术营养，不断补充、完善自身，因而不断地由低级走向高级，由稚拙走向成熟。同属"国朝文派"，元好问有比蔡珪高出许多的成就。这不仅有个人的因素在其中，大概也是金诗在整体上的成熟与进步吧！元好问的诗歌成就，堪与诗史上一流大家相比肩，足以使"国朝文派"光彩斐然。"国朝文派"通过元好问的雄唱，奏响了大声鞺鞳的悲壮之曲，"国朝文派"并不等同于、却又不可缺少的正是慷慨悲壮的旋律。

"国朝文派"的深处，有很浓的社会文化心理因素。任何时代的文学，总是在一定时代、一定社会环境中激发产生的。社会文化心理成为文学与社会生活之间不可忽视的中介。在金代，金诗是女真文化与汉文化互渗的产物。女真民族作为金代社会的统治核心，他们所具有的质朴剽悍的民族性格，在金代文坛上有很强的弥漫性。一些以勇悍闻名的女真军事贵族，在幕府中罗致汉士。这些士人操觚弄翰，必然力求适合主子的口味。北方士人大多生长云、朔之地，禀受慷慨豪放的气质，有一种豪犷的天性，发之于诗，形成独特的风貌。大致说来，金诗与宋诗相比，显得更为质朴刚方，少用典故，没有那么深厚的文化层积，却更有生命的强力。清人况周颐论及宋金词的差异时如是说：

> 南宋佳词能浑，至金源佳词近刚方。宋词深致能入骨，如清真、梦

---

① （元）脱脱等：《金史》卷 125《文艺传》上，中华书局 1975 年版，第 2713 页。

窗是。金词清劲能树骨，如萧闲、遁庵是。南人得江山之秀，北人以冰
霜为清。①

这个比较，大略抓住了二者的特征。诗词相仿佛，而且，金词作者同时也都
是诗人。宋诗与金诗的比较，亦可借之一观。当然，况氏所言，是为了比较
的方便而提出的粗略特征，细致分析，仍是"你中有我，我中有你"的，
但不妨在类似的诗词评论中得到宏观的理解。

抓住"国朝文派"这条"纲"，可以把金诗的许多有关问题贯穿起来。
拙文所涉，本极粗浅，仅是把问题提了出来，愿与学界同仁相切磋。

---

① （清）况周颐，王国维：《蕙风词话·人间词话》卷 3，人民文学出版社 1960 年版，第
57 页。

论遗山词[*]

一 谁是"金代词人之冠"

作为诗论家或者诗人，元好问是鼎鼎大名、颇受关注的。以往古代文学学者们对金代文学的研究，主要集中于元好问，而元好问研究又专力于其诗论与诗。作为词人的元好问，却并未得到词学界的重视，也没有得到全面的研究。遗山词（元好问号遗山山人）的独特艺术成就、审美价值以及在词学发展史上的重要地位，都未能得到相应的阐释与评价。在词学研究中，这却是一个有重要意义的课题。

关于元好问在金代词坛上的地位，前人曾有不同的评说。如清人陈廷焯对金代词人的评价，以吴激为最高，次之以遗山。他说：

> 金代词人，自以吴彦高（吴激字彦高）为冠，能于感慨中饶伊郁，不独组织之工也，同时尚"吴蔡体"，然伯坚非彦高匹。①
>
> 金词于彦高外，不得不推遗山。遗山词刻意争奇取胜，亦有可观。然纵横超逸，既不能为苏、辛；骚雅清虚，复不能为姜、史。于此道可称别调，非正声也。②

从这两段议论中已见出陈氏对金代词人地位的整体看法了。所谓"伯坚"即蔡松年，其字伯坚，也是金初著名词人，与吴激并称，当时号为"吴蔡体"，但陈氏认为蔡松年是难与吴激匹俦的。关于遗山词，他认为在吴激之

---

* 本文刊于《文学遗产》1996 年第 3 期。

① 杜维沫校点：《白雨斋词话》卷 3，人民文学出版社 1959 年版，第 54 页。

② 同上书，第 55 页。

外，方能推遗山，却又对遗山词颇有微词，认为遗山词既不能像苏、辛那样
"纵横超逸"，又不能及姜（白石）、史（达祖）那样"骚雅清虚"，乃是
"词中别调"。其中的轩轾是显而易见的，就是以吴激为金词第一作手，元
遗山只能屈居第二了。

清代其他词论家则对遗山词备极推崇，如况周颐在其词论名著《蕙风
词话》中曾详论遗山，他以"知人论世"的方法考察了遗山所处的特殊时
代环境，并从其"憔悴南冠二十余稔"的独特遭际来说明遗山词的特色。
"神州陆沉之痛，铜驼荆棘之伤，往往寄托于词"①，并举了一些篇什予以高
度评价，"蕴艳其外，醇至其内，极往复低回，掩抑零落之致，而其苦衷万
不得已，大都流露于不知。此等词宋名家如稼轩固尝有之，而犹不能若是
其多也"②。又将遗山与东坡词相比："以比坡公，得其厚矣，而雄不逮焉
者。豪而后能雄，遗山所处不能豪，尤不忍豪。"③况周颐认为这同样是因
为词人的特殊经历与体验促成的。"晚岁鼎镬余生，栖迟零落，兴会何能飙
举。知人论世，以谓遗山即金之坡公，何遽有愧色耶？充类言之，坡公不过
逐臣，遗山则遗臣孤臣也。"④况氏论金词，认为遗山在金犹如东坡在宋，
遗山词不亚于东坡词，只是际遇之殊而造成风貌之异。这种评价自然是极
高的。

清人刘熙载对遗山词评价更高，以为臻于集两宋词之大成之境地。
他说：

> 金元遗山诗兼杜、韩、苏、黄之胜，俨有集大成之意。以词而论，
> 疏快之中，自饶深婉，亦可谓集两宋之大成者矣。⑤

这个评价颇为简赅，却具有高度概括性，所谓"集大成"的说法是将遗山
词置于金词的顶峰的，且不止于此，进而认为遗山词是笼盖两宋的。这个评
价可能失之过高，但他反映了一种词学史家的眼光。

究竟应该怎样认识遗山词在金代词坛上的地位？笔者觉得这算不上是一

① （清）况周颐，王国维：《蕙风词话·人间词话》卷3，人民文学出版社1960年版，第
65页。
② 同上。
③ 同上。
④ 同上书，第65—66页。
⑤ 王气中：《艺概笺注》，贵州人民出版社1980年版，第334页。

个夹缠不清、纷纭复杂的问题。前人的评价有明显的差异，这是论者词学观念不同的缘故。然而，除了陈廷焯认为金词"以吴彦高为冠"以外，其他论者都以遗山为金词第一作手。而陈廷焯早年作《词坛丛话》时①，曾也认为"元遗山词，为金人之冠，疏中有密，极《风》、《骚》之趣，穷高迈之致，自不在玉田下"②。而后，陈廷焯的词学观发生很大变化，逐步形成了以"沉郁"说为核心的词学理论体系，并集中体现于他在卒前一年所作的《白雨斋词话》中。陈氏以"沉郁"为论词的最高标准，其云："诗之高境在沉郁，其次即直截痛快，亦不失为次乘。词则舍沉郁之外，即金氏所谓俚词鄙语游词，更无次乘也。"③ "作词之法，首贵沉郁，沉则不浮，郁则不薄。"④ 那么，什么样的词境可称"沉郁"呢？陈廷焯这样阐释道："所谓沉郁者，意在笔先，神余言外，写怨夫思妇之怀，寓孽子孤臣之感。凡交情之冷淡，身世之飘零，皆可于一草一木发之。而发之又必若隐若现，欲露不露，反复缠绵，终不许一语道破。匪独体格之高，亦见性情之厚。"⑤ 陈廷焯的意思是很明确的，他所谓"沉郁"，应是底蕴深厚而风格蕴藉⑥。形成了这样一种理论定势，在评论词家时必以符合"沉郁"之格者为上乘，以之评金词，他认为吴激词最具"沉郁"之致，所以便改变了早年的观点，不再以"元遗山词为金人之冠"，而是认为"金代词人，自以吴彦高为冠"了。

那么，我们不妨试将吴激与元遗山略为对比，看谁可居"金代词人之冠"的地位。从风格上看，吴激确乎是"感慨中饶伊郁"的，那种黍离之感、羁旅之思是深潜于意象之后的，如《人月圆》、《客从天上来》都深合陈氏那种以哀怨而缠绵为高致的"沉郁"范式。而吴词仅存 8 首，名作也只是上述两篇，难以成就"大家"气数。从词本身来看，哀怨缠绵有余而激荡悲壮不足。与遗山词相比，缺少一种撼动人们心灵的力量感、悲壮感。

元好问是金代词坛上最为高产的词人。现存词作 380 余首，卷帙可观。从数量上看，遗山词蔚为大观。遗山词的题材非常广阔，有登临抒怀、赠别感时、咏物寄兴、怀古伤今之作，长调、小令都佳作迭出，词的风格多样丰

---

① 陈廷焯作《词坛丛话》时年仅 22 岁。
② （清）陈廷焯：《白雨斋词话足本校注》下册，齐鲁书社 1983 年版，第 826 页。
③ 杜维沫校点：《白雨斋词话》卷 3，人民文学出版社 1959 年版，第 209 页。
④ 同上书，第 4 页。
⑤ 同上书，第 5—6 页。
⑥ 有关陈廷焯"沉郁"说的理论内涵，可参考黄霖先生《近代文学批评史》第 3 章第 2 节。

富，或雄浑豪壮，或沉郁顿挫，或深婉缠绵。综而观之，遗山词进一步将豪放与婉约两种词风熔为一炉，形成一种既有北国雄风、又不乏蕴藉深沉的新词风。笔者认为，遗山词代表了金词的最高成就，是金代词坛第一作手，同时，遗山词也为词的发展注入了新的生机。

二　"亦浑雅、亦博大"的遗山壮词

况周颐曾以"亦浑雅，亦博大，有骨干，有气象"① 数语，来论遗山词，颇能道出遗山词的某些物质。

一位有成就的作家，必然是在充分吸收前代文学传统的滋养基础上成长起来的。而对文学传统的接受、继承，又是与该作家所赖以生长的文化土壤有密切联系的。元好问生长于云、朔，北方的长风浩漠陶养了他慷慨豪宕的性格，鲜卑祖先遗传的因子，使他深深认同于那些"穹庐一曲本天然"的慷慨歌谣。他是站在北方文化的基点上来接受中华文学传统的。以词而论，这位"挟幽、并之气"的北方词人，以其天然禀受的气质更多地继承了豪放词的艺术传统，这也许是连词人自己也未尝明确意识到的自然选择。遗山词中有许多壮词，恢宏豪放、阔大飞动、裹挟着天风海雨扑面而来。词人往往选择高远宏阔的艺术视点，描写雄奇壮伟的物象，就中寄寓了词人那峥嵘勃郁的心态世界。遗山早期词作中这类壮词是较多的。这里举一首《水调歌头·赋三门津》以见其壮词风貌，词云：

> 黄河九天上，人鬼瞰重关。长风怒卷高浪，飞洒日光寒。峻似吕梁千仞，壮似钱塘八月，直下洗尘寰。万象入横溃，依旧一峰闲。
>
> 仰危巢，双鹄过，杳难攀。人间此险何用，万古秘神奸。不用燃犀下照，未必伏灵强射，有力障狂澜。唤取骑鲸客，挝鼓过银山。

"三门津"即三门峡，这是词人 20 岁左右所作。此时，词人学业甫成，正欲"下太行，渡大河"。少年豪气，兴会激荡，词人目睹三门峡雄姿，激发壮怀，把自己的胸次襟抱投射到三门峡雄伟景观的描写之中。词风雄奇豪宕，境界阔大飞动。而且，虽是词人少作，也已见出"大手笔"的词家手

---

① （清）况周颐，王国维：《蕙风词话·人间词话》卷 3，人民文学出版社 1960 年版，第65 页。

段，并非一味豪放奔突，而是时以跌宕坎顿增其势。上片的"依旧一峰闲"，下片的"有力障狂澜"都如三门峡的闸门，为奔突汹涌的词气设一关隘，使词作于豪放中见顿挫，况周颐论此词为"崎崛排奡"。

遗山词渐老渐成，其壮词愈加内蕴沉郁顿挫之致，笔力更为苍劲。词人选择一种俯瞰式的视点，将浩茫的时空集于笔下，如《念奴娇》中这样的词境："云间太华，笑苍然尘世，真成何物！玉井莲开花十丈，独立苍龙绝壁。九点齐州，一杯沧海，半落天山雪。中原逐鹿，定知谁是豪杰。"正是采取了俯瞰式的审美视点，突出了主体的博大胸次。而在另一些词作中，则强化了时间性，以"时间透视"的方式来表达一种伤时感世的悲怆，如"木杪巑岏，见人间几度，夕鼎朝鐕。问五兵谁作，天地更生金。百年来，神州万里，望浮云，西北泪沾襟。青山好，一樽未尽，且共登临。"这里，词人以高度变幻的时间意象抒写了一种深沉的悲怆，家国之痛，身世之感，人生体悟，浑涵汪茫地融于词境之中。

遗山一些后期词作，大致为入元以后所写。鼎革之际的巨大创伤已经沉淀为一种反思，对于历史，对于人生，词人都以反观的角度进行感悟。此期作品尤以时间意象透射出无可奈何的悲凉。这种悲凉感不惟是个人身世的，更多的是历史的。如："玄都观里桃千树，花落水空流。凭君莫问，清泾浊渭，去马来牛。谢公扶病，羊昙挥涕，一醉都休。古今几度，生存华屋，零落山丘。"（《人月圆》）"城高望远，烟浓草澹，一片秋光。故国江山如画，醉来忘却兴亡。"（《朝中措》）说是"忘却"，何曾"忘却"，这种"不思量，自难忘"的正是深沉浩茫的历史兴亡感与故国之思。

这里所谓"遗山壮词"，并非仅指词的豪放雄壮风格，而是指词人更多地继承了两宋以来以苏、辛为代表的豪放词传统的历史感与以崇高为主要审美因素的美学风貌。其实，豪放词与婉约词的分野并不仅在于词的风格是豪放抑或委婉，而更在于词的时空容量与抒情向度，婉约词多是抒写词人内心的隐秘，男女欢情，离情别绪占了主导地位。一般来说，婉约词的抒情向度主要是内倾的；而豪放词往往是侧重于抒写词人对于现实与历史的广泛关注，对宇宙与人生的深刻体悟，因而，豪放词在词境的审美时空上往往是十分广阔的。俯察今古，吞吐万象，如苏轼的《念奴娇》（"大江东去"）、《水调歌头》（"明月几时有?"），张元幹的《贺新郎》（"梦绕神州路"），张孝祥的《六州歌头》（"长淮望断"）、《念奴娇·过洞庭》（"洞庭青草"），以及辛弃疾的大量名作如《水龙吟》（"楚天千里清秋"，"渡江天马南来"，"举头西北浮云"）、《沁园春》（"叠嶂西驰"）等都是最为典型的豪放词。词境的审美时空都远比一般婉约的作品广阔。而词人的抒情向度多是外倾的。词人以自己的心灵来涵盖万物，俯视时空，"观古今于须臾，抚四海于一瞬"①，词人的审美心态有相当大的融摄力。

遗山壮词正是在这种意义上更多地继承了豪放词派的美学传统的，突出地表现在词中巨大的时空感。而作于晚期的词作又将深沉浩茫的故国情思、黍离之悲，沉积于审美时空的品悟之中，越是无可奈何，也便越是冷峻超越；而越是冷峻超越，也便越是浩茫广远。不再悲愤填膺，不再仰天长叹，而是将对历史兴亡的冷峻透视，沉积在时间的沧桑迁逝、空间的广远无涯上，这便是遗山壮词。

三 柔婉之至而又沉雄之至

作为词坛大家，遗山词的风格是多样化的，除了壮词而外，还表现了种种风貌。有的写徜徉于自然怀抱中的悠然心情，如"连日湖亭风色好，今朝赏遍东城。主人留客过清明，小桃如欲语，杨柳更多情"（《临江仙》上阕），"十里驿亭杨柳树，多情折断青青缕。春到去时留不住，留不住，西城日日风和雨"（《渔家傲》下阕）。这些篇什都写得清新飘逸，表现了词人在大自然怀抱中的怡悦之情。

遗山词中有些篇什从题材到手法都近于婉约家数，抒写词人细腻感受，写得柔婉幽峭。如《醉花阴》："候馆青灯淡相对，夜迢迢无奈。掩泪情分飞，好梦空回，留得闲愁在。同心易绾双罗带，只连环难解。且莫望归鞍，尽眼西山，人更西山外。"再如《好事近》上阕："梦里十年心，情味梦回犹恶。枕上数行清泪，被惊乌啼落。"这些篇什深曲柔婉，九曲回肠似的透露出词人的心境。"蕃艳其外，醇至其内"，道着了其中三昧。况周颐举遗山词中一些佳句，多属柔美幽婉者，如其所言："其词缠绵而婉曲，若有难言之隐，而又不得已于言，可以悲其志而原其心矣。"② 况氏是体会到了遗山词的思想情感底蕴的，从其柔婉风貌中把握了词人内心深处的悲慨。正因其有深广的思想感情背景，使这类词体风神虽然近于婉约一路，但与"花

---

① （晋）陆机：《文赋》，见（南朝·梁）萧统选，（唐）李善注《文选》，商务印书馆1936年版，第350页。

② （清）况周颐，王国维：《蕙风词话·人间词话》卷3，人民文学出版社1960年版，第66页。

间"词、北宋的婉约词并非一回事。不仅没有那艳冶之态，而且在婉曲中又寓清刚之质。

在近于婉约的作品中，有两篇最为有名，备受论者称誉。这两首词便是《迈陂塘·双莲》和同调的《雁丘词》，可谓写情的极致。一写人的殉情，一写雁的殉情，既缠绵悱恻，又沉博绝丽，先看《迈陂塘·双莲词》：

问莲根，有丝多少，莲心知为谁苦？双花脉脉娇相向，只是旧家儿女。天已许，甚不教，白头生死鸳鸯浦。夕阳无语，算谢客烟中，湘妃江上，未是断肠处。

香奁梦，好在灵芝瑞露。人间俯仰今古。海枯石烂情缘在，幽恨不埋黄土。相思树，流年度，无端又被西风误。兰舟少住。怕载酒重来，红衣半落，狼藉卧风雨。

作者在词前有一段序文："泰和中，大名民家小儿女，有以私情不如意赴水者，官为踪迹之，无见也。其后踏藕者得二尸水中，衣服仍可验，其事乃白。是岁，此陂荷花开无不并蒂者。"此序交代了词的本事，而又有浓重的浪漫虚构成分，与《孔雀东南飞》的结局颇相仿佛。这个悲剧性的故事本来就十分哀艳凄恻，遗山采而为词，写得感人至深。人花相映，合而为一，写出了这人间至情超越时空的永久魅力。

《迈陂塘·雁丘词》写雁的殉情尤是一绝。关于雁丘词，遗山也有小序予以说明："泰和五年（1205），乙丑岁，赴试并州，道逢捕雁者云，今旦获一雁，杀之矣。其脱网者悲鸣不能去，竟自投于地而死。予因买得之，葬之汾水之上，累石为识，号曰'雁丘'。时同行者多为赋词，予亦有《雁丘词》。"其事本身就颇为动人心弦了。词人不仅是这个故事的讲述者，同时也成为这个故事的参与者，他买下为"殉情"而死之雁，亲手葬雁，可见词人为之动情至深。这首读来是令人唏嘘再三的。词云：

问世间，情是何物？直教生死相许。天南地北双飞客，老翅几回寒暑。欢乐趣，离别苦。是中更有痴儿女，君应有语。渺万里层云，千山暮景，只影为谁去。

横汾路，寂寞当年箫鼓，荒烟依旧平楚。招魂楚些何嗟及，山鬼自啼风雨。天地妒，未信与，莺儿燕子俱黄土。千秋万古，为留待骚人，狂歌痛饮，来访雁丘处。

遗山此词情真意切，回肠九曲，不让南宋诸家。即以咏物而论，亦不在姜、史之下。"情是何物？直教生死相许"这一主题，通过那些缠绵深挚的意象，贯穿于全词。词人以健笔写柔情，熔沉雄之气韵与柔婉之情肠于一炉，柔婉之至而又沉雄之至。这恰是代表了遗山词的独到之处。张炎对这两首词评价很高，认为遗山词在婉约派中也是一流的，他说：

> 元遗山极称稼轩词，乃观遗山词，深于用事，精于炼句，有风流蕴藉处不减周、秦，如《双莲词》，《雁丘词》等作。妙在模写情态，立意高远，初无稼轩豪迈之气。①

张炎的评价未必确当，但指出其"风流蕴藉处不减周秦"②，并以《双莲词》、《雁丘词》为例，还是很有眼光的。这两首词确乎是遗山词中的精品。而张炎认为他们"初无稼轩豪迈之气"③，就未免是皮相之论了。这两首词之所以达到婉约词的高境，恰恰是词人将稼轩词的"豪迈之气"运入词的血脉之中，方能形成其既柔婉之至又沉雄之至的风貌。

四　遗山词在词史上的地位

从总体来看，遗山词是以苏、辛豪放词的艺术传统为主要底蕴，又吸纳婉约词的手法加以融汇、发展的。刘熙载所评"疏快之中，自饶深婉"④，的确从大处抓住了遗山词的特征，看到了遗山词将豪放、婉约熔于一炉的美学风貌。元好问所处之时，使他有了融汇豪放、婉约两大类词风的历史条件，他本人的气质与艺术修养，使之在一个较高的艺术水准上完成了这种融汇。

苏、辛所代表的豪放词风对金代词坛影响甚大。尤其是苏轼，对金人的文化影响相当广泛而深入。正如清人翁方纲所指出的："不时苏学盛于北，金人之尊苏，不独文也。"⑤"不独文"，当然还有其他艺术样式，在词学方面尤为突出。元好问在词学方面就十分推崇苏轼，他说：

---

① （宋）张炎：《词源》，见唐圭璋《词话丛编》，中华书局1986年版，第267页。

② 同上。

③ 同上。

④ 王气中：《艺概笺注》，贵州人民出版社1980年版，第334页。

⑤ （清）翁方纲：《石洲诗话》卷5，中华书局1985年版，第79页。

> 唐歌词多宫体，又皆极力写之。自东坡一出，情性之外不知有文学，真有"一洗万古凡马空"气象。……由今观之，东坡圣处，非有意于文字之为工，不得不然之为工也。坡以来，山谷、晁无咎、陈去非，辛幼安诸公，俱以歌词取称。吟咏性情，留连光景，清壮顿挫，能起人妙思。亦有语意拙直，不自缘饰，因病成妍者，皆自东坡发之①。

这里表达了遗山对苏词的核心看法。他认为苏轼之所以在词史上有那么重要的地位，就在于其改变了"宫体"词那种"极力写之"的人为矫饰，而使词重新发扬了《诗经》民歌那种"满心而发、肆口而成"的天然形态，这正是遗山审美理想之所系。"一语天然万古新，豪华落尽见真淳"（《论诗三十首》其四），"慷慨歌谣绝不传，穹庐一曲本天然"（其七），可资证明。遗山壮词多有东坡豪放自然之风，如《念奴娇》（"云间太华"）、《水调歌头·赋三门津》、《永遇乐》（"绝壁孤云"）这类篇什，都不无东坡式的清雄自然。吴梅先生说："余谓遗山竟是东坡后身，其高处酷似之。"② 揭示了遗山词与东坡词的渊源关系。

辛词进一步发展了苏轼开创的豪放词风，又在豪放词中融入了婉约的某些手法，同时使豪放词呈现出苍凉悲壮的格调。豪放词一脉传统，因有稼轩而得以光大。稼轩本即北人，曾与金代文坛渠魁党怀英同学于刘汲门下。他的词风，其实是有着北人的雄豪之气作为底蕴的。辛词有"以气入词"的特点，陆游称他："君看幼安气如虎"（《寄赵昌甫诗》）。谢枋得祭辛时说："公有英雄之才，忠义之心，刚大之气。"③ 张炎称辛词为"豪气词"。辛词这种特质，尤易受到金代词界的接受与认同。然辛词绝非一味雄豪，恰如清人周济所论："世以苏、辛并称，苏之自在处，辛偶能到；辛之当行处，苏必不能到；二公之词，不可同日语也。后人以粗豪学稼轩，非徒无其才，并无其清。稼轩固是才大，然清至处，后人万不能及。"④ 刘克庄也说："公（指稼轩）所作，大声鞺鞳小声铿鍧。横绝六合，扫空万古；其浓丽绵密

---

① （金）元好问：《新轩乐府序》，见张金吾《金文最》卷43，中华书局1990年版，第625页。

② 吴梅：《词学通论》，复旦大学出版社2005年版，第94页。

③ （宋）谢枋得：《祭辛稼轩先生墓记》，见《叠山集》卷7，四部丛刊本，第10页。

④ （清）周济著，顾学颉校点：《介存斋论词杂著》，人民文学出版社1959年版，第8页。

处，亦不在小晏、秦郎之下。"① 正是在这点上，遗山更多地瓣香于稼轩，遗山词中有稼轩之风者甚夥，多有以"盘马弯弓"之势来抒发胸中的勃郁之气的。苍凉悲壮，又颇有顿挫之致。如《摸鱼儿》（"赋招魂九辨"）、《水龙吟》（"少年射虎名豪"）一类篇什俱是。不乏英风豪气，而又内蕴悲慨，颇类于稼轩那些"横绝六合，扫空万古"② 的壮词。遗山词中还有以柔婉之笔赋悲郁之怀的。如《青玉案》（"落红吹满沙头路"）等，都以柔婉缠绵的笔致抒写词人的幽愁暗恨。更有《双莲》、《雁丘》这样的写情佳作，极柔婉又极沉雄，都深受稼轩词的濡染。

　　换个角度来看，遗山词虽然承绪苏、辛豪放词的艺术传统，却自有其艺术个性，未可与苏、辛混一而论。遗山词一方面以豪健英杰之气充溢词中；另一方面，则十分讲究词的艺术表现。与辛词相较，遗山词更近于"雅词"一路。张炎评辛词说："辛稼轩、刘改之作豪气词，非雅词也，于文章余暇，戏弄笔墨为长短句之诗耳。"③ 他却对遗山词亟称不置，认为"有风流蕴藉处不减周、秦"，自然是"雅词"中之上品了。稼轩以文为词，无施不可，往往以一些日常口语入词，形成一种亦庄亦谐的语言风格。从语言角度来说，对于词的"当行本色"是一种背离。遗山词在语言上不同于稼轩，更加"雅化"。总的来看，他在以豪气为词的同时，又以婉约笔法、浑雅风格使豪放词在经历了稼轩词之后再度与雅词合流。呈现出一种独特的风貌。这在词的发展史上有重要的意义。刘熙载说遗山词"集两宋之大成"④，并非全为无据之谈。元代刘敏中曾言：

　　　　声本于言，言本于性情。吟咏性情莫若诗，是以《诗三百》皆被之弦歌。沿袭历久，而乐府之制焉出，则又《诗》之遗音余韵也。逮宋而大盛，其最擅名者东坡苏氏，辛稼轩次之，近世元遗山又次之。三家体裁各殊，然并传而不相悖。殆犹四时之气律不同，而其元化之所斡旋，未始不同也⑤。

---

　　① （宋）刘克庄：《辛稼轩集序》，见傅云龙、吴可主编《唐宋明清文集》第 1 辑《宋人文集》卷 4，天津古籍出版社 2000 年版，第 2518 页。

　　② 同上。

　　③ （宋）张炎：《词源》，见唐圭璋《词话丛编》，中华书局 1986 年版，第 267 页。

　　④ 王气中：《艺概笺注》，贵州人民出版社 1980 年版，第 334 页。

　　⑤ （元）刘敏中：《江湖长短句引》，见《刘敏中集》，吉林文史出版社 2008 年版，第 173 页。

刘敏中以遗山上配苏、辛，当然认为遗山是豪放词中之"大家"，而同时又看到苏、辛、元各具风神，体貌不尽一致。

据笔者看来，元好问堪称"金代词人之冠"，且在整个词学发展史上也有重要地位。对于遗山词，应做更深入的研究，发掘其不曾被我们认识到的词学价值。

耶律楚材诗歌别论[*]

　　耶律楚材是元朝初期杰出的政治家和诗人，作为政治家，他是成吉思汗和窝阔台统一天下的有力助手；作为诗人，他开启了元朝一代诗风，那雄放俊逸的吟唱，标志着诗的新纪元的开端。

一

　　耶律楚材是一位出色的诗人，正如清人顾嗣立所编《元诗选》乙集《耶律楚材小传》中说："雄篇秀句，散落人间，为一代词臣倡始，非偶然也。"① 他的诗文合集为《湛然居士文集》，其中以诗为主，收其诗作 720 余首。诗人在戎马倥偬之中，仍然不废翰墨，很多篇什，都写于扈从西征的征途之上。"经国之暇，惟以吟咏寄意，未尝留意于文笔也。"② 可见耶律楚材是"余事做诗人"了。唯其如此，他的诗作方能更准确地袒露诗人的襟怀，使他的政治抱负、人生态度，都在那些"雄篇秀句"中得以展现，有了更多的社会价值。

　　耶律楚材既是一位儒者，也是一位居士，因而，湛然诗所流露出的思想倾向，最为突出的便是儒释交融。用他自己的话概括，就是"以儒治国，以佛治心"。③ 这两个方面往往颇为和谐地统一在他的诗歌旋律之中。

　　湛然诗寓托着诗人远大的政治抱负与人生理想。在元蒙初期，元蒙贵族东征西战，以征服天下为宏业，正处于上升时期，耶律楚材把自己的宏大抱负依托于元统治者身上。他出身于契丹族，因而绝没有"夷夏之辨"的正

---

　　* 本文刊于《社会科学辑刊》1996 年第 3 期。

　　① （清）顾嗣立：《元诗选·初集》，中华书局 1987 年版，第 340 页。

　　② （清）永瑢等：《四库全书总目》卷 166《集部·别集类·一九》《湛然居士集》部分，中华书局 1965 年版，第 1422 页。

　　③ （元）耶律楚材：《湛然居士文集·孟攀鳞序》，中华书局 1985 年版，第 2 页。

统观念，而以蒙古统治者为一统中国、安定天下的政治力量。他要辅佐君主，完成一统四海的大业，然后"大济苍生"，这无疑是儒家"修齐治平"的人生理想。

耶律楚材在诗中时时抒发的政治抱负，可以归为一句话，便是"致主泽民"，这可以说是诗人的毕生愿望。"致主"，也即杜甫诗中"致君尧舜上"之意，辅佐君王，完成尧舜式的伟业；"泽民"，便是"大济苍生"，便是"济世"，使天下的黎民百姓得以安居乐业。他在诗中反复抒发自己的这种政治抱负，如"曩时凿破藩垣重，泽民济世学英雄！风云未会我何往，天地大否途难通"（《用前韵感事二首》其二）；"致主泽民元素志，陈书自荐我无由"（《感事四首》）；"泽民致主本予志，素愿未酬予恐惶"（《用前韵感事二首》其一）；"故国日夜归心切，未济斯民不敢行"（《和武川严亚之见寄五首》其五）；"泽民我愧无术略，且著诗鸿慰离索"（《和移刺继先韵》）；等等。这种思想倾向是贯穿于诗人一生的，是其诗歌创作的主调之一。

耶律楚材认为只有方兴未艾的蒙古，方能澄清玉宇，一统海内，完成历史的大任；而南宋、金皆是腐朽没落的势力，如江河就下，由蒙古来统一天下乃历史之必然。他以"治天下匠"[①] 自任，要用儒家的礼乐之教、王道政治使新朝成为"天下归心"的一统王朝。同时，他又表明自己不恋荣利、功成身退的意愿，这两方面是融合于湛然诗的。他在扈从西征的途中吟道"六师严驾渡长河，师不留行谁敢何！千里旌旗翻锦浪，一声金鼓振寒波。殷亡谁道三仁在，康灭空传五子歌。唾手要荒归一统，汉唐鸿业未能过"（《过天德和王辅之四首》其二），把蒙古的征服海内比之于汉唐鸿业。

"致主泽民"的具体内容便是以仁政泽天下，以礼乐化圣世。"施仁发政非无据，论道经邦自有人。圣世规模能法古，污俗习染得维新"（《和移刺子春见寄五首》其二）；"摩抚疮痍正似医，微君孰肯拯时危，万金良策悟明主，厚德深仁四海施"（《和景贤韵三首》其三）；"仁政发从天北畔，捷音来自海西边，从今率土霑王化，礼乐车书共一天"（《和武川严亚之见寄五首》其四）。诗人对于"仁政礼乐"这套儒家治国方略反复申说，对于蒙古的征服行动来说，是有一定粉饰成分和相当的理想化色彩的，但同时也可见诗人的良苦用心。蒙古军队在征服西域、中原乃至统一中国版图的过程

---

① （元）宋子贞：《中书令耶律公神道碑》，见《全元文》第1册，凤凰出版社2004年版，第170页。

中，始终施行着残酷的杀戮与野蛮的掠夺，诗人反复宣扬"仁政礼乐"，是很有针对性的，无奈他的这种"忠告"起不了多大作用。而在他参与机要、制定方略的时候，他是一直贯彻儒家"仁政"思想，并且重视起用儒臣的。

耶律楚材虽为契丹贵族后裔，但他的思想政见都是主张封建化的，因而遭到蒙古旧贵族的反对。他身膺中书令之职，权力却颇为有限，仅能行于当时的汉人地区，即今河北、山西一带。因而，他心里也是充满矛盾的。他在诗中不断地表白，自己倡导王道政治，辅佐君王，并非为了个人的荣华富贵，只是因为素志未酬，才滞于仕途，而最终归宿则是归隐林泉，笑傲五湖，这类诗句在湛然集中比比皆是。如《过天城和靳泽民韵》："西征扈从过龙庭，误得东州浪播名。琴阮因缘真有味，诗书事业拙谋生。咄嗟兴废悲三叹，倏忽荣枯梦一惊。何日解官归旧隐，满园松菊小庵清"；"白雁来时思北阙，黄花开日忆东篱"（《思亲有感二首》其二）；"泽民致主倾丹恳，邀利沽名匪素心"；"他年共纳林泉下，茅屋松窗品正音"（《和李邦瑞韵二首》）。湛然诗中屡言此意，作为自己的精神依托，恐怕并非都是虚言假饰。而他的这种人生理想与他的佛学修养有密切关系。

耶律楚材集儒、释二家思想于一身。他年少时即拜万松禅师为师，究心佛旨。万松行秀禅师序《湛然居士文集》云："湛然居士年二十有七，受显诀于万松。其法忘死生，外身世，毁誉不能动，哀乐不能入。湛然大会其心，精究入神，尽弃宿学，冒寒暑，无昼夜者三年，尽得其道。"[1] 可见其受禅颇深。湛然集中有关佛教的文字颇多，且非一般的应酬文字，而是阐述自己对禅理的领会。如"像教中微祖意沉，卢能嫡子起予深。看经不怕牛皮破，着眼常听露柱吟。行道权居卧佛寺，活机特异死禅心。凭君摘取空华实，好种人间无影林"（《寄云中卧佛寺照老》）；"曾参活句垂青眼，未得生侯已白头"（《蒲华域梦万松老人》）；"超佛越祖透真空，也与沩山说梦同。面貌眼睛鼻孔里，大千世界一沤中"（《丙申上元夜梦中有得》）。这类诗作在湛然集中至少有数十篇，还有许多为佛而作的疏、序、赞之类文字。他曾自言："予幼而喜佛，盖天性也。壮而涉猎佛书，稍有所得，颇自矜大。又癖于琴，因检阅旧谱，自弹数十曲，似是而非也。后见琴士弹大用，悉弃旧学，再变新意，方悟佛书之理未尽。遂谒万松老人，旦夕不辍，叩参者且三年，始蒙见许，是知圣谛第一义谛，不在言传，明矣。"[2] 这里较为

① （元）耶律楚材：《湛然居士文集·序三》，中华书局1985年版，第1页。
② 同上书，第167页。

真切地表明了诗人对佛教的笃挚态度以及学佛历程。

耶律楚材虽然笃佛却绝不排儒，他的思想最显著的特征便是儒释相参。清代署为"芳郭无名人"所作的序中说："观（湛然）居士之所为，迹释而心儒，名释而实儒，言释而行儒，术释而治儒，彼其所挟持者，盖有道矣。"① 我们以为并不确切。儒、释参融，在湛然思想中各有各的用处，耶律楚材自己所谓"以儒治国，以佛治心"这八个字概括得最为准确。他的老师万松行秀大师贻书责备此语为："近乎破二作三，屈佛道以徇儒情者。"② 耶律楚材复函辩解说："故以是语饵东教之庸儒，为信道之渐焉。虽然，非屈佛道也，是道不足以治心，仅能以治天下，则固为道之余泽矣，戴经云：'欲治其国，先正其心，未有心正而天下不治者也。'是知治天下之道为治心之所兼耳。"③ 虽是辩解之词，不免有谀佛之处，但却基本上代表了湛然对儒释关系的认识。

楚材事佛，非为玄谈，而是用之以观人生之义，纾解精神苦闷。他一方面要辅佐帝王，"致主泽民"，以儒教化天下；一方面又以如梦如幻之空观来看待人生的功名。"蛮触功名未足夸，掀髯一笑付南华。他年击破疑团后，始见从来尽眼花"（《和非熊韵》）；"回首死生犹是幻，自余何足更云云"（《和景贤十首》其五）；"一入空门我畅哉，浮云名利已忘怀。无心对镜谁能识，优钵罗花火里开"（《过天山和上人韵二绝》其二）。这类诗句，都以空观来看人生。

儒释异趣，一为积极入世，一为淡然忘世，耶律楚材却将二者发挥到极致，又融合在自己的思想中，他自己说得好："予谓穷理尽性莫尚佛法，济世安民无如孔教，用我则行宣尼之常道，舍我则乐释氏之真如，何为不可也？"④ 他又在诗中写道："宣父素心施有政，能仁深意契无生，儒流释子无相讽，礼乐因缘尽假名。"（《释奠》）认为儒家的仁学学说与佛家的"无生"之说是可以相融互济的，这也是湛然诗创作中儒释相参思想倾向的理论根源所在。

---

① （元）耶律楚材：《湛然居士文集·后序》，中华书局1985年版，第2页。

② （元）耶律楚材：《寄万松老人书》，见《全元文》卷11，江苏古籍出版社1998年版，第217页。

③ （元）耶律楚材：《湛然居士文集》，中华书局1985年版，第192页。

④ 同上书，第80页。

二

　　湛然诗往往作于戎马倥偬之余，有为而发，正是"倚马可待"。其诗气势滂沛，境界高朗，毫无矫揉造作之弊，处处可见其天然本色。"今观其诗语皆本色，惟意所如，不以研炼为工"①，是语可得其要。"本色语"却并非质木无文，湛然诗雄奇壮逸而又挥洒自如，这是前人评价所认同的。元人孟攀鳞评湛然诗云："观其投戈讲艺，横槊赋诗，词锋挫万物，笔下无点俗，挥洒如龙蛇之肆，波澜若江海之放，其力雄豪足以排山岳，其辉绚烂足以灿星斗，斡旋之势，雷动飙举；温纯之音，金声玉振。斤言只字，冥合玄机，奇变异态，靡有定迹。复乎出于见闻之外，铿訇炳耀，荡人之耳目，所谓造物有私，默传真宰，胸中别是一天耳，盖生知所秉，非学而能。如庖丁之解牛，游刃而余地；公输之制木，运斤而成风。是皆造其真境，至于自然而然。"② 这段评价略带夸饰成分，但确实颇为生动地把握了湛然诗的艺术特征。

　　耶律楚材扈从西征，行程数万里，用诗笔勾勒了神奇瑰丽的西域风光。尤其是一些歌行体篇什，更是写得雄奇骀荡，瑰丽多姿。如《过阴山和人韵》，描绘了阴山雄伟奇丽的景色，同时渲染了元军的兵威。诗作于1219年西征途中，和全真教祖师丘处机诗《自金山至阴山纪行》韵，写得雄奇飘逸，挥洒自如，展现了一个风光奇绝的西域世界，同时，也渲染出西征的艰难险阻，诗人那种博大深邃的主体世界，也映现于自然景物的描写之中。湛然集中的歌行体诗，多是此种风貌，颇有李白的《蜀道难》、《梦游天姥吟留别》等诗的格调，其意象之壮伟，气势之磅礴，确是罕有其匹。

　　湛然集中多是五七言律诗，尤以七律最多。律诗法度森严，规矩备具。诗人以天籁而为律诗，绝去畦径而又颇合法度，出之以本色之语却又无枯瘠之弊，遒健明快又如行云流水，略举几例如次。《庚辰西域清明》："清明时节过边城，远客临风几许情，野鸟间关难解语，山花烂漫不知名。葡萄酒熟愁肠乱，玛瑙杯寒醉眼明。遥想故园今好在，梨花深院鹧鸪声。"诗人以清丽流畅的诗笔描写了边域清明时节的风物，也流露出深深的怀乡之情。再如

---

　　① （清）永瑢等：《四库全书总目》卷166《集部·别集类·一九》《湛然居士集》部分，中华书局1965年版，第1422页。
　　② （元）耶律楚材：《湛然居士文集·孟攀鳞序》，中华书局1985年版，第2页。

《和移剌继先韵》："旧山盟约已愆期，一梦十年尽觉非。瀚海路难人更少，天山雪重雁飞稀。渐惊白发宁辞老，未济苍生曷敢归，去国迟迟情几许？倚楼空望白云飞。"湛然七律偏于抒情，而他的抒情又是与景物描写融在一起的，以诗人之情统摄、融贯物象。这首诗既写出了西征途中瀚海天山的奇特风光，又吐露出诗人对于乡国的深切眷恋，十分真实感人。这些七律之作都写得流畅自然而风骨遒健。

湛然诗中的五律写得较为淡雅，然也以流畅明净而逸兴遄飞。如"渔家何足好，乘兴一钩沉。路僻苍苔滑，舟横古渡深。小晴掀箬笠，微雨整蓑襟。梦断知何处，塞潮没晚林"（《用万松老人韵作十诗寄郑景贤》其十）；"寂寞河中府，临流结草庐。开樽倾美酒，掷网得新鱼。有客同联句，无人独看书。天涯获此乐，终老又何如"（《西域河中十咏》其二），都能体现湛然五律的特色。

湛然集中七言绝句很多，也以清新流畅为长。如"信断江南望驿尘，十年辜负岭头春。而今重到罩怀地，却与梅花作主人"（《过罩怀二绝》其二），"金山前畔水西流，一片晴山万里秋，萝月团团上东嶂，翠屏高挂水晶毬"（《过金山和人韵三绝》其二），"雪里冰姿破冷金，前村篱落暗香侵。令人多谢王公子，分惠幽芳寄好音"（《谢王巨川惠腊梅因用其韵》），等等，都是流畅俊逸、毫无矫饰之态的佳作。然而，其亦有禅语中过多者，堕入理窟，影响了诗的审美价值。

耶律楚材并非专力为诗的诗人，其诗多作于征行之中，然而却更带有一种鲜活的艺术生命力。元人王邻评其诗所说："中书湛然性禀英明，有天然之才，或吟哦数句，或挥扫百张，皆信手拈来，非积习而成之。盖出于胸中之颖悟，流于笔端之敏捷。味此言言语语，其温雅平淡，文以润金石，其飘逸雄拨，又以薄云天，如宝鉴无尘，塞水绝翳，其照物也莹然。向之所言贾、马丽则之赋，李杜光焰之诗，词藻苏、黄，歌词吴、蔡，兼而有之，可谓得其全矣，厌人望矣。"①确实道出了湛然诗的创作个性。绝去矫饰，一任性情流溢，却又雄奇多姿，大致可语其风貌。

---

① （元）耶律楚材：《湛然居士文集·序2》，中华书局1985年版，第1页。

乾坤清气得来难[*]
——试论金词的发展与词史价值

　　词学家们用力最多、成就最大的，无疑是宋词研究，而对于崛起于北宋后期、与南宋相始终的金代，却很少有人关注其词学成就。对于金词，即使偶有论及，也是比较粗略与浅表的。如对金词与宋词的关系，或言其同或揭其异，却都缺少具体深入的论析。其实，金词不仅数量不小（唐圭璋先生辑《全金元词》，录金代词人70位，词3572首），而且有其独特的发展历程，有相当的艺术价值，对于词学界来说，是大有"开发"潜力的一方"沃土"。本文拟勾勒金词发展的大致脉络，并揭示其词学史的意义所在。

　　女真立国之前，几无文化可言，遑论词翰。金初文化，可用"借才异代"来概括之，文化人都是由辽入金或由宋入金的。由辽入金的有韩昉、左企弓、虞仲文等；由宋入金的有宇文虚中、吴激、高士谈、张斛、蔡松年等。由辽入金的儒士主要是在政治方面发挥作用，入金后无甚文学创作；而带来金源初期文坛一片"春信芳菲"气象的，皆为由宋入金的文人，他们的诗词创作，使金代文学有了较高的起点。以词而论，金初最有名的词人是吴激（1093前—1142）和蔡松年（1107—1159）。论及金初之词，咸推吴、蔡为翘楚，称其词风为"吴蔡体"。对于这个概念的理解，似不能仅止于吴、蔡二位词人的创作风格，还应看到其历史内涵与词史意义。吴、蔡都因奉使北朝而受羁留，委以官职，尤其是蔡松年官至丞相，但他们都有着矛盾痛苦的心态，在诗词中流溢着故国之思、羁旅之怀。他们又都是文化素养颇高的士大夫，由宋入金，巨大的文化落差，使词人产生了浓重的异域感与被弃感。在金初词坛上，这是普遍存在的。如吴激词中"羁旅余生飘荡，地角天涯，故人何许。离肠最苦，思君意，渺南浦"（《瑞鹤仙·寄友人》），"应怜我，家山万里，老作北朝臣"（《满庭芳》）。蔡松年词中"我欲幽寻

　　* 本文刊于《学术月刊》1996年第5期。

节物，只有西风黄菊，香似故园秋。俯仰十年事，华屋几山邱"（《水调歌头》）。这种情感在金初其他词人那里也多有表现。这种羁旅情怀、被弃意识，使金初词风普遍具有一种悲剧美。其中最为突出的是吴激的《人月圆》、《春从天上来》这两首传世名作。如《人月圆》词云："南朝千古伤心事，犹唱后庭花。旧时王谢，堂前燕子，飞向谁家。恍然一梦，仙肌胜雪，宫髻堆鸦，江州司马，青衫泪湿，同是天涯。"词人自注云："宴北人张侍御家有感"。"北人"二字值得注意，从词的自注及词的内容都可以感受到词人的"南人"心态。南宋洪迈记述此词本事说："先公（洪皓）在燕山，赴北人张总侍御家，出侍儿佐酒。中有一人，意状摧抑可怜，叩其故，乃宣和殿小宫姬也。坐客翰林直学士吴激，赋长短句纪之，闻者出涕。"①正可印证本词的创作过程。词人遇流落北地的北宋宫姬，兴发了黍离之悲与天涯沦落之感，词中充溢着失去故国的迷茫。吴激词含蕴深厚而又感慨沉郁，如陈廷焯所评"能于感慨中饶伊郁，不独组织之工也"②。蔡松年词也颇受词学家推重，与吴彦高的《东山乐府》一起被誉为"吴蔡体"。与吴激相比，蔡词委婉之处似若不及，壮逸之气则过之。吴激词多故园之恋，而这种情结在蔡词中则转化为对精神家园的皈依。他把归隐山林、幽栖江湖，作为一种心目中的理想境界。"我梦卜筑萧闲，觉来岩桂，十里幽香发。"（《念奴娇》）"宦情久阑，道勇退。岂吾难，老境哦君好句，张我萧闲。一峰明秀，为传语，浮月碧琅环。归意满，水际林间。"（《望月婆罗门》）此种情致，在蔡词中俯拾即是，使其词呈现着高逸豪旷的风格特征。

吴、蔡词，可以说是文化移植的结晶。由宋入金的文士，将词的艺术形式带入了金源文化机制，使金词有了一个相当高的起点。无疑，金词可以说是由宋词分蘖出来的。但它到了北方的文化土壤中，便产生了某些变异。北宋婉约词的秾丽缠绵——那种"女性化"的风貌已在改变，"脂粉气"大大消退，也不同于南宋词的密丽渊深，而是在清美明秀中充塞了清刚之气，这在此后的词学发展中变得愈加彰明。

"借才异化"时期之后，金词进入了独立发展的阶段，从海陵时期开始，直到金源王朝"贞祐南渡"，以至于金末，金词得到了多种风格的发展。因此，仅从某一侧面来看金词、用某一种风格来框定金词，都是不客观的。

---

① （清）张思岩：《词林纪事》卷 20，成都古籍书店 1982 年版，第 538 页。
② 杜维沫校点：《白雨斋词话》卷 3，人民文学出版社 1959 年版，第 54 页。

　　金代文学进入独立发展时期，形成了某种整体特色，这种文化现象被元好问以"国朝文派"概括之。元好问在《中州集》中说："国初文士如宇文大学（虚中）、蔡丞相、吴深州（激）等……皆宋儒，难以国朝文派论之，故断自正甫（蔡珪）为正传之宗，党竹溪（怀英）次之，礼部闲闲公（赵秉文）又次之。自萧户部真卿（萧贡）倡此论，天下迄今无异议云。"① 这段话与"借才异代"的文化史概念联系起来，正可以看出金代文学从初期到中期的发展脉络。"国朝文派"不是某一流派的概括，也不是某种体裁的特色，而是金代文学区别于其他时代、区别于宋文学的整体特色。这个概念由萧贡提出，也许当时并不具有如此精深博大的内涵，但到元好问编《中州集》重新加以认定时就不同了。元好问在金亡之后，抱着巨大的历史责任感来整理金源文献，始有《中州集》。元好问站在一代历史的端点，对其文学发展的脉络进行全景式的审辨与总结，"国朝文派"这个概念的再次提出，应该说是具有这种意义的。"国朝文派"这个概念的外延并不是很确定的，它本身也可以视为一个动态的过程；但用"国朝文派"作为金代文学整体特色的概括，却是非常有价值的。"国朝文派"在诗、词、文等体裁中都有自己的显现。以词而论，从海陵王时期开始的词学发展，已经走上词中"国朝文派"形成乃至成熟的途程。而"国朝文派"并非某一种风格的界定，它的广阔包容度正适于用来说明金词的多元化发展态势。

　　在多元化发展的金词格局中，完颜亮、蔡珪、邓千江等人的词风，最能体现金源本土的粗犷豪放的气息。与宋词相比，这种气息就更为明显，如同扑面而来。尽管有的词作看上去也颇有修饰之态，但一读之下那种挟着塞北豪风的真朴是掩不住的。完颜亮，字元功，就是"海陵王"，金朝的第四代君主。在历史上，完颜亮是暴虐之君，而在词坛上，海陵词又是有成就、有个性的。在其所存不多的篇什中，雄劲豪犷是基本的风格特征。此举《鹊桥仙·待月》以见一斑："停杯不举，停歌不发，等候银蟾出海。不知何处片云来，做许大、通天障碍。虬髯拈断，星眸睁裂，唯恨剑锋不快。一挥截断紫云腰，仔细看，嫦娥体态。"词中所抒写的是等待月出时的焦灼心情，抒情主人公竟如一个剽急蛮勇的武夫，这倒不妨视为海陵王的自画像。史称其"为人僄急，多猜忌，残忍任数"②，这种性格特征也从词中透露出来。另一首《喜迁莺》，是赐赠给出征将帅的，那种豪风壮气更是扑面而来，仅

---

① （金）元好问：《中州集》卷 1，中华书局 1959 年版，第 33 页。
② （元）脱脱等：《金史》卷 5《海陵纪》，中华书局 1975 年版，第 91 页。

举上阕即可鲜明地感受海陵豪气词的风貌："旌麾初举。正驶骁力健，嘶风江渚。射虎将军，落雕都尉，绣帽锦袍翘楚。怒磔戟髯，争奋卷地，一声鼙鼓。笑谈顷，指长江齐楚，六师飞渡。"豪放遒健，意象壮伟，如万马奔腾，如江海巨澜，果真是好一首壮词，置于宋人的豪放词林中亦无愧色。但海陵词与宋词中同类篇什相比，更有来自金源深处的本真特色，从字面上看不出什么差别，但其内里意脉疏直，缺少宋词的回旋。

此期有邓千江因其《望海潮》一词而在金源词史上拥有一席位置。此词虽为孤篇，确实能体现金词豪犷一脉的典型特征。词云：

> 云雷天堑，金汤地险，名藩自古皋兰。营屯绣错，山形米聚，喉襟百二秦关，鏖战血犹殷。见阵云冷落，时有雕盘。静塞楼头，晓月依旧玉弓弯。
>
> 看看，定远西还。有元戎阃令，上将斋坛。区脱昼空，兜零夕举，甘泉又报平安。吹笛虎牙闲。且宴陪珠履，歌按云鬟。招取英灵毅魄，长绕贺兰山。

词有副题云"上兰州守"，可知是献给当时的兰州太守的，据考这位将军是"张六太尉"。词的上片形容地势之险与军威之盛，暗含了对张太尉的赞美之意；下片写部队击败敌人，凯旋班师，最后的招取英魂，则表达了对阵亡将士的深切怀念，此处又与幸存者的作乐形成鲜明对照，发人深省。全词奇伟雄壮，跌宕起伏。明人杨慎最为推崇此词，他说："金人乐府称邓千江《望海潮》为第一。……此词全步骤沈公述上王君贶一首，……然千江之词，繁缛雄壮，何啻十倍之，不止出蓝而已。"[1] 元人陶宗仪也认为此词是"大曲"中的上乘之作，"堪与苏子瞻《念奴娇》、辛幼安《摸鱼儿》相颉颃"[2]。可见此词影响之大，它颇为典型地体现了北词的豪风壮气，颇为"国朝文派"增色。

如果说完颜亮、邓千江等人的词风，代表了"国朝文派"中豪犷猛悍的风格侧面，那么，党怀英、王庭筠以及南渡后赵秉文、完颜璹等人的创作，则以其多样化的风格特征，使"国朝文派"在其发展中日臻丰富，展

---

① （明）杨慎：《词品》卷5，见唐圭璋《词话丛编》，中华书局1986年版，第521页。

② （清）王奕清：《历代词话》卷9引，见唐圭璋编《词话丛编》，中华书局1986年版，第267页。

示出多彩的风貌。

党怀英（1134—1211），字世杰，号竹溪，曾与大词人辛弃疾为同学。辛南渡成为一代词宗；党在北国为文坛渠首。党怀英诗、词、文、书法均为世所推崇，其词以清切高逸见长。《中州乐府》存其词5首，受人称道者如《青玉案》："红莎绿蒻春风饼，趁梅驿，来云岭。紫桂岩空琼窦冷。佳人却恨，等闲分破，缥缈双鸾影。一瓯月露心魂醒，更送清歌送清兴。痛饮休辞今夕永，与君洗尽，满襟烦暑，别作高寒境。"这首词是成功的咏物之作，先咏茶饼，又咏分茶，咏品茶，层层推进。在咏茶中不拘物象，而是处处有词人的性情。由分茶联想到佳人之离恨，将人事与茶事巧妙关合。词中抒写了词人的高逸情怀。词境高朗清美，给人以"超轶绝尘"的审美感受。他的其他词作如《感皇恩》等都是这样，有着清雅的审美品位，含蓄蕴藉而又格高调逸。

王庭筠也是大定、明昌时期的重要词人。王庭筠（1151—1202），字子端，自号黄华山主，大定十六年进士，官至翰林修撰。他是当时的文坛盟主，其词作颇为论者称赏。黄华词幽峭清逸，深可玩味。如《谒金门》一词：

　　双喜鹊，几报归期浑错。尽做旧愁都忘却，新愁何处着。　　瘦雪一梅墙角，青子已妆残萼。不道枝头无可落，东风犹作恶。

这首词委婉细腻地写出亲人对宦游在外的词人的殷切盼望，同时也抒发了自己孤寂幽独的情怀。此词风格幽峭，蕴涵深曲，结穴处更使人感到余韵悠远。况周颐称赞此词说："金源人词伉爽清疏，自成格调，唯王黄华小令，间涉幽峭之笔，绵邈之音。《谒金门》后段云：'瘦雪一枝墙角，青子已妆残萼。不道枝头无可落，东风犹作恶。'歇拍二句，似乎说尽'东风犹作恶'，就花与风各一面言之，仍犹各有不尽之意。"① 黄华词多是这类幽峭可喜之作，在金词中别具一格。

南渡以后，较重要的词人有赵秉文、完颜璹等，他们也以自己的独特个性，体现了"国朝文派"的进一步成熟与发展。

赵秉文（1159—1232），大定二十五年进士，官至礼部尚书。他是金源一代的著名学者、文学家，南渡后执掌文坛达20余年。他的文学创作不唯

① （清）况周颐，王国维：《蕙风词话·人间词话》卷3，人民文学出版社1960年版，第61—62页。

以诗文名世，其词作也是金源乐府中的佼佼者。在金代词人中，他是深得东坡豪放词神髓的一个，但其词更偏重于高逸的境界。如《大江东去》（用东坡先生韵）一词云：

> 秋光一片，问苍苍桂影，其中何物。一叶扁舟波万顷，四顾粘天无壁。叩枻长歌，嫦娥欲下，万里挥冰雪。京尘千丈，可能容此人杰？
>
> 回首赤壁矶边，骑鲸人去，几度山花发。淡淡长空今古梦，只有归鸿明灭。我欲从公，乘风归去，散此麒麟发。三山安在，玉箫吹断明月。

此词的意境、体段，与苏轼的《念奴娇》（"大江东去"）、《水调歌头》（"明月几时有？"）十分相近，明显看出东坡词对赵秉文的深刻影响。此词用东坡《念奴娇》的原韵，描写了月夜秋江的寥廓景象，想象东坡当年泛舟赤壁的情境，抒写了词人豪旷高逸的襟抱。赵秉文曾手书此词，元好问为之题跋，这样写道："夏口之战，古今喜称道之。东坡《赤壁》词，殆戏以周郎自况也。词才百许字，而江山人物，无复余蕴，其为乐府绝唱，闲闲公乃以仙语追和之。非特词气放逸，绝去翰墨畦径，其字画亦无愧也。"[1] 指出此词雄放高逸的风格。清人徐釚也评赵秉文的词风与墨迹说："尝见擘窠书，自作和东坡赤壁词，雄壮震动，如渴骥怒猊之势。元好问为之题跋，而词亦壮伟不羁。视《大江东去》（指东坡原词）信在伯仲间，可谓词翰两绝者。"[2] 闲闲此词虽为追和苏词之作，在艺术上也还是有创造性的。词人将所追怀的前人写进现实情境，融汇古今，上下纵横，有深远的历史感。闲闲词多有这种词风，如《水调歌头》（"四明有狂客"）等作皆是如此。赵秉文为词，雄放高旷，明显继承了苏轼所开创的豪放词风，而更加发展了其中高蹈遗世、超轶绝尘的倾向。然而，闲闲词缺少东坡词那种渊深博大的思想基础，因之也就难以具有后者那种动人心魄的艺术力量。所谓"直于宋而伤浅"的评价，也不为过苛。

完颜璹是一位颇具特色的女真词人。他是世宗之孙，越王永功之子，封为密国公，号为樗轩居士。他是皇族，位列公侯，而一生行迹宛如寒儒。他嗜爱文学创作，长于诗词艺术，平生所作诗词甚多，晚年曾自刊其诗300

---

① （清）张思岩：《词林纪事》卷20，成都古籍书店1982年版，第550页。
② （清）徐釚著，唐圭璋校注：《词苑丛谈》，中华书局2008年版，第87页。

首，词100首，题为《如庵小稿》（今佚）。完颜璹的词作，含蓄蕴藉，笔致深婉，臻于渐老渐熟、豪华落尽的境地。如《春草碧》一词：

> 几番风雨西城陌，不见海棠红、梨花白。底事胜赏匆匆，正自天付酒肠窄。更笑老东君，人间客。
>
> 赖有玉管新翻，罗襟醉墨，望中倚栏。如曾识，旧梦回首何堪，故苑春光又陈迹，落尽后庭花，春草碧。

这首词是惜春之作，却寄托了词人的"伤心人怀抱"。词作借风雨暮春、花事凋零的景象，写出了对"无可奈何花落去"般的时局之感伤以及个人的惆怅情思。"后庭花"的意象，象征着亡国的危机。"春草碧"则暗含着词人忧虑国事的凄迷心境。在艺术表现上，此词委婉深曲，言近旨远，有着浑然完整的艺术境界。况周颐称道完颜璹词融合了婉约、豪放两大传统，"姜、史、辛、刘两派，兼而有之"，并激赏此词中"旧梦回首何堪"数句为"幽秀可诵"[1]，道着了其词特色所在。另一首《青玉案》（"冻云封却驼冈路"）也是传世之作，词中写梅花的幽独，投射了词人的品格与志趣。完颜璹的诗词创作，代表了金代女真作家的最高成就，简淡之中醇厚有味，在金源后期词坛上有着独特的风貌。

在金源一代词史上集其大成，使金词达到峰巅的是元好问。元好问不仅是杰出的诗人，而且是卓越的词人。清人刘熙载评价遗山诗词时说："金元遗山，诗兼杜、韩、苏、黄之胜，俨有集大成之意。以词而论，疏快之中，自饶深婉，亦可谓集两宋之大成者矣。"[2] 认为遗山词是集两宋之大成的，自然是超越和总结了宋词。这个看法未必能成为词学家们都认可的定论，但至少是值得高度重视的意见。刘熙载作为一位目光宏阔的文学史家，对遗山词作出如此之高的评价，是不无根据的。全面了解遗山词，就会看到，遗山词不仅数量众多（有300多首），在金源词坛上首屈一指；而且词的艺术成就在金源词坛上达到了前所未有的高度，也包含了某些宋代词家所没有的创造性因子。

遗山词与其诗有同样的雄浑苍莽的气象，意境十分博大雄阔。但是，遗

---

① （清）况周颐，王国维：《蕙风词话·人间词话》卷3，人民文学出版社1960年版，第57页。

② 王气中：《艺概笺注》，贵州人民出版社1980年版，第334页。

山词又并非仅以风格悲壮苍凉、境界雄浑苍莽见长，而且还在于词人能使深婉绵密的婉约手法与雄浑沉郁的风格融合为一。宋末著名词学家张炎高度评价遗山词，甚至认为遗山词超过了稼轩词。他说："辛稼轩、刘改之作豪气词，非雅词也。于文章余暇，戏弄笔墨，为长短句之诗耳。元遗山极称稼轩词。及观遗山词，深于用事，精于炼句，有风流蕴藉处不减周、秦。"① 张炎所论，既有卓识，亦有偏见。不错，刘改之（过）属辛派词人，以豪放见称，但稼轩细密处远过改之，不可执一而论。张炎以"清空"、"骚雅"为审美标准衡词，认为稼轩不够此格，"豪放"有余而"骚雅"不足。其实，稼轩词在糅合豪放、婉约两派手法方面是相当成功的。遗山在这方面正是继承、发展了稼轩词。张炎称遗山"深于用事，精于炼句"② 是卓有见地的；说他"无稼轩豪迈之气"③ 则恐未必。

遗山词中，颇有极为雄放豪迈之作，如有名的《水调歌头·赋三门津》，意境十分雄阔，风格豪壮。同时，词人并非一味豪放奔突，而是时以跌宕增其势。况周颐评这首词说它"何尝不崎岖排奡？"④ 再如《水调歌头·氾水故城登眺》一词，代表了遗山词中那种豪放沉雄的风格。词云："牛羊散平楚，落日汉家营。龙拿虎掷何处？野蔓胃荒城。遥指朱旗回指，万里风云奔走，惨淡五年兵。天地入鞭棰，毛发懔威灵。一千年，成皋路，几人经？长河浩浩东注，不尽古今情。谁谓麻池小竖，偶然东门长啸，取次论韩彭。慷慨一樽酒，胸次若为平！"词人登氾水故城骋望远眺，一览当年的楚汉战场，兴发这些感慨。词的境界极为雄阔苍茫。"龙拿虎掷"、"万里风云"等意象，极有气势。这类壮词在遗山乐府中是很多的。

遗山词中又有摧刚为柔、幽婉沉挚者，其深曲绝不亚于南宋碧山、玉田诸作，也就是张炎所说的"风流蕴藉处不减周、秦"。最有代表性的是"双莲"、"雁丘"两首《迈破塘》，这两首词在词史上声誉极高。一写人的殉情，一写雁的殉情，缠绵悱恻而又沉雄绝丽。置于婉约派的写情佳什中亦无以过之。同时，词人又将雄浑之气运入其中，呈现出无以取代的特征，有很强的悲剧美感。幽婉深曲与雄劲浑灏的熔冶，正是遗山词的特征。可以毫不犹豫地说，遗山词是金词之冠。因为有了遗山词，金词有了一个相当壮观的

---

① （宋）张炎：《词源》，见唐圭璋《词话丛编》，中华书局1986年版，第267页。
② 同上。
③ 同上。
④ （清）况周颐，王国维：《蕙风词话·人间词话》卷3，人民文学出版社1960年版，第65页。

终端。

　　金词的特色究竟是什么？只有在与宋词的比较中方能见其仿佛。多数论者认为金词深受宋代文学的影响，只是宋代诗词在北方地区的翻版，谈不到自己的特色。这种观点反映在不止一种文学史教材和有关学者的论文中，几成一种定论。笔者一直不同意这种看法，而是认为金代诗词虽然深受宋诗词的影响，但毕竟有着不同的文化土壤，北人也与南人有着不同的文化心理，因而，也就造成诗词的特有风貌，其发展也有着不同于其他时代文学发展的独特道路①。近代况周颐论金词特征即从宋金词比较中见其异，他有一段很精辟的论述："南宋佳词能浑，至金源佳词近刚方。宋词深致能入骨，如清真、梦窗是；金词清劲能树骨，如萧闲、遁庵是。南人得江山之秀，北人以冰霜为清。南或失之绮靡，近于雕文刻镂之技。北或失之荒率，无解深裘大马之讥。善读者抉择其精华，能知其并皆佳妙。而其佳妙之所以然，不难于合勘，而难于分观。往往能知之而难于明言之。然而，宋金之词之不同，固显而易见者也。"②况氏之语，简洁痛快，可谓"截断众流"。从大处着眼，在比较中揭出金词与宋词之异，确能给人以深刻的启悟。但仔细想来，似乎又没那么简单。细读金词，真能从具体篇什中找出与宋词截然不同的，确乎不多，大多数篇什看不出有什么明显的区别。从这些有代表性的词人创作来看，"失之荒率"③、"无解深裘大马之讥"④的，只怕是十无一二。如果简单化地认为，北词豪放刚健，南词柔婉缠绵，这也是不甚符合词坛的创作实际的。宋词中不乏雄放刚健之作，苏、辛豪放一流正是；金词中亦不乏幽婉含蕴之什，王庭筠、完颜璹一类词人创作可证。如此看来，简单地下判断，无论是言其同还是言其异，都很难接近事物本相。金词本身就是多侧面、多风格的，宋词也是。金词有深受宋词影响、濡染之处，也不乏韵致迥异之什。事实本身就是如此纷纭复杂的。而以笔者的看法而言，金词在整体上所能找出的殊异于宋词之处，首在一个"清"字。这个"清"字，乃是北方的自然与人文综合而形成的氛围特点。况周颐讲"北人以冰霜为清"⑤，倒

---

　　① 这个问题较为复杂，无法在此展开，可参见刊于《文学评论》1993 年第 3 期的拙文《论金诗的历史进程》。

　　② （清）况周颐，王国维：《蕙风词话·人间词话》卷 3，人民文学出版社 1960 年版，第57 页。

　　③ 同上。

　　④ 同上。

　　⑤ 同上。

是抓得很准。元好问综观金源诗词后慨然吟道："万古骚人呕肺肝，乾坤清气得来难。"[1] 这无意中道着了问题的关键。北人是以"清"为审美理想的。无论是健朗高逸的闲闲词，还是"幽秀可诵"的完颜璹词；无论是豪犷劲悍的海陵词，还是自然清逸的黄华词……与宋词相比，都可以使人得到"清"的感受。

金词与宋词比较，还可看到一二较客观的特质。宋词中颇有意旨深曲朦胧者，这在南宋词坛上表现得尤为突出。所以王国维不喜欢南宋词，认为它们"隔"；金词中的绝大多数篇什，都是词旨清楚明白的，极少有朦胧难解的，这自然也是"清"的一种体现。

宋词在其发展中，越来越多的词人喜欢使事用典，这方面辛弃疾便很典型。而金词很少用典。即便是用，也都是些熟典，极少有用僻冷典故的。

词的发展，兴于唐而盛于宋，在两宋时期，词的艺术得以充分成熟，臻于峰巅。同时，由于文化积淀的厚重，词的成熟速度远远快于诗，很快便形成了相当细密的形式规范。这既是词艺成熟的表现，也是走向僵化萎顿的开端。金词在北宋之后，与南宋并行，而金代最杰出的词人元好问的创作，主要是在金末元初，在时间上是明显晚于南宋词的主潮的。这在词史上是很有价值的。客观地说，金词在艺术上没有宋词那么高的成就，但它生长于北方的天然气息，它挟来的豪风壮气，给词的发展注入了生机。宋词之后，词的发展进入了一个新的循环。金词以其天然生新为词充添了生命力。金词在词史上的价值在于是。

---

① （金）元好问：《中州集》附录，中华书局1959年版，第571页。

王若虚诗学思想得失论[*]

在文学思想史上，王若虚是一位有重要地位的人物。他的一些理论观点，无论在当世文坛还是对后代文学，都产生了有力而深远的影响，深受治文学批评史的学者的关注，在这方面不乏较为成熟的研究成果。然而，在一些关键的问题上，还不无可议之处，需要更换一下认识角度。本文拟就王若虚诗学思想的主要之点加以评析。

一

王若虚（1177—1246），字从之，号慵夫，藁城（今属河北）人。金章宗承安二年（1197）经义进士。历任州录事、国史院编修官、左司谏、延州刺史等职。王若虚活跃于文坛，主要是在"贞祐南渡"之后，具体而言，是在金宣宗兴定、元光（1217—1223）年间和哀宗正大（1224—1231）年间这段时间。王若虚和赵秉文、李纯甫、雷希颜等文学家、诗人一起从事文学活动，形成了南渡诗坛蔚为大观的局面。在这一时期，王若虚提出了一些重要的诗学主张，并在与李纯甫、雷希颜等诗人的论争之中，使自己的观点得以彰扬，产生了相当广泛的影响。

王若虚的诗学思想，主要体现在他的诗论名著《滹南诗话》以及《文辨》、论诗诗中，还有一些序、跋、书信，也见其诗学思想的吉光片羽。

王若虚诗学思想的一个主要观点是：作诗求真而反对奇诡诗风。以此为核心，又衍生出许多观点。

在诗歌意象与客观描写对象的关系上，王若虚坚决主张诗的意象要符合描写对象的特征，符合事物自身的规律。在《滹南诗话》中，王若虚明确表达了这种观点，他说："东坡云：'论画以形似，见与儿童邻，赋诗必此

---

* 本文刊于《辽宁师范大学学报》1997年第2期。

诗，定非知诗人。'夫所贵于画者，为其似耳；画而不似，则如勿画。命题而赋诗，不必此诗，果为何语！然则，坡之论非欤？曰：论妙在形似之外，而非遗其形似；不窘于题，而要不失其题，如是而已耳。世之人不本其实，无得于心，而借此论以为高。画山水者，未能正作一木一石，而托云烟杳霭，谓之气象；赋诗者，茫昧僻远，按题而索之，不知所谓，乃曰格律贵尔。一有不然，则必相嗤点以为浅易而寻常。不求是而求奇，真伪未知，而先论高下，亦自欺而已矣，岂坡公之本意哉！"① 这段话所表述的观点是明确的，王若虚主张作诗必当"求是"而反对"求奇"。论诗先辨真伪，次究高下。求真（也即"求是"）是第一位的，无论是诗是画，他都主张必以"形似"为基础。王若虚对于苏轼"论画以形似，见与儿童邻；赋诗必此诗，定非知诗人"这四句诗中集中体现的"形神"观分明是不同意的，但由于他对苏轼一直十分推崇钦敬，便以己意来阐释东坡之论，而未作直接的批驳。然而，王若虚的意思是相当清楚的：诗、画创作必以"形似"为本，以"求真"为尚，而后方能谈到其他！

　　王若虚以此"求真"说来论诗歌创作，在《滹南诗话》中多处可见，具体的作品作家品评贯穿着这种价值判断，如说："《冷斋夜话》云：前辈作花诗，多用美女比其状。如曰：'若教解语能倾国，任是无情也动人'，尘俗哉！山谷作《酴醾》诗曰：'露湿何郎试汤饼，日烘荀令炷炉香'。乃用美丈夫比之，特为出类。而吾叔渊材咏梅棠，则又曰：'雨过温泉浴妃子，露浓汤饼试何郎'。意尤佳也。慵夫曰：花比妇人，尚矣。盖其于类为宜，不独在颜色之间。山谷易以男子，有以见其好异之僻；渊材又杂而用之，益不伦可笑。此固甚纰缪者，而惠洪乃节节叹赏，以为愈奇。不求当而求新，吾恐他日复有以白皙武夫比之者矣，此花无乃太粗鄙乎！魏帝疑何郎傅粉，止谓其白耳！施于酴醾尚可，比海棠则不类矣。"② 惠洪在《冷斋夜话》中赞赏黄庭坚（山谷）等诗人以美丈夫比花，一反以美女比花的意象俗滥，而颇为奇异新颖，王若虚恰恰相反，他认为以妇人比花是最为恰切的，固为二者之间有内在的类似性。他由此批评黄庭坚、惠洪等是"不求当而求新"。在他看来，"求当"乃是首要的，"当"也就是恰当。要求诗中的喻象一定要符合事物的特征，也即"求真"。对于求新尚奇的诗学倾向，他是非常反感的。

---

① 郑文等校点：《滹南诗话》卷中，人民出版社 1962 年版，第 68 页。
② （金）王若虚：《滹南遗老集》卷 40，中华书局 1985 年版，第 259 页。

　　王若虚诗论中突出地体现出反对"尚奇"的倾向，他与李纯甫、雷希颜等人的诗学论争，就集中在这个焦点上。金人刘祁在《归潜志》中记述道："兴定、元光间，余在南京，从赵闲闲、李屏山、王从之、雷希颜诸公游，多论为文作诗，赵于诗最细，贵含蓄工夫，于文颇粗，止论气象大概。李于文甚细，说关键宾主抑扬；于诗颇粗，止论词气才巧。故余于赵则取其作诗法，于李则取其为文法，若王，则贵议论文字有体致，不喜出奇，下字止如家人语言。"① 刘祁的记述是较为客观确实的，在史学文字中，王若虚也不满于造语奇峭。《归潜志》又载："正大中，王翰林从之在史院领史事，雷翰林希颜为应奉编修官，同修《宣宗实录》。二公由文体不同，多纷争，盖王平日好平淡纪实，雷尚奇峭造语也。"② 王、雷的笔墨纷争，关键在于语体风格。王对雷的"奇峭造语"，是坚决不能赞同的，他对诗歌创作中"诡谲寄意"颇有微词，批评这种诗风说："诗人之语，诡谲寄意，固无不可；然至于不过，亦其病也。"③

　　王若虚"诗不爱黄鲁直"④，这是人们所熟知的。在《滹南诗话》中，他对山谷诗是极尽抨击针砭的，乃至于挖苦山谷"夺胎换骨"、"点铁成金"的诗论是"特剽窃之黠耳。"⑤ 他之所以不满于黄诗，很大程度上也是针对着黄的尚奇诗风的，如他说："山谷之诗，有奇而无妙，有斩绝而无横放，铺张学问以为富，点化陈腐以为新"⑥ 他批评山谷的《牧牛图诗》，"自谓平生极至语，是固佳矣，然亦有何意味！黄诗大率如此。谓之奇峭，而畏人说破，元无一事。"⑦ 王若虚推崇东坡，贬抑山谷，有论诗绝句云："信乎拈来世已惊，三江滚滚笔头倾，真将险语夸勍敌，公自无劳与苦争。"这里明赞东坡，暗讽山谷，所下针砭，仍在于山谷好作"险语"。

　　反对尚奇的审美倾向，倡导平实诗风，是王若虚诗论的一贯主张，然而，对于这种诗学思想应该加以分析，不能一味地全面肯定，乃至于有的论者把王若虚对尚奇诗风的批评视为现实主义对形式主义的斗争，笔者以为这是有些过甚其词了。王若虚反对尚奇，与他的"求真"思想是一个问题的

---

①　（金）刘祁：《归潜志》卷8，中华书局1983年版，第88页。
②　同上书，第89页。
③　（金）王若虚：《滹南遗老集》卷40，中华书局1985年版，第256页。
④　（金）元好问：《元好问全集》上，山西人民出版社1990年版，第515页。
⑤　郑文等校点：《滹南诗话》卷下，人民出版社1962年版，第86页。
⑥　同上书，第40页。
⑦　（金）王若虚：《滹南遗老集》卷40，中华书局1985年版，第256页。

两个侧面，正因为他主张诗歌创作要符合"形似"特征，所以才力排"尚奇"的诗风。

对于"尚奇"的诗学倾向无法执一而论，同样要做具体的分析。如果为奇而奇，缺乏审美意蕴及美的形式感，把诗写得令人难以索解，不能给读者以审美愉快，那么，这种"奇"是不足为法的；然而，如果是以变形、夸张、想象等手法，创造出超越于生活真实的新颖奇异的审美意象，表现诗人独具个性的审美体验，则不仅是允许的，而且是诗人才具的表现。诗人没有义务一定要亦步亦趋地模仿现实，艺术真实也不同于生活真实。而王若虚的反对"尚奇"，则主要是以生活真实为尺度，来指责那些不符合日常逻辑的诗歌意象，这在他对黄庭坚诗作的一系列批评中，表现得十分明显。如说："山谷《题阳关图》云：'渭城柳色关何事，自是行人作许悲。'夫人有意而物无情，固是矣；然《夜发分宁》云：'我自只如常日醉，满川风月替人愁。'此复何理也。"① 这里完全是从事物的客观逻辑作为批评标准的。前者"人有意而物无情"，合乎事物的客观逻辑，便对此加以首肯；后者因是将诗人的情感赋予了"满川风月"，使之有了人的灵性、人的情感，便认为这是荒谬无理了。这种诗学观念应该说是滞后的、保守的。诗歌中的意象可以在诗人情感的熔注下超越事物的客观逻辑，有悖于事物的常理，但却"无理而有情"、"反常而合道"，进而达到一种更高的情感真实。这是早已被理论家们所认同的艺术规律，也是诗歌一种特有的审美特征。王若虚在这个问题上仍拘守"形似"观念，以事物客观逻辑来衡量诗歌创作。他不满于诗人的"诡谲寄意"，举了这样几个例子："山谷《题惠崇画图》云'欲放扁舟归去，主人云是丹青。'使主人不告，当遂不知！王子端（庭筠）《丛台绝句》云：'猛拍阑干问兴废，野花啼鸟不应人。'若'应人'可是怪事！《竹庄诗话》载法具一联云：'半生客里无穷恨，告诉梅花说到明。'不知何消得如此！昨日酒间偶谈及之，客皆绝倒也。"② 应该说，王庭筠和法具这两联诗，都是把诗人的思想感情投射到物象之中，物我交融，意象颇为新颖，王若虚全然是从事物自身的客观逻辑出发，对这样的意象表示了不满与嘲讽，这种论诗标准未免苛刻。而他对诗词的肯定评价，也是以此为标准的。他论评苏轼的《卜算子》词时说："东坡雁词云：'拣尽寒枝不肯栖'，以其不栖木，故云尔；盖激诡之致，词人正贵其如此。而或者以为语

---

① （金）王若虚：《滹南遗老集》卷39，中华书局1985年版，第252页。
② 同上书，第256页。

病，是尚可与言哉！近日张吉甫复以'鸿渐于木'为辨，而怪昔人之寡闻，此益可笑。《易象》之言，不当援引为证也。其实雁何尝栖木哉！"① 他正是以雁未尝栖木这样一个客观事实来肯定"拣尽寒枝不肯栖"的意象的。其实，苏轼这句词是否合乎鸿雁的生活习性，远不是重要的，这里只是词人那种孤高寂寞、彷徨无依的心态写照。

在诗的审美效应方面，王若虚认为应是天工自然之态，而不应使人感到奇诡、骇异，用他的话说就是："天生好语，不待主张。"② 他把王安石与黄庭坚两句句法上类似的诗加以比较："荆公有'两山排闼送青来'之句，虽用'排闼'字，读之不觉其诡异。山谷云：'青州从事斩关来'，又云'残暑已促装'，此与'排闼'等耳，便令人骇愕。"③ 很明显，他是贬抑山谷之诗的，其缘由便在于"令人骇愕"，也便是奇谲诡异的"陌生化"效应，王若虚始终不满于此。而在我们看来，这同样需要做具体的分析。王若虚的看法不免偏激。在很多情况下，这种"令人骇愕"的审美效应，却往往是诗歌意象新颖的表征。它可以刺激读者的审美感知，打破欣赏心理的期待定势，使读者的审美心态得以激活。

二

王若虚诗学观念中的"求真"、"求是"，在客体方面要求符合事物本身的客观逻辑，以"形似"为标准，这里有较大的局限性；而在主体方面，"真"的内涵是"性情之真"，也就是诗人的真情实感；这固然算不得什么创见，但由此而生发的一系列诗学主张，却又是系统而又深刻的。

王若虚说得很明确："哀乐之真，发乎情性，此诗之正理也。"④ 这正是创作主体方面的"真"，这也是诗人独特的艺术风貌之基因。他很赞赏郑厚评诗对于白居易、孟郊的形容："乐天如柳荫春莺，东野如草根秋虫，皆造化中一妙。"⑤ 并认为这种独特风貌的根基便在"哀乐之真"。王若虚认为好诗是"必从肝肺间流出"，这也就是"性情之真"。诗中充盈着这种发自于衷的真情实感，自然就会有很强的艺术感染力。

---

① （金）王若虚：《滹南遗老集》，中华书局1985年版，第249页。
② 同上书，第242页。
③ 同上书，第255页。
④ 同上书，第246页。
⑤ 同上。

　　这种"性情之真"，王若虚又进一步解释为"自得"。所谓"自得"，就是诗人内心"亲在的"独特体验，这是与衣钵相传的法嗣迥不相侔的，"自得"，是"性情之真"的核心内涵，他说："古之诗人，虽趣尚不同，体制不一，要皆出于自得。至其辞达理顺，皆足以名家，何尝有以句法绳人者！鲁直开口论句法，此便是不及古人处。而门徒亲党，以衣钵相传，号称'法嗣'，岂诗之真理哉！"①王若虚在这里肯定了诗的审美、趣尚、体制、风格的多样性，并指出其根源在于"出于自得"，也即诗人各自独特的内心体验，诗人以"辞达理顺"的艺术表现来抒写"自得"之意，自然而然形成了不同的体制、趣尚。王若虚以此为立论根据，批判了黄庭坚所强调的"句法"，指出这是"衣钵相传"的外在之物，这种批判是富有理论力度的，虽然也不无成见亘于其中，但却道出了"江西法门"的要害之病：着眼于外在法度，而忽略诗人的内心体验。正是从这个角度，王若虚才尖刻地揶揄山谷诗论，他有一段有名的议论："鲁直论诗，有'夺胎换骨'、'点铁成金'之喻，世以为名言。以予观之，特剽窃之黠耳。鲁直好胜而耻出于前人，故为此强辞，而私立名字，夫既已出于前人，纵复加工，要不足资。虽然，物有同然之理，人有同然之见，语意之间，岂容全不见犯哉！盖古之作者，初不校此，同者不以为嫌、异者不以为夸，随其所自得，而尽其所当然而已。至少妙处，不专在于是也。故皆不害为名家传后世。何必如鲁直之措意邪！"②在王若虚看来，"夺胎换骨"之说不过是"剽窃之黠"，因为其并非出于自得。诗中意蕴、意象，如果是来自于前人，那么，纵使如何加工也不足珍贵，因为并非己意。诗歌创作究竟与古人同还是与古人异，这并不是关键，关键则在于"自得"。从这种诗学观念出发，对黄庭坚诗论的攻击，就是必然的了，在《论诗戏作四绝》其四中，王若虚写道："文章自得方为贵，衣钵相传岂是真？已觉祖师低一著，纷纷法嗣复何人？"作者把"自得"的诗学思想凝缩在诗句之中，"真"在诗人的主体方面即为"自得"，而与"衣钵相传"是不相容的。"自得"就要发于自然、发于真率，所抒写的内心体验并非静止凝固的，而是充盈着生命力的"情致"。从这点出发，王若虚非常赞赏白居易的诗风，他盛称白诗谓："乐天之诗，情致曲尽，入人肝脾，随物赋形，所在充满，殆与元气相侔。至长韵大篇，动数百千言，而顺适惬当，句句如一，无争强牵强之态，此岂断吟须、悲鸣口吻者所能至

---

①　（金）王若虚：《滹南遗老集》卷40，中华书局1985年版，第257页。

②　郑文等校点：《滹南诗话》卷下，人民出版社1962年版，第86页。

哉！而世或以'浅易'轻之，盖不足与言矣。"①

王若虚驳斥了那种"浅易"来轻视白诗的肤薄之见，认为白诗达到一种极高的境界，元气淋漓，臻于天人合一。在《咏白堂记》中，他又教诲高思诚说："乐天之诗，坦白平易，直以写自然之趣。合乎天造，厌乎人意，而不为奇诡以骇末俗之耳目。子则雕镂粉饰，未免有侈心，而驰骋乎其外，是又未可以乐天论也。虽然，其所慕在此者，其所归必在此。子以少年豪迈，如川之方增而未有涯涘，则其势固有不得不然者。若其加之岁年而博以学，至于心平气定，尽天下之变而返乎自得之场，则乐天之妙庶乎其可同矣。"② 这里全面表达了他对白诗的看法：白诗平易自然而不为奇诡之态，都是出于"自得"。

"性情之真"、"自得"，还表现为随物赋形，富于变化。正因为诗应出自于诗人的独特体验，而内心世界又是千变万化的，所以王若虚所求之"真"，包含了富于变化之意。他反对以静止僵固的规矩法度来束缚诗歌创作，他曾说："或问文章有体乎？曰：无；又问：无体乎？曰：有。然则果何如？曰：定体则无，大体须有。"③ 也就是主张"活法"。他又说："夫文岂有定法哉？意所至则为主题，意适然殊无害也。"④ "文无定法"，其根基还在于"自得"之内心体验。

王若虚对北宋诗人的评价，最突出的便是扬苏抑黄。他对苏、黄的褒贬，主要在于苏轼纵横变化，而黄庭坚则拘泥于句法。他论苏黄诗说："东坡，文中龙也，理妙万物，气吞九州，纵横奔放，若游戏然，莫可测其端倪。鲁直区区持斤斧准绳之说，随其后而与之争，至谓'未知句法'。东坡而未知句法，世岂复有诗人，而渠所谓法者，果安出哉！老苏论扬雄以为使有孟轲之书，必不作《太玄》。鲁直欲为东坡之迈往而不能，于是高谈句律，旁出样度，务以自立而相抗，然不免居其下也。"⑤ 此处立论的要旨就在于苏轼纵横奔放，不受羁勒；而山谷则拘于法度准绳，不能真正表达出内心中活生生的"自得"之意，而"浑然天成，如肺肝间流出者，不足也，此所以力追东坡而不及欤！"⑥ 王若虚《戏作四绝》其一云："骏步由来不

① 郑文等校点：《滹南诗话》卷上，人民出版社1962年版，第58页。
② （金）王若虚：《咏白堂记》，见张金吾《金文最》卷28，中华书局1990年版，第388页。
③ （金）王若虚：《滹南遗老集》，中华书局1985年版，第226页。
④ 同上书，第229页。
⑤ 同上书，第251页。
⑥ 同上书，第252页。

可追，汗流余子费奔驰。谁言直待南迁后，始是江西不幸时。"对于苏黄的褒贬是十分清楚的。王若虚对于李白、杜甫的轩轾也是从这个标准出发，他借王安石的议论表达了自己的看法："荆公云：'李白歌诗，豪放飘逸，人固莫及；然其格止于此而已，不知变也。至于杜甫，则发敛抑扬，疾徐纵横，无施不可。盖其绪密而思深，非浅近者所能窥，斯所以光掩前人而后来无继也'，而欧公云：'甫之于白，得其一节，而精强过之'。是何其相反欤！然则荆公之论，天下之公言也。"① 王若虚受学于其舅周昂，十分尊崇杜甫，周昂之尊杜，与江西派取道迥异，绝非是拜服于杜诗之"无一字无来处"，而心仪于杜诗的博大精深，无施不可，周昂有论诗诗云："子美神功接混茫，人间无路可升堂。一斑管内时时见，赚得陈郎两鬓苍。"（《读陈后山诗》）江西诗派尊杜甫为祖，以杜诗之有阶径可以登堂入室，着眼于杜诗的"句法"、"诗眼"，以规矩法度示后学。周昂此诗，正是针对江西诗派这种诗歌主张而发的。他认为杜诗造于神功，纵横变化，并无固定的模式可以登堂入室。江西派诗论，在周昂看来，难窥杜诗门墙矣！王若虚对于李杜的比较，正是继承了其舅的观点，他举王安石评价李杜的话完全代表了他自己的观点。他认为李白之所以逊于杜甫，在于面目如一，不知变化。我们对他的李杜优劣论或许并不赞同，但他确实也道出了李白诗的某种弱点。

三

　　王若虚诗学思想还有一个主要命题，就是"以意为主"，这也是从其舅周昂那里秉承而来，他曾转述周昂之言："吾舅论诗云：'文章以意为之主，字语为之役。主强而役弱，则无使不从。世人往往骄其所役，至跋扈难制，甚者反役其主'可谓深中其病矣。"② 这是王若虚从周昂那里禀受的最主要的诗学观念，也是其诗学思想的重要内容。所谓"以意为主"，无须"深文周纳"，也就是诗文创作以思想意蕴为主，语言表现应服从于思想意蕴的表达。"雕琢太甚，则伤其全；经营过深，则失其本。"③ 如果只注重词语琢炼，而忽略了作品的"意"，则是本末倒置，这种诗学思想早已有之，算不上什么发明创造，但王若虚所倡"以意为主"的命题，联系其思想整体来

---

① （金）王若虚：《滹南遗老集》卷 38，中华书局 1985 年版，第 244 页。
② （金）元好问：《中州集》卷 4，中华书局 1959 年版，第 167 页。
③ （金）王若虚：《滹南遗老集》卷 38，中华书局 1985 年版，第 242 页。

看，内涵还是较为丰富的。在王若虚的诗学思想中，"意"不仅是抽象的思想观念，而且更重要的是"自得"于内心体验、不得不发的情致，理性的观念是溶解于诗人的人生感受之中的，王若虚借苏轼的话来说："山川之有云，草木之有华，充满勃郁而见于外，虽欲无有，其可得邪！"① 实际上，在王若虚的诗论中，"意"是包含了内涵丰富的人生感受的。

但在"以意为主"的诗学思想中，仍然可以感受到某种从美学角度看来显得片面的东西。诗歌创作中有很多意象并不用来表现某种观念，但却具有很高的审美价值，能够使欣赏者得到较大程度的审美愉悦，这类诗作自有其艺术魅力所在。王若虚从"以意为主"的观念出发，对于这类诗时加否定，如他说："大抵诗话所载，不足尽信。'池塘生春草'，有何可佳？而品题者百端不已。"② 大谢名句"池塘生春草"的艺术魅力是客观存在的，并非如王若虚所说是"书生之口，何所不有"那样人为的产物。再如他对黄庭坚的《牧牛图》诗的批评，认为此诗毫无意味，"畏人说破，元无一事"，这是很片面的。山谷的《题竹石牧牛》是一首题画诗，写得生趣盎然，决无枯涩质实之病，给人以新鲜生动的审美感受，不失为一首好诗。王若虚对此诗的否定，也是与"以意为主"的观念有关，而且带有一定普遍性。否定这类以审美情韵为主的诗作，实际上与"文以载道"的理学家的文学观不无类似之处，似乎可以从中看到"文以意为主"的某种负面效应。

在金代诗坛上，王若虚作为诗论家是有重要地位的。他对江西诗风、对黄庭坚诗论及创作的抨击，是广为人知的。以往的研究者对于王若虚的诗学观点基本上是全面肯定的，缺少辩证的剖析。笔者这篇小文，有正面的肯定看法，也有不少反面的批评、否定。非为"求奇"，乃在"求是"。倘能把问题引深一层，就达到了本文的目的。

---

① （宋）苏轼：《南行前集叙》，邓立勋编校《苏东坡全集·中》，黄山书社1997年版，第89页。

② （金）王若虚：《滹南遗老集》卷38，中华书局1985年版，第245页。

金代文学批评述论*

　　金与南宋并峙，在艺文、学术、文化诸方面受两宋影响很深，而又有着自己的特色与相对独立的文化意识，这在文学批评领域里有很鲜明的展示。金代的文学理论批评，虽然难与宋代文学理论批评构成势均力敌的阵容，但也是后者所无法笼罩掩盖的。金代的文学批评与宋代批评的联系十分密切，所讨论的一些问题往往是宋代文学批评中的要害或敏感问题，但又有着一种客观的批判态度与独立的文学自信。可以说，金代的文学批评是整个中国文学批评颇为重要的环节。

一

　　金代的文论家主要有周昂、赵秉文、李纯甫、王若虚、元好问等人。其中周昂主要活动于金章宗时期，其余几位则主要活动于贞祐南渡以后的文坛。周昂在当日文坛上有很高声誉，是有成就的诗人，又是颇有见地的文论家，所提出的一些观点对后来的创作与批评有很大的影响。他论文倡导"以意为主"，认为语言表现从于思想意蕴的抒写，他对其甥王若虚论诗说："文章以意为主，字语为之役，主强而役弱，则无使从。世人往往骄其所役，至跋扈难制，甚者反役其主。"① 这是针对当日文坛之弊而发的。周昂又提出"巧拙相济"的美学命题："以巧为巧，其巧不足。巧拙相济，则使人不厌。唯其巧者，乃能就拙为巧，所谓游戏者，一文一质，道之中也，雕琢太甚，则伤其全，经营过深，则失其本。"② 这是很有艺术辩证法的眼光的。对于前代诗人，周昂最为心仪杜甫，而对标举以杜为"祖"的江西诗

---

　　* 本文刊于《社会科学辑刊》1997 年第 3 期。
　　① 郑文等校点：《滹南诗话》卷上，人民出版社 1962 年版，第 59 页。
　　② 同上书，第 52 页。

派开山人物黄庭坚多有冷峻的批评。王若虚记述其舅周昂的诗学观点说："吾舅儿时便学工部，而终身不喜山谷也。若虚乘间问之，则曰：鲁直雄豪奇险，善为新样，固有过人者，然于少陵初无关涉，前辈认为得法者，皆未能深见耳。"① 在周昂看来，山谷诗并非是得杜诗之法，杜甫之诗是宇宙之呼吸，时代之脉搏，仅靠江西诗派的那些"诗眼"、"句法"一类路径，是无法登上杜诗之堂奥的。周昂的《读陈后山诗》一首："子美神功接混茫，人间无路可升堂。一斑管内时时见，赚得陈郎两鬓苍。""混茫"乃指宇宙大千，杜诗中有"篇终接混茫"之句。周昂的意思是明确的，他认为江西派的那些"夺胎换骨的人工法门"是与杜诗堂奥无缘的。黄陈诸人只是"管中窥豹"，"略见一斑"。尽管陈后山苦吟力索，两鬓苍白，却不能得杜诗之真谛，由此可见周昂独立不倚的批评品格。江西派影响广被，两宋诗人多受其风沾溉。从南宋前期的著名诗人大都是从"江西"入手学诗的，与周昂基本同时的陆游、杨万里诸人皆是。他们即便是后来超越了"江西诗风"，也没有这样严峻的批判。在周昂之前，似乎还没有谁对江西派作如此根本性的针砭。

　　周昂的外甥王若虚是金代后期著名的文论家。他的文学思想在很大程度上是继承了周昂而又加以发展。他主要活跃于"贞祐南渡"以后的金源文坛。在宣宗兴定、元光年间及哀宗正大年间，王若虚和赵秉文、李纯甫、雷渊、元好问等一起从事文学活动，成为南渡文坛的主将。他的文学观点，主要体现在其论诗名著《滹南诗话》及《文辩》，还有若干论诗诗、序跋、书信之中。就创作而言，王若虚主张"求真"、"写实"，强调艺术表现一定要符合对象特征。符合事物的自身规律，反对脱离事物特征的"求奇"，这是其文学思想和基本点。他曾这样评论有关"形似"、"神似"的争议说："东坡云：论画以形似，见与儿童邻，赋诗必此诗，定非知诗人！夫所贵于画者，为其似耳；画而不似，则如勿画。命题而赋诗，不必此诗，果为何语！然而；坡之论非欤？曰：论妙在形似之外，而非遗其形似；不窘于题，而要不失其题。如是而已耳。世之人不本其实，无得于心，而借此论以为高。画山水者，未能正作一木一石，而托云烟杳霭，谓之气象；赋诗者，茫昧僻远，按题而索之，不知所谓，乃曰格律贵尔。一有不然，则必相嗤点以为浅易而寻常，不求是而求奇，真伪未知，而先论高下，亦自欺而已矣。岂坡公

---

① 郑文等校点：《滹南诗话》卷上，人民出版社 1962 年版，第 52 页。

之本意也哉。"① 此番议论具有美学价值论的意义。无论是诗，是画，他都主张必以"形似"为前提、为基础。他对苏轼的"形神"观本是不同意的，但由于他对苏轼一直推崇备至，故此处以己意来阐释东坡之论，其实有悖于东坡的初衷。北宋惠洪的《冷斋夜话》中赞赏黄庭坚等诗人以美丈夫比花，认为如此一反以女喻花的俗滥，而颇为新颖奇异。王若虚适好相反，他认为以妇人比花是最好的，在他看来，"求当"乃是首要的，也就是要求诗的意象要符合事物的特征，亦即"求真"，对于"求新"、"尚奇"，他是颇为反感的。

　　王若虚对于黄庭坚持严厉的批判态度，这一点同乃舅周昂相比，有过之而无不及。王若虚"诗不爱黄鲁直"② 是人们所熟知的。如他说："山谷之诗，有奇而无妙，有斩绝而无横放，铺张学问以为富，点化陈腐以为新"③，甚至于挖苦山谷的"点铁成金"、"夺胎换骨"之说是"特剽窃之黠耳"④。他推崇东坡，损抑山谷，有论诗诗云："信手拈来世已惊，三江滚滚笔头倾，莫将险语夸勍敌，公自无劳与若争。""戏论谁知是至公，蜻蜓信美恐生风，夺胎换骨何多样，都在先生一笑中。"这里赞东坡，暗讽山谷，所下针砭，仍在于山谷好为奇险。王若虚又郑重指出："凡文章（包括诗在内——笔者按）须是典实过于浮华，平易多于奇险。始为知本末。世之作者，往往致力于其末，而终身不返其颠倒亦甚矣。"⑤ 这是他文学观念之基本点，且是有为而发的。

　　赵秉文、李纯甫是南渡后文坛的两位领袖人物，他们周围环绕着一批活跃的诗人文士，他们的文学思想发生着很深远的影响。而他们之间常就一些主要问题进行争论，形成了鲜明的不同观点，使金代文学批评导向纵深发展。赵秉文在南渡后执掌文坛 20 年，以礼部尚书的身份倡导文学，褒贬风会，自然有相当大的影响力。李纯甫少负其才，卓荦不凡，意气甚高，术虎高琪当政时受到压抑，旋即归隐。高琪被诛后，复入翰林，连知贡举。李纯甫善于奖掖人才，为他人延誉。据与赵、李过从颇密的刘祁记述："李屏山雅喜奖拔后进，每得一人诗文有可称，必延誉于人。……屏山在世，一时才

①　郑文等校点：《滹南诗话》卷中，人民出版社 1962 年版，第 68 页。
②　（金）元好问：《元好问全集》上，山西人民出版社 1990 年版，第 515 页。
③　郑文等校点：《滹南诗话》，人民出版社 1962 年版，第 40 页。
④　同上书，第 86 页。
⑤　（金）王若虚：《滹南遗老集》卷 37，中华书局 1985 年版，第 236 页。

士皆趋向之。至于赵所成立者少。……至今士论止归屏山也"①，"士大夫归附，号为当世龙门"②。因而李纯甫成为影响广大的诗读者论坛领袖，许多诗人文士，都出于其门下，或与之交往密切。

赵、李之间的文学论争，可见于刘祁的一些记述。刘祁的《归潜志》对于南渡文坛的文学活动记载翔实具体，兼之刘祁写作此书的态度严谨客观，"若夫所传不见不闻者，皆不敢录"③。而刘祁本人就亲自与赵、李等往还交游，对当时的文场之事十分熟悉，"独念昔所交游，皆一代伟人，虽物故，其言论、谈笑，想之犹在目"④。因而他的记述足资我们研究金代文学批评状况所依凭。从《归潜志》关于赵、李等人的诗坛论争的记述中可以见出赵秉文、李纯甫所代表两种诗学观念的主要分歧所在。在继承与创作的关系上，赵秉文主张多方继承古人，转益多师，得诸家之长。赵秉文又曾说过："为文当师六经及左丘明、庄周、太史公、贾谊、刘向、扬雄、韩愈；为诗当师三百、离骚、文选、古诗十九首，下及李杜；学书当师三代金石、钟、王、欧、虞、柳，尽得诸人所长，然后卓然自成一家，非有意于专师古人也，亦非有意于专摈古人也。"⑤ 这是他的一贯观点。李纯甫更强调摆脱蹊径，自成一家，勿随人脚跟。

在这方面，李纯甫有强烈的主体意识，对于赵秉文诗中的模拟古人，他颇不以为然，"公诗往往有李太白、白乐天语，某辄能识之"⑥，"才甚高，气象甚雄，然不免有失支堕节处，盖学东坡而不成者"⑦。而赵秉文则主张风格的多样化，不拘于奇古或平淡，而不满于李纯甫"文字止一体"⑧，即只有一种风格，但实际上，赵秉文更倾向于含蓄平淡的风格。如他称赞欧阳修的文章风格："亡宋百年间，唯欧阳公之文，不为尖新艰难之语而有从容闲雅之态，丰而不厌，盖非务奇之为尚，而其势不得不然之尚也。"⑨ 他是把欧公的文作为理想的，而话里话外都带着对"尖新艰难之语"、"务奇之

---

① （金）刘祁：《归潜志》，中华书局 1983 年版，第 87 页。
② 同上书，第 6 页。
③ 同上书，第 130 页。
④ 同上书，第 1 页。
⑤ （金）赵秉文：《答李天英书》，见张金吾《金文最》卷 43，中华书局 1990 年版，第781 页。
⑥ （金）刘祁：《归潜志》卷 8，中华书局 1983 年版，第 87 页。
⑦ 同上。
⑧ 同上。
⑨ 同上书，第 85 页。

为尚"的讥刺。李纯甫的诗则以"奇险"著称，"文字最硬"，而他又有意识地以"尚奇"相号召。他赞赏李经："阿经瑰奇天下士，笔头风雨三千字。"① 高度评价赵元诗的"奇语"："先生有胆乃许大，落笔突兀无黄初，轩昂学古澹，家法出《关雎》。暗中摸索出奇语，字字不减琼瑶琚。"② 他也曾直接表达作诗尚奇的观念："壁上七弦元自雅，囊中五字更须奇。"③ "尚奇"是李纯甫的诗学旗帜，在这面旗帜下聚集了雷渊、李经、赵元、周嗣明等诗人，形成一种奇峭勃郁的创作倾向。赵秉文、王若虚等对李纯甫的批评集矢于此。

赵、李在文学观念上虽多有争议，但他们又往还密切，互相砥砺，共同致力于扭转明昌、承安年间以来形成的浮艳文风，刘祁说："南渡后，文风一变，文多学奇古，诗多学风雅。由赵闲闲、李屏山倡之。"④ 可见他们在金源文学批评中的重要地位。

元好问是金代最重要、最杰出的批评家，是金代文学批评的集大成者，在中国文学批评史上也是有突出地位的一家。他的文学观念集中体现于《论诗三十首》、《自题中州集后》五首、《论诗三首》、《自题三首》等论诗诗及一些"序"、"引"文字之中。元好问的文论是被学者们研究得最为深入的。在所有的金代文学家中，得以最集中研究的便是元好问，故此本文无须深论其文学思想、批评体系等，而是拈出一二他人不甚论及的问题以见元好问文学批评的特征所在。

首先是"以诚为本"的文学本原论。元好问文学思想的基本点是什么？一言以蔽之："以诚为本"。他在《杨叔能小亨集引》中全面表达了这一思想："唐诗所以绝出于《三百首》之后者，知本焉尔矣，何谓本？诚是也。……故由心而诚，由诚而言，由言而诗也。三者相为一，情动于中而形于言，言发于迩而见于远。同声相应，同气相求。虽小夫贱妇、孤臣孽子之感讽，皆可以厚人伦、美教化，无他道也。故曰不诚无物，夫惟不诚，故言无所主，心口别为二物。物我邈其千里，漠然而往，悠然而来，人之听之，若春风之过耳，其欲动天地感神鬼难矣，其是之谓本。唐人之诗，其知本

---

① （金）元好问：《中州集》卷4，中华书局1959年版，第221页。
② 同上书，第225页。
③ 同上。
④ （金）刘祁：《归潜志》卷8，中华书局1983年版，第85页。

乎!"① 从"以诚为本"的观念出发，他认为那些"满心而发，肆口而成"②、"非有意于文字之为工，不得不然之为工"③ 的作品便是"圣处"。元好问作《论诗三十首》，宗旨在别裁伪体，弘扬正体。所谓"汉谣魏什久纷纭，正体无人与细论。谁是诗中疏凿手？暂教泾渭各清浑"是也。什么样的作品是"伪体"？以"心口别为二物"，不表达真实情感者即是。元好问讥刺潘岳："心画心声总失真，文章宁复见为人，高情千古《闲居赋》，争信安仁拜路尘？"

其次是壮美、天然而古雅的审美标准。元好问崇尚雄放的风格与壮美的境界，成为其论诗的审美标准。如《论诗三十首》其二："曹刘坐啸虎生风，四海无人角两雄，可惜并州刘越石，不教横槊建安中"；其三："邺下风流在晋多，壮怀犹见缺壶歌，风云若恨张华少，温李新声奈尔何！"他对于穷愁局促、柔媚软腻、幽险鬼怪的诗风都颇为鄙薄。这在其诗褒贬论中往往通过比较见出的。第十八首将韩愈、孟郊加以对比："东野穷愁死不休，高天厚地一诗囚，江山万古潮阳笔，合在元龙百尺楼。"遗山鄙薄孟郊的穷愁之辞，而推崇韩愈诗的刚健壮美。他还比较韩愈与秦观之诗风："有情芍药含春泪，无力蔷薇卧晓枝。拈出退之《山石》句，始知渠是女郎诗。"讥讽秦观的柔媚为"女郎诗"，而赞赏退之诗的壮大刚健。在赞赏雄放壮美诗境的同时，遗山还十分欣赏天然浑朴的诗作，而不满于雕琢过甚的东西，第七首云"慷慨歌谣绝不传，穹庐一曲本天然，中州万古英雄气，也到阴山敕勒川"，即是欣赏北朝民歌《敕勒歌》的慷慨雄放，出于天然。第四首评陶诗"一语天然万古新，豪华落尽见真淳，南窗白日羲皇上，未害渊明是晋人"，即以"天然"来推崇渊明。遗山喜爱雄放壮美之什，却不满于粗率叫嚣，因之在标举雄放壮美的同时，又辅以"古雅"，正如郭绍虞先生所指出的："盖元好问以诚为诗之本，以为雅诗之品。"④

在第二十八首中，遗山这样评价江西派："古雅难将子美亲，精纯全失义山真"，反言即以"古雅"归之于杜甫。第二十三首又云："曲学虚荒小说欺，俳谐怒骂岂诗宜？今人合笑古人拙，除却雅言都不知。"遗山认为非

① （金）元好问：《杨叔能小亨集引》，见陶秋英编选《宋金元文论选》，人民文学出版社1984年版，第451页。

② （金）元好问：《元好问全集》下，山西人民出版社1990年版，第39页。

③ （金）元好问：《新轩乐府序》，见张金吾《金文最》卷43，中华书局1990年版，第625页。

④ 郭绍虞：《元好问论诗三十首小笺》，人民文学出版社1978年版，第62页。

诗所宜，不符合"雅"的原则。在遗山这里雄放壮美是与古雅结合的。

再次是以"诗中疏凿手"自任的历史责任感。元好问生当金季衰微之时，而他论文评艺并不局限于具体作品，而是站在时代的端点，回望文学发展的来路，予以历史性的深刻批判。"谁是诗中疏凿手？暂教泾渭各清浑。"这是何等气概！遗山是要将漫漫中华诗史理出一个正伪清浑。面对"久纷纭"的繁多诗人与创作，遗山并非就人论人，就诗论诗，而是高屋建瓴地进行史的审视。金与宋时间最近，受宋人影响也最大，很多学者就认为金诗受宋诗的笼罩，等于是宋诗在北方的延伸。但我们看看遗山对宋代那些最有权威的诗人（如苏、黄等）的冷峻分析、理性批判，就可以见出他的大气魄来，对于人奉为神圣的诗人杜甫，遗山同样作了有褒有贬的分析："排比铺张特一途，藩篱如此亦区区，少陵自有连城璧，争奈微之识碔砆？"元稹论杜诗，推崇其排比铺张的长篇排律，遗山认为这不过是杜诗中的"碔砆"（似玉而非玉的石头），而杜诗则另有"连城之璧"。具体的观点正确与否可以商榷，而这种不盲从权威的理性批判精神却是极值得敬佩与提倡的。

二

以上择要述介了金代几位主要文论家的有关观点，这里从中拈出金代文学批评的一二特征讨论之。

首先要指出的是，金代的文学批评体现出文论家独立不倚的主体意识，强烈的批判精神与"北人"的文化心理底蕴。这是金代文学批评的突出特点。

金代文学批评所讨论的问题，往往也是中国文学批评史上的一些重要理论问题，更多的是宋代文论中的话题，但这决不意味着金代文论是缺少个性的。恰恰相反，金代的文论家多能不人云亦云，而是发表一些独到的看法。尤其是在宋文坛上地位相当之高的黄庭坚等，宋朝本身在南宋严羽、张戒之前无人进行正面的批评。金人则不同，对黄庭坚和江西诗派予以严厉批评的多有其人。周昂、王若虚对黄庭坚及江西诗风的针砭够犀利的，而且不是感性的好恶，而主要是根据一定的诗学原则所作的理性剖析，这些都显示出金代文学批评家的批评品格。不是"矮人看戏"、随人妍媸，也不停留在感性好恶和浅表层次。

李纯甫的文学主张体现出强烈的主体意识，他"教后学为文，俗自成一家。每曰：'当别转一路，勿随人脚跟'"①。他对礼部尚书赵秉文诗文创作的指摘批评，尤能见出此人风骨凛然，不因赵身居高位而阿附吹捧，他认为诗应该是"各言其志"，"惟意所适"。他在为刘汲的《西岩集》所作序文中指出："然而诗者，文字变也，岂有定体哉！故《三百篇》什无定章，章无定句；句无定学，字无定音。大小长短，险易轻重，惟意所适，虽役夫室妾悲愤感激之语，与圣贤相杂而无愧，亦各言其志而已矣，体后世议论之不公邪?"②他又豪迈地倡导"男子不食人唾，后当与之纯、天英（李经）作真文字"③，充满"北人"的雄放气概，表现出强烈的主体精神。

元好问的文学批评有更强的主体性与北方文化意识。他以"国朝文派"来概括金源文学的特征，有重要的文学意义。他编选《中州集》的宗旨，就在于保存金源一代文献。他认为金源文学并不比南方文学逊色，自豪地宣称："邺下曹刘气尽豪，江东诸谢韵尤高。若从华实评诗品，未便吴侬得锦袍。"他认为金源文学走着属于自己的道路，而不是步趋宋诗受江西诗风笼罩的过程："北人不拾江西唾，未要曾郎借齿牙。"这种"北人"的文化心理，大概也是金代文论家能够对宋代文风进行客观批判的原因之一吧，正因"不在此山中"，方能"识得庐山真面目"，有一种超然与客观！

其次是金代文学批评的思想基础主要是传统儒学而非宋代理学。

金代文化是女真文化与汉文化相融合的产物，在思想界主要是传统儒学的影响。女真社会封建化的过程，更多地得力于传统儒学的输入。传统儒学的实质是外向的，事功的，祖述尧舜，宪章文武，倡王道，兴仁政，以助人君明教化、经邦治国为务。金代的统治者重视发展教育，形成了中央到地方的各级学校网络，教育内容、教材有统一的规定，都是传统的儒学经典，这就使得儒学思想成为士大夫们的主要精神支柱。

金代文论家所表现出来的观点，基本是以传统儒家诗学为基础的。如赵秉文说："至于诗文之意，当以明王道辅教化为主，六经吾师也。可以一艺名之哉！"④这是典型的儒家文学功能论。周昂、王若虚对杜甫的推崇，首在于诗人那种忧国忧民的醇儒襟怀。元好问论诗，以"风"、"雅"为正脉，讲"以诚为本"，其思想来源当然也是传统儒学，其论唐诗说："唐人之诗，

---

① （金）刘祁：《归潜志》卷8，中华书局1983年版，第87页。
② （金）元好问：《中州集》卷2，中华书局1959年版，第77页。
③ （金）刘祁：《归潜志》卷8，中华书局1983年版，第87—88页。
④ （金）赵秉文：《答李天英书》，见张金吾《金文最》卷43，中华书局1990年版，第781页。

其知本乎，何温柔敦厚蔼然仁义之言之多也!"① 全然是儒家"温柔敦厚"诗教的口气。这在金代文论中是很有代表性的。

金代的文学批评，有相当丰富的内容与很鲜明的批评个性，细加品味，其根基是在发源于白山黑水的北方文化之中，却又是汲取了中华文化的渊大源流，下贯到中国近古时期文学批评的血脉中去的了。

---

① 陶秋英编选：《宋金元文论选》，人民文学出版社 1984 年版，第 451 页。

元代诗人刘因初论[*]

说刘因是诗人，或许有人大不以为然，因为了解元代思想文化的人都知道刘因是元代著名的理学家，在元代思想史上占有重要的地位，却极少有人从文学史上来认真考察刘因作为一个诗人的重要价值，而且，在人们的印象里，理学家往往重道而轻文，即便作诗，也多言理之作，因而，未曾深入具体地研究其诗的艺术个性、成就及在文学史上的地位。其实，刘因在元代文坛上是一位相当有个性、有成就的诗人。与其他时代的诗歌创作相比，元诗较为缺少个性。恰如明人胡应麟所批评的："元人制作，大概诸家如一。"①而刘因的诗作却有着矫然不群的独特风貌。仔细品味思索，刘因诗作的艺术风貌又与他的思想有内在的联系。本文尝试沿着刘因的理学思想—文学思想—诗歌个性的联系轨迹来认识诗人刘因。

一　刘因的思想特征

刘因（1247—1293），一名骃，字梦吉，号静修。保定容城（今河北徐水）人，出身于世代业儒之家，其父刘述便"刻意问学，邃性理之说"②。刘因天资过人，幼时读书即过目成诵，六岁能诗，七岁能属文。弱冠便师从国子司业砚弥坚。而砚弥坚所传授者为章句训诂之学，刘因颇感不满，慨叹道："圣人精义，殆不止此。"③待得到宋代理学大师周敦颐、程颢、程颐、张载、邵雍、朱熹、吕祖谦等人的著作，"一见能发其微，曰：我固谓当如是也"④。他评价宋代理学的代表人物说："邵，至大也；周，至精也，程，

至正也；朱子，极其大，极其精，而贯之以正也。"① 可见其对宋代理学大师的服膺推崇。

刘因在元代思想界地位颇高，为元代三大理学家之一，清初黄百家指出："有元之学者，鲁斋（许衡）、静修、草庐（吴澄）三人耳。草庐后至，鲁斋、静修，盖元之所借以立国者也。"② 刘因一生未尝仕元，世祖至元十六年、二十八年，元廷两次征召，刘因皆"固辞不就"，被世祖称为"不召之臣"。那么，何以称其为"元之所借以立国者"呢？盖指其在元代思想界所起到的重要作用而言。

与许衡的入世态度形成鲜明的对照，刘因在政治上采取不合作的态度。他一生屏迹山野，超然物外，以授徒为业。据载，许衡应元廷之召，途经真定，与刘因会晤，刘因对他说："公一聘而起，无乃速乎？"许衡回答说："不如此则道不行。"后来刘因不受元廷以集贤学士征召之命，有人问他，他说："不如此则道不尊。"③ 关于他不肯仕元的原因，全祖望指出："文靖生于元，见宋、金相继而亡，而元又不足为辅，故南悲临安，北怅蔡州。集贤虽勉受命，终敝屣弃之，此其实也。"④ 其实，深层的原因，恐怕是在刘因心目中，蒙古只有毡酪之风，若与之苟合则有辱于儒道之尊。

刘因作为理学家强调"天理"、"心理"之主，与宋代理学一脉相承。但他不株守一家之说，而是融会诸家，并有所阐发而形成了自己的思想特色。他讲"天理"，却并不十分强调"理"的宇宙本体地位，而是把它视为天地万物"生生不息"的规律。他认为："夫天地之理，生生不息而已矣，凡所有生，虽天地亦不能使之久存也，若天地之心见其不能久存也，而遂不复生焉，则生理从而息矣。成毁也，代谢也，理势相因而然也。"⑤ 这种对"理"的阐释明显与程、朱不同。

在治学思想上，他有和会朱、陆的倾向。一方面继承了朱学中的"理一分殊"思想，并且更加重视"分殊"的作用，一方面又吸纳了陆学中"反求本心"的方法。他主张"惟当致力于六经语孟耳，世人往往以语孟为问学之始，而不知语孟圣贤之成终者。所谓博学而详说之，将以反说约者

① （明）宋濂等：《元史》卷171《刘因传》，中华书局1975年版，第4008页。

② （清）黄宗羲：《黄宗羲全集·宋元学案》第4册，浙江古籍出版社1986年版，第555—556页。

③ （元）陶宗仪：《南村辍耕录》，中华书局1959年版，第21页。

④ （清）黄宗羲：《黄宗羲全集·宋元学案》第4册，浙江古籍出版社1986年版，第562页。

⑤ （元）刘因：《静修先生文集》卷2《游高氏园记》，中华书局1985年版，第46页。

也。圣贤以是为终，学者以是为始。未说圣贤之详，遽说圣贤之约，不亦背驰乎？所谓颜状未离于婴孩，高谈已及于性命者也。虽然，句读训诂，不可不通，惟当熟读。不可强解，优游讽诵，涵泳胸中，虽不明了，以为先入之主可也。必欲明之，不凿则惑耳，六经即毕，反而求之，自得之矣"①。在这里，刘因是反对那种以"简易"自许而空言性理的。主张先博后约，这是朱熹的观点，而他又强调六经淹通以后的"反而求之，自得之矣"，这又是陆象山的说法，刘因将这二者融而为一，构成其和会朱陆的治学思想。

在修养方法上，理学家倡"敬"、"静"二字，当然，在"主敬"与"主静"二者中，理学家们也各有侧重。如二程多言"主敬"，而周敦颐则有所不同。周敦颐更重"主静"。刘因在这个问题上，是十分重视"主静"的。在这方面他更多地继承了周敦颐的理学思想方法。周敦颐提出"圣人以主静立人极"②的命题，而他之所谓"静"，并非舍动而求静，亦非寂然不动，而是在动中得静。他说："动而无静，静而无静，静而无动，物也。动而无动，静而无静，神也。……圣可学乎？曰：可。有要乎？曰：有。请问焉，曰：一为要。一者，无欲之谓也，无欲则静虚动直。静虚则明，明则通，动直则公，公则溥，明通公溥，庶几乎？"③ 可见，周敦颐以"主静"为修养大要，然其"静"则不离于动。刘因也以"主静"为修养方法，为处世态度，他说："道之体本静，出物而不出于物，制物而不为物所制，以一制万，变而不变者也。"④ 这个"一"，也就是"静"，他在诗中也屡次写到这种"静"的态度，如"静阅无穷世，闲观已定天"（《除夕》）、"静中天地我，闲里去来今"（《文章》）等等，都见出刘因"主静"的修养方法。

在宋代理学中，刘因非常推崇邵雍和周敦颐，而对邵雍尤为心仪，他时于诗歌中表述出这种心情，如《周邵》诗云："百年周与邵，积学欲何期，径路宽平处，襟怀洒落时。风流无尽藏，光景有余师，辜负灵台境，图画重一披。"对周敦颐、邵雍颇致倾慕之情。

在认识论方面，刘因深受邵雍"观物"说的影响，主张一种超然物外的"以物观物"。在邵雍的哲学思想中，"观物"说是相当重要的命题，邵雍说："所谓观物者，非以目观之也，非观之以目，而观之以心也，非观之

① （元）刘因：《静修先生文集》卷1《叙学》，中华书局1985年版，第3页。
② （宋）周敦颐：《太极图说》，引自吕思勉《理学纲要》，商务印书馆1931年版，第43页。
③ 陈克明点校：《周敦颐集》，中华书局1990年版，第26—30页。
④ （元）刘因：《静修先生文集》卷2《退斋记》，中华书局1985年版，第42页。

以心，而观之以理也。圣人之所以能一物之情者，谓能反观也。反观者，不以我观物，以物观物之谓也。"① 这里提出来"以理观物"和"以物观物"。"以理"便是"顺理"，用邵雍的话来说，人们观物应该"无思无为"，"顺理则无为"。其实是一种禅观式的直观主义。而"以物观物"则是与"以我观物"相对的，也就是去除个人主观的好恶，以超物的态度来观察世事之纷纭。吕思勉先生阐发道："以物观物，谓纯任物理之真，而不杂以好恶之情，穿凿之见，即今所谓客观，有我则流于主观矣。"② 这大致是不差的。

刘因观察事物的方法，对待事物的态度，继承了邵雍的"以物观物"，他在诗文中表露出超然而观物的情境是很多的，如"静里形神君与我，眼中兴废古犹今"（《偶作》），"隐几南山意独长，回看尘世易炎凉"（《夏日幽居》），"万象何为入杳冥，悬知物外自高明"（《积雨》）等，都显现出诗人超然客观的"观物"态度，元人苏天爵在为刘因所作墓表中，指出刘因"其学本诸周、程，而于邵子观物之书，深有契焉"③。这个论断是较为切合刘因思想实际的。

二　刘因的文学思想

刘因虽然是著名的理学家，却并不像有些理学家那样重道轻文，而是对文学创作尤其是诗非常重视而且爱好，他"六岁能诗，七岁能属文"④，自幼便打下良好的文学基础。他对诗学有自己的认识，而这种认识又明显是在理学框架之中的。刘因说：

> 治六经，必自《诗》始，古之人十三诵诗，盖诗吟咏情性，感发志意，中和之音在焉，人之不明，血气蔽之耳，诗能导情性而开血气，使幼而常闻歌诵之声，长而不失美刺之意，虽有血气，焉得而蔽也？⑤

---

　　① （宋）邵雍：《皇极经世书·观物内篇》，引自吕思勉《理学纲要》，商务印书馆 1931 年版，第 58 页。

　　② 吕思勉：《理学纲要》，商务印书馆 1931 年版，第 58 页。

　　③ （元）苏天爵：《静修先生刘公墓表》，见《全元文》第 40 册，凤凰出版社 2004 年版，第 417 页。

　　④ （明）宋濂等：《元史》卷 171《刘因传》，中华书局 1976 年版，第 4007 页。

　　⑤ （元）刘因：《静修先生文集》卷 1《叙学》，中华书局 1985 年版，第 3 页。

刘因论述了诗的功能，这里虽是先谈《诗经》，以《诗经》为儒家经典之始，肯定了《诗经》的重要地位。但其实刘因没有止于《诗经》，而是假此以论一般诗歌的功能、作用，"吟咏情性，感发志意"，诗歌能泄导人情，但又应该是一种"中和之音"，很明显，刘因对诗的认识，没有超出传统儒家诗教的范围，但他把《诗经》置于"六经"之首，充分表现了他对诗的地位的高度重视。刘因对诗歌及其他文学艺术的独特性质表达在他对"艺"的历史性看法之中，颇为值得引起注意。他说：

> 孔子曰：志于道，据于德，依于仁矣，艺亦不可不游也，今之所谓，与古之所谓艺者不同，礼乐射御书数，古之所谓艺者，随世变而下矣，虽然，不可不察也，诗文字画，今所谓谓艺，亦当致力，所以藻物，所以饰身，无不在也。①

由此看出，刘因非常看重"艺"的审美功能与社会作用。"艺"是孔子教育思想中的重要概念，指礼、乐、射、卸、书、数等文学、艺术、技艺、体育等方面的活动，是孔子的重要教学内容，《论语，述而》中说："志于道，据于德，依于仁，游于艺。"意为：目标在于"道"，根据在于"德"，依靠在于"仁"，而游憩于礼、乐、射、御、书、数六艺之中。那么，对于"艺"而言，为什么是"游"呢？何晏《集解》说："艺，六艺也，不足据依，故曰'游'"。认为"艺"是次于"道"、"德"、"仁"的，不足依据，方称之为"游"②。朱熹对此的看法值得注意，他在《四书集注》中说："游者，玩物适情之谓。艺则礼乐之文，射、御、书、数之法，皆至理所寓，而日用之不可阙者也，朝夕游焉，以博其义理之趣，则应务有余，而心亦无所放矣，此章言人之为学当如是也，盖学莫先于立志，志道，则心存于正而不他，据德，则道得于心而不失依仁，则德性常用而物欲不行，游艺，则小物不遗而动息有养。"③ 应该看到，朱子把"游"解释为"玩物适情"，是颇为确切的，"艺""礼乐之文"，而通过"游艺"，"小物不遗而动息有养"，使人在日常生活中便得到情性之适，这并非无聊的消遣。我们由此可以看到，孔子所谓"游于艺"，并非是因六艺为末技而"不足依据"，而是

---

① （元）刘因：《静修先生文集》卷 1《叙学》，中华书局 1985 年版，第 6 页。
② （清）程树德：《论语集释》卷 13，中华书局 2013 年版，第 513 页。
③ （宋）朱熹：《四书集注·述而第七》，岳麓书社 2004 年版，第 107 页。

说"六艺"的学习是通过"玩物适情"的途径而达于仁义之境。其实，"六艺"是一种审美教育内容。它不是以"一本正经"的概念传导而教授的，而是以"日用之间，无少间隙，而涵泳从容，忽不自知其入于圣贤之域失"①。从这个意义上，孔子所说的"游"，倒是与德国美学家席勒的"游戏"说有些相通了。席勒说："在人的一切状态中，正是游戏而且只有游戏才使人成为完全的人。"② "只有当人游戏时，他才完全是人。"③ 尽管席勒的"游戏"与孔子的"游"所要成就的人格理想颇不相同，但其途径、方法却非常相似。

刘因指出"艺"的内涵在不同时代发生了变化，"诗文字画，今所谓艺"④。以这些更为纯粹的艺术创作取代了古之"六艺"，刘因对它们相当重视，认为"亦当致力"，而且，刘因高度肯定文学艺术即"诗文字画"的功用是"所以华国，所以藻物，所以饰身，无不在也"⑤。可以说，刘因的认识正是从审美的角度出发的。"华国"、"藻物"、"饰身"中的"华"、"藻"、"饰"，均起动词作用，使国家、事物、个人，都得到美的升华。这无疑是带有很鲜明的美学色彩的，刘因这里对"艺"的作用的认识是超越了理学家的眼界，突破了传统儒家文学观念的，在对文艺本质的问题上，提出了具有很高美学价值的观点。

刘因还对文学的发展流变进行了描述与分析，尤其是指出了诗歌的发展趋势，他说：

> 三百篇之流，降而为辞赋，离骚，楚辞，其至者也。辞赋，本诗之一义，秦汉而下，赋遂专盛，至于《三都》，《两京》极矣，然对偶属韵，不出乎诗之律，所谓源远而未益分者也。魏晋而降，诗学日盛，曹刘陶谢，其至者也。隋唐而降，诗学日变，变而得正，李、杜、韩，其至者也。周宋而降，诗学日弱，弱而后强，欧苏黄，其至者也。故作诗者，不能三百篇，则曹刘陶谢，不能曹刘陶谢，则李杜韩，不能李杜韩，则欧苏黄，而乃效晚唐之萎苶，学温李之尖新，拟卢之怪诞，非所

---

① （宋）朱熹：《四书章句集注》，中华书局1983年版，第94页。
② ［德］席勒：《审美教育书简》，冯至、范大灿译，北京大学出版社1985年版，第79页。
③ 同上书，第80页。
④ （元）刘因：《静修先生文集》卷1《叙学》，中华书局1985年版，第6页。
⑤ 同上。

以为诗也。①

在刘因看来，文学的主流是诗，辞斌本是"诗之一义"，而对诗学的发展，刘因是加以具体分析的，并非如有些人那样以古为尚。他认为诗学在魏晋以后诗学日益发展，以曹、刘、陶、谢为成就最高，隋唐时期，诗学与前代相比，发生很大变化，变的趋势是归于正途，以李、杜、韩为代表，宋代之诗，经历了一个强变而弱，弱而又强的曲折过程，以欧、苏、黄为其翘楚。刘因对晚唐诗风颇致不满，以"萎苶"来形容之，贬义甚明，他对温庭筠、李商隐的"尖新"、卢仝的"怪诞"，都加贬斥，可见他的诗学观念之一斑。

刘因对散文的发展也有卓异的见解，这主要体现在他对诸家散文风格辨析、概括，颇为精彩。他说：

> 至于作文，六经之文，尚矣，不可企及也。先秦古文，可学矣，左氏、国语之顿挫典丽、战国策之清刻华峭，庄周之雄辨、穀梁之简婉，楚辞之幽博，太史公之疏峻。汉而下，其文可学矣，贾谊之壮丽，董仲舒之冲畅，刘向之规格，司马相如之富丽，扬子云之邃险，班孟坚之宏雅。魏而下，陵夷至于李唐，其文可学矣，韩文之浑厚，柳宗元之光洁，张燕公之高壮，杜牧之之豪缛，元次山之精约，陈子昂之古雅，李华、皇甫湜之温粹，元微之、白乐天之平易、陆贽、李德裕之开济。李唐而下，陵夷至于宋，其文可学矣，欧阳子之正大，苏明允之老健，王临川之清新，苏子瞻之宏肆，曾子固之开阖，司马温公之笃实，下此而无学矣。
>
> 学者苟能取诸家之长，贯而一之，以足乎己。而不蹈袭縻束，时出而时晦，以为有用之文，则可以经纬天地，辉光日月也。②

刘因是从标举历代散文典范的角度来谈的。其中所举，系自先秦至宋代的诸家"可学"之文，却不啻是一部简略的散文史，尤其是对诸家散文风格的精赅概括，更是对散文研究的重要贡献。这些概括，是以对这数十家散文的敏锐辨析为基础的，尤可见出刘因"辩家数如辩苍白"③ 的审美辨析力。

---

① （元）刘因：《静修先生文集》卷 1《叙学》，中华书局 1985 年版，第 6 页。
② 同上书，第 7 页。
③ 郭绍虞：《沧浪诗话校释》，人民文学出版社 1961 年版，第 136 页。

刘因还对一些审美范畴作出了独到的理论思考，尤以对"形神"关系的论述最有价值。关于形神关系的论争，在中国美学史上由来已久，有人主张"形似"，有人主张"神似"。如苏轼明确主张创作中的"神似"，因有"论画以形似，见与儿童邻"的贬语；金代文论家王若虚则力倡"形似"，因有"所贵于画者，为其似耳，画而不似，则如勿画"①的论断。刘因对此表达了独到的看法，他说："夫画形似，可以力求，而意思与天者，必至于形似之极，而后可以心会焉。非形似之外，又能所谓意思与天也。"②又说："形，神之所寓也，形不同焉而神亦与之异矣。……予谓惟是形则有是神，于是形而求神，则得之，不于是形而求是神，则不得也。"③刘因主张形似与神的统一，他认为二者并不矛盾。"形似"之极，便可以产生"神似"，并非于"形似"之外另有"神似"，对于"形神"的论争，这是一种很深刻、很独到的意见。

刘因的文学观念，美学思想，与其理学思想有很密切的关系，如他对诗歌本质及功能的认识，都是不脱理学框架的。但他并不因此而轻视文学，把文学当作"末技小道"，而是非常重视文学功能、作用，并从审美的角度提出一些观点，对中国古典美学理论的丰富有一定的裨益。

三 刘因的诗歌艺术个性

刘因是一位理学家，更是一位不同凡响的诗人，在"体制音响，大都如一"④的元代诗坛上，刘因的诗歌创作是有颇为鲜明的艺术个性的，而他的诗歌风格，与其理学思想有内在的某种联系。同时，又显示出非理学所能限囿的诗人本色。

刘因自幼喜欢诵诗、写诗，为我们留下了近九百首诗作。他曾在诗中叙述过自己对诗歌创作的追求与期许：

> 因幼有大志，早游翰墨场。八龄书草字，观者如堵墙。九龄与太元，十二能文章。遨游坟索圃，期登颜孔堂。远攀鲍谢驾，径入曹刘

① （金）王若虚：《滹南遗老集》卷39，中华书局1985年版，第248页。
② （元）刘因：《田景延写真诗序》，《静修先生文集》，中华书局1985年版，第34页。
③ （元）刘因：《书东坡传神记后》，同上书，第49页。
④ （明）胡应麟：《诗薮》，上海古籍出版社1958年版，第230页。

乡。诗探苏李髓，赋薰班马香。衔官宾屈宋，伯仲齿卢王。斯文元李徒，我当拜其旁，呼我刘昌谷，许我参翱翔。眼高四海士，儿子空奔忙，俗物付脱略，壮节持坚刚。……

——《呈保定诸公》

在这首极似于杜甫《赠韦左丞丈二十二韵》的述志诗中，诗人回忆了自己早登文场、诗文出众的少年时光，表达了他在人格与学术方面的自期，遨游于典坟，追攀乎圣贤，乃是他的理想所系。在文学创作上，他不仅十分执着，而且自许甚高。方驾大家，傲睨侪辈。而文坛好友则以"刘昌谷"称他，即把他比之于大诗人李贺。这也为我们把握静修诗的艺术个性提供了很好的线索。李贺的奇崛诡诞的风格特征，在静修诗中是不难找到痕迹的，但是，静修诗所显示的则又更多是奇崛苍劲，气势昂然，给人以壁立千仞之感。其五古、七古诗中多有此类篇什，如《黄金台》、《龙潭》、《游天城》、《登荆轲山》、《西山》、《山中》、《登镇州隆兴寺阁》等，清人王灏评其诗为"气骨超迈，意境深远"①，在这类诗中体现得最为突出。兹举几首为例，以见一斑：

盘磴脱交荫，平坛得高岑。高岑不可攀，哀湍激幽音。穷源岂不得，爽气来骎骎，灵润发山骨，沮洳下崖阴，为问石上苔，妙理谁曾寻，乾坤有乾溢，此水无古今。下有灵物栖，倒影毛发森，东州早连岁，呼楷动云林，顾此百丈潭，岂无三日霖，为霖此虽能，鞭策由天心，日暮碧云合，空山深复深。

——《龙潭》

径远涧随曲，崖深山渐少，居然翠一城，四壁立如扫。天设限仙凡，云生失昏晓，平生万事懒，登临即轻袍。山灵知信息，风烟久倾倒，顾瞻困能仰，泛应习称好，端居得萧寂，远眺碍孤峭。乃知方寸间，别有万物表。未须凌绝顶，胸次青已了。

——《游天城》

这些篇什，笔力苍劲，意象高迈奇崛，即表现了大自然的造化之奇，又吐露

① （元）刘因：《静修先生文集·跋》，中华书局1985年版，第253页。

出诗人的高远胸次，《静修集》中的五古，多是此类。

《静修先生文集》中又多七古之作，除有上述五古的特点外，这些篇什又都气势傍沛、奇丽雄峭，兼得韩昌黎"其力大，其思雄"① 的特质，写西山之雄峻："西山龙蟠几千里，力尽西风吹不起。夜来赤脚踏苍鳞，一著神鞭上箕尾。"（《西山》）写寒风中的白雁："北风初起易水寒，北风再起风吹江干。北风三起白雁来，寒气直喷朱崖山，乾坤噫气三百年，一风扫地无留钱。万里江湖想潇洒，伫看春水雁来还。"（《白雁行》）写"饮后"的感觉世界："日光射雨明珠玑，怒气郁作垂天云，天浆海波吸已竭，倒景径入黄金厄。金厄一倾天宇间，天公愁吐胸中奇。海风掀举催月出，吹落酒面浮明辉。"（《饮后》）等等。无论是写外在景物还是写自己的感觉世界，诗人都创造出瑰丽雄奇的意象，构织出令人感到匪夷所思的奇特世界。这在元代前期诗人中，无疑是与众不同的，诗人融会了韩愈、李贺、元好问的诗歌特点于一炉，抒写自己的内在宇宙，充溢着壮逸雄奇的阳刚之美。

刘因性格耿介，卓然独立，不仕于元廷，亦不随乎流俗，清高自守，以品节见称，其诗作时常表现出独立不倚、迥异流俗的人格力量。如《游源泉》一诗："丛祠郁苍翠，万古藏清幽。泛然石上足，不逐苍波流。"《孤云》："孤去生几时，冉冉何所适。岂无昆华高，路远嗟刭独力。徘徊天中央，明月为颜色。下有幽栖士，岁晏倚青壁，朝饮涧下泉，暮拂松间石，相对澹忘情，倒影寒潭碧。"这些诗都托于意象，映写出诗人那种不逐流俗、风节自励的抒情主人公形象。

刘因诗中多有"幽人"、"幽士"的形象，除《孤云》中的"幽栖士"，还有许多，如"溪南有幽人，鼓棹前山阿，烟深渺无处，月色浮松萝"（《泛舟西溪》），"院静复夜静，幽人世虑轻"（《夏夜》），"无人慰幽独，之子罢登临"（《送友生》），"湖怀幽思自萧萧，况对空山夜正遥"（《山中月夕》），等等，这种"幽人"、"幽士"的形象，同样是诗人那种块然独立、摆脱世俗的主体世界的外化。

与刘因的"观物"思想密切联系的是，其诗中多有超然物外、冷眼观世的视点与意境。诗人在观物取境时便以"物外"有视点，洞照大千世界的变迁。他在诗中曾说："天教观物作闲人，不是偷安故隐沦。"（《杂诗》）说明刘因取超然物外的观照态度是有明确意识的。看静修诗中的这样一些诗

---

① （清）叶燮：《原诗·内篇》上，见霍松林、杜维沫校注《原诗·一瓢诗话·说诗晬语》，人民文学出版社 1979 年版，第 8 页。

句：“静阅无穷世，闲观已定天。”(《除夕》)“乘兴闲登眺，归来昼掩扉。静中见春意，动处识天机。”(《野兴》)“静里形神君与我，眼中兴废古与今。”(《偶作》)“事物阅来如有悟，囊箱空惯已无羞。”(《几叶》)“洞观今古平平在，尽区区智与权。”(《现前》)“隐几南山意独长，回看尘世易炎凉。”(《夏日幽居》)诗中都明显有“观物”之意。诗人对世态人生以及时空迁替取冷眼旁观的态度，因而使诗的意境宏阔深远而又富于变化。如《山中》一诗：“山中望塔倚天表，今得全山如立草，不知天地视全山，何如一粒江湖渺。”再如《野兴》一诗：“莽莽榛芜路，蚩蚩鱼肉民。乾坤几逐鹿，今古一伤麟。眼底人间世，胸中物外春。江山满花柳，无负百年身。”诗意都是如此。作为理学家的刘因，其诗不满足于一般的情景相因，而是力求以诗的意象来表现理念性的东西，所以，静修诗多有较为深邃的意蕴，而不伤于肤浅。元诗伤于浅者非常之多，“元之失，过于临模，临模之中，又失之太浅”[1]。胡氏之语，指出了元诗流于肤浅的通病。静修诗不同于此，以意蕴深刻见长，诗人很少泛泛写景咏物，而是在写景咏物中寄托自己的人格，表达一种观念。这些篇什其上乘者则颇受邵雍影响，诗中理语颇多，这类诗多是在七律、七绝之中，如《道境》、《杂诗五首》、《癸酉新居杂诗九首》之类，尽管较邵雍《伊川击壤集》诸作更多一些诗味，却露出一副道学面目，“种种头巾，殊可厌也”[2]。

从文学史的角度看，刘因是元代一位卓有成就、颇具个性的诗人，他的文学思想、美学思想及其诗歌艺术个性，都与其理学思想有一定的内在联系，同时，又在很大程度上超越之。刘因对于文学艺术的喜爱，对其审美特征、风格特征的把握辨析，都不是道学气的，而是本色的诗人艺术家的眼光。刘因的这种情形在元代理学人物中并非绝无仅有，而是有相当的代表意义。元代的著名文学家中颇有一些是理学中人物，如虞集、欧阳玄、揭傒斯、吴师道、柳贯、黄潜、吴莱等都是。他们是理学谱系的正宗传嗣，却又是元代文坛上的佼佼者。因而，把刘因作为个案进行分析研究，意义却不止于其人。

---

① (明)胡应麟：《诗薮》，上海古籍出版社 1958 年版，第 221 页。

② 同上书，第 241 页。

元代后期少数民族诗人在元诗史中的地位

一

元诗以延祐诗坛为极盛，以虞（集）、杨（载）、范（梈）、揭（傒斯）这"元四家"为代表的诗人，形成了元诗的全盛时代。延祐诗坛确实能够体现元诗的特征与成就，代表了元诗的审美范式。清人顾嗣立说："先生（指虞集）与浦城杨仲弘（载）、清江范德机（梈）、富州揭曼硕（傒斯），先后齐名，人称'虞、杨、范、揭'，为有元一代极盛。"① 这当然并非顾氏一人之见，而是他对延祐诗坛的客观评价。延祐诗坛名家辈出，篇什众多，题材广泛，确乎展示了元诗之盛貌。但是延祐诗风主要是以"雅正"观念为指导思想的，内容上基本是表现元代社会中期的承平气象。诗中所表露的诗人心境，也都是较为平和的，很少有怨愤的情绪。在诗的艺术上，体式端雅而少有生新奇峭的意象与拗折的句法。大致可以说，延祐诗坛基本上是以古典主义为主导倾向的。

延祐之后，元代诗坛发生了很大变化，可以说是由正到变的转折。后期诗坛开始改变以"雅正"的审美观念为"一统天下"的格局，而且产生了多样化的风格。在内容上也更多地揭露了元代社会矛盾。元代后期的诗坛，少数民族诗人群星灿烂，萨都剌、马祖常、丁鹤年、泰不华等蒙古和色目诗人的创作，使元代诗史更为丰富厚重。这些少数民族诗人没有那么多根深蒂固的传统儒家诗教观念，而是从自己的性情出发，充分发挥他们的创造才能，因而其诗歌创作能够异彩纷呈，使中华的诗史长河多了一些奇美的浪花。在元代后期诗坛上，这些少数民族诗人的地位是很重要的，是我们认识、评价元诗所不应忽略的。

　＊　本文刊于《内蒙古社会科学》1997 年第 6 期。

　①　（清）顾嗣立：《元诗选·初集》，中华书局 1987 年版，第 843 页。

二

　　萨都剌是我国杰出的少数民族诗人，回族，字天锡，号直斋，其祖先为答失蛮氏。祖父以勋留镇云代，遂为雁门人。萨都剌虽为色目人，在元代地位高于汉人，但到萨都剌时，家境已经贫寒，以至"家无田，囊无储"（《溪行中秋玩月》）。后来他曾远到吴、楚，经商谋生。泰定四年（1327）中进士，授镇江录事司达鲁花赤（掌印正官，是只有蒙古人和色目人才能做的官职），后任应奉翰林文字，以弹劾忤权贵，左迁镇江录事。晚居武林（今杭州），流连于山水之间。

　　萨都剌勤于创作，他一生遍览名山大川，也多接触社会现实，作品题材十分广泛，有对祖国壮美山河的描写，有直探民生疾苦的篇什，也有怀古讽今的咏叹感慨。其诗词作品由诗人自己辑为《雁门集》，并请礼部尚书干文传作序。

　　萨都剌的诗作，在元代诗人中是别具一格的。他不再囿于"雅正"的观念，而一任情感的流泻。虞集评萨诗说："进士萨天锡者最长于情，流丽清婉，作者皆爱之。"[1] 流丽清婉，确乎是萨诗的一个显著特点。这个特点很典型地体现在他的宫词之中。宫词是表现宫廷女性的生活与心态的。容易流于一味浓艳，而萨都剌的宫词则以这种体裁写出了更为深广的内容。清人翁方纲最欣赏萨的宫词，说："萨天锡诗，宫词绝句第一。"[2] 萨都剌的宫词风流俊爽，善于通过人物的情态表现人物的内心变化，在艺术上达到了很高成就。如"杨柳楼心月满床，锦屏绣缛夜生香。不知门外春多少，自起移灯看海棠"（《宫词》），"梦回绣枕听黄鸟，困倚栏杆看白鹇。落尽海棠天不管，修眉惭恨锁春山"（《四时宫词四首》）。这些宫词，都以精美的语言，表现出宫女瞬间情绪的变化，"风流跌宕，可谓才人之笔"[3]。

　　萨都剌有很多诗作揭露当时社会的悲惨现实，如《鬻女谣》：

　　　　扬州袅袅红楼女，玉笋银笋响风雨。绣衣貂帽白面郎，七宝雕笼呼翠羽。冷官傲兀苏与黄，提笔鼓吻趋文场。平生睥睨纨绮习，不入歌舞

---

①　（元）虞集：《傅与砺诗集序》，见《全元文》第 26 册，凤凰出版社 2004 年版，第 266 页。

②　（清）赵执信、翁方纲著，陈迩冬点校：《谈龙录·石洲诗话》，人民文学出版社 1981 年版，第 168 页。

③　（清）翁方纲：《石洲诗话》卷 5，中华书局 1985 年版，第 85 页。

春风乡。道逢鬻女弃如土，惨淡悲风起天宇。荒村白日逢野狐，破屋黄昏闻啸虎。闭门爱惜冰雪肤，春风绣出花六株。人夸颜色重金璧，今日饥饿啼长途，悲啼泪尽黄河干，县官是官何尔颜？金带紫衣郡太守，醉饱不问民食艰。传闻关陕尤可忧，旱荒不独东南州。枯鱼吐沫泽雁叫，嗷嗷待食何时休？汉宫有女出天然，青鸟飞下神书传。芙蓉帐暖春云晓，玉楼梳洗银鱼悬。承恩又上紫云车，哪知鬻女长唏嘘。愿逢昭代民富腴，儿童拍手歌康衢。

这首乐府诗意义颇为深刻，而诗作的审美价值也很高。诗中描绘了两个截然不同的世界，一面是"七宝雕笼"、"芙蓉帐暖"的高门豪族，一面是卖儿鬻女、嗷嗷待食的贫寒人家。此诗作于天历二年（1329），正值灾荒岁月。诗中所说的"传闻关陕尤可忧，旱荒不独东南州"，正是指这年的灾情。诗人将灾年百姓的悲惨境遇，凝缩进"鬻女"的意象中，使之具有了十分深远的普遍性意义。诗人对县官、郡守的斥责，是直露而尖锐的，这在元代诗歌中几乎是绝无仅有的。如果用"怨而不怒、哀而不伤"的"雅正"观念来衡量，自然是不合规范的。正因其如此，更足以说明萨诗的价值所在。一般揭示人民疾苦的诗流于枯质，而萨诗则流丽婉转，情韵盎然。这正是萨诗的魅力所在。

延祐诗人多以"雅正"为圭臬，诗以含蓄缥缈、不切世务为妙；而萨都剌却有直指朝政大事之作，足见其勇气所在。如《纪事》："当年铁马游沙漠，万里归来会二龙。周氏君臣守空信，汉家兄弟不相容。只知奉玺传三让，岂料游魂隔九重。天上武皇亦洒泪，世间骨肉可相逢。"此诗感慨于蒙古统治者内部争夺皇位的骨肉倾轧，有很强的政治讽谕性。瞿佑在评价此诗同时，记述了诗的本事，他说："萨天锡以宫词得名，其诗清新绮丽，大率相类。惟《纪事》一首，直言不讳，云云。盖泰定帝崩于上都，文宗自江陵入据大都，而兄周王远在沙漠，乃权摄位而遣使迎之，下诏四方云：谨俟大兄之至，以遂固让之心。及周王至，迎见于上都欢宴，一夕暴卒。复下诏曰：夫何相见之顷，宫车弗驾。谥明宗。文宗遂即位。皆武宗子也，故末句云然。"① 周王之暴死，分明是文宗与权臣燕铁木儿事先精心策划的结果，这完全是为了争夺皇位而骨肉相残的丑剧。元诗以学唐相标榜，实际主要是模仿王、孟、韦、刘一系雅淡超逸、遁入内心天地的诗风，而在诗论中也一

① （明）瞿佑：《归田诗话》，中华书局 1985 年版，第 30 页。

再主张"托词温厚"、"含蓄不伤"、"婉曲不露",片面地发挥了儒家诗教,因而元诗中少有切入现实政治之作。萨都剌《纪事》等作,则是直刺朝政是非,而且不局限于文宗、周王之争,而是站在更高的视角进行概括,指出了统治集团的丑恶本质。

马祖常也是元代后期诗坛一位出色的少数民族诗人,马祖常(1279—1338),字伯庸,世为雍古部,居靖州之天山(今属新疆),高祖锡里吉斯,金末为凤翔兵马判官,后代因以马为姓。延祐二年(1315),马祖常廷试第二,授应奉翰林文学,累迁至礼部尚书,元统初年,拜御史中丞,转枢密副使,后辞归,卒于至正四年,年六十。马祖常活动的时间比萨较早,在延祐诗坛上已颇为活跃。所著诗文集为《石田集》。

马祖常在元代诗史上有很重要的地位,元代苏天爵序其诗云:"公诗接武隋唐,上追汉魏,后生争效慕之,文章为之一变。"① 可见其诗风在当时是颇具影响力的。虞集序傅若金诗说:"大德中,文章辈出,赫然鸣其治平者,则浦城杨仲弘、江右范德机其人也。其后马伯庸中丞用意深刻,思致高远,亦自成一家。"② 可见马祖常之作在当时已不同于一般的诗坛风气。

马祖常多以乐府来摄写社会生活的画面,以表现下层的困苦生活,如《踏水车行》、《缲丝行》、《拾麦女歌》、《古乐府》等,举《古乐府》为例:

> 天上云片谁剪裁,空中雨丝谁织来?羡藜秋沙田鼠肥,贫家女妇寒无衣。女妇无衣何足道,征夫戍边更枯槁。朔雪埋山铁甲涩,头发离离短如草。

此诗用古乐府的形式、对比的手法写织妇征夫的艰苦生活,通过诗的艺术含蓄地批判了元朝社会的黑暗与不合理。马祖常更多地继承了张籍、王建乐府的特点而加以发展,有较浓的"乐府味"。诗的意象并非凭空幻想,而是从生活中提炼出来的。

马祖常的诗作更多逸出了盛唐诗风的笼罩,而吸收了李贺、温庭筠等诗人的风格,加以自己的融会创造,使诗的意象、词语等方面都具有相当的个性。如《淮安路池山》:"淮浦蒲花秋渺渺,淮岸杨花春裊裊,白鱼初下渔船来,十里风烟隔飞鸟。吾生欲向淮南居,更闻池山好田庐。濯足沧浪箕踞

---

① (清)顾嗣立:《元诗选·初集》,中华书局1987年版,第669页。
② (元)虞集:《傅与砺诗集序》,见《全元文》第26册,凤凰出版社2004年版,第266页。

坐，不问朝家求聘车。"《赠陈众仲秀才缬云辞》："缬云织波射金水，郎君水西著皮履。南陌紫尘十丈高，拟须买酒意气豪。万里将书凭好鸟，荔枝千颗团团小。天津不隔少微星，闾阖门开夜光晓。"从意象到韵律，都给人以一种审美上的"陌生化"感觉，马祖常虽然主要活动于延祐诗坛上，但他的创作却体现了元代诗风由中期到后期的变异。

元代后期的少数民族诗人还有泰不华、迺贤、余阙、丁鹤年等，其创作在相当程度上体现了元代诗风的变化。在从延祐到元后期诗风的过渡中，他们是不可漠视的重要推动力量。

泰不华，字兼善，初名达普化，文宗为赐今名，蒙古族。至治元年（1321）为右榜进士第一，授集贤修撰，顺帝时擢为礼部尚书，后改台州路达鲁花赤，后为元朝死节，谥曰"忠介"。泰不华是一位颇具个性的蒙古族诗人，他诗风豪放清刚，意境雄阔，不同于延祐诗风之淡雅缥缈，如七律《送琼州万户入京》：

> 海气昏昏接蜃楼，飓风吹浪蹴天浮，
> 旌旗昼卷蕉花落，弓剑朝悬瘴雨收。
> 曾把乌号悲绝域，却乘赤拨上神州，
> 男儿坠地四方志，须及生封万户侯。

在送别诗中表现了自己报效祖国、志在四方的高迈襟怀。诗的意象雄奇悲壮，十分富有力度感。再如《卫将军玉印歌》中"君不见祁连山下战骨深，中原父老泪满襟。卫后废殂太子死，茂陵落日秋风起。天荒地老故物存，摩挲断文吊英魂"等诗句，熔历史感与现实感于一炉，在怀古中寄寓了自己的情志，深沉而又慷慨。

余阙，字廷心，人称青阳先生，色目人，元统元年（1333）进士，至正年间出任淮东都元帅副使，与红巾军战，败而自刎，被视为元朝的忠节之臣，谥为"忠宣"。顾嗣立评价其诗文成就云："廷心留意经术，为文有气魄，能达其所欲言。诗体尚江左，高视鲍、谢、徐、庾以下不论也。"[1] 余阙诗更多的是从六朝诗人那里汲取艺术营养，而形成自己的独特风格。胡应麟评之云："惟余廷心古诗近体，咸规仿六朝，清新明丽，颇足自赏。"[2] 也

---

① （清）顾嗣立：《元诗选·初集》，中华书局 1987 年版，第 1736 页。
② （明）胡应麟：《诗薮》，上海古籍出版社 1958 年版，第 242 页。

有论者指出："马公之诗似商隐，萨公之诗似长吉，而余公之诗则与阴铿、何逊齐驱而并驾。"① 可见他是从六朝入手，而逸出盛唐诗之轨范的。余阙诗作以五言为主，五言篇什最多，也以五言为最佳。如《饮散答卢使君》一诗：

> 契阔思相见，留连及此辰。
> 长江映酒色，细雨若歌尘。
> 所喜襟怀共，由来态度真。
> 何时洗兵马，得与孟家邻。

这首诗体现了余阙诗的风格特征。情感真挚，意境清朗高畅，确有六朝风神。不仅如此，诗人还在真挚感情的娓娓述说中，表现了更为开阔的襟怀，深含对国事的忧虑与关切。

迺贤，字易之，别号河朔外史，本系突厥葛逻禄氏，世居金山（今阿尔泰山）之西，后居南阳，至正年间被荐为翰林编修官，后出参军事，卒于军。迺贤是元代后期的著名诗人，其诗集名《金台集》。迺贤一生经历丰富，其诗作内容广阔，颇多讽谕之什，真切地反映了元代后期的社会现实。迺贤多以乐府形式来写民生病痛，如《新乡媪》、《颍州老翁歌》、《新堤谣》、《卖盐妇》等。兹举《卖盐妇》：

> 卖盐妇，百结青裙走风雨。雨花洒盐盐作卤，背负空筐泪如缕。三日破铛无粟煮，老姑饥寒更愁苦，道旁行人因问之，拭泪吞声为君语。妾身家本住山东，夫家名在兵籍中。荷戈崎岖戍吴越，妾亦万里来相从。年来海上风尘起，楼船百万秋涛里。良人贾勇身先死，白骨谁知填海水。前的大儿生饶州，饶州未复军尚留。去年小儿攻高邮，可怜血作淮河流。中原封装音信绝，官仓不开口粮缺。空营木落烟火稀，夜雨残灯泣呜咽。东邻西舍夫不归，今年嫁作商人妻。绣罗裁衣春日低，落花飞絮愁深闺。妾心如水甘贫贱，辛苦卖盐终不怨。得钱籴米供老姑，泉下无惭见夫面。君不见绣衣使者浙河东，采诗正欲观民风，莫弃吾侬卖盐妇，归朝先奏明光宫。

① 《元诗纪事》卷18，见王云五主编，陈衍编辑《万有文库第二集七百种元诗纪事》，商务印书馆1935年版，第352页。

很明显，这首诗（连同其他同类诗作）是继承发展了杜甫、白居易的现实主义诗风，以新乐府的形式，深刻地写照出元朝后期下层人民的悲惨境遇。尽管诗中不无宣扬"从一而终"的封建道德观的意旨，但最为感人的、最有价值的是，卖盐妇一家的不幸命运以及她的坚强性格。她的丈夫为国征战，"贾勇"奋身而血洒疆场，两个儿子也上了前线，小儿子也已战死，这自然使我们看到"石壕吏"中"老妇"的影子。卖盐妇夫死家破，但她并未像左邻右舍那样"嫁作商人妻"，而是以"辛苦卖盐"来承荷生活的重压，奉养婆婆。诗人虽有封建教化之用意，但对卖盐妇形象的刻画是生动而真实的，是元后期劳动人民悲惨命运的缩影。这首诗在艺术上也是有特色的，它并未流于唐代同类题材较少情韵之失，而以情感曲折、韵味深隽取胜。贡师泰称其"乐府尤流丽可喜"①，很能说明逎贤乐府的特征。而诗人直接以诗的形式揭露元代社会后期的黑暗，无所避讳，大大突破了延祐诗坛的"雅正"限囿。

　　丁鹤年，字永庚，回族。丁鹤年是元末著名诗人，生当元末乱世，其诗多流露出末世之伤感。其诗工于诗律，尤以五七言近体为佳，元末戴良序其诗云："注意之深，用工之致，尤在五七言近体。"明人瞿佑在《归田诗话》称其"作诗极工"、"炼句精致"②。如《客怀》一诗：

> 此生何坎壈，终岁客他乡。
> 病骨惊秋早，愁心识夜长。
> 文章非豹隐，韬略岂鹰扬。
> 磨灭余方寸，还同百炼钢。

此诗写客子羁旅之怀，染着衰飒苍凉的末世气氛，情调迥异于延祐盛世的升平之音了。当元季之世，"雅正"的诗学观念已经消歇，尤其是杨维桢的"铁崖体"对延祐诗风冲击甚大，而丁鹤年的诗作则体现着末世气象。从诗艺而言，确乎是工炼严整的。丁诗虽有末世苍凉，但并不萎弱，而是颇具风骨，并有阳刚之气的。

---

① （清）顾嗣立：《元诗选·初集》，中华书局 1987 年版，第 1437 页。
② （明）瞿佑：《归田诗话》卷下，见丁福保《历代诗话续编》，中华书局 1983 年版，第 1289 页。

三

　　清人顾嗣立论及萨都剌等元代少数民族诗人说："要而论之，有元之兴，西北子弟，尽为横经，涵养既深，异才并出，云石海涯，马伯庸绮丽清新之派振起于前，而天锡继之，清而不佻，丽而不缛，真能于袁、赵、虞、杨之外，别开生面者也，各逞才华，标奇竞秀。亦可谓极一时之盛者欤！"① 这段话概括地揭示了元代少数民族作家的艺术成就与重要地位。

　　这些少数民族诗人们的创作对于元代文化以及诗史有较重要的意义。这种意义也许并不全然在于作品本身。他们都是以汉文进行创作，而且在艺术形式的把握、语言运用上达到了与汉文诗相比也毫无逊色的地步。尤其是萨都剌，不仅在少数民族诗人中是佼佼者，即便是在整个中国诗史上，也不愧为一代名家。萨都剌、泰不华等人的诗歌成就，标志着蒙古及色目人接受汉文化的深度，实际上，也标志着元代社会的文化进程。

　　另一方面，元代中期号称"盛世"。诗坛也以装点"盛世"的"治平之音"相矜，"雅正"成为笼罩诗坛的权威性观念，正如元代著名诗人、诗论家欧阳玄所说："我元延祐以来，弥文日盛，京师诸名公，咸宗魏晋唐，一去宋金季世之弊，而趋于雅正，诗丕变而近于古，江西之士之京师者，其诗亦弃其旧习焉。"② "雅正"的观念在元代中期统治于诗坛，要求诗歌创作主要是吟咏升平、唱叹盛世。元人戴良揭示出元中期诗坛之盛的这种性质，他说："我朝自天历以来，学士大夫以文章擅名海内者，有蜀郡虞公、豫章揭公、金华柳公、黄公。一时作者，涵醇茹和，以鸣太平之盛。治学者宗之，并称虞、揭、柳、黄，而本朝之盛极矣。"③ 从创作和诗歌评论上看，都相当浓重地流露出这种倾向。从元诗的中期到后期，主要的标志，乃是"雅正"观念离析与所谓"盛世"之音的淡化与消退。元代后期诗风丕变的主要代表是杨维桢，而在杨氏之前或同时或稍后的这些少数民族诗人，他们没有汉族诗人那么多儒家诗教根深蒂固的影响，北方少数民族那种较为质朴、文化积淀较薄的心理状态，还在相当程度上起着作用，这就使他们更具有个性诗风。在元代中后期诗风的丕变中，他们的功绩是不可湮没的。

---

① （清）顾嗣立：《元诗选·初集》，中华书局 1987 年版，第 1185—1186 页。
② （元）欧阳玄：《罗舜美诗序》，见《全元文》第 34 册，凤凰出版社 2004 年版，第 445 页。
③ （清）顾嗣立：《元诗选·初集》，中华书局 1987 年版，第 1878 页。

关于元代文学批评的几个问题[*]

元代的文学批评，有很丰富的内容，也形成了独特的景观，尽管有些理论问题是顺延宋代文论的，但仍有许多发展与创新。有些理论问题有独特的时代色彩。本文拈出其中几个诗学批评方面的问题进行探讨，以见元代文学批评发展的大略趋势。

一　关于理学思想施影响于元代诗学而形成的理论倾向

元代文学颇受理学思想濡染。理学在宋代已经得到充分发展，"二程"、朱熹、陆九渊这些思想史上的巨子，都有完整的体系，对元代思想界影响非同小可。在元代文人中，服膺理学者大有人在，如郝经、虞集、黄溍、刘将孙、刘埙等皆是。而元代的著名理学家吴澄、刘因、许衡，也都有很高的文学造诣，且在文人中有很高的声望与地位。但元代文人所接受的理学思想并非全是程朱的体系，而是有许多原始儒家的东西与陆九渊的心学精神。因此，元代理学对文学的影响，并不全然体现于"文以载道"，甚至可以说主要不是；而更多的是"雅正"的美学观念。元代的理学家及理学思想较重的文士，基本上没有宋儒那种重道轻文的倾向，而是使理学与文学处于一种和谐的关系之中。元代理学对文学的影响是曲折的"渗入"，而非直接的介入，从文学批评的层面来看，倒是可以较为清晰地看到一些痕迹。

元代前期文学家郝经的思想中有颇为浓重的理学成分，同时，儒家的传统诗教在其诗论中有决定性的地位。郝经认为诗应"述王道"，有补于世事。他在仪征被囚期间，选汉至五代221位诗人的250篇诗作为一选集，取

　＊　本文刊于《文史知识》1997年第12期。

其"抑扬刺美，反复讽咏，期于大一统、明王道，补辑前贤之所未及者"①，
名为《一王雅》，选录的宗旨首在于政治教化。他论诗文强调"有用于世"、
倡导"实"。他批评当日文人"不过夫记诵辞章之末，卒无用世"②，论述
道："天人之道，以实为用，有实则有文，未有文而无其实者也。"③ 强调为
文必当有实际的内容。在"理"与"法"的关系上，他提出"理者法之源，
法者理之具"④ 的命题，明确地把理置于第一性的地位。这个"理"，主要
指被奉为封建道统根本的"理"。王义山也宗宋儒理学，论诗以简淡为归，
反对工巧，他更多继承了邵雍的文学思想，他说："呜呼，诗至于工，病
矣，康节不求工于诗，而行云流水，诗之天也。"⑤ 推崇邵雍那种"乐时与
万物之自得"⑥ 的情怀。陈栎也以理学为宗，但不废文辞，他主张"文"与
"理"为一："盖文章、道理实非二致，欲学者由韩、柳、欧、苏词章之文，
进而粹之以周、程、张、朱理学之文也。"⑦ 宋末著名文学家刘辰翁之子刘
将孙，秉承家学中的理学渊源，主张文学与理道合而为一。上举这些都可见
出理学在元代文化中有广泛影响。

　　值得注意的是，元代理学中心学一派颇有声势，又往往与朱子之学合
流，"朱陆和会"乃是元代理学的一种趋势。心学对文学批评的渗透，主要
体现于对创作主体的作用，对艺术个性的重视。元代著名理学家吴澄（草
庐先生）的思想即偏于陆子之学。他认为："朱子于道问学之功居多，而陆
子以尊德行为主。问学不本于德性，则其蔽必偏于语言训释之末，故学必以
德性为本，庶几得之。"⑧ 全祖望案云："草庐出于双峰（饶鲁），固朱学
也，其后亦兼主陆学。"⑨ 可见吴澄思想中多有陆学因素。陆学重心性，重

　　① （元）郝经：《〈一王雅〉序》，见《郝文忠公陵川文集》卷28，山西人民出版社2006年
版，第389页。

　　② （元）郝经：《文弊解》，见《郝文忠公陵川文集》卷20，山西人民出版社2006年版，第
301页。

　　③ 同上。

　　④ （元）郝经：《答友人论文法书》，见《全元文》卷123，江苏古籍出版社1998年版，第
153页。

　　⑤ （元）王义山：《题胡静得编祖黄溪诗集序》，见《全元文》卷80，江苏古籍出版社1998
年版，第106页。

　　⑥ （宋）邵雍：《伊川击壤集自序》，见傅云龙、吴可主编《唐宋明清文集》第1辑《宋人文
集》卷1，天津古籍出版社2000年版，第569页。

　　⑦ （元）陈栎：《太极图说序》，见《全元文》卷571，凤凰出版社2004年版，第115—
116页。

　　⑧ （清）黄宗羲：《黄宗羲全集·宋元学案》第4册，浙江古籍出版社1986年版，第572页。

　　⑨ 同上。

主体，讲学重在"理会我"。论文学强调主体的批判精神，不随人脚跟，陆九渊曾说："他人文学议论，但谩作公案事实，我却自出精神，与他批判，不要与他牵绊，我却会斡旋运用得他，方始是自己胸襟。"① 吴澄论文学，强调艺术个性，用他的话来说，便是"诗而我"。他指出："不能诗者联篇累牍，成句成章，而无一字是诗人语。然则诗虽小技，亦难矣哉。金溪朱元善才思俱清，遣辞若不经意，而字字有似乎诗人。虽然，吾犹不欲其似也。何也？诗不似诗，非诗也，诗而似诗，诗也，而非我也，诗而诗已难，诗而我尤难。"② "诗而诗"，指掌握了诗歌艺术的基本规律，写出来的东西像"诗"。而在吴澄看来，这才是第一步，决非诗之至境，因为还够不上"诗而我"，即诗歌创作的个性。只有在"诗而我"的基础上写出不似旁人之诗，才达到"诗而我"的境界。这种观点，与他所受陆氏心学的濡染是有相当关系的。

二　关于元代诗学中占主导地位的"雅正"诗学观念

进入元代中期以后，社会渐趋稳定，出现某种"承平"气象。士大夫们对于元朝之初的易代之感已基本消逝，而在心理上认同元王朝为"我朝"，延祐开科取士，恢复科举，使许多有影响的士大夫"入我彀中"，在文学创作上也呈现出繁盛局面。元代的重要诗人，云集于此一时期，如赵孟頫、袁桷、虞集、杨载、范梈、揭傒斯、萨都剌、马祖常、贯云石（小云石海涯）等，都是蜚声诗坛、成就灿然的诗人，其中又尤以"虞、扬、范、揭"这"元四家"能够代表元代中期的诗学趋向。

这个时期，在诗学批评与创作中都形成了一个主导性的审美观念，即是"雅正"。这在批评者和诗人那里，都是自觉意识的。他们本着"鸣太平之盛"的使命感来倡导"雅正"诗风。元代诗论家欧阳玄曾概括道："我元延祐以来，弥文日盛，京师诸名公，咸宗魏晋唐，一去金宋季世之弊，而趋于雅正，诗丕变而近于古，江西之士之京师者，其诗亦弃其旧习焉。"③ 指出了当日诗坛上"雅正"的主导倾向。

"雅正"是儒家正统的诗学观念，渊源于儒家诗教中的"风雅"。《毛诗

---

① （宋）陆九渊：《陆象山全集》卷6《与吴仲时》，中国书店1992年版，第58页。
② （元）吴澄：《朱元善诗序》，见《全元文》第14册，凤凰出版社2004年版，第311页。
③ （元）欧阳玄：《罗舜美诗序》，见《全元文》第34册，凤凰出版社2004年版，第445页。

序》把"风、雅"与政教得失直接联系起来，这样阐释"雅"："雅者，正也，言王政有大小，故有小雅焉，有大雅焉。"① 这种解说有明显的牵合痕迹，却影响深远。值得注意的是，"雅正"虽与"风、雅"有渊源关系，但是内涵却颇为不同。"风、雅"与"美刺"相联系，不仅有"美"而且有"刺"。"风者，讽也"。如汉儒所说："上以风化下，下以风刺上，主文而谲谏，言之者无罪，闻之者足戒，故曰风。"② 无论在形式上要求怎样"主文谲谏"，毕竟要求诗歌对现实的批判功能、讽刺精神，这也是儒家文艺思想的一个基本点。"风雅"是要求干预现实的，"雅正"已经抽出了"风雅"的批评精神，而只剩下了颂美的内涵。

"雅正"又包含有"治世之音"的意思。《礼记·乐记》的作者，把"乐"与时政联系起来，指出"审声以知音，审音以知乐，审乐以知政，而治道备矣"。认为乐能够反映王朝盛衰，"是故治世之音安以乐，其政和；乱世之音怨以怒，其政乖；亡国之音哀以思，其民困。声音之道，与政通矣"。《礼记·乐记》中"乐"的概念，实际上不仅指音乐，而是包含着诗、乐、舞在内的"三位一体"的艺术美学范畴。"金石丝竹，乐之器也。诗，言其志也，歌，咏其声也；舞，动其容也。三者本于心，然后乐器从也。"③ 汉儒又将风、雅分为正风、正雅与变风、变雅。《毛诗序》云："至于王道衰，礼义废，政教失，国异政，家殊俗，而变风、变雅作矣。"④ 很明显，是指国家由盛变衰，世道由治变乱，诗歌也随之变化，而将反映社会变乱的诗称为"变风"、"变雅"。相对而言，正风、正雅当然就是"治世之音"。汉代大儒郑玄曾说："文、武之德，光熙前绪，以集大命于厥身，遂为天下父母，使民有政有居。其时诗，风有《周南》、《召南》，雅有《鹿鸣》、（文王）之属。及成王，周公致太平，制礼作乐，而有颂声兴焉，盛之至也。本之由此风雅而来，故皆录之，谓之诗之正经。"⑤ 这正是所谓"正风"、"正雅"，即是"治世之音"。"雅正"虽然并不等同于"正风"、"正雅"，但却是指"正风"、"正雅"的审美倾向，而不类于"怨刺相寻"的

---

① （南朝·梁）萧统：《中国文学宝库》第1辑《昭明文选》下，中国文学出版社2000年版，第543页。

② 同上书，第542页。

③ 《礼记·乐记》，见王云五、朱经农主编《礼记》，商务印书馆1947年版，第99页。

④ （南朝·梁）萧统：《中国文学宝库》第1辑《昭明文选》下，中国文学出版社2000年版，第542页。

⑤ （汉）毛亨传，（汉）郑玄笺，（唐）孔颖达疏：《毛诗正义·诗谱序》，见李学勤主编《十三经注疏》，北京大学出版社1999年版，第6—7页。

变风、变雅。

元代中期的诗人、诗论家，只讲"雅正"，而不讲"风雅"、"美刺"，是他们抽去了"美刺"的批判性内涵，而只以诗为"治世之音"了。元人戴良说："我朝自天历以来，学士大夫以文章擅名海内者，有蜀郡虞公、豫章揭公、金华柳公、黄公。一时作者，涵醇茹和，以鸣太平之盛。治学者宗之，并称虞、揭、柳、黄，而本朝之盛极矣。"① 认为延祐前后的一些代表性诗人的创作，体现了"盛世之音"。虞集便认为诗之风格与世之盛衰有密切联系，他说："某尝以为世道有升降，风气一有盛衰，而文采随之。其辞和平而意深长者，大抵皆盛世之音也。"② 他是有意识地提倡这种"盛世之音"的。"元四家"之一的杨载，著有《诗法家数》一书，侧重论述了诗歌的法度，就中贯彻了"雅正"标准。如他对各类题材诗的要求，也正是"雅正"的具体化。他说："讽谏之诗，要感事陈辞，忠厚恳恻。讽谕甚切，而不失情性之正；触物感伤，而无怨怼之词。""征行之诗，要发出凄怆之意，哀而不伤，怨而不乱，要发兴以感其事，而不失情性之正。""赞美之诗，多以庆喜颂祷期望为意，贵乎典雅浑厚，用事宜的当亲切。"③ 这里所说的，也便是"雅正"美学原则的具体规定性，其中根本的一点便是"情性之正"。以虞、杨、范、揭等为代表的元代中期诗人，多是以"雅正"为诗学旨归的。

三　关于"由宋返唐"

元代诗坛有一种明显的宗唐抑宋的倾向，这种倾向也是在元代中期得以充分的展现。纵观元代诗学从前期到中期的历程，走了一条"由宋返唐"的路径，顾嗣立在《元诗选·凡例》中概括说："飚流所始，同祖风骚。骚人以还，作者递变，五言始于汉魏，而变极于盛唐，七言盛于唐，而变极于宋，迨于有元，其变已极。故由宋返乎唐而诸体备焉。"④ 这个概括是基本上符合元代诗学的一般情形的。

元代初期一些诗论家对宋诗有较多的肯定，尤其是江西派的余响仍绵延

① （清）顾嗣立辑：《元诗选·初集》，中华书局1987年版，第1878页。
② （元）虞集：《李仲渊诗稿序》，见《全元文》第26册，凤凰出版社2004年版，第223页。
③ （元）杨载：《诗法家数》，见何文焕《历代诗话》，中华书局1981年版，第734页。
④ （清）顾嗣立：《元诗选·凡例》，中华书局1987年版，第7页。

不绝。这种趋向，以方回为代表。方回在元初诗坛上颇有地位，他编《瀛奎律髓》，编选唐宋律诗的"精髓"，并通过类选、圈点、评论，体现他的诗学观点。方回的《瀛奎律髓》独倡"一祖三宗"之说，为江西诗派护法，并历评古今诗人，多有褒美阐扬，如他说："老杜诗为唐诗之冠，黄、陈诗为宋诗之冠。黄、陈学老杜者也，嗣黄、陈而恢张悲壮者，陈简斋也。流动圆活者，吕居仁也。清劲雅洁者，曾茶山也。七言律，他人皆不敢望此六公矣。"① 《瀛奎律髓》又说："宋人当以梅圣俞为第一，平淡而丰腴，舍是，则又有陈后山耳，此余选诗之条例，所谓正法眼藏。"② "大概律诗当专师老杜、黄、陈、简斋，稍宽则梅圣俞，又宽则张文潜，此皆诗之正派也。"③ 这些都是针对律诗而言的，但方回是以律诗为精华的，故方回其实是颇为倡导宋诗的。"魏晋而降，诗学日盛，曹、刘、陶、谢，其至者也。隋唐而降，诗学日变，变而得正，李、杜、韩其至者也。周宋而降，诗学日弱，弱而后强，欧、苏、黄其至者也。"④ 刘因没有否定欧阳修、苏轼、黄庭坚这些宋诗的大家，而对宋诗的整体评价却是"弱"。刘因抨击最力的是晚唐诗风，他说："故作诗者，不能三百篇，则曹刘陶谢，不能曹刘陶谢，则李杜韩，不能李杜韩，则欧苏黄，而乃效晚唐之萎靡，学温、李之尖新，拟卢仝之怪诞，非所以为诗也。"⑤ 这与元好问《论诗三十首》中的观点是一致的，郝经、刘因等都以雅正论诗，主张诗歌应当内容充实，格力强壮，气象浑厚，不雕琢、不涂饰，这些观点都本于元好问。

随着元代一统局面的最后形成，元代社会的逐渐强盛，以诗歌为"治世之音"的意识在诗学界发展起来，人们力求摆脱晚唐季宋的范围，宗唐抑宋之风愈来愈盛。戴表元、袁桷、虞集、杨载、范梈、揭傒斯及欧阳玄等诗人都以盛唐为追慕的目标。他们论诗文的指导思想是鸣国家之盛。他们认为文学风貌与时代的盛衰治乱有密切关系，元朝一统天下，国力强盛，其文化也当与汉唐比肩，所以他们竭力提倡盛唐诗歌雅正恢宏的气象，同时力斥金末宋季的所谓"衰世之音"。顾嗣立说他们"一以唐为宗，而趋于雅，推

---

① （元）方回：《瀛奎律髓》，上海古籍出版社 1986 年版，第 42 页。
② 同上。
③ 同上。
④ （元）刘因：《静修先生文集》卷 1，中华书局 1985 年版，第 7 页。
⑤ 同上。

一代之极盛，时又称虞、揭、马、宋"①。元人杨翮云："今天下承平日久，学士大夫颂咏休明而陶写性情者，皆足以追袭盛唐之风。"② 都是认为唐代是盛世，盛唐更为强大恢宏，唐诗乃是盛世的体现，而元代也堪称"盛世"，因此，元诗应以唐诗为楷模，他们对宋诗、金诗取贬斥的态度，指其为"衰世之音"。

对于盛唐之诗，元代中期的诗人们所取法的，主要是含蓄蕴藉的风格，雄浑高古的气象，这一点上，很可以看出严羽《沧浪诗话》中"以盛唐为法"的深远影响。严羽在《沧浪诗话》中大力倡导学习盛唐之诗，认为"盛唐诸人唯在兴趣，羚羊挂角，无迹可求，故其妙处，透彻玲珑，不可凑泊，如空中之音，相中之色，水中之月，镜中之象，言有尽而意无穷"③。元代诗人、诗论家对唐诗的提倡，也主要是侧重于此种风格的，如杨载所说："须要寓意深远，托词温厚，反复优游，雍容不迫。"④ 这是很有代表性的。

本文并非全面论述元代的文学批评，而是撷举了其中几个问题，进行粗略的探讨，从而呈现出元代文学批评的某些特征。

---

① （清）顾嗣立：《寒厅诗话》，见中华书局编辑所编《清诗话》，中华书局 1963 年版，第 84 页。

② （元）杨翮：《秦淮棹歌序》，见吴文治《辽金元诗话全编》4，凤凰出版社 2006 年版，第 2368 页。

③ 郭绍虞：《沧浪诗话校释》，人民文学出版社 1961 年版，第 26 页。

④ 李梦生标校：《揭傒斯全集》辑遗，上海古籍出版社 1985 年版，第 450 页。

金代文化变异与女真诗人风格 [*]

一

在金源诗坛上，汉族诗人占绝大多数，女真及其他少数民族的诗人为数不多，但他们的诗歌创作却有着重要的文化价值。几位有代表性的女真诗人，都是皇帝或皇室成员，他们对于当时社会的文化风气和诗歌创作，有着颇为广泛的影响，他们往往以自己的创作风格、文化价值观念和审美取向影响着一个时期的诗坛风云。

金代女真统治者为了更快地实现金源社会从原始文化形态到封建文化形态的转化，注重吸收、融合汉文化元素，在礼乐、教育、文学等方面，以当时较为先进的汉文化模式为借鉴，使金代社会文化得到了很快的发展。而金诗的性质、成就与其社会文化的变迁是有内在联系的。

作家的创作风格与文化之间有千丝万缕的关系。看似颇有偶然性色彩的个人创作风格，并非全然是表层现象的堆积，而是有着很深的文化底蕴作为根基的。在社会文化的整体中，文学是最为活跃、最为敏感的部分，文学的时代风格与社会文化的关系是非常密切的，而作家的个人风格也有明显的文化因素。我们不赞成把丰富多彩、千变万化的作家风格硬性纳入思辨色彩浓重的逻辑轨道，但也不能将其视为纯粹的偶然现象。找出作家风格与社会文化变异的相通之处，不失为文学史研究的一个具有积极意义的切入点。具体到金诗研究之中，女真诗人的创作，是最能表现金源社会的文化变异的进程的。本文拟从金代社会文化的变异与女真诗人的创作风格的关系中来深化对金诗某些特征的认识。

---

* 本文刊于《民族文学研究》1998 年第 2 期。

二

我们不妨从生活方式、原始艺术、语言文字等方面来看一下金代女真人的原初文化形态及其变异过程。

金王朝建立之前，女真人的生活方式有着明显的原始性。如服饰和发饰，典型地显示出原始民族的特征。"金俗好衣白桥，发垂肩，……自灭辽侵宋渐有文饰。"① "俗编发，缀解豕牙，插雉尾，自别于别部。"② 这与澳洲、非洲一些原始民族用狩猎获得的兽角、骨、牙等作为装饰人体之物，处于同等文化层位。

女真人的原始艺术也是很粗糙的。譬如音乐，大抵只是模仿一些自然界的声响："其乐惟鼓笛，其歌惟鹧鸪曲，第高下、长短如鹧鸪声而已。"③ 女真舞蹈主要是直接模仿战斗或狩猎的场景。隋文帝时，勿吉（女真人的前身）派使者朝拜，就宴前为文帝起舞："使者与其徒皆起舞，曲折多战斗容。"④ 这种舞蹈很像著名艺术史家格罗塞在《艺术的起源》中所描述的新南韦尔斯的"模拟战斗舞"。

女真文字的创造，是很晚的事情。在灭辽战争期间，尚无女真文字。史籍载："太祖伐辽，是时未有文字。"⑤《金志》也记述女真人没有文字时的情形："与契丹言语不通，而无文字。赋敛科发射箭为号，事急者三射之。"⑥ 不过是处于类似"结绳记事"的阶段。女真文字的创造，据载是由太祖时期的完颜希尹完成的。"金人初无文字，国势日强，与邻国交好，乃用契丹字。太祖命希尹撰本国字，希尹乃依汉人楷字，因契丹字制度，合本国语，制女真字。天辅三年（1119）八月，字书成，太祖大悦，命颁布行之。"⑦ 可见，直至 12 世纪初叶，女真民族才有了自己的文字，而且是依汉

① （金）宇文懋昭：《大金国志》卷 39，见崔文印《大金国志校证》，中华书局 1986 年版，第 552 页。

② （宋）欧阳修等：《新唐书》卷 219《北狄传》，中华书局 1975 年版，第 6175 页。

③ （金）宇文懋昭：《金志·初兴风土》，见王云五主编《丛书集成》初编，商务印书馆 1939 年版，第 5 页。

④ （唐）李延寿等：《北史》卷 94《勿吉传》，中华书局 1975 年版，第 3125 页。

⑤ （元）脱脱等：《金史》卷 84《耨盌温敦思忠传》，中华书局 1975 年版，第 1881 页。

⑥ （金）宇文懋昭：《金志·初兴风土》，见王云五主编《丛书集成》初编，商务印书馆 1939 年版，第 6 页。

⑦ （元）脱脱等：《金史》卷 73《完颜希尹传》，中华书局 1975 年版，第 1684 页。

字、契丹文的产物。

在未走上封建化道路以前，女真人君臣、君民之间，没有明确的尊卑观念，没有森严的等级秩户，也没有什么典章礼仪。我们可以从《三朝北盟会编》的文献资料中看到金初女真人君臣之间的关系："初，金人邦域尚无，城郭星散而居。金主完颜晟常浴于河，牧于野，其为军草创斯可见矣。盖金人初起，阿骨打之徒为君也，尼堪之徒为臣也，名有君臣之称，而无尊卑之别。乐则同享，财则同用，至于舍屋、车马、衣服、饮食之类，俱无异焉。金主所独享者惟一殿，名曰乾元殿，此殿之余，于所居四外栽柳，行以作禁围而已。其殿也，绕壁尽置大炕……其妃后躬侍饮食，或金主复来臣下之家，君臣宴然之际，携手推臂，置腹推心，至于同歌共舞，莫分尊卑，情通心一，各无觊觎之意焉。"① 这种朴野和乐、尊卑不分的君臣和君民关系，与女真文化的其他元素协调一致，都是作为原始文化形态的标志。这种文化形态距离封建文化尚远，而与低下的生产力发展水平、贫乏的物质生活相适应。

正因为女真文化处于较为原始状态，才有较强的接受性。在诸多少数民族中，女真人接受汉文化的速度、幅度、深度，都是令人惊讶的。女真民族之所以很快地从奴隶制社会到封建制社会，对汉文化的吸收与融合似乎是头等重要的条件。

历史向女真民族提出了学习高层文化的必然要求，女真民族的发展道路和前途命运规定着它必然要从奴隶制转向封建制，而汉民族发达的封建文化，为女真民族的发展提供了可资借鉴的文化模式。

大量吸收汉文化元素的工作，率师攻汴的金太宗完颜晟尚未来得及全面展开，"时方事军旅未遑讲也"②。基本上是依本朝旧制，加之太宗本人也更习惯于女真固有的文化形态（如纯朴和易的君臣关系），因而，对于汉文化元素的大量吸收、融合，是由金熙宗完颜亶来大开其端绪的。熙宗崇尚汉文化，对儒家学说深所服膺，倾心于中原王朝那种"君君臣臣"、尊卑分明的封建秩序。对于女真人的固有文化，他是十分蔑视的。尤其是太宗以前那种亲切随意、尊卑不分的君臣关系，更为他所不满。熙宗即位后，以汉士韩昉为翰林学士，制订礼仪典章，严明君臣之间的尊卑关系，一改女真旧俗。熙宗对汉文化的接受，主要在于封建秩序、典章礼乐等方面。而金世宗在对汉

---

① （宋）徐梦莘：《三朝北盟会编》，上海古籍出版社 1987 年版，第 1197 页。
② （元）脱脱等：《金史》卷 28《礼志》1，中华书局 1975 年版，第 691 页。

文化的问题上，也取积极态度，他主要是撷取儒家"仁义道德"的观念体系，力图使之成为女真民族的思想基础。金章宗则主要是在文学方面大力弘扬美文之风，使女真民族的审美心理向汉文化的细腻柔婉靠拢，又可以说是侧重于"文"。在金源社会的文化建设方面，这几位君主是最为关键的人物。

女真文化之于汉文化，吸收、融合是一种主导倾向。没有对大量汉文化元素的吸收、融合，女真的迅速封建化是难以想象的。但女真人的汉化带来了一个不可忽视的后果，就是使这些勇武强悍的"猛安谋克"，逐渐变得文弱儒雅起来，女真人赖以起家的"法宝"——那种勇武剽悍的民族精神，正在逐步沦丧。女真统治者愈来愈看到，汉文化在大量涌入，在使女真民族文明起来的同时，给女真民族精神带来的威胁。因此，在吸收一些根本性的汉文化元素如政治制度、伦理思想等同时，对一些他们认为会侵蚀女真人的纯朴风俗的元素不断进行排拒。女真统治者多次下诏"女真人不得改为汉姓及学南人装束"①，"毋得译为汉姓"②，"大抵习本朝语（女真语）为善，不习则淳风将弃"③。金世宗的一次谈话较为全面地反映出女真统治者对汉文化的某种排拒心理，他说："会宁乃国家兴王之地，自海陵迁都永安，女真人寝忘旧风，朕时尝见女真风俗，迄今不忘。今之燕饮音乐，皆习汉风，盖以备礼也，非朕心所好。东宫不知女真风俗，第以朕故，犹尚存之。恐异时一变此风，非长久之计，甚欲一至会宁，使子孙得见旧俗，庶几习效之。"④ 这种对女真旧俗的提倡，对某些汉文化元素的排拒，也是出于政治的需要。女真统治者既希望女真社会有较先进的封建文化，又唯恐其在汉文化的氛围中迷失了自我。

金源社会的文化进程是在不断变异的，这种变异主要是女真文化与汉文化之间的动态关系。既有融合，又有排拒，其中融合是主导倾向，是不可逆转的；排拒是次要的，但仍然是不可忽略的。

三

金代最有代表性的女真诗人如完颜亮、完颜允恭、完颜璟、完颜璹等，

---

① （元）脱脱等：《金史》卷12《章宗纪》4，中华书局1975年版，第282页。
② （元）脱脱等：《金史》卷7《世宗纪》中，中华书局1975年版，第159页。
③ （元）脱脱等：《金史》卷8《世宗纪》下，中华书局1975年版，第191页。
④ （元）脱脱等：《金史》卷7《世宗纪》中，中华书局1975年版，第158页。

都是皇帝或皇室成员，他们的地位决定了其文化意识对整个社会文化导向的重要影响。我们可以通过对其诗歌创作风格的分析，看到金源社会文化变异的某些迹象。

完颜亮是金朝第四代君主，在历史上声名不佳，被称为"海陵王"。但从诗史的角度来看，他的诗歌创作却有着鲜明的个性与一定的文化价值。完颜亮（1122—1161），字元功，本名迪古乃，是太祖阿骨打的孙子，辽王宗干的次子。皇统九年（1149）他弑杀了熙宗，夺取了皇帝宝座。他为人雄心勃勃，贪淫残暴，积怨甚深。但在政治、文化上进一步推行由熙宗开始的改革，借鉴汉文化经验，加强统一的中央集权国家的统治机构，建立和健全经济制度，进一步恢复和发展北方生产，加速了女真汉化和由奴隶制向封建制变革的步伐。

完颜亮留下的诗作很少，而且多是短章和佚句，但其风格非常鲜明。豪犷雄毅是其主要的风格特征。金人刘祁曾记载："金海陵庶人读书有文才，为藩王时，尝书人扇云：'大柄若在手，清风满天下。'人知其有大志。"①"大柄若在手，清风满天下"这两句佚诗，十分适合题扇，借物咏志，抒发了诗人的宏大抱负：一朝大权在握，让天下拂满"清风"，气象不凡，大处落墨，又非常自然，诗人的雄心跃然其中。完颜亮做藩王时还曾写过一首《书壁述怀》的七言绝句，诗云：

> 蛟龙潜匿隐苍波，且与虾蟆作混和。
> 等待一朝头角就，摇撼霹雳震山河。

真是名副其实的"述怀"！尽管诗中诗人以"蛟龙"为喻，实际上差不多是直抒胸臆了。诗人自比为不可一世的"蛟龙"，时机未到，暂时雌伏，与"虾蟆"（一般的小人物）混和一处；待一朝头角养就，就要威加海内，诗人的野心是不加掩饰的。这里没有什么"含蓄蕴藉"，几乎是直言其志。这首诗虽属七言绝句，但艺术上表现还颇为拙陋，既不讲究对偶，也不尽合平仄，意象的创造颇为粗戾。

正隆南征（"正隆"是海陵王年号，起讫为1156—1161年，海陵王于正隆六年发动侵宋战争）前，完颜亮派画师随使臣施宜生出使南宋。"敕密

---

① （金）刘祁：《归潜志》卷1，中华书局1983年版，第3页。

写临安之湖山城郭以归，上令绘为软壁，而图己像策马于吴山绝顶。"① 完颜亮踌躇满志，大有并吞天下的气势，挥毫题诗于画壁之上：

> 自古车书一混同，南人何事费车工？
> 提师百万临江上，立马吴山第一峰。

这首绝句气魄更大，野心也更大。诗人俨然如一统天下的秦始皇，其势定要一口吞下南宋所剩下的"半壁江山"。他想象着自己亲率百万大军，渡过长江，傲然屹立于"吴山第一峰"上，做全天下的霸主。一代枭雄的心态淋漓尽致地表露出来。此诗所表现的诗人个性十分鲜明，凸现出野心勃勃、傲睨一切的抒情主人公形象。从诗的艺术形式来看，这首诗还是很粗糙的。首二句"车"字犯重，其粗率可知。

完颜亮善为咏物之作，所存的有限几首诗中有两首咏物诗。他的咏物诗形神毕肖，亦物亦人。所写十分符合描写对象的特征，同时又非常巧妙地抒发了诗人的内心世界，极具个性。《以事出使道驿有竹辄咏之》诗云：

> 孤驿萧萧竹一丛，不同凡卉媚东风。
> 我心正与君心似，只待云梢拂碧空。

这一首是咏竹，另一首是咏桂，题为《见几间有岩桂植瓶中索笔赋》：

> 绿叶枝头金缕装，秋深自有别样香。
> 一朝扬汝名天下，也等君王著赭黄。

这两首咏物绝句都是诗人为岐王、未即帝位时所作，诗人借物象来一抒自己的胸襟怀抱，那种不肯居于人下的雄强个性勃郁于诗中，如岳珂所述："金酋亮未篡伪，封岐王，为平章政事，颇知书，好为诗词，语出则崛强，慭慭有不为人下之意，境内多传之。"② 看这两首咏物之作，果真如此。咏竹一首，赞颂竹子"不同凡卉"的品格，却与一般文士咏竹立意不同。文士咏

---

① （金）宇文懋昭：《大金国志》卷14，见崔文印《大金国志校证》，中华书局1986年版，第199页。

② （宋）岳珂：《桯史》卷8，三秦出版社2004年版，第208页。

竹，主要是寄寓那种孤高芳洁、奉节自守的洁操高韵，这是中国文人士大夫以竹为"君子"的文化意义；海陵王以竹咏志，立意却在于一朝长大，"梢拂碧空"、压倒"凡卉"，其矫异不群、傲脱凡庸之态活灵活现。咏桂一首，立意与此相近，大有不肯居于人下之意，其志在九五的心态是迫不及待的。完颜亮的这两首诗虽然并不工细，却有创作上的特点。它们表现出女真人作为北方游牧民族那种豪犷雄强的民族精神，同时也体现了金诗"国朝文派"的风格特征。诗人不讲求"含蓄蕴藉"的言外之意，而是以质朴雄浑的气势见长。

在女真诗人中，金章宗完颜璟和乃父完颜允恭（即宣孝太子）是深染汉风、力倡文治的。完颜允恭（1146—1185）本名胡士瓦，是世宗完颜雍的次子，大定二年（1162）被立为皇太子。未及即位大统，便于大定二十五年因病谢世。允恭勤于学问，深谙汉文化典籍。刘祁记载说："宣孝太子，世宗子，章宗父，追谥显宗。好文学，作诗善画，人物、马尤工。迄今人间多有在者。"① 他对中国的诗歌渊源非常熟悉，《金史》载："（大定）十四年四月乙亥，世宗御垂拱殿，帝（指允恭）及诸王侍侧。世宗论及兄弟妻子之际，世宗曰：'妇言是听而兄弟相违，甚哉！'帝对曰：'《思齐》之诗曰：'刑于寡妻，至于兄弟，以御于家邦。'臣等愚昧，愿相励而修之。'因引《棠棣》华萼相承、脊令急难之义，为文见意，以诫兄弟焉。"② 他能十分谙熟地随机拈出《诗经》来答对，且对其中的伦理价值把握得颇为透彻。他大力提倡汉文化，力图用先进的汉文化来改变女真旧俗。刘祁评价说："宣孝太子最聪明绝人，读书喜文，欲变夷狄风俗，行中国礼乐如魏孝文。"③ 宣孝太子在储位多年，而且人品学识为朝野景慕。

宣孝太子留下的诗作极少，但诗艺是较为成熟的。《赐石右相琚生日之寿》诗云：

> 黄阁今姚宋，青宫旧绮园。
> 绣罗归里社，冠盖画都门。
> 善训怀师席，深仁寄寿尊。
> 所期河润溥，余福被元元。

① （金）刘祁：《归潜志》卷1，中华书局1983年版，第3页。
② （元）脱脱等：《金史》卷19《世纪补》，中华书局1975年版，第413页。
③ （金）刘祁：《归潜志》卷12，中华书局1983年版，第136页。

这首诗是寿世宗朝名相石琚生日的。在储位二十多年的宣孝太子在石琚生日之时写下此诗，以表彰宰相之功德，所谓"余福被元元"，揭示了此诗的思想内涵。允恭秉承世宗的仁政思想，并以此鼓励朝臣践履实行。此诗以唐代贤相姚崇、宋璟比拟石琚，高度评价了石琚的为人、学问和政绩。格律工稳，用典恰切，显示出诗人较高的汉文化修养与诗歌技巧，所反映出的文化心理已不再是雄豪粗犷的，而是雅致渊静的。另有七言绝句《风筝》一首：

心与寥寥太古通，手随轻籁入天风。
山长水阔无寻处，声在乱云空碧中。

此诗咏风筝，高远寥廓，颇有神韵，不离物象而又不拘物象，是咏物诗中的上品。允恭虽然存诗很少，但在艺术上圆熟典雅，有相当的造诣。

金章宗完颜璟是一位颇具特色的女真诗人。完颜璟（1168—1208），字麻达葛，是宣孝太子的嫡子，金世宗的嫡孙。大定二十七年立为皇太孙，大定二十九年（1189）即皇帝位，是为章宗。章宗继承乃父之风，大倡文治，崇尚儒雅，因而造成了明昌之世的文治风气。刘祁评价章宗朝的政治局面说："章宗聪慧，有父风，属文为学，崇尚儒雅，故一时名士辈出。大臣执政，多有文采学问可取，能吏直臣皆得显用，政令修举，文治烂然，金朝之盛极矣。然学止于词章，不知讲明经术，为保国保民之道，以图基祚久长。"① 就中足见章宗朝以"文治"为特点，而诗赋等纯文学性质的"词章之学"尤受重视。史载："章宗性好儒术，即位数年后，兴建太学，儒风盛行。学士院选五六人充院官，谈经论道，吟哦自适。群臣中有诗文稍工者，必籍姓名，擢居要地，庶几文物彬彬矣。"② 章宗嗜爱文学，工于诗词，其诗作典丽工致，韵度高朗。刘祁说："章宗天资聪悟，诗词多有可称者。"③ 章宗所存诗作多为短章。如《宫中绝句》云：

五云金碧拱朝霞，楼阁峥嵘帝子家。
三十六宫帘尽卷，东风无处不扬花。

---

① （金）刘祁：《归潜志》卷12，中华书局1983年版，第136页。

② （金）宇文懋昭：《金志》卷21，见崔文印《大金国志校证》，中华书局1986年版，第289页。

③ （金）刘祁：《归潜志》卷1，中华书局1983年版，第3页。

写宫廷楼阁，富艳工丽，颇有帝王气象。刘祁赞叹说："真帝王诗也。"① 又有咏牡丹绝句《云龙川泰和殿五月牡丹》：

> 洛阳谷雨红千叶，岭外朱明花一枝。
> 地力发生虽有异，天会造物本无私。

史志记载："国主博学工诗，曾于云龙川泰和殿赏牡丹咏诗，时五月初也。"② 所指即此诗。这首诗不仅描绘了牡丹盛开、五月花雨的大好春光，而且就中生发了天公无私、民胞物与的思想内涵，使诗的立意得以升华。在咏物诗中寓含了这样的立意，便觉超然不俗。章宗有《仰山》绝句一首，写诗人在这个禅家胜地所感受到的体验：

> 金色界中兜率地，碧莲花里梵王宫。
> 鹤惊清露三更月，虎啸疏林万壑风。

此诗见录于郭元釪编《全金诗》，诗前有附录云："燕京西七十里，有仰山峰峦拱秀，中有平顶如莲花，山旁有五峰曰独秀、翠微、紫盖、妙高、紫微，下多禅刹，章宗游幸，有诗刻石。"③ 这首诗不仅描绘了仰山风光，而且突出了其间的佛教气氛，后二句动静相形，颇有气势。

完颜璹是金代著名的女真诗人，主要活动于金南渡后诗坛。完颜璹（1172—1232），本名寿孙，世宗赐名为璹，字仲实，一字子瑜。他是金世宗之孙，越王永功之子，封为密国公，号为樗轩居士。完颜璹是皇室成员，位列公侯，而一生行迹宛如一寒儒。他嗜爱文学艺术，长于诗词书法，"日以讲诵吟咏为乐"④。平生所作诗词甚多，晚年自刊其诗300首，乐府100首，号《如庵小稿》（今已佚）。《中州集》存其诗41首。

作为王公贵胄，颇有意味的是，完颜璹非但不以公侯自居，反而过着寒士的生活。刘祁谈他对完颜璹的直接印象以及对其居室的观感说："正大（哀宗年号，1224—1231）间，余入南京（今开封），因访僧仁上人。会公

---

① （金）刘祁：《归潜志》卷1，中华书局1983年版，第3页。

② （金）宇文懋昭：《金志》卷20，见崔文印《大金国志校证》，中华书局1986年版，第275页。

③ 薛兆瑞等编：《全金诗》第3册，南开大学出版社1995年版，第49页。

④ （金）刘祁：《归潜志》卷1，中华书局1983年版，第4页。

至，相见欣然。其举止谈笑真一老儒，殊无骄贵之态。后因造其第，一室萧然，琴书满案，诸子环侍无俗谈，可谓贤公子矣。"① 金室南渡以后，完颜璹生活更加困窘，然他仍乐之宴如。《金史》载："（璹）居汴中，家人口多，俸入少，客至，贫不能具酒肴，蔬饭共食，焚香煮茗，尽出藏书，谈大定、明昌以来故事，终日不听客去，乐而不厌也。"② 与其同时的诗人王飞伯有诗称道他的自甘淡漠："宣平坊里榆林巷，便是临淄公子家。寂寞画堂豪贵少，时容词客听琵琶。"③ 刘祁认为这是"实录"。完颜璹确实极少结交权贵，与他密切交游的，多为当时著名文士。"时时潜与士大夫唱酬，然不敢明白往来。永功薨后，稍得出游，与赵秉文、杨云翼、雷渊、元好问、李汾、王飞伯辈交善。"④ 虽是皇帝至亲，却脱略贵族习气，宛如一介寒儒。他深受佛、道思想的熏染，尤其是佛家那种空无虚幻的世界观，在他的诗中屡屡泛溢出来。佛、道的出世态度与儒家那种自甘清苦而追求道义的人生态度，在完颜璹思想中有一个共同的归结点，那就是对富贵功名的鄙弃，对生活的超脱。其诗中有云："贫知囊底一钱无，老觉人间万事虚。富贵倘来终作么，勋名便了又何如。"（《漫赋》）"富贵山林争几许？万缘唯要总无心。"（《题纸衣道人人图》）"有书贮实腹，无事梗虚臆。谢绝声利徒，尚友古遗直。"（《自适》）这些诗句足以表明佛、老的随缘自适、万物一齐的处世哲学同儒家自甘清苦、追求道义的理想人格在诗人身上是如何统一的。完颜璹身为公侯却是一派寒士作风，似乎可以在其中找到内在的、深层的答案。

完颜璹思想性格上的"寒儒"之风，表现在诗歌创作上，就流溢为一种随缘忘机、淡泊自如的意绪。如《宴息》诗中云："宴息春光晚，闲眠昼景虚。冥心居大道，达理契真如。乐对忘形友，欣逢未见书。世间幽隐者，何必尽樵渔。"这种淡泊自如的意绪，还表现为对自己清雅生活方式的自我陶醉："一旦能知梦里真，平生看破主中宾。归来堂上忘形友，名利场上税驾人。东郭风烟宜惠账，南山猿鹤识纶巾。清樽雅趣闲棋味，盏盏冲和局局新。"（《内族子锐归来堂》）由于淡泊自如的意绪漫布在诗中，遂产生了一种萧散野逸中又缭绕着"可意会不可言传"的悲凉感，这似乎可以视为完

---

① （金）刘祁：《归潜志》卷1，中华书局1983年版，第4页。
② （元）脱脱等：《金史》卷85《完颜璹传》，中华书局1975年版，第1903页。
③ （金）刘祁：《归潜志》卷1，中华书局1983年版，第4页。
④ （元）脱脱等：《金史》卷85《完颜璹传》，中华书局1975年版，第1902页。

颜璹诗歌的艺术个性所在。他的诗歌创作，在创造意境上，善用清淡笔致，使诗的境界很有层次感，而且颇具韵味。如以绘事为譬喻，完颜璹的诗不是"金碧山水"，而是"水墨写意"。下面这首《秋郊雨中》很能见出这种特色：

> 羸骖破盖雨淋浪，一抹烟林及野塘。
> 不着沙禽闲点缀，只横秋浦更凄凉。

秋雨本来便给人以凄楚的感觉，而又是"羸骖破盖"行进于郊野之中，更使诗的意境染上了萧疏的色调，很有些像倪云林的写意画。完颜璹的五言律诗，意境的层次更多，更丰富，在萧散野逸中带一些清新。如《北郊晚步》：

> 阪水荷凋晚，茅檐燕去凉。
> 远林明落景，平麓淡秋光。
> 群牧归村巷，孤禽立野航。
> 自谙闲散乐，园圃意扰长。

这首诗更多萧散意味，韵致近于王孟一派。中间两联，层次感颇强，色调疏朗，用笔上还是那种淡墨写意的手法，静谧闲散中透出一派禅机，这是诗人淡泊心境的外化。此处所举的几首作品，都是很典型地体现出完颜璹诗歌创作的风格特征的。

四

金代女真诗人当然还有一些，但从现有文献来看，其他诗人都罕有作品流传下来，上述几位诗人基本是可以代表女真诗人的成就的。他们的诗歌风格透射出金代社会文化变异的折光。读完颜亮的诗作，使人感到一种生命的强力扑面而来，带着女真原初文化那种朴野雄鸷之美。在金诗之中，要直接感受到这种强悍刚猛的气息，是不多的。这些诗没有经过精雕细琢，没有那么细腻、妥帖，也没有余味曲包的"韵外之致"，但它们裹挟着大漠的雄风而来。也许很难全然以善恶之类的伦理价值观念来衡量它们，却有着一种强力的美。可以说，完颜亮的诗更多的带着女真本来的文化心理的痕迹。

　　完颜允恭和章宗的诗歌创作，标志着女真人吸收汉文化中的一个阶段，一个层面，即对汉文化中的美文的钦羡与认同。尤其是章宗的诗，追求语言修饰，设色秾丽，讲究艺术形式，这曾是汉文学在两晋及南北朝时期走过的道路。由自在的素朴转而为自为的华美，这似乎是文学发展的一个必经阶段，而更高的层次应是"既雕既琢，复归于朴"、"绚烂至极，乃造平淡"的境界。如果说章宗的诗作体现了"自为的华美"这样一种文化心理，那么，更高的境界是由完颜璹的创作来体现的。

　　完颜璹的诗歌创作，代表了金代女真族作家的最高成就，也代表了女真族民族文化心理的最深层次。他的诗歌平淡自然，却远非质木无文，是超越了"豪华""绚丽"这一层次的"淡"，其艺术功力是很深厚的。"发纤秾于简古，寄至味于淡泊"① 用以移评完颜璹的诗作是相当恰当的。汉文化深层精神已把他陶冶得宛如一个修养至深、渊静淡泊的汉族士大夫了！他的诗歌创作标志着女真族接受汉文化影响的醇深程度，女真人和北方游牧民族的那种原初文化心态已不复存在于其诗作之中了。

　　女真诗人创作的篇什在金代总数中所占比例微乎其微，其艺术成就也难说臻于最高境界，但却有着特殊的文化意义。从本文所述几位诗人中，我们就不难见到它们的某种文化价值所在。当我们把金代文化变异与女真诗人的创作联系起来观照的时候，也许可以触摸到更深的底蕴。本文的探讨还嫌过于粗略草率，有待于有关学者把这个饶有兴致的问题引向深入。

---

　　① （宋）苏轼：《书黄子思诗后》，见牛宝彤选注《三苏文选》，四川人民出版社 1983 年版，第 123 页。

论戴表元的诗学思想及其在宋元
文学转型中的历史地位[*]

一

戴表元这个名字，似乎并不引人注目，但是考察宋元之际的诗学，他又是一个难以回避的人物。通过涉猎元代前期的诗学资料，笔者较为深入地洞悉了戴表元的诗学思想，并对他在宋元文学转型中的重要地位有了初步认识。

戴表元（1244—1310），字帅初，一字曾伯，庆元奉化（今属浙江）人。他聪明早慧，"五岁知读书，六岁知为诗，七岁知习古文"①。宋度宗咸淳七年（1271）中进士，任建康府教授。入元后隐居家乡，徜徉于浙东山水，并游历于杭州、宣州（今安徽宣城）、湖州（今浙江吴兴）、严州（今浙江建德）一带，交结文坛名士，谈诗论艺。元大德八年（1304）被人推荐为信州教授，时已六十一岁，再调婺州，终以疾辞，至大三年（1310）卒于家中，年六十七。著有诗文集《剡源集》30卷，其中论诗谈艺者颇多篇什。

在元代前期，戴表元是一位重要的诗人与诗论家。他的诗论，很少是纯粹的理论形态，而往往是在妙趣横生的比喻中，道出有很高理论价值的诗学命题。戴表元很少是从先验的观念出发来谈抽象的道理，而是从自己的切身体验来升华，因而颇为亲切。

在从宋诗到元诗的转型过程中，戴表元起了不可低估的作用。元诗最有代表性的倾向是"宗唐复古"。诗人们力图超越宋诗的笼罩而开辟一代新的

　＊　本文刊于《内蒙古师范大学学报》1998 年第 3 期。

　①　（明）宋濂等：《元史》卷 190《戴表元传》，中华书局 1975 年版，第 4336 页。

诗风，为了摆脱宋诗的羁束又在唐诗中寻求自己的范式，因而，"宗唐复古"成为一时风气。而在元代前期的诗坛上，宋诗的影响还颇为深广，尤以江西诗风最有势力。当时的诗坛重镇方回编选《瀛奎律髓》，大力倡导江西诗风，并以杜甫、黄庭坚、陈师道、陈与义为"一祖三宗"，为江西派找到一个"正宗"的鼻祖。方回在《瀛奎律髓》的批注中说："呜呼，古今诗人当以老杜、山谷、后山、简斋四家为一祖三宗，余可配飨者有数焉。"①"老杜诗为唐诗之冠。黄、陈诗为宋诗之冠。黄、陈学杜者也。嗣黄、陈而恢张悲壮者，陈简斋也。流动圆活者，吕居仁也。清劲洁雅者，曾茶山也。七言律，他人皆不敢望此六公矣。"②"大概律诗当专师老杜、黄、陈、简斋，稍宽则梅圣俞，又宽则张文潜，此皆诗之正脉也。"③ 方回对江西诗风的提倡在当时有广泛影响，元代前期诗坛因方回的力倡，而又重煽江西之风。当然，方回推崇江西诗风的目的也是为矫宋季四灵诗派诗境狭窄，粉绘之弊的。如他在《瀛奎律髓》中所指出的："予谓诗家有大判断，有小结裹。姚（指姚合）之诗专在小结裹，故四灵学之，五言八句，皆得其趣，七言律及古体则衰落不振。又所用料，不过花竹鹤僧琴药茶酒，于此几物，而气象小矣。"④"许用晦（浑）诗出于元白之后，体格太卑，对偶太切，近世（指四灵诗派等）晚进争由此入，所以卑之又卑也。"⑤ 可见方回的诗论也是意在矫弊的。然而，江西诗派的流弊也颇为严重，行至宋元之际，已难以再有新鲜的生命力。方回重祭江西之旗，自然也难创一代新的诗风。

　　戴表元与方回生活于同一时代，比方回小 14 岁。他与方回有所往还，《剡源集》中的《方使君诗序》、《桐江诗集序》等文，都系为方回诗集所作序文。戴表元虽在序文中颇有赞语，但却实属为人作序时的泛泛之词。而戴表元在诗学祈向上是与方回迥然不同的。他是有意识地力矫宋季诗风之弊，以迥异于江西诗派"家数"的创作主张来"振起斯文"的。《元史·戴表元传》称："表元悯宋季文章气萎苶而辞骸骸，疲弊已甚，慨然以振起斯文为己任。"⑥ 概括得颇为准确。作为《元史》总裁官的宋濂，在为《剡源

---

① （元）王义山：《题胡静得编祖黄溪诗集序》，见《全元文》卷 80，凤凰出版社 2004 年版，第 106 页。

② （元）方回：《瀛奎律髓》，上海古籍出版社 1986 年版，第 42 页。

③ 同上。

④ 同上书，第 188 页。

⑤ 同上书，第 289 页。

⑥ （清）顾嗣立：《元诗选·初集》，中华书局 1987 年版，第 226 页。

集》所作之序文中说得更为深入一些："辞章至于宋季，其敝甚矣。公卿大夫视应用为急，俳谐以为体，偶俪以为奇，觊然自负其名高，稍上之，则穿凿经义，隐括声律，孳孳为哗世取宠之具。又稍上之，剽掠前修语录，佐以方言，累十百而弗休，且曰：我将以明道，奚文之为。又稍上之，骈宏博则精粗杂糅，而略绳墨，慕古奥则删去语助之辞，而不可以句，顾欲矫敝，其敝尤滋。私自念词章在世，如日月之丽乎天，虽疾风暴雨，动作无时，将不能敝蚀其精明，独怪夫当时之士，奚为乏一人障其狂澜耶！复念豪杰之士，何代云无，区区所见孤陋，故鲜能知之，非诚然也。及览先生之作，新而不刊，清而不露，如青峦出云，姿态横逸，而连翩弗断，如通川萦纡，十步九折，而无直泻怒奔之失，呜呼，此非近于所谓豪杰之士耶！"① 宋濂深受其师黄溍影响，非常推崇戴表元是改变宋季诗文风气之弊的豪杰之士，这主要是就其创作而言的。而戴表元在元代前期的文坛上声望颇高，"至元、大德间东南以文章大家名重一时者，唯表元而已"②。他与东南一带的著名诗人文士有广泛的联系，为他人诗集序五六十篇，还有许多题跋等文字涉及诗文创作。在这些文字中，戴表元从各个角度阐发了他的诗学思想，对当日文坛产生了广泛的影响。而这些诗论又或隐或显、有意无意地针对宋季诗坛之弊和江西诗风而发，对宋元之际的文学转型起了重要的理论推动作用。

二

对于方回等人的专主江西、标榜门户的诗歌理论，戴表元表示了明确的反对意见。他主张转益多师，博采众取，然后用"酿蜜"式的方法酿成一家之诗。对此，他专有《蜜喻赠李元忠秀才》一文，其略云：

> 酿诗如酿蜜，酿诗法如酿蜜法。山蜂穷日之力营营村廛薮泽间，杂采众草木之芳腴，若惟恐一失。然必使酸、咸、甘、苦之味无可定名，而后成蜜。若偏主一卉，人得咀嚼其所从来，则不为蜜矣。诗体三四百年来，大抵并缘唐人数家，豁达者主乐天，精赡者主义山，刻苦者主阆仙，古淡者主子昂，整健者主许浑。惟豫章黄太史主子美。子美之于唐，为大家；豫章之于子美，又亢其大宗者也，故一时名人大老举倾下

---

① （明）宋濂：《戴剡源先生文集序》，见《剡源集》，中华书局1985年版，第1页。
② （明）宋濂等：《元史》卷190《戴表元传》，中华书局1975年版，第4336页。

之，无问诸子，自是以后，学豫章之徒一以为豫章，支流余裔，复自分别标置，专其名为江西派，规模音节，岂不甚似，似而伤其似矣。①

戴氏用"酿蜜法"来比拟"酿诗法"是非常恰切的。蜜蜂遍采众卉，酿而为蜜。蜜中之味，"酸、咸、甘、苦无可定名"，如果仅是一种花，一种味道，便不成其为蜜了。作诗也当遍采众家之长，然后再酝酿陶钧而为诗。真正的佳什不应是专似某家。而江西派专主杜诗，又只是注重于"规模音节"，且又高自标榜，戴表元大不以为然，持明显的批评态度，这是很中要害的。

　　江西诗派以前人的文史坟典为诗料，有广为人知的"夺胎换骨"、"点铁成金"、"无一字无来处"等著名的诗歌主张，侧重以书本知识为诗思来源。戴表元则十分强调诗人的游历，提出"游益广，诗益肆"的观点，在《刘仲宽诗序》中，他指出：

　　　　余少时喜学诗，每见山林江湖中有能者，则以问之，其法人人不同。有一老生云：子欲学诗乎？则先学游。游成，诗自当异于时。方在父兄旁，游何可得！但时时取陆放翁《入蜀记》、范至能《吴船录》之类，张诸坐间，想象上下，计其往来，何止日行数千万里之为快。已而得应科目出，交接天下士大夫，谙其乡土风俗，已而得宦学江淮间，航浮洪流，车走巍坂，风驰雨奔，往往经见古今战争兴废处所，虽未能尽平生之大观，要自胸中潇潇然无复前时意态矣。身又展转更涉世故，一时同学诗人，眼前略无在者，后生辈因复推余能诗。余故不自知其何如也。然有来从余问诗，余因不敢劝之以游。及徐而考其诗，大抵其人之未游者，不如已游者之畅；游之狭者，不如游之广者之肆也，呜呼，信有是哉。……如此则游益广，诗益肆。②

戴表元通过自己的亲身体会阐发了"游"对诗歌创作的重要性。"游"即漫游、游历。诗人能够多游山川风物，饱览大自然的雄姿，登临怀古，倾听历史的呼唤，以博胸次，以广见闻，对诗歌创作大有益处。"游"与"未游"，

---

　　① （元）戴表元：《蜜喻赠李元忠秀才》，见《全元文》第12册，凤凰出版社2004年版，第273页。

　　② （元）戴表元：《刘仲宽诗序》，见《剡源集》卷9，中华书局1985年版，第137页。

对诗人来说是很不相同的，唐代的大诗人李白、杜甫、高适、岑参，都有"游"的经历。"游"的意义在于创作主体与自然、社会的直接接触中开阔视界、获得诗思。这与江西派的"无一字无来处"，在书本中撷取诗料的做法是判为二途的。这一点。宋代一些突破了"江西家数"而取得很大成就的诗人已从创作实践中悟出。如陆游所说："法不孤生自古同，痴人乃欲镂虚空。君诗妙处吾能识，正在山程水驿中。"①"文字尘埃我自知，向来诸老误相期。挥毫当得江山助，不到潇湘岂有诗？"杨万里也在诗中说："山思江情不负伊，雨姿晴态总成奇。闭门觅句非诗法，只是征行自有诗。"其实，这些都是对江西诗派"闭门觅句"所下的针砭，强调诗人与大自然的"亲切交谈"中获得诗思。戴表元则进一步把这种诗学思想提炼成"游益广，诗益肆"的命题，更具有理论上的概括性。

与江西诗派理论强调"诗眼"、"句法"这样一些形式琢炼的主张形成对照，戴表元的诗论更为重视创作主体的审美体验，自以为"游"，并非仅是"身游"，更重要的是在游历中体验、参悟社会与自然。在《赵子昂诗文集序》中，他进一步说明这种亲历的体验在创作中的意义，他说："就吾二人之今所历者，请以杭喻。浙东西之山水，莫美于杭，虽童儿妇女未尝至杭者，知其美也。使之言杭，亦不敢不以为美也，而不如吾二人之能言，何者？吾二人身历而知之，而彼未尝至故也。他日试以其说问居杭之人，则言之不能以皆一，彼所取以其说问居杭之人，则言之不能以皆一，彼所取于杭者异也。今人之于诗，之于文，未尝身历而知之，而欲言者皆是也。幸尝历而知之，而言之同者亦未之有也。"②

戴表元在这里用了很浅显、很生动的比喻，说明了深刻的美学问题。杭州之美，人所共知。即便是未尝亲至，也都称其为美，但这只是一般性的判断，是一种间接知识，用佛教因明学的术语来说就是"比量"。再问居住在杭州的人，其所言杭州之美便不一样了，因为他们在亲身的深切体验中对杭州所取不一。这说明什么呢？对于诗歌创作而言创作主体对其描写的事物，如果没有亲身的经历、体验，只是通过传闻等间接知识，得出的只能是一般性的判断，那么，在诗歌创作中所表现的便为"皆是"而雷同；反之，从亲身的体验中所得到的则是没有相同的，体现在作品之中便形成艺术个性。戴氏在此处强调了主体的审美体验的重要性以及主客体之间的价值关系。在

---

① （宋）陆游：《题庐陵萧彦毓秀才诗卷后》，见《陆游集·剑南诗稿》卷50，第1251页。
② （元）戴表元：《赵子昂诗文集序》，见《剡源集》卷7，中华书局1985年版，第107页。

他的比喻中，"未尝至杭者言杭"之类，不过是"矮人观场"，人云亦云；而"身历而知之"，就能说得比较具体；而"居杭之人"谈起杭州来，"不能以皆一"，言人人殊，是因为在长期的、深刻的体验中，主体与客体形成了一种价值关系。在诗歌创作中，真正的艺术个性是由创作主体的审美体验中产生的。

重视个性，反对苟同，在戴表元诗学思想中表现得颇为鲜明。在《双溪王先生尚书小传序》中，他又指出：

> 古之君子，欲明道于天下者，不能使人无异，而尝恶人之苟同。以为异则道可因人而明，苟同之情，虽一时欢然无失，而初不能以相发，……唯其不相一，而真是出焉。而今人谓独视单听，可以尽天下之耳目，无是理也。①

戴氏在此文中主要是论经学，但与其诗学思想是一体化的，而且观点十分鲜明，"古之君子"的观点，其实正是戴表元自己的观点，"恶人之苟同"，是最关键的，"苟同之情"，虽然可以暂时让人们一团和气，但却不能使人们互相砥砺启发。"惟其不相一，而真是出焉"，这是非常深刻的观点。这就是说，只有不苟同，发挥不同意见，才能真正发现真理。在诗歌艺术中，就是张扬诗人的个性，而不应该搞"独视单听"的雷同化。而诗人创作的个性化，又是与诗人的独特体验密切相关的。

戴表元的这些诗学观点，可以说都是有感而发，主要是针砭当时重新出现于诗坛的江西诗风。方回倡导江西诗法，固然也是为了匡救宋季"四灵"一派诗风的狭小，但他重操的江西家法，流行日久，弊端百出。强调诗律诗法，更多地侧重于诗艺之表层。戴表元则更注重诗人的审美体验，认为这才是诗歌艺术个性和生长点。他以"振起斯文为己任"，有意识地匡正宋季诗风之弊，所提出的这些诗学观点是有很高理论价值的。

三

戴表元对江西诗风颇致微词而推崇唐诗。而于唐诗，他并非专尚某家某

---

① （元）戴表元：《双溪王先生尚书小传序》，见《剡源集》卷7，中华书局1985年版，第108—109页。

派，而是心仪于唐诗那种浑然无迹的审美境界。在他看来，宋代这些著名诗人的风格特征都包含在了唐诗之中，因此，通过这些诗人可以上追唐风。在《洪潜甫诗序》中，他写道：

> 始时汴梁诸公言诗，绝无唐风。其博赡者，谓之义山，豁达者，谓之乐天而已矣。宣城梅圣俞出，一变而为冲淡，冲淡之至者可唐。而天下之诗于是非圣俞不为。然及其久也，人知为圣俞而不知为唐。豫章黄鲁直出，又一变而为雄厚，雄厚之至者尤可唐。而天下之诗于是非鲁直不发。然及其久也，人又知为鲁直而不知为唐，非圣俞鲁直之不使人为唐也，安于圣俞鲁直而不自暇为唐也，迩来百年间，圣俞鲁直之学皆厌，永嘉叶正则倡"四灵"之目，一变而为清圆，清圆之至者亦可唐，而凡枵中捷口之徒，皆能托于四灵，而益不暇为唐，唐且不暇为，尚安得古。①

戴表元在这里强调了学诗者要通过梅尧臣的平淡，黄庭坚的雄厚来上追的唐风。"冲淡之至者可唐"，"雄厚之至者尤可唐"，"清圆之至者亦可唐"，很明显是认为唐诗包含了宋诗的这些特征而又高于圣俞、鲁直这些宋诗大家。在他看来，唐诗方是攀追的目标，而圣俞之平淡，鲁直之雄厚，"四灵"之清圆，不过是上追唐风的"中间站"。言外之意，唐诗是浑灏汪茫，无所不包的。对于学诗者"非圣俞不为"、"非鲁直不发"的风气，戴表元极为不满，认为这是主于一偏，远逊于唐诗的浑融境界、阔大局面。

戴表元认为诗的最高境界是"神"，其典范也就是唐诗。他在《许长卿诗序》中说：

> 酸咸甘苦之食，各不胜其味也，而善庖者调之，能使之无味；温凉平烈之于药，各不胜其性也。而善医者制之，能使之无性；风云月露虫鱼草木以至人情世故之托于诸物，各不胜其为迹也。而善诗者用之，能使之无迹。是三者所为，其事不同，而同于为之之妙。何者，无味之味，食始珍；无性之性，药始匀；无迹之迹，诗始神也。②

---

① （元）戴表元：《洪潜甫诗序》，见《剡源集》卷9，中华书局1985年版，第130页。
② （元）戴表元：《许长卿诗序》，同上书，第131页。

这里所说的"无迹之迹"，指诗歌的审美境界不露圭角，浑然无迹。这其实是与南宋严羽所说的"盛唐诸人惟在兴趣，羚羊挂角，无迹可求，故其妙处透彻玲珑，不可凑泊"① 的"兴趣"说一脉相承的。严羽这段名言所描述的就是盛唐之诗那种浑然无迹的审美境界，戴表元于此深受启发。

所谓"无迹之迹"，也包含了戴氏这样一种诗学见解，即好诗（"入神"之诗）应是熔冶各种风格于一炉而又偏露一端，即如前面所言，之"冲淡"、"雄厚"、"清圆"等特点都熔而为一，既包含了它们，又无法明确指摘出来，也即《蜜喻》中所比拟的："必使酸、咸、甘、苦之味无可定名，而后成蜜。若偏主一卉，人得咀嚼其所从来，则不为蜜矣。"② 他心目中能有这种"无迹之迹"的范型便是唐诗。

四

在元代前期诗坛上，戴表元是一位有广泛影响力的人物，"东南以文章大家名重一时者，唯表元而已"③。《元史》对他的这种定位，至少可以从一个侧面反映出他的文学地位。

从宋季到元代前期的文学创作，尤其是诗歌创作，明显地有一个转型的过程。蒙古统治者才入主了中原，建立了大一统的王朝，无论面临多少矛盾，也不碍其勃发着生机的新兴性质。宋季诗风的萎弱骫骳，与这个新王朝对文学的需求是格格不入的了。一个定鼎未久的新朝，总是需要文学家扮演捧场的角色来"美盛德之形容"的。唐初的宫廷诗、宋初的西昆体、明初的台阁体，都是与新朝的文学需求相适应应运而生的。元初当然也需要一种能反映新朝气象的诗风出现，"萎弱骫骳"的诗风，自然也就成了被"清理"的对象。方回所欲重振的江西诗风，以古硬峭健为其特征，到宋末已成"明日黄花"，很难再现奇迹，同时也难荷载颂美新朝气象的使命。倒是戴表元所倡之"宗唐得古"客观上适应了新朝的文学需求，较为适合于表现盛大的气象。其实戴表元在生前是颇为寂寞的。入元之后，除了当过一阵小小的学官而外，其余几十年都是在山野隐居中度过的。但他的诗学思想，诗歌主张却在客观上迎合了元朝对文学的需要，甚至预示了元诗发展的趋

---

① 郭绍虞：《沧浪诗话校释》，人民文学出版社 1961 年版，第 26 页。

② （清）顾嗣立：《元诗选·初集》，中华书局 1987 年版，第 1975—1976 页。

③ （明）宋濂等：《元史》卷 190《戴表元传》，中华书局 1975 年版，第 4336 页。

势，"宗唐复古"成为元诗盛期的主要取向。到延祐诗坛上，以虞、杨、范、揭这四大家为代表的"雅正"诗风成为当时主潮，从元初到中期，这个转型是很明显的，恰如清人顾嗣立所概括的："时际承平，尽洗宋金余习，则松雪（赵孟頫）为之倡。延祐、天历间，文章鼎盛，希踪大家，则虞、杨、范、揭为之最。至正改元，人材辈出，标新领异，则廉夫（杨维桢字）为之雄，而元诗之变极矣！"[1] 于是，戴表元的诗论又似乎成了"始作俑者"，生前寂寞的剡源先生在黄晋、宋濂那里受到了极高的礼赞，从清除宋季诗风积弊的角度讲，戴表元的批判是全面而深刻的，对于江西派、四灵诗的掊击都是有力而彻底的。如戴表元的弟子袁桷说乃师："力言后宋百五十余年，理学兴而文艺绝；永嘉之学，志非不勤奋也，挈之而不至，其失也萎；江西诸贤，力肆于辞，断章近语，杂然陈列，体益新而变日多，故言浩漫者荡而倨，极援证者广而颣。"[2] 不能不佩服戴表元对宋季几种诗弊的批判犀利而准确。戴表元又把唐诗作为一种理想的范型加以描述，为元诗的发展树立了可供借鉴的标的。这一点，为后来的诗人们所认可与追寻，并且衍为一种主潮。而戴表元那些深刻而独特的诗歌美学思想，在当时与后来并未真正地被发掘与得到科学的认识，而他所提出的"宗唐得古"，却成为元诗城堡上一面最耀眼的旗帜！倘斯人泉下有知，不知当作何感慨？

---

① （清）顾嗣立：《元诗选·初集》，中华书局1987年版，第1975—1976页。

② （元）袁桷：《戴先生墓志铭》，见李修生主编《全元文》卷735，江苏古籍出版社2001年版，第611页。

元代正统文学思想与理学的因缘[*]

一　元代文学家与理学家的“兼容”态势

在本来就较为晚起的中国文学思想史研究领域，元代的文学思想尚未引起学者们的关注，即使是有所涉及，也还是局部的、个别的，从整体上看，元代文学思想有相当丰富的内容与明显的特色，在中国文学思想史上是一个重要的环节：上之于宋，有一脉相承的逆转变化；下之于明，直接开启其前期文学思潮之端绪。

元代的文学思想，并非“一元化”的，而是有着颇为明显的分野，就其主流而言，大致分为两个营垒。庶几可用“正统”与“非正统”来区分之。以体裁论，元代的文学创作主要有杂剧、散曲、小说、诗、文等类别。就思想倾向而言，杂剧、散曲、小说作家多数可归入“非正统派”。或身居草野，或混迹于勾栏瓦肆，或沉沦下僚。他们在其作品中时常表现出对元朝统治者的不满和怨恨。或流露出鲜明的避世思想，视官场仕途为险滩陷阱（前者多表现于杂剧，后者则多表现于散曲）。杂剧、散曲作家，多数人与元朝统治者保持相当的距离，持一种在野的政治态度，思想上也不合于官方意识形态。元代诗文的代表性作家情形便颇不相同。元代杂剧、散曲史的代表作家与元代诗文史的代表作家显然是不属于一个系统的。元代诗文的代表性作家基本上是在政治上认同于元王朝的，他们多是朝廷的文学侍从之臣，有些还是朝中重臣，执掌当世文柄。他们往往是官方意识形态的代言

＊　本文刊于《文学遗产》1999 年第 6 期。

人①，不妨视其为"正统派"文学家。他们的创作倾向、审美观念、诗文评论，对当日的文坛风会有很强的影响。他们的思想又多有理学背景，有些作家本身便是学有师承的理学家。理学的精神实质又恰是以"仁义忠孝"立本、以维护封建秩序为己任的，这便更加强了他们思想的正统色彩。本文即以这些正统派文学家为考察对象，探讨元代正统文学思想与理学的关系。

在大量文献中不难发现，元代正统文学思想的理论基础是理学。虽然元代并未出现如宋代周敦颐、张载、程颢、程颐、朱熹那样创立了自己的思想体系、有独到理论建树的大理学家，在思想史上也并无突破性的进展，但理学思想在元代的思想界、学术界更占据主流的、甚至是独尊的地位。尽管理学思想体系成熟于宋代，但在两宋的大部分时间内，程朱一脉理学思想并未占据思想界的正统，而只是诸多思想派别中较为重要的一派。朱学在思想界的核心地位，是到理宗（1225 年即位）朝以后才形成的。而朱学到了元代则真正在思想界、学术界占有了统治地位。延祐开科取士之后，科举考试的题目、程式都出自于《四书》，以朱氏的《四书集注》为标准。与此相关联的，元代教育（包括国子学和书院）的内容也都是程朱理学。最能体现朱熹理学思想的《四书集注》，在元代成为科举与教育的基准教材，也即成为官学。元代著名的文学家兼理学家虞集说："朱氏诸书，定为国是。学者尊信，无敢疑二。"② 他还更为具体地谈道："群经、四书之说，自朱子折衷论定。学者（赵复）传之，我国家尊信其学，而讲诵授受。必以是为则。而天下之学皆朱子之书。"③ 元代理学家颇多，而其中的大多数，都是朱学的传人。

宋代理学与文学是有距离的，"重道轻文"在理学家那里是普遍的倾向，大多数理学家不以文学名世；但到了元代，情况则大有不同。元代的理学家又多兼为著名的文学家。如郝经、吴澄、刘因、许谦、姚燧、虞集、揭傒斯、黄溍、柳贯、吴师道、欧阳玄、戴良、宋濂等人。他们都是程朱道统中人，有明显的师承谱系，是地道的理学家，同时，他们又都是文人学士，

---

① 如耶律楚材、刘秉忠均为开国时期重臣；郝经是元朝有名的忠臣；许衡累任国子祭酒；赵孟頫累拜翰林学士承旨；虞集任翰林直学士兼国子祭酒；揭傒斯任国史院编修官，并任辽、金、宋三史总裁官；欧阳玄拜翰林直学士，编修四朝实录，兼国子祭酒；余阙为翰林诗制，后为元朝战死，是有名的忠臣，等等。

② （元）虞集：《跋济宁李璋所刻九经四书》，见《全元文》第 26 册，凤凰出版社 2004 年版，第 333 页。

③ （元）虞集：《考亭书院重建朱文公祠堂记》，同上书，第 524—525 页。

留下了许多诗文篇什和文学批评的论著，是元代文学史上的重要作家。其他还有一些作家如戴表元、杨载等，虽不以理学家见称。却也与理学有很深的渊源。元末著名文学家宋濂主张"儒者诗人"合二而一，并从这个角度称赏许谦的古诗。这种理学家与文学家相"兼容"的现象。本身便说明了元代理学与文学的密切关系。正史中一般将道学家、儒士与文学家分开立传，如《宋史》便分为"道学"、"儒林"和"文苑"，将周敦颐、张载、二程、邵雍、李侗、朱熹等列为"道学传"，而将梅尧臣、黄庭坚、陈师道、秦观、张耒、周邦彦等诗人及词人列为"文苑传"，这就客观地标示出宋代理学家与文学家的分野。《元史》则不然，它没有分立为"道学"与"文苑"，而是合而为"儒学"。这正说明了元代理学家与文学家"兼容"的整体态势。《元史·儒学传》中有赵复、金履祥这类以理学名世的儒者，也多有戴表元、杨载、吴师道、陈绎曾、李孝光等虽有理学根基。而却以文学家见称于史的人物。《元史·儒学传序》对此有相当重要的提示："前代史传，皆以儒学之士，分而为二，以经艺专门者为'儒林'，以文章名家者为'文苑'。然儒之为学一也，《六经》者斯道之所在，而文则所以载夫道者也。故经非文则无以发明其旨趣；而文不本于六艺，又乌足谓之文哉。由是而言，经义文章，不可分而为二也明矣。元兴百年，上自朝廷内外名宦之臣，下及山林布衣之士，以通经能文显著当世者，彬彬焉众矣。今皆不复为之分别，而采取其尤卓然成名、可以辅教传后者，合而录之，为《儒学传》。"①这段序论，一方面体现了《元史》总裁官宋濂、王祎的体例宗旨及文学观念，一方面也是有元一代"通经能文"兼于一身者"彬彬之众"的历史事实的客观反映。文学家多是理学中人或与理学有较深的关系，很自然使他们的文学思想与理学观念相通互染。这为我们理解、把握元代文学思想的基本内容和主要特征提供了一柄钥匙。

二　元代理学"流而为文"及文学家的理学师传

元代理学盛行，成为官学，但在理学思想上真正卓有建树、在哲学上有所突破的理学家却几乎没有，包括著名的三大理学家许衡、刘因、吴澄等.在哲学范畴和体系的创构方面也无甚成就；相反，元代的理学教育却培养了一批在文学史上颇有影响的文学家。他们有深厚的理学思想根基，有薪火相

---

① （明）宋濂等：《元史》卷189《儒学》，中华书局1976年版，第4313页。

传的理学师承，却无人对文学创作取轻视鄙薄的态度，而是十分看重文学的自身价值，文道并重，形成了元代理学"流而为文"的发展走向。反之，元代文学家的理学渊源，又使其文学创作在其思想内涵及艺术个性、风格等方面受到有意无意的局限与束缚，造成了以"雅正"为特征的主色调。

元朝之初，所延致的儒士均为亡金的士大夫，所学都是句读章句之学，后有南方理学家赵复将程朱之学传至北方。黄百家谓："自石晋燕云十六州之割，北方之为异域也久矣，虽有宋诸儒叠出，声教不通。自赵江汉（复）以南冠之囚，吾道入北；而姚枢、窦默、许衡，刘因之徒，得闻程、朱之学以广其传，由是北方之学郁起。如吴澄之经学、姚燧之文学，指不胜屈，皆彬彬郁郁矣。"① 在元代，最重要的理学家是许衡、刘因和吴澄，许、刘在前，吴澄稍后，对于理学在元代取得主流地位，起了很大作用。许衡是元代教育的奠基者，他促使程朱之学成为官学。许衡弟子中最有名的便是姚燧，姚燧深得许衡理学之传，"由穷理致知，反躬实践，为世名儒"②。他又非常重视文章的作用，认为"文章以道轻重，道以文章轻重"③，于文道之间无所轩轾。姚燧在元代是数一数二的散文作家，"为文闳肆该洽，豪而不宕，刚而不厉，春容盛大，有西汉风，宋末弊习，为之一变。盖自延祐以前，文章大匠，莫能先之"④。姚燧的散文创作决非全系载道文字，也有一些状物写景的美文。吴澄在《送卢廉使还朝为翰林学士序》中称"众推能文辞有风致者，曰姚、曰卢"⑤。"风致"也即审美情韵。可见姚燧一方面承绪理学传统，一方面更以文学大家为世人所推崇。

刘因是元代最重要的三大理学家之一。黄百家指出其在元代思想界的地位："鲁斋（许衡）、静修（刘因），盖元之所借以立国者也。"⑥ 刘因未尝仕元，此语须从其在元代思想界的重要作用来理解。刘因虽是著名的理学家，却决不重道轻文，对于文学尤其是诗非常重视而且爱好。他"六岁能诗，七岁能属文"⑦，自幼打下坚实的文学基础。他十分尊崇诗学的地位，

① （清）黄宗羲：《黄宗羲全集·宋元学案》第 4 册，浙江古籍出版社 1986 年版，第 525 页。

② （明）宋濂等：《元史》卷 174《姚燧传》，中华书局 1975 年版，第 4059 页。

③ 同上。

④ 同上。

⑤ （元）吴澄：《送卢廉使还朝为翰林学士序》，见《全元文》卷 476，江苏古籍出版社 1999 年版，第 92 页。

⑥ （清）黄宗羲：《黄宗羲全集·宋元学案》第 4 册，浙江古籍出版社 1986 年版，第 555—556 页。

⑦ （明）宋濂等：《元史》卷 171《刘因传》，中华书局 1976 年版，第 4007 页。

置之于经学之首，他说："治六经，必自《诗》始。古之人十三诵诗，盖诗吟咏情性，感发志意，中和之音在焉。人之不明，血气蔽之耳，诗能导情性而开血气，使幼而常闻歌诵之声，长而不失美刺之意，虽有血气，焉得而蔽也。"① 其实，刘因所论并非止于《诗经》，而且兼及诗的一般功能。刘因对诗歌及其他文学艺术的独特性质的认识表达在他对"艺"的历史性认识之中，颇为值得注意。他说："孔子曰：志于道、据于德、依于仁矣。艺亦不可不游也，今之所谓艺者，与古之所谓艺者不同。礼乐射御书数，古之所谓艺也，今人虽致力而亦不能，世变使然耳。今之所谓艺者，随世变而下矣。虽然，不可不察也。诗文字画，今所谓艺，亦当致力，所以华国，所以藻物，所以饰身，无不在也。"② "六艺"是孔子儒家学说中的重要概念，刘因指出"艺"的内涵在不同时代发生了很大变化。"诗文字画，今所谓艺"，以这些更为纯粹的艺术创作取代了古之"六艺"，刘因对他们相当重视，认为"亦当致力"，他还强调文学艺术使国家、事物、个人都得以美的修饰与升华，这种认识是一种超越了理学家眼界、具有很高美学价值的观点。刘因还是一位颇具个性的诗人，留下了近 900 首诗作，所著有诗集《丁亥集》、《静修遗诗》等，颇多佳作。清人顾嗣立评其诗云："静修诗才超卓，多豪迈不羁之气。"③ 明代诗论家胡应麟较为全面地评价了刘因各体诗歌的优劣："刘梦吉古、选学陶冲淡，有句无篇；歌行学杜，《龙兴寺》、《明远堂》等作，老笔纵横，虽间涉宋人，然不露儒生脚色。元七言苍劲，仅此一家。至律绝种种头巾，殊可厌也。"④

南方的理学家基本上都是出于朱熹的高足弟子黄榦（勉斋）的学统，可谓得朱学正传。在朱子的"正宗"学统中，黄榦的地位最高也最为关键。全祖望指出："嘉定而后，足以光其师传，为有体有用之儒者，勉斋黄文肃公其人欤？玉峰、东发论道统，三先生之后，勉斋一人而已。"⑤ 出于勉斋之后，在元代学术界有重要地位的理学传承有两支：一支是饶鲁（双峰）—吴澄（草庐）—虞集（道园）、贡师泰等；另一支便是金华学派。宋元时期金华一带理学昌明，尤以朱学一脉最盛。南宋时期的大理学家吕祖谦是婺州（即浙江金华）人，他创建了浙东的"婺学"，当时和朱熹、张栻齐

---

① （元）刘因：《静修先生文集》卷 1《叙学》，中华书局 1985 年版，第 3 页。
② 同上书，第 6 页。
③ （清）顾嗣立：《元诗选·初集》，中华书局 1987 年版，第 129 页。
④ （明）胡应麟：《诗薮》，上海古籍出版社 1958 年版，第 241 页。
⑤ （清）黄宗羲：《黄宗羲全集·宋元学案》第 3 册，浙江古籍出版社 1986 年版，第 429 页。

名。时称"东南三贤"。而后来吕氏的婺学在金华却罕有遗响，反倒是朱子之学在金华流衍光大。这里的"金华学派"，盖指宋元时期（主要是元）在金华一带传授递嬗的朱学学脉。从黄幹的大弟子何基（北山）始，何基、王柏传金履祥（仁山），金传许谦（白云）、柳贯，同时学侣还有吴师道、欧阳玄等；另一支是黄溍、吴莱、柳贯等，学于方凤。而黄溍等下传戴良、宋濂。他们都是金华（婺州）人，形成了在元代学术界香火甚旺的金华学派。黄百家指出："黄勉斋得朱子之正统，其门人一传于金华何北山基，以递传于王鲁斋柏，金仁山履祥，许白云谦；又于江右传饶双峰鲁，其后遂有吴草庐澄，上接朱子之经学，可谓盛矣。"① 元代的重要理学家，大都包括在这两支学统之中了。无论是双峰一支，还是金华学派，都与元代的文学创作有密切关系，出现了不少理学家而兼文学家的角色，在元代文学史上有重要地位。

饶鲁最有名的弟子便是吴澄（草庐），是出身于南方的大儒。草庐门人中最知名者是虞集。虞集是理学中人，更是元代鼎鼎大名的诗人、文学家，虞集在学统上自觉地维护朱学的纯粹性，批评当日学坛"晚学小子，不肯细心读书穷理，妄引陆子静之说以自欺自弃"②，摒斥陆九渊之心学而专注朱子的"读书穷理"。虞集在元代文学史上的地位举足轻重，"文章为一代所宗"③。其诗名声尤重，为元诗"四大家"之首④，是元代中叶的诗坛领袖。他曾自诩其诗如"汉廷老吏"，后人对他的诗也评价甚高。胡应麟评价道园诗说"虞奎章在元中叶，一代斗山"⑤，"七言律，虞伯生为冠"⑥，"元人绝句，莫过虞、范诸家"⑦。清人方东树则将虞集和欧阳修、元好问相提并论。他比较欧阳修和虞集说："两公各具风韵，使人爱不欲去。六一多深湛之思，道园具闲逸之致。"⑧ 又认为"伯生情韵，足与遗山（元好问）相埒"⑨。可见虞集诗歌创作上的声誉不止于元代，在中国诗史上都是有一席地位的。

---

① （清）黄宗羲：《黄宗羲全集·宋元学案》第4册，浙江古籍出版社1986年版，第313页。
② （清）顾嗣立：《元诗选·初集》，中华书局1987年版，第852页。
③ （清）黄宗羲：《黄宗羲全集·宋元学案》第4册，浙江古籍出版社1986年版，第615页。
④ 元代中叶四位著名诗人，指虞集、杨载、范梈、揭傒斯。
⑤ （明）胡应麟：《诗薮》，上海古籍出版社1958年版，第241页。
⑥ 同上书，第242页。
⑦ 同上书，第247页。
⑧ （清）方东树：《昭昧詹言》，人民文学出版社1961年版，第340页。
⑨ 同上。

草庐门人中还有一位重要的文学家便是贡师泰。贡师泰的父亲贡奎也是一位理学家，曾任齐山书院山长，授江西儒学提举，他讲学"敷明性理之学，诸生皆竦听不懈"①。在《宋元学案》中被列为"草庐同调"。贡师泰在政界地位颇高，累任吏部侍郎、礼部尚书。贡师泰以诗文创作著称于世。元后期大文学家杨维桢评其文学成就说："宛陵贡公，则又驰骋虞、揭、马、宋诸公之间，未知孰轩而孰轾也。……独擅文名于元统、至元之后。有元之文，其季弥盛，于宛陵父子间见之矣。"②

双峰一派后学中还有一位名声甚大的诗人揭傒斯。揭氏受知于元代前期著名儒臣程钜夫，为程作行状云："获出门下，受知最深。"③ 而程矩夫受业于其族叔程若庸。程若庸是元代前期有名的理学家，人称"徽庵先生"，出于双峰门下，因而揭傒斯也是双峰后学。揭傒斯在元代中期诗名大振，为"四大家"之一。揭傒斯是以其文学成就显于元世的，"一时朝廷典册及元勋茂德当得铭辞者，必以命焉。殊方绝域，共慕其名，得其文者，莫不以为荣。……诗长于古乐府选体，而律诗长句伟然有唐人风"④。

金华学派是黄幹所传的朱学嫡派。金华学派中的一些学者，又是元代中后期文坛上有影响的文学家。如吴师道曾问学于许谦，"尝以持敬政知之学质之白云，白云复以理一分殊之旨，由是造诣益深"⑤。师道以写诗、论诗见长。其诗论有《吴礼部诗话》，是元代一部较为重要的诗话著作。他少年时便"工词章，发为诗歌，才思涌溢"⑥，"尝与同郡黄晋卿、柳道传相友善，数以诗篇相往来"⑦。在诗坛上是很活跃的。黄溍是金华学派的重要人物，也是元代中后期出色的文学家。黄氏论学，也以程朱之学为正脉，辟象山心学为异端外道。黄溍于诗文写作为当世大家。黄溍的诗文创作与其理学思想是相通互济的，清人吴炳评价黄溍时便着眼其理学与文学的关系："婺州昔为理学文章之薮。自吕成公倡之，何、王、金、许四先生继之，大道昌明，人人得闻天人性命之旨，而著述多归于纯粹，学术正而文章亦盛焉。宋宝庆后，学者失所宗师，于先儒论著，失所开阐，习为浮华不实之谈，而授

---

① （清）黄宗羲：《黄宗羲全集·宋元学案》第 4 册，浙江古籍出版社 1986 年版，第 602—603 页。

② （清）顾嗣立：《元诗选·初集》，中华书局 1987 年版，第 1394 页。

③ （清）黄宗羲：《黄宗羲全集·宋元学案》第 4 册，浙江古籍出版社 1986 年版，第 331 页。

④ （清）顾嗣立：《元诗选·初集》，中华书局 1987 年版，第 1041 页。

⑤ （清）黄宗羲：《黄宗羲全集·宋元学案》第 4 册，浙江古籍出版社 1986 年版，第 254 页。

⑥ （元）脱脱等：《金史》卷 88《石据传》，中华书局 1975 年版，第 1959 页。

⑦ （清）顾嗣立：《元诗选·初集》，中华书局 1987 年版，第 1545 页。

受源流，精义浸晦。迨黄文献公起义乌，超然特立，乃为一振，学术则元元本本，文章则炳炳烺烺，既为前贤之继，又为后学之倡，昔人所谓'寻坠绪之茫茫，独旁搜而远绍'者也。"① 黄溍论文，主张"以群经为本根，迁、固二史为波澜"②。既重视儒家经典的根底，又不忽略文学性的"波澜"。

柳贯受学于金履祥，"究其旨趣，又遍交故宋之遗老，故学问皆有本末"③。对"性理之学"尤为精诣，是元代中期很有名的理学家。柳贯在诗文创作上成就斐然，存诗五百余首，有《待制集》传世。"门人宋濂与戴良类辑诗文四十卷，谓如老将统百万之兵，旗帜鲜明，戈甲锟煌，而不见有喑呜叱咤之声。临川危素谓其文雄浑严整，长于议论，而无一语袭陈道故。《元史》亦曰'沉郁春容，涵肆演迤，人多传诵之'。与同郡黄溍、吴莱声名一时相埒。"④ 在元代中后期文坛上，柳贯有重要地位。黄、柳的诗歌创作很有成就，胡应麟评黄、柳诗说："元婺中若黄文宪、柳文肃，皆以文名，而诗亦华整。黄如'挥毫风雨倾三峡，听履星辰按两朝'，'扶老未须苍玉杖，行春聊过赤阑桥'，'北寻海渎瞻恒岳，南涉江淮上会稽'，'山下灵风吹桂掉，云边仙树拂丹梯'；柳如'羲和白日经天近，敕勒阴山度幕遥'，'雪华遥映龙旗动，日色才临凤盖闲'，置之作者奚让！"⑤ 甚为推许。

欧阳玄也是学出于金华的著名儒士。他学出于许谦门下，"经史百家，靡不研究，伊洛诸儒原委，尤为淹贯"⑥，可见他于理学用功之深。欧阳玄与揭傒斯、朱公迁、方用同游于许白云之门，以羽翼斯文相砥砺，时称"许门四杰"。欧阳玄为朝中重臣，文坛领袖，他"历官四十余年，三任成均，而两为祭酒。六入翰林，而三拜承旨，屡主文衡，两知贡举及读卷官。当四海混一，文物方盛，凡宗庙朝廷雄文大册，播告万方制诰，多出其手。……片言只字，流传人间，皆知宝重"⑦。欧阳玄是元代重要的文学批评家，为他人诗文作序颇多，善于在评论中把握诗文发展的流变趋势，影响很大。他的文论有浓厚的正统色彩，与其理学根基有很深的关系。

吴莱也是金华学派的理学家，又是当时有名的文学家，黄溍对他十分推

---

① （清）吴炯：《黄文献公集序》，见（元）黄溍《黄文献公集》，中华书局1985年版，第17页。
② （明）宋濂：《叶彝仲文集序》，见《宋学士全集》卷7，中华书局1985年版，第218页。
③ （清）黄宗羲：《黄宗羲全集·宋元学案》第4册，浙江古籍出版社1986年版，第253页。
④ （清）顾嗣立：《元诗选·初集》，中华书局1987年版，第1126页。
⑤ （明）胡应麟：《诗薮》，上海古籍出版社1958年版，第227页。
⑥ （明）宋濂等：《元史》卷182《欧阳玄传》，中华书局1975年版，第4196页。
⑦ （清）顾嗣立：《元诗选·初集》，中华书局1987年版，第1169页。

许："吾纵操觚一世，又安敢及之哉！"① 戴良是金华学派的后劲，也是元季文坛的名家。王祎称其诗谓："九灵之诗，质而敷，简而密，优游而不迫，冲澹而不携，庶几上追汉魏之遗音，其复自成一家欤！"② 评价颇高。宋濂是元代金华学派的殿军，其理学思想非常浓厚；他又是元末明初的大文学家，是文学史上承先启后的重要人物。对元代来说，他的文论是集正统派文学思想之大成的；对明代而言，又对明前期的文学思想有重要影响。宋濂论文以道为根本，如说"苟能明道而发乎文，则将孰御乎！"③ 宋濂决不重道轻文，反倒相当重视文学的地位，他主张文与道的浑然一体："文之至者，文外无道，道外无文。"④ 宋濂的大量诗文评论中具有丰富的诗学理论内涵，理学和文学的关系，在宋濂这里是浑然一体的。

上述所论，旨在实证性地说明元代的文学家多有理学思想渊源，而理学家又多有文学成就、在元代文学史上占有重要地位的双向关系。元代的理学发展演变有着逐渐文学化的趋势，这在金华学派的传承中体现得尤为明朗。许谦以下，金华学派中的理学人物大多喜为文辞，成为元代文学史上的重要角色。既以理学为学术根基，又以诗文创作显名于世，这在金华出身的学者中是一种普遍现象。胡应麟指出金华学者们在文学创作上的成就说："婺中黄、柳同辈吴立夫（莱）、胡长孺、戴九灵（良）、王子充、宋潜溪（濂）诸子，皆以文章显，而诗亦工，当时不在诸方下。元末国初之才，吾郡盛矣。"⑤ 胡氏所举的这些金华诗人，基本上都是理学人物。黄百家明确指出了元代金华学派由理学"流而为文"的趋向："金华之学，自白云一辈而下，多流而为文人。夫文与道不相离，文显而道薄耳，虽然，道之不亡也，犹幸有斯。"⑥ 其实，金华学派的这种"流而为文人"的趋势代表了元代理学界的整体态势，因为金华学派的这些人物差不多都是元代中后期思想界的精华所在。黄百家所言是十分辩证的，由于理学的文学化，文学因之而昌明繁荣，而理学则显得稀薄淡化了；反之，儒道之传而不坠，倒也全靠了文学创作的彰显了。

元代理学的"流而为文"，文学和理学的相融相济，与宋代形成了很大

---

① （明）宋濂等：《元史》卷 181《吴莱传》，中华书局 1975 年版，第 4190 页。

② 《九灵山房遗稿序》，见戴良《九灵山房遗稿附补编》，中华书局 1985 年版，第 3 页。

③ （明）宋濂：《朱葵山文集序》，见《宋学士全集》卷 7，中华书局 1985 年版，第 220 页。

④ （明）宋濂：《徐教授文集序》，同上书，第 217 页。

⑤ （明）胡应麟：《诗薮》，上海古籍出版社 1958 年版，第 236 页。

⑥ （清）黄宗羲：《黄宗羲全集·宋元学案》第 4 册，浙江古籍出版社 1986 年版，第 299 页。

反差。而其根由何在呢？以笔者之揣度，首在于元代理学所承受的朱子学统所致。元代理学以朱学为正脉，理学家绝大多数都是朱子后学。朱学中"理一分殊"的命题对元代理学家影响尤大，且泛化为一种思想方法。"理一分殊"作为理学的重要命题，虽然并非原创于朱熹，但他作了系统的阐释和独特的发挥。"理一分殊"既注重"理"的本体地位，同时又充分重视各个具体事物察受"理"（"太极"）所表现出的差异性、特殊性。朱熹说："伊川说的好，曰'理一分殊'。合天地万物而言，只是一个理，及在人，则又各自有一个理"①；"天地之间，理一而已，然乾道成男，坤道成女，二气交感，化生万物，则其大小之分，亲疏之等，至于十百千万而不能齐也"②，更明确强调了"分殊"的特殊性。朱熹对"理一分殊"的理解直接继承于乃师李侗。李侗重视"分殊"超过"理一"。朱熹的《延平答问》载李侗庚辰七月与朱子书中说："所云语录中有'仁者浑然与物同体'一句，即认得《西铭》意旨，所见路脉甚正，宜以是推广求之。然要见一视同仁气象却不难，须是理会分殊，虽毫发不可失，方是儒者气象。"③ 朱熹在《延平行状》中述李侗教人大旨："若概以理一，而不察乎分殊，此学者所以流于疑似乱真说而不自知也。"④ 这种重视"分殊"的思想进而贯彻于"格物致知"的方法论中。"格物"说的精义在理会具体事物以体会"天理"，积多以至于融会贯通。朱子解释说："致知之道在乎即事观理，以格夫物。"⑤ "则又使之即夫事物之中，因其所知之理推而究之，以各到乎其极。"⑥ 朱子正是以这种思想方法对待具体学问，贯通百家，而于诗学尤为精诣。朱熹的《诗集传》及其他许多诗论颇多精彩之见，并非都是其理学思想所能范围的。朱熹本人也是一个有成就的诗人，他颇有一些传世名作如《春日》、《观书有感》、《偶题》等都是脍炙人口的上乘佳作。刘熙载称朱子诗"盖惟有理趣而无理障，是以至为难得"⑦，最能道出其诗的特点⑧。

---

① （宋）朱熹：《朱子语类》卷1，中华书局1986年版，第2页。

② （宋）朱熹：《朱熹西铭论》，见（宋）张载《张载集·附录》，中华书局1978年版，第410页。

③ （清）黄宗羲：《黄宗羲全集·宋元学案》第4册，浙江古籍出版社1986年版，第576页。

④ （宋）朱熹：《延平行状》，转引自陈来《朱子哲学研究》，华东师范大学出版社2000年版，第271页。

⑤ （宋）赵顺孙：《大学纂疏·中庸纂疏》，上海书店出版社1992年版，第33页。

⑥ 见华东师范大学古籍研究所编《朱子全书》，上海古籍出版社2002年版，第527页。

⑦ 王气中：《艺概笺注》，贵州人民出版社1980年版，第216页。

⑧ 参见张晶《朱熹诗境与"理一分殊"》，《辽宁师范大学学报》1989年第4期。

　　朱熹的"理一分殊"思想及对文学的喜爱，对文学作用的看重，对元代理学家有非常深刻的影响。元代理学师承之间，颇为重视"分殊"。如金履祥叙北山先生何基之学云："夫自尧舜以至孔曾思孟，又千五六百年而后有程朱，前者曰以是传之，后者曰得其传焉。不知所传者何事欤？盖一理散于事物之间，俱真实而非虚，事事物物，莫不各有恰好之处，所谓万殊而一本，一本而万殊，先生盖灼见于此。"① 金履祥本人讲学也力主于此："吾儒之学，理一而分殊，理不患其不一，所难者分殊耳。"② 这是金履祥对许谦的教诲。许谦论学，亦大倡此旨，他开示吴师道说："昔文公初登延平之门，务为儱侗宏阔之言，好同而恶异，喜大而耻小。延平皆不之许。既而曰：吾儒之学，所以异于异端者，理一而分殊也。理不患其不一，所难者分殊耳。朱子感其言，故能精察妙契，著书立言，莫不由此。足下所示程子'涵养须用敬、进学在致知'两言，固学者求道之纲领，然所谓致知，当求其所以知，而思得乎知之至，非但奉持致知二字而已也。非谓知夫理之一，而不必求之于分之殊也。"③ 可见，重视"分殊"，在朱学传人中是其主要学旨与基本思想方法。这种思想使这些理学人物以积极切实的态度涉猎各种学问，尤其重视诗文创作，在他们的文集中多有论文谈艺的言论，且又都有较为丰富的文学创作实践。恰如全祖望所评述的："北山一派，鲁斋、仁山、白云，即纯然得朱子之学髓，而柳道传、吴正传以逮戴叔能、宋潜溪一辈，又得朱子之文澜。蔚乎盛哉，是数紫阳之嫡子，端在金华也。"④ "文澜"与"学髓"，都可在朱学中找到渊源。

　　再者，从元代理学的思辨程度看，远远未及宋代周、张、二程、朱熹等大理学家的深度。元代的理学思想，基本上是停留在阐释程、朱、陆所创的一些范畴与命题上。元代理学人物在体系创构及思想突破上几乎没有什么作为，他们的精力就投放在以诗文创作来表现某些理学思想。元朝蒙古族皇帝的思维能力、文化水准在接受纯粹思辨的理学思想上显然是有很大困难的，较为形象的诗文创作，更易于为统治者接受、青睐。诗文作为传统的文学体裁，在新兴体裁杂剧、散曲面前，要得到更好的生存空间，要应付后者的挑战，必然坚持其正统性，乃至于有意光大这种性质。因而，当杂剧、散曲不

---

　　① （元）金履祥：《祭北山先生文》，见《仁山集》，中华书局 1985 年版，第 8—9 页。
　　② 同上书，第 87 页。
　　③ （元）许谦：《答吴正传书》，见《全元文》第 25 册，凤凰出版社 2004 年版，第 18—19 页。
　　④ （清）黄宗羲：《黄宗羲全集·宋元学案》第 4 册，浙江古籍出版社 1986 年版，第 217 页。

时发出与官方意识形态相左的不和谐音时，诗文作家（大多数是统治者所倚重的士人）尤其前、中期的诗文作家，便更举起了正统的旗号，以诗文作为"盛世"的华饰。那么，正统文学思想与理学的联姻也就不难理解了。

三　元代正统文学思想的理学底蕴

从"文以载道"这个基本点上看，元代理学家与宋代理学家并无根本的不同，但像二程那样重道轻文的态度，在元代几乎是看不到的。元代正统派文论的理学倾向，主要是强调文学创作要以"六经"为根，以德行为本，主张把文学和世运联系起来。如郝经即主张诗歌要"述王道"，有补于世事，在《〈一王雅〉序》中认为："六经具述王道，而《诗》、《书》、《春秋》皆本乎史，王者之迹备乎诗。"① 虞集、欧阳玄都强调文学当为"盛世之音"，即以文学为元王朝强盛统一的表征。如虞集说："某尝以为世道有升降，风气有盛衰，而文采随之，其辞平和而意深长者，大抵皆盛世之音也。"② 这在当时是一种普遍性的认识，也反映了当日诗坛的"承平气象"。

以这种认识为出发点，元代正统派文论都贬抑宋金之诗而崇尚盛唐。在他们眼里，宋、金都不过是"季世"，其诗多有"骫骳萎苶"之弊；而盛唐之音乃是王朝盛世的标志。他们觉得元朝强大统一可比汉、唐，因而在诗歌创作上也当以盛唐为宗。如揭傒斯说："学诗当以唐人为宗。"③ 王祎说："三百篇而下莫古于汉魏，莫盛于盛唐，齐梁晚唐有弗论矣。"④ 当时杨士宏编选《唐音》，颇能代表这种尊唐抑宋的观念。虞集为之作序，强调诗随世道盛衰而升降，"音也者，声之成文者也，可以观世矣。其用意精深，岂一日之积哉！……噫，先王之德盛而乐作，迹熄而诗亡，系于世道升降也，风俗颓靡，愈趋愈下，则其声文之成不得不随之而然"⑤。以世道升降辨唐音，必然以盛唐之诗为"最上乘"。然而，元人学唐，主要是取其雅正光大能体

---

① （元）郝经：《〈一王雅〉序》，见《郝文忠公陵川文集》卷28，山西人民出版社2006年版，第388页。

② （元）虞集：《李仲渊诗稿序》，见《全元文》第26册，凤凰出版社2004年版，第223页。

③ （元）吴澄：《唐诗三体家法序》，见《全元文》第14册，凤凰出版社2004年版，第323页。

④ 《九灵山房遗稿序》，见戴良《九灵山房遗稿附补编》，中华书局1985年版，第3页。

⑤ （清）永瑢等：《四库全书总目》卷166《集部·别集类·一九》《藏春集》部分，中华书局1965年版，第1422页。

现"盛世"者，所谓"平正通达，无噍杀之音"①。像李白那样"大道如青天，我独不得出"的昂藏不平，杜甫"万里悲秋常作客，百年多病独登台"的沉郁苍茫，在元代中期的诗坛上是很难见到的。在正统派文学家那里，最普遍、最核心的审美观念是雅正。雅正也即"典雅平正"之意。其实，又与汉儒的正风正雅与变风变雅之说是相通的。

元代正统派文学家力倡雅正的审美观念，如欧阳玄说："我元延祐以来，弥文日盛。京师诸名公，咸宗魏晋唐，一去宋金季世之弊，而趋于雅正，诗丕变而近于古。江西之士之京师者，其诗亦弃其旧习焉。"②"皇元统一之初，金宋旧儒，布列馆阁，然其文气，高者倔强，下者萎靡，时见余习。承平日久，四方俊彦萃于京师，笙镛相宣，风雅迭唱。"③欧阳玄的说法集中代表了当时正统文学家"趋于雅正"的诗学观念，也说明了当日诗坛的风气。

"雅正"应该表现为一种怎样的风貌呢？在元人的心目中，当是"治平盛大之音"（范梈语）。它既非萎靡暗弱的（"萎靡"），也非倔强怨怒的（"倔强"），而是和平温厚、典丽正则的。我们不妨看一下元代正统文学家对诗歌创作的具体要求。揭傒斯说："夫为诗与为政同，心欲其平也，气欲其和也，情欲其真也，思欲其深也，纪纲欲明，法度欲齐，而温柔敦厚之教常行其中也。"④署为揭氏的《诗宗正法眼藏》中论诗法云："或兴起，或比起，或赋起，须要寓意深远，托辞温厚，反复优游，雍容不迫。或感古怀今，或怀人伤己，或潇洒闲适。写景要雅淡，推人心之至情，写感慨之微意，悲喜含蓄而不伤，美刺宛曲而不露，要有《三百篇》之遗意。"⑤署为杨载的《诗法家数》中也说："立意。要高古浑厚，有气概；要沉着，忌卑弱浅陋。"⑥"荣遇之诗，要富贵尊严，典雅温厚，写意要闲雅，美丽清细。"⑦这在元代正统文人中是对文学创作的最有代表性、最一般的看法，要求于诗的，便是一种典雅雍容、淡泊温厚的风貌，这种诗学价值观贯彻于

---

① （清）永瑢等：《四库全书总目》卷166《集部·别集类·一九》《藏春集》部分，中华书局1965年版，第1422页。

② （元）欧阳玄：《罗舜美诗序》，见《全元文》第34册，凤凰出版社2004年版，第445页。

③ （清）顾嗣立：《元诗选·初集》，中华书局1987年版，第843页。

④ （元）揭傒斯：《萧孚有诗序》，见《全元文》第28册，凤凰出版社2004年版，第357—358页。

⑤ 李梦生标校：《揭傒斯全集》，上海古籍出版社1985年版，第450页。

⑥ （元）杨载：《诗法家数》，见何文焕《历代诗话》下，中华书局1981年版，第727页。

⑦ 同上书，第732页。

元代中期的诗文创作之中。如宋濂称黄潛的诗文："和平渊洁，不大声色，而从容于法度。"① 柳贯称时人之诗"和平淡泊之音见于言间"②，可见当时诗风之一斑。元代正统派文学家对于文学创作（尤其是诗歌）的基本要求突出强调了儒家诗教中"温柔敦厚"的侧面，却大大淡化、消弭了"风雅比兴"中的讽谕精神。因而造成了元诗典正之风有余、慷慨之气不足的状貌，犹如胡应麟所指出的"所乏特苍然之骨、浩然之气耳"③。无怪乎在元代正统文学家的诗文中很难读到动人心魄的激情之作的。

　　"雅正"不仅是一种风格，也不仅是一种审美规范，更根本的还在于是对创作主体的内在要求。这也便是"性情之正"。在元代的正统文学家看来，好的诗文创作，其根本处主要不在技巧、方法，而在于发之于醇正的"性情"。诗的功能在于"吟咏情性"，这本来并非什么新鲜的命题。刘勰早就说过："诗者，持也，持人情性。"④ 钟嵘论述诗的发生谓："气之动物，物之感人，故摇荡性情，形诸舞咏。"⑤ 宋人严羽也有过"诗者，吟咏情性也"⑥ 的明确界定，可见，这是中国诗学的基本观念。但是，元人强调的"性情之正"，是注入了特定的理学思想内涵的。"性情"也是中国哲学的传统范畴。汉代大儒董仲舒就已提出性与情的关系问题，认为："身之有性情也，若天之有阴阳也。"⑦ 在董氏那里，"性"指人的"自然之质"，而"情"则指人的情感欲望。唐代李翱则认为"性善情恶"，提出"灭情复性"的主张⑧。宋代王安石提出了"性者情之本，情者性之用"⑨，并将"性情"合为一个范畴："性、情一也。"⑩ 这对理学家的讨论是有很深影响的。在理学范围之内，"性情"是被更为深入、系统研究的范畴。朱熹的著名命题是"心统性情"说。他说："性是体，情是用。性情皆出于心，故心

① （明）宋濂：《书刘生铙歌后》，见《宋濂全集》卷28，中华书局1985年版，第1040页。
② （元）柳贯：《俞器之诗集序》，见《全元文》第25册，凤出版社2001年版，第150页。
③ （明）胡应麟：《诗薮》，上海古籍出版社1958年版，第232页。
④ 范文澜：《文心雕龙注》，人民文学出版社1962年版，第65页。
⑤ 周振甫：《诗品译注》，中华书局1998年版，第15页。
⑥ 郭绍虞：《沧浪诗话校释》，人民文学出版社1961年版，第26页。
⑦ （汉）董仲舒：《春秋繁露》，河南大学出版社2009年版，第267页。
⑧ （唐）李翱：《复性书》，见《李文公集》卷2，四部丛刊本，第8—12页。
⑨ （宋）王安石：《临川先生文集》卷67，中华书局1959年版，第715页。
⑩ （宋）王安石：《性情》，见《王文公文集》卷27，第315页。

能统之。"① "性者心之下也，情者心之用也，心者性情之主也。"② 在朱子学说中，一方面强调情是性的表现，另一方面又始终对人们的感性情欲持某种否定的态度，强调情欲与理性的矛盾。"性情"在理学框架中，主要是伦理学的范畴，揭示人的道德性与情感欲望的矛盾关系。元代诗学中提倡的"性情之正"，显然是基于理学思想之上的。这里所说的"性情"固然没有理学家在哲学层面上的分析那种思辨性色彩，但其伦理学的内涵则正是与理学一致的。如欧阳玄所说："诗得于性情者为上，得于学问者次之。"③ 黄溍所说："其形于言也，粹然一出于正。"④ 这里所指，便是符合传统道德要求的醇正性情。因而，他们又十分强调文学创作以道德（或云"德性"）为本，认为德行高尚，性情醇正，是文学创作最基本的条件。宋濂于此标举最多，如说："君子之言贵乎有本，非特诗之谓也。本乎仁义者，斯足贵也。"⑤ "道充于中，事触于外而形乎言，不能不成文尔。"⑥ "诗之为学，自古难言，必有忠信近道之质，蕴优柔不迫之思，形主文谲谏之言，将以洗濯其襟灵，发挥其文藻，扬厉其体裁，低昂其音节，使读者鼓舞而有得，闻者感发而知劝，此岂细故也哉！"⑦ 一方面对诗艺本身相当重视，一方面强调道德为诗之本。这种观点在元代正统文学家中是很普遍的。所以，他们不但不在文学创作中排斥性理之学，还十分主张"以性理之学，施于台阁之文"⑧。这也成为元代正统文学家在创作主体方面的一个规定性。

　　但是，并不能由此而说这些正统文人全然忽略了文学创作的艺术规律，放弃了艺术美的刻意追求。由于正统文学思想强调创作主体在"性情"上的规范性，即合于封建伦常秩序，使作家的思想锋芒受到内在的销蚀与束缚。又因了"鸣太平之盛"的主题导向，造成了文学创作尤其是诗歌的缺少个性和创造性，没有悲壮慷慨的凛然风骨，如胡应麟所批评的"元之失，过于临模，临模之中，又失之太浅"⑨；"然格调音响，人人如一。大概多模

① （宋）朱熹：《朱子语类》98，中华书局 1986 年版，第 2513 页。

② （宋）朱熹：《性理大全》，引自王云五主编，贾丰臻著《宋学》，商务印书馆 1929 年版，第 103 页。

③ （元）欧阳玄：《李希说诗序》，见《欧阳玄集》，吉林文史出版社 2009 年版，第 81 页。

④ （元）许谦：《吴正传文集序》，见《全元文》第 29 册，凤凰出版社 2004 年版，第 84 页。

⑤ （明）宋濂：《林氏诗序》，见《宋学士全集》卷 6，中华书局 1985 年版，第 179 页。

⑥ （明）宋濂：《朱蒉山文集序》，同上书，第 220 页。

⑦ （明）宋濂：《清啸后稿序》，同上书，第 229 页。

⑧ （元）黄溍：《顺斋文集序》，见《全元文》第 29 册，凤凰出版社 2004 年版，第 93 页。

⑨ （明）胡应麟：《诗薮》，上海古籍出版社 1958 年版，第 229 页。

往局，少创新规"①，的确切中其弊。但元人的诗歌创作，即便是那些理学人物，其诗中也很少有"押韵之语录讲义者"。宋诗中颇受诟病的"以议论为诗"以及有些理学家的"理障"，在元诗中不构成一种倾向。元代诗人普遍尊唐抑宋，颇为讲究"兴象"、"风神"，只是失之于平滑庸浅而已。而元代那些兼理学与文学于一身、在文坛上颇有地位的士大夫，对文学尤其是诗学却是相当重视的，对诗的抒情功能、社会作用、艺术规律、创作手法都颇为看重，悉心探究。"圣元科诏颁，士亦未尝废诗学。"② 诗学在元代是受到士大夫们普遍关注的。虞集曾说："传曰：言之无文，行而不远。诗者，文之最深，而风雅者又诗之盛者也。"③ 欧阳玄认为："盖作诗最难，多作不可，少作亦不可，多作易强，少作易艰，二者皆不得佳句。"④ 对诗的艺术创作极为看重。宋濂更主张诗当具备"五美"。他说："诗缘情而托物者也，其亦易乎？然非易也。非天赋超逸之才，不能有以称其器：才称矣，非加稽古之功，审诸家之音节体制，不能有以究其施：功加矣，非良师友示之以轨度，约之以范围，不能有以择其精；师友良矣，非雕肝琢肾，宵咏朝吟，不能有以验其所至之浅深；吟咏侈矣，非得江山之助，则尘土之思，胶扰蔽固，不能有以发挥其性灵。五美之备，然后可以言诗矣。"⑤ 对诗歌艺术的种种要素体察颇深。翻检元代这些正统文学家的文集，其中论诗谈艺的序跋之文非常之多，其中很有一些独到的看法，并非都是泛泛之论。

---

① （明）胡应麟：《诗薮》，上海古籍出版社 1958 年版，第 230 页。
② （元）欧阳玄：《李宏谟诗序》，见《欧阳玄集》，吉林文史出版社 2008 年版，第 82 页。
③ （元）虞集：《飞龙亭诗集序》，见《全元文》第 26 册，凤凰出版社 2004 年版，第 102 页。
④ （元）欧阳玄：《李希说诗序》，见《欧阳玄集》，吉林文史出版社 2009 年版，第 82 页。
⑤ （明）宋濂：《刘兵部诗集序》，见《宋学士全集》卷 6，中华书局 1985 年版，第 184 页。

元代后期诗风的变异 *

　　元代中期的诗风，以"雅正"为主要的审美倾向，平正温厚，是一时诗坛之旨归，有盛唐之形貌，而无盛唐之内质。而在"延祐"之后，元代诗坛发生了很大变化，开始改变了以"雅正"观念为"一统天下"的格局，产生了更加多样化的风格。萨都剌、马祖常、迺贤、丁鹤年、泰不华等色目和蒙古族诗人的绚烂多姿的创作，使元代诗史更加丰富厚重。这些少数民族诗人没有那么多传统儒家诗教观念，而是从自己的性情出发，充分发挥他们的创造才能，因而他们的创作能够异彩纷呈，使中华诗史的长河多了一些奇美的浪花。在元代后期诗坛上，这些少数民族诗人的地位是很重要的。元代后期还有一位大诗人杨维桢，是后期诗坛上开辟风气的人物。他所创造的"铁崖体"，影响遍及元末明初诗人。与延祐诗风相比，"铁崖体"是迥然不同的。这个时期其他一些诗人如傅若金、张翥、王冕、倪瓒等，也都自有其面目，走出了"雅正"观念的局囿，使元诗史的末端呈现出更加多元化的态势。

　　清人顾嗣立在论萨都剌等少数民族诗人时说："要而论之，有元之兴，西北子弟，尽为横经。涵养既深，异才并出。云石海涯、马伯庸以绮丽清新之派振起于前，而天锡继之，清而不佻，丽而不缛，真能于袁（桷）、赵（孟頫）、虞（集）、杨之外，别开生面者也。于是雅正卿、达兼善、迺易之、余廷心诸人，各逞才华，标奇竞秀。亦可谓极一时之盛欤!"① 这里非常精到地揭示了这个少数民族作家群体在元代诗史中的重要地位。

　　萨都剌，字天锡，号直斋，回族人。泰定四年（1327）进士，授镇江录事司达鲁花赤（掌印正官，有实权，是只有蒙古人和色目人才能担任的官职），后任应奉翰林文字。萨都剌一生勤于创作，作品题材十分广泛，有

　　* 本文刊于《文史知识》2001 年第 8 期。

　　① （清）顾嗣立：《元诗选·初集》，中华书局 1987 年版，第 1185—1186 页。

对祖国壮美山河的描写，有直探社会民生的篇什，也有怀古讽今的咏叹感慨。其诗词作品由诗人自辑为《雁门集》，并请礼部尚书干文传作序。其族孙萨龙光在嘉庆年间的刻本最为完备，收诗798首，词14首。

萨都剌的诗作，在元代诗人中是别具一格的。他不再囿于"雅正"的观念，而一任情感的流泻。元代大诗人虞集评萨诗云："进士萨天锡者最长于情，流丽清婉，作者皆爱之。"①"流丽清婉"，确乎是雁门诗的一个显著特点。萨都剌的"最长于情"，典型地体现在他的宫词之中。如《宫词》、《秋词》、《四时宫词四首》等，都善于通过人物情态表现微妙的内心变化，语言典丽精美。清人翁方纲最为欣赏的便是他的宫词："萨天锡诗，宫词绝句第一。"②萨都剌的乐府诗也写得更为婉丽俊爽且情真意切，如《芙蓉曲》等便摇曳生姿，一语百情。杨维桢评价说："天锡诗风流俊爽，修本朝家范，宫词及《芙蓉曲》，虽王建、张籍无以过矣。"③指出其宫词和以《芙蓉曲》为代表的乐府诗的特点与成就。萨都剌还有很多诗作揭露了当时社会的悲惨现实。诗人往往用才华横溢的诗笔，色泽纷繁的辞采，来写元代社会严重的阶级对立，写人民的苦难，如乐府诗《鬻女谣》便是。诗人写出了两个截然不同的世界：一面是"七宝雕笼"、"芙蓉帐暖"的高门豪族，一面是卖儿鬻女的贫寒人家。这首诗意义颇为深刻，其审美价值也很高。延祐诗人多以"雅正"为圭臬，诗以含蓄缥缈、不切世务为妙，而萨都剌却有直刺朝政大事之作，足见其勇气所在。如《纪事》一诗："当年铁马游沙漠，万里归来会二龙。周氏君臣守空信，汉家兄弟不相容。只知奉玺传三让，岂料游魂隔九重。天上武皇亦洒泪，世间骨肉可相逢。"这首诗感慨于元朝统治者内部为了争夺皇位的骨肉倾轧，有很强的政治讽谕性。仅仅看到萨都剌诗歌创作的"最长于情，流丽清婉"是不够的，或者说是较为表层的印象。即使是最为婉丽清绮的宫词、乐府等类篇什，也往往是有所寄托的。萨都剌并非是遁入个人心灵天地风流自赏的诗人，而是有着高度社会责任感的。他常常用豪逸飞动的诗笔，深探现实生活的敏感面来表达自己的政治态度与社会理想，如《过居庸关》、《鼎湖哀》等作，都属此类。这就形成了萨诗风格的多样性。如《鼎湖哀》、《威武曲》等都以雄奇飞动见长。

①　（元）虞集：《傅与砺诗集序》，见《全元文》第26册，凤凰出版社2004年版，第266页。
②　陈迩冬点校：《谈龙录·石洲诗话》，人民文学出版社1981年版，第168页。
③　（元）杨维桢：《西湖竹枝集》，见（清）钱塘丁丙撰辑《武林掌故丛编》3，京华书局1967年版，第1536页。

干文传序其诗所评价的"豪放若天风海涛"、"险劲如泰华云开"、"刚健清丽"等语，方是较近事实的。这就使萨都剌具有了大家的风范！

马祖常也是元代诗坛上一位少数民族诗人。马祖常，字伯庸，延祐二年（1315）廷试第二，授应奉翰林文字，累迁至礼部尚书。所著文集为《石田集》。马祖常在元代诗史上有很重要的地位。元代苏天爵序其诗云："公诗接武隋唐，上追汉魏，后生争效慕之，文章为之一变。"① 顾嗣立也说："贯酸斋（云石）、马石田开绮丽清新之派。"② "绮丽清新"之作，在《石田集》里是不少的。如《秋意》、《西方》等都以此为特征。马祖常多以乐府来描写社会生活的画面，以表现下层人民的困苦生活，如《踏水车行》、《缲丝行》、《拾麦女歌》、《古乐府》等。举《古乐府》为例："天上云片谁剪裁，空中雨丝谁织来？蒺藜秋沙田鼠肥，贫家女妇寒无衣。女妇无衣何足道，征夫戍边更枯槁。朔雪埋山铁甲涩，头发离离短如草。"这首诗用古乐府的形式、对比的手法，写织妇征夫的艰苦生活，批判了社会的黑暗与不合理。

马祖常的诗作更多地逸出了盛唐诗的笼罩，吸收了李贺、温庭筠等诗人的风格，又加以自己的融汇创造，使诗的意象、词语等方面都具有相当的个性。如《淮安路池山》："淮浦蒲花秋渺渺，淮岸杨花春袅袅。白鱼初下酒船来，十里风烟隔飞鸟。"马祖常的诗作有一种独特的风格，从意象到韵律，给人一种陌生化的感觉。马祖常虽然主要活动在延祐诗坛上，但他的创作却体现了元代诗风由中期到后期的变迁。

元代后期的少数民族诗人还有泰不华、迺贤、余阙、丁鹤年等。他们都在一定程度上体现了元诗的变化，而且还在这种变化中，起了积极的推动作用。

元代后期诗坛最有影响的诗人无疑是杨维桢。对于元末明初的诗界来说，杨维桢是群山叠嶂中的主峰。杨维桢，字廉夫，号铁崖、东维子，又号铁笛道人，山阴（今浙江绍兴）人。登泰定四年（1327）进士第，与萨都剌同年。曾任天台山尹，改钱清场盐司令，迁江西等处儒学提举。元末遇兵乱，隐居于富春山、钱塘、松江等地。所作诗篇集为《铁崖古乐府》、《铁崖复古诗》、《铁崖集》、《铁龙诗集》、《铁笛诗》、《草云阁后集》、《东维子

---

① （清）顾嗣立：《元诗选·初集》，中华书局1987年版，第669页。
② （清）顾嗣立：《寒厅诗话》，见中华书局编辑所编《清诗话》，中华书局1963年版，第84页。

集》等，其中尤以《铁崖古乐府》影响最巨。

关于杨维桢在元诗史上的地位，顾嗣立曾有这样的宏观概括："元诗之兴，始自遗山。中统、至元而后，时际承平，尽洗宋金之余习，则松雪（赵孟頫）为之倡。延祐、大历间，文章鼎盛，希踪大家，则虞、杨、范、揭为之最。至正改元，人材辈出，标新领异，则廉夫为之雄，而元诗之变极矣！"① 这个简要的概括，却相当能够说明杨维桢在元代诗坛上极为重要的地位。明代著名诗论家胡应麟说："杨廉夫胜国末领袖一时，其才纵横豪丽，亶堪作者，而耽嗜瑰奇，沉沦绮藻，虽复含筯吐贺，要非全盛典型，至他乐府小诗，香奁近体，俊逸浓爽，如有神助。"② 较为客观地分析了铁崖诗的某些特征。笔者以为对铁崖体可以作这样的概括性说明：在体裁形式上以"古乐府"为主，力求打破古典主义的诗学规范，走出元代中期模拟盛唐圆熟平缓、缺少个性的模式，追求构思的奇特，意象的奇崛，造语藻绘而狠重，在诗的整体审美效应上具有"陌生化"的特征与力度美。

最能体现"铁崖体"特色的、成就最高的，无疑是他的"古乐府"。他的古乐府诗，融汇了汉魏乐府以及杜甫、李白、李贺等诗人的长处，气势雄健，意象奇特，给人以峥嵘不凡之感。在语式上，大大突破了延祐诗的甜熟平稳的畦径，造语奇特雄险，不同凡俗，给人以石破天惊之感。杨维桢的友人张雨序其乐府诗说："上法汉魏，而出人少陵、二李之间，隐然有旷世金石声，又时出龙鬼蛇神，以眩荡一世之耳目，斯亦奇矣。"③ 这个印象是较为准确的。铁崖古乐府的取材就往往不同凡响，善于撷取历史、传说中的人物和事件，带有很强的传奇色彩，借以抒发诗人胸中昂藏不平的意绪。如《虞美人行》、《鸿门会》、《龙王嫁女词》、《皇蜗补天谣》、《梁妇吟》、《南妇还》等等，借一些具有传奇的浪漫情调的题材以写峥嵘块垒。

铁崖古乐府构思奇特，造语突兀，迥然不同凡近，而思维跳跃性颇大，给人以瑰奇倘恍的审美感受，同时又极具力度美，如《鸿门会》一诗："天迷关，地迷户，东龙白日西龙雨。撞钟饮酒愁海翻，碧火吹巢双猰貐。照天万古无二乌，残星破月开天余。座中有客天子气，左股七十二子连明珠。军声十万振屋瓦，拔剑当人面如赭。将军下马力拔山，气卷黄河酒中泻。剑光

---

① （清）顾嗣立：《元诗选·初集》，中华书局 1987 年版，第 1975—1976 页。

② （明）胡应麟：《诗薮》，上海古籍出版社 1958 年版，第 241 页。

③ （清）陈衍：《元诗纪事》卷 16，见王云五主编《万有文库第二集七百种元诗纪事》，商务印书馆 1935 年版，第 301 页。

上天寒彗残，明朝画地分河山。将军呼龙将客走，石破青天撞玉斗。"这首诗很典型地体现了"铁崖体"的特点，也是诗人自己引为得意的篇什。诗人不取写实、描述一路，而全以浪漫雄奇的想象创造意境。意象的雄奇在铁崖古乐府中随处可见，如"神犀然光射方渚，海水拆裂双明珠"（《奔月厄歌》）；"盘皇开天露天丑，夜半天星堕天狗。璇枢缺坏奔星斗，轮鸡环兔愁飞走"（《皇娟补天谣》）；"白鼍竖尾月中泣，倒卷君山轻一粒。浪中拍碎岳阳楼，万斛龙骧半空立"（《湖龙姑曲》），等等，都充满了力度感。

铁崖古乐府有些篇什，写得具有动人心魄的悲剧美感。如《石妇操》、《虞美人行》、《琵琶怨》、《古愤》等。《虞美人行》中写道："拔山将军气如虎，神骓如龙踏天下。将军战败歌楚歌，美人一死能自许。苍皇伏剑答危主，不为野雄随仇虏。江边碧血吹青雨，化作春芳悲汉土。"项羽与虞姬的故事本来就有很强的悲剧性，而诗人把它写得尤为悲壮动人。铁崖又有《杀虎行》一首，是咏叹一位民女胡氏杀虎救夫的义烈行为的。诗前序云："刘平妻胡氏，从平戍零阳。平为虎擒，胡杀虎争夫。千载义烈，有足歌者，犹恨时之士大夫其作未雄，故为赋是章。"① 可见，诗人是刻意追求这种悲剧性的美感的。诗云："夫从军，妾从主，梦魂犹痛刀箭瘢，况乃全躯饲豹虎。拔刀誓天天为怒，眼中於菟小于鼠。血号虎鬼冤魂语，精光夜贯新仟土。可怜三世不复仇，泰山之妇何足数。"确实写得气凛千秋，壮烈非常。

杨维桢的"铁崖体"，对于元代诗风的转折有着十分重要的推动作用。不仅其门人，其他诗人也往往笼罩于"铁崖体"的诗风之中。元代后期的一些诗人，力求打破延祐诗坛弥漫一时的"雅正"观念，以及那种平滑妥溜的创作模式，而呈现出相当明显的变异轨迹，铁崖是最有力的代表者。

---

① （清）顾嗣立：《元诗选·初集》，中华书局 1987 年版，第 1991 页。

元代诗歌发展的历史进程[*]

元代的诗歌创作是中国诗歌史上的重要环节，从数量上堪称"泱泱大国"，仅清人顾嗣立所编的《元诗选》，就收诗数万首之多。有元一代诗歌创作的总量远远超过这个数目，只是难以完全统计。元诗虽然没有唐宋诗歌那样的突出成就和特色，但还是出现了许多可以称述的诗人，有着非常丰富的内涵。

从元诗自身发展的变化轨迹来看，元诗大致可分为三个时期，即前期、中期和后期。这三个时期诗人无论在诗歌风格还是思想倾向上都有很多不同之处，形成了元代诗歌创作的丰富性。元代前期的诗坛，与金初的"借才异代"颇为相似，大多数是由宋入元和由金入元的诗人。而像耶律楚材这样的著名诗人，虽然曾经仕于金朝，但后来一直辅佐成吉思汗，成为元朝的开国功臣，应该视为元朝自己的诗人，是元诗的主要奠基人。

一　元代前期的诗歌创作

元初诗人成分的复杂化，使元诗有着更为广阔的发展前景。他们带着不同的心态进行创作，同时也把宋诗、金诗的不同特色融进了元代诗坛。正因其众派汇流，方显其泱莽浩瀚。元代著名诗人欧阳玄称这个时期的诗文创作"庞以蔚"①，"庞"是指其丰富性、复杂性，"蔚"则是说前期创作的繁盛而富有生机。

前期诗人的思想倾向是颇为复杂的。元好问、李俊民都是由金入元的诗人，他们以金朝遗民的心态来写作，作品中不时地流露出沧桑之感、故国之思，风格苍凉浑厚。而在元代的诗论家看来，元好问等诗人是把"金季余

---

* 本文刊于《吉林大学社会科学学报》2005 年第 5 期。
① （清）顾嗣立：《元诗选·凡例》，中华书局 1987 年版，第 8 页。

习”带进了诗坛，而所谓“金季余习”，是指其诗过于“倔强”，即深刻地揭示了当时的民族矛盾、阶级矛盾、社会现实，没有为新王朝大唱颂歌，却颇有“怨以怒”的“火药味”。

由宋入元的诗人主要有方回、戴表元、黄庚等人。他们的创作与诗论，都对当日诗坛有着很深的影响，成为元诗的主要源头。方回（1227—1307），字万里，号虚谷，徽州歙县（今安徽歙县）人。方回是宋代江西诗派的殿军，论诗专主江西，他在诗歌批评上影响最大的便是《瀛奎律髓》，而诗歌创作有《桐江集》、《桐江续集》等。诗作内容较为复杂，他虽然降元，但不久即被弃，并未见用，心中颇多懊悔，因此诗作中不无愧怍之感。其诗在写法上大力发挥江西派的创作特点，意境颇为生新峭健，如《秋到》、《偶亦夜坐用前韵》等。黄庚，字星甫，天台人，入元不仕，著有《月屋漫稿》。黄庚的诗有很浓的遗民意识，往往在清新别致的意境中抒写亡国之恨，如《晚春即事》、《孤雁》等。戴表元是这一时期的重要诗人和诗论家。戴表元（1244—1310），字帅初，一字曾伯，庆元奉化（今浙江奉化）人。顾嗣立评价他说：“宋季文章气萎苶而辞骫骳，帅初慨然以振起斯文为己任。时四明王应麟、天台舒岳祥并以文名海内，帅初从而受业焉。故其学博而肆，其文清深雅洁，化腐朽为神奇，蓄而始发。……至元大德间，东南之士，以文章大家名重一时者，帅初而已。”① 作为诗人，戴表元起着承上启下的作用。他的诗作，收入《剡源集》而行于世。帅初诗在体裁上较为多样化，各体均有佳什。诗人在创作中以犀利的诗笔描写出当日社会底层的悲惨现实，如《夜寒行》、《南山下行》等，诗风质朴而峭健。举《南山下行》为例，诗云：

> 南山高，北山高，行人山下闻叫号。旁山死者何姓氏？累累骸骨横林皋。鸟喧犬噪沙草白，酸风十里吹腥臊。中有一人称甲族，蔽膝尚著长襦袍。不知婴触为何罪？但惜贵贱同所遭。妻来抱尸诸子哭，魂气灭没埋蓬蒿。人言投身由宝货，山材岂得皆权豪。一言不酬兵在颈，性命转眼轻鸿毛。龙争虎斗尚未决，六合一阱何所逃。振衣坐石望太白，寒林夜籁声溞溞。

诗人选择了一个富豪“甲族”死于屠刀之下的特写镜头，那么，穷苦贫寒

① （清）顾嗣立：《元诗选·初集》，中华书局 1987 年版，第 226 页。

的百姓们的性命就更是"轻于鸿毛"了。不义战争使整个中国都变成了地狱，诗中饱含着对统治者的愤恨之情。"帅初类多伤时悯乱、悲忧感愤之辞，读者亦可以谅其心矣。"① 这类诗多是乐府之作。帅初近体诗，清新明秀，神气贯通，顾嗣立评之为"诗律雅秀，力变宋季余习"②。由宋诗到元诗的转折，戴表元是一个很关键的人物。

耶律楚材、郝经是在政治上、心理上认同元朝的诗人，与由金入元和由宋入元的诗人都有所不同。耶律楚材（1190—1244），字晋卿，号湛然居士，又号玉泉老人，是契丹贵族的后裔，辽东丹王耶律倍的八世孙。父耶律履曾任金王朝的尚书右丞，楚材也曾被金章宗任命为开州同知。金亡后，元太祖成吉思汗召见楚材，罗致于幕下，扈从西征。窝阔台继位后，任楚材为中书令；元代初期楚材成为一个颇有作为的政治家。他是元代前期的一个出色的诗人，其诗文集《湛然居士文集》，集中收诗 720 余首。楚材诗中，寓托着诗人远大的政治抱负与理想。他要辅佐君主，完成统一四海的大业，而又时时流露出"功成身退"、视功名如云烟梦幻的想法。楚材的歌行体诗如《过阴山和人韵》等，用诗笔勾勒了奇瑰绝丽的西域风光。《过阴山和人韵》诗云：

> 阴山千里横东西，秋声浩浩鸣秋溪。猿猱鸿鹄不能过，天兵百万驰霜蹄。万顷松风落松子，郁郁苍苍映流水。天丁何事夸神威，天台罗浮移到此。云霞掩翳山重重，峰峦突兀何雄雄。古来天险阻西域，人烟不与中原通。细路萦纡斜复直，山角摩天不盈尺。溪风萧萧溪水寒，花落空山人影寂。四十八桥横雁行，胜游奇观真非常。临高俯视千万仞，令人凛凛生恐惶。百里镜湖山顶上，旦暮云烟浮气象。山南山北多幽绝，几派飞泉练千丈。大河西注波无穷，千溪万壑皆会同。君成绮语壮奇诞，造物缩手神无功。山高四更才吐月，八月山峰半埋雪。遥思山外屯边兵，西风冷彻征衣铁。

写得动荡开阖，气象万千。其集中更多的是五七言律诗，尤以七律为多。律诗法度森严，规矩备具，楚材则以天籁为律诗，绝去畦径而又合于法度，出之以本色之语而又无枯瘠之弊，如行云流水而又不失沉稳。如《和移剌继

---

① （清）顾嗣立：《元诗选·初集》，中华书局 1987 年版，第 226 页。
② 同上书，第 248 页。

先韵》："旧山盟约已愆期，一梦十年尽觉非。瀚海路难人更少，天山雪重雁飞稀。渐惊白发宁辞老，未济苍生曷敢归。去国迟迟情几许，倚楼空望白云飞。"这类诗作，都写得自然流畅而风骨遒健。前人评价楚材诗说："观其投戈讲艺，横槊赋诗，词锋挫万物，笔下无点俗，挥洒如龙蛇之肆，波澜若江海之放，其力雄豪足以排山岳，其辉绚烂足以灿星斗。"① 这很能道出楚材诗的审美特征。

郝经是这一时期的一位重要诗人。郝经（1223—1275），字伯常，元泽州陵川人，出身于世儒之家。祖父郝天挺，是大诗人元好问的老师，而他本人又受业于遗山。郝经受世祖赏识，世祖即位后，授郝经为翰林侍读学士，并充国信使，出使南宋。时南宋贾似道擅政，将郝经拘于真州16年，直到至元十一年（1274），伯颜南伐，宋人方才送郝经归元。之后不久，即因病而逝。郝经在诗歌创作上得遗山真传，奇崛宏肆，笔力健劲。而被拘真州期间的篇什尤为沉郁感荡，动人肺腑，如《听角行》、《后听角行》，都是写于诗人被幽居真州期间，表现了诗人忠贞不渝的信念，又抒发了真挚的故国情思。这两首诗继承了屈原《离骚》的抒情传统，回环往复，恻恻动人，带有强烈的悲剧性美感。郝经的近体诗也写得声韵浏亮而沉郁深婉。七律如《送董巨源》、《己巳三月二十六日》等，情感沉挚，意境雄阔。五律如《新馆夜闻杜鹃》等，抒写幽囚异邦、思怀故国的情感，极为深沉凄婉同时音律谐畅。这是元诗发展的总的特点。耶律楚材、郝经等人的创作，都已展示了这个趋向。

理学在元代成为官方哲学，对有元一代的思想文化影响至为深远。元代的著名理学家又多是文学家。元代的许多诗人，也都是理学中人。理学与文学，在元代呈合流的趋势。正如清人黄百家在《宋元学案》指出元代理学与文学的合流倾向时所说的："自白云一辈而下，多流而为文人。夫文与道不相离，文显而道薄耳，虽然，道之不亡也，犹幸有斯。"② 尤其是许衡、刘因、吴澄，被称为元代三大理学家，他们又都是影响甚广的文学家。许衡（1209—1281），字平仲，金河内（今河南沁阳）人，号为鲁斋先生。《宋元学案》专立《鲁斋学案》。许衡的诗作收在《圭斋集》中。他的诗多是一般的人生感慨，主要写自己的内心体验，诗风较为质朴工稳。刘因是元代著名的理学家，也是前期诗坛的名家。刘因（1247—1293），一名骃，字梦吉，

---

① （元）耶律楚材：《湛然居士文集·孟攀鳞序》，中华书局1985年版，第2页。
② （清）黄宗羲：《黄宗羲全集·宋元学案》第4册，浙江古籍出版社1986年版，第299页。

号静修，保定容城（今河北徐水）人，出身于世代业儒之家。在政治上对元朝采取不合作态度，元廷两次征召，刘因皆"固辞不就"，被世祖称为"不召之臣"。他曾在诗中叙述自己对诗歌创作的追求："远攀鲍谢驾，径入曹刘乡。诗探苏李髓，赋薰班马香。衙官宾屈宋，伯仲齿卢王。斯文元李徒，我当拜其旁。呼我刘昌谷，许我参翱翔。"（《呈保定诸公》）刘因诗集有《丁亥集》、《静修遗诗》等，其诗歌创作各体兼备，丰富多彩，有很高的成就。他非常崇尚雄浑刚健、沉郁悲壮的风格，其七古之作，气势磅礴，奇丽雄峭，如《西山》、《饮后》、《登镇州隆兴寺阁》等很能代表刘因诗的特征。他的七律，则以沉郁浑莽见称，如著名的《渡白沟》："蓟门霜落水天愁，匹马冲寒渡白沟。燕赵山河分上镇，辽金风物异中州。黄云古成孤城晚，落日西风一雁秋。四海知名半凋落，天涯孤剑独谁投。"写匹马征行的感受与白沟一带的风物，沉郁雄浑，富有力度，并非一般的羁旅慨叹，就中表现了诗人那种雄毅的心胸。顾嗣立评刘因诗说："静修诗才超卓，多豪迈不羁之气"[1]，道出了静修诗的特点。吴澄（1249—1333），字幼清，号草庐，抚州崇仁（今属江西）人，其家世代业儒，入元之后任国子司业、国史院编修。吴澄的诗作收在《草庐集》中。他对于诗歌辞章，只是率意为之，并不计较工拙。而其诗作多超逸清婉，且在其间自然流露出一种高洁品格。这几位理学大师的诗作在元代是代表性的。他们都不在诗中演绎性理，不以理学概念干预诗的审美效应，在写诗时，他们都是十足的诗人。这种现象说明了元代理学对诗歌影响的独特方式。

二 元代中期的诗歌创作

从世祖后期，统一天下的征伐早已结束，士大夫中的离心倾向便渐致淡化了。再往下是成宗、武宗、仁宗统治时期，社会趋于安定，经济得以发展，这段时间可为元代的中期。人们也把大德、延祐这个时期目为"盛世"。这当然是相对而言的。经过元代前期诗坛的酝酿准备，到大德、延祐时期，元代诗歌的发展出现了高峰。元代的重要诗人，大都集中于这个时期。赵孟頫、袁桷、虞集、杨载、范梈、揭傒斯等，都是蜚声诗史、成就灿然的诗人。他们的创作形成了多声部的合唱，但又共同体现了元诗的"主旋律"。区别于唐宋诗，在诗史上自成风貌的元诗，这时已经成熟了。这个

---

① （清）顾嗣立：《元诗选·初集》，中华书局1987年版，第129页。

阶段，也可以称为诗史上的"盛元"时期，或者可称为"延祐之盛"。

　　"延祐之盛"所体现出的元诗特征是什么？或者说，元诗最有代表性的审美倾向是什么？可以一言以蔽之，曰："雅正"。"雅正"，一方面指诗歌内涵上的"治世之音"，另一方面指诗歌风格的雍容平正，无乖戾之气。欧阳玄论述这一时期的诗歌创作时说："我元延祐以来，弥文日盛，京师诸名公，咸宗魏晋唐，一去金宋季世之弊，而趋于雅正，诗丕变而近于古，江西之士之京师者，其诗亦弃其旧习焉。"①"雅正"就其时代的意义而言，在很大成分上是他们抽去了诗的"风雅"传统中"美刺"的讽谕特质，而只以诗为"治世之音"。元代著名诗人戴叔能说："我朝自天历以来，学士大夫以文章擅名海内者，有蜀郡虞公、金华柳公、黄公。一时作者，涵醇茹和，以鸣太平之盛。治学者宗之，并称虞、杨、柳、黄，而本朝之盛极矣。"②这颇能说明元代中期诗歌的特点。

　　这个时期的诗人，名家辈出，稍前者有赵孟頫、袁桷；其盛者，有"元四家"——虞、杨、范、揭以及柳贯、黄溍等。比起辽金诗坛，别是一番壮观气象。

　　元代中期诗坛上，较早体现"元音"的诗人是赵孟頫、袁桷等诗人。赵孟頫（1254—1322），字子昂，号松雪，湖州（今属浙江）人，宋朝皇族后裔，其先祖即秦王赵德芳。宋亡，家居湖州，后受程钜夫推荐，受到世祖忽必烈的赏识，授兵部郎中，延祐中，累拜翰林学士承旨。赵孟頫在文化史上有相当高的地位与成就，是著名的书法家、画家，在书画史上堪称一流的巨匠。而作为诗人，在元代诗史上的地位也是显赫的。赵孟頫的诗之所以受到论者推崇，主要是因其"始倡元音"。前人多推其为延祐诗坛上首领风骚的人物。顾嗣立评松雪诗说"中统、至元而后，时际承平，尽洗宋金余习，则松雪为之倡"③，"赵子昂以宋王孙入仕，风流儒雅，冠绝一时，邓善之、袁伯长辈从而和之，而诗学为之一变"④，认为赵孟頫在元诗从前期到鼎盛时期的转变中起了关键性的作用。松雪诗中表现出诗人难以排遣的思想矛盾：元朝皇帝待他不薄，他很感激这种知遇之恩；同时又深受节操意识的自谴，宋朝遗民对他侧目而视，使他受到的刺激是很深的。松雪诗中时时表现

---

① （元）欧阳玄：《罗舜美诗序》，见《全元文》第 34 册，凤凰出版社 2004 年版，第 445 页。
② （清）顾嗣立：《元诗选·初集》，中华书局 1987 年版，第 1878 页。
③ 同上书，第 1975—1976 页。
④ 同上书，第 593 页。

出诗人痛苦矛盾的心态，如《罪出》、《祷雨龙洞山》等诗。

人们对松雪诗的艺术成就评价很高。前期诗坛多是由宋入元和由金入元的诗人，更多地带着宋诗和金诗的痕迹余风，而赵孟頫虽然也是由宋入元的，但却一反时风，直接上承魏晋南北朝诗人的清丽高古，又融之以唐诗的圆融流畅，形成了独特的风格，开启了延祐诗风。戴表元评其诗云："古诗沉涵鲍谢，自余诸作，犹傲睨高适、李翱云。"①松雪古诗的确有清逸高古之风，如《桐庐道中》诗：

> 历历山水郡，行行襟抱清。两崖束沧江，扁舟此宵征。卧闻滩声壮，起见渚烟横。西风林木净，落日沙水明。高昊众星出，东岭素月生。舟子棹歌发，含词感人情。人情苦不远，东山有遗声。岂不怀燕居，简书趣期程。优游恐不免，驱驰竟何成，我生悠悠者，何日遂归耕。

诗中写桐庐道中的所见所感，景物历历，诗人的主体情志映现其间。风格上颇似大小谢及孟浩然的山水诗，在清远的景物描写中表现了诗人的情怀。松雪的七律、五律这些近体之作，则是擅长运画境入诗境，使诗作具有绘画美。但这种绘画美并非色彩秾丽，而是水墨画般的淡远含蕴。如五律《早春》"溪上春无赖，清晨坐水亭。草芽随意绿，柳眼向人青。初日收浓雾，微波乱小星。谁歌采苹曲？愁绝不堪听"；七律如《溪上》"溪上东风吹柳花，溪头春水净无沙。白鸥自信无机事，玄鸟犹知有岁华。锦缆牙樯非昨梦，风笙龙管是谁家？令人苦忆东陵子，拟向田园学种瓜"等作，都写得清美自然，别具特色。

袁桷是著名的文论家，也是有成就的诗人。袁桷（1226—1327），字伯长，庆元路鄞县（今属浙江）人。大德初年被荐为翰林国史院检阅官，后任翰林待制，集贤直学士，同修国史。袁桷的诗古体气势磅礴，意象雄奇，语言也峭健不凡，如《龙门》等作；近体诗则写得清雅自然，不乏远致，如《上京杂咏十首》等。

元诗的鼎盛时期最有代表性的诗人是"元四家"，即虞集、杨载、范梈和揭傒斯。虞、杨、范、揭是延祐诗风最典型的体现者。清人宋荦论元诗的发展时说："遗山、静修导其先，虞、杨、范、揭诸君鸣其盛，铁崖、云林

---

① （元）戴表元：《剡源集》卷7《赵子昂诗集序》，中华书局1985年版，第107页。

持其乱，泓泓乎亦各一代之音，讵可阙哉！"① 视四家为元诗的鼎盛之峰巅，顾嗣立论及四家在元诗史上的地位时说："先生（指虞集）诗与浦城杨仲弘、清江范德机、富州揭曼硕，先后齐名，人称'虞、杨、范、揭'，为有元一代之极盛。"② 虞、杨、范、揭齐名于一时，论者称为元诗之极盛，是因为这四位诗人以及同时的一些诗人如柳贯、欧阳玄等人，以其丰富多彩的诗歌创作造就了元诗的全盛时代。这个时期的诗坛，题材广泛，体裁多样，各体皆有许多佳什。同时，他们的作品进一步体现了"雅正"这样一个元诗中的核心审美范畴。尽管他们各自有着自己的艺术个性，但总的说来，他们的创作在内容上基本是呈现元代中期的承平气象，在诗中所流露出的心情也是较为平和的，很少有怨愤乖戾的情绪。有所感怀，大致也不出"发乎情止乎礼义"的轨范。而在诗艺上，体式端雅而少有生新奇峭的语言与拗折的句法。这一点与宋诗是有相当明显的区别的。元诗宗唐，于此可见一斑，它更接近于唐诗的风神，而不同于宋诗的戛戛独造，生新拗折。

四家并驰齐名，似乎体貌如一，论者也往往把"虞杨范揭"作为一个概念来谈论。诚然，他们有着很多共同的地方，体现着较为一致的审美倾向。明代著名诗论家胡应麟从诗体的角度批评延祐之诗缺乏个性，如谈该时期歌行体诗时说："皆雄浑流丽，步骤中程，然格调音响，人人如一，大概多模往局，少创新规，视宋人藻绘有余，古澹不足。"③ 评述是较为中肯的，但不能因此而抹杀了虞、杨、范、揭的艺术个性。真正有成就的诗人，必然有其独特的艺术风貌。虞集对于四家诗曾有很妙且又形象的比喻："先生尝谓仲弘（杨载）诗如百战健儿，德机（范梈）如唐临晋帖，曼硕（揭傒斯）如美女簪花，人或问曰：'公诗如何'？先生乃曰：'虞集乃汉廷老吏也'，盖先生未免自负，而公论以为然。"④ 这些对诗人独特艺术风貌的比喻，虽然未必尽合，却也大致见出其差异所在。

虞集（1272—1348），字伯生，号道园，又号邵庵，蜀郡人，系宋丞相虞允文的五世孙。大德初年，到京城在大都任国子助教博士，累迁秘书少监，翰林直学士兼国子祭酒。虞集诗文皆负盛名，"一时朝廷之典册，公卿士大夫碑板咸出其手，粹然成一家之言"⑤，有诗文集《道园学古录》50

---

① （清）顾嗣立：《元诗选·序》，中华书局1987年版，第5页。

② （清）顾嗣立：《元诗选·初集》，中华书局1987年版，第843页。

③ （明）胡应麟：《诗薮》，上海古籍出版社1958年版，第230页。

④ （清）顾嗣立：《元诗选·初集》，中华书局1987年版，第843—844页。

⑤ 同上书，第843页。

卷。虞集自谓其诗如"汉廷老吏"，所比拟的意思是什么呢？主要是指虞集诗深于诗律，谨严而浑融。胡应麟阐释此语云："汉令法师（同一比喻的不同说法——笔者按）刻而深也。"① 又转引他人之语："虞自拟汉廷老吏，盖深于律者。"② 可见，这个说法主要是指虞诗深于诗律，稳健深沉。如七律《挽文丞相》、《滕王阁》等，都是这样的上乘之作。如《挽文山丞相》诗："徒把金戈挽落晖，南冠无奈北风吹。子房本为韩仇出，诸葛宁知汉祚移。云暗鼎湖龙去远，月明华表鹤归迟。不须更上新亭望，大不如前洒泪时。"他的歌行体诗也写得雄浑壮阔，如《金人出塞图》，形象鲜明生动，气势雄豪，是歌行体中的名篇。

杨载是延祐时期的著名诗人、诗论家。杨载（1271—1323），字仲弘，浦城（今属福建）人，后徙杭州。博览群书，年四十而不仕，后以布衣召为翰林国史院编修官。杨载是元代的重要的诗论家，有诗话《诗法家数》，仲弘诗被称为"百战健儿"，诗语健劲，富于变化腾挪之势，雄浑横放，长于议论。范梈为其诗作序云"仲弘天禀旷达，气象宏朗。开口论议，直视千古。每大众广集，占纸命笔辞，傲睨横放，尽意所止。众方拘拘，己独坦坦。众方纡徐，己独驰骏马之长坂而无留行，要一代之杰作也"③，指出了杨载诗那种脱略束缚、横放杰出的艺术气质。杨载的歌行体诗表现这种气质最为特出：《杨仲弘集》中有歌行体诗数十首，写得雄杰壮阔，波澜起伏，读之使人如入风光奇绝的群山万壑之中。一些歌行体题画诗《题王起宗画松岩图》、《题华岳江城图》、《题赵千里山水扇面歌》等，都以横放杰出的风格创造出奇丽高朗的境界，有"咫尺万里"之势。如《题王起宗画松岩图》云：

　　云起重岩郁凌乱，长松落落树直干。若人于此结茅屋，爽气飘然拂霄汉。舣舟之子何逍遥，从者伛偻携一瓢。山中无日不闲暇，跋涉相顾凌风飚。始知王宰用意高，使人观图鄙吝消。世间未必有此景，涂抹变幻凭秋毫。丹青游戏固足乐，收绝视听搜冥冥。向来为政殊不恶，乃尔胸中有丘壑。

---

① （明）胡应麟：《诗薮》，上海古籍出版社 1958 年版，第 231 页。
② 同上书，第 242 页。
③ （清）顾嗣立：《元诗选·初集》，中华书局 1987 年版，第 935 页。

　　杨载的近体诗更为明显地体现着"雅正"的特点，格律圆熟，音声谐婉，其表现的意蕴也都是较温雅和顺的。

　　范梈（1272—1330），字亨父，一字德机，清江（今属江西）人，家贫早孤，刻苦为文章。36 岁时辞家北游，卖卜燕市，后被举荐为翰林院编修官。范梈是元代中期的著名诗人、诗论家，有《德机集》传世。关于范梈和揭傒斯在诗史上的地位，欧阳玄曾评论说："我元延祐以来，弥文日盛，京师诸名公，一去宋金季世之弊，而趋于雅正。于是西江之士，亦各异其旧习焉，盖以德机与曼硕为之倡也。"①《元诗纪事》载："大德中，清江范德机先生独能以清拔之才，卓异之识，始专师李林，以上溯三百篇。其在京师也，与伯生虞公，子昂赵公，仲弘杨公，曼硕揭公诸先生倡明雅道，以追古人，由是诗学丕变。范先生之功为多。"② 关于德机诗的风格，虞集拟之为"唐临晋帖"，是不够确切的。揭傒斯序其集云："余独谓范德机诗以为唐临晋帖终未逼真，今故改评之曰：范德机诗如秋空行云，晴雷卷雨，纵横变化，出入无朕。又如空山道者，辟谷学仙，瘦骨崚嶒，神气自若。又如豪鹰掠野，独鹤叫群，四顾无人，一碧万里。差可仿佛耳。"③ 这固然是诗化的夸饰，但也可以看出德机诗的多样化特征。范德机的诗作，以歌行体诗最为擅名，揭序中称其"工诗，尤好为歌行"，范集中歌行体诗约占四分之一。范氏的歌行豪放超迈，跌宕纵横而又流畅自如，如《王氏能远楼》、《题李白郎官湖》等，都能代表德机诗的成就。《王氏能远楼》诗云："游莫羡天池鹏，归莫问辽东鹤。人生万事须自为，跬步江山即寥廓。请君得酒勿少留，为我痛酌王家能远之高楼。醉捧匀吴匣中剑，斫断千秋万古愁。沧溟朝旭射燕甸，桑枝正搭虚窗面。昆仑池上碧桃花，舞尽东风千万片。千万片，落谁家？愿倾海水溢流霞。寄谢尊前望乡客，底须惘怅惜天涯。"这首诗豪迈高逸，意境颇为高华流美，确有盛唐风采！胡应麟评之为"雄浑流丽，步骤中程"④，把它列为元代歌行的佳作。在律诗方面，德机则更多地心仪于杜甫。尤其是五言律诗，很有些近于杜诗五律那种沉郁而凝练的风格，如《京下思归》等作。胡应麟称其"步趋工部"⑤，便是指这类诗作。范梈的

---

　　① （清）顾嗣立：《元诗选·初集》，中华书局 1987 年版，第 980 页。

　　② （清）陈衍：《元诗纪事》卷 13，见《万有文库第二集七百种元诗纪事》，商务印书馆 1935 年版，第 239 页。

　　③ 李梦生点校：《揭傒斯全集》卷 3，上海古籍出版社 1985 年版，第 288 页。

　　④ （明）胡应麟：《诗薮》，上海古籍出版社 1958 年版，第 230 页。

　　⑤ 同上书，第 229 页。

五言古诗也很有名，深邃而清新，如《苍山感秋》等，颇受时论称赞。

揭傒斯（1274—1344），字曼硕，龙兴富州（今江西丰城）人。幼时家贫而读书刻苦，延祐初年，荐授翰林国史院编修官，迁应奉翰林文字，前后三入翰林。至正初年，诏修宋辽金三史，任为总裁官。揭傒斯是元代中期的著名诗人，诗集为《秋宜集》。虞集曾以"如三日新妇"、"如美女簪花"①来形容揭诗的风貌。这当然是说揭诗清婉流丽，但揭诗并非止于此，而是在清美流畅中有很深的感慨，因此而显得自有深致。"三日新妇"，鲜而丽也。这个雅号自然易于给人以华美清浅的印象。据说揭傒斯对虞集这个评价非常不满，"虞道园序范德机诗，谓世论杨仲弘如百战健儿，德机如唐临晋帖，揭曼硕如美女簪花，而集如汉廷老吏。曼硕见此文大不平，一日过临川诘虞，虞云'外间实有此论'。曼硕拂衣而去，留之不可，后曼硕赴京师，伯生寄以四诗，揭亦不答，未几卒于位"②。正因为虞集的评价未能真正道出揭诗的特征，曼硕才如此愤愤不平。《四库全书总目提要·文安集》论其诗云："独于诗则清丽婉转，别饶风韵，与其文如出二手，然神韵秀削，寄托自深，要非嫣红姹紫徒矜姿媚者所可比也。"③ 这个评价是更为深入一层的。揭诗诸体中，以五言古诗见长。欧阳玄称他"作诗长于古乐府选体，律诗、长句伟然有盛唐风"④。所谓"古乐府选体"即指其五言古诗。揭氏的五古有一种幽淡深邃的境界，如《自盱之临川晓发》诗："扁舟催早发，隔浦遥相语。雨色暗连山，江波乱飞雾。初辞梁安峡，稍见石门树。杳杳一声钟，如朝复如暮。"这里抒写出一种行旅的意绪，发而为一种"飞雾"似的幽淡境界，细读之，又有一种深潜却又难以言喻的感触。这类诗作是很多的，也颇能体现其"写景要雅淡，推人心之至情，写感触之微意"⑤ 的论诗主张。他的五言短古更见特色。所谓"五言短古"一般只有四句，但又并非绝句。诗人在四句之中便创造出一个淡雅幽峭的意境，却又于其中寄托深意，如《秋雁》："寒向江南暖，饮向江南饱。莫道江南恶，须道江南好。"陈衍先生按"此诗大有寄托"。⑥ 揭的作品内容较为丰富，诗人往往以其条畅的诗

---

① （清）顾嗣立：《元诗选·初集》，中华书局1987年版，第843—844页。

② （清）王士禛：《清代史料笔记丛刊·池北偶谈》，中华书局1982年版，第394页。

③ （清）纪昀总纂：《四库全书总目提要》，河北人民出版社2000年版，第4300页。

④ （元）欧阳玄：《豫章揭公墓志铭》，见《欧阳玄集》，岳麓书社2010年版，第160页。

⑤ 李梦生标校：《揭傒斯全集》辑遗，上海古籍出版社1985年版，第450页。

⑥ （清）陈衍：《元诗纪事》卷13，见王云五主编《万有文库第二集七百种元诗纪事》，商务印书馆1935年版，第244页。

笔来表现下层人民所遭受的灾厄困苦。在这一点上，他是突破了"雅正"观念的束缚的。延祐诗坛，大多数诗人以装点升平为时尚，虽以盛唐为归趋，但更多的是咏叹一些表面的繁荣，而揭傒斯却能以诗笔直探民生艰窘，确实是难能可贵。这类诗如《渔父》、《大饥行》等都是有代表性的。

延祐前后确实是元诗的全盛期，无论从创作实践还是在诗歌理论上，都呈现出彬彬之盛的局面，最能代表元诗的特征。虞、杨、范、揭元诗四大家，从整体最能代表元诗的成就，而且，都在诗歌理论上自觉地阐扬"雅正"的审美观念，形成了广泛的影响。"四大家"以外的欧阳玄，以其大量的诗文评论，倡导这种观念，其他诗人也都以自己的创作使这个时期的诗坛更为壮观。

三　元代后期诗风的丕变

元代社会进入后期，各种矛盾不断激化，泰定帝之后，元朝统治便迅速衰落。从文学史的角度看，较之前期和中期，元代文学也发生了很大变化。这从诗坛的风貌中可以得到明显的昭示。

在"延祐"之后，元代诗坛的面目和格局都有相当的变化，开始改变了以"雅正"为核心美学观念的创作观，产生了更为多样化的风格，诗人的个性也得到了充分的张扬。萨都剌、贯云石（小云石海涯）、马祖常、迺贤、丁鹤年、余阙、泰不华等蒙古族诗人和色目诗人的创作，使元代的诗史更为丰富多彩。这些少数民族诗人没有那么多根深蒂固的传统儒家诗学观念的制约，而是从自己的性情出发，充分发挥他们的创作才能，因而此期诗坛异彩纷呈，使中华的诗史多了一些奇美的景观。在元代后期诗坛上，还有一位大诗人，那就是杨维桢。在元末诗界，杨维桢是导引风气的领袖人物。他所创造的"铁崖体"，影响遍及元末明初的诗人。这个时期的其他诗人如傅若金、张翥、倪瓒等，也都自有其面目，而走出了"雅正"观念的局囿，使元代诗史的末端，呈现出多元化的态势。

元代后期诗坛上，少数民族诗人的创作业绩是颇为值得称述的，在某种意义上，他们代表了元诗的活力与变化的趋势。清代诗论家顾嗣立评论萨都剌等少数民族诗人时说："要而论之，有元之兴，西北子弟，尽为横经。涵养既深，异才并出。云石海涯、马伯庸、以绮丽清新之派振起于前，而天锡继之，清而不佻，丽而不缛，真能于袁、赵、虞、杨之外，别开生面者也。于是雅正卿、达兼善、迺易之、余廷心诸人，各逞才华，标奇竞秀。亦可谓极一时之盛者欤！"① 这段话揭示了这个少数民族诗人群体在元代诗史上的特殊地位。

贯云石，维吾尔族，原名小云石海涯，因父名贯只哥，即以贯为姓。贯云石是元代著名的散曲作家，因其号酸斋，其散曲即称为"酸斋乐府"。贯云石生活时期较早，且于泰定元年即以39岁的华年去世，其实应是中期的诗人。这里将其与其他少数民族诗人一同论列，故述于此。贯云石的诗歌创作，当时曾有集行世，于今已佚。元代著名学者程钜夫在《跋酸斋诗文》中称其诗"五七言诗，长短句，情景沦至"②。欧阳玄作《贯公神道碑》称其诗"冲淡简远"，评价颇高。在少数民族作家中，贯云石是有相当高的地位的，但主要表现在散曲方面。

萨都剌则更多以诗歌创作见称于世。萨都剌是回族，字天锡，号直斋，其祖先为答失蛮氏，祖父以勋留镇云、代，遂为雁门人。萨都剌泰定四年（1327）中进士，授镇江录事达鲁花赤，晚年流连于山水之间。其诗文有《雁门集》，收诗近800首。他的诗作，在元代诗人中是别具一格的。他不再囿于"雅正"观念，而一任情感的流泻。虞集评其诗云："进士萨天锡最长于情，流丽清婉，作者皆爱之。"③ 这个特点典型地体现在他的宫词之中。他的宫词被翁方纲称为"第一"。雁门诗尚以雄奇飞动见长，如《过居庸关》、《鼎湖哀》等。元末著名诗人戴良评其诗云："萨公之诗似长吉。"④雁门诗还有许多是揭露当时社会的悲惨现实的，如《鬻女谣》等；还有一些直刺朝政大事之作，如《纪事》等。

马祖常也是元代诗坛上一位出色的少数民族诗人。马祖常（1279—1388）字伯庸，世为雍古部，高祖锡里吉思，金末为凤翔兵马判官，后代因以马为姓。马祖常延祐二年廷试第二，授应奉翰林文字，累迁至礼部尚书。马祖常在元代诗史上有重要地位。元代著名文学家苏天爵序其诗称："公诗接武隋唐，上追汉魏，后生争效慕之，文章为之一变。"⑤ 可见其诗风在当时是颇有影响力的。顾嗣立说："贯酸斋、马石田开绮丽清新之派。"⑥

---

① （清）顾嗣立：《元诗选·初集》，中华书局1987年版，第1185—1186页。

② 胥惠民等：《贯云石作品辑注》，新疆人民出版社1986年版，第160页。

③ （元）虞集：《傅与砺诗集序》，见《全元文》第26册，凤凰出版社2004年版，第266页。

④ （元）戴良：《鹤年吟稿序》，见《全元文》第53册，凤凰出版社2004年版，第274页。

⑤ （清）顾嗣立：《元诗选·初集》，中华书局1987年版，第669页。

⑥ （清）顾嗣立：《寒厅诗话》，见中华书局编辑所编《清诗话》，中华书局1963年版，第84页。

马祖常多以乐府来摄写社会生活的画面，以表现下层人民的困苦生活，如《踏水车行》、《缲丝行》、《拾麦女歌》、《古乐府》等。马祖常的诗作更多地逸出了盛唐诗的笼罩，而吸收了李贺、温庭筠的诗风，又加以自己的融汇创造，故而其诗在意象、词语等方面都有明显的个性。

元代后期的少数民族诗人还有泰不华、迺贤、余阙、丁鹤年等。他们的创作都在一定程度上体现了元诗的变化。

元代后期的诗坛上，最有影响的诗人，无疑是杨维桢。了解元代后期诗风的变化，是无法回避这个"重镇"的。杨维桢（1296—1370），字廉夫，号铁崖、东维子，又号铁笛道人，山阴（今浙江绍兴）人。杨维桢泰定四年（1327）登进士第，曾任天台县尹、改钱清场盐司令，迁江西等处儒学提举。元末遇兵乱，隐居于富春山、钱塘、松江等地。所作篇什，集为《铁崖古乐府》、《铁崖复古诗》、《铁崖集》、《铁龙诗集》、《铁笛诗》、《草云阁后集》、《东维子集》，其中尤以《铁崖古乐府》影响最巨。

关于杨维桢在元诗史上的地位，顾嗣立的概括是非常中肯的，他说："元诗之兴，始自元遗山。中统、至元而后，时际承平，尽洗宋金余习，则松雪为之倡。延祐、天历间，文章鼎盛，希踪大家，则虞、杨、范、揭为之最。至正改元，人材辈出，标新领异，则廉夫为之雄，而元诗之变极矣!"①虽然这是对元诗发展大势的概括，却可深刻地道出杨椎桢在元代后期诗坛上的重要地位所在。

杨维桢的诗歌风格被称为"铁崖体"。那么，"铁崖体"这个诗学的概念，其内蕴究属如何？明代著名诗论家胡应麟对其诗有如是评论："杨廉夫胜国末领袖一时，其才纵横豪丽，宣堪作者。而耽嗜瑰奇，沉沦绮藻，虽复含筠吐贺，要非全盛典型。至他乐府小诗，香奁近体，俊逸浓爽，如有神助。"②这里的评价可以说明"铁崖体"的某些特征。这里对"铁崖体"的内蕴略作补充。"铁崖体"在体裁形式上以"古乐府"为主，力求打破古典主义的诗学规范，走出元代中期模拟盛唐、圆熟平缓、缺少个性的模式，而追求构思的奇特，意象的奇崛，造语藻绘而狠重，在诗的整体效应上具有"陌生化"的特征与力度美。而这些，都应是出自于诗人的情性，从而使作品具有相当鲜明的个性色彩。

杨维桢个性张扬，在创作中也是摆脱形式因素的拘束，喜作古体，尤以

---

① （清）顾嗣立：《元诗选·初集》，中华书局 1987 年版，第 1975—1976 页。
② （明）胡应麟：《诗薮》，上海古籍出版社 1958 年版，第 241 页。

乐府歌行见长。有人认为律诗会束缚诗人的手脚，这自然是很偏激的，却也造就了"铁崖体"那种纵横出奇的诗风。因而，最能体现"铁崖体"的特色的，无疑是他的"古乐府"。铁崖构思奇特，造语突兀，而思维跳跃性大，给人以瑰奇惝恍的审美感受，同时又具有力度美。如《鸿门会》一诗：

> 天迷关，地迷户，东龙白日西龙雨。撞钟饮酒愁海翻，碧火吹巢双鹔鹴。照天万古无二乌，残星破月开天余。座中有客天子气，左股七十二子连明珠。军声十万振屋瓦，拔剑当人面如赭。将军下马力拔山，气卷黄河酒中泻。剑光上天寒彗残，明朝画地分河山。将军呼龙将客走，石破青天撞玉斗。

此诗颇为典型地体现了"铁崖体"的特点，也是诗人自己引为得意的篇什。杨维桢的门人吴复记载："先生酒酣时，常自歌是诗。此诗本用贺体，而气过之。"① 诗的意象是非常奇特的。这种雄奇的意象在铁崖诗中随处可见，如"神犀然光射方渚，海水拆裂双明珠。大珠飞上玉兔白，小珠亦奔银蟾蜍"（《奔月厄歌》）、"湖风起，浪如山，银城雪屋相飞翻。白鼍竖尾月中泣，倒卷君山轻一粒。浪中拍碎岳阳楼，万斛龙骧半空立。雨工骑羊鞭迅雷，红旗白盖蚩尤开"（《湖龙姑曲》）、"盘皇开天露天丑，夜半天星堕天狗。璇枢缺坏奔星斗，轮鸡环兔愁飞走"（《皇娲补天谣》），等等，意象极为雄奇飞动，充满力度。

铁崖古乐府很多篇什都有动人心魄的悲剧美感。他有《杀虎行》一首，是咏叹一位民女胡氏杀虎救夫的义烈行为的，诗前小序云："刘平妻胡氏，从平戍零阳，平为虎擒，胡杀虎争夫。千载义烈，有足歌者，犹恨时之士大夫其作未雄，故为赋是章。"② 可见诗人是刻意追求这种雄奇不凡的悲剧美感的。诗云："夫从军，妾从主，梦魂犹痛刀箭瘢，况乃全躯饲猛虎。拔刀誓天天为怒，眼中於菟小于鼠。血号虎鬼冤魂语，精光夜贯新阡土。可怜三世不复仇，泰山之妇安可数！"写得气凛千秋，壮烈非常。《虞美人行》中写道："拔山将军气如虎，神骓如龙蹋天下。将军战败歌楚歌，美人一死能自许。苍皇伏剑答危主，不为野雉随仇虏。江边碧血吹青雨，化作春芳悲汉土。"项羽和虞姬的故事本来就有很强的悲剧性，铁崖把它写得尤为悲壮

---

① （清）顾嗣立：《元诗选·初集》，中华书局 1987 年版，第 1978 页。
② 同上书，第 1991 页。

动人。

杨维桢的竹枝词、香奁词等也都颇负盛名，这些诗用五、七言绝句的形式，写得情韵十足。清代诗论家翁方纲评价说："廉夫自负五言小乐府在七言绝句之上，然七言竹枝诸篇，当与小乐府俱为绝唱。刘梦得以后，罕有伦比。而竹枝尤妙。"① 杨维桢的《竹枝词》，继承刘禹锡的"竹枝"传统而又揉进了自己的特点，如《西湖竹枝歌》、《吴下竹枝歌》等若干组诗。

杨维桢所创的"铁崖体"，在元代后期诗坛上有重要的影响，不仅其门人，其他诗人也往往笼罩在其诗风之中。当然这其中也不乏负面的东西在："铁崖体"有时为奇而奇，或是用"海荡邙山漂骷髅"、"黄金无方铸骷髅"这类诗句来标榜他所追求的"诗鬼"特点。这不免堕于魔道。一方面反对模拟，另一方面而又不时露出模拟的痕迹，见出"铁崖体"的某些缺憾。然而，杨维桢无论是在思想上还是在诗歌创作上，都力求打破延祐弥漫一时的"雅正"观念以及那种平滑妥溜的创作模式，而其诗歌创作实绩，又以惊世骇俗的面目和相当突出的成就，体现了元从中期到后期的转变。

除杨维桢外，傅若金（与砺）、李孝光、王冕、张翥、倪瓒等诗人共同形成了从中期到后期的诗风变革。其中傅若金是较为接近延祐诗风而加以变化的。他的五言诗成就受到诗论家的高度称赞。胡应麟评其诗云："（元）五言律，傅与砺为冠。"② 李孝光则以古乐府的古峭，展示了诗风转变的痕迹。王冕是元代的著名画家，同时也是优秀的诗人。他的诗作丰富深广，切近现实，多写民生疾苦与自己的隐逸情怀，风格朴健奔放。倪瓒与王冕相类似之处即他们都是著名的画家，同时，在元代后期诗坛又是颇有名声的诗人。倪瓒诗萧散幽淡，继承了王、孟、韦、柳一派的诗歌传统而注入了时代内容，也可以说是对元朝政治的离心倾向。顾嗣立以为其诗"流风余韵，至今未堕"③，可见其对明清诗的深远影响。

元诗的成就与特色虽不及唐宋，但诗家众多，篇什浩瀚，有其独特的发展轨迹。对于前代诗歌的内容与形式，元诗有多方的继承，同时也有理性的审视与批判，对于明清诗歌的走向，也有深刻的影响。在中国诗史上，元诗是不可缺少的重要一环。

---

① （清）翁方纲：《石洲诗话》卷5，中华书局1985年版，第90页。
② （明）胡应麟：《诗薮》，上海古籍出版社1958年版，第242页。
③ （清）陈匪石：《声执》，见唐圭璋《词话丛编》第4册，中华书局1986年版，第4961页。

生机与汇流：民族文化交融中的辽金元诗歌[*]

　　辽、金、元三代诗歌创作，是中国诗歌史是不可分割的一个重要阶段，也是为中国诗歌史带来活泼生机与特殊样态的独特存在。辽金元诗歌并不能作为一个一成不变的单一整体被我们所读解，而是一个内涵复杂且充满变数的过程。如欲真正走进辽金元诗歌的"大千世界"，仅是一般的印象或"囫囵吞枣"般的抽象认知是远远不够的。应该有足够的心理准备：它是无比丰富的矿藏，它是蕴含无限的汪洋，它是连绵不断的山脉，它是变幻多姿的天空。

　　广义的辽金元诗歌，包括了诗、词、曲这几种不同的诗歌样式，它们并不是既成的东西，而是在生成和发展之中呈现出的状貌。对于此前的中华诗歌而言，它们当然有相当多的接受和继承，但相对而言，它们又有着更多的变异和生成。以狭义的诗来看，辽金元诗歌是呈现了一个由生新走向成熟的过程，但它不同于以往的生新与成熟，它们裹挟进相当多的新质——文化的新质。它们有很多作品显得颇为稚拙甚至是糙野，但却是带着北方的雄厉之气。它们又有着圆熟的篇什，但这种圆熟亦不同于唐宋的风貌。辽金元诗歌有着各自的风貌，它们之间又有着内在的连续性。辽金元诗歌在中国诗歌史上的特殊地位也许并不是仅从诗歌艺术的角度能够予以充分理解的，如果仅从这个角度来理解认知，与唐宋诗歌相比，辽金元诗歌难有可以分庭抗礼的荣耀！中国诗歌史是客观的存在，它的辉煌，不是编造出来的，也不是可以信口雌黄地"酷评"出来的，而是历代无数的读者与学者共同欣赏、解读、研究而积淀下来的。我们也不能因为辽金元诗歌的研究，就无限放大其地位或成就，把它说成就是中国诗歌史上无以逾越的高峰，把它说成超唐越宋的最为了不起的阶段。那种无论研究什么，不顾客观事实，把自己的研究对象的地位和重要性无限扩大的做法或风气，或是幼稚得可笑，或是恶劣的学

　　* 本文刊于《辽宁工程技术大学学报》（社会科学版）2012 年第 2 期。

风，当然是不可取的。无疑地，辽金元在中国诗歌史上有其独特的地位，有着独特的传承和影响，有其独特的成就，这是客观的认识；但我们无意于夸大，无意于牵强，而是根据现存的辽金元诗歌进行客观的、科学的分析，实事求是予以描述，使人们对其有一个近乎"原生态"的了解，在此基础上再进行具有现代意义的学术评价。尊重客观，尊重历史，当是我们恪守的前提或者说是底线。

在谈及客观地描述辽金元诗歌的同时，我们也同样不能忽略研究角度或方法的问题。因为辽金元诗歌成为古代文学研究新的亮点，这是一个近几十年来不争的事实。中国文学史或云古代文学，在我们的学科序列中，无疑最古老的、积淀最深的。前人留下了汗牛充栋的宝贵理论遗产，使我们产生了难以逾越之叹。就诗歌研究而言，对先秦两汉、魏晋南北朝、唐宋等时期的诗歌研究，都产生了无数的研究成果，出现了许许多多的研究经典。辽金元诗歌原来是相对薄弱的环节，这也是学术史上的事实。从 20 世纪 80 年代以来，这种局面出现明显的扭转，辽金元诗歌研究可谓新著迭出，星光灿烂。无论是诗歌的个案，还是史的框架，都有着全面的突破，百部以上的学术专著，以《全辽金诗》、《全金诗》、《全元诗》为代表的文献整理，以《辽金诗史》、《元诗史》、《中国古代文学通论·辽金元卷》为代表的理论著作，还有几千篇之数的研究论文，把辽金元诗歌研究推上了一个崭新的峰巅。不唯成果众多，更在于研究角度的转换，研究观念的创新，使得辽金元诗歌的研究给人充满生机的印象。很多研究论著并不仅是因为研究对象而生的新意，而恰恰是因了研究角度和学术思想的创新，而为学术界带来新的气象的。这其中，民族文化的角度是辽金元诗歌研究大有新意的重要角色。这在一些有关辽金元文学研究的重要学人如周惠泉、张晶、查洪德、胡传志、赵维江等著名学者那里，都得到了体现。这是因为，辽金元诗歌独特风貌的形成，是中原文化和北方民族文化融合、冲撞和互动的产物！民族文化的视角，揭示了其间的运动规律，显示了诗史整体的生成基因，虽然这其中并非都关照到任何琐细的部位，或者个别诗人的文本内部，但在总体上，是能够说明问题的，是令人信服的，是开创了一个新的研究景观的。

辽金元是由北方的契丹、女真和蒙古等少数民族建立的王朝，其中辽、金是与北宋、南宋并存的北方政权，既深受中原汉文化的濡染影响，又有与之相抗衡的北方文化意识。元朝统一了中国，仍有一个南北方文化、汉文化和少数民族文化的冲撞和交汇的过程，但它在文化上有更大的格局和气魄，也有着更为丰富的样态与内容。从辽金以来所含蕴的北方民族文化心理，到元代则被裹挟而汇入中华文明的巨大洪流之中，却为之增添了无限的生机与活力，从而开启了明清及近代的中论文化大观。这也许并非是笔者的逻辑推演，而是文化史的真实走向。

我们对辽金元时期的文化态势的了解与判断，最终是要落实到对辽金元诗歌特色的阐释与揭示上。民族文化的角度，更多的研究方法的意义，因为我们的学科性质是文学，诗歌是我们的研究对象。通过对辽金元诗歌的读解，可以感受到无论是辽诗、金诗，还是元诗，其中所蕴含的文化内涵和文化变迁的痕迹，是远较其他时代的诗歌更为鲜明和强烈的。当时契丹、女真和蒙古这样的北方游民族，以其强悍尚武的民族性格与中原王朝发生交锋时，往往在军事上扮演着胜利者的历史角色，即使是南北对峙，同时存在的辽金王朝，也时时给中原王朝以进攻者的威慑。北方民族雄强而质朴的传统文化心理，在社会生活的诸方面都大有呈现。而辽金时期创作中契丹贵族和女真贵族都有着相当重的分量。辽代诗歌，契丹贵族的作品占了主要的地位，他们的民族自信，他们的粗犷豪放，是浑然一体地彰显出来的。如辽代的萧观音，在应制诗中写出了这样的名篇："威风万里压南邦，东去能翻鸭绿江。灵怪大千俱破胆，哪教猛虎不投降。"（《伏虎林待制》）这样的篇章出于一位宫廷女性之手，岂是一般的应制诗可比！中原汉族女性诗人在诗史上如灿烂群星，名篇佳作不乏其例，但如这种雄放风格者却是无从得见的。对于这样的诗篇，大概我们很难从诗歌传统所认同的那种七绝艺术来阐释它评价它，尽管它的韵律也不违背近体诗的要求，我们所感受到是，是一种高远的立意和政治上的霸气，当然还有那种震撼人心的力度感。这恰是契丹文化的一个特点。这当然不仅是辽诗所呈现的文化形态，后来的金诗、元诗的发展，都展示了文化交融与互动所产生的深远影响。

一　面目生新的辽诗

平心而论，现存的辽诗数量不多，真正称得上诗的，不过百首。但是可以看出，最能体现辽诗特色的，还就是萧观音和萧瑟瑟等女诗人。她们的创作有颇为深刻的内涵，远非一般诗可比，读之令人动容，如萧观音的另一首《君臣同志华夷同风应制》，也是体现了很强的政治意识和民族文化的自信的。萧瑟瑟的两首诗《讽谏歌》和《咏史》都是骚体之作，既有痛切的激情，又有深刻的政治见解。这类诗篇超越了个人的哀怨而是在时政的高度进行抒写的。如《讽谏歌》："勿嗟塞上兮暗红尘，勿伤多难兮畏夷人。不如塞奸邪之路兮选取贤臣，直须卧薪尝胆兮激壮士之捐身，可以朝清塞北兮夕枕燕云。"这是一首激壮而深刻的政治讽喻诗。史载："女真乱作，日见侵迫，帝畋游不恤，忠臣多被疏斥，妃作歌讽谏。"① 此诗指出了辽王朝所面临的危难局面，力劝天祚帝不可逸豫亡国，而应当振作起来，励精图治，摒除奸佞，如此方能重振朝纲，永镇漠北。

现存的辽代其他诗作，也以契丹皇族的创作为核心部分。如东丹王耶律倍、圣宗耶律隆绪、兴宗耶律宗真和道宗耶律洪基等。这些契丹帝王的诗作，从传统诗歌艺术来说，很难称得上是佳作，但是这些诗作因其特殊的文化内涵，还有与中原诗歌不同的表现形态，使辽代诗歌产生了与众不同的风貌。辽诗在很大程度上体现了契丹文化和汉文化的交融，同时也体现了北方民族精神。契丹贵族在建立辽朝后，在文化上颇为倾心于中原汉族文化，如对中原儒家典籍的学习推崇，对中原文学传统的向往与濡染，但契丹贵族也在很多时候有着很强的民族自信。

东丹王耶律倍本是太祖耶律阿保机的长子，曾被立为太子。其母述律后更为喜爱次子耶律德光，用权谋使德光当上了皇帝，是为太宗，耶律倍被改封为东丹王，后游于后唐。耶律倍有《海上诗》一首："小山压大山，大山全无力。羞见故乡人，从此投外国。"这首短短的五言古体，直接抒发了其亡命海外、投奔异国的悲凉凄楚的情感。本诗巧妙地用契丹文和汉文的巧合，表达了他在政治上的悲愤。"山"在契丹小字中是"汗"的意思，"小山压大山"就是"小汗压大汗"，这分明是对耶律德光夺去自己的帝位的怨恨之辞。"小山压大山"，既有鲜明的意象，又有深微的隐喻义。清代文学家赵翼论此诗说："情词凄惋，言短情长，已深合于风人之旨矣。"② 在辽代前期，耶律倍是一位渊博的学者，博览群书，擅长诗画，尤喜藏书，《契丹国志》载："赞华性好读书，不喜射猎。初在东丹时，令人赍金宝私入幽州市书，载以自随，凡数万卷，置书堂于医巫闾山上，匾曰'望海堂'。"③ 这些书籍都是汉文化的典籍，由此可以看出他对中原文化的爱好。辽圣宗耶律隆绪在接受汉文化方面也是相当突出的，并以能诗著名。《辽史》载："圣宗幼喜书翰，十岁能诗，既长，精射法，晓音律，好绘画。"④ 他通过自己

---

① （元）脱脱等：《辽史》卷71《后妃传》，中华书局1975年版，第1206页。
② （清）赵翼：《廿二史札记》卷27，中国书店1987年版，第368页。
③ （宋）叶隆礼：《东丹王传》，见《契丹国志》卷14，上海古籍出版社1985年版，第151页。
④ （元）脱脱等：《辽史》卷10《圣宗纪》1，中华书局1975年版，第107页。

的帝王地位倡导诗歌创作，使臣下蔚成诗学之风。他又进行科举改革，"圣宗时，止以词赋、法律取士，词赋为正科，法律为杂科"①。这种导向势必引导举子向心于美文，驰骛于诗赋。圣宗于中原汉族诗人最为推崇的便是唐代大诗人白居易，明确表示以白诗为自己的学习典范。圣宗《题乐天诗佚句》云"乐天诗集是吾师"，说明了圣宗对白诗风格的认同。圣宗在当时虽然赋诗很多，不下百首，但现存则只见一首，即《传国玺诗》："一时制美宝，千载助兴王。中原既失守，此宝归北方。子孙皆慎守，世业当永昌。"这首诗从体裁上看，非古非律，通俗直白，而一联之内的对偶等因素还是较为圆熟的。诗是咏叹镇国之宝传国玺的，诗人借此表达了他对大辽国运永远昌盛的政治理想。圣宗之子辽兴宗耶律宗真，继承乃父之风，钦慕于中原汉族发达的封建文化，尤其是对诗词有浓厚的兴致。他经常亲自赋诗，并自拟诗赋之题以试进士。他的现存诗也只有一篇，即《以司空大师不肯赋诗以诗挑之》："为避绮吟不肯吟，既吟何必昧真心。吾师如此过形外，弟子争能识浅深。"司空大师是辽代一位名僧，即海山。从诗题看，此人与兴宗有密切交往。这位司空大师不肯赋诗，兴宗又欲得其诗。兴宗先赋此诗，以诗挑之。这是一首七言绝句，较之东丹王和圣宗的五言诗，在艺术形式的掌握上更为精纯。兴宗之子道宗耶律洪基，也在诗歌创作上颇有造诣。在辽代几位文学修养较高的君主中，他更勤于为诗，诗艺也更为精湛。道宗崇尚中原文明，同时又有着很强的民族文化自信。他曾作《君臣同志华夷同风诗》，原作已佚，但从懿德皇后萧观音所作和诗可以见其题旨所在。"君臣同志"是说君臣上下同心协力，使辽朝振兴，而"华夷同风"则是否定"华夷之辨"的观念，不以夷而自卑，自认与中原王朝同为华夏文明。《契丹国志》中有这样的记载："帝聪达明睿，端严若神，神领心解。尝有汉人讲《论语》，至'北辰居其所而众星拱之'，帝曰：'吾闻北极之下为中国，此岂其地耶？'又讲至'夷狄之有君'，疾读不敢讲。又曰：'上世獯鬻、猃狁荡无礼法，故谓之'夷'，吾修文物，彬彬不异中华，何嫌之有？'卒令读之。"②"夷狄"本是中原王朝对边鄙少数民族的蔑称。夏指中原汉民族。侍读的汉族儒生讲解《论语》中的"夷狄之有君，不如诸夏之亡也"③这句时，唯恐触忤了这位少数民族的君主，但道宗却十分坦然。夷夏之别，关键

---

① （宋）叶隆礼：《契丹国志》卷 23，上海古籍出版社 1985 年版，第 227 页。

② （宋）叶隆礼：《东丹王传》，《契丹国志》卷 9，上海古籍出版社 1985 年版，第 95 页。

③ 杨伯峻：《论语译注》，中华书局 1980 年版，第 24 页。

在于礼义之有无。道宗认为辽朝社会发展，文治昌达，已近于中原礼乐，故而可以高唱"华夷同风"了。道宗存诗也很少，完整的也只有《题李俨黄菊赋》："昨日得卿黄菊赋，碎翦金英填作句。袖中犹觉有余香，冷落西风吹不去。"这是一首拗体绝句，以去声字押韵，在绝句中极为罕见。道宗的这首诗，意象空灵含蕴，不粘不滞，又有许多"言外之意"，大致可说有了"清空"格致，可以视为辽代诗歌在艺术上的进步。

契丹诗人创作中最长的作品是寺公大师的《醉义歌》。原文为契丹文，后由元初契丹族大诗人耶律楚材译成汉文。此诗以重阳饮酒为抒情契机，抒发了被斥逐后的思想感情历程。诗人借助释道思想方法来开释自己的人生忧患，深感人世的无常与短暂，于是要在醉乡中忘却尘世的烦恼。诗中所表达的思想感情是复杂的，而又形成了一个有机的整体。此诗长达 120 句，共842 字，这不仅是辽诗之冠，而且是中国诗史上罕见的佳构。诗人以歌行体的形式，淋漓尽致地抒发了他的人生感慨，意象雄浑而新颖，颇具创造性。

二　流变中的金诗轨迹

金代诗歌的成就与格局，远非辽诗可比，而其鲜明特色，也较元诗更为鲜明。这在相当程度上是与其文化自觉有关的。金诗的起步是以辽诗为其基础的，由辽入金的文人，是金初文人的主要部分。其中如左企弓、虞仲文及张通古等人，都有诗作留存，成为金初诗坛的重要成分。金诗大致可分为四个阶段，一是"借才异代"时期，时间上是从金太祖到海陵王朝；二是金诗的成熟时期；三是金诗的繁荣期，时间上主要是金王朝"贞祐南渡"（1214）到元兵围汴这段金朝走向衰亡的阶段；四是金诗的"升华期"，时间上是金亡前后，是因为大诗人元好问在丧乱中所作的不朽之作使金诗得到升华，故而以第四阶段突出之。

"借才异代"是金诗发展的第一个阶段。灭辽侵宋，是金代社会发展的一个重要转折点，以此为契机，女真统治者开始大量吸收汉文化中的一些元素，使女真人很快从奴隶社会跃迁到封建社会。在文化上，女真人获得了长足发展。而在金代初叶，诗坛上已有了一批诗人，写出了许多有相当造诣的篇什。这些诗人基本上不是女真人，而是由宋入金或由辽入金的汉族文人。平心而论，在诗歌创作上为金代初期起了决定性作用的，还是由宋入金的一些诗人，主要的有宇文虚中、吴激、蔡松年、高士谈等。"借才异代"这个命题是清人庄仲方提出来的，他说："金初无文字也，自太祖得辽人韩昉而言始文；太宗入汴州，取经籍图书。宋宇文虚中、张斛、蔡松年、高士谈辈后先归之，而文字煨兴，然犹借才异代也。"①"借才异代"非常精当地概括了金初诗坛的性质。而其中的宇文虚中、吴激、高士谈等都是羁留在金的。虽然被授予金朝官职，但却是多有故国之思的。宇文虚中在金授翰林学士承旨，被金人奉为"国师"。但他时时系念故国，在诗中以屈原、苏武自喻。最后竟以谋反罪被金人所杀。蔡松年在金初仕至宰相，在金初文人中是最为显贵的，而他在诗中却一再表示自己是宦海中的"倦游客"，而要归隐田园，远离尘嚣。

金诗的这个阶段，还有一位诗人值得提出来评述的，那就是朱弁。朱弁是当时南宋使臣，随王伦使金。他被金人羁留了 16 年，直至高宗绍兴十三年（1145）宋金议和，朱弁才获遣返。回宋后又受到秦桧压抑排挤，翌年去世。朱弁在金期间守节不屈，数度坚拒金人所授官职。但他在金源教授女真贵族子弟，使之受到中华传统文化的熏陶教育，这在金代初期产生了广泛影响。朱弁在宋时即为知名诗人，在金期间撰写了有名的《风月堂诗话》，可以说是为金源诗坛留下了非常珍贵的财富。郭绍虞先生评述《风月堂诗话》云："《自序》作于庚申，乃绍兴十年（1140），并言：'予以使事羁绊漯河，阅历星纪，追思曩游风月之谈，十仅省四五'云云，然则是书乃在金时作，而其所论则犹是在宋时谈论之所得也。述其交游，多在诸晁，晁叔用冲之，晁以道说之，晁无咎补之均较有名，至如晁伯宇载之，晁季一贯之，其名较晦，而轶事断句每赖以传。是则风月之谈，正有足征一时文献者矣。"②

《风月堂诗话》在金代诗学史上有独特的意义，对后世的诗学发展有重要影响。郭绍虞指出："是书遗留于金，至度宗时始传至江左，故王若虚《滹南诗话》亦曾称引之。王氏所论苏黄优劣，殆深受其影响也。"③ 可见，朱弁虽然未受金人官职，但对金诗发展影响深远。

"借才异代"的诗人们，原来都是在宋诗的氛围里进行写作，入金以后的篇什当然带着许多原来的特点，艺术圆熟，抒情细腻，风格较为含蓄委婉。而在同一时期，海陵王完颜亮的诗作，则显示出女真诗人豪犷朴野的风格特征。其《书壁述怀》一首："蛟龙潜匿隐苍波，且与虾蟆作混和。等待

---

① （清）庄仲方：《金文雅·序》，吉林人民出版社 1998 年版，第 1 页。
② 郭绍虞：《宋诗话考》，上海古籍出版社 1979 年版，第 49 页。
③ 同上。

一朝头角就，摇撼霹雳震山河。"很明显地反映出女真人初始濡染汉文学时的程度，意象粗戾，与"借才异代"的诗人们相比较，南北诗风的差异是很明显的。

到世宗、章宗时期，堪称金源历史上的黄金时代。社会趋于安定繁荣，世宗号称"小尧舜"。章宗更重礼乐文治，金人刘祁指出："章宗聪慧，有父风，属文为学，崇尚儒雅，故一时名士辈出。大臣执政，多有文采学问可取，能吏直臣皆得显用，政令修举，文治烂然，金朝之盛极矣。然学止于词章，不知讲明经术为保国保民之道，以图基祚久长。"① 所谓"学止于词章"，是说更多地重视诗词等审美文化。世宗、章宗都十分重视大量吸收汉文化元素，以加速封建化进程，而且都重文治，他们本人也颇具文学才能。章宗是一位有相当造诣的诗人，诗风雍容华美。如《宫中绝句》诗云："五云金碧拱朝霞，楼阁峥嵘帝子家。三十六宫帘尽卷，东风无处不扬花。"典丽精工，气象绚烂，化用唐人诗句而能创造出浑融之境。世宗、章宗统治的大定、明昌年间，涌现了不少有成就、有个性的诗人。从整体上看，这个时期已经形成了金诗自己的特色，也就是不同于唐亦不同于宋，能够自立于中国诗史之林的特色。对此，金代大文学家元好问称之为"国朝文派"。元好问以历史性的眼光指出："国初文士如宇文大学（虚中）、蔡丞相、吴深州之等，不可不谓豪杰之士，然皆宋儒，难以国朝文派论之。故断自正甫（蔡珪字）为正传之宗，党竹溪次之，礼部闲闲公又次之。自萧户部真卿倡此论，天下迄今无异议云。"② 元好问从诗歌发展的历史眼光提出"国朝文派"的概念，标志着金诗整体特色的形成。元好问以蔡珪（蔡松年之子）为"国朝文派"的代表，也非他自己独见，而是在大定时期诗人萧贡（字真卿，曾任户部尚书）所倡导的基础上加以总结的，而且是当时的共识，所谓"天下迄今无异议云"。在元好问的宏阔眼光中，"国朝文派"不是仅指金诗中某一流派，也不是某一时期的创作，而是指金源诗歌区别于宋诗乃至于其他断代诗史的整体特色。它在这个层面上的内涵是相当丰富的，也是动态发展的。蔡珪作为"国朝文派"的开创性人物，其诗作能够体现出"国朝文派"最显明的一面，如他的《医巫闾》、《野鹰来》、《保德军中秋》等，雄健矫厉，风骨峥嵘，不乏北国的豪放慷慨之气。《医巫闾》诗描写医巫闾山的雄伟巍峨之状，意象雄奇壮丽，气势磅礴，而又不失语言锤炼之

---

① （金）刘祁：《归潜志》卷12《辨亡》，中华书局1983年版，第136页。
② （金）元好问：《中州集》卷1，中华书局1959年版，第33页。

功，的确是七言歌行体诗中是的佳作。明代诗论家胡应麟论及金诗时指出"七言歌行，时有佳什"①，并举此诗为例，这是很有眼光的。这个时期还有一些重要诗人，如党怀英、周昂、王寂、王庭筠、赵秉文等。他们都形成了自己的风格特色，展示着"国朝文派"的实绩。"国朝文派"并非只是一种风格，而是由各种诗歌风格汇成的一部金诗交响曲。所谓"国朝文派"，只是金诗的一种基质。

"国朝文派"的产生并非偶然，与蔡珪诗风相近，有着雄健诗风、苍劲风骨的，是当时的一批诗人。如萧贡，最为心仪蔡珪，推其为"国朝文派"之始，而他自己的诗风便与蔡珪相类，意境雄浑苍劲。再如大定时期的刘迎，也是一位颇能体现"国朝文派"特点的诗人。《中州集》收录其诗 75 首。刘迎诗时时流露出忧国忧民的怀抱，他长于歌行体，语言质朴，风格刚劲，清人陶玉禾评刘迎诗："金诗推刘迎、李汾，而迎七古尤擅场，苍莽朴直中语，皆有关系，不为苟作，其气骨固绝高也。"② 评价甚高。

这一时期的重要诗人还有党怀英、王庭筠、赵沨等。

党怀英字世杰，号竹溪，曾任国史馆编修官、翰林学士承旨等，主修《辽史》，在当时是文坛盟主。他年少时与南宋大词人辛弃疾同学于刘汲门下。《中州集》收录竹溪诗 65 首。其诗风闲远冲淡，更多地继承了陶谢的艺术传统。金代大文学家赵秉文称其诗："诗似陶谢，奄有魏晋。"③ 如《穆陵道中》、《夜发蔡口》等诗，都体现了陶诗的冲淡自然和谢诗的体物工细。

王庭筠，字子端，自号黄华山主，出身于渤海望族，文学世家。他是一位有多方面艺术成就的学者和艺术家，诗、文、书、画诸方面均负盛名。作为画家，王庭筠在金代画坛上的地位是无出其右的。作为诗人，虽然难称金诗之冠冕，但确实是有相当艺术成就的。元好问推崇其文学地位说："子端诗文有师法，高出时辈之右。"④ 黄华诗艺术纯熟，意境清美，如《黄华亭》、《中秋》等。后来的著名诗人李纯甫评价黄华诗说："东坡变而为山谷，山谷变而为黄华，人难及也。"⑤

---

① （明）胡应麟：《诗薮》，上海古籍出版社 1958 年版，第 331 页。

② （清）顾奎光：《金诗选》卷 1，见徐丽华主编《中国少数民族古籍集成（汉文版）》第 18 册，四川民族出版社 2002 年版，第 282 页。

③ （金）赵秉文：《中大夫翰林学士承旨文献党公神道碑》，见张金吾《金文最》卷 88，中华书局 1990 年版，第 1289 页。

④ （金）元好问：《中州集》卷 3，中华书局 1962 年版，第 146 页。

⑤ （金）刘祁：《归潜志》卷 8，中华书局 1983 年版，第 136 页。

　　赵沨，字文孺，号黄山，在当时也颇有诗名。其人性格冲淡，其诗清新自然。

　　大定、明昌时期的另一位重要诗人周昂，在金代诗史上是影响了此后诗风与诗学观念的。周昂，字德卿，真定（今河北正定）人。仕途几经顿挫，大安三年（1211）在与蒙古军作战时与其侄周嗣明同死于难。周昂在当时文坛上声誉甚隆，"昂孝友，喜名节，学术醇正，文笔高雅，诸儒皆师尊之"①。周昂诗作颇丰，《中州集》收录其诗100首。在诗学理论上，周昂颇多建树，他的外甥、南渡后著名文学家王若虚的诗论，多有发挥其舅父思想之处。周昂非常心仪杜甫，其诗也深得杜诗真谛。他认为江西诗派标榜宗杜，其实是不可望杜之门墙的。周昂有《读陈后山诗》一首，宗杜而贬江西诗派的味道是十分明显的，其云："子美神功接混茫，人间无路可升堂，一斑管内时时见，赚得陈郎两鬓苍。"王若虚论诗时直接秉承了这种观念，他说："史舜元作吾舅诗集序，以为有老杜句法，盖得之矣；而复云'由山谷入'，则恐不然。吾舅儿时便学工部，而终身不喜山谷也。若虚乘间问之，则曰：'鲁直雄豪奇险，善为新样，固有过人者，然于少陵初无关涉'。前辈以为得法者，皆未能深见耳。"②周昂一向不喜山谷诗风，认为山谷诗"固有过人者"，但却与杜甫诗风并不搭界。周昂本人的诗有杜诗的风神与内蕴，沉郁苍凉，凝重洗练。尤其是他的五言律诗，最见老杜的风神。诗人以浓重的忧患意识感时应物，凝成苍茫浑融的意象。如《对月》、《晚步》等皆是。

　　以宣宗"贞祐南渡"（1214）迁都汴京为转折点，金代社会进入后期，走向衰亡。蒙古铁骑步步进逼，而女真军队早已丧失了原来的那种剽悍勇鸷，因汉化而流于文弱。宣宗朝政日益腐败，丞相术虎高琪专权，对士大夫极为苛刻，朝廷因循苟且成风，"南渡之后，为宰执者往往无恢复之谋，上下同风，止以苟安目前为乐，凡有人言当改革，则必以生事抑之。每北兵压境，则君臣相对泣下，或殿上发叹吁。已而敌退解严，则又张具会饮黄阁中矣。每相与议时事，至其危处，辄罢散曰：'俟再议'。已而复然。因循苟且，竟至亡国"③。这就是金南渡后的朝政状况。

　　南渡后诗坛却出现了新的生机，改变了明昌、承安年间的尖新浮艳之

①（金）元好问：《中州集》卷3，中华书局1959年版，第166页。

②（金）王若虚：《滹南诗话》卷上，人民出版社1962年版，第52页。

③（金）刘祁：《归潜志》卷8，中华书局1983年版，第70页。

风，诗的主流转向质朴刚健。现实的困境，使诗人们洗褪了浮艳之风，诗作有了更多的勃郁矫厉之气。南渡以后的诗坛，领袖人物是赵秉文和李纯甫。赵秉文是磁州滏阳（今河北磁县）人，大定二十五年（1185）进士，官至礼部尚书，诗文书画有名于世，是当时的文坛魁首曾主盟文坛数十年，南渡后影响更大。李纯甫，承安二年（1197）进士，南渡后主盟诗坛，影响甚广。在赵、李二人的旗下，分别形成了具有不同创作倾向的流派。刘祁有一段论述，既说明了赵、李在扭转诗风中的关键作用，也揭示了他们之间的歧异。他说："南渡后，文风一变，文多学奇古，诗多学风雅，由赵闲闲（秉文号'闲闲'）、李屏山（纯甫号'屏山居士'）倡之，屏山幼无师传，为文下笔便喜左氏、庄周，故能一扫辽宋余习。而雷希颜、宋飞卿诸人，皆作古文，故复往往相法效，不作浅弱语。赵闲闲晚年，诗多法唐人李杜诸公，然未尝语于人。已而，麻知几、李长源、元裕之之辈鼎出，故后进作诗者争以唐人为法也。"① 由此可见，李纯甫一派为诗文一扫辽宋余习而自出机杼，赵秉文一派则专拟唐代诸公。

关于赵李二人的不同诗学取向及彼此的分歧，刘祁在《归潜志》中有较多的记述，其中有云："李屏山教后学为文，欲自成一家，每曰：'当别转一路，勿随人脚跟。'故多喜奇怪，然其文亦不出庄、左、柳、苏，诗不出卢仝、李贺。晚甚爱杨万里诗，曰'活泼刺底，人难及也。'赵闲闲教后进为诗文则曰：'文章不可执一体，有时奇古，有时平淡，何拘?'李尝与余论赵文曰：'才甚高，气象甚雄，然不免有失支堕节处，盖学东坡而不成者。'赵亦语余曰：'之纯文字止一体，诗只一句去也。'""赵闲闲论文曰：'文字无太硬，之纯文字最硬，可伤!'""兴定、元光间，余在南京，从赵闲闲、李屏山、王从之、雷希颜诸公游，多论为文作诗。赵于诗最细，贵含蓄工夫；于文颇粗，止论气象大概。李于文甚细，说关键宾主抑扬；于诗颇粗，止论词气才巧。"② 由以上记载可以看出双方的几点不同，在继承与创造关系上，赵主张得诸家之长，转益多师，以多方继承古人为尚；李纯甫更强调摆脱畦径，自成一家，勿随人脚跟。在诗歌风格上，赵主张风格多样化，不拘于奇古或平淡，而不满于李纯甫的作品只有一种面目，"文字止一体"。但实际上，赵秉文力主含蓄平淡的艺术风格，而明确反对李纯甫的奇险风格。在创作论上，赵更重学养功力，因此，论诗最细，多讲规矩方圆；

---

① （金）刘祁：《归潜志》卷8，中华书局1983年版，第136页。
② 同上书，第88页。

李更重天资才气，因此，论诗颇粗，只论词气技巧。赵秉文一派重在纪实，此以王若虚为代表。李纯甫一派重在主观抒情，喷薄峥嵘胸臆，造语奇峭，这是李纯甫、雷希颜、李经等人的共同之处。

赵秉文创作篇什众多，现存于《闲闲老人滏水文集》中的诗作就有600余首。《中州集》收录其诗63首。关于他的诗文成就，元好问有如此评价："大概公之文，出于义理之学，故长于辨析，极所欲言而止，不以绳墨自拘。七言长诗，气势纵放，不拘一律。律诗壮丽，小诗精绝，多以近体为之。至五言大诗，则沉郁顿挫学阮嗣宗，真淳简淡学陶渊明，以他文较之，或不近也。"① 这个评价颇为中肯。

此时与赵秉文有相近的诗学倾向而在诗学理论上有明显贡献的是王若虚。王若虚既是诗人，又是诗论家。王若虚，字从之，号滹南遗老，藁城（今河北石家庄市附近）人，承安二年经义进士。曾任国史院编修官、左司谏、延州刺史等职。南渡后，他与赵秉文、李纯甫、雷希颜等文学家、诗人一起从事文学活动，成为南渡后的诗坛主将。王若虚的诗文集《滹南遗老集》存诗40首。其诗风格特征以他自己所言"典实过于浮华，平易多于奇险"② 最为得之。抒情也好，写景也好，叙事也好，都是较为典实平淡的调子。他对金诗最大的贡献，还在于他的诗论著作《滹南诗话》。他年少时从舅父周昂学诗，可以说，他的诗学思想与周昂有明显的传承性。《滹南诗话》分为三卷，论诗求真而反对奇诡诗风。他认为："不求是而求奇，真伪未知，而先论高下，亦自欺而已矣。"③ 他批评作诗奇诡造语："诗人之语，诡谲寄意，固无不可；然至于太过，亦其病也。"④ 以求是求真、反对奇诡为出发点，他对黄庭坚的江西诗风大加挞伐："鲁直论诗，有夺胎换骨、点铁成金之喻。世以为名言，以予观之，特剽窃之黠耳。"⑤ "古之诗人，虽趣尚不同，体制不一，要皆出于自得。至其辞达理顺，皆足以名家，何尝有以句法绳人者！鲁直开口论句法，此便是不及古人处。而门徒亲党，以衣钵相传，号称法嗣，岂诗之真理也哉！"⑥ 这是其诗论的一贯主张。

以李纯甫、雷希颜为代表，形成了尚奇的一派。这也是"国朝文派"

---

① （金）元好问：《中州集》卷3，中华书局1959年版，第152页。
② （金）王若虚：《滹南遗老集》卷37，中华书局1985年版，第236页。
③ （金）王若虚：《滹南诗话》卷中，人民出版社1962年版，第68页。
④ （金）王若虚：《滹南遗老集》卷40，中华书局1985年版，第256页。
⑤ （金）王若虚：《滹南诗话》卷下，人民出版社1962年版，第86页。
⑥ （金）王若虚：《滹南遗老集》卷40，中华书局1985年版，第257页。

高度成熟的标志。

李纯甫胸次宽阔，乐于汲引人才，当时许多有影响的诗人，都出于他的门下。刘祁记述道："天资喜士，后进有一善，极口称推，一时名士，皆由公显于世。又与之拍肩尔汝，忘年齿相欢。教育、抚摩，恩若亲戚。故士大夫归附，号为当世龙门。"① 由于李纯甫乐于汲引后进，而在文坛上有着相当高的威望。

尚奇是李纯甫及由他代表的一派诗人的共同审美倾向。李纯甫、雷希颜、李经、赵元等人的诗歌创作，都体现了这个特征。李纯甫的诗，狠重奇险，峥嵘怒张，而又瑰丽多姿。他的七言古诗大有雄奇之风，如《怪松谣》、《雪后》、《灞陵风雪》等。雷渊，字希颜，是李纯甫一派的主将，性格刚直豪侠，作诗诸体兼备，以壮丽雄奇为风格特征。李经、赵元也是这派的重要诗人。刘祁称李经"为诗刻苦，喜出奇语，不蹈袭前人，妙处人莫能及"②。赵元多以乐府形式针砭时弊，切近现实，用语奇拔。李纯甫在诗中称赏赵元："先生有胆乃许大，落笔突兀无黄初。"③

金诗的成就最高者当推著名诗人、文学家元好问。元好问生当金源之末和元兴之初，正是民族危亡的离乱之世。元好问及当时的一些作家，记录了沧桑鼎革之变，却又并非仅是衰亡之音，而是有着洪钟大吕般的雄浑之声，使金诗矗起了一个前所未有的高峰。元好问，字裕之，号遗山，太原秀容（今山西忻州）人，系鲜卑族后裔。兴定五年（1221）进士及第后，曾几任县令，后入京任史院编修官、左司都事等。他在京城短短几年，饱经了金朝覆亡前后的惨痛，目睹了神州陆沉的巨变，用诗笔为历史存照！元好问编纂了《中州集》，为后世研究金诗留下了最宝贵的文献。

元好问存诗 1400 余首，有清人施国祁的《元遗山诗集笺注》行世。遗山诗之所堪入诗学"大家"之列，一则在于其可歌可泣、震撼人心的悲剧审美效应，二则在于他为诗史提供了新的艺术范本。遗山诗写国破家亡、生灵涂炭的史实，为何能产生震撼人心的力量？这既不在拘于实写一时一事，也不系于惨惨戚戚之悲切。清代学者赵翼颇有识度，在其论诗名著《瓯北诗话》中为遗山诗开专卷，评其七言律诗云："七言律则更沉挚悲凉，自成声调。唐以来律诗之可歌可泣者，少陵十数联外，绝无嗣响；遗山则往往有

---

①　（金）刘祁：《归潜志》，中华书局 1983 年版，第 6 页。

②　同上书，第 12 页。

③　（金）元好问：《中州集》卷 4，中华书局 1959 年版，第 225 页。

之。如《车驾通入归德》之'白骨又多兵死鬼，青山原有地行仙'，'蛟龙岂是池中物，虮虱空悲地上臣。'《出京》之'只知灞上真儿戏，谁识神州竞陆沉。'《送徐威卿》之'荡荡青天非向日，萧萧春色是他乡'；《镇州》之'只知终老归唐土，忽漫相看是楚囚，日月尽随天北转，古今谁见海西流'；《还冠氏》之'千里关河高骨马，四更风雪短檠灯'；《座主闲闲公讳日》之'赠官不暇似平日，草诏空传似奉天'。此等感时触事，声泪俱下，千载后犹使读者低回不能置。盖事关家国，尤易感人。"① 赵翼这里指出了遗山诗的感人力量。我们认为诗人虽是"亲见国家残破，诗多感怆"②，但不止于悲哀。遗山诗之所以震撼人心，更在于气魄宏大，境界雄浑，悲壮慷慨的感情渗透在苍莽沉挚的意境之中。

　　元好问在诗学批评和诗学理论方面的贡献同样是了不起的。他的《论诗三十首》，以大型论诗绝句组诗的形式，系统评价了从魏晋到唐宋的主要作家的创作和作品，对于诗的形式、内容、风格、创作方法等表述了独特的看法。论诗绝句始于杜甫的《戏为六绝句》，此后便代不乏人。论诗绝句自杜甫以下形成了两种路数：一是以作家作品批评为主，即以杜甫的《戏为六绝句》为代表；另一种是以诗学原理为主，以宋代的戴复古的《论诗十绝》为代表。而元好问的《论诗三十首》，则是兼容了两种路数，以颇为宏阔的规模、系统的诗学观念，相当完整地评述了汉魏以来，下讫宋季一千余年间的诗人和作品，在论诗诗的发展史上是一个高峰。

三　文化汇流中的元诗

　　元代诗歌可说是中国诗歌史上更为重要的阶段，有着更为复杂的来龙去脉，对于后面的诗歌发展有着更大的影响。元王朝是蒙古族建立的少数民族政权，但它后来统一了全中国，成为正统的王朝。在文化上也进一步融汇众流。元朝文化与辽金文化相比，虽然蒙古族那种北方游牧民族的文化心理在其社会生活中仍然起着重要作用，但是，元朝统一了全中国的版图，尽管也是异族统治，却形成了多民族统一的封建帝国，而且在立国之初，便推行汉制，确立了中央集权的封建统治体系。又由于南北文化并存，因而在很大程度上，得到了广大汉族士人的心理认同。元代文化也就裹挟着北方或西北各

---

① （清）赵翼：《瓯北诗话》卷8，人民文学出版社1963年版，第118页。
② （明）瞿佑：《归田诗话》，中华书局1985年版，第27页。

民族的文化因素而汇入中华文化的传统之中，从而成为中华文明史上非常重要的阶段，同时也为后来明清时期的文化发展，注入了活力。

就诗坛而言，元人诗歌在整体上就呈现出众派汇流的特点，而且对于唐宋诗来说，有着深层的发展和文化上更多的包容性，因而也就成为中国诗史上又一个高峰。元诗发展大体上可以看作有三个阶段，即元代前期、元代中期和元代后期。这三个时期是发展变化着的，是经过融会后而渐次彰显出元诗特征的过程。元代前期诗坛，诗人的成分是颇为复杂的，而大多数是由宋入元和由金入元这两类诗人，他们带着不同的心态进行创作，尤其是鼎革之际的遗民心态，为元代前期的诗歌创作带来了苍茫而深沉的厚重感。由金入元的诗人如元好问、李俊民、郝经等；由宋入元的诗人，如方回、戴表元、黄庚等。他们把宋诗和金诗的不同特色融入了元代诗坛。正因其众派汇流，方显其泱莽浩瀚。因此，元代前期诗坛比起金初诗坛来，局面确实是壮阔许多。元代著名诗人欧阳玄称这个时期的创作"中统、至元之文庞以蔚"①。"庞"是指其丰富性和复杂性，"蔚"则是说前期创作的繁盛而有生机。这个概括是颇为恰切的。带有宋、金及本朝等不同文化背景和诗歌体脉的交相汇流，使元诗有了更为强盛的生命力，也产生了既不同于宋，也不同于金的本朝特色。

诗学意识的自觉和对诗艺的总结提升，这是元代前期诗坛对于中国诗史的重要贡献，也是其超出辽、金前期诗坛的特出之处。这在北方诗人也即由金入元的诗人，主要体现于元好问和郝经；而在南方诗人也即由宋入元的诗人，主要体现于方回和戴表元。元好问在金亡和元初这段时间，通过"以诗存史"的方式，对于金源一代之诗予以总结，而且是以诗人小传对金代诗人进行源流的梳理，而在晚年重新论定的《论诗三十首》，其宗旨便是："汉谣魏什久纷纭，正体无人与细论。谁是诗中疏凿手？暂教泾渭各清浑。"元好问作为元初的诗坛盟主，在诗歌理论和诗学思想上，都是自觉地总结诗歌创作的经验，提倡诗歌正体的。由宋入元的诗人中，方回是地位突出而影响广大的诗人和诗论家。他对江西诗派的尊崇，对于诗律的辨析，对于元代诗歌发展的作用的是不可低估的。方回以其诗学的代表作《瀛奎律髓》来阐扬其诗学观念，通过圈点和评论的方式，表达他的诗歌价值立场。《瀛奎律髓》作为律诗精华的选本，本身已经表现了方回对律诗的高度推重。又通过对律诗的评价，大力揄扬宋诗，尤其是对江西诗派地位的肯定，在当时

---

① （清）顾嗣立：《元诗选·凡例》，中华书局1987年版，第8页。

更是旗帜鲜明。他明确地提出"一祖三宗"之说，其在《瀛奎律髓》卷二六陈与义《清明》诗后批注道："古今诗人当以老杜、山谷、后山、简斋四家为一祖三宗，余可配飨者有数焉。"① 明确以杜甫为"祖"，以黄庭坚、陈师道、陈与义为"三宗"，大大提高了江西诗派的地位，并以此将宋诗提到前所未有的高度。戴表元在元代前期诗人中也是在诗歌创作和诗学思想上都有重要成就的代表人物，清人顾嗣立对戴氏的诗学地位予以这样的评价："宋季文章气萎苶而辞骫骳，帅初（戴表元字）慨然以振起斯文为己任。时四明王应麟、天台舒岳祥并以文名海内，帅初从而受业焉。故其学博而肆，其文清深雅洁，化陈腐为神奇，蓄而始发。间事摹画，而隅角不露，尤自秘重，不妄许与。至元大德间，东南之士，以文章大家名重一时者，帅初而已。"② 可见戴表元在元初诗坛上的突出地位。戴氏对于诗歌创作有着非常自觉的理论意识，而且借为友人作序的机会，阐发了一些有独到见解和美学价值的诗学观点。如在《许长卿诗序》中所推崇的"无迹之迹"；在《赵子昂诗文集序》中所说"幸尝历而知之，而言之同者亦未之有也"③，意味着诗人的亲身体验和创作个性的关系，等等。元代前期还有几位属于在心理上认同于元朝的诗人，因为他们既非金之遗民，也非宋之遗民，而是在政治上参与元王朝的创建，在新的王朝中进入核心的人物，如耶律楚材和刘秉忠。他们在文化上也同样是深受汉文化濡染的，无论是在文学的修养和根基上，还是在思想和哲学观念上，都是在汉文化的熏陶中成长起来的；而他们又是元朝自己培养的干臣，在心态上是和前面所述的由金入元、由宋入元者并不相同的。而这种心态对于他们的诗歌创作，是有着重要影响的。对于元代诗歌形成自己的特色，起着深层的作用。

　　元代前期的另一个重要现象，是理学的勃兴。元代在理学的发展史上，起着承上启下的重要作用。在某种意义上，理学在元代的意识形态中居于统治地位。从哲学的高度或从理论的创造性上来看，元代理学与宋代理学和明代理学相比，也许都无法出其右；但元代那些著名的理学家对于理学的坚守和传播，对于理学从宋代到明代的传承，对于朱学和陆学的合流，都起着不可或缺的作用。元代理学的一个突出特点，是理学和文学的合流，是理学的文学化，元代理学家，多是成就卓著的文学家、诗人。元代文学家中如许

---

① （元）方回：《瀛奎律髓》，上海古籍出版社 1986 年版，第 1149 页。
② （清）顾嗣立：《元诗选·初集》，中华书局 1987 年版，第 226 页。
③ （元）戴表元：《剡源集》卷 7《赵子昂诗文集序》，中华书局 1985 年版，第 108 页。

衡、刘因、饶鲁、吴澄、程钜夫、虞集、袁桷、许谦、柳贯等都是理学中人，尤其是许衡、刘因、吴澄，被称为元代三大理学家，对于理学的薪火相传，是功不可没的。清初黄百家说："有元之学者，鲁斋（许衡）、静修（刘因）、草庐三人耳。草庐后，至鲁斋、静修，盖元之所借以立国者也。"①在这种情形下，理学思想渗透在文学创作中，尤其是诗歌篇什中是广泛且必然的。如刘因、吴澄及柳贯、黄溍、吴师道、吴莱等，既是理学名家，也是在诗坛上光彩夺目的人物。与宋儒不同的是，他们都不在诗中演绎性理，不以理学概念干预诗的审美效应，在写诗时，他们是十足的诗人。但这不等于说理学对诗歌创作没有产生影响，恰恰相反，它使我们看到了理学对文学影响的深层方式。其一是诗人对于内心世界的返照与探求，其二是"雅正"审美核心范畴的逐渐确立。宋人理学有朱学、陆学两大派。朱学讲"格物致知"，陆学讲"返求本心"。陆学诋朱学为"支离"，朱学则攻陆学为"简易"。理学发展到元代，朱学和陆学的合流成了突出的趋势。刘因的理学思想虽属朱学范围，却又往往杂入陆学的自求本心。在心性修养上，他明显是以自求本心为宗旨的，如其所言："天生此一世人，而一世事固能办也，盖亦足乎己而无待于外也。"②吴澄则更以"和会朱陆"著称。吴澄称扬陆氏之说："夫陆子之学，是本心二字，徒习闻其名，而未究竟其实也。夫陆子之学，非可以言传也，况可以名求哉！然此心也，人人所同有，反求诸身，即此而是。"③陆学以本心为学，吸收了禅宗的方法，倡导"宇宙即是吾心，吾心即是宇宙"。陆学在元代理学中所起的作用是非常深远的。它给元代诗歌带来的影响是什么呢？那便是轻外间事物而重自我心态。元代诗歌大多数是写诗人自己的内心体验，表现自己的心灵世界，反映干预社会生活的作品较少。很多诗作虽然多有物象刻画，却主要是内心世界的外化。真正在社会生活中激荡起的感受，以及对社会生活重大事件的反映、干预的比例是很小的。这与理学思想是不无关系的。

"雅正"在元代诗学中具有核心的地位，成为元代中期诗坛上相当普遍的审美标准，也是理学盛行使诗歌创作呈现的趋势。元代中期到后期的诗人，多是理学中人，其思想方法和价值观念，都是以儒家诗教为正统的。这

---

① （清）黄宗羲：《黄宗羲全集·宋元学案》第 4 册，浙江古籍出版社 1986 年版，第 555—556 页。

② （元）刘因：《静修先生文集》卷 1《读药书漫记》，中华书局 1985 年版，第 19 页。

③ （清）黄宗羲：《黄宗羲全集·宋元学案》第 4 册，浙江古籍出版社 1986 年版，第 584 页。

对元代中期的诗坛，是具有深层的意义的。元代中期，出现了诗坛上的繁荣景象，也出现了许多著名诗人，如：赵孟頫、袁桷，称为"四大家"的虞集、杨载、范梈和揭傒斯。这个时期的重要诗人还有黄溍、柳贯和欧阳玄等。这些风格各异的诗人，却构成了延祐前后诗坛的全盛局面。如果说，赵孟頫、袁桷在元代中期诗坛起了"首倡元音"的作用，那么，号称"元代四大家"的虞、杨、范、揭，则是延祐诗风最主要的体现者。后世诗论家对于"四大家"在元代诗坛上的地位予以高度重视，如《元诗选》的编选者顾嗣立就认为："先生（指虞集）与浦城杨仲弘、清江范德机、富州揭曼硕，先后齐名，人称'虞杨范揭'，为有元一代之极盛。"[1] 四大家和同时其他一些诗人，以其丰富多彩的诗歌创作，造就了元诗的全盛时代！此时的诗坛，题材广泛，体裁多样，各体皆有佳什。同时，他们的作品进一步体现了"雅正"的这样一个元诗中的核心审美范畴。尽管这些诗人都有着自己的艺术个性，但总的说来，他们的创作在内容上基本是表现元代中期承平的气象，在诗中所表露的心境，也是较为平和的，很少有怨愤乖戾的情绪。在诗的艺术上，体式端雅而少有生新奇峭的语言与拗折的句法。更多的是趋近于唐诗，而不同于宋诗的戛戛独造。元诗到此时已大致脱略了金诗和宋诗的延伸性影响，而形成了属于元诗自己的风貌。尽管延祐诗人们体现了元诗的特色与成就，却也表现出元诗的局限。这个时期大张其帜的核心审美范畴"雅正"，的确颇为广泛地渗透在诗人的创作意识和诗歌风貌之中。欧阳玄指出："我元延祐以来，弥文日盛，京师诸名公，咸宗魏晋唐，一去金宋季世之弊。而趋于雅正，诗丕变而近于古。"[2] 可说是对元诗中"雅正"的审美倾向的概括。"雅正"的观念要求诗人按儒家诗教进行创作，奉行"怨而不怒，哀而不伤"的诗学教条，使诗人们不能，也不敢真正地抒发心中的激情。理学的濡染，可能也使诗人丧失了这种激情。在客观上，诗成了装点升平的工具。因此，元人力倡宗唐，却只能学得唐诗声口形貌，却无法具有唐诗那种"感动激发人意"[3] 的强力与魅力。

在元诗这种主导潮流之外，在元代的中后期，诗坛上也发生了非常明显的变化，很多诗人突破了延祐诗风的制约，而呈现出奇崛而绚烂的景象。要而言之，主要是以贯云石、萨都剌为代表的西北少数民族诗人和以杨维桢为

---

① （清）顾嗣立：《元诗选·初集》，中华书局 1987 年版，第 843 页。

② （元）欧阳玄：《欧阳玄集》，吉林文史出版社 2009 年版，第 84 页。

③ 郭绍虞：《沧浪诗话校释》，人民文学出版社 1961 年版，第 198 页。

代表的元代后期诗人。他们不拘一格的创作，为后期的元诗带来的是令人惊异的审美景观，也有着更富于内在激情的震撼力。顾嗣立评述萨都剌等"西北子弟"的创作很能概括他们对元诗所作出的特殊贡献："要而论之，有元之兴，西北子弟，尽为横经。涵养既深，异才并出。云石海涯、马伯庸以绮丽清新之派振起于前，而天锡继之，清而不佻，丽而不缛，真能于袁、赵、虞、杨之外，别开生面者也。于是雅正卿、达兼善、迺易之、余廷心诸人，各逞才华，标奇竞秀。亦可谓极一时之盛者欤！"① 这段话可以表述贯云石、萨都剌等西北少数民族诗人群体在元人后期的诗坛上"别开生面"的作用。他们的创作对于元代文化及诗歌史都有颇为重要的意义。这种意义也许并不全在于作品本身。他们以汉文进行诗歌写作，而且在语言运用上也达到了与汉族诗人相比毫不逊色的程度。尤其是贯云石、萨都剌，不仅在少数民族诗人中是佼佼者，而且在整个中国诗史上，也不愧为一代名家。这些少数民族诗人"各逞才华，标奇竞秀"②，在精神世界中没有汉族诗人那些儒家诗教的束缚，真情流露，西北少数民族那种质朴豪放的心理状态，还在相当程度上起着作用，使之更无拘束地逸出"雅正"诗学观念的局囿，而体现出更有个性的诗风。

　　萨都剌是元代杰出的少数民族诗人，字天锡，号直斋，回族（一说维吾尔族）泰定四年（1327）进士，曾任应奉翰林文字，晚居武林（今杭州），流连于山水之间。萨都剌勤于创作，一生遍览名山大川，也多接触社会现实，作品题材广泛，有对祖国山河的描写，有直探民生的篇什，也有怀古讽今的咏叹感慨。其诗文集《雁门集》，收诗近 800 首。萨都剌的诗作，在元代诗人中是别具一格的。他不再囿于"雅正"观念，而一任情感的流泻。元代大文学家虞集评其诗说："进士萨天锡者最长于情，流丽清婉，作者皆爱之。"③ 但他的诗又不仅仅是流丽清婉，而且蕴含着刚健风骨，这是其主要特色。萨都剌有很多诗揭露当时社会的悲惨现实，如《鬻女谣》等，或者直刺朝政大事，如《纪事》讽刺统治者内部为了争夺皇位的骨肉倾轧。

　　能体现元代诗风在后期的明显变异的，无过于以杨维桢的创作为代表的"铁崖体"。杨维桢字廉夫，号铁崖，又号铁笛道人，山阴（今浙江绍兴）人。泰定四年登进士第，曾任天台县尹，改钱清场盐司令，元末遇兵乱，隐

---

① （清）顾嗣立：《元诗选·初集》，中华书局 1987 年版，第 1185—1186 页。
② 同上书，第 1185—1186 页。
③ （元）虞集：《傅与砺诗集序》，见《全元文》第 26 册，凤凰出版社 2004 年版，第 266 页。

居于富春山等地。平生所作诗，编为《铁崖古乐府》、《铁崖复古诗》、《铁崖集》、《铁龙诗集》、《铁笛诗》、《草云阁后集》、《东维子集》等，其中，尤以《铁崖古乐府》影响最大。杨维桢诗奇崛横放的个性，不受羁勒的诗体形式，都造成了一种对雅正诗风冲击的强势，顾嗣立指出杨氏在元代诗史上的这种强劲影响力："元诗之兴，始自遗山。中统、至元而后，时际承平，尽洗宋金余习，则松雪（赵孟頫）为之倡。延祐、天历间，文章鼎盛，希踪大家，则虞、杨、范、揭为之最。至正改元，人材辈出，标新领异，则廉夫（杨维桢字）为之雄，而元诗之变极矣！"[1]杨维桢的创作突出地体现了元诗后期的丕变。关于杨维桢的"铁崖体"，我们试图作这样的概括："铁崖体"在体裁形式上以"古乐府"为主，力求打破古典主义的诗学规范，走出元代中期模拟盛唐、圆熟平缓、缺少个性的模式，而追求构思的奇特、意象的奇崛，造语藻绘而狠重，在诗的整体效应上具有"陌生化"的特征与力度美。杨维桢无论是在文学思想还是在诗歌创作上，都力求打破延祐诗坛弥漫一时的"雅正"观念，以及那种平滑妥溜的创作模式，而他的诗歌创作实绩，又以惊世骇俗的面貌与相当突出的成就，体现了元诗从中期到后期的变化。最能体现"铁崖体"特色的，成就最高的，无疑是他的"古乐府"。其作融汇了汉魏乐府以及杜甫、李白、李贺等诗人的长处，气势雄健，意象奇特，给人以峥嵘不凡的感觉。取材往往撷取一些历史、传说中的人物与事件，带有很强的传奇色彩，借以抒发诗人胸中昂藏不平的情绪。如《虞美人》、《皇娲补天谣》、《梁父吟》、《鸿门会》等。这些篇什构思奇特，造语突兀，思维跳跃性大，给人以瑰奇惝恍的审美感受。

四　管窥金元词曲

辽金元还是诗的体式大大发展的历史阶段。如果仅从狭义的诗来看，在整个诗歌史上来比，辽金元时期并无明显的突破，无论是古体还是近体，到唐宋诗都已相当成熟，拓展的空间很小，除了像元好问这样的大家，经典的名篇并不是很多，其在影响力上无法与唐宋诗争锋，是可想而知的。而从广义的诗歌来看，情形便大有不同。作为诗的大家族中的重要成员的散曲和词，在这个时期开拓了前所未有的局面，也可以说诗词曲这几个中国古代诗歌大家族中的主要成员都已齐备的时代！从诗歌的整体发展来看，这不能不

①　（清）顾嗣立：《元诗选·初集》，中华书局1987年版，第1975—1976页。

是值得认真考察的重要阶段。尤其是金元时代散曲的发生发展且臻于鼎盛，还有金元词的特殊风貌，其实都是与诗歌发展的内在逻辑有密切关系的，也是民族文化的融合的产物。从这个意义上看，金元时代未始不可以看作中国诗歌史上一个最为丰美的高地。诗词曲渐次出现在中国文学的家族之中，是有着内在的发展脉络的，换言之，是诗歌达于鼎盛、难以自身突破而开创的新天地。作为一种新兴的诗歌样式，足以使元代在文学史上熠熠生辉。本文对于词和散曲都以可观的篇幅加以论述，就是力求在以往诗歌史中没有得到展开的视线中，打开一个人们所鲜见的丰满景观。同时，也是在将词和散曲作为诗的流变这样的自觉意识下来进行考察的。

　　诗词曲是诗歌不断发展、嬗变的不同形态，词曲的产生和繁荣，无疑使古老的中华诗歌不断注入新的生机。明人何良俊说：“诗变而为词，词变而为歌曲，则歌曲乃诗之流别。”① 明确指出曲是诗的流别。明代诗论家王世贞从入乐的角度论述了元代散曲在诗史上的地位，其云：“三百篇亡而后有骚、赋，骚、赋难入乐而后有古乐府，古乐府不入俗而后以唐绝句为乐府，绝句少宛转而后有词，词不快北耳而后有北曲，北曲不谐南耳而后有南曲。”② 王世贞认为，诗史的发展嬗变是与“入乐”的需要有密切关系的，古乐府的兴起是由于“入乐”的需要，而“古乐府”难于深入民间遂有唐代的绝句取代了这种功能，那么，唐人绝句的发达是与其合乐而歌有直接关系的。唐代绝句的整齐划一难以更为淋漓尽致地表达情感，于是有长短句的词之兴盛；词的日趋典雅，难以适应北人的审美兴趣，于是有通俗明快的北曲的繁盛。王世贞的这种描述，大致是客观而深刻的。

　　论者往往认为曲最接近于词，或说是词的变化的产物，这种说法未必正确，但可以说明曲与词的某种渊源关系。从形式上看，散曲和词都是长短句的句式，顺应诗歌发展更趋语体化的倾向，也更符合诗歌合乐的要求。同时，曲和词都是倚声填词的诗歌形式，从音乐上可以找到词与曲的渊源关系。《中原音韵》记载曲有十二宫335个曲调，出自大曲的有11调，出自唐宋词调的有75调，出自诸宫调的有28调。曲调出于词调的有几种情形：一是由牌与词牌从名目到格律全然相同，这就是说，有些牌调以前词中就有，到金元时期被人用它来写散曲，这类如《人月圆》、《鹦鹉曲》（一名

---

　　① （明）何良俊：《曲论》，见中国戏曲研究院编《中国古典戏曲论著集成》第4集，中国戏剧出版社1959年版，第6页。

　　② （明）王世贞：《曲藻》卷4，同上书，第27页。

《黑漆弩》）等。二是有的词曲格律相同，但是名称有异，如词中的《丑奴儿》，曲中则称为《青杏儿》。其格律全然相同，想必它们之间一定会有某种渊源关系的。三是曲牌与词牌名称相同，但格律却又全然不同，如《朝天子》、《满庭芳》、《落梅风》、《感皇恩》等。这些情形都说明了散曲与词之间的一些内在的渊源关系。

　　然而，散曲并非词之孑遗，而是诗体的又一次革新，又一次大的拓展。这与北方民族的文化心理和审美兴趣有内在的关系。词一开始产生于民间，观敦煌曲子词那些无名氏之作，多用通俗口语，抒情方式也是直率晓畅的；而当词进入文人的创作领域之后，格律日趋繁富，表达情感的方式日趋隐约婉曲，走着一条日益典雅化的道路，逐渐地成为文人的案头文学，因而，也就失去了来自民间的那种活泼生机。金元两朝，女真、蒙古入主中原，使社会文化心理发生很大改变，这些北方游牧民族一方面很快地接受汉文化，加速了封建化的进程；另一方面，也把他们的原有文化元素传播到中原地区，尤其是音乐上，北方"胡乐"随着统治者的赏爱而涌入了人们的文化生活，金时女真人大量南迁，元时蒙古、色目人也遍布各地，他们的欣赏习惯必然会影响到社会对文化艺术的需求。胡乐的风格和雅乐迥然不同，以"嘈杂凄紧"为其特征，原有的词体很难适应这种乐调。正如王世贞所说："曲者，词之变。自金、元入主中国，所用胡乐，'嘈杂凄紧'，缓急之间，词不能按，乃更为新声以媚之。"① 可见，散曲是适应于当时的社会文化心理需要而兴盛的新的诗体，它可以弥补词体的不足，而在金元时期成为诗歌大家族中最具活力和特色的成员。关于金元时期的散曲，学者们已有为数不少的成果，而我们这部《中国诗歌通史·辽金元卷》对于散曲的理解和考察，是将其作为诗歌发展的产物，它又是民族文化融合的深层表达。

　　对于金元词，也宜作如是观。如果说，散曲是可以代表金元文学突出成就的诗体（从广义来说），金元时期的词却无法荣膺这样的幸运。因为从"一个时代有一个时代之文学"的观点来看，词可以说被人视为宋代的"专利"，因为词从唐代兴起，至宋则大盛，产生了许多脍炙人口的名篇佳什。宋代是词的鼎盛时期，这恐怕是没有疑义的。而辽金元时期词创作的成就，在词史上远未得到充分的认识与评价，对于中国文学史来说，也是地位非常微弱的板块。而实际上，这个时期的词创作，不仅是有相当规模和数量的，

---

① （明）王世贞：《曲藻》卷 4，见中国戏曲研究院编《中国古典戏曲论著集成》第 4 集，中国戏剧出版社 1959 年版，第 25 页。

而且也是有着鲜明的特色和艺术成就的。宋词对于与之并行的金词和后世之词都是有着广泛而深刻的影响力的，它的表现手法、流派风格等，使词的世界灿然大备，其覆盖力之大，是遍及于两宋以还（包括金元）的历代之词的。无论是苏、辛的豪迈高逸、揭响入云，还是周、秦的细腻含蓄、燕婉芳泽，都不断地在词的长廊中激起回音。金元词更是多受宋词的滋育了，金元词中处处可见两宋著名词家的影子。而如果能站在一个更为宏阔的角度来看，就可以看到其整体上的特色。此种特色，尤以金词体现最为突出。晚清著名词论家况周颐曾论宋金词之不同云：

　　自六朝以还，文章有南北派之分，乃至书法亦然。姑以词论，金源之于南宋，时代政同，疆域之不同，人事为之耳，风云曷与焉。如辛幼安先在北，何尝不可南。如吴彦高先在南，何尝不可北。顾细审其词，南与北确乎有辨，其故何耶？或谓《中州乐府》选政操之遗山，皆取其近己者。然如王拙轩、李庄靖、段氏遁庵、菊轩其词不入元选，而其格调气息，以视元选诸词，亦复如骖之靳，则又何说。南宋佳词能浑，至金源佳词近刚方。宋词深至能入骨，如清真、梦窗是。金词清劲能树骨，如萧闲、遁庵是。南人得江山之秀，北人以冰霜为清。南或失之绮靡，近于雕文刻镂之技。北或失之荒率，无解深衷大马之讥。善读者抉择其精华，能知其并皆佳妙。而其佳妙这实质性以然，不难于合勘，而难于分观。往往能知之而难于明言之。然而宋金词之不同，固显而易见者也。①

　　况氏之语，简洁明快，可谓"截断众流"。从大处着眼，在比较中揭示出金词与宋词之异，确能给人以深刻的启悟。但仔细想来，似乎又没有那么简单。如果简单化地认为，北词豪放刚健，南词柔婉缠绵，这也是不甚合乎金代词坛的创作实际的。宋词中不乏雄放刚健之作，苏、辛豪放一流正是；金词中也不乏幽婉含蕴之什，王庭筠、完颜璹一类词人创作可证。如此看来，简单地下判断，无论是言其同还是言其异，都很难接近事实本相。金词本身就是多侧面、多种风格的，宋词亦然。金词多有深受宋词影响之处，也不乏韵致迥异之什。作为一代之词，不可能是单一的风格和审美取向。而以

　　① （清）况周颐，王国维：《蕙风词话·人间词话》卷3，人民文学出版社1960年版，第57页。

我的看法而言，金词在整体上殊异于宋词之处，首在一个"清"字。这个"清"字，乃是北方的自然与人文综合而形成的氛围特点。况周颐讲"北人以冰霜为清"，确是抓得很准。元好问综观金代诗词后慨然吟道："万古骚人呕肺肝，乾坤清气得来难"，恰是道着了问题的关键。北人是以"清"为审美理想的。

如果说金词处在南北对峙的环境中与宋词能够见出不同特色，那么元词则更多地在与宋词的衔接中融合了南北词风。本文中对于元词的勾勒是较为丰满的，其中关于元词中南宗词和北宗词的融合与运动之轨迹是很清晰的。

元词上承宋金词，下启清词，是一个重要的中介环节。据唐圭璋先生所编的《全金元词》辑录，元词现存 3700 余首，词人 212 位，这是现在我们能见到的情形。

元代前期，统一伊始，词坛上南北分野很明显。北方词人当首推元好问。然而遗山词大部分是写在金源时期的，后期词作是在入元以后。其入元以后的词，更多的是对于历史、对于人生的感悟，鼎革之际的巨大创伤已经沉淀为一种反思。如其《朝中措》词中所写的："城高望远，烟浓草澹，一片秋光。故国江山如画，醉来忘却兴亡。"正是深沉浩茫的历史兴亡感与故国之思。遗山入元之后的词作，使元词有了一个相当高的起点。北方词人还有刘秉忠、王旭、姚燧、王恽、白朴、刘因、刘敏中等。这些北方词人大抵都是承祧金词的传统，以豪爽高迈为其主导的审美倾向。他们最为推崇的便是遗山词。刘敏中曾以元好问和苏、辛等大词人并举，他说："（词）逮宋而大盛，其最擅名者东坡苏氏，辛稼轩次之，近世元遗山又次之。三家体裁各殊，然并传而不相悖。"[①] 可见遗山词风对元代前期词坛的影响力。刘因、白朴也是这时期的重要词人。近代著名词论家况周颐最为服膺的便是刘因，并将他与苏轼相提并论。白朴在元代前期词坛上也是大家，他的词风也是继承苏、辛一脉，以豪放高旷为主，同时，又追求音律的谐婉完整。

与北方词人形成"二水分流"词风的是元代前期的一些南方词人，他们大都是由宋入元的词人，在创作上，主要宗尚周（邦彦）、姜（夔）、张（炎）、周（密）、王（沂孙）等词人的传统，以清空雅正为其审美倾向。主要有仇远、袁易、赵孟頫等，词作多写得含蓄婉约。

元代后期以词著称者有张翥、萨都剌、虞集、许有壬、张雨等。其中被后世词论家推为元词巨擘的是张翥。张翥号蜕庵先生，有《蜕庵词》。无论

---

① （元）刘敏中：《江湖长短句引》，见《刘敏中集》，吉林文史出版社 2008 年版，第 173 页。

是词的数量，还是词的成就，都堪称元词大家。陈廷焯高度评价张翥在词史上的地位："元代作者，惟仲举（张翥字）一人耳。"[①] "仲举词，树骨甚高，寓意亦远，元词之不亡者，赖有仲举耳。"[②] 萨都刺、虞集等词人，也在词史上有颇高的声誉。

元词当然无法和宋词对垒抗衡，但也并非黄茅白苇，无可观看。作为宋词到清词的过渡，元词仍是有研究价值的。宋词与金词的余脉渐流于元词之中，在艺术风貌上也是异彩纷呈的。

辽金元诗歌，有着丰富的文化内涵，也有着文体上的突出特色。对于唐诗宋诗而言，辽金元诗歌有着明显的继承和借鉴关系，同时，但又有着独立的发展轨迹。在中国诗歌史上，它是一个不可或缺的存在，对于明清诗歌，发挥着深刻的影响力，这是我们必须看到的。

---

① （清）陈廷焯：《词坛丛话》，见唐圭璋《词话丛编》，中华书局1986年版，第3727页。
② 同上书，第3728页。

李纯甫的佛学观念与诗学倾向[*]

在金源南渡后的诗坛，李纯甫是一位重要的诗人，同时也是诗界的领袖。在他的影响下，形成了以"尚奇"为创作旨趣的诗歌流派。与赵秉文、王若虚等人的诗学倾向有着鲜明的差异，李纯甫及其旗下的诗人群体，以其奇险峭硬的风格在金代后期诗坛上异军突起，造就了金代诗史上的新变。李纯甫本人的诗歌风格是非常具有代表性的。我们认为，李纯甫"尚奇"的诗歌审美倾向，是与其佛学思想观念有相当深刻的内在渊源的。

一

李纯甫（1177—1223），字之纯，弘州襄阴（今河北阳原）人，自号"屏山居士"。承安二年（1197）经义进士。年少中举，声名煊赫。后入翰林，仕至尚书左司都事。屏山自幼胸怀大志，"为人聪敏，少自负其材，谓功名可俯拾，作《矮柏赋》，以诸葛孔明、王景略自期"①，足见其志向宏远。他"又喜谈兵，慨然有经世心。章宗南征，两上疏策其胜负，上奇之，给送军中，后多如所料"②。后被宰执赏识，荐入翰林。南渡后，术虎高琪擅政，屏山以小官上万言书，援宋为证，剀切论政，为当权者所抑，由此而益加狂放不羁，不屑仕进。"中年，度其道不行，益纵酒自放，无仕进意。得官未成考，旋即归隐。居闲，与禅僧、士子游，以文酒为事，啸歌祖裼，出礼法外，或饮数月不醒。人有酒见招，不择贵贱，必往，往辄醉。虽沉醉，亦未尝废著书。至于谈笑怒骂，灿然皆成文理。"③ 术虎高琪执政时，

---

* 本文刊于《中国诗学研究》第 3 辑，上海古籍出版社 2004 年版。

① （元）脱脱等：《金史》卷 125《文艺传》上，中华书局 1975 年版，第 2715 页。
② 同上书，第 2734 页。
③ （金）刘祁：《归潜志》卷 1，中华书局 1983 年版，第 6 页。

纯甫审其必败，以母老辞去。高琪被诛后，他复入翰林，连知贡举。正大末年，坐取人逾新格，出倅坊州。后改京兆判官，卒于汴京，年47岁。

李纯甫著述甚丰，曾自编其文，他将自己有关佛老思想研究的文字编为《内稿》，其余应物文字如碑志、诗赋等编为《外稿》。又曾注释《楞严经》、《金刚经》、《老子》、《庄子》。还著有《中庸集解》、《鸣道集解》等，共数十万言，现在大都已散佚不传。《中州集》里收其诗29首。

李纯甫的思想成分非常复杂，于儒道释三家无所不染，他为举子时便"于书无所不窥"①。作为经义进士，屏山对儒家经典颇为精熟，这是在情理之中的；他对于老庄哲学也力探阃奥，为《老子》、《庄子》作注自然深入膝理。屏山在"三十岁后，又遍观佛书"②，对佛学思想发生浓厚的兴趣。他的思想可说是三家合一，但从其文看，是以佛学为核心整合三家思想的。

二

李纯甫认为儒、道、释三家相互融通，而佛学可以包容儒、道，是为学之最高境界。在宣宗兴定四年（1220）所作的《重修面壁庵记》中，他自述了治学之道及其对佛学的尊崇。他说：

> 屏山居士，儒家子也。始知读书，学赋以嗣家门，学大义以业科举，又学诗以道意，学议论以见志，学古文以得虚名。颇喜史学，求经济之术；深爱经学，穷理性之说。偶于玄学，似有所得；遂于佛学，亦有所入。学至于佛，则无可学者，乃知佛即圣人，圣人非佛。西方有中国之书，中国无西方之书也。吾佛大慈，皆如实语，发精微之义于明白处，索玄妙之理于委曲中。学士大夫，犹畏其高而疑其深，诬为怪诞，诟为邪淫，惜哉！③

在李纯甫看来，佛学可以汇通儒家学说，佛即是圣人，而儒家的圣人却没有做佛的资格；佛典可以包含儒家经典的内涵，而儒家经典则无法包容佛

---

① （金）元好问：《中州集》卷4，中华书局1959年版，第219页。
② 同上书，第219页。
③ （金）李纯甫：《重修面壁庵记》，见张金吾《金文最》卷81，中华书局1990年版，第1185—1186页。

典。这当然是认为佛高于儒了。李纯甫所主张的"三家合一"，是以佛教思想为其核心的。李纯甫还指出自达摩到东土后，佛教思想对中国学术所产生的广泛影响，并将唐宋时期的重要学术发展，都归功于佛教的渗透，他说：

> 梁普通中，有菩提达摩大士自西方来，孤唱教外别传之旨，岂吾佛教外复有所传乎！特不泥于名相耳。真传教者，非别传也，如有雅乐，非本色则不成宫商；如有甲第，非主人则不知庭户。自师之至，其子孙遍天下，多魁闳磊落之士，硕大光明，表表可纪。剧谈高论，径造佛心。渐于义学沙门，波及学士大夫。潜符密契，不可胜数。其著而成书者，清凉得之以疏《华严》，圭峰得之以钞《圆觉》，无尽得之以解《法华》，颍滨得之以释《老子》，吉甫得之以注《庄子》，李翱得之以述《中庸》，荆公父子得之以论《周易》，伊川兄弟得之以训《诗》、《书》，东莱得之以议《左氏》，无垢得之以说《语》、《孟》，使圣人之道，不堕于寂灭，不死于虚无，不缚于形器，相为表里如符券然。[1]

李纯甫大为佛学张目，尤其是对禅宗祖师达摩推崇备至，指出其在学术发展中不仅直接成为佛教经典阐释的思想方法，而且也对儒家和道家经典阐释及发展，起了同样不可忽视的作用。李纯甫显然是站在佛教的立场上来说话的，有很浓重的主观色彩，未必全合于学术史实；但也揭示出禅学的思想方法对唐宋时期的新儒学和道家学说的勃兴有深刻的影响。

李纯甫还认为，就佛家思想而言，其理论特征在于以"不立文字，指心见性"的直觉方式包容了儒家、道家的精髓，他说：

> 昔达摩大士面壁九年，神光宿业儒术，且尚玄学，遂见祖师于此地。立雪断臂，方得西来意，尽发孔、老言外不传之妙，大显于世。士大夫有疑之者，仆作《面壁庵记》，已辨之矣。此记既出，诸儒有哗而攻仆者，曰观密二师固学佛者，李翱、王介甫、吕惠卿、苏子由、张天觉亦佞佛之徒耳。如伊川、东莱、无垢诸先生，起视佛老如仇雠，然子以为得佛之道不亦诞乎！仆笑应之曰：诸先生之书尚在，所谓阳挤而阴助者多矣。真得祖师扫荡之意，学者疑其云云，是时痴儿不得说梦也。

---

① （金）李纯甫：《重修面壁庵记》，见张金吾《金文最》卷81，中华书局1990年版，第1185—1186页。

如致堂先生胡寅，在伊川门下，排佛之尤者，著《崇正辨》七十余篇，
诟骂嘲笑，无所不至。虽然，止骂像季以来破戒僧耳。近得其所著
《读史管见》，其言历诋诸儒，谓荀况正而失之驳，董仲舒粹而失之泥，
扬雄潜而失之懦，王通懿而失之陋，韩愈达而失之浅。由秦汉至五代千
三百年，无知道者。至于斫轮操舟之工，雕刻刺绣之巧，累丸竹竿之
习，及其精也，疑于不可思度，况人之所以为人，有大于此者也！老氏
知之，故有真以治身土苴为人之说；佛氏知之，故有不立文字指心见性
之传。又曰，老庄之言，奥窈闳达，非荀、扬诸子所能及。又曰，深读
佛书，其庭户未易知，其奥突未易穷，其辨未易折，其精极之地未易
到，岂老庄所得拟哉！其说如此，学者当熟思而详考之。吁，陈无己谓
儒者不得其传，固得罪于儒者，仆谓儒者亦得其传，又得罪于儒者。然
则儒者果得其传乎？果不得其传乎？得与不得，相去几何！①

这篇文章表达出李纯甫对佛学思想的极度推崇。在他看来，禅家的
"不立文字，指心见性"的义理，是包含了庄子的"轮扁斫轮"的高度直觉
的，同时，更超越了儒家的道德理性。

理学家指佛家思想为"异端"，其实，程朱理学的学理建构，恰恰是偷
用了佛家的逻辑理路的。这一点，李纯甫站在佛家立场上予以揭示，在
《程伊川异端害教论辩》一文中，大倡"三教归一"之说，力辟伊川的"异
端害教"之论。他说：

　　尝试论之。三圣人（释、孔、老）者同出于周，如日月星辰之合
于扶桑之上，如江河淮汉之汇于尾闾之渊，非偶然也。其心则同，其迹
则异。其道则一，其教则三。孔子游方之内，其防民也深，恐其眩于太
高之说，则荡而无所归，故约之以名教。老子游方之外，其导世也切，
恐其昧于至微之辞，则塞而无所入，故示之以真理，不无有少龃龉者，
此其徒之所以支离而不合也。吾佛之书既东，则不如此。大包天地而有
余，细入秋毫而无间。假诸梦话，戏此幻人。五戒十善，开人天道于鹿
苑之中；四禅八定，建声闻乘于鹫峰之下。……阴补《礼》经，素王

---

　　① （金）李纯甫：《新修雪庭西舍碑》，见张金吾《金文最》卷81，中华书局1990年版，第
1187页。

之所未制；径开道学，玄圣之所难言。教之大行，谁不受赐。①

在李纯甫的观念中，儒道释三教在根本上是一致的，儒道二家则有很大的片面性，而佛教则兼容一切，溶解一切，无论是儒是道，都不出佛教教义之中。由此可以看出，李纯甫虽然并不排斥儒家思想，却鲜明地站在佛教的立场。佛学从印度到东土，必须适应于中国的国情，并在很大程度上必须依附于中国的官方意识形态，也即儒家思想。而如李纯甫这样以佛学来"综合"三教、反驳程伊川的"异端害教"论，体现出他的浓重的以佛教思想为其立场的色彩。

三

李纯甫深受佛家思想的浸润，对于他的诗学倾向，有至关重要的影响。在诗学观念上，屏山明显有悖于正统的儒家文学思想。儒家文学强调"载道"，并主张"温柔敦厚"的诗教，《礼记·经解》云："温柔敦厚，诗教也。"《诗大序》云："主文而谲谏。"后来孔颖达从而发挥道："其作诗也，本心主意，使合于宫商相应之文，播之于乐。而依违谲谏，不直言君之过失；故言之者无罪，人君不怒其作主而罪戮之，闻之者足以自戒，人君自知其过而悔之"②（所谓"依违"，便是"谐和不相乖离"）"温柔敦厚"的诗教，有具体的政治伦理内容和特殊的审美要求。它包括政治与伦理上的"谐和"，与创作规律的艺术"谐和"这两个方面。前者要求诗歌在"美刺"中应"发乎情，止乎礼义"，通过委婉含蓄之词，寄托忠心讽谏之意；后者要求艺术风格的含蓄蕴藉，婉曲入情。"中和"之美，一直是儒家诗学的审美理想。

李纯甫思想的复杂性决定了他的诗学观不源于正统儒家，他一不主张"宗经"、"征圣"、"原道"，二不提倡"温柔敦厚"，而认为诗是"心声"，应该"唯意所适"。我们可以在他为刘汲《西岩集》所作的序文中窥见其诗学思想的大概：

---

① （金）李纯甫：《程伊川异端害教论辩》，见张金吾《金文最》卷60，中华书局1990年版，第861页。

② （汉）毛亨传，（汉）郑玄笺，（唐）孔颖达疏：《毛诗正义》，见李学勤主编《十三经注疏》，北京大学出版社1999年版，第13—14页。

　　人心不同如面，其心之声，发而为言。言中理谓之文，文而有节为
之诗。然则诗者，文之变也，岂有定体哉！故《三百篇》什无定章，
章无定句，句无定字，字无定音。大小长短，险易轻重，惟意所适。虽
役夫室妾悲愤感激之语，与圣贤相杂而无愧，亦各言其志也已矣，何后
世议论之不公邪！齐梁以降，病以声律类俳优然。沈宋而下，裁其句
读，又俚俗之甚者，自谓灵均以来，此秘未睹。此可笑者一也。李义山
喜用僻事，下奇字，晚唐人（按：当为宋初人）多效之，号"西昆
体"，殊无典雅浑厚之气，反晋杜少陵为"村夫子"。此可笑者二也。
黄鲁直天资峭拔，摆出翰墨畦径，以俗为雅，以故为新，不犯正位，如
参禅着末后句为具眼。江西诸君子，翕然推重，别为一派。高者雕镂尖
刻，下者模影剽窜。公言韩退之以文为诗，如教坊雷大使舞。又云学退
之不至，即一白乐天耳。此可笑者三也。嗟乎！此说既行，天下宁复有
诗邪！①

　　这篇序文较为全面地表达出屏山的基本诗学观点。
　　首先，他认为诗歌是心声的表达，主张文学贵真。由此出发，他认为那
些社会下层的"役夫室妾"的"悲愤感激之语"，只要是出自于心，发自于
衷，就完全可以"与圣贤相杂而无愧"。这种主张冲破了"温柔敦厚"的诗
教藩篱，肯定了在诗中抒发悲愤不平之气的合理性，同时又为来自于底层的
民间歌诗争得文学史上的地位，乃至于同贵族文学相抗衡而毫无愧色。这种
诗学观是颇为进步的。
　　其次，屏山主张"文无定体"，"唯意所适"，并以《诗三百》的"什
无定章，章无定句，句无定字，字无定音"② 为根据，否定诗歌拘于一些传
统模式的窠臼，而主张"随物赋形"，在抒发自己的特殊体验中完成形势的
创新。这在文论史上也属卓见。
　　再次，他谈到文与诗的区别，认为"言中理谓之文"，"文而有节谓之
诗"。"理"当指脉络、词义结构而言。"节"则指韵律节奏、词义的张力而
言。他认为诗是文的变本，"岂有定体"，强调诗歌在形式上应有更多的独
创性，更有独到的艺术个性。这里更强调了诗的本体特征与独创的艺术
规律。

────────────

① （金）元好问：《中州集》卷2，中华书局1959年版，第77页。
② 同上。

　　对于齐梁以降的唯美诗歌，屏山是颇为反感的，指摘其"类俳优然"！至于沈宋以下的诗人，不求风雅，只经营于句读，屏山更为鄙视，认为这又"俚俗之甚"。对于宋初西昆体的一味模仿李商隐的僻事奇字，反而攻讦少陵为"村夫子"，他付之以轻蔑的一笑。他仰慕黄庭坚的"天资峭拔"，更欣赏其在诗歌创作上的另辟蹊径，新创"夺胎换骨"与拗体诸法，又有"以俗为雅"、"以故为新"的卓绝表现。但是对于江西诗派雕镂尖刻、模影剽窜的风气，则颇有微词，认为这又是"俚俗之甚"。这恰如元好问在《论诗三十首》中所言："论诗宁下涪翁拜，未作江西社里人。"

　　由此可见，他主张的诗歌艺术的创新、形式范型的突破与个性化，是以"诗为心声"为逻辑起点的。他反对那种无关乎诗人之意的形式雕琢，单纯的声律追求与模仿剽窃之风，认为形式的创新乃是"各言其志"的自然结果。他在"以意为主"的命题上，与王若虚等并无什么分歧。而他崇尚雄奇峭拔的诗风，也与他主张抒发"悲愤感激之语"有内在的联系。

　　在与其同时、关系甚密的刘祁的记述中，也可以看到屏山的诗学力主创新、自成一家的观念：

　　　　李屏山教后学为文，欲自成一家。每曰："当别转一路，勿随人脚跟。"故多喜奇怪，然其文亦不出庄、左、柳、苏，诗不出卢仝、李贺。晚甚爱杨万里诗，曰："活泼剌底，人难及也。"赵闲闲教后进为诗文则曰："文章不可执一体，有时奇古，有时平淡，何拘？"李尝与余论赵文曰："才甚高，气象甚雄，然不免有失支堕节处，盖学东坡而不成者。"赵亦语余曰："之纯文字止一体，诗只一句（一本作'一向'）去也。"又，赵诗多犯古人语，一篇或有数句，此亦文章病。屏山尝序其《闲闲集》云："公诗往往有李太白、白乐天语，某辄能识之。"又云："公谓男子不食人唾，后当与之纯、天英（李经）作真文字。"亦阴讥云。[①]

由这段文字可以看出赵、李二人在诗学观上的分歧。在继承与创造的关系上，赵秉文主张得诸家之诗，转益多师，以多方模仿、继承古人为尚；李纯

――――――――――

　　① （金）刘祁：《归潜志》卷8，中华书局1983年版，第87页。

甫则更强调摆脱蹊径，勿随人脚跟，勿拾人余唾，应自成一家。在诗歌风格上，赵秉文主张风格的多样化，不拘于奇古平淡，而不满于李纯甫的创作"文字止于一体"，只有一种面目。但实际上，赵秉文力主含蓄平淡的艺术风格，而明确反对李纯甫的奇险诗风。在创作知识化上，赵秉文重视学养功力，因而论诗最细，多讲规矩方圆；而李纯甫则更重天资才气，因此论诗颇粗，只论词气才巧。而李纯甫诗论的关键点有两个：一是"自成一家"，勿随人后；二是崇尚雄奇险峭得风格。

四

尚奇，是李纯甫及以他为代表的一派诗人的共同审美倾向。他的诗歌创作明显地体现出这一倾向，对其他诗人的评论也着眼于此。如他赞赏赵元（愚轩）的诗云："先生有胆乃许大，落笔突兀无黄初。轩昂学古澹，家法出《关雎》。暗中摸索出奇语，字字不减琼瑶琚。"[①] 这里主要是赞赏赵元诗的奇峭突兀。其他论及他人的诗歌创作的篇什，也多有从这个角度来评价的，这构成了其诗学思想一个侧面。如对李经诗风的形容："阿经瑰奇天下士，笔头风雨三千字。醉倒谪仙元不死，时借奇兵攻二子。纵饮高歌燕市中，相视一笑生春风。"（《送李经》）李经的诗所传只有《杂诗》五首，但其奇峭风格却是一望而知的。刘祁称他："为诗刻苦，喜出奇语，不蹈袭前人，妙处人莫能及。"[②] 李纯甫对李经最为称扬的也正在于"奇"。他还正面表达这种尚"奇"的诗学追求："壁上七弦元自雅，囊中五字更须奇。"（《瓢庵》）他自己的诗歌创作更是以雄奇峭健、不落故常为其风格特征，如《雪后》、《为禅解嘲》、《赤壁风月笛图》等，都突出地呈现出"奇"的特色。

这种尚"奇"的诗学观念，与其对佛学的崇尚，是深有联系的。佛学尤其是禅学，对他所主张的"文无定体"、摆脱畦径的诗学取向颇多启悟。

唐宋之际，正是禅宗盛行之时，金朝士大夫之染禅者，也多笼罩在禅风之中。李纯甫之耽佛，也主要是醉心于禅。屏山在《重修面壁庵记》中说：

梁普通中，有菩提达摩大士自西方来……自师之至，其子孙遍天

---

① （金）元好问：《中州集》卷4，中华书局1959年版，第225页。
② （金）刘祁：《归潜志》卷2，中华书局1983年版，第12页。

下，多魁闳磊落之士，硕大光明，表表可纪。剧谈高论，径造佛心。渐
于义学、沙门，波及学士大夫，潜符密契不可胜数。……虽狂夫愚妇，
可以立悟于便旋顾盼之顷，如分余灯以烛冥室，顾不快哉！道冠儒履，
皆有大解脱门；翰墨文章，亦为游戏三昧。此师之力也。①

这里很明显地把"翰墨文章"和达摩的"祖师禅"联系起来了。这就启示
我们通过他的佛教禅宗思想来理解其诗学观念。屏山的《为蝉解嘲》诗颇
能道出其间的讯息②：

老蜕破衲染尘缁，转丸如转造物儿。道在矢溺传有之，定中幻出蝉
娟姿。金仙未解羽人尸，吸风饮露巢一枝。倚杖而吟如惠施，字字皆以
心为师。千偈澜翻无了时，关键不落诗人诗。屏山参透此一机，髫弟皤
兄何见疑。

这首诗里诗人将禅家的机锋"活参"运用于诗歌创作的思维，认为诗应该
"以心为诗"，而非落入他人窠臼，蹈袭前人诗法。屏山认为作诗的关键在
于"不落诗人诗"，倡导独创意识。屏山诗以奇见长，是与这种观念分不
开的。

禅家以"教外别传"自任，主张"以心传心，不立文字"，以"顿悟成
佛"开宗立派。"顿悟"的前提是佛性在于众生自性之中。"故知本性自有
般若之智，自智慧观照，不假文字。"③ 那么，对佛性的证悟，就不是依循
外在的途径、规矩，而只有是由自心悟得。正如黄檗禅师所云："今人学道
人，不向自心中悟，乃于心外著相取境，皆与道背。"④ 因而，禅宗的悟道
方式，破弃逻辑理念，废除规矩方圆，随机即境，拳打棒喝，无施不可。如
禅宗公案，并不成法，照着各人的体验，强调特殊的个性。禅的参悟是当下
的、个体的体验。普遍性的名言概念，固定的传授模式，都不能获得禅的真
谛。因此，独特性是禅的首要特征。所谓"禅家机锋"，是以废弃规矩、匪

---

① （金）李纯甫：《重修面壁庵记》，见张金吾《金文最》卷 81，中华书局 1990 年版，第
1186 页。

② 中华书局排印版《中州集》卷 4 题作《为蝉解嘲献》，其中"献"字当是自题下小注
"臣伯玉不平蝉解"阑入。

③ 郭朋：《坛经校释》，中华书局 1983 年版，第 54 页。

④ 石峻等：《中国佛教思想资料选编》第 2 卷，第 4 册，中华书局 1983 年版，第 211 页。

夷所思为特征的。禅宗的公案，所提的问题大致是："如何是佛法大意？""如何是祖师西来意？""如何是和尚家风？"等等。但禅师的回答，确实千奇百怪，出人意料，几无重复。这些禅宗公案大有奇外出奇之感，这也可以视为一种"游戏三昧"的境界。屏山诗的尚奇倾向，是深受禅风影响的。"翰墨文章亦为游戏三昧"，这可以说是一个最明显的注解了。

《中国古代文学通论·辽金元卷》绪论[*]

  辽金元三代文学，是中国文学史的重要有机组成部分，内容非常丰富，而且在文学体裁上又有了空前的发展。新的体裁诸如宫调、散曲、杂剧，都产生了不少流传千古的经典作品，在中外文学宝库中大放异彩。原有体裁诗、词、文的创作，也都有许多独具特色的篇什；在中国文学长卷中有不可替代的地位。在文学批评上，也有一些名著产生，如王若虚的《滹南诗话》、元好问的《论诗三十首》、钟嗣成的《录鬼簿》等等。总之，辽金元是中国文学史上一个重要而有特色的阶段。因此，对辽金元文学的研究与整体性观照，在中国古代文学研究领域，其意义是十分重要的。对于辽金元文学如果没有较为全面的、客观的认识，就会对中国文学的近古时期的发展态势，缺少明晰的判断和充分的价值评估。

  辽金元三代，经常被连带提及。一是因为在时间上彼此衔接，辽朝起于907年，迄于1125年；金朝起于1115年，迄于1234年；元朝如从成吉思汗建国时计，则是起于1206年，迄于1368年。二是因为这三个王朝均为北方少数民族所创立的政权，辽为契丹族所建，金为女真族所建，元为蒙古族所建。北方游牧民族的生活方式、习俗、审美趣味等因素，对辽金元文学的特殊风貌的形成，有着颇为深切的关系。而辽金元文学的卓异成就，又是北方民族文化与汉文化融合的伟大成果。

一 辽金元文学的独特成就

  辽金元文学合为一帙，作一《通论》，缘于其历史的连续性和文学的内部演进与发展。而辽代文学、金代文学和元代文学又各为独立的文学断代，各有其独特的风貌与内在发展走向，宜作具体的研究，连属之则为一个整

---

  * 本文系张晶主编《中国古代文学通论·辽金元卷》绪论部分，辽宁人民出版社 2005 年版。

体，分论之则各树其帜。

辽代文学所留下的作品总量不大，由陈述编纂的《全辽文》可略见其整体状貌。仅从作品数量和传统的艺术标准来看，辽代文学在中国文学的大家庭里，也许真算是一个"灰姑娘"。相比而言，从代表性的诗来说，其数量和艺术成就都远不能与唐宋相提并论。但若换一个角度来看，我们则可见到别开生面的景观。这个景观从文学研究的意义上来说，也许就不是可有可无的。辽代文学有其浓厚的契丹文化背景，又因契丹文化对汉文化的接受与濡染，从而形成了现有的文本形态。在张晶《辽金诗史》中，作者曾这样认识辽诗的地位："辽诗自有辽诗的成就，辽诗自有辽诗的价值，辽诗自有辽诗的地位。契丹诗人的创作，为中华诗史吹进了一股清新之气，带着一种北方民族特有的生命力与朴野，为诗歌发展注入了新鲜的生机。"① 现在扩而大之，关于辽代文学，我们也还是持同样的看法。

契丹民族历史悠久，其族源远溯于汉朝的鲜卑。《辽史》述契丹族源云："盖炎帝之裔曰葛乌菟者，世雄朔陲，后为冒顿可汗所袭，保鲜卑山以居，号鲜卑氏。既而慕容燕破之，析其部曰宇文，曰库莫奚，曰契丹。契丹之名，昉见于此。"② 各种史志记载多差近之。鲜卑——契丹作为北方游牧民族是很有代表性的。金代的女真，元朝的蒙古，在王朝创立之前，其生活方式、生产方式都是大同小异的，"逐寒暑，随水草畜牧"③。契丹风俗与库莫奚和靺鞨（也即后来的女真人）是基本一样的，《契丹国志》云："其风俗与奚、靺鞨颇同"④。这种游牧民族的生活方式，形成了豪犷蛮勇的民族性格，同时也形成了其原始崇拜的神秘色彩。辽代文学除了作家（指署名创作）篇什之外，其神话传说和誓语、谣谚也是其文学的一部分（见第一章《辽代文学概述》）。这些东西看似文学价值并不高，却是印记契丹文化的宝贵资料，由此我们可以看出辽代文学的北方文化土壤。

辽代的作家创作（或云署名创作）以契丹贵族作家为主，尤其以女作家最为杰出。如东丹王耶律倍、兴宗耶律宗真、道宗耶律洪基、寺公大师、萧观音、萧瑟瑟等。这些诗人除寺公大师外，都是辽朝最高统治集团中人。契丹贵族喜爱文学，且对中原文化十分向往。清人赵翼对辽朝契丹贵族的文

① 张晶：《辽金诗史》，东北师范大学出版社 1994 年版，第 10 页。
② （元）脱脱等：《辽史》卷 63《世表》，中华书局 1975 年版，第 949 页。
③ （唐）魏征等：《隋书》卷 84《契丹传》，中华书局 1975 年版，第 1882 页。
④ （宋）叶隆礼：《契丹国志》卷 23《国土风俗》，上海古籍出版社 1985 年版，第 221 页。

学好尚有一个概括的论述，他说：

> 辽太祖起朔漠，而长子人皇王倍已工诗善画，聚书万卷，起书楼于
> 西宫，又藏书于医巫闾山绝顶。其所作田园乐诗，为世传诵。画本国人
> 物，射猎雪骑千鹿图，皆入宋秘府。其让位于弟德光，反见疑而浮海适
> 唐也。刻诗海上曰：'小山压大山，大山全无力。羞见故乡人，从此投外
> 国。'情词凄婉，言短意长，已深有合于风人之旨矣。平王隆先亦博学能
> 诗，有《阆苑集》行世。其他宗室内亦多以文学著称。如耶律国留善属
> 文，坐罪，在狱赋《瘄瘶歌》，世竞称之。其弟资忠亦能诗，使高丽被
> 留，有所著《西亭集》。耶律庶成善辽汉文，尤工诗。耶律富鲁（旧名蒲
> 鲁）为牌印郎君，应诏赋诗，立成以进。其父庶箴，尝寄戒谕诗，富鲁
> 答以赋，时称典雅。耶律韩留工诗，重熙中，诏进述怀诗，帝嘉叹。耶
> 律辰嘉努（旧名陈家奴）遇太后生辰进诗，太后嘉奖。皇太子射鹿辰嘉
> 努又应诏进诗，帝嘉之，解衣以赐。耶律良重熙中从猎秋山，进《秋猎
> 赋》。清宁中，上幸鸭子河，良作《捕鱼赋》。尝请编御制诗文，曰《清
> 宁集》。上亦命良为《庆会集》，亲制序之。耶律孟简六岁能赋晓天星月
> 诗，后以太子濬无辜被害，以诗伤之，无意仕进，作《放怀诗》二十首。
> 耶律古裕（旧名古欲）工文章，兴宗命为诗友，此皆宗室之能文者。①

可见契丹宗室之喜爱文学。他们的创作有更多的政治性背景，如耶律倍的
《海上诗》，就是受耶律德光猜忌逼迫不得不外逃时的心态表现。圣宗《传
国玺诗》："一时制美宝，千载助兴王。中原既失守，此宝归北方。子孙皆
慎守，世业当永昌。"此诗是咏叹镇国之宝传国玺的，诗人借此表达了对大
辽国运永远昌盛的政治理想。而兴宗的《以司空大师不肯赋诗以诗挑之》，
则是以诗的手段来笼络高僧。从审美标准看来，这些诗实在算不上什么佳
篇，但其间的政治含量却很高。另一方面，契丹作家的创作，有着出自北方
民族的清新雄放之气，这在契丹女诗人的篇什中，表现得非常突出。萧观音
的《伏虎林待制》，其意境之阔大，气势之雄奇，在女性作家中实属罕见。
而萧瑟瑟的《讽谏歌》和《咏史》诗中的笔力与气魄，与萧观音相比，可
说是有过之而无不及。这些作品出自于萧观音和萧瑟瑟这样的女作家之手，
且勃发着雄奇刚健之气，有着深刻的、宏阔的历史与政治意识的作品，是与

---

① （清）赵翼：《廿二史札记》卷27，中国书店1987年版，第368—369页。

契丹民族文化有密切关系的；契丹女性在其社会生活中的重要地位，也是其重要的原因。北方游牧民族的勇武豪放性格，在女性身上体现得尤为明显。在"岁无宁居，旷土万里"①的游牧环境中，女子是不可能"养在深闺人未识"的，她们必须与男子一道以鞍马为家，到处转徙。因此，北方女子所具有的尚武精神和豪放性格就是再自然不过的了。萧涤非先生说："北朝妇女，亦犹之男子，别具豪爽刚健之性，与南朝娇羞柔媚及两汉温贞闲雅者并不同。"② 契丹女性正有着这样一种民族性格。萧观音、萧瑟瑟等女诗人的创作所折射的正是这种气质。

契丹民族创立辽朝之后，对汉文化的接受是非常自觉的。契丹统治者主动地濡染中原文化，在政治、伦理道德和文学等方面，都在对汉文化的吸收中形成初步的格局。如辽圣宗对于政治文化，"好读唐《贞观政要》，至太宗、明皇实录则钦伏，故御名连明皇讳上一字……尝云：五百年来中国之英主，远则唐太宗，次则后唐明宗，近则今宋太祖、太宗也"③。对于中原王朝的政治经验、统治措施，他都十分推崇："诏汉儿公事皆须体问南朝法度行事，不得造次举止，其钦重宋朝百余事，皆此类也。"④ 圣宗对中华文学传统非常敬慕，尤其喜爱唐代大诗人白居易，曾明确表示以白诗作为自己的学习典范，在其《题乐天诗佚句》中写道："乐天诗集是吾师。"就文学本身而言，辽代的诗词等体裁的创作，从形式到意象系列，都是承绪中原文学传统的。如萧观音的《君臣同志华夷同风应制》诗："虞廷开盛轨，王会合奇深。到处承天意，皆同捧日心。文章通蠡谷，声教薄鸡林。大寓看交泰，应知无古今。"这是一首颇为典型而成熟的五言律诗。萧瑟瑟的《讽谏歌》和《咏史》诗，则是骚体诗的佳作。辽代文学的发展，是和这种契丹文化与汉文化融合的背景难以分开的。

金代文学在辽代文学的基础上有了更大的提高。金与宋朝的并峙及南北的往来交流，对于金代文学的影响是非常深远的。宋代文化在中国封建时代的文化发展史上是一个高峰，这在几位史学大师的评价中可见一斑。如王国维认为："故天水一朝人智之活动与文化之多方面，前之汉唐，后之元明，皆所不逮也。"⑤ 陈寅恪亦认为："华夏民族之文化，历数千载之演进，造极

---

①　（元）脱脱等：《辽史》卷31《营卫志》，中华书局1975年版，第361页。

②　萧涤非：《汉魏六朝乐府文学史》，人民文学出版社1984年版，第281页。

③　（宋）叶隆礼：《契丹国志》卷7《圣宗纪》，上海古籍出版社1985年版，第71页。

④　同上书，第73页。

⑤　（清）王国维：《宋代之金石学》，见《王国维遗书》第5册，上海书店1983年版，第70页。

于赵宋之世。"① 认为中华文化到宋代已臻极境。金朝与南宋南北分治，时战时和，但是在文化上金朝受宋朝文化的沾溉实多，因而在文化上的起点就相当高，很快超越了女真原有文化，全面地具有了封建文化的形态。

金代文学，以诗为最有成就，颇可代表金代文学的特色。词和诸宫调，也有卓异的成绩。诸宫调是金代与其他时代相比具有特殊成就的文学样式，或者说是金代文学对中国文学的特殊贡献所在。作为中国戏剧文学的"前奏曲"，诸宫调对元代戏曲的影响是直接而深远的。诸宫调之兴起，虽在南宋，而其中最为杰出的作品，如《西厢记诸宫调》，则产生在金代。从艺术上来说，《西厢记诸宫调》臻于化境，精美绝伦。明人胡应麟即云："《西厢记》虽出唐人《莺莺传》，实本金董解元。董曲今尚行世，精工巧丽，备极才情，而字字本色，言言古意，当是古今传奇之祖。金人一代文献尽此矣。"② 诸宫调的另一杰作《刘知远诸宫调》，也是与《西厢记诸宫调》同时的作品。诸宫调对元代杂剧的影响当是决定性的，这也正是金代文学的辉煌所在。郑振铎指出："但诸宫调的理解为伟大的影响，却在元人的杂剧里……从宋的大曲或宋的杂剧词而演进到元的杂剧，这其间必得经过宋、金诸宫调的一个阶段；要想蹿过诸宫调的一个阶段几乎是不可能的。或可以说，如果没有诸宫调的一代文体的产生，为元人一代光荣的杂剧，究竟能否出现，却还是一个不可知之数呢！"③ 郑振铎对诸宫调的论述，是对有金一代作家和一种文体地位的有力说明。

然而，从金代文学演进的全过程着眼，自始至终，名家迭出，篇什众多，在其各个时期均有上乘表现的，以诗为最。金代文学有着自己独特的发展轨迹，取得了不可忽视的成就，完全可以自立于列朝文学之林。《金史·文艺传》序云："金用武得国，无以异于辽，而一代制作能自树立唐、宋之间，有非辽世所及，以文而不以武也。"④ 指出了金代文学既不同于唐，也不同于宋的特质所在。

金诗可依金源的历史发展，大致分为初、中、后三个时期。初期指从金太祖到海陵王这段时间，中期指世宗、金章宗这段时间，后期则指从宣宗贞祐南渡到金亡。金诗的初期可称为"借才异代"时期，其创作起点远远高

① 陈寅恪：《金明馆丛稿二编》，里仁书局1981年版，第245页。

② （明）胡应麟：《少室山房笔丛》，引自郑振铎《中国文学研究》，作家出版社1957年版，第907页。

③ 郑振铎：《中国文学研究》，作家出版社1957年版，第962页。

④ （元）脱脱等：《金史》卷125《文艺传》上，中华书局1975年版，第2713页。

于辽代。金初作家主要是由宋人金的士人，如宇文虚中、蔡松年、高士谈、吴激等，都是由宋人金的文学家。清人庄仲方在其《金文雅》序中提出"借才异代"的命题云："金初无文字也，自太祖得辽人韩昉而言始文；太宗入汴州，取经籍图书。宋宇文虚中、张斛、蔡松年、高士谈辈后先归之，而文字煨兴，然犹借才异代也。"①"借才异代"的说法非常准确地概括出金代初叶的文学现象。宇文虚中、吴激等人的创作，有很高的艺术造诣，为金代文学的发展奠定了一个颇为成熟的起点，同时，也体现出金源文化在接受了汉文化的浸润后所产生的直接效果。宇文虚中在宋朝便是很有名的诗人，吴激是米芾的女婿，于诗书画都甚见功力。这些宋代文学家到金源后，有了独特的境遇，产生着去国怀乡的复杂心态，因而写出了许多情感悲凉而风格俊逸的篇什。

金代中期，女真统治者世宗、章宗都非常重视吸收汉文化，在礼乐文治方面尤为明显。金章宗对于中国的文学传统特别推崇，这就使金源社会有着浓郁的尚文风气。金人刘祁评价章宗朝的政治时曾说："章宗聪慧，有父风（其父为完颜允恭，世宗次子，大定二年被立为太子，大定二十五年去世，未尝即皇帝位，死后谥显宗）。属文为学，崇尚儒雅，故一时名士辈出，大臣执政，多有文采学问可取，能吏直臣皆得显用，政令修举，文治烂然，金朝之盛极矣。然学止于词章，不知讲明经术为保国保民之道，以图基祚久长。"② 所谓"学止于词章"，是指章宗朝更多地重视诗词等审美文化。在这种重视文学的氛围中，文坛上形成了属于金源自己的"国朝文派"。国朝文派的提出，标志着金代文学的成熟和独特的面目。元好问有这样一段有名的话："国初文士如宇文大学、蔡丞相、吴深州之等，不可不谓之豪杰之士，然皆宋儒，难以国朝文派论之。故断自正甫（蔡珪字）为正传之宗，党竹溪次之，礼部闲闲公又次之。自萧户部真卿倡此论，天下迄今无异议云。"③"国朝文派"在我们看来，并非某一个文学流派的称谓，而是金代文学区别于其他朝代文学的整体特色。从作家来讲，蔡珪、党怀英、周昂、王寂、王庭筠、赵秉文等都是"国朝文派"的代表作家。

金朝"贞祐南渡"，迁都南京（今开封），是金代社会进入后期的转折点。蒙古进逼，女真军队早已失去了原有的剽悍勇鸷而因汉化流于萎弱。朝

---

① （清）庄仲方：《金文雅·序》，吉林人民出版社1998年版，第1页。
② （金）刘祁：《归潜志》卷12，中华书局1983年版，第136页。
③ （金）元好问：《中州集》卷1，中华书局1959年版，第33页。

政日趋腐败，金朝已然日薄西山，气息奄奄。文坛却出现了新的生机。南渡后的文坛，改变了明昌、承安年间的尖新浮艳之风，转向了质朴刚健。赵秉文、李纯甫、雷渊、王若虚等，成为此一时期文坛的核心人物。刘祁揭示出这一时期文坛的主导倾向："南渡后，文风一变，文多学奇古，诗多学风雅，由赵闲闲、李屏山倡之。屏山幼无师传，为文下笔便喜左氏、庄周，故能一扫辽宋余习。而雷希颜（雷渊字）、宋飞卿诸人，皆作古文，故复往往相法效，不作浅弱语。赵闲闲晚年，诗多法唐人李、杜诸公，然未尝语于人。已而，麻知几、李长源、元裕之之辈鼎出，故后进作诗者争以唐人为法也。"① 这是对金源南渡后文坛走向的概括描述。对于金代中期而言，南渡后的文坛，有着深刻的变化。这一时期，文坛上已形成了两个文学主张和创作风格都颇为不同的文学流派，即以赵秉文、王若虚为核心的流派和以李纯甫、雷渊为代表的流派。这两个流派在人际关系上往还密切，但在文学主张上彼此争论，各张旗帜。刘祁记载道："李屏山教后学为文，欲自成一家，每曰：'当别转一路，勿随人脚跟。'故多喜奇怪，然其文亦不出庄、左、柳、苏，诗不出卢仝、李贺。晚甚爱杨万里诗，曰：'活泼剌地，人难及也。'赵闲闲教后进为诗文则曰：'文章不可执一体，有时奇古，有时平淡，何拘？'……兴定、元光间，余在南京，从赵闲闲、李屏山、王从之、雷希颜诸公游，多论为文作诗。赵于诗最细，贵含蓄工夫；于文颇粗，止论气象大概。李于文甚细，说关键宾主抑扬；于诗颇粗，止论词气才巧……若王（若虚），则贵议论文字有体致，不喜出奇，下字止欲如家人语言，尤以助辞为尚，与屏山之纯学大不同。尝曰：'之纯虽才高，好作险句怪语，无意味。'"② 刘祁亦是南渡后的文学家，与赵秉文、李纯甫、王若虚等人往还甚密，所言不虚。由上述记载可见，南渡后文坛上的人物，以赵、李为其各自的核心，形成了两种不同的创作倾向。一派是以含蓄蕴藉、工稳平实为审美追求，赵秉文、王若虚、完颜璹等作家，都在此列。另一派则是以李纯甫、雷渊为代表的一派，在性格上多是豪放超迈，刚直使气，而在文学创作（以诗为主）多喜奇峭造语。尚奇，则是这一派共同的美学倾向。李纯甫的诗歌创作，最能体现尚奇一派的风貌。如《怪松谣》、《灞陵风雪》等最为显然。

在金代亡国前后，出现了最为杰出的大文学家元好问。无论是在文学创

① （金）刘祁：《归潜志》卷1，中华书局1983年版，第12页。
② （金）刘祁：《归潜志》卷8，中华书局1983年版，第87页。

作上，还是在文学思想、文学批评上；无论是在金源文献方面，还是在史学方面，元好问都当之无愧地可称为金代第一巨擘。元好问（遗山）足以代表金代文化的最高水准，在我们看来，元好问的意义决非止于金代，而是在整个中国文学史上的一座高峰。元好问堪与那些一流的"大家"相与并列于中国文学史，而并非止于一般的"名家"。元好问以"国朝文派"指称金代文学的整体特征，而他本人恰恰是"国朝文派"的最佳代表。在时世艰危的金末，遗山的"纪乱诗"，可以直追杜甫写在"安史之乱"中的那些不朽名篇。诗人以他那"挟幽并之气"①（郝经语）的文化禀赋，饱蘸着时代血泪，写出了那些悲壮而又雄浑的"纪乱诗"。这些诗，真实地再现了鼎革之际的历史画面，抒发了国破家亡的深哀剧痛，受到后人的高度评价。明人李调元评之云："元遗山诗，精深老健，魄力沉雄，直接李杜，上下千古，能并驾者寥寥。"② 清人潘德舆则指出："豪情胜概，壮色沉声。直欲跨苏黄，攀李杜矣。"③ 这些评价并非过誉。遗山诗具有感荡人心而又大气包举的悲剧性的美的力量，而不止于悲哀。其气魄宏大，境界浑厚，悲壮慷慨的感情渗透在苍莽雄阔的意境之中。从来没有谁把如此雄浑苍莽的意境与如此悲怆的情感融合得如此浑然一体。如《壬辰十二月车驾东狩后即事五首》、《岐阳三首》等，对金末乱世予以史诗般的描写，同时又以强烈的主观感受来融摄具有深广历史内容的诗歌意象。从体裁的角度看，遗山的律诗，尤为杜甫之后的又一高峰。清人赵翼论遗山的七言律诗云："七言律则更沉挚悲凉，自成声调。唐以来律诗之可歌可泣者，少陵十数联外，绝无嗣响；遗山则往往有之。如《车驾遁入归德》之'白骨又多兵死鬼，青山原有地行仙'，'蛟龙岂是池中物，虮虱空悲地上臣'；《出京》之'只知灞上真儿戏，谁谓神州竟陆沉'；《送徐威卿》之'荡荡青天非向日，萧萧春色是他乡'；《镇州》之'只知终老归唐土，忽漫相看是楚囚，日月尽随天北转，古今谁见海西流'；《还冠氏》之'千里关河高骨马，四更风雪短檠灯'；《座主闲闲公讳日》之'赠官不暇如平日，草诏空传似奉天'。此等感时触事，声泪俱下，千载后犹使读者低回不能置。"④ 在艺术上，遗山七律也可以说是直承杜甫的。

---

① （清）陈匪石：《声执》，见唐圭璋《词话丛编》第 4 册，中华书局 1986 年版，第 4961 页。
② （清）李调元：《雨村诗话》，见郭绍虞编《清诗话续编》，上海古籍出版社 1983 年版，第 1535 页。
③ （清）潘德舆：《养一斋诗话》，见郭绍虞编《清诗话续编》，上海古籍出版社 1983 年版。
④ （清）赵翼：《瓯北诗话》卷 8，人民文学出版社 1963 年版，第 117—118 页。

　　作为一个文学批评家，元好问的地位，更是远远超出了金代本身。他的《论诗三十首》，在中国文学批评史、文学思想史上有着非常重要的意义。在以诗论诗这种批评形式的发展序列里，遗山的这组《论诗三十首》，是在杜甫《戏为六绝句》之后所达到的最高峰。它既有系统的诗学观念和批评标准，又有对汉魏以来诗歌的中肯评判。元好问对中国诗史的批评，是非常具有历史深度和辩证精神的，成为诗学批评的典范。元好问在其他的"论诗诗"（如《题中州集后》五首、《论诗三首》等）以及一些序跋文章中，都表现了其不同寻常的见识和强烈的主体精神，对文学创作提出了一系列具有很高理论价值的主张，如"以诚为本"等等。一代诗歌总集《中州集》的编纂，更是元好问对中国文学史在文献方面的重要贡献。金代很多诗人的创作赖此而流传。《中州集》中每个作家都有小传，小传中不仅对诗人的生平和性格有所记载，还多有对其创作的言简意赅的评价。这是金代文学批评的宝贵资料。

　　金词历来是研究者较少关注的领域。近年来颇有进展，已有《金元词论稿》（赵维江著）和《金元词通论》（陶然著）等专著行世。金词不仅数量不少，而且有独特的发展历程和重要的艺术价值。在金词的前一阶段，有吴激、蔡松年为代表，号称"吴蔡体"。后期则有元好问作为金词最杰出的作家，把词的艺术向前推进了一步。遗山词颇多雄健遒丽之作，但并不粗豪，在雄奇的风格中又不乏细腻圆熟的笔法。张炎称遗山词云："及观遗山词，深于用事，精于炼句，有风流蕴藉处不减周、秦。"① 遗山融合苏、辛，将词提高到新的境界。

　　元代文化是中华文明史非常灿烂的部分，却未得到足够的重视。而在20世纪，有几位著名的学者，对元代的文化和文学成就，给予了极大的关注。如陈垣先生高度评价元代文化和文学的成就："儒学、文学均盛极一时。"② 又引清人王士祯语谓："元代文章极盛，色目人著名者尤多，如祖常、赵世延辈是也。"胡适更认为元代文学是中华历史上文学革命的高峰。他说："文学革命至元代而登峰造极。其时，词也，曲也，剧本也，小说也，皆第一流之文学，而皆以俚语出之。其时吾国真可谓有一种'活文学'

---

① （宋）张炎：《词源》，见唐圭璋编《词话丛编》，中华书局1986年版，第267页。
② 陈垣：《元西域人华化考》，见吴泽主编《陈垣史学论著选》，上海人民出版社1981年版，第179页。

出世。"① 郑振铎的《插图本中国文学史》则对元代文学进行了深入研究。他除了肯定元代的戏曲小说的辉煌外，还认为元代的诗词也不是很寥落的，而且元代诗词也有着不同于唐宋的特色。这些都对我们认识元代文学有很大的启示。

说到元代文学，人们自然首先会想到散曲和元杂剧。散曲和杂剧的确是元代文学最为突出的、最令人骄傲的成就。王国维的名言"凡一代有一代之文学：楚之骚，汉之赋，六代之骈语，唐之诗，宋之词，元之曲，皆所谓一代之文学，而后世莫继焉者也"②，从文学发展流变的角度指明了元代最有代表性的创作文体当为"元曲"。从文体发展的意义看，元曲是元代文学对中国文学最独特的贡献，是前所未有的。元曲包括散曲和杂剧这两大类。关于散曲和杂剧的成就，本书中有负责撰写的专家学者的具体论述，毋庸在此赘言。总的看来，元曲的成就确乎超过了元代的正统文学体裁诗、词、文。从文学内部的情况看，则可视为前者对后者的成功"突围"。以散曲的情形看，散曲是中国诗歌大家族中的重要一员，是其中的"后起之秀"，也是中国诗体嬗变的必然结果。贯通起来认识，诗词曲是诗歌不断发展、嬗变的不同形态，词曲的产生与繁荣，无疑使古老的中华诗歌不断地注入新的生机。明人何良俊认为"诗变而为词，词变而为歌曲，则歌曲乃诗之流别"③，明确指出曲是诗的流别。诗与音乐之间的关系非常密切，而散曲在元代的兴起，乃是与北人对音乐的不同需要相互关联的。明代著名文论家王世贞指出："三百篇亡而后有骚、赋，骚、赋难入乐而后有古乐府，古乐府不入俗而后以唐绝句为乐府，绝句少宛转而后有词，词不快北耳而后有北曲，北曲不谐南耳而后有南曲。"④ 王世贞的论述从诗与音乐关系的嬗变史上来通观元曲的兴盛原因。他认为古乐府的兴起就是由于入乐的需要，而古乐府难于深入民间而后以唐人绝句取代了这种功能，唐人绝句的发达是与其合乐而歌有直接联系的。而绝句那种整齐划一不能更为淋漓尽致地表达情感，于是有长短句的词的出现；而当金、元以北人居统治地位时，由于词的日趋典雅，难以适应北人的审美兴趣，于是有通俗明快的北曲的繁盛。杂剧是包含在元

---

① 胡适：《胡适古典文学研究论集》，上海古籍出版社1986年版，第12页。

② （清）王国维：《宋元戏曲史》，华东师范大学出版社1995年版，第1页。

③ （明）何良俊：《曲论》，见中国戏曲研究院编《中国古典戏曲论著集成》第4集，中国戏剧出版社1959年版，第6页。

④ （明）王世贞：《曲藻》，见中国戏曲研究院编《中国古典戏曲论著集成》第4集，中国戏剧出版社1959年版，第27页。

曲中的，它当然是属于戏剧这个大的艺术门类的，但元代杂剧与散曲乃是胞姊胞妹，有着与散曲共同的审美特性。元杂剧可说是中国古代最为辉煌的戏剧成就，此前此后的戏剧，大概都无法与之媲美。

元代的诗歌一向未受研究界重视。其实，元朝在中国诗史上也是一个很特殊的阶段。不仅元诗数量很多，而且出现了一批卓异的诗人，如中期的"四大家"，即虞集、杨载、范梈、揭傒斯，后期则有创造了"铁崖体"的大诗人杨维桢，他那种强烈的艺术个性，影响了元末明初的许多诗人，给诗坛带来了有力的冲击。元人中后期的少数民族诗人创作，是元诗的"重镇"之一，萨都剌、贯云石、马祖常、迺贤、余阙、丁鹤年等色目诗人，以其不同于唐宋诗的独特风貌，成熟而又颇具生命力的笔致，使这一阶段的创作不同凡响。

二　关于辽金元文学的学术史意义及本书的编著意向

作为中国古代文学研究中的一个重要领域，辽金元文学研究近年来呈现出不断上扬的趋势。与唐宋文学及其他时代的文学研究相比，辽金元文学本是一个薄弱的环节。元杂剧的研究相对来说有较为丰富的研究成果，而辽代文学、金代文学从整体上都是相当欠缺的。20世纪的三四十年代，有吴梅、苏雪林的两本小册子，其他的专著，辽金元的文学专史就鲜有见及。而从20世纪80年代开始，随着文学研究的春天来临，文学史研究结出了更多的硕果。辽金元文学是其中异军突起的部分。以往关于辽金文学，在文学史上只有附在宋代之后的一章，足见其地位之弱小。到20世纪的最后20年，是文学研究观念上的重要转折时期，辽金文学研究在这一时期取得了令世人瞩目的成绩。若干部辽金文学的专著，使辽金文学研究有了自己的分支学科的性质和史的框架。如周惠泉的《金代文学学发凡》（东北师范大学出版社1994年版）即是将金代文学研究上升到"学"的高度加以构建。张晶的《辽金诗史》（东北师范大学出版社1994年版）和《辽金元诗歌史论》（吉林教育出版社1995年版），则是在新的学术背景下，对辽金文学作专史的研究。近年来又有胡传志的《金代文学研究》、周惠泉的《金代文学论》等，都是从整体上研究金代文学的显著成果。元代文学研究也有非常扎实的成果问世。邓绍基主编的《元代文学史》（人民文学出版社1991年版），可说是20世纪后20年元代文学研究的集大成之作。关于元代散曲的研究专著，如李昌集的《中国古代散曲史》（华东师范大学出版社1991年版）、赵义山的《元散曲通论》（巴蜀书社1993年版），都是有代表性的著作。这20年间有关辽金元文学的研究论文，数量明显增多，而其研究方法对于前此的研究来说，显示了鲜明的特色。从美学、文化学、心理学等角度的研究论著，颇能体现近年来辽金元文学研究的新的方法论特色。与其他断代的文学史研究相比，整体性和务实性是很显明的。整体性是与以往在这个领域缺少史的建构相对而言，务实性是与在 20 世纪 80 年代中期的"宏观研究"和"新方法论"热中出现的某种蹈空履虚的倾向相对而言的。辽金元文学研究的这些年来的成就，基本上都是从大量的材料出发而在客观描述基础上进行阐释而成的。这种状况，使辽金元文学的成果有着厚重的学术力度，而不是像某些论著那样如建立在流沙之上，难以经受住时间的考验。

本书是《中国古代文学通论》之一卷，其编写宗旨和基本构想是与其他各卷基本一致的。《中国古代文学通论》作为能够体现 21 世纪的学术研究方向、总结 20 世纪的研究成就的著作，是有着区别于其他文学史和研究专著的思路和构架的。应该说，本书与《中国古代文学通论》的指导思想（参见"总序"）是完全一致的。

然而，作为相对独立的一部著作，本书在编著中也考虑到辽金元三代文学在中国文学长河中的独特存在。辽、金、元自身便是三个不同的朝代，有其内在联系，也有不同的时代色彩与文学风貌，当然不能执一而论。对于辽金元文学的把握，是应该从各自的特殊的文学成就及社会文化特征来考虑的。以"辽金元文学的基本内容"而言，就是充分考虑辽金元文学各个时代、各种体裁的创作而设计的。辽代文学与金元相对而言内容较少，故合为一章；金元两代有些体裁的创作上下连通，故合在一起陈述，如《金元词概述》《金元杂剧概述》等。这一部分又充分考虑到辽金元文学的独到的文学贡献，故列金诗为一章，元诗为一章，散曲为一章，杂剧为一章，小说为一章，南戏为一章，散文为一章，骈文为一章，金元词为一章。关于"辽金元文学与社会文化"，则选择了与辽金元文学关系密切的一些因素，如与宗教的关系，与哲学的关系，与地域文化的关系，与艺术的关系，与文人境遇的关系等等。这些问题都对辽金元文学产生深刻的影响，有很强的学术前沿性。这种从多视角来观照辽金元文学的思路，是近年来学术观念创新的产物。这部分是与其他断代的"通论"在形式绪论上相一致的，但就内容而言，则是从学术层面更为"全景"地展现了辽金元文学的特殊风貌。

本卷的作者皆为国内辽金元文学研究领域的知名专家学者。他们在各自的研究课题上，都是卓有成就、有独到见解的，但由于出于众人之手及本卷主编的经验不足与思维疏浅，书中肯定还有相当多的问题存在，祈望大家的指正。

《中国诗歌通史·辽金元卷》绪论[*]

一

《中国诗歌通史》之辽金元卷，以辽代、金代和元代诗歌的成就、特色和发展历程为其内容，而作为中国诗歌通史的一个重要部分。它是客观的，是中国诗歌几千年发展长河中不可逾越的一个阶段，也是对于中国近古时期的诗歌形态发生了深刻影响的存在；它也是近些年来很多学者奋力开拓、辛勤耕耘的积累。如果说，辽金元诗歌在以前只是不太受到人们关注的"角落"，那么，近二十年来，随着文学史研究的突破，文学观念的更新，辽金元诗歌这个领域，受到了越来越多的学者的关注，以之作为研究对象，取得了许多突破性的研究成果。辽金元成为诗歌史独立的一部，并有了如本书中这样丰富厚重的描述，绝非是一时撰述所可成就，而可以为国内近几十年来辽金元诗歌研究的学术结晶。

毋庸置疑，辽金元三代诗歌在中国诗歌史上是独特的存在，而且，将辽金元三代诗歌合为一帙，当然不仅是篇幅的考虑，也不仅是时间和空间上的考虑，更有文化上的内在连续性和融贯性。辽、金、元都是由北方的契丹、女真和蒙古等少数民族创建的王朝，其中辽、金是和两宋并存的北方政权，既深受中原汉文化的濡染和影响，又有与之相抗衡的北方文化意识；而元朝则统一了全国，文化上有更大的格局和气魄，也有着更为丰富的样态和内容。而从辽金以来所含蕴的北方民族的文化心理，到元代则被裹挟而汇入中华文明的巨大洪流中，为之增添了无限的生机与活力，从而开启了明清及近代的中华文化大观。这也许并非仅是著者的逻辑推演，而是文化史的真实走向。

---

　　* 本文系张晶主编《中国诗歌通史·辽金元卷》之绪论，人民文学出版社 2012 年版。

"诗者,持也,持人情性。"① 诗歌确实是人的心灵写照,也是社会史、文化史的存照。这种功能,恐怕是其他文体所难以取代的。试想:如果没有表征着诗人的心灵世界和感天地的无数佳什,我们对于屈原、阮籍、陶渊明、李白、杜甫、李商隐等诗人的心路历程和情感奥秘何从窥见呢?我们又从何感受到一代士人普遍的忧欢呢?我们又如何能与古人对话呢?惟其有诗!中国是个从来都不乏信史的国度,而且不论史家的主观态度和统治者的价值取向,即便我们退一万步,相信史书所载都是真实无讹的,可它们只是历史上的一些经过选择取舍的大事记、帝王将相的业绩等等,极少能从中窥见一个时代的士人的心灵状态,更何况是普通人的隐秘情感呢!而事实上,从一个民族的心灵史和文化史的意义看,以诗人的敏感而折射出的社会状况及个人境遇,乃至于人们对时政的反映,对于我们了解一个时代的内在蕴含,是必不可少的。

如果说以往学术界对于辽金元诗歌较少研究的热情,在研究的广度和深度上也远逊于唐诗宋诗,是有其文学史观念的原因,也有时代的因素;而从20 世纪的最后二十年到21 世纪之初在辽金元诗歌研究上的异军突起和务实拓进,也可从文学史观念的转换和研究领域的开拓角度来探得缘由。20 世纪后二十年关于"重写文学史"的讨论成为辽金元诗歌史以新形态出现的契机,比起20 世纪前八十年,人们对辽金元诗歌从文学史的意义上进行整体建构的自觉是前所未有的,而且对于作家作品的研究,已遍及辽金元时期的重要诗人。另一方面,就是文学史家在新的文学观念的触动下,对于辽金元诗歌有了全新的观照。将北方民族建立的王朝之诗,纳入中华诗史的大系统中,成为其不可或缺的重要组成部分,已是题中应有之义。"方法论热"对于文学史的创新同样有着不可小觑的作用,文化视角的对于文学史的启示,恰恰在辽金元文学中得到了充分的印证。无论是辽诗、金诗,还是元诗,其中所蕴含着的文化内涵和文化变迁的痕迹,是远较其他时代的诗歌更为鲜明而强烈的。当时契丹、女真和蒙古这样的北方游牧民族,以其强悍尚武的民族性格与中原汉族王朝发生交锋时,往往在军事上扮演着胜利者的历史角色,即便是南北对峙,同时存在的辽金王朝,也时时给中原王朝以进攻者的威慑。而北方民族的雄强而质朴的传统文化心理,在社会生活的诸方面都大有呈现。而辽金时期创作中作为统治阶级的契丹贵族、女真贵族都有相当数量。他们的诗歌创作,其粗犷豪放的气质是天然地内蕴于中的,如辽朝

---

① 范文澜:《文心雕龙注》,人民文学出版社1962 年版,第65 页。

的萧观音这样的女诗人，都写出"威风万里压南邦，东去能翻鸭绿江。灵怪大千俱破胆，那教猛虎不投降"的雄奇之句，而金代的海陵王完颜亮则写出"自古车书一混同，南人何事费车工？提师百万临江上，立马吴山第一峰"的雄放之作。生活在北方的汉人和其他民族的诗人，也深受这种豪放刚健的民风濡染，在诗歌创作中多有体现，如金代的刘迎、元好问、李纯甫等诗人，就是颇为典型的。事情的另一方面，是契丹、女真及蒙古统治者的上层，对于中原的汉文化的认同与接受。在创建王朝和封建化的过程中，无论是从政治上，还是个人好尚上，契丹、女真和蒙古的上层，对于汉文化中诸如典章制度、诗赋书画等是有着普遍性的热情的。在诗坛上，以汉文写诗是普遍的、常态的，而用契丹文、女真文和蒙古文来写诗，则是很少的情形。汉诗的格律和意象系统，非常自然地进入辽金元的诗坛。如果说辽代之初对汉士的倚重主要在于政治制度的谋划上，而在金初的舞台上，汉士一开始便成为非常重要的角色，这主要表现就在文化上，尤其是诗坛。学术界所认可的一种说法是"借才异代"，就是指由宋入金的宇文虚中、吴激、蔡松年、高士谈等所开创的金初诗坛"彬彬之盛"的局面。宇文虚中由宋而入金，其始是深受女真统治者重视的，被奉为"国师"。女真社会在当时需要摆脱奴隶制而向封建制过渡，客观上亟须吸收汉文化元素以提高自身的文化层位，宇文虚中适应了这种历史需要，"初，宋使宇文虚中留其国，至是受北朝官，为之参定其制"①。金人的典章制度，正是参酌唐宋制度得以建立和完善的。洪皓《跋金国文具录札子》中称金朝的"官制禄格、封荫讳谥皆出于宇文虚中，参用国朝及唐法制而增损之"②。这些说明了宇文虚中在女真社会封建化过程中所起的重要作用。宇文虚中和吴激、蔡松年等在宋时即有文名，他们在金初的创作使金诗一开始就在一个相当高的起点上。这些诗人其实在南方时已有诗名，在诗歌创作上早已是老于此道。还有羁留金朝十几年而抗节不屈的朱弁等人，在金初诗坛上都影响深远。朱氏的《风月堂诗话》即写于羁留金朝之时，该书在中国诗论史上占有一席之地。朱弁虽然不接受金朝官职，但却对女真子弟多有教育之功。"借才异代"给金诗带来的开端，是辽朝所无法企及的，因为诗人们都是在宋诗的氛围中已使诗艺精纯，而到北方之后，与南方大有不同的自然环境，诗人们的特殊境遇，

①　（金）宇文懋昭：《金志》卷9，见崔文印《大金国志校证》，中华书局1986年版，第136页。

②　傅作楫等：《雪堂集（外八种）》，黑龙江大学出版社2011年版，第242页。

以及由此而产生的不平心情，使金初的诗风有了独特的气象。他们把宋诗的艺术功力、形式创造所达到的高度，宋诗的文化内蕴，带给了金源诗坛，而同时又禀受了大漠霜雪的清刚寒劲之气，祛除了南国的柔质，也改变了那种缺少情感内涵的生新奇峭之风，形成了自然清新而又诗艺纯熟的创作风貌。继之而起的"国朝文派"，当然离不开"借才异代"为金诗所打下的基础，但却是金诗形成属于自己的成熟特色的重要标志。我们对"国朝文派"虽然已有若干研究成果，但对它的认识应该说还远远不足。它表征着金诗的发展变化过程，从中也可以看到文化融合对诗歌所产生的影响。这对我们研究文学史，是一个非常重要的启示。元好问提出了"国朝文派"的概念："国初文士如宇文大学（虚中）、蔡丞相（松年）、吴深州（激）之等，不可不谓之豪杰之士，然皆宋儒，难以国朝文派论之，故断自正甫（蔡珪）为正传之宗，党竹溪（怀英）次之，礼部闲闲公（赵秉文）又次之。自萧户部真卿倡此论，天下迄今无异议云。"① 元好问作为金代最为杰出的诗人和诗论家，生逢金元之际，是以为金源文化存一代之史的目的来编《中州集》的。他提出"国朝文派"的概念是有足够的历史高度和文化自觉的。我们不妨认为，"国朝文派"不是某一文学流派的称谓，而是金诗区别于其他朝代诗歌的整体特色。

金代诗歌的成就和格局，远非辽诗可比，而其鲜明的特色，也比元诗鲜明。这在相当的程度上是与其文化自觉密切相关的。元好问固然是其最为突出的代表，而这种在文化上的自省和北人的诗学自信，是许多诗人和诗论家所共有的。金诗从其"借才异代"时期开始便与宋诗有"剪不断，理还乱"的瓜葛，所讨论的问题，也多是唐宋诗中的诗学公案，唐宋诗在诗艺上的成熟程度，也在金诗中体现出来；而金诗从整体上的清新自然、刚方健劲，却又是在唐宋诗之外，明显地展示出另一派气象的。细细思之，恐怕是与宋金同时并存、南北对峙的态势有内在关系的。金代诗人和诗论家有很强的文化自信，也有在宋诗外自树大纛的勇气和自觉。如周昂和王若虚等人对江西诗派的批判，就深刻地体现了这一点。周昂推崇杜甫，却对黄庭坚、陈师道等江西诗派的代表人物嗤点批评，不留情面。周昂诗中所云："子美神功接混茫，人间无路可升堂。一斑管内时时见，赚得陈郎两鬓苍。"在对江西诗派的批评中彰显了金人自我树立的意识。王若虚论诗大力提倡"自得"，一方面是对江西派衣钵相传的嘲笑，另一方面，体现了强烈的自我树立的观念。

---

① （金）元好问：《中州集》卷1，中华书局1959年版，第33页。

如他在《滹南诗话》中所说："古之诗人，虽趣尚不同，体制不一，要皆出于自得。至其辞达理顺，皆足以名家，何尝有以句法绳人者！鲁直开口论句法，此便是不及古人处。而门徒亲党，以衣钵相传，号称法嗣，岂诗之真理哉！"[①] 王若虚对于"自得"观念的标举，指向是相当明确的，主张批判黄庭坚及其江西诗派所强调的"诗法"，而其中对江西诗派的"衣钵相传"的批评，在某种意义上也是对宋诗的挑战。金源南渡后的著名诗人李纯甫对于诗学问题，也是要"自成一家"，主张"当别转一路，勿随人脚跟"[②]，也显现着明确的自立意识。元好问作为金代最为杰出的文学家，在诗学思想上有充分的代表性。其诗学思想中有强烈的北方文化意识，他是以金代文化的保存者的责任感来编纂金代诗歌总集《中州集》的。在《中州集》完成之后，曾作《自题中州集后五首》来表明这种心迹。如其一说："邺下曹刘气尽豪，江东诸谢韵尤高。若从华实评诗品，未便吴侬得锦袍。"其二说："陶谢风流到百家，半山老眼净无花。北人不拾江西唾，未要曾郎借齿牙。"元好问认为北方诗歌不让于"吴侬"，即如"江东诸谢"这样的南方诗歌传统。从所举几例而言，完全可以看出金人有着明确的文化自觉，有着与南方也即宋诗争雄的气概，因此，金诗有着独特的发展轨迹，呈现出自然清新、刚健俊爽的整体特色，是与金代诗人和诗论家们的文化理念有深刻联系的。《金史·文艺传序》曾言："金用武得国，无以异于辽，而一代制作能自树立唐、宋之间，有非辽世所及，以文不以武也。"[③] 揭示了金源文化的独特地位，也指出了金诗确实有着不同于唐、又不混于宋的特质。

<h2 style="text-align:center">二</h2>

　　元王朝是蒙古族建立的少数民族政权，但它后来统一了全中国，成为正统的王朝。在文化上也进一步融汇众流。元朝文化与辽金文化相比，虽然蒙古族那种北方游牧民族的文化心理在其社会生活中仍然起着重要作用，但是，元朝统一了全中国的版图，尽管也是异族统治，却形成了多民族统一的封建帝国，而且在立国之初，便推行汉制，确立了中央集权的封建统治体系。又由于在很大程度上，得到了广大汉族士人的心理认同，元代文化也就

---

① （金）王若虚：《滹南遗老集》卷40，中华书局1985年版，第257页。
② （金）刘祁：《归潜志》卷8，中华书局1983年版，第87页。
③ （元）脱脱等：《金史》卷125《文艺传》上，中华书局1975年版，第2713页。

裹挟着北方或西北各民族的文化因素而汇入中华文化的传统之中，从而成为中华文明史上非常重要的阶段，同时也为后来明清时期的文化发展注入了活力。

就诗坛而言，元人诗歌在整体上呈现出众派汇流的特点，而且对于唐宋诗来说，有着深层的发展，大体上可以看作有三个阶段，即元代前期、元代中期和元代后期。这三个时期是发展变化着的，而且是经过融会后而渐次彰显出元诗特征的过程。元代前期诗坛，诗人的成分是颇为复杂的，而大多数是一由宋入元和由金入元这两类诗人，他们带着不同的心态进行创作，尤其是鼎革之际的遗民心态，为元代前期的诗歌创作带来了苍茫而深沉的厚重感。由金入元的诗人如元好问、李俊民和郝经等；由宋入元的诗人如方回、戴表元、黄庚等。他们把宋诗和金诗的不同特色融入元代诗坛。正因其众派汇流，方显其泱莽浩瀚。因此，元代前期诗坛比起金初诗坛来，局面确实是壮阔许多。元代著名诗人欧阳玄称这个时期的创作"中统、至元之文庞以蔚"①。"庞"是指其丰富性和复杂性，"蔚"则是说前期创作的繁盛而有生机。这个概括是颇为恰切的。带有宋金及本朝等不同文化背景和诗歌体脉的交相汇流，使元诗有了更为强盛的生命力，也产生了既不同于宋，也不同于金的本朝特色。

诗学意识的自觉和对诗艺的总结提升，这是元代前期诗坛对于中国诗史的重要贡献，也是其超出辽金前期诗坛的特出之处。这在北方诗人也即由金入元的诗人，主要体现于元好问和郝经；而在南方诗人也即由宋入元的诗人，主要体现于方回和戴表元。元好问在金亡和元初这段时间，通过"以诗存史"的方式，对于金源一代之诗予以总结，而且是以诗人小传对金代诗人进行源流的梳理，而在晚年重新论定的《论诗三十首》，其宗旨便是："汉谣魏什久纷纭，正体无人与细论。谁是诗中疏凿手？暂教泾渭各清浑。"元好问作为元初的诗坛盟主，在诗歌理论和诗学思想上，都是自觉地总结诗歌创作的经验，提倡诗歌正体的。由宋入元的诗人中，方回是地位突出而影响广大的诗人和诗论家。他对江西诗派的尊崇，对于诗律的辨析，对于元代诗歌发展的作用是不可低估的。方回以其诗学的代表作《瀛奎律髓》来阐扬其诗学观念，通过圈点和评论的方式，表达他的诗歌价值立场。《瀛奎律髓》作为律诗精华的选本，本身已经表现了方回对律诗的高度推重。又通过对律诗的评价，大力揄扬宋诗，尤其是对江西诗派地位的肯定，在当时更

---

① （清）顾嗣立：《元诗选·凡例》，中华书局1987年版，第8页。

是旗帜鲜明。他明确地提出"一祖三宗"之说，其在《瀛奎律髓》卷二六陈与义《清明》诗后批注道："古今诗人当以老杜、山谷、后山、简斋四家为一祖三宗，余可配飨者有数焉。"① 明确以杜甫为"祖"，以黄庭坚、陈师道、陈与义为"三宗"，大大提高了江西诗派的地位，并以此将宋诗提到前所未有的高度。戴表元在元代前期诗人中也是在诗歌创作和诗学思想上都有重要成就的代表人物，清人顾嗣立对戴氏的诗学地位予以这样的评价："宋季文章气萎苶而辞骫骳，帅初（戴表元字）慨然以振起斯文为己任。时四明王应麟、天台舒岳祥并以文名海内，帅初从而受业焉。故其学博而肆，其文清深雅洁，化陈腐为神奇，蓄而始发。间事摹画，而隅角不露，尤自秘重，不妄许与。至元大德间，东南之士，以文章大家名重一时者，帅初而已。"② 可见戴表元在元初诗坛上的突出地位。戴氏对于诗歌创作有着非常自觉的理论意识，而且借为友人作序的机会，阐发了一些有独到见解和美学价值的诗学观点。如在《许长卿诗序》中所推崇的"无迹之迹"；在《赵子昂诗文集序》中所说"幸尝历而知之，而言同者亦未之有也"，意谓诗人的亲身体验和创作个性的关系，等等。元代前期还有几位属于在心理上认同于元蒙的诗人，因为他们既非金之遗民，也非宋之遗民，而是在政治上参与元王朝的创建者，在新的王朝中进入核心的人物，如耶律楚材和刘秉忠。他们在文化上也同样是深受汉文化濡染的，无论是在文学的修养和根基上，还是在思想和哲学观念上，都是在汉文化的熏陶中成长起来的；而他们又是元朝自己培养的干臣，在心态上是和前面所述的由金入元、由宋入元者都不相同的。而这种心态对于他们的诗歌创作，是有着重要影响的。对于元代诗歌形成自己的特色，起着深层的作用。

元代前期的另一个重要现象，是理学的勃兴。元代在理学的发展史上，起着承上启下的重要作用。在某种意义上，理学在元代的意识形态中居于统治地位。从哲学的高度或从理论的创造性上来看，元代理学与宋代理学和明代理学相比，也许都无法出其右；但元代那些著名的理学家对于理学的坚守和传播，对于理学从宋代到明代的传承，对于朱学和陆学的合流，都起着不可或缺的作用。元代理学的一个突出特点，是理学和文学的合流，是理学的文学化，元代理学家，多是成就卓著的文学家、诗人。元代文学家中的如许衡、刘因、饶鲁、吴澄、程钜夫、虞集、袁桷、许谦、

① （元）方回：《瀛奎律髓》，上海古籍出版社1986年版，第1149页。
② （清）顾嗣立：《元诗选·初集》，中华书局1987年版，第226页。

柳贯等都是理学中人，尤其是许衡、刘因、吴澄，被称为元代三大理学家，对于理学的薪火相传，是功不可没的。清初黄百家说："有元之学者，鲁斋（许衡）、静修（刘因）、草庐三人耳。草庐后，至鲁斋、静修，所借以立国者也。"① 在这种情形下，理学思想渗透在文学创作中，尤其是诗歌篇什中是广泛且必然的。如刘因、吴澄及柳贯、黄溍、吴师道、吴莱等，既是理学名家，也是在诗坛上光彩夺目的人物。与宋儒不同的是，他们都不在诗中演绎性理，不以理学概念干预诗的审美效应，在写诗时，他们是十足的诗人，但这不等于说理学对诗歌创作没有产生影响，恰恰相反，它使我们看到了理学对文学影响的深层方式。其一是诗人对于内心世界的返照与探求，其二是"雅正"审美核心范畴的逐渐确立。宋人理学有朱学、陆学两大派。朱学讲"格物致知"，陆学讲"返求本心"。陆学诋朱学为"支离"，朱学则攻陆学为"简易"。而当理学发展到元代，朱学和陆学的合流成了突出的趋势。刘因的理学思想虽属朱学范围，却又往往杂入陆学的自求本心。在心性修养上，他明显地是以自求本心为宗旨的，如其所言："天生此一世人，而一世事固能办也，盖亦足乎己而无待于外也。"② 吴澄则更以"和会朱陆"著称。吴澄称扬陆氏之说："夫陆子之学，是本心二字，徒习闻其名，而未究竟其实也。夫陆子之学，非可以言传也，况可以名求哉！然此心也，人人所同有，反求诸身，即此而是。"③ 陆学以本心为学，吸收了禅宗的方法，倡导"宇宙即是吾心，吾心即是宇宙。"陆学在元代理学中所起的作用是非常深远的。它给元代诗歌带来的影响是什么呢？那便是轻外间事物而重自我心态。元代诗歌大多数是写诗人自己的内心体验，表现自己的心灵世界，反映干预社会生活的作品较少。很多诗作虽然多有物象刻画，却主要是内心世界的外化。真正在社会生活中激荡起的感受，以及对社会生活重大事件的反映、干预的比例是很小的。这与理学思想是不无关系的。

"雅正"在元代诗学中具有核心的地位，成为元代中期诗坛上相当普遍的审美标准，也是理学盛行使诗歌创作呈现的趋势。元代中期到后期的诗人，多是理学中人，其思想方法和价值观念，都是以儒家诗教为正统的。这

---

① （清）黄宗羲：《黄宗羲全集·宋元学案》第4册，浙江古籍出版社1986年版，第555—556页。

② （元）刘因：《静修先生文集》卷1《读药书漫记》，中华书局1985年版，第19页。

③ （清）黄宗羲：《黄宗羲全集·宋元学案》第4册，浙江古籍出版社1986年版，第584页。

对元代中期的诗坛，是具有深层的意义的。元代中期，出现了诗坛上的繁荣景象，也出现了许多著名诗人，如赵孟頫、袁桷，称为"四大家"的虞集、杨载、范梈和揭傒斯。这个时期的重要诗人还有黄溍、柳贯和欧阳玄等。这些风格各异的诗人，却构成了延祐前后诗坛的全盛局面。如果说，赵孟頫、袁桷在元代中期诗坛起了"首倡元音"的作用，那么，号称"元代四大家"的虞、杨、范、揭，则是延祐诗风最主要的体现者。后世诗论家对于"四大家"在元代诗坛上的地位予以高度重视，如《元诗选》的编选者顾嗣立就认为："先生（指虞集）与浦城杨仲弘、清江范德机、富州揭曼硕，先后齐名，人称'虞杨范揭'，为有元一代之极盛。"① 四大家和同时其他的一些诗人，以其丰富多彩的诗歌创作，造就了元诗的全盛时代！此时的诗坛，题材广泛，体裁多样，各体皆有佳什。同时，他们的作品进一步体现了"雅正"的这样一个元诗中的核心审美范畴。尽管这些诗人都有着自己的艺术个性，但总的说来，他们的创作在内容上基本是表现元代中期承平的气象，在诗中所表露的心境，也是较为平和的，很少有怨愤乖戾的情绪。在诗的艺术上，体式端雅而少有生新奇峭的语言与拗折的句法。更多的是趋近于唐诗，而不同于宋诗的戛戛独造。元诗到此时已大致脱略了金诗和宋诗的延伸性影响，而形成了属于元诗自己的风貌。尽管延祐诗人们体现了元诗的特色与成就，却也表现出元诗的局限。这个时期大张其帜的核心审美范畴"雅正"，的确颇为广泛地渗透在诗人的创作意识和诗歌风貌之中。"雅正"的观念要求诗人按儒家诗教进行创作，奉行"怨而不怒，哀而不伤"的诗学教条，使诗人们不能也不敢真正地抒发心中的激情。顾嗣立云："元诗之兴，始自遗山。中统、至元而后，时际承平，尽洗宋金余习，则松雪（赵孟頫）为之倡。延祐、天历间，文章鼎盛，希踪大家，则虞、杨、范、揭为之最。至正改元，人材辈出，标新领异，则廉夫（杨维桢字）为之雄，而元诗之变极矣！"② 杨维桢的创作突出地体现了元诗后期的丕变。关于杨维桢的"铁崖体"，我们试图作这样的概括："铁崖体"在体裁形式上以"古乐府"为主，力求打破古典主义的诗学规范，走出元代中期模拟盛唐、圆熟平缓、缺少个性的模式，而追求构思的奇特、意象的奇崛，造语藻绘而狠重，在诗的整体效应上具有"陌生化"的特征与力度美。杨维桢无论是在文学思想还是在诗歌创作上，都力求打破延祐诗坛弥漫一时的"雅正"

---

① （清）顾嗣立：《元诗选·初集》，中华书局 1987 年版，第 843 页。
② 同上书，第 1975—1976 页。

观念，以及那种平滑妥溜的创作模式，而他的诗歌创作实绩，又以惊世骇俗的面貌与相当突出的成就，体现了元诗从中期到后期的变化。

三

　　辽金元还是诗的体式大大发展的历史阶段。如果仅从狭义的诗来看，在整个诗歌史上来比，辽金元时期并无明显的突破，无论是古体还是近体，到唐宋诗都已相当成熟，拓展的空间很小，除了像元好问这样的大家，经典的名篇并不是很多，其在影响力上无法与唐宋诗争锋，是可想而知的。而从广义的诗歌来看，情形便大有不同。作为诗的大家族中的重要成员的散曲和词，在这个时期开拓了前所未有的局面，也可以说这是诗词曲这几个中国古代诗歌大家族中的主要成员都已齐备的时代！从诗歌的整体发展来看，这不能不是值得认真考察的重要阶段。尤其是金元时代散曲的发生发展且臻于鼎盛，还有金元词的特殊风貌，其实都是与诗歌发展的内在逻辑有密切关系的，也是民族文化的融合的产物。从这个意义上看，金元时代未尝不可看作中国诗歌史上一个最为丰美的高地。诗词曲渐次出现在中国文学的家族之中，是有着内在的发展脉络的，换言之，是诗歌达于鼎盛、难以自身突破而开创的新天地。作为一种新兴的诗歌样式，足以使元代在文学史上熠熠生辉。本书对于词和散曲都以可观的篇幅加以论述，就是力求在以往诗歌史中没有得到展开的视线中，打开一个人们所鲜见的丰满景观。同时，也是在将词和散曲作为诗的流变这样的自觉意识下来进行考察的。诗词曲是诗歌不断发展、嬗变的不同形态，词曲的产生和繁荣，无疑使古老的中华诗歌不断注入新的生机。明人何良俊说："诗变而为词，词变而为歌曲，则歌曲乃诗之流别。"① 明确指出曲是诗的流别。明代诗论家王世贞从入乐的角度论述了元代散曲在诗史上的地位，其云："三百篇亡而后有骚、赋，骚、赋难入乐而后有古乐府，古乐府不入俗而后以唐绝句为乐府，绝句少宛转而后有词，词不快北耳而后有北曲，北曲不谐南耳而后有南曲。"② 王世贞认为，诗史的发展嬗变是与"入乐"的需要有密切关系的，古乐府的兴起是由于"入

---

　　① （明）何良俊：《曲论》，见中国戏曲研究院编《中国古典戏曲论著集成》第 4 集，中国戏剧出版社 1959 年版，第 6 页。

　　② （明）王世贞：《曲藻》卷 4，见中国戏曲研究院编《中国古典戏曲论著集成》第 4 集，中国戏剧出版社 1959 年版，第 27 页。

乐"的需要，而"古乐府"难于深入民间遂有唐代的绝句取代了这种功能，那么，唐人绝句的发达是与其合乐而歌有直接关系的。唐代绝句的整齐划一难以更为淋漓尽致地表达情感，于是有长短句的词之兴盛；词的日趋典雅，难以适应北人的审美兴趣，于是有通俗明快的北曲的繁盛。王世贞的这种描述，大致是客观而深刻的。

论者往往认为曲最接近于词，或说是词的变化的产物，这种说法未必正确，但可以说明曲与词的某种渊源关系。从形式上看，散曲和词都是长短句的句式，顺应诗歌发展更趋语体化的倾向，也更符合诗歌合乐的要求。同时，曲和词都是倚声填词的诗歌形式，从音乐上可以找到词与曲的渊源关系。《中原音韵》记载曲有十二宫335个曲调，出自大曲的有11调，出自唐宋词调的有75调，出自诸宫调的有28调。曲调出于词调的有几种情形：一是由牌与词牌从名目到格律全然相同，这就是说，有些牌调以前词中就有，到金元时期被人用它来写散曲，这类如《人月圆》、《鹦鹉曲》（一名《黑漆弩》）等；二是有的词曲格律相同，但是名称有异，如词中的《丑奴儿》，曲中则称为《青杏儿》。其格律全然相同，想必它们之间一定会有某种渊源关系；三是曲牌与词牌名称相同，但格律却又全然不同，如《朝天子》、《满庭芳》、《落梅风》、《感皇恩》等。这些情形都说明了散曲与词之间的一些内在的渊源关系。

然而，散曲并非词的孑遗，而是诗体的又一次革新，又一次大的拓展。这与北方民族的文化心理和审美兴趣有内在的关系。词一开始产生于民间，观敦煌曲子词那些无名氏之作，多用通俗口语，抒情方式也是直率晓畅的；而当词进入文人的创作领域之后，格律日趋繁富，表达情感的方式日趋隐约婉曲，走着一条日益典雅化的道路，逐渐地成为文人的案头文学，因而，也就失去了来自民间的那种活泼生机。金元两朝，女真、蒙古入主中原，使社会文化心理发生很大改变，这些北方游牧民族一方面很快地接受汉文化，加速了封建化的进程；另一方面，也把他们的原有文化元素传播到中原地区，尤其是音乐上，北方"胡乐"随着统治者的赏爱而涌入了人们的文化生活，金时女真人大量南迁，元时蒙古、色目人也遍布各地，他们的欣赏习惯必然会影响到社会对文化艺术的需求。胡乐的风格和雅乐迥然不同，以"嘈杂凄紧"为其特征，原有的词体很难适应这种乐调。正如王世贞所说："曲者，词之变。自金、元入主中国，所用胡乐，嘈杂凄紧，缓急之间，词不能按，乃更为新声以媚之。"① 可见，散曲是适应于当时的社会文化心理需要而兴盛的新的诗体，它可以弥补词体的不足，而在金元时期成为诗歌大家族中最具活力和特色的成员。关于金元时期的散曲，学者们已有为数不少的成果，而我们这部《通史》对于散曲的理解和考察，是将其作为诗歌发展的产物，它又是民族文化融合的深层表达。

对于金元词，也宜作如是观。如果说，散曲是可以代表金元文学突出成就的诗体（从广义来说），金元时期的词却无法荣膺这样的幸运。因为从"一个时代有一个时代之文学"的观点来看，词可以说被人视为宋代的"专利"，因为词从唐代兴起，至宋则大盛，产生了许多脍炙人口的名篇佳什。宋代是词的鼎盛时期，这恐怕是没有疑义的。而辽金元时期词创作的成就，在词史上远未得到充分的认识与评价，对于中国文学史来说，也是地位非常微弱的板块。而实际上，这个时期的词创作，不仅是有相当规模和数量的，而且也是有着鲜明的特色和艺术成就的。宋词对于与之并行的金词和后世之词都是有着广泛而深刻的影响力的，它的表现手法、流派风格等，使词的世界灿然大备，其覆盖力之大，是遍及于两宋以还（包括金元）的历代之词的。无论是苏、辛的豪迈高逸、揭响入云，还是周、秦的细腻含蓄、燕婉芳泽，都不断地在词的长廊中激起回音。金元词更是多受宋词的滋育了，金元词中处处可见两宋著名词家的影子。而如果能站在一个更为宏阔的角度来看，就可以看到其整体上的特色。此种特色，尤以金词体现最为突出。晚清著名词论家况周颐曾论宋金词之不同云："自六朝已还，文章有南北派之分，乃至书法亦然。姑以词论，金源之于南宋，时代政同，疆域之不同，人事为之耳。风会曷与焉。如辛幼安先在北，何尝不可南。如吴彦高先在南，何尝不可北。顾细审其词，南与北确乎有辨，其故何耶？或谓《中州乐府》选政操之遗山，皆取其近己者。然如王拙轩、李庄靖、段氏遁庵、菊轩其词不入元选，而其格调气息，以视元选诸词，亦复如骖之靳，则又何说。南宋佳词能浑，至金源佳词近刚方。宋词深致能入骨，如清真、梦窗是；金词清劲能树骨，如萧闲、遁庵是。南人得江山之秀，北人以冰霜为清。南或失之绮靡，近于雕文刻镂之技；北或失之荒率，无解深裘大马之讥。善读者抉择其精华，能知其并皆佳妙。而其佳妙之所以然，不难于合勘，而难于分观。

① （明）王世贞：《曲藻·序》，见中国戏曲研究院编《中国古典戏曲论著集成》第4集，中国戏剧出版社1959年版，第25页。

往往能知之而难于明言之。然而宋金词之不同，固显而易见者也。"① 况氏之语，简洁明快，可谓"截断众流"。从大处着眼，在比较中揭示出金词与宋词之异，确能给人以深刻的启悟。但仔细想来，似乎又没有那么简单。如果简单化地认为，北词豪放刚健，南词柔婉缠绵，这也是不甚合乎金代词坛的创作实际的。宋词中不乏雄放刚健之作，苏、辛豪放一流正是；金词中也不乏幽婉含蕴之什，王庭筠、完颜璹一类词人创作可证。如此看来，简单地下判断，无论是言其同还是言其异，都很难接近事实本相。金词本身就是多侧面、多种风格的，宋词亦然。金词多有深受宋词影响之处，也不乏韵致迥异之什。作为一代之词，不可能是单一的风格和审美取向。在某种意义看，金词在整体上呈现出的殊异于宋词之处，首在一个"清"字。这个"清"字，乃是北方的自然与人文综合而形成的氛围特点。况周颐讲"北人以冰霜为清"，确是抓得很准。元好问综观金代诗词后慨然吟道："万古骚人呕肺肝，乾坤清气得来难。"恰是道着了问题的关键。北人是以"清"为审美理想的。

如果说金词处在南北对峙的环境中与宋词能够见出不同特色，那么元词则更多地在与宋词的衔接中融合了南北词风。本书中对于元词的勾勒是较为丰满的，其中关于元词中南宗词和北宗词的融合与运动之轨迹是很清晰的。

辽金元诗歌，在本卷中是一个整体，它有着丰富的文化内涵，也有着文体上的突出特色。对于唐诗宋诗而言，辽金元诗歌有着明显的继承和借鉴关系，同时，但又有着独立的发展轨迹。在中国诗歌史上，它是一个不可或缺的存在，对于明清诗歌，发挥着深刻的影响力，这是我们必须看到的。

---

① （清）况周颐，王国维：《蕙风词话·人间词话》卷3，人民文学出版社1960年版，第57页。

山水诗的承续与发展[*]

绪　言

中国古代山水诗史，内蕴着中国人对于自然美的审美意识的发展过程，应该是不断提高的。但是，文学史的发展也同历史的发展一样，并非仅仅是一个一目了然的逻辑直线，而是有许多因素渗透其中，形成了无比丰富的复杂性。我们只能尊重史的本来面目，而不能随意去装扮它。

辽、金、元三代，都是由北方游牧民族开创、建立的王朝，时间上互相衔接。辽与五代、北宋相始终，金与南宋并存，元灭金、南宋，统一中华版图，成为第一个少数民族贵族为统治者的统一王朝。本来山水诗的发展到盛唐已臻艺术峰巅，体现了相当成熟的审美意识。从中唐开始到宋产生了新变，人对山水的描写已不仅是在摹画自然而是融进情思，创造"透彻玲珑，不可凑泊"^①的完整审美境界，而开始以诗人之"意"来驱遣山水，加进了很多主体因素，使山水诗具有了更多的理性成分。辽、金、元的情形又不同了。在整个山水诗史的发展过程中，它真是一个"承续与发展"的环节。一方面，异质文化，不同的审美对象造成了一些特殊的风貌；另一方面，唐诗与宋诗不同的时代风格，使辽、金、元的山水诗有了多元继承的可能性与必然性。

辽代诗作很少，流传下来不足百首（还包括一些僧、道之诗，其实乃是偈语）。作者主要是契丹人，且多为皇室成员。从山水诗史的角度而言，辽实无可述。因其现存篇什中，没有纯粹的山水吟咏。寺公大师的长诗

---

　　* 《山水诗的承续与发展》系陶文鹏、韦凤娟主编《灵境诗心——中国古代山水诗史》第四编，由张晶撰写，共六章，凤凰出版社 2004 年版。

　　① 郭绍虞：《沧浪诗话校释》，人民文学出版社 1961 年版，第 26 页。

《醉义歌》，虽有局部的山光水色描写，但都"一闪而过"，未成片断，遑论以山水名篇。史实就是如此。我们只能实事求是，付之阙如。如欲究其原委，大概可以认为是当时契丹人的审美意识还缺乏以山水自然美作为独立的审美对象的自觉。

金代则不同。金诗的起点颇高，因有"借才异代"之说。金初诗坛活跃的诗人基本上都是由宋入金的文士，如宇文虚中、吴激、高士谈、蔡松年等人。他们都有很深的文化修养，都是往往借吟咏山水来寄托自己的幽怀。而诗艺的成熟、内蕴的深沉，使其山水诗作有着不同于唐、宋山水诗的某种韵味。这种山水景色描摹后面的东西难以明言，难以阐析，却为后来金代中、后期诗人写作山水诗时所承继。元好问作为金代第一大诗人，所作诗篇浩瀚汪茫，气象万千。其山水之作多传世佳篇，如《涌金亭示同游诸君》、《游黄华山》等，都是炉火纯青的七古山水诗。山水诗于金代，以元好问而至峰巅。意境之雄浑，艺术之精熟，是金代山水诗之第一人。

元代的情况更为复杂些。元代诗人很多，存留篇什亦多，山水诗也蔚为大观。元代诗人以汉人为主，当然也有如萨都剌、马祖常等少数民族诗人。但因元朝乃是"一统天下"，以"正统"王朝自居，所以南北文化之差异反映在诗中并不明显。元代前、中期之诗，由于深受理学思想的影响，"雅正"的审美观念居主导地位，因而其山水诗也多平和之音。（顺便说一句，元代诗人与散曲作家重合于一人的情况很少，这基本是两类士人。所以元散曲中的那种野逸之气、避世之想在诗中少有表现。）从元代山水诗中倒可以看出其受到唐、宋山水诗传统不同影响的痕迹。其实，从金、元山水诗中已见此种倾向，即不以向外客观描摹山水世界为归趋，不把注意力放在创造完整浑融的意境之中，而是亦情、亦景、亦理，主客观参杂并且引入一些其他因素。元人的山水诗很多是不够精纯的（尤其是古体），融入了许多诗人主观的东西。元代山水诗到杨维桢一大变。铁崖以乐府为山水，又加入了游仙境界，但又并非游仙诗，而还属于山水诗的范畴，其风貌已与传统的山水诗颇不相同。

这里所述的有关诗人，当然并非全依一般诗史的价值判断，而以山水诗为本位进行衡量。从审美的角度来看，便是以自然美的观照作为诗史的线索。

第一章　金代初期：思乡之情与异域之感

对于金诗的分期，并非是文学史界关注的问题，但又是有必要依照金诗自身的发展流变将其分为若干发展阶段的，这样更为有助于将金诗的特色呈现出来。文学史界关于金诗分期的最新观点是"四期"说，即把金诗发展分为："借才异代"时期、大定明昌时期、南渡时期、金末时期。这种分期以张晶"辽金诗史"为代表，本书同意这种分期。然而，为了论述的方便，我们还是将金代山水诗分为三个发展阶段进行描述。第一个阶段，就是金代初期诗坛的山水诗创作。从时间上看，是从太祖到海陵朝。这个时期的主要诗人，如宇文虚中、吴激、高士谈、蔡松年、张斛等，大都是由宋入金的士大夫作家。清人庄仲方把这个时期称为"借才异代"，这个命题非常合适地概括了金初文学乃至文化的特征。

以这些作家为主体的金初诗人群，在心态上有相应的特征。南人到了北方，最突出的就是思乡之情与异域之感。以此种心态观照山水风物，也就带上颇为别致的色彩。北方的自然景物与江南有明显差异，塞北的风雪、荒漠、冰川、寒林，都与江南的锦山秀水、小桥乌船形成了观感上的极大反差。这些由宋入金的诗人，并非都是情愿留在北朝的，而是因出使等原因羁留于金的。北方殊异于南方的自然风物更触动了他们的思乡之情与羁旅之感，于是便发之吟咏。当然，这些诗人的经历并不一样，心态也就呈现出多样化的情形，如张斛本是北人，辽时入宋，金初"理索北归"，他的诗作中就多是身在南方、怀想北国山水的篇什。而如蔡松年，在金朝仕至丞相，官高爵显，诗中没有那么多的羁旅愁怀，却在其山水吟咏中寄托了一份超尘出世的遐思幻想。总之，金初的山水诗创作在某种共性之中，又各自有其个性所在。以是分别论之。

第一节　抒写故国之思的宇文虚中

宇文虚中是这个时期最为重要的诗人，他的山水诗相当明澈地映现了诗人的内心世界。

一　生平经历与内心矛盾

宇文虚中（1079—1146），字叔通，别号龙溪居士，成都广陵人。北宋大观三年（1109），虚中登进士第，此后历官州县。政和五年（1115）入为起居舍人、国史编修官。后因向皇帝切谏勿与女真人结盟而遭贬。南宋建炎二年（1128），宋高宗诏求能使绝域、迎还二帝者，朝臣中无人敢于奉使。宇文虚中挺身而出，上表自荐，复资政殿学士，为祈请使出使金国。因其才艺出众，在宋时已名重一时，故被金人羁留不遣，并委以官职，仕为翰林学士承旨，人称"宇文大学"。宇文虚中在女真社会由奴隶社会向封建社会的转变中起了重要作用，而在客观上却触犯了一些保守的女真贵族。于是，一些女真贵族捏造罪名，诬其谋反，并指其家中所藏图书为"反具"，后与高士谈一起被女真统治者所杀害。

宇文虚中羁留北朝，身居高位，但其心情却是颇为矛盾痛苦的。他之所以接受金人官职，留于北国，很重要的原因是由于他要设法完成朝廷的使命。《宋史》卷三百七十一载："二年，诏求使绝域者，虚中应诏，复资政殿大学士，为祈请使，杨可辅副之。寻又以刘诲为通问使，王赆为副。明年春，金人并遣归，虚中曰：'奉命北来祈请二帝，二帝未还，虚中不可归。'于是独留。虚中有才艺，金人加以官爵，即受之，与韩昉辈俱掌词命。"①可见他是心系南朝，不忘自己使命的。他隐忍负重，想要有所作为。他在诗中时以出使而不辱使命的苏武自比，又在篇什中时时抒写出故国之思，如他所写的这样一些诗句："穷愁诗满箧，孤愤气填胸。脱身枳棘下，顾我雪窖中。"（《郑下赵光道，与余有十五年家世之旧……》）"老畏年光短，愁随秋色来。一持旌节出，五见菊花开。强忍玄猿泪，聊浮绿蚁杯。不堪南向望，故国又丛台。"（《又和九日》）如此等等，充满了对故国的思念以及节操自持的意识。

二　南北风光的对照表现

现存的宇文诗作有 50 余首，见于元好问编《中州集》及郭元釪编《全金诗》等文献之中，其诗皆入金后所作，其中以山水风物为主要描写对象的山水诗有 20 首左右。

宇文虚中的山水诗，极少有专力写景的，多数是为山水景物所触引，兴发自己内心忧思宦情。从山水诗中，完全可以感受到诗人的心灵搏动。在宇文诗中找纯粹的山水诗是很难的，诗人总是在山水描写中投射进或直抒出自己的情感与志节。如《过居庸关》一诗："奔峭从天坼，悬流赴壑清。路回穿石细，崖裂与藤争。花已从南发，人今又北行。节旄都落尽，奔走愧平生！"宇文诗中的自然景色，有很强的主体投射性。诗人以生动的笔致描写出过居庸关时所见之景。关隘奇险，宛如从天坼裂；山中飞瀑奔赴幽壑，清

---

① （元）脱脱等：《宋史》卷 371《宇文虚中传》，中华书局 1975 年版，第 11528 页。

冽可爱，山中小路宛如羊肠，从乱石中穿过；崖壁峥嵘怒耸，与葛藤相互纠缠。诗人把居庸关的山水景致写得历历在目。再看《晚宿耀武关》一诗："山与烟云暝，溪兼冰雪流。寒枝啼秸鞠，炀室聚呻嚘。此日征行困，何时丧乱休？尚矜争席好，无复旧鸣驹。"这首诗写诗人晚宿耀武关的感怀。前半首主要写所见景物，后半首抒怀寄慨。在山水描写中写出了北方冬季景物的特征。傍晚，烟云缭绕，暮霭沉沉，给山野罩上了神秘的面纱，溪流中漂着冰雪，为山野带来了一派寒意。作为一个"南人"，诗人对于北方的冬季山川景物是感到新奇的，他带着审美的敏感来看景物，在诗中突出了北方的寒肃。在这种寒肃的环境中，诗人更感到了征行之困，丧乱之忧。

与对北方山水清寒意境的体验相对的，是诗人对江南春日佳丽风光的忆念。《春日》一诗吟道："北洹春事休嗟晚，三月尚寒花信风。遥忆东吴此时节，满江鸭绿弄残红。"这里将南北春日加以对比，寥寥四句就将塞北春天之晚、三月尚寒与江南春日的风光旖旎、满江鸭绿这两幅图景并呈在读者面前。但要看到，在这首七绝中，北方山水是实写，是即目所见；而江南风物是回忆中的图景。这种回忆式的图景，拉开了时间与空间的距离，经过了诗人的审美信息处理，加强了情感力度。这种一虚一实描写山水的篇什，是在宇文虚中等人的特殊心态下的产物。这点在下一节谈吴激山水诗时将着重探讨其审美价值。

《和高子文秋兴二首》也是在自然景物的描写中寄寓了寥落之感与节旄之志。诗云："沙碧平犹涨，霜红粉已多。驹年惊过隙，凫影倦随波。散步双扶老，栖身一养和。羞看使者节，甘荷牧人蓑。""摇落山城暮，栖迟客馆幽。葵衰前日雨，菊老异乡秋。自信浮沉数，仍怀顾望愁。蜀江归棹在，浩荡逐春鸥。"这两首五律，都写得深沉而动人。高子文即高士谈，是虚中的好友，也是由宋入金的汉士。诗人在这两首给知己的和诗中掬出了心底的波澜。前者感慨驹年过隙，老境倏至，自己却未及有所作为，大志难酬；第二首则充满羁旅之愁与怀乡之情。在诗人眼中的北国风光，满是衰飒摇落的景象。诗人想象着、回忆着故乡的山水，充满眷恋与向往，恨不能马上飞回巴山蜀水那母亲的怀抱。蜀江、归棹、春鸥，构成了一幅多么温暖明丽的画面，浸透着诗人对于故乡的顾望之情，与前面的摇落衰飒形成了鲜明的对比，从而又突出了心中的客愁。

从这些篇什中，我们可以看出，诗人在其山水之作中投射了深沉而浓厚的主体情怀，使山水意象带有明显的情感亮色。诗人又往往通过对照描写，突现了南北山水风物的不同特色。这在山水诗史上是很值得注意的现象。

三　精熟而新颖，细腻而有气象

值得一提的还有宇文虚中的四序回文组诗，这组回文诗分春夏秋冬四部分，每部分包含 3 首，计 12 首，其中多有描写山水景物的佳什，这里略举几首，如："翠涟冰绽日，香径晚多花。细笋抽蒲密，长条舞柳斜。"（《春之二》）"翠密围窗竹，青圆贴水荷。睡多嫌昼永，醒少得风和。"（《夏之一》）"草径迷深绿，莲池浴腻红。早蝉鸣树曲，鲜鲤跃潭东。"（《夏之二》）"短苇低残雨，虚舟带晚潮。断鸿归暗浦，疏叶坠寒梢。"（《秋之二》）"戚戚蛩吟苦，茫茫水驿孤。日衔山色暮，霜带菊丛枯。"（《秋之三》）这些五言回文绝句，写得非常精致，所描写的景物，仍是江南山水，也就是说还是回忆性的。诗人以细腻的笔触，描绘出江南四季分明的景色，如同一幅幅工笔扇面，其中融注了他对故国的深挚情感。从回文诗的角度看，这些小诗更显得构思精巧，文字考究，有音节回环之美。

宇文虚中的山水诗，映现着诗人的独特心态。作为一个宋儒，一个"南人"，羁留北朝，心里本来就是抑郁苦闷的。到了冰封雪飘的漠北，自然环境和人文环境都与南国有相当大的反差，使他对塞北的自然景物有了强烈的印象。他的这些篇什，在意象创造、风格等方面都显得精熟而不落俗套，细腻而不失气象。可以视为宋诗的艺术积淀与金源环境变异以及诗人主体情志互相参融的产物。

第二节　眷恋故国的吴激、高士谈

在金源前期诗坛上，吴激、高士谈也都是有成就、有个性的诗人。他们都是由宋入金、羁留北朝的士大夫，身在漠北而念念不忘故国和南方故园。对于故国与故园的殷殷之思，在他们的诗歌创作中时时流溢而出，其山水诗作也深沉地寄托了这种情愫。吴、高的山水诗，在其景物意象中有着深切的情感内涵。

一　吴激：以审美回忆描绘江南山水

吴激（1093 前—1142），字彦高，号东山，建州（今福建建瓯）人，系宋宰臣吴栻之子，著名书画家米芾之婿。"工诗能文，字画俊逸得芾笔意。"[1] 他在宋奉命使金，金人慕其文名，留不返遣，命为翰林待制。皇统二年（1142），出知深州，到官三日而卒。

吴激现存诗 20 余首，诗中多有一种深沉感人的故国之思、故园之恋。

---

[1]　（元）脱脱等：《金史》卷 125《文艺传》上，中华书局 1975 年版，第 2718 页。

诗人羁留在金朝，心中却时时系念着南国，系念着故园山水。这种情感在东山诗中不似宇文诗那样忧愤地表露出来，却是更为深沉、更为泛化地潜藏在意象之中。东山诗的意象是很美的，却又带着浓重的悲凉感，如这样的篇什：“锦里春风遍海棠，别时无计奈红芳。山中桃李浑疑晚，犹有残花断客肠。”（《山中见桃花李花》）“杏山松桧紫坡坨，湖面无风亦自波。绿鬓朱颜嗟老矣，落花啼鸟奈春何！诗人未必皆憔悴，世事从来有折磨。列座流觞能几日，知谁对酒爱新鹅。”（《过南湖偶成》）这些诗都通过优美而凄婉的意象，流露出诗人的伤感心境。

东山诗中山水之什颇多，而且写得十分优美。诗人那种浓郁的故国之思、故园之恋，就萦绕、弥漫在这些山水描画之中。吴激是宋金时期的著名画家，又是有才气的诗人，他善于把画的意境融进诗中，这在其山水诗中尤为明显。元好问在《中州集·甲集》“吴激小传”中选了他多联山水诗中的佳句，都显示了这种特色。如《出散关诗》云：“春风蜀栈青山尽，晓日秦川绿树平。”《愈甫索水墨，以诗寄之》云：“烟拂云梢留淡白，云蒸山腹出深青。”《三衢夜泊》云：“山侵平野高低树，水接晴空上下星。”《游南溪潭》云：“竹院鸣钟疑物外，画桥流水似江南。”《飞瀑岩》云：“数树残花喜春在，一声啼鸟觉山深。”等等，都是山水诗中的上品，又都有着“诗中有画”的特色。诗人勾勒山水，用文字造就一种画的境界，色彩感、层次感都颇为鲜明。这些诗句可以说是继承了王维山水诗的艺术传统而加以发展的。

吴激的山水诗，多有以回忆的方式来写江南风物的。诗人不是写目前的山水景物，而是满怀深情地描绘着江南的锦山秀水，以此寄托对故园的思恋之情。审美回忆在吴激的山水诗中起了不可忽视的作用。写进东山诗中的江南山水，自然是经过了诗人审美加工的产物。最典型的如《岁暮江南四忆》：“瘦梅如玉人，一笑江南春。照水影如许，怕寒妆未匀。花中有仙骨，物外见天真。驿使无消息，忆君清泪频。”“天南家万里，江上橘千头。梦绕阊门迥，霜飞震泽秋。秋深宜映屋，香远解随舟。怀袖何时献，庭莱底处愁。”“吴松潮水平，月上小舟横。旋斫四腮脍，未输千里羹。捣荠香不厌，照箸雪无声。几见秋风起，空悲白发生。”“平生把鳌手，遮日负垂竿。浩渺渚田熟，青荧渔火寒。忆看霜菊艳，不放酒杯干。此老垂涎处，糟脐个个团。”诗人羁留金朝，滞身塞北，他对江南故园深深眷恋、对故国的怀念，都寄寓在对江南山水风物的美好回忆之中。《江南四忆》集中地表达了他的这种心态。第一首忆念江南的“瘦梅”，在诗人的心目中，宛如一位高洁脱俗的"玉人"。在江南风物中，诗人对梅花情有独钟，又由此想到"折梅逢驿使，寄与陇头人。江南无所有，聊赠一枝春"的名诗，梅花成了江南的象征。在对梅花的忆念之中，充满了对故国的深情。第二首写自己对江南之秋魂牵梦绕。江干上金橘千头，明丽如火。阊门、震泽，都在诗人的回忆中那样令人动情。第三首回忆秋江皓月、一苇小舟的美好景致。第四首回忆秋日垂钓、把酒赏菊的情景。江南的秋日风光，对诗人来说是如此亲切，它召唤着诗人之梦。在遥远的塞北，南国的山山水水是那么遥远，又那么亲近。在时间和空间的过滤下，进入诗境的江南山水风物是充满了美的诱惑力的。诗人思念江南故园，江南的山水风情那一幅幅图景在其忆念中是如此鲜明，如此动人，饱含着诗人的审美体验。

审美回忆在吴激诗中起着非常重要的作用。忆念中的山水风物，饱浸了诗人的情感，同时有着相当的"心理距离"，因而，这些东西出现在诗中就有着更为浓厚的审美意味。除上举《江南四忆》外，《秋兴》也是以回忆的方式来表达对江南故园的眷怀，诗云："后园杂树人云高，万里长风夜怒号。忆向钱塘江上寺，松窗竹阁瞰秋涛。"北方秋夜，长风怒号，诗人身在塞外，却无时不在系念着故园。此刻，他回忆起江南之秋，登临钱塘江上的寺楼，松窗竹阁间观赏秋涛，十分壮伟。通过回忆，诗人打破了空间的域限，将南北之秋并置在一起，而回忆中的钱塘观潮就格外富有韵味。

还有一首是题画之作，但诗人却以此来描绘江南山水，这也是回忆性的。此诗题为《题宗云家初序潇湘图》，诗云："江南春水碧于酒，客子往来船是家。忽见画图疑是梦，而今鞍马老风沙。"诗中把江南山水写得何等美丽，充满诗情画意。这分明是眼前的画作引起的联想与回忆。也正是因为面对画卷，诗人又从回忆中回到现实，自己仍是转徙于塞北的风沙之中。回忆和现实构成了一种对比，而回忆中的江南水乡，无疑是饱含着诗人的审美体验的。

在金代诗人中，吴激可说是山水诗的高手。尤以善写江南山水见长。而这些江南山水"画卷"，并非诗人即目所得，而是通过回忆呈现出来。回忆中所选择之物，是以往生活中印象最深的，成为诗人心中的审美意象，而这又是与他的故国之思紧紧联系在一起的。正由于身滞北地，颇感羁留之忧烦。在触目于北方山水时，所引起的却是诗人对故园山水的美好回忆。诗人饱蘸了深情来创造这种山水意象，成为吴激山水诗的一个突出特征。

二　高士谈：创造雄浑苍凉的意境

高士谈（？—1146），字子文，一字季默，其父为宋韩武昭王高琼曾孙，宣仁太后的北宋宣和末年，高士谈任忻州户曹。入金仕为翰林学士。他与宇文虚中是志同道合的好友。皇统六年（1146）宇文虚中被告以谋反罪，有司鞠治无状，而"诸贵迭被叔通（虚中字）嘲笑，积不平，必欲杀之，乃锻炼所图书为反具。叔通叹曰：'死自吾分，至于图籍，南来士大夫家例有之，喻如高待制士谈图书尤多于我家，岂亦反邪？'有司承风旨，并置士谈极刑。"① 这样，高士谈被牵连进宇文虚中案而被冤杀。在金初诗坛，高士谈是一位重要作家，他曾有《蒙城集》行于世（今佚），现存诗30首。

　　高士谈由宋入金，同宇文虚中、吴激一样是被羁留于北方的，其心境十分相近，有很深的矛盾与苦闷。在他的诗作中时时流露出故国之思。去国怀乡的幽愁暗恨贯穿于诗什之中。如这样的一些诗句，深切地道出了诗人的情怀："不眠披短褐，曳杖出门行。月近中秋白，风从半夜清。乱离惊昨梦，漂泊念平生。泪眼依南斗，难忘故国情。"（《不眠》）"鼓角边城暮，关河古塞秋。渊明方止酒，王粲亦登楼。摇荡伤残岁，栖迟忆故丘。乾坤尚倾仄，吾敢叹淹留。"（《秋兴》）故国之思与漂泊之感交织在一起，构成了高士谈诗歌创作的情感基调。

　　高士谈并不专力来写山水诗，甚至也很少以山水为描写对象的篇什，而往往是把山水描写与情志抒发十分自然地融为一体。他的诗作笔力苍劲，境界阔大，而又不乏俊逸与灵动。与吴激相比较，可谓别是一路风格。不妨先从两首七律中看其山水诗的特色所在，一是《晚登辽海亭》："登临洒面洒清风，竟日凭栏兴未穷。残雪楼台山向背，夕阳城郭水西东。客情到处身如寄，别眼他时梦可通。自叹不如华表鹤，故乡常在白云中。"另一首是《风雨宿江上》："风雨萧萧作暮寒，半晴烟霭有无间。残红一抹沉天日，湿翠千重隔岸山。短发不羞黄叶乱，寸心长羡白鸥闲。涛声午夜喧孤枕，梦入潇湘落木湾。"这两首律诗在艺术上都是很精湛的。诗人下笔颇有豪健之风，却又与"此身如寄"羁旅之怀融而为一，因而给人以豪放俊爽而又不失深沉的感受。诗人描写山水景物，大处落墨，以简洁的笔触、富有表现力的语言，把山光水色的特征呈现出来。像"残红一抹"、"残雪楼台"等联，都有很强的艺术感染力。

　　高士谈的五言山水诗，更多地秉承了杜甫五律的苍劲深沉，而且遣词用字精当准确，如这样一首五律："肃肃霜秋晚，荒荒塞日斜。老松经岁叶，寒菊过时花。天阔愁孤鸟，江流悯断槎。有巢相唤急，独立羡归鸦。"（《秋

――――――――――
① （金）元好问：《中州集》卷1，中华书局1959年版，第3页。

晚抒怀》）这首诗写秋天塞北的景物，意境苍茫，笔力遒劲雄浑，把塞北深秋的特征写得颇为典型。在"孤鸟"、"断槎"的意象中投射了诗人的孤独之感、羁旅之怀。

高士谈的山水诗很少，但却很有特点。从体裁上看，基本是五、七言律诗，意境雄浑苍凉，语言遒健有力，颇有杜甫诗的神韵。

第三节　表现隐逸之志的蔡松年

金初诗坛上还有蔡松年等诗人，他们不像宇文虚中、吴激、高士谈那样是羁留于北朝，也就很难有相同的情感体验，质言之，也可以说就是不会有那种深切的故国之思。但是，同样是由宋入金的士人，自然会有种种的情感波澜。这在他们的山水之作中多有映现。本节主要评述蔡松年山水诗的特色。

一　身居高位，志在山林

蔡松年（1107—1159），字伯坚，自号"萧闲老人"。他本系杭州人，长于汴梁。其父蔡靖，北宋末年守燕山，后降于金朝。蔡松年随父从军，在父亲幕府中掌管文字。入金以后，蔡松年被任为真定府判官，自此遂为真定（今河北正定）人。松年在金仕途畅达，官至丞相，封卫国公，不仅在金初文坛，而且也是在整个金代"文艺中，爵位之最重者"①。

蔡松年虽然出身于宋，却没有正式仕宋的经历，入金后又青云直上，因而，他的诗作里既没有宇文虚中的愤激之气、节旄之志，也没有吴激那种魂牵梦绕的故国之情、故园之恋。然而，他对自己的境遇并无多少志满意得，而是向往一种超尘出世、优游林泉的闲适生活。对于官场宦游，他流露出倦怠之意。一边做着高官，一边力求超越现实生活，神往于陶渊明的挂冠隐居、范蠡的轻烟五湖。他在诗中一再表达这种心愿："予也一丘壑，野性真难名……惊鹿便草丰，白鸥愿江清，不堪行作吏，万累方营营。"（《漫成》）"适意在归欤，肉食非我谋。"（《庚申闰月从师还自颍上，对新月独酌》）"归田不早计，岁月易云徂，但要追莲社，何须赐镜湖。"（《闲居漫兴》）隐逸林泉、结庐三径的志趣，在萧闲诗中俯拾皆是。他还曾述及自己的性情志趣说："仆自幼刻意林壑，不耐俗事。懒慢之癖，殆与性成。每加责励，而不能自克。志复疏怯，嗜酒好睡。遇乘高履危，动辄有畏。道逢达官稠人，则便欲退缩。其与人交，无贤不肖，往往率情任实，不留机心。自惟至

---

①　（元）脱脱等：《金史》卷126《文艺传》下，中华书局1975年版，第2743页。

熟，使之久与世接。所谓不有外难，当有内病。故谋为早退闲居之乐。长大以来，遭时多故。一行作吏，从事于簿书鞍马间，违己交病，不堪其忧。求田问舍，遑遑于四方，殊未见会心处……"（《雨中花序》）这种强烈的感受，一直萦绕在他的心中。

对于蔡松年诗中的这种意向，不能以为诗人果真能够实践，果真能够挂冠而去，这样来理解蔡松年，当然未免过于天真；但若说他这些意思全出于矫情的表白，那也未必客观。蔡松年虽然在金代士大夫中官职最显，但未必真是出于女真统治者的重用，而毋宁说是出于政治权谋的需要。时金主完颜亮图谋伐宋，因松年家世仕宋，故亟擢显位以耸南人视听。以便对南人起一个"典型教育"的作用。对此，蔡松年并不以之为荣耀，而是不时泛起一种隐隐的愧疚之感。他在丞相的位置上并无可述的政绩，女真统治者也未必真的信任于他。对于宦海风涛，他确实有些厌倦了，但又不可能真的辞官不做。于是，便把山林隐逸、优游云水，作为自己的一种精神寄托，一种理想境界。因而，蔡松年的山水之作，便成为寄寓其理想的最佳载体。

二　山水意象与归隐情怀的交融

蔡松年的山水诗，最突出的一点是他把山光水影的描写与松菊三径的归隐之想融在一起，在山水刻画中投射了自己的人生态度，使山水意象有了特定的思想内涵。从这个角度来说，七言古诗《晚夏驿骑再之凉陉观猎，山间往来十有五日，因书成诗》一首是颇为典型的，诗云：

> 兜罗葱郁浮空青，晓日马头双眼明。名山不作世俗态，千里倾盖来相迎。老松阅世几千尺，玉骨冷风战天碧。应笑年年空往来，尘土劳生总陈迹。山回晚宿一川花，剪金裁碧明烟沙。寒乡绝艳自开落，欲慰寂寞无流霞。明日行营猎山麓，古树寒泉更深绿。强临冰玉照鬓毛，只恐山灵怪吾俗。陂潮不尽水如天，清波白鸥自在眠，平时朝市手遮日，思把一竿呼钓船。驿骑回时山更好，过雨秋客静如扫。山英知我宦游心，为出清光慰枯槁。可怜岁月易侵夺，惭愧山光知我心。一行作吏岂得已，归意久在西山岑。他年俗累粗能毕，云水一区供老佚。举杯西北酹山川，为道此言吾不食。

这首诗是诗人与山川自然的一次"对话"。诗人把凉陉山写得富有人的性灵，同时把这名山写得气象万千，十分壮美。从早到晚的时间推移是诗的结构线索。山间的景致移步换形，从各个角度展示了奇美的风光。清晨，名山在迎接着诗人。老松阅世，天碧风冷，使人如置身于山峡之间。傍晚，一川山花，剪金裁碧，色彩缤纷，却是自开自落，无人搅扰。山间陂塘，水光如天，白鸥清波，更呼唤着诗人"归去来"。"山英"懂得诗人宦游的厌倦，捧出清光慰藉"枯槁"的身心。诗人久有归意，待俗累粗毕，便要栖隐云水，与"山灵"为伴了。这首诗把山光水态的描绘与诗人心态的抒写，十分自然地融合为一体，山水意象全然是人的"对象化"了。不难看出，此诗结构和意趣上深受韩愈《山石》与苏轼的《游金山寺》的影响，而对山水的刻画更为丰富多姿，同时也更多地体现了与诗人心态的对应性。

三 "有我之境"的精心创造

蔡松年的山水诗，大都是这样将山水意象与诗人心态融合在一起来写的。在这里，创作主体的心灵世界成为山水之魂，这正如王国维所说的"有我之境"。王国维说："有有我之境，有无我之境。'泪眼问花花不语，乱红飞过秋千去。''可堪孤馆闭春寒，杜鹃声里斜阳暮。'有我之境也。'采菊东篱下，悠然见南山。''寒波澹澹起，白鸟悠悠下。'无我之境也。有我之境，以我观物，故物我皆着我之色彩；无我之境，以物观物，故不知何者为我，何者为物。"① 蔡松年的山水诗所创造的意境，几乎无一例外地都属"有我之境"。诗人的主体意志、心灵世界在诗中明显出现，而且投射在山水意象之中，使之都着诗人之色彩。这些篇什把对大自然之美的刻画和诗人的归隐理想融而为一。诗人笔下的塞北风物，十分清丽明秀，山水清晖跃然纸上，却又绝非单纯的写景，而是在景物风光的描写中凸现了诗人的人生态度与理想境界，诗中有个大大的"我"字在。他的一些近体山水诗也是这样一些篇什，如："出山风物便清和，森木如云秀霭多。白水临流照疏鬓，青门折柳记柔柯。重游化国惊岁月，有象丰年占麦禾。亦有黄公酒垆在，微官自要阻山河。"（《初至遵化》）"来时绿水稻如针，归日青梢没鹤深。莫忘共山买田约，藕花相间柳阴阴。"（《西京道中》）"晚风高树一襟清，人与缥磁相照明。谢女微吟有深致，海山星月总关情。"（《高丽馆中》其二）从这些近体山水诗中可以看出，蔡松年是以人为中心来写山水的。在他的山水诗中，创作主体总是"在场"。而其情感意向的抒写，又都是投射在山水清晖的描绘之中。人与山水交相辉映，庶几可视为蔡松年山水诗的一个特点。

---

① （清）王国维：《人间词话》，见郭绍虞《中国历代文论选》第 4 册，上海古籍出版社 1980 年版，第 371 页。

第二章　金代中期：北国山川与金诗风采

　　本章主要论述从金世宗到宣宗贞祐南渡这段时期的山水诗创作成就。以年号论，主要是世宗大定、章宗明昌、承安年间。在金代历史上，这是最为安定、稳步发展的时期，被史家视为金朝的黄金时代。世宗与南宋休战，南北划界讲和，致力于内部发展，使人民休养生息。因而，金源社会生产力得以复苏与迅速发展。章宗承乃祖之风，偃武修文，使社会文化臻于鼎盛。世宗、章宗对于文学艺术的发展都相当重视，整个社会形成了一种尚文之风。这当然是有利于文学繁荣的。

　　由于这样一种文化氛围，金代诗歌在大定、明昌年间得到了长足发展，出现了许多有成就的诗人。诗坛上创作颇为繁荣，而且形成了金诗的整体特色。如果说，前此的"借才异代"时期，其诗更多地带有宋诗移植的痕迹，那么，这个时期逐步形成了"国朝文派"，即是指金代文学不同于宋文学的整体特色。

　　以山水诗而言，由于社会环境的相对稳定，尚文风气的盛行，以山水自然为审美对象的山水诗创作也颇有发展，诗人们对自然美的独立审美价值，有了进一步的认识，山水审美意识更为成熟。本期的一些重要诗人如蔡珪、刘迎、王庭筠、赵沨、周昂、党怀英等，都创作了许多颇具审美价值的山水诗。当然，在这个时期的山水诗中，已经没有了宇文虚中式的节旄之志的寄寓，也没有了吴激式的故园之忆的缱绻，而更多的是以对塞北山水的描绘，展示了"国朝文派"的风采。

第一节　以山水歌行扬名的蔡珪、任询

　　在论述山水诗在金源中期的具体创作情况之前，我们不妨先介绍一下有关"国朝文派"的内涵，以便对金诗的发展有一个大略的认识。

一　"国朝文派"概念及其内涵

　　金代大诗人、诗论家元好问在《中州集》里提出了"国朝文派"的概念：

　　　　国初文士如宇文大学（虚中）、蔡丞相（松年）、吴深州（激）等，不可不谓之豪杰之士，然皆宋儒，难以国朝文派论之，故断自正甫（蔡珪）为正传之宗，党竹溪（怀英）次之，礼部闲闲公（赵秉文）

又次之，自萧户部真卿倡此论，天下迄无异议云。①

这里指出"国朝文派"的概念最初是由金代中叶诗人萧贡提出来的。萧贡所说的"国朝文派"指的是大定、明昌时期活跃于诗坛的一批诗人。他们的创作开始显露出金代的独特性质。元好问在金亡之后为保存一代诗歌文献，为金诗存史而编《中州集》，重申"国朝文派"的概念，有了更加丰富、深刻的内涵。他是以一个文学史家的角度来提出问题的。在一代诗歌终结之后，元好问以一种历史性的反思来重提这个概念，无疑是有更为自觉的理论意识与宏通的文学史眼光的。相比之下，萧贡最初提出这个问题时还是较为笼统的、自发的，并未产生更为深远的影响；元好问重新揭示出"国朝文派"的概念，正是对金诗整体特征的概括。

那么，"国朝文派"这个概念的内涵又是什么呢？从遗山的论述来看，首先，是不是地道的"国朝"人。金初诗坛主将宇文虚中、蔡松年、吴激等都是宋儒，由宋而入金，所以不能称为"国朝文派"。清人顾奎光的说法可佐说明："宇文虚中叔通、吴激彦高、蔡松年伯坚、高士谈子文辈，楚材晋用，本皆宋人，犹是南渡派别。"② 可见这是一个很明确的尺度。然而，这绝非"国朝文派"的全部含义。出身与地缘，仅是一个外在的标准，这个标准是易于掌握的。"国朝文派"尚有更重要、更根本的标准，这就是金代诗歌所具有的那种属于自己的风骨、神韵、面目。元好问所说"断自正甫（蔡珪）为正传之宗"，并非仅指出身与地缘，而且包含着诗的内在气质。宋人杨万里评论江西诗派时说："江西宗派诗者，诗江西也，人非皆江西也。人非皆江西，而诗曰江西者何？系之也。系之者何？以味不以形也。"③ 这对我们理解"国朝文派"是很有借鉴意义的。"国朝文派"除了人须地道的"国朝"出身外，诗也须有"国朝"味。

元好问的论述中，按萧贡的看法，指出蔡珪是"国朝文派"的开山人物。本节即以此为线索，论述蔡珪等人的山水诗创作。

二　蔡珪：表现北国山川的朴野雄奇

蔡珪（？—1174），字正甫，蔡松年的长子。天德三年（1151）中进士

---

① （金）元好问：《中州集》卷1，中华书局1959年版，第33页。
② （清）顾奎光：《金诗选·例言》，见徐丽华主编《中国少数民族古籍集成（汉文版）》第18册，四川民族出版社2002年版，第269页。
③ （宋）杨万里：《江西宗派诗序》，见傅云龙、吴可主编《唐宋明清文集》第1辑《宋人文集》卷3，天津古籍出版社2000年版，第1981页。

第，授澄州军事判官，官至礼部郎中，卒于出任潍州道中。蔡珪在金代中叶是一位有成就的学者、有特色的诗人。据载其学术著作有《续欧阳文忠公集录金石遗文》60 卷、《古器类编》30 卷、《补南北史志书》60 卷、《水经补亡》40 篇、《晋阳志》12 卷等，著述颇丰。他的诗，《中州集》存录 46 首。这些诗有很鲜明的风格特征，确乎与金初"借才异代"的宋儒诗风迥异。总的说来，是以豪健拗峭之风显示了"国朝文派"与"借才异代"诗人们的差别。

他的山水诗，风格最为鲜明的是七言歌行《医巫闾》，诗云：

> 幽州北镇高且雄，倚天万初蟠天东。祖龙力驱不肯去，至今鞭血余殷红。崩崖暗谷森云树，萧寺门横入山路。谁道营丘笔有神，只得峰峦两三处。我方万里来天涯，坡陀缭绕昏风沙。直都眼界增明秀，好在岚光日夕佳。封龙山边生处东，此山之间亦不恶。他年南北两生涯，不妨世有扬州鹤。

医巫闾山系阴山山脉分支松岭山的高峰，是辽西的名山。诗人以雄放的笔力描绘了这座北方名山的壮美景色，更重要的是借山之雄奇抒写了诗人主体世界的高远不凡。诗的意象雄奇而新颖，如"祖龙力驱不肯去，至今鞭血余殷红"，想象十分奇崛，写出了医巫闾山雄跨塞外的气势。明代著名诗论家胡应麟评价金诗中的七言歌行体时说："七言歌行，时有佳什，蔡正甫《医巫闾》，任君谟《观潮》……皆具节奏，合者不甚出宋、元下。"[①] 对此诗评价颇高，以之为金诗七言歌行中的佳作。作为山水诗，《医巫闾》确乎是别具一格的。它充分地展示了北方山川的雄姿与气势，同时也表现出诗人不同寻常的艺术功力与独特风格。诗中除了宏阔笔力的勾勒之外，还以匪夷所思的奇特想象来表现山之神奇。诗人以虚实相兼的手法把医巫闾这座北方名山写得雄峻无比。从艺术表现上看，此诗可以说开创了与金初"借才异代"时期的创作颇为不同的风格特征。金初诗歌以近体为主，没有七言歌行篇什的出现。而七言歌行较为适宜于表现诗人那种豪放不羁的情感，蔡珪正是借这种诗歌体式，开创了"国朝文派"的独特风貌的。

蔡珪还有一些七律山水佳作，如："城上春阴暗晚空，城头山色有无中。似闻啼鸟来幽树，已有游丝曳好风。流水小桥归未得，落霞孤鹜兴无

---

① （明）胡应麟：《诗薮》，上海古籍出版社 1958 年版，第 331 页。

穷。林花不解东君意，邀勒游人未破红。"（《春阴》）"岭外高槐驿路长，岭头萧寺俯朝阳，定知绝顶有佳处，聊与瘦藤寻上方。千里好风随野色，一轩空翠聚山光。道人底是怜行役，不惜禅床坐午凉。"（《登陶唐山寺》）"荷钿小小半溪香，槐幄阴阴一亩凉。飞絮乱将春色晚，行云闲属暮山长。求田已喜成三径，适意真堪寄一觞。君是山阴换鹅手，可无杰句傲风光?"（《简王温父昆仲》）这些诗艺术技巧纯熟，而意境清新，把北方山水的特征描绘出来。清人陶玉禾评价蔡珪诗境时说："正甫辨博，推为金源一代文章正传之宗，诗亦清劲有骨，萧闲父子皆学山谷。"① 对于蔡珪的山水诗来说，"清劲有骨"的评价也是合适的。

　　最能体现蔡珪山水诗特色的，当然仍推《医巫闾》这类雄奇拗峭之作。它们带着北方大地所赋予的朴野雄豪之气。如果不是从一般诗歌艺术的角度而是从诗歌史的角度来看蔡珪的文学成就："煎胶续弦复一韩，高古劲欲摩欧苏。不肯蹈袭抵自作，建瓴一派雄燕都。"② 赞赏其能摆脱因袭，戛戛独造，开北国雄健一派。他的山水诗，恰在这方面有重要的价值。对于金初的山水诗创作来说，体现了明显的转变，显示着金代诗歌创作的独特风貌。

　　三　任询：描画浙江潮的万千气象

　　任询在此期诗坛上也是较有诗名的。任询，字君谟，号南麓，易州军市人。正隆三年（1158）登进士第，历任大名总幕，益都司判官，北京盐使等职，后被贬为泰州节厅。"时无借力者，故连蹇不进。"③ 六十四岁致仕还乡，优游乡里，年七十而卒。

　　任询有多方面的艺术造诣，书法为当时第一，其画也名重一时，尤工山水。作为诗人，据说他当时创作了数千首诗，可惜身后都散佚殆尽了。他的诗、书、画、文都知名于世，"评者谓画高于书，书高于诗，诗高于文"④。赵秉文称许他的艺术才华说"画诗双绝兼书工"。正因为任询集诗人、画家于一身，所以他的诗作很自然地显示出诗画相融、"诗中有画"的特色，这在他的山水诗中尤为突出。如描写山光水态的小诗："孤撑山作碧罗髻，散漫水成苍玉鳞。野寺荒凉人不到，水光山影正横陈。"（《巨然山寺》）"万

---

　　① （清）顾奎光：《金诗选》卷1，见徐丽华主编《中国少数民族古籍集成（汉文版）》第18册，四川民族出版社2002年版，第277页。

　　② （元）郝经：《郝文忠公陵川文集》卷9《书〈蔡正甫集〉》，山西人民出版社2006年版，第109页。

　　③ （金）元好问：《中州集》卷2，中华书局1959年版，第87页。

　　④ （元）脱脱等：《金史》卷125《文艺传》上，中华书局1975年版，第2719页。

壑溪流合，千峰木叶黄。郎山五千丈，独立见苍苍。"（《忆郎山》）"西湖
环武林，澄澄大圆镜。仰看湖上寺，即是镜中影。湖光与天色，一碧千万
顷。堤径截烟来，楼台自昏暝。"（《西湖》）任询的这些山水诗，都是以某
个特定的山水景物为审美对象，倾力描绘，而不是明显地将诗人的情感与意
志投射进去。因而，他的这些篇什都是再现性的，宛如一幅幅山水画。诗人
正是以画家的眼光来观照景物、创造意境的，所以陶玉禾评价其为"景色
既佳，风韵复胜元人，著色画也"①。陶氏之语对我们欣赏任询的山水诗作
是颇有启示意义的。这些诗作有鲜明的色彩感，且又十分灵动，确实是独具
风韵的。

任询的《浙江亭观潮》，也是一篇山水佳作，但它是以七言歌行所作的
"长卷"，别有一番气象，诗云：

> 海门东向沧溟阔，潮来怒卷千寻雪。浙江亭下击飞霆，蛟蜃争驰奋
> 髻鬣。钜鹿之战百万集，呼声响震坤轴立。昆阳夜出雨悬河，剑戟奔冲
> 溃寻邑。吴侬稚时学弄潮，形色沮懦心胆豪。青旗出没波涛里，一掷性
> 命轻鸿毛。须臾风送潮头息，乱山稠叠伤心碧。西兴浦口又斜晖，相望
> 会稽云半赤。诗家谁有坡仙笔，称气江山作劲敌。援毫三叫句不成，但
> 觉云涛满胸臆。

诗人调动各种比喻、想象把浙江潮写得气象万千，多姿多彩，淋漓尽致。诗
中又刻画了一个弄潮的"吴侬"的形象，成为画面的焦点。"须臾风送潮头
息"以下数句，陡然一转，写傍晚风静潮息的绮丽平静，与前面怒潮澎湃
的描写形成鲜明的反衬。诗人借浙江大潮来抒写自己的峥嵘胸臆，充满了激
情。此诗是金代七言歌行少的名篇。胡应麟在评价金代七言歌行时曾举此为
例，予以高度评价。

任询的山水诗很能代表本期山水诗创作的一般性特征。诗人以较为纯粹
的审美眼光来观照自然，而所抒之情，主要是观赏山水美的豪情胜慨。这是
与当时比较安定的社会环境和诗人比较平静闲适的心境紧密相连的。

---

① （清）顾奎光：《金诗选》卷1，见徐丽华主编《中国少数民族古籍集成（汉文版）》第18
册，四川民族出版社2002年版，第280页。

第二节　继承陶谢王孟诗风的王庭筠、党怀英

一　清新空灵的黄华山水诗

王庭筠（1151—1202），字子端，自号黄华山主，金盖州熊岳（今辽宁盖州市熊岳城）人。出身于渤海望族，文学世家。祖父王政，仕至保静军节度使。父王遵，正隆五年（1160）进士，曾任翰林直学士，人称"辽东夫子"。王庭筠少时即聪颖过人，"七岁学诗，十一岁赋全题"①。大定十六年（1176）进士及第，授恩州军判，后调馆陶主簿。庭筠此时已负盛名，但被授任这种风尘小吏，心中颇感抑郁，因而馆陶秩满后，遂隐居于黄华山（在今河南林县境内），前后长达十年之久。明昌三年（1192），召为书思局都监，后迁翰林修撰。明昌六年，坐赵秉文上书案下狱。承安二年（1197）贬郑州防御判官。泰和二年（1201）复为翰林修撰。二年十月卒。

在金代，王庭筠是一位具有多方面成就的学者、艺术家，在诗、文、书、画领域均负盛名。元代画论家汤垕曾高度评价王庭筠在画史上的地位："今人收画，多贵古而贱今。且如山水、花鸟，宋之数人，超越往昔，但取其神妙，勿论世代可也。史如本朝赵子昂、金国王子端，宋南渡十百年间无此作。"② 认为他的绘画成就超越了南宋诸名家。元好问称许他："郑虔三绝旧知名，付与时人分重轻；辽海东南天一柱，胸中谁比玉峥嵘？"（《王子端内翰山水，同屏山赋二诗》）赵秉文在当时就称他"郑虔三绝画诗书"③。可见，王庭筠在金代文化史上是一位有多方面成就的艺术大师。

在诗歌创作上，王庭筠有相当高的地位与成就。元好问推崇他在诗坛的地位时说："子端诗文有师法，高出时辈之右。"④ 而近人金毓黻先生更以庭筠为金源文学之峰巅，他说："金源一代文学之彦，以黄华山主王子端先生为巨擘，诗文书画并称卓绝。同时作家如党承旨怀英，赵滏水秉文，赵黄山沨，李屏山纯甫，冯内翰璧，皆不之及也。"⑤ 金先生的评价也许失之偏高，但颇能说明王庭筠的文学成就是深受论者推重的。

《中州集》录存黄华诗 28 首，金毓黻先生辑录在《黄华集》中的有 44

---

① （元）脱脱等：《金史》卷 126《文艺传》下，中华书局 1975 年版，第 2730 页。
② （元）汤垕：《画鉴》，见沈子丞《历代论画名著汇编》，文物出版社 1982 年版，第 200 页。
③ 张晶主编：《中国诗歌通史·辽金元卷》，人民文学出版社 2012 年版，第 167 页。
④ （金）元好问：《中州集》卷 3，中华书局 1959 年版，第 146 页。
⑤ 罗振玉：《黄华集》叙目，见金毓黻《辽海丛书》第 6 集，辽沈书社 1985 年版，第 1815 页。

首。这其中颇有一些题咏山水的佳作。尤其是诗人隐居黄华山期间所作的一些山水篇什具有很高的审美价值。诗脱略了风尘小吏的奔波苦恼，栖居在景色绝佳的黄华山中，进入诗人笔下的山水意象十分和谐优美。如这样一些诗作："一派湍流漱石崖，九峰高倚翠屏开。笔头滴下烟岚句，知是栖霞观里来。""道人邂逅一开颜，为借筇杖策我屐。幽鸟留人还小住，晚风吹破水中山。"（《黄华亭》六首选二）"绿李黄梅绕屋疏，秋眠不着鸟相呼。雨声偏向竹间好，山色渐从烟际无。""门前剥啄定佳客，檐外屝颜皆好山。"（《野堂二首》）这些诗多作于隐居黄华山之际。在尘世社会所感到的抑郁与孤独，被大自然的抚慰所替代了。诗人与自然亲切地晤谈，用审美的态度观照着自己所栖身于其间的山水。烟岚、幽鸟、寒草、湍流，……似乎都有着跃动的生命。诗人于隐居期间，"悉力经史，无所不窥，旁及释老"①，禅家那种"青青翠竹，尽是法身；郁郁黄花，莫非般若"的泛神精神，与道家哲学中"天地与我并生，万物与我为一"的思想，对诗人有着很深刻的影响。这些山水诗写得自然亲切，意象鲜明，流溢出诗人对大自然的一派柔情。他所创作的描写黄华山风光的诗作，充分表现了诗人对大自然的亲近与爱恋。

在艺术传统上，王庭筠山水诗更多地继承了王、孟山水诗一脉，把山水自然美作为一个独立的世界加以表现，或者说是充分展示山水作为自足的审美对象的价值。诗人笔下的山水图景，所创造的基本上都是宁馨、静谧的境界，偏于优美，与蔡珪《医巫闾》那种充盈着磅礴气势的阳刚之美，形成了很鲜明的映照，在金代山水诗中代表着另外一种范型。

二　雄奇飞动的竹溪山水诗

党怀英（1134—1211），字世杰，号竹溪，原籍冯翊（今陕西大荔），后其父官于泰安，遂为泰安人。少时颖悟，日授千言。大定十年（1170）擢进士甲科，历任莒州军事判官、汝阴县令、国史馆编修官、泰宁军节度使、翰林学士承旨等职。大安三年（1211），年七十八，卒于家中，谥曰"文献"。

党怀英少年时与杰出的大词人辛弃疾同学于刘汲门下。后来，辛到南宋，成了著名的爱国词人；党在北方，成为文坛盟主。党怀英诗、文、书法均为世所推重。他的诗文集《竹溪集》今已亡佚。《中州集》存其诗65首。竹溪诗风格闲远冲淡，更多地继承了陶、谢的艺术传统。但他在诗歌创作上又有着属于自己的独特个性，即是在陶、谢式的闲远冲淡中蕴含着飞动的

---

① 金毓黻：《黄华山主王庭筠传》，见《丛书集成续编》第133册《宁极斋稿》1卷，新文丰出版公司1989年版，第162—163页。

意趣。

党怀英从青年时起便钟情于自然，他在科场中并非一帆风顺，曾有困顿落第的经历。然而他"不以世务婴怀，放浪山水间，诗酒自娱。箪瓢屡空，晏如也"[1]，在山水间得到心灵的慰藉与美的陶冶。《竹溪集》中有不少山水佳什，其脍炙人口之作又多为五七言古体。他的诗清新自然而又体物工细，如《穆陵道中》其二："重山复峻岭，溪路宛盘盘。流水滑无声，暗泻溪石间。岸草凄以碧，鲜葩耀红丹。高云映朝日，流景青林端。我行属朱夏，欲憩不得闲。山中有佳人，风生松桂寒。"从体物精细、刻画生动而言，这首诗深得"大谢"之髓，把山间道中所见景物描绘得十分鲜明生动，而且清丽自然，毫不呆板。但这种景物刻画之中，又抒发了诗人那种萧散幽独的襟抱与孤高的品格。"山中有佳人，风生松桂寒"，正使我们联想到杜甫笔下那位"天寒翠袖薄，日暮倚修竹"（《佳人》）之人。清人陶玉禾评此诗云："前半只写道中景物，著结语便邈然意远。"[2] 这两句确是本诗旨归所在。这种诗中有"我"、"邈然意远"可说是竹溪山水诗的一个特点。再如《夜发蔡口》一诗："落霞堕秋水，浮光照舡明。孤程发晚泊，倦楫摇天星。蔼蔼野烟合，翛翛水风生。远浦浩渺莽，微波澹彭觥。畸鸟有时起，幽虫亦宵征。怀役叹独迈，感物伤旅情。夜久月窥席，慷慨心不平。"也许这算不得一首很纯粹的山水诗，而这又恰恰是典型的竹溪山水诗，即在景物描写中勃动着诗人的灵魂。"有我之境"在竹溪山水诗中是相当普遍的。诗人对于傍晚至夜中的水景写得十分出色。傍晚的落霞染红了水面，船儿就在这落霞的光环中出发了。入夜，似乎倦怠了的船楫缓缓地摇着，把水面上映着的满天星斗搅成了碎片。远处，夜雾蔼蔼；江上，水风翛翛。在弥漫的夜雾中，诗人乘着孤舟远行。听着夜里的畸鸟幽虫，诗人更感到了羁旅行役的孤凄之情。

党怀英诗中又有多首七古山水（或以七言为主的杂言）写得动荡开阖，极有气势。如《和济倅刘公伤秋》一首：

> 川流为渚巨野阔，水色天容两开豁。山随水远势奔腾，骏马西来衔辔脱。山前云木散不收，坐看木末来归舟。秋容澄明纳万象，画本寂寞

---

① （金）元好问：《中州集》卷 3，中华书局 1959 年版，第 130 页。

② （清）顾奎光：《金诗选》卷 1，见徐丽华主编《中国少数民族古籍集成（汉文版）》第 18 册，四川民族出版社 2002 年版，第 284 页。

横双眸。谪仙曾来钓烟碛，想见夕阳寒影只。骑鲸去作汗漫游，只有荒
台压澄碧。台边昨夜西风来，倦游羁宦心悠哉。岂无琼瓯百柁载春色，
是中可以忘形骸。官居得秋况不恶，高吟何遽悲摇落。君不见中郎诗翰
忆湖山，秋色正满连云阁。

这种七古山水诗在《竹溪集》中尚有多篇，如《金山》、《新泰县环翠
亭》等皆是，然这首《伤秋》则相当典型，诗人把山水境界写得雄奇飞动，
使之充满动态的美感。尤其是以"骏马西来衔辔脱"的意象来形容山水的
动势，令人击节叹赏。再如《黄弥守画吴江新霁图》，虽是题画之作，实则
是通过传画境而写山水之壮美。诗中写道：

　　　　江云卷宿雨，江风散晨烟。山光烟雨润欲滴，影堕江水空明间。修
蛾新妆翠连娟，下拂尘镜窥明蠲。渔舟来何许？触破青茫然。中流水肥
鱼逆上，受网应有松鲈鲜。借问张季鹰，西风何时还？渔郎理网唤不
应，但见水碧江涵天。如何尘埃中，眼界有许宽。道人胸次波万顷，为
写此境清而妍。苍崖无尘树影寒，直欲坐我苔矶边。我家竹溪阴，小艇
横清涟。异时赤脚踏两舷，不应尚作披图看。

这首题画之什，其实正是意境奇美的山水诗。诗人以非常优美灵动的笔致，
将吴江的烟光水色写得千姿百态、气象万千，真可谓是山水诗中的一枝
奇葩。

在金代山水诗的发展史中，党怀英是重要的一家，他的山水诗有多种体
裁、多种类型的美感。诗人往往在山水刻画之后抒写自己心中的宦游之情，
而又以极具开放性的景物意象作结，如《伤秋》诗的结句"秋色正满连云
阁"，使读者进入一种浩茫无尽、余味无穷的审美境界之中。

第三节　发扬李杜山水诗精神的周昂、赵秉文

一　周昂：借山水诗抒写浩茫忧怀

周昂（？—1211），字德卿，真定（今河北正定）人。二十四岁中进
士，历任南和（今属河南）主簿、良乡（今属北京市房山区）令、监察御
史等职。后因好友路铎被贬，周昂"送以诗，语涉谤讪，坐停铨"[1]，谪东

---

[1]　（元）脱脱等：《金史》卷126《文艺传》下，中华书局1975年版，第2730页。

海上十数年，"久之，起为隆州都军，以边功复召为三司官"①。他不愿出佐三司，自请从宗室完颜承裕军。大安三年（1211），承裕军被蒙古军击溃，周昂与其侄周嗣明同殉国难。

周昂是当时诗坛上著名的诗人和诗论家。他的创作数量颇丰，散佚的不计，《中州集》录存其诗即有100多首，《全金诗》又辑补了两首。

在对诗歌创作的理论认识上，周昂有独到的、系统的见解。金代著名诗论家王若虚是周昂的外甥，自幼从他学诗。王若虚的诗学观念，其根本处是得之于周昂的。如王若虚述周昂论诗语云："文章以意为主，字语为之役。主强而役弱，则无使不从。世人往往骄其所役，至跋扈难制，甚者反役其主。"② 这正是周昂诗论的基点。

在创作上，周昂最为心仪杜甫，他的诗作也颇得杜诗真谛。周昂之学杜，是学杜甫之真精神，而不同于江西诗派的学杜门径。对于黄庭坚、陈师道的以学杜为标榜，他是大不以为然的。他曾教诲王若虚说："鲁直雄豪奇险，善为新样，固有过人者；然于少陵初无关涉，前辈以为得法者，皆未能深见耳。"③ 他一向不喜山谷诗风，认为它尽管"固有过者"，其实并非真的继承了杜诗的精神。

在周昂留下的100多首诗作中，我们不难感受到社会变乱的先潮与时代脉搏的节律。作为一个诗人，他真正继承了老杜那种"穷年忧黎元，叹息肠内热"的真精神，时刻关注着民族前途与苍生命运。如这样一些诗句："苍茫尘土眼；恍惚岁时心。"（《晓望》）"远目伤心千里余，凛然真觉近狼须。云边处处是青冢，马上人人皆白须。""忧患年来坐读书，田园抛却任荒芜。"（《即事》）诗中都充满了深沉的忧患意识，诗人自己的失落感是与时代的危机感紧密联系在一起的。另如《翠屏口》组诗，则相当深沉地表现了诗人的爱国情怀。诗中有云："玉帐初鸣鼓，金鞍半偃弓。伤心看寒水，对面隔华风。山去何时断，云来本自通。不须惊异域，曾在版图中。""旌节瞻前帐，风尘识旧坡。眼平青草短，情乱碧山多。晚起方投笔，前驱效执戈。马蹄须爱惜，留渡北流河。"读这些诗作，不难使我们感受到诗人的忧国之情、报国之心。

他的山水诗创作，自觉不自觉地渗透着一种浩茫的忧怀，这种忧怀的内

---

① （元）脱脱等：《金史》卷126《文艺传》下，中华书局1975年版，第2730页。
② （金）王若虚：《滹南诗话》卷上，人民出版社1962年版，第59页。
③ 同上书，第52页。

涵，主要是对国家前途、时世纷乱的焦虑之情。且看《水南晚眺》一首五律："小径通沙稳，清溪带树深。岸危低白屋，云近没青岑。洒落高秋气，飞腾壮士心。赋诗增感激，流水是知音。"这首诗算不上纯粹的山水诗。事实上，周昂集中纯然的山水诗是很少的。此诗前两联以十分简省的笔墨，勾勒了一幅幽静的溪山图。一条清溪蜿蜒流过，溪边的沙地伸出一条小径。树丛宛如一条带子保护着清溪。岸边的几座白屋与河岸相比显得很低，愁云迫近，似乎湮没了青黛色的山峦。这幅"溪山图"，带有明显的秋天的特征，本来是静谧的山水，诗人眺望之中，却腾起"壮士之心"。这种情怀显然并非仅仅关乎一己的，而是一种报国之心。联系周昂"捐躯赴国难"的行为，就不难理解诗人的壮怀了。

诗人有《山家》组诗七首，虽也不是纯粹的山水诗，但其中描写山水的诗句却是很有特色的。通过这组诗，我们可以领悟到，进入诗人审美视域的自然，都不可能是脱离主体纯粹的客观美，而必然是带着主体印迹的。此处略述几首："简易军中事，川原人望多。草平铺碧锦，山远出青螺。远愧桃花水，重临杏子河。去年关塞意，萧飒起悲歌。"（其四）"赤涧蟠双阙，青山壮一门。放歌游远目，箕踞得高原。地险劳天设，边戈厌日屯。庙谋新控扼，万里可雄吞。"（其五）"翡翠长松秀，氍毹细草斑。屡经新渡水，不数旧看山。太华愁登陟，终南费引攀。岂知图画景，长在马蹄间。"（其七）《山家》组诗，显系诗人从军时所作，是写在征途中的。这时，他是以军人的目光来观赏自然山川的。就山水本身的形态来说，也许与王维、孟浩然所处的山水环境并无多少不同；但王维《辋川绝句》中所描写的山水意象与周昂《山家》组诗所描写的山水意象的美感形态是颇为不同的。体现在周昂山水诗中的不是王维式的幽静、空灵与超然，而是一个戎马关山的"壮士"心目中面对大好山河引起的亲切感与崇高感。看到"赤涧蟠双阙，青山壮一门"的山川壮景，诗人放歌远目，有"万里雄吞"的壮怀；"翡翠长松秀，氍毹细草斑"的优美景色所触发的，却是"岂知图画景，长在马蹄间"的深沉感叹，这进一步说明了自然的人化的结果。

七律《登绵山上方》是一首颇能体现作者情怀的山水佳什，诗云：

> 环合青峰插剑长，小平如掌寄禅房。危栏半出云霄上，秘景尽收天地藏。野阔群山惊破碎，云低沧海认微茫。九华籍甚因人显，迥秀可怜天一方！

此系登临绵山绝顶、俯瞰群峰之作。诗中不仅描绘了绵山之雄伟高耸，也不仅摄写视野中的阔大景象，更重要的是，诗人临山之绝顶，俯瞰群山，忽然预感到山河即将破碎的国家命运。这自然使我们联想到杜甫登上慈恩寺塔的所见所感："高标跨苍穹，烈风无时休。自非旷士怀，登兹翻百忧。……秦山忽破碎，泾渭不可求。俯视但一气，焉能辨皇州？回首叫虞舜，苍梧云正愁。……"（《同诸公登慈恩寺塔》）周昂的这首《登绵山上方》，与杜甫的慈恩寺塔诗在意境上、心态上都颇相似。而且，两位诗人所处的时代环境也颇相类。杜甫是满怀对国家、民族的隐忧，预感到变乱将起，在俯瞰万象中寄托了这种忧怀；周昂处于金朝由盛转衰之时，山河被蒙古军不断吞并，诗人亦忧心正烈。颈联两句，气象雄阔苍凉而寓意深刻。方志有云："绵山在昌平州东十五里。元混一，《方舆胜览》载有绵山寺，金真定周昂题诗其上，有云：'野阔群山惊破碎，云低沧海认微茫。'亦警句也。"① 可见此诗颇为人们所看重。

周昂的山水诗尽管数量不多，也不那么纯粹，但其山水意象中触处而发的是忧国之怀，浩茫广远，使其有了深沉的思想内容，风格更近于老杜的沉郁顿挫。而且，周昂的山水描写有着深广的时代背景，与当日金源的社会危机息息相关，同时又融入了诗人爱国忧民的殷切的情愫，这都使其山水篇什有了不同以往的深度。

二　赵秉文：雄奇瑰丽的游华山诗

这里要谈的另一位诗人赵秉文，是金代中期的文坛盟主。他在南渡前已名声甚大，南渡后主盟文坛多年，有深远影响。从他的山水诗来看，还是放在南渡前这段时间论述较为适宜。

赵秉文（1159—1232），字周臣，磁州（今河北磁县）人。"幼颖悟，读书若夙习。"② 大定二十五年（1185）登进士第。明昌六年（1195）入为应奉翰林文字，同知制诰。贞祐四年（1216）拜翰林侍讲学士。兴定元年（1217）拜礼部尚书，兼侍读学士，同修国史，知集贤院事。晚年退职归田，因家有闲闲堂而自号闲闲老人。

赵秉文是金源一代著名学者、文学家，他以其宏富的著述为金源文化做出了重要贡献。据史料记载，他曾著有《易丛说》10卷、《中庸说》1卷、《扬子发微》1卷、《太玄笺赞》1卷、《文中子类说》1卷、《南华略释》1

---

① 《笔记小说大观》卷134，新兴书局有限公司1987年版，第2158页。

② （元）脱脱等：《金史》卷110《赵秉文传》，中华书局1975年版，第2426页。

卷、《列子补注》1 卷，删集论语、孟子解各 1 卷、《资暇录》15 卷，其学术研究涉及中国古代经籍的多方面重要内容。不过，这些著述皆已湮没散佚了。他的诗文集《闲闲老人滏水文集》凡 30 卷，尚存于世，是我们研究金代文化史、文学史弥足珍贵的资料。

赵秉文的诗歌创作数量甚丰，现存于《滏水文集》的诗作就有六百余首。关于闲闲诗的艺术成就与特色，元好问曾概括性地评价云："七言长诗，笔势纵放，不拘一律。律诗壮丽，小诗精绝，多以近体为之。至五言大诗，则沉郁顿挫学阮嗣宗，真淳简淡学陶渊明。以他文较之，或不近也。"①这个评价还是颇为中肯的。

赵秉文论诗提倡风格的多样化，主张不拘一格。他教后学为诗文时说："文章不可执一体，有时奇古，有时平淡，何拘？"②对于诗歌创作，赵秉文强调模仿。在"师心"与"师古"之间，他更强调"师古"。他的五言古诗，确实融合了阮嗣宗的沉郁顿挫与陶渊明的真淳简淡，在含蓄淡远中透出一种英拔不凡之气。而其七古，则写得气势奔放，雄丽高朗。赵秉文的山水之什，尤以七言古体（或以七言为主，兼以杂言）最具特色。如《游华山寄元裕之》便是其中的代表性作品，诗云：

> 我从秦川来，遍历终南游。暮行华阴道，清快明双眸。东风一夜横作恶，尘埃咫尺迷岩幽。山神戏人亦薄相，一杯未尽阴霾收。但见两崖巨壁插剑戟，流泉夹道鸣琳璆。希夷石室绿萝合，金仙鹤驾空悠悠。石门忽断一峰出，婆娑石上为迟留。上方可望不可到，崖倾路绝令人愁。十盘九折羊角上，青柯平上得少休。三峰壁立五千仞，其下无址傍无俦。巨灵仙掌在霄汉，银河飞下青云头。或云奇胜在高顶，脚力未易供冥搜。苍龙岭瘦苔藓滑，嵌空石磴谁雕镂？每怜风自四山而下不见底，惟闻松声万壑寒飕飕。扪参历井到绝顶，下视尘世区中囚。酒酣苍茫瞰无际，块视五岳芥九州。南望汉中山，碧玉簪乱抽。况复秦宫与汉阙，飘然聚散风中沤。上有明星玉女之洞天，二十八宿环且周。又有千岁之玉莲，花开十丈藕如舟。五鬣不朽之长松，流膏入地盘蛟虬。采根食实可羽化，方瞳绿发三千秋。时闻笙箫明月夜，芝軿羽盖来瀛洲。乾坤不老青山色，日月万古无停辀。君且为我挽回六龙辔，我亦为君倒却黄河

---

① （金）元好问：《中州集》卷 3，中华书局 1959 年版，第 152 页。
② （金）刘祁：《归潜志》卷 8，中华书局 1983 年版，第 87 页。

流。终期汗漫游八表，乘风更觅元丹丘。

　　如果把描写华山的诗搜罗起来，相参来读，一定会叹此诗为"观止"。这首歌行体长诗，充分发挥了诗人的才情，把华山的雄奇壮美写得淋漓尽致，不仅当得起元好问所论的"七言长诗，笔势纵放，不拘一律"，而且有过之而无不及。诗人笔下的华山，写得何等雄奇瑰丽！不仅写出了华山壮美奇特的风光，而且描绘出一个匪夷所思的梦幻般境界。很显然，这是继承了李白的《蜀道难》、《梦游天姥吟留别》、《庐山谣寄卢侍御虚舟》的写法，充满了丰富奇特的想象。陶玉禾评此诗道："规模青莲尚未可到，而放起得警拔，即在唐人中亦是高调。结处兜裹有法有力。"① 这首诗确实是金源七古中的佼佼者，可以说是"高视阔步"，俯瞰众作。

　　赵秉文的一些山水小诗则写得清丽悠远，意境灵动，如《郎山马耳峰》："房驷落人间，入石露双碧。月明闻夜嘶，惊落山头石。"这首短小的五古写马耳峰，写得有声有色。诗人充分发挥想象：月明之夜，似乎听到天马嘶鸣，充满了一种神秘之感。这种写法在山水诗中也是别具一格的。另如《效王右丞独步幽篁里》："独坐幽林下，谈玄复观易。西日隐半峰，返照林间石。石上多古苔，山花间红碧。花落人不知，山空水流出。"这类山水之作，更多地有着一种清远冲和的诗风，颇具含蓄蕴藉之致。这也符合他自己的"贵含蓄工夫"② 的审美趣尚，更多地接近王维山水小诗的艺术风格。

　　赵秉文的山水诗风格较为多样，或如李白那样豪放瑰奇，或如陶谢那样清淡自然，或如王孟那样空灵悠远。这因为他本人便广师博采，"得诸家之长"。因而，对各家风格进行模拟，而颇能得其神韵。但较为遗憾的是，赵秉文诗缺少一以贯之的自家的风格，这也表现在他的山水诗中。

第三章　金代后期：从优游林泉到忧念苍生

　　本章重点论述从金王朝"贞祐南渡"到金亡这段历史时期的山水诗创作。

　　"贞祐南渡"在金王朝来说，实出于不得已。章宗谢世后，卫绍王即

---

　　① （清）顾奎光：《金诗选》卷1，见徐丽华主编《中国少数民族古籍集成（汉文版）》第18册，四川民族出版社2002年版，第287页。

　　② （金）刘祁：《归潜志》卷8，中华书局1983年版，第88页。

位，金王朝开始走向衰败。蒙古的进攻在大安年间愈加猛烈。卫绍王被胡沙虎弑杀之后，金宣宗即位，改元贞祐，此时蒙古军不断进攻，金的山东、河北各州郡相继失守，已经腐朽萎弱了的女真军队无法抵御强悍的蒙古骑兵。宣宗深感恢复无望，于是决意南迁。贞祐元年（1213）金廷迁至南京汴京府（今开封）。南渡以后，朝政越加腐败，金朝国势每况愈下，蒙古军步步紧逼，使金王朝处于风雨飘摇之中。朝中权臣术虎高琪擅政，气焰熏天，堵塞言路，打击异己。在这样一种政风之下，诗人们的心态受到很大刺激。他们多是在明昌、承安时期已在政坛、文坛扬声显名了的，现在受到压抑，时常假诗以为不平之鸣。如李纯甫、雷渊等人的诗中就时见怨愤之气。也有一些诗人干脆寄情山水，长啸风烟，如完颜璹等人。本时期的山水诗创作，是与这种时代特征有较为密切的联系的。

南渡以后的诗坛，成就最为突出的，当推元好问。他不仅在金代是首屈一指的诗人，而且在整个中国诗史和文学批评史上也是一位"大家"。他的山水诗，也有很高的艺术成就，折射出金源后期的丧乱迹象，或直接呈现出山河破碎的图景，同时也反映出国破家亡之际诗人那种痛苦茫然的心态。与元好问同时还有一些遗民诗人，也在他们的山水诗中寄托了失却故国的幽愁暗恨。这个时期的山水诗，有着深沉的时代精神底蕴。

第一节　深受佛道影响的杨云翼、完颜璹

本节论述两位深受佛道影响的诗人杨云翼、完颜璹的山水诗创作。

一　杨云翼：与佛寺融合的山水境界

杨云翼（1170—1228），字之美，平定乐平（今山西昔阳）人。天资颖悟，博通经传，八岁知属对，日诵数千言。明昌五年（1194）经义进士第一，官至吏部尚书、翰林学士。正大五年（1228）卒，谥曰"文献"。杨云翼在南渡后政坛、文坛上有很高威望。南渡后20年，与礼部尚书赵秉文相继执掌文柄，时号"杨赵"。《中州集》录存其诗21首。

杨云翼受到佛家、道家的影响很深，他的诗多有明显表现出由佛道思想浸染过的人生观，诸如"人生如梦"、"物我齐一"等佛道观念，经常出现在其诗作之中。目睹金王朝的危难时局与后期的昏昧政坛，诗人的心情是无可奈何的，只好借佛道的一些观念来安顿自己的心灵。如他所写："方寸闲田了万缘，大空物物自翛然。鹤凫长短无余性，鹏鷃高低各一天。身内江湖从薄落，眼前瓦砾尽虚圆。叩门欲问姑山事，聋瞽由来愧叔连。"（《张广文逍遥堂》）"因缘多自成三宿，物我终同付八还。"（《光林寺》）都是以"心

生万法"、"万物皆空"等佛学观念和"物我齐一"的相对主义道家思想来观照人生的。而他描写山水，也常常是与题咏寺院结合在一起的。如《上白塔寺》云："睡饱枝筇彻上方，门前山好更斜阳。苔连碧色龟趺古，松落轻花鹤梦香。身世穷通皆幻影，山林朝市自闲忙。帘幡不动天风静，莫听铃中替戾冈。"《大秦寺》云："寺废基空在，人归地自闲。绿苔昏碧瓦，白塔映青山。暗谷行云度，苍烟独鸟还。唤回尘土梦，聊此弄澄湾。"这类诗作有《双成寺中登楼》、《光林寺》等。诗人往往是置身于寺院，浸染于一种浓郁的宗教气氛之中，以佛家特有的空明感与道家的同一观看山水自然。呈现在诗人面前、进入诗人审美视野的，是一种静谧的、空寂的山水灵境。这时，未经人们改造的山水与人类文化的产物——寺院、佛塔等，融合为一个完整的境界。这种境界既有青山碧水的优美，又有宗教意味的反思。它在自然中生发出某种哲思，又将读者引入一个渊深而灵动的妙境之中。在山水诗中呈现为独特的景观。

即便是那些没有明显佛道痕迹的山水题咏，杨云翼也写得优美清和，空灵澄澈，使人恍若置身其境，似与造化相融。如《太一湫》诗云："四崖环抱镜光平，数亩澄泓水石清。寒入井头千丈雪，净涵岩际一天星。傍人争出鱼依势，衔叶飞来鸟护灵。日日东风送潮出，只应绝顶透沧溟。"再如这样两首七绝："水连深竹竹连沙，村落萧萧已暮鸦。行尽画图三十里，青山影里见人家。"（《蔡村道中》）"云意生阴晚不收，西风疏雨一江秋。画图忽上阑干角，隐隐平湾转钓舟。"（《双成寺中登楼》）由这些山水之什可以看出，杨云翼的山水诗更多地继承了王、孟一派的传统，空灵淡远，意境如画。诗人并不拘于写实，而是创造出写意的、更具有审美价值的艺术境界。

　　二　完颜璹：兼擅小景与大景的诗人

完颜璹是南渡后的重要诗人，在山水诗创作方面也颇有独到之处。

完颜璹（1172—1232），本名寿孙，世宗赐名为璹，字仲实，一字子瑜。他是金世宗之孙，越王永功之子，是女真皇室成员，封为密国公，号为樗轩居士。

完颜璹虽然出身皇族，位列公侯，而一生行迹却俨然如一寒儒。他嗜爱文学艺术，长于诗词书法。奉朝请四十年，却"日以讲诵、吟咏为乐"①。平生所作诗文甚多，晚年自刊其诗 300 首，乐府 100 首，号《如庵小稿》。《中州集》录存其诗 41 首，《全金元词》存其词 9 首。

---

① （金）刘祁：《归潜志》卷 1，中华书局 1983 年版，第 4 页。

完颜璹以"孔颜乐处"为理想境界，他不以"一室萧然"为苦，而在"琴书满案"中获得乐趣。同时他又深受佛、道思想的影响，尤其是佛家那种空无虚幻的世界观，在其诗中屡屡有所表现。佛道的出世态度与前述儒家那种自甘清苦、追求道义的人生态度，统一在完颜璹这里，便是对富贵的鄙弃，对生活的超脱。"贫如囊底一钱无，老觉人间万事虚。富贵倘来终作么，勋名便了又何如。"（《漫赋》）"富贵山林争几许？万缘唯要总无心。"（《题纸衣道人图》）"有书贮实腹，无事梗虚臆。谢绝声利徒，尚友古道直。"（《自适》）这些诗句足以表明佛、道的随缘自适与万物齐一的处世哲学同儒家自甘清苦、追求道义的理想人格是如何统一在完颜璹身上的。到晚年，完颜璹便更以庄禅为自己的思想坐标，为恬淡闲适的人生况味所环绕。《老境》一诗颇能道出此种心境："老境唯禅况，幽居似宝坊。酒杯盛砚水，经卷贮诗囊。懒甚书弥少，闲多梦自长。不知何处雨，径作夜来凉。"这正是诗人晚年的心境写照。

这种思想性格，表现在诗歌创作上，就流溢出随缘忘机、淡泊自如的意绪。这在他的山水诗中也得到很明显的表现。他的山水诗往往并非广远阔大的景象，而是以一个个小巧的镜头，写出自然的可亲、可爱与自由感。试读这样一些七绝："轻轻姿质淡娟娟，点缀圆池亦可怜。数点忽飞荷叶雨，暮香分得小江天。"（《池莲》）"飞飞鸥鸟自徜徉，也解新秋受用凉。日暮碧溪微雨过，满风都是藕花香。"（《溪景》）这类山水小诗都是一些小景，如同画家笔下的扇面。诗人把这些小景写得清新灵动，传达出大自然的一派生机。另如七绝《梁台》"汴水悠悠蔡水来，秋风古道野田开。行人惊起田间雉，飞上梁王鼓吹台"，则是将自然山水与人文景观融成一个有机的完整意境，在对自然山水和人文景观的审美观照中，升腾起怀古的遐思，使人读此有了深远的历史感。这些小诗也表现了诗人与自然之间的亲和关系。对于自己的境遇，诗人以一种随缘忘机的态度处之；对于山水，诗人则以闲淡自适的心境与之相接。

完颜璹另外一些山水之作，则是境界较为阔大的，给人一种苍凉广远的审美感受。如《北郊晚步》诗云："陂水荷凋晚，茅檐燕去凉。远林明落景，平麓淡秋光。群牧归村巷，孤禽立野航。自谙闲散乐，园圃意犹长。"再如《秋晚出郭闲游》一诗："尘中俗事海漫漫，暂出城闉借眼宽。沙麓去边群牧小，野云平处一雕盘。残荷露水秋光晚，衰柳摇风古渡寒。此幅大年横景画，鲁冈图上似曾看。"这类山水诗作，与前述小诗相比，意境开阔，层次感强，风格萧散野逸，更多了一些北方山水的苍凉感。在用笔上，可说是类于绘画中淡墨写意的手法。

第二节　尚奇独创的雷渊、李经

本节论述金源后期著名诗人雷渊、李经的山水诗创作。

南渡以后，事实上诗坛已经形成了以赵秉文和李纯甫为代表的两个诗歌流派。金源后期诗坛，改变了"明昌、承安间，作者尚尖新"、多艳靡、拘声律的风气，诗歌主流转向质朴刚健。从社会因素来看，蒙古铁骑骎骎南下，朝政日益腐败，士大夫的境遇远不如章宗朝。现实的困境，使诗人们置身于焦虑之中，洗褪了怡和浮艳之风，而使诗作带有了更多的矫厉之气。从诗坛自身的情形来看，当时的诗界领袖李纯甫、赵秉文的逆挽之功亦不可没。金末刘祁指出："南渡后，文风一变，文多学奇古，诗多学风雅，由赵闲闲（秉文）、李屏山（纯甫）倡之。"① 可见，赵、李二人在诗风转变中与力大焉！然而，同样是反对艳靡和拘律，赵、李二人之间有着明显的诗学分歧。在对诗的性质、创作方法、艺术风格等方面，各有自己的认识与见解，争执不下，在诗坛上树起了两面旗帜。各自周围又都有一批志同道合的诗人，形成了不同的诗歌流派。赵秉文一派以赵秉文、王若虚为代表，李纯甫一派则以李纯甫、雷渊为代表。赵秉文一派主张平淡纪实，李纯甫一派力倡主观抒情，奇峭造语；赵秉文主张得诸家之长，转益多师；李纯甫则强调摆脱蹊径，自成一家，"勿随人脚跟"。在李纯甫一派中，尚奇，成为共同的审美倾向。雷渊、李经，都是这派诗人中的主将。因为李纯甫基本上没有山水诗留存下来，故举雷、李（经）二人的山水诗创作以见这一派诗的特征所在。

一　雷渊："诗杂坡、谷，喜新奇"

雷渊（1185—1222），字希颜，一字季默，应州浑源（今山西应县）人。其父雷思，是金朝名进士，仕至同知北京转运使。雷渊登至宁元年（1213）词赋进士甲科，曾任泾州录事，应奉翰林文字、监察御史等职，卒于兴定末年，年仅48岁。

雷渊刚直豪爽，个性强烈，元好问记述道："为人躯干雄伟，髯张口哆，颜渥丹，眼如望羊。遇不平，则疾恶之气，见于颜间，或嚼齿大骂不休。虽痛自摧折，猝亦不能改也。生平慕田畴、陈元龙之为人，而人亦以古

---

① （金）刘祁：《归潜志》卷8，中华书局1983年版，第85页。

人期之。"① 可见性格之亢直。

雷渊在文学创作上深受李纯甫影响，很早就"从李屏山游，遂知名"②。他在创作倾向上都以"尚奇"为特征。南渡以后诗文风格愈加奇特。刘祁评之云："公博学有雄气，为文章专法韩昌黎，尤长于叙事。诗杂坡、谷，喜新奇。"③ 他的诗作，《中州集》录存 30 首，其中山水诗如《九日登少室绝顶，同裕之分韵，得萝字》：

> 闲居爱重九，佳人重相过。登高酬节物，少室郁嵯峨。迤逦谢尘土，夷犹出烟萝。歘如据鳌头，万壑俯蜂窝。浩浩跨积风，泆泆渺长河。日车戾红轮，天宇凝苍波。指点数齐州，始觉氛埃多。我无倚天剑，有泪空滂沱。惊鳞盼奥渚，倦翼占危柯。悔不与家来，结茅老岩阿。归途眷老阮，广武意如何？

这首诗是登上少室山绝顶、鸟瞰山川的登临之作，写得极为壮阔雄奇。在鸟瞰中，万壑如同蜂窝，积风浩浩，长河滔滔，红日在群山中涌出，苍波与天宇相接，为诗人荡涤胸怀，使他似乎融身于万物。在如此奇美的境界中，诗人感慨于世事的纷扰，真希望能跳出尘氛，结茅岩阿，而更深层的意绪乃是诗人对于国家前途，民族命运的殷忧。"我无倚天剑"两句，乃是忧愤于自己无力回天，难以挽回金朝覆亡之势。诗人又联想到当年的阮籍，登临广武战场遗址，慨叹"世无英雄"。这其中潜藏着浩茫深重的悲慨之情。前一首是写山，而《济南珍珠泉》则是写水：

> 大地万宝藏，玄冥不敢私。抉开青玉罅，浑浑流珠玑。轻明疑夜光，洁白真摩尼。风吹忽脱串，日射俄生辉。有时如少靳，蠂沸却累累。风色媚一川，老蚌初未知。君看一日间，巧历所不赀。游人随意满，不昇乾没儿。吾谓历下城，繁华富瑰奇。贪夫死专利，帝意怜其痴。故露连城珍，可玩不可几。若曰天壤间，所遇皆汝资。何必秘箧笥，自贻伊瑕疵。诗成一大笑，臆说量天机。

---

① （金）元好问：《中州集》卷6，中华书局1959年版，第314页。

② （金）刘祁：《归潜志》卷1，中华书局1983年版，第9页。

③ 同上书，第10页。

这首写济南珍珠泉的诗，不仅意象奇崛不凡，而且颇具深意，多有发挥。这也是雷渊写山水的特点，就是不拘于物象，而是生发议论，开掘深刻。

雷渊也有山水小诗，如七绝《济南泛舟，水底见山，有感而作》："南山已在风尘外，更恐飞埃浼碧巅。一棹晚凉波底看，浴沂面目是天然。"通过"水底见山"，诗人感慨于此中一派天然纯净，不受污染，与尘俗世界是迥然有别的。在描写山水中生发一种些理趣，近于苏轼的那些理趣小诗。

二　李经：清奇冷峭，自成一家

李经，字天英，锦州（今辽宁锦州市）人。少有异才，入太学读书。李纯甫见其诗大加称赏，说他是"真今世太白也"①，盛称诸公间，由是名大震。他两次科考不第，拂衣北归。"南渡后，其乡帅有表至朝廷，士大夫识之，曰：'此天英笔也。'朝议以武功就命其州，后不知所终。"②

李经无科第功名，留下来的诗文也很少，但他在南渡诗人群中却颇享盛誉。关于他的诗歌创作，刘祁称他"为诗刻苦，喜出奇语，不蹈袭前人，妙处人莫能及"③。元好问也评价说："作诗极刻苦，如欲绝去翰墨蹊径间者，李、赵诸人颇称道之。"④　由这些记载可见，李经的创作态度十分认真，主张出奇而绝俗，尤其是要杜绝模拟前人、泥古不化的痕迹，而要戛戛独造，自创一格。

李经诗作散佚甚多，留传至今的完整篇什，只有《中州集》所存《杂诗》五首与小传中的一首。《杂诗》五首中可称为山水诗的有其一、其四、其五，不妨录此："长河老秋冻，马怯冰未牢。河山冷鞭底，日暮风更号。"（其一）"岩椒郁云，日夕生阴。雨雪缟夜，秋黄老林。人烟墨突，樵径云深。"（其四）"造物开岩地，岩帐掩剑壁。苔花张古锦，霜苦老秋碧。日夕云窦阴，风鼓泉涌石。马蹄忌硗确，樵道生枳棘。盘盘出井底，回首怅若失。长老不耐事，底事挂尘迹。披云出山椒，白鸟表林隙。"（其五）这几首山水之作生新独创，不履前人陈迹，给人以清奇冷峭的审美感受。李经的这些诗作，染着塞外的风霜，有着北方诗人的独特风貌。诗人以深切真实的艺术感受，刻画了塞北大地秋冬之际的特殊景象。其中"河山冷鞭底"一句，意象甚奇，五字之内，涵盖甚广，将广漠河山的寒冷尽收"鞭底"，有

①　（金）刘祁：《归潜志》卷1，中华书局1983年版，第12页。

②　同上。

③　同上。

④　（金）元好问：《中州集》卷5，中华书局1959年版，第263页。

"咫尺应须论万里"之势。第四首四言，第五首五言，都是古诗，写景细腻真切，使人如置身深秋时节的北方山野之中，而诗人黜落还乡后那种怅惘寒苦的心情，即流溢在山水物象之中。

李经将这五首《杂诗》从家乡寄给了在京城的文坛盟主赵秉文，赵读后写了一封回信，这就是著名的《答李天英书》。赵秉文对杂诗五首如是评价："所寄杂诗，疾读数过，击节屡叹。足下天才英逸，不假绳削，岂复老夫所可拟议，然似受之于天而不受之于人。"[①]这里明是褒扬，实则颇有微词，批评李经虽有自家面目，而未能规摹古人。赵秉文又认为李经之诗是"不过长吉、卢仝合而为一，未能以故为新，以俗为雅。非所望于吾友也"[②]。责备之意，溢于言表。说李经之诗有李贺、卢仝的影子，这是很有眼光的。李经为诗，确乎在中晚唐李贺、卢仝一派以奇险著称的诗人创作中汲取了很多艺术营养，以天英本人的禀赋而言，也近于这派诗人。但赵秉文对他的批评，其立论标准在于模仿古人，这就未免过于拘执了，其诗学观念是趋于保守的。李经恰恰是"摆脱翰墨间蹊径"，自铸奇语，独为一家。他的几首山水诗也体现出独创的特点，而不以模仿哪位古人为能事！

第三节　元好问：金代山水诗的巍峨主峰

本节专论金代大诗人元好问的山水诗成就。

一　生平简历与创作成就

元好问（1190—1257）字裕之，太原秀容（今山西忻县）人，自号遗山山人。遗山祖系出于北魏拓跋氏，是鲜卑族的后裔。其父元德明，也有诗名于当世。好问生七月，出继叔父元格。七岁能诗，太原王汤臣称其为"神童"。兴定五年（1221），遗山入京赴考，登进士第。正大元年（1224），又中宏词科。曾任国史院编修官，时间不长，便出为镇平、内乡、南阳等县县令。后又入京任职，在朝中任左司都事。金亡后回到故乡忻州，建野史亭，编纂金诗总集《中州集》和金末史料书籍《壬辰杂编》。蒙古宪宗七年（1257）秋，元好问卒于真定，归葬于秀容县系舟山下。

元好问是金代最杰出的诗人、诗论家。他的《论诗三十首》，在中国文学批评史上有广泛影响、重要地位。他一生创作宏富，现存诗1400余首，

---

① （金）赵秉文：《答李天英书》，见（清）张金吾《金文最》卷54，中华书局1990年版，第780页。

② 同上书，第782页。

词近 380 首。不仅数量最多，而且成就也最高。他一生亲历金末元初的战乱，目睹了蒙古军队攻城略地、烧杀抢掠的暴行，本人也饱经流离忧患。这些都在他的创作中得到了深刻反映。他的"丧乱诗"，成为金、元之际社会变乱的"诗史"。

二 雄肆豪放、跌宕多姿的古体山水诗

遗山诗集中，有很多山水之什。在其他诗中，也往往是山水意象与人文意象交融在一起。这里以评价其山水诗为主，也涉及一些其他诗作中山水描写的特点。

遗山的山水诗的诸体悉备，各有特色，而且映现出诗人的心路历程，在艺术上有很高的造诣。

遗山的七古山水诗写得气势雄浑，意境奇伟。如《南溪》、《云岩》、《天涯山》、《游黄华山》等，都有这种特色。遗山七古素来为论者所推重。如清人沈德潜所说："元裕之七言古诗，气王神行，平芜一望时常得峰峦高插、涛澜动地之概，又东坡后一能手也。"① 沈德潜用很形象的语言道出了遗山七古的特点，评价甚高，将其与东坡的七古相提并论。清人翁方纲称："遗山七言歌行，真有牢笼百代之意。"② 在遗山的七古山水诗中，也充分体现出诗人那种"挟幽并之气，高视一世"③ 的特点。我们先看《游黄华山》一首：

> 黄华水帘天下绝，我初闻之雪溪翁。丹霞翠壁高欢宫，银河下濯青芙蓉。昨朝一游亦偶尔，更觉摹写难为功。是时气节已三月，山木赤立无春容。湍声汹汹转绝壑，雪气凛凛随阴风。悬流千丈忽当眼，芥蒂一洗平生胸。雷公怒击散飞雹，日脚倒射垂长虹。骊珠百斛供一泻，海藏翻倒愁龙公。轻明圆转不相碍，变见融结谁为雄？归来心魄为动荡，晓梦月落春山空。手中仙人九节杖，每恨胜景不得穷。携壶重来岩下宿，道人已约山樱红。

入元之后，遗山写了许多山水诗，他把对故国的思念，都融入了对祖国大好

---

① （清）叶燮、薛雪、沈德潜著，霍松林、杜维沫校注：《原诗·一瓢诗话·说诗晬语》，人民文学出版社 1979 年版，第 237 页。

② （清）翁方纲：《石洲诗话》卷 5，中华书局 1985 年版，第 78 页。

③ （元）郝经：《郝文忠公陵川文集》卷 35《遗山先生墓铭》，山西人民出版社 2006 年版，第 478 页。

山河的咏赞之中。此诗大约作于蒙古太宗九年。黄华山即隆虑山，又名林虑山，在今河南林县西北 25 里处。刘祁称之为"太行之秀"、"皆绝壑倾洞，树木翁郁，水声潺潺，使人耳目翛然"①。黄华山尤以瀑布闻名于世。遗山此诗侧重描绘黄华飞瀑的壮丽景色，想象奇特，气势磅礴。在艺术风格上明显受到韩愈的《谒衡岳庙遂宿岳寺题门楼》等诗的影响。

遗山杂言体风格类于七古，而更见参差顿挫之美。在其杂言体山水诗中，《涌金亭示同游诸君》是很有代表性的一首，诗中写道：

> 太行元气老不死，上与左界分山河。有如巨鳌昂头西入海，突兀已过余坡陀。我从汾晋来，山之面目腹背皆经过。济源盘谷非不佳，烟景独觉苏门多。涌金亭下百泉水，海眼万古留山阿。觱沸泺水源，渊沦晋溪波。云雷涵鬼物，窟宅深蛟鼍。水妃簸弄明月玑，地藏发泄天不诃。平湖油油碧于酒，云锦十里翻风荷。我来适与风雨会，世界三日漫兜罗。山行不得山，北望空长哦。今朝一扫众峰出，千鬟万髻高峨峨。空青断石壁，微茫散烟萝。山阳十月未摇落，翠蕤云石相荡摩。云烟故为出浓淡，鱼鸟似欲留婆娑。石间仙人迹，石烂迹不磨。仙人去不返，六龙忽蹉跎。江山如此不一醉，拊掌笑煞孙公和。长安城头乌尾讹，并州少年夜枕戈。举杯为问谢安石，苍生今亦如卿何？元子乐矣君其歌！

这首诗亦作于入元之后。涌金亭在河南省辉县西北处，其地有苏门山，又名百门山，山下流泉无数，因名百门泉。涌金亭即在百泉附近。《彰德府志》载："涌金亭在百泉亭上，亭在泉侧，泉从地涌出，日照如金。"因以得名。涌金亭有苏轼手书"苏门山涌金亭"六个大字。这首诗以游记的笔法将涌金亭的山水风光迤逦写来，元气淋漓，气象万千。诗在思想内涵和艺术结构上都深受苏轼的影响，尤有《游金山寺》的痕迹，而奔放瑰奇有过之无不及。诗中句式以七言为主，杂以五言、九言，更显得变化多端，奇崛不平。它又打破了有唐以来那种运律入古、骈句丛生的模式，以单行散句为之，却绝不枯槁，更为奔放流美。陶玉禾评此诗谓："横豪奇放中时出劲特之句，不致一泻无余地。"②指出该诗虽然雄肆豪放，却并非一泻无余，而是回环

---

① （金）刘祁：《归潜志》卷 13，中华书局 1983 年版，第 163 页。
② （清）顾奎光：《金诗选》卷 4，见徐丽华主编《中国少数民族古籍集成（汉文版）》第 18 册，四川民族出版社 2002 年版，第 323 页。

曲折，跌宕生姿。诗人在尽情渲染山河奇景之后，在结尾处又表达了自己大济苍生的意愿，使诗的立意升华，超出了《游金山寺》的高度。

三　笔力苍劲、蕴含深厚的律体山水诗

遗山五律、七律中有许多山水之作，五律如《太室同希颜赋》、《少室南原》、《同冀丈明秀山行》等；七律如《春日半山亭游眺》、《十日登丰山》、《石门》、《望嵩少两首》、《怀州子城晚望少室》、《赤石谷》、《玉溪》、《华不注山》、《游济源》、《神山古刹》、《横山寺》等。他的五律山水笔力苍劲，诗律严整，深得杜诗之神髓。兹举两首为例，一为《太室同希颜赋》：

　　　　壮矣高维岳，盘盘上窈冥。中天瞻巨镇，元气有遗形。雨入秦川黑，云开楚岫青。鳌掀一柱在，万古压坤灵。

此诗写太室山的雄奇高峻，意象峥嵘，笔墨苍劲，把太室山的气势渲染得神完气足，也充分表现了诗人的高远胸次。

另一首《同冀丈明秀山行》：

　　　　暮景披横幅，山间二老同。云如愁成苦，雪亦笑诗穷。古木冻欲折，断崖行复通。从今胡谷梦，时到水声中。

此诗亦作于入元以后，诗人的整体心境是很寥落的。在描写山间冬季暮景时，流露出迟暮的心态。从艺术上来说，诗写得浑成自然而顿挫多姿。如"古木"一联，便内蕴曲折盘郁之致。

遗山七律在律诗发展史上是有很高地位的，受到论者的高度赞赏。如清人赵翼就这样评价其七律成就："七言律则更沉挚悲凉，自成声调。唐以来律诗之可歌可泣者，少陵十数联外，绝无嗣响，遗山则往往有之。如《车驾逼入归德》之'白骨又多兵死鬼，青山原有地行仙'，'蛟龙岂是池中物，蝱虱空悲地上臣'；《出京》之'只知灞上真儿戏，谁识神州竟陆沉'；《送徐威卿》之'荡荡青天非向日，萧萧春色是他乡'；《镇州》之'只知终老归唐土，忽漫相看是楚囚；日月尽随天北转，古今谁见海西流'；《还冠氏》之'千里关河高骨马，四更风雪短檠灯'；《座主闲闲公讳日》之'赠官不暇如平日，草诏空传似奉天'。此等感时触事，声泪俱下，千载后犹使读者低回不能置。"① 这是很能揭示遗山七律特点的。他的七律山水诗，尽管不如"丧乱诗"那样具有极为深重的历史容量，但在山水刻画中处处流溢了对时局的忧怀，有较深的思想蕴含。举名作《怀州子城晚望少室》为例：

> 河外青山展卧屏，并州孤客倚高城。十年旧隐抛何处？一片伤心画不成。谷口暮云知郑重，林梢残照故分明。洛阳见说兵犹满，半夜悲歌意未平。

此诗在写少室景物中融进了浓重的伤时忧世之情，很明显是写于金亡前后之时。在山水景色的描绘中，诗人自觉不自觉地投射了对国家、对时局的"一片伤心"。颔联两句在遗山诗中几度重出，正是诗人忧国忧民、心情极度伤感的表现。

元好问的山水诗，无疑是金代山水诗思想与艺术的峰巅。它们不仅数量众多，而且艺术精熟，又有着深刻的时代烙印。诗人通过山水意象的描绘，映现了金亡前后的时代景象，也展露了他眷恋故国、忧念苍生的怀抱，这在山水诗史上是继承了杜甫、陆游等人的优良传统的。

第四章　元代前期：多种流派与风格争奇斗妍

以蒙古贵族为统治核心的元王朝，在政治、经济文化上都有着不同于其他时代的特征。元代文学，在中国文学史上有其独到的成就与地位。杂剧和散曲创作的巨大成就标志着近古时期文学变革时代的到来。属于雅文学范畴的传统诗文，其原来的主导地位逐渐弱化；同时诗文领域自身也出现了新变。

就元代诗歌而言，在中国诗史上是不可缺少的重要一环。关于元诗的研究，是相当薄弱的。不用说与唐诗、宋词、明清小说的研究盛况相比，显得颇为沉寂，就是与同样不景气的金诗研究相比，也是更逊一筹。但实际上，元诗的创作是很有研究价值的。不仅篇什浩繁（仅清人顾嗣立所编《元诗选》就录元诗三万余首），而且，也有着不同于其他时代诗史的成就。元代的山水诗创作，也同样呈现出丰富的色彩与壮观的局面。

关于元诗发展的分期，一般以元仁宗延祐年间为界，划为前后两期，而

---

① （清）赵翼：《瓯北诗话》卷8，人民文学出版社1963年版，第117—118页。

我们从文学发展的自身规律及客观变化出发，分为前、中、后三期。前期主要指从大蒙古国建立到世祖忽必烈去世这段时间（正式建国号为"大元"是世祖至元八年即公元 1271 年，但习惯上把成吉思汗建立大蒙古国就看作元朝的开端。元朝前期作家的文学活动多有在成吉思汗时代者）；中期以仁宗期为核心；后期则从泰定帝到元亡。这只是个大略的划分。然而，从诗歌发展史的角度来看，这几个时期的诗坛是有着不同风貌的。我们叙述元代山水诗的发展，也以这几个时期为断限，这样，便于更加清晰地认识其发展变化的脉络。

元代前期诗坛，是一个众派汇流的阶段。这个时期诗人成分较为复杂，因而形成了诗坛上异彩纷呈的局面。元前期诗人大致有这样三部分：一部分是参与元王朝创建的士人，如耶律楚材、刘秉忠、郝经等，他们在心理上是认同于元王朝的；另一部分是由金入元的诗人，如元好问、李俊民等；再一部分是由宋入元的诗人，如戴表元、黄庚、方回等。由于来源不一，因而心态各异，诗风也就不同。元代前期的山水创作也是多姿多彩的。

第一节　开创者的雄丽境界

在蒙古王朝及忽必烈建立元朝的过程中，有几位诗人是元朝开创期的元臣，如耶律楚材、刘秉忠、郝经等人。在元朝的开拓创立中，他们以其杰出的政治能力与对元统治者的忠悃，受到元统治者的倚重。他们的诗作多有一种建功立业的雄心，匡济苍生的襟抱。他们的人生价值取向，都是儒家传统的"修齐治平"为旨归。他们笔下的山水吟卷，不是遁世者的精神逃薮，而是开创者的雄丽世界。

一　耶律楚材：雄奇与清丽的山水歌吟

耶律楚材（1190—1244），字晋卿，号湛然居士，契丹族，是辽东丹王耶律倍的八世孙。乃父耶律履仕金为尚书右丞。楚材"三岁而孤，比长，博极群书，兼旁通天文、地理、衍数及释老、医卜之说"①。金章宗时曾任开同知，宣宗时任左右司员外郎。元太祖十八年（1218），耶律楚材被成吉思汗召到漠北，次年随成吉思汗西征，受到成吉思汗的信任。窝阔台即位后，任楚材为中书令。耶律楚材在蒙古国及元朝前期的政治生活中发挥了非常重要的作用，对于蒙古国家政治制度的建立，有卓越的贡献，在政治、经济、文化等方面，都提出了一系列有利于中原封建经济的恢复和发展的政策

---

① （清）顾嗣立：《元诗选·初集》，中华书局 1987 年版，第 339 页。

与措施。

耶律楚材既是一位儒者，也是一位居士，因而，他的诗歌创作流露出的思想倾向，最为突出的是儒释交融。用他自己的话来说，就是"以儒治国，以佛治心"①。更为根本的还是以儒家那种积极进取、"兼济天下"的人生态度来参与蒙古王朝的开创事业。在元朝初期，蒙古贵族东征西战，以征服天下为宏业。耶律楚材把自己的宏大抱负依托于蒙古统治者身上。他出身契丹族，因而没有"夷夏之防"的正统观念，而以蒙古为一统中国、安定天下的政治力量。他要辅佐君主，完成一统四海的大业，然后"大济苍生"，这无疑是儒家"修齐治平"的人生理想。楚材在诗中时时抒发的政治抱负，可以归为一句话，便是"致主泽民"。如说："君主泽民元素志，东书自荐我无由。"（《感事四首》）"囊时凿破藩垣重，泽民济世学英雄！风云未会我何往，天地大否途难通。"（《用前韵感事二首》其二）"泽民致主本予志，素愿未酬予恐惶。"（《用前韵感事二首》其一）这种思想倾向是贯穿于诗人一生的，也是其诗歌创作的主调。

耶律楚材不仅是元初一位卓越的政治家，而且是一位出色的诗人。正如清人顾嗣立评价其诗时所说："雄篇秀句，散落人间，为一代词臣倡始，非偶然也。"② 他的诗文集为《湛然居士文集》，收其诗作 720 余首。诗人在戎马倥偬之中，仍然不废翰墨，很多篇什都写于扈从成吉思汗西征的途中。他的山水诗创作，多是在这个时期。军旅生活的壮怀，异域风光的奇丽，使这位诗人大开眼界。当他在戎马生活的闲暇中把审美的目光投向这边塞风光和异域景色时，感到前所未有的惊喜。对于扈从大汗西征，诗人是引以为自豪的。这种心态一再泛溢在他的诗中，如他曾写道："一圣扬天兵，万国皆来臣。……河表背盟约，羽檄飞边尘。圣驾亲徂征，将安亿兆人。湛然陪扈从，书剑犹随身。翠华次平水，草木成生春。冰岩上新句，文质能彬彬。"（《和平阳王仲祥韵》）这里所袒露的情感不是虚假的，而是他在扈从西征过程中的典型心态。

以这种心态观照自然山水，楚材写在西征途中的山水诗，呈现着雄奇瑰丽的亮色。那些与中土风貌迥异的山川，激发着诗人的灵感。虽在征战的马背之上，诗人仍然写下了许多描绘西域山河壮景的篇什。尤以写在途经阴山时的作品最有代表性。先看七律《阴山》：

① （元）耶律楚材：《湛然居士文集·孟攀鳞序》，中华书局 1985 年版，第 2 页。
② （清）顾嗣立：《元诗选·初集》，中华书局 1987 年版，第 340 页。

八月阴山雪满沙，清光凝目眩生花。插天绝壁喷晴月，擘海层峦吸翠霞。松桧丛中流畎亩，藤萝深处有人家。横空千里雄西域，江左名山不足夸。

律诗是形式约束最大的诗体，尤以七律为难。形式的整饬往往造成一种装饰感。能将律诗写到炉火纯青、不见绳削之痕的诗人（如杜甫）并不多见。律诗在对仗上的严格要求使它更多地具备了形式美感，对仗的工稳考究往往造成了诗人的刻意追求与读者的突出感受。而楚材这首描写阴山风光的七律，则脱略了惯常的语式，使阴山的特有雄姿跃然纸上。在这里，七律那种形式感消融到自然意象之中，诗人以凝练的笔触将阴山雄姿凸现出来。

如果说《阴山》一诗囿于格律难以酣畅淋漓表达诗人对阴山所禀赋的自然美的感受，那么，《过阴山和人韵》、《再用前韵》这两首七言长歌使诗人一吐为快。《过阴山和人韵》云：

阴山千里横东西，秋声浩浩鸣秋溪。猿猱鸿鹄不能过，天兵百万驰霜蹄。万顷松风落松子，郁郁苍苍映流水。天丁何事夸神威，天台罗浮移至此。云霞掩翳山重重，峰峦突兀何雄雄。古来天险阻西域，人烟不与中原通。细路萦纡斜复直，山角摩天不盈尺。溪风萧萧溪水寒，花落空山人影寂。四十八桥雁横行，胜游奇观真非常。临高俯视千万仞，令人凛凛生恐惶。百里镜湖山顶上，旦暮云烟浮气象。山南山北多幽绝，几派飞泉练千丈。大河西注波无穷，千溪万壑皆会同。君成绮语壮奇诞，造物缩手天无功。山高四更才吐月，八月山峰半埋雪。遥思山外屯边兵，西风冷彻征衣铁。

不唯在元代，可以说在整个山水诗史上，这首诗也是一篇令人击节称叹的佳作。很明显，这首诗很有李白《蜀道难》、《梦游天姥吟留别》等歌行名篇的遗韵，也用神奇的想象来渲染阴山的宏壮气势，但更多的是以彩笔直接描写阴山的雄奇风姿，淋漓尽致地刻画了阴山的特征。诗不仅写了阴山的磅礴雄伟，也写了阴山的深远古奥；不仅写了阴山之形，而且写了阴山之神；不仅写了阴山的大观，而且写了阴山的细曲。似乎可以这样说，这是描写阴山风光的"第一诗"！

在这两首阴山的七言长歌中，不仅是对山光水色的描写，而且也有相当突出的社会内容。诗人在渲染阴山的崇高雄峻之美的同时，又表现了西征军的高昂斗志，也表达了他的内心世界。《再用前韵》在描绘了阴山的峥嵘雄峻之后又吟道："西望月窟九译重，嗟乎自古无英雄。出关未盈十万里，荒陬不得车书通。天兵饮马西河上，欲使西戎献驯象。旌旗蔽空尘涨天，壮士如虹气千丈。秦皇汉武称兵穷，拍手一笑儿戏同。堑山陵海匪难事，剪斯群丑何无功。骚人羞对阴山月，壮岁星星发如雪。穹庐展转清不眠，霜匣闲杀锟吾铁。"在这些诗句中，诗人展现了蒙古军的雄壮军威，使自然景色的雄奇与军威的雄壮相映成趣。人与自然成为和谐的整体。在此诗的内在结构中，诗人的内心世界是最深层次。举首遥望阴山峰巅的一轮冷月，诗人想到自己已值壮岁，鬓发已经花白，却未能施展雄大的抱负，不过是作为一个谋士扈从于大汗身边，心中不免峥嵘不平，在穹庐辗转难眠。这些抒情化的文字，并不与山水景物的描写相游离，而是浑然一体的。

　　楚材的山水诗以雄奇为主要的审美风貌，上举的这几首诗作都突出地体现了这种特点。但他的山水诗还有另一种与此迥然有异的风貌，如他的《过济源登裴公亭用闲闲老人韵四绝》：

　　　　山接晴霄水浸空，山光艳艳水溶溶。风回一镜揉蓝浅，雨过千峰泼黛浓。（其一）
　　　　侍中庵底春山色，裴老亭边秋水声。修竹茂林真隐地，但期天下早休兵。（其三）

再如《过金山和人韵三绝》：

　　　　金山前畔水西流，一片晴山万里秋。萝月团团上东嶂，翠屏高挂水晶球。（其二）
　　　　金山万壑斗声清，山色空濛弄晚晴。我爱长天汉家月，照人依旧一轮明。（其三）

这些山水小诗，写出了西域山水的另一面：静谧、优美，如同一幅幅色彩明丽的水彩画。这些诗中的描写，其实也体现了诗人思想中的又一侧面，渴望早日休兵，恢复和平生活。楚材的思想是儒、释交融的复杂构成。他一方面是以儒家"兼济天下"的思想来入世，辅佐帝王建功立业；另一方面，他又信仰佛教，以"色不异空，空不异色"的大乘思想来使自己得到一种安顿与解脱。楚材是著名禅宗大师万松行秀的高足，曾"受显诀于万松"。这些恬淡宁静、神韵悠然的山水诗句，不无佛光禅影在其中。

　　二　刘秉忠：饶有韵外之致的山水小幅

　　刘秉忠是元初的开国之臣，也是一位颇有成就的诗人，他的诗文集中不乏优秀的山水篇什。

　　刘秉忠（1216—1274），初名侃，字仲晦，顺德邢台（今属河北）人。在世祖忽必烈朝，秉忠受到世祖重视，官至光禄大夫太保，参领中书省事，在元朝前期的封建化过程中，有着突出的贡献。史载："世祖继位，问以天下之大经、养民之良法，秉忠采祖宗旧典，参以古制之宜于今者，条列以闻。于是下诏建元纪岁，立中书省、宣抚司。朝廷旧臣、山林遗逸之士，咸见录用，文物粲然一新。"① 秉忠早年曾为邢台节度府令史，后投笔归隐，后又入佛门，为天宁虚照禅师招致为僧，因而多有虚无空幻的佛教思想倾向，其性格颇为恬淡怡和。他虽"位极人臣，而斋居蔬食，终日澹然，不异平昔，自号藏春散人"②。而他的诗歌风格也以萧散闲淡为特征。清人顾嗣立评价说："至于裁云镂月之章，白雪阳春之曲，在公乃为余事，史称其诗萧散闲淡，类其为人，盖以佐命元臣，寄情吟咏，其风致殊可想也。"③ 其诗文集为《藏春集》。

　　《藏春集》中纯粹的山水诗并不多，却写得富有韵味。如这样几首山水绝句：

> 小溪流水碧如油，终日忘机羡白鸥。
> 两岸桃花春色里，可能容个钓鱼舟？
>
> ——《小溪》
>
> 楼头凝眺倚晴晖，山势长看水附堤。
> 燕子双双衔不遍，凤凰城里落花泥。
>
> ——《晴望》
>
> 芦花晚望钓舟行，渔笛时闻三两声。
> 一阵西风吹雨散，夕阳还在水边明。
>
> ——《溪上》

---

① （明）宋濂等：《元史》卷157《刘秉忠传》，中华书局1975年版，第3693页。
② 同上书，第3694页。
③ （清）顾嗣立：《元诗选·初集》，中华书局1987年版，第373页。

这些山水小诗，颇能体现所谓"萧散闲淡"的风格特征。诗的境界清美明丽，且流溢出大自然所赋予的生命力。诗人"凝眺"山水美景，在春色中油然而生"忘机"之想。摆脱了政务的烦恼，使自己的心浸染于自然之美中。

刘秉忠还有一些诗作，并非纯粹的山水景物描写，而是将山水风光与社会内容结合在一起，如《江边晚望》：

> 沙白江青落照红，沧波老树动秋风。天光与水浑相似，山面如人了不同。千古周郎余事业，一时曹孟谩英雄。东南几许繁华地，长在元戎指画中。

再如《岭北道中》：

> 雨雾轻烟销翠岚。五更残月照征骖。王戈定指何方去，天意仍教我辈参。霸气堂堂在西北，长庚朗朗照东南。江山如旧年年换，谁把功名入笑谈？

这类诗作与前面所举的山水小诗相比，在景物刻画上更为雄浑壮阔，具有一种崇高的美感，而且在山水景物中融进了诗人对历史的反思以及自己的胸襟、意志。

刘秉忠从年轻时便信仰佛教，曾皈依空门，法名子聪，早年又曾弃吏职而隐居武安山中。因此，他一方面辅佐君主，创制一代王朝规模；一方面又时发"出世"之想。这种情形是与耶律楚材非常相似的。联系他的思想历程，可知在他来说是很自然的。

三 郝经：奇崛壮浪的山水歌行

郝经（1223—1274），字伯常，泽州凌川（今山西晋城）人。他出身于世代业儒之家。祖父郝天挺是大文学家元好问的老师，而他自己又师从于元好问。郝经的思想特点是积极有为，坚定进取，"为人尚气节，为学务有用"[1]。他由忽必烈招至王府，深得忽必烈信任。忽必烈即位大统之后，"以经为翰林侍读学士，佩金虎符，充国信使，赍书入宋通好"[2]。当时南宋正

---

① （明）宋濂等：《元史》卷157《郝经传》，中华书局1975年版，第3709页。
② 同上书，第3708页。

是奸臣贾似道当权，他深恐郝经的到来会败露自己在宋元交往中的一些丑事，于是把郝经拘在真州。郝经被拘十六年，忠贞不渝，到至元十一年（1274），伯颜南伐，方将郝经迎回。回朝后，元人非常敬重郝经的气节，比之于汉苏武。

郝经是元代前期的著名文学家，诗文俱佳，有《陵川集》传世。史称"其文丰蔚豪宕，善议论，诗多奇崛"①。在元代前期，郝经是诗坛上的重要角色。在元诗从前期过渡到大德、延祐年间的鼎盛时期，郝经起了重要作用。《四库全书总目提要》说："其文雄深雅健，无宋末肤廓之句，其诗亦神思深秀，天骨秀拔，与其师元好问可以雁行，不但以忠义著者也。"② 这是较为允当的评价。对其文的评价，其实也适于其诗，后来元诗那种光英朗练、明秀流畅的特点，在郝经这里已经形成，不过他的诗更为幽愤深沉而已。郝经在诗歌创作上得元好问之真传，奇崛宏肆，笔力健劲。被拘真州期间的篇什，如《听角行》、《后听角行》等，尤为沉郁感荡，动人肺腑。

《陵川集》中多有山水篇什，而且多是雄浑奇肆的歌行之作。在这些诗篇中，诗人不仅以雄健的笔触描绘了祖国山水的壮丽风光，而且就中表现了诗人那种高朗坚毅的胸怀。写山的名作如《华不注行》：

> 昆仑山巅半峰碧，海风吹落犹带湿。意气不欲随群山，独倚青空迥然立。平地拔起惊屏颜，剑气劲插青云间。济南名泉七十二，会为一水来浸山。我来方作鲸川游，玉台公子邀同舟。君山浮岚洞庭晚，小孤滴翠清江秋。酒酣兴极烟霏昏，鱼龙惨淡回山根。少陵不来谪仙死，举杯更欲招其魂。魂兮不来天亦老，元气崔嵬山自好。超越绝顶凌长风，注目东溟望蓬岛。

此诗写华不注山的雄伟，意象十分奇崛，突兀不凡，而且在山的意象中，投入了诗人的人格精神。"意气不欲随群山，独倚青空迥然立"，贯注了诗人独立不倚的品格。读此诗，使人感到一种堂堂正气。诗的开篇用入声韵，给人以奇突不平之感。

再如这样两首山水歌行。其一是《湖水来》：

---

① （明）宋濂等：《元史》卷157《郝经传》，中华书局1975年版，第3709页。

② （清）永瑢等：《四库全书总目》卷166《集部·别集类·一九》《藏春集》部分，中华书局1965年版，第1422页。

　　　枯风怒遏长川回，两湖五月生黄埃。水晶宫碎洲渚出，昆明老火飞
狂灰。鱼龙错落半生死，乾坤枯槁无云雷。海鲸怒抉海眼破，涛头一箭
湖水来。新声汩汩入黑壤，寒虹娇娇收苍霾。鸥鸟静尽波不起，澄清无
瑕玉镜开。浮光四动青云第，倒影半浸黄金台。何当乘兴呼太白，棹歌
长入琉璃堆。满船明月露花冷，翠绡银管飞琼杯。

再有《江声行》：

　　　雁啼月落扬子城，东风送潮江有声。乾坤汹汹欲浮动，窗户凛凛阴
寒生。昆阳百万力一蹶，齐呼合噪接短兵。铁骑突出触不周，金山无根
小孤倾。起来看雨天星稀，疑有万壑霜松鸣。又如暴雷郁未发，喑呜水
底号鲲鲸。只应灵均与子胥，沉恨郁怒犹难平。更有万古战死骨，衔冤
饮泣秋涛惊。虚庭徒倚夜向晨，重门击柝无人行。三年江边不见江，听
此感激尤伤情！须臾上江帆欲举，舟子喧阗闹挝鼓。江声渐小听鸡声，
惨淡芙蓉落疏雨。

这两首山水之作，很能代表郝经的风格。对一种自然景物进行穷形尽相的描
写，以多种意象进行比喻。风格壮浪豪肆，意象丰富而奇特，并且在自然风
光的刻画之中，渗透了深刻的社会内容，同时也表现了诗人那种深沉而刚毅
的性格。在山水意象中充分展示主体的情志与历史的内涵，这可以说是郝经
山水诗的一个明显的特征。如《江声行》中联想到屈原、伍子胥的"沉恨
郁怒"和"万古战死骨"的"衔冤饮泣"，这就不止于山水壮景的刻画了，
而给人以深厚的历史感。

　　郝经山水诗多用歌行体，调动各种超越现实的意象，颇有太白歌行之
风，但又看得出李贺对他有相当的影响。往上追溯，郝经的这些山水歌行，
似乎多受楚骚的沾溉。

第二节　理学家的山水吟咏

　　在中国思想史上，元代并不是一个可以忽略的时代。元承宋后，理学盛
行，程朱之学逐渐成为元代统治者所尊崇的官方意识形态。理学之兴盛，对
元代的文化有着深刻的影响。

　　元代理学家，尤以元代初期的许衡、刘因、吴澄最为著名。他们对理学
的传播及理学正统地位的确立，是起了决定性的作用的。他们又都能诗，而

且在诗坛上颇有地位。在他们的理学思想与诗歌创作之间有着或明或暗的瓜
葛。他们的山水吟咏，也不无理学思想的印迹。

一　许衡：得陶诗冲淡深隽神味

许衡（1209—1281），元代著名理学家。字仲平，时人称为鲁斋先生。
元怀庆路河内（今河南省沁阳市）人。许衡从小便聪颖过人，好学不倦。
稍长便决意求学，专心研究儒学经典。中统元年（1260）忽必烈即位于开
平，召许衡北上。次年，授国子祭酒。时国子学未立，只是空名，不久便辞
职还乡。至元二年（1265），忽必烈下诏再召，许衡奉命入中书省议事。三
年，上《时务五事》疏，提出行汉法、重农桑、兴学校等主张。六年，召
与徐世隆共立朝仪，与刘秉忠议定官制。七年，授中书左丞，劾阿合马专
权，忽必烈不听，遂辞职。八年，改授集贤大学士兼国子祭酒，创立国子
学，以《小学》、《四书》及其所著《大学直解》、《中庸直解》等教材，亲
自讲授，以儒学六艺教授蒙古弟子。许衡作为元代的著名的理学家和教育家
对元代文化作出了很大贡献。他的主要业绩是奠定元朝国子学基础与阐扬程
朱学说，使之普及，终于定于一尊。《宋元学案》中为其专立《鲁斋学案》。

许衡也是一位诗人，其诗收入《鲁斋集》中。许诗多为一般的人生感
慨，用以抒写自己的怀抱，很少把注意力放在对外间事物的关注上，而主要
是写自己的内心体验，诗风较为质朴深沉。《元诗选》的编者顾嗣立评价其
诗云："先生开国大儒，不借以文章名世。然其古诗亦自成一家，近体时有
秀句。"①《鲁斋集》中有若干首山水之作，如《游黄华》、《别西山二首》、
《晚步西溪》等篇什。这些诗作都在山水名区的景色描写中表现了诗人热爱
自然、息心林泉的精神追求。我们先看《游黄华》一诗：

> 我生爱林泉，俗事常鞅掌。十年苦烦剧，一念愈倾仰。峰峦看画
> 图，云烟入想象。久成心上癖，欲忍不可强。荷有敬斋公，恒以善相
> 长。携我游黄华，一洗尘虑爽。行行叹奇绝，举目皆胜赏。镜台耸百
> 嶮，瀑布落千丈。石苔积重痕，溪风动幽响。使我躁竞息，使我心志
> 广。恍如梦中身，翱翔千古上。回首声利场，谁能脱尘网。我老得仁
> 心，动作皆可像。还家拟邻居，求田冀接壤。便许朴钝质，于此静
> 中养。

---

① （清）顾嗣立：《元诗选·初集》，中华书局 1987 年版，第 434 页。

黄华山，也称林虑山，即《别西山》诗中的"西山"。此山风景优美，远离市嚣，是个隐居的好去处。金代大文学家王庭筠曾在此隐居多年，因号"黄华山主"。许衡写此诗时"寓居吴门，与（姚）枢及窦默相讲习。凡经传、子史、礼乐、名物、星历、兵刑、食货、水利之类，无所不讲，而慨然以道自任"①。这首诗以质朴冲淡的语言描绘了黄华山幽深而宁静的景致，袒露了自己对远离尘嚣的自然之美的向往之情。诗人在俗事鞅掌的烦恼之中，寻找着精神的绿洲与心灵的栖息之地，在黄华山的幽静林泉中，诗人重返了自然的故里。另外两首《别西山》所表达的思想情致与此非常一致。这几首五言之作，颇似陶渊明的五古，冲淡夷和，景物如画，而又闪烁着理性的光彩。

再看他的两首七律山水诗：

　　拉友西溪往步联，西溪佳景丽秋天。日回林影苍烟外，风转滩声白鸟前。迅走双轮机磨巧，连安独木小桥偏。老年活计寻幽隐，须拟冈头置一廛。

——《晚步西溪》

　　闻道黄华山水好，我来一览气增豪。镜台对耸千峰起，瀑水惊喷万仞高。晓色云烟生洞府，霁天霏霭散林皋。凭谁早遂终焉计，日月登临不惮劳。

——《游黄华宫》

这些七律之作，格律工稳而自然流畅，把西溪及黄华山的特色勾勒出来。许衡是著名的理学家，他的理学思想在中国思想史上是有重要地位的，但他的山水诗却不像某些理学家那样"理过其辞，淡乎寡味"，而是充满审美情韵的。也许不仅是在许衡诗中，元代其他理学家也多有这种特征。

二　吴澄：气象壮阔，道通天地

吴澄（1249—1333），字幼清，晚年改字伯清，号草庐，抚州崇仁（今江西临川县西南）人，是元代著名理学家、教育家。吴澄的学术地位与许衡相颉颃，故有"南吴北许"之称。他受程钜夫的荐举入京，曾任国子司业、国史院编修、集贤直学士等职。他"官止于师儒，职止于文学"②，然

---

① （明）宋濂等：《元史》卷158《许衡传》，中华书局1975年版，第3717页。
② 方旭东：《中国思想家评传丛书·吴澄评传》下，南京大学出版社2011年版，第493页。

都"旋进旋退"，时间很短。其大半的岁月是偏居乡曲，孜孜于理学。人合其所有文字为《草庐吴文正公全集》。《宋元学案》中为其专立《草庐学案》。

在学术思想上，他遵循"合会朱陆"之旨而加以光大。一方面，他在经学上以接续朱熹为己任，完成《五经纂言》，尤其是其中的三礼，是完成朱氏的未竟之业。另一方面，在心性学说上，他又更多地继承了陆九渊的思想，主张以直觉的方法先返之吾心。其说"多不同于朱子"。在元代理学"合会朱陆"的倾向中，吴澄是一位代表性人物。

吴澄也以诗著称，有诗四卷，名《草庐集》。顾嗣立评其诗云："先生雅好邵子书，故其诗多近之。"① 这是说吴诗多少有邵康节诗的风味。邵雍是北宋时期的著名理学家，同时也以能诗著称，有诗集《伊川击壤集》。康节诗明白晓畅，但多有义理演绎，较少余韵，故而被人讥为"语录讲义之押韵者"。吴澄《草庐集》中有些诗与康节诗有某种相似之处，然而从整体来看，并非是在诗中大谈义理，没有那么多"方巾气"。《草庐集》中山水诗不多，却清新可喜，很有艺术感染力。如七律《泗河》：

> 泗堤四望尽平原，丛苇荒茅十室烟。淮北更无生草地，江南已是落花天。阴风泅泅浮孤艇，春雨蒙蒙冥一川。中有渔翁犹世业，长蓑短笠浅滩前。

这首诗写泗河及其两岸风物，境界开阔，诗笔老到，并无道学先生的酸气，使人感到这种景物描写后面，有着更深一层的意味，在意象之中，透露出诗人远离尘嚣、热爱自然的思想倾向。再看一首歌行体山水之作《湖口阻风登江矶山观诗》：

> 狂风吹人浑欲倒，瑟瑟寒声动秋草。扪萝径上矶头山，万顷江湖波浩渺。怒鳞云深奔腾来，眩目快心千样好。向曾观海为观山，回首匡庐青未了。玄云作帽深蒙头，五老昂藏元不老。何时日夜水镜净，漭荡澄虚纳苍昊。著我峰尖伴老人，坐看海东红日杲。

应该说，这是山水诗中上乘之作。诗人登上矶头，俯观万顷湖波，胸次极为

---

① （清）顾嗣立：《元诗选·初集》，中华书局 1987 年版，第 517 页。

壮阔。诗中文气充沛，气象壮大，充满一种昂扬的生命力。从字面看，似全在描写景物，细味却使人感其意兴不仅在于山水之间，却是有着与造物"道通为一"的深刻感受。

吴澄在元朝虽有短暂的出仕经历，但他一生中大半时间居于乡野，"研经籍之微，玩天人之妙"①。吴澄的理学实际上渗透了很浓的庄学思想，正是在这一点上，他更深刻地受到邵雍的影响。优游林泉、隐逸出尘的人生价值观在其诗文中是多有表现的。如这样一些诗句："客里秋光好，归心不厌迟。墙低孤塔见，院静一帘垂。隔纸闻风怒，临阶看日移。宛然似三径，未负菊花期。"（《豫章贡院即事奉和云林题晚春闲居旧韵》）"谓余将有适，暂此辍弦歌。城市嚣尘远，山林遗响多。树膏苏隰稻，凉意到庭柯。为问躬耕者，忧饥思若何？"（《送唐教导往见乡先达》）这些篇什都透露出诗人遗世独立的人生价值取向。因此，草庐还在山水诗和题写山水画卷的诗中，歌吟大自然的清美纯净，反衬官场与市井的尘污，就中也显示了诗人的独立人格价值。如这样一些篇什：

> 长江远壑几飙回，雪屋银山巨浪摧。
> 最喜此中澄一镜，微风不动月常来。
>
> ——《寄题无波亭》

> 远树疏林映晚霞，江心雁影度平沙。
> 谁人写我村居乐？付与岩前处士家。
>
> ——《题山水图》

这些山水之作或山水画卷的题吟，都为自然山水的意象赋予了十分高洁的品格，与官场及市井的尘嚣污秽形成了对比，而且诗人的自我意识在诗中得到了深刻的体现。

三　刘因："老笔纵横"的山水歌行

刘因（1249—1293），字梦吉，号静修，保定容城（今河北徐水）人，元代著名理学家、文学家。他出身于世代业儒之家，其父刘述便"刻意问学，邃性理之说"②。刘因天资过人，幼时读书即过目成诵，六岁能诗，七岁能属文。弱冠便师从国子司业砚弥坚。而砚弥坚所传授者为章句

---

① 转引自姜国柱《中国历代思想史（宋元卷）》，文津出版社1993年版，第537页。
② （明）宋濂等：《元史》卷171《刘因传》，中华书局1975年版，第4007页。

训诂之学，刘因颇为不满，慨叹道："圣人精义，殆不止此。"待得到宋代理学大师周敦颐、程颢、程颐、张载、邵雍、朱熹、吕祖谦等人著作，"一见能发其微，曰：我固谓当如是也"。可见其对宋代理学大师的服膺推崇。

刘因在元代思想界地位颇高，为元代三大理学家之一。清初黄百家指出："有元之学者，鲁斋（许衡）、静修、草庐（吴澄）耳。草庐后至，鲁斋、静修，盖元之所借以立国者也。"① 刘因一生未尝仕元，世祖至元十六、二十八年，元廷两次征召，刘因"固辞不就"，被世祖称为"不召之臣"。那么，他又何以称为"元之所借以立国者"呢？盖指其在元代思想界所起到的作用而言。他从南方大儒赵复受朱学，又加以变化，倡主静，不动心，将朱学与陆学加以参融。同是理学家，他的政治态度与许衡颇异。许氏对元蒙统治者积极支持，仕元并建议实行"汉法"；刘因却基本上采取不合作的态度。据说中统元年，许衡应召赴朝，"初，许衡之应召也，道过真定。因谓曰：'公一聘而起，无乃速乎？'衡曰：'不如此则道不行。'及先生不受集贤之命，或问之，乃曰：'不如此则道不尊。'"②

刘因又是元代前期的重要诗人与诗论家。他论诗，于《诗经》以下尊曹、刘、陶、谢；于唐宋尊李、杜、韩和欧、苏、黄。提倡诗要有风骨，要高古，要富有沉郁悲壮和清刚劲健之气。他本人的诗歌创作，亦"多豪迈不羁之气"③，现存于《静修先生文集》中。

刘因集中，山水吟咏之作比重不小，且多佳作。他的山水诗多是古体之作，其所创造的山水境界气势昂然，奇崛苍劲，给人以壁立千仞之感，如《龙潭》、《登荆轲山》、《西山》、《游天城》等作。清人王灏评其诗为"气骨超迈，意境深远"④，在这类诗中表现得颇为突出，如：

　　　　盘礴脱交荫，平坛得高岑。高岑不可攀，哀湍激幽音。穷源岂不得，爽气来骎骎。灵润发山骨，沮洳下崖阴。为问石上苔，妙理谁曾寻？乾坤有干溢，此水无古今。下有灵物栖，倒影毛发森。东州旱连岁，呼龙动云林，顾此百丈潭，岂无三日霖，为霖此虽能，鞭策由天

---

① （清）黄宗羲：《黄宗羲全集·宋元学案》第 4 册，浙江古籍出版社 1986 年版，第 555—556 页。

② （元）陶宗仪：《南村辍耕录》，中华书局 1959 年版，第 21 页。

③ （清）顾嗣立：《元诗选·初集》，中华书局 1987 年版，第 129 页。

④ （元）刘因：《静修先生文集》跋，中华书局 1985 年版，第 253 页。

心。日暮碧云合，空山深复深。

——《龙潭》

　　径远涧随曲，崖深山渐少。居然翠一城，四壁立如扫。天设限仙凡，云生失昏晓。平生万事懒，登临即轻矫。山灵知信息，风烟久倾倒。顾瞻困能仰，泛应习称好。端居得萧寂，远眺碍孤峭。乃知方寸间，别有万物表。未须凌绝顶，胸次青已了。

——《游天城》

　　这些篇什，笔力苍劲，意象高迈奇崛，既表现了大自然的造化之奇、又吐露出诗人的高远胸次。《静修集》中的五古山水，多是此类。

　　《静修集》中又有七古山水诗，除有上述五古的特点之外，这些篇什又都气势磅礴，奇丽雄峭，兼得韩昌黎"其力大，其思雄"（叶燮评韩诗语）的特质。如写西山之雄峻："西山龙蟠几千里，力尽西风吹不起。夜来赤脚踏苍鳞，一著神鞭上箕尾。"（《西山》）把西山的形势写得十分奇崛不凡。杂言《游郎山》则是又一番面目，诗云：

　　昨日山东州，马耳索御凌风嘶。今日军市中，不觉已落山之西。山之面背一无异，不待风烟变化神已迷。危关度雪岭，乱石通荒蹊。林间小草不识风日自太古，我行终日仰羡木杪幽禽啼。但见雨色来，云物飒以凄。忽然长啸得石顶，痛快如御骏马蹄。万里来长风，五色开晴霓。长剑倚天立，皎洁莹鸊鹈。平地拔起不倾侧，物外想有神物提。诗家旧品嵩少同，画图省见巫山低。谁令九华名，独与八桂齐？千态万状天不知，敢以两目穷端倪。骞腾谁避若鹰隼，侧睨何屈如怒睨。千年落穷边，烟草寒萋萋。若非郦亭书生此乡国，物色谁省曾分题。乾坤至宝会有待，岂有江山如此不著幽人栖！颇闻山中人，云间时闻犬与鸡。只疑名山别有灵境在，不许尘世穷攀跻。不是先生南游有成约，径欲共把白云犁。九疑窥衡汀，禹穴探会稽。玉井烂赏金芙蓉，日观倒挂青玻璃。风烟回首莫潇洒，南游准拟相招携。

　　这首杂言长歌，颇能代表刘因歌行体山水诗的风格。胡应麟称其歌行体诗"老笔纵横"[1]，确能得其仿佛。虽是长篇诗作，却毫不呆板，而是元气淋

---

① （明）胡应麟：《诗薮》，上海古籍出版社1958年版，地241页。

漓,豪逸奔放。诗人把郎山之景刻画得气象万千,就中又寄托了诗人的人格。在这大自然的雄奇"杰作"之中,诗人似乎感到了宇宙的回声,人与自然道通为一。这是理学中人的高致。

元代这几位理学家的诗歌创作,有着较为特殊的意义。与宋代理学家比较,他们没有重道轻文的意识,而都兼擅诗歌创作。宋代理学家程颐把诗看作"闲言语",邵雍也把不少诗写成了"语录讲义之押韵者",朱熹的诗在理学家中是最高明的,但他的一些山水诗,其哲理也是明显可见的。而元代这几位理学家都极少在诗中故弄玄理,也不"以议论为诗"。他们的山水理趣诗尽管总的艺术成就不及朱熹,甚至不一定比得上邵雍、刘子翚等人,但他们吸取了宋代理学家诗人的教训,使哲理在山水的意象与境界中自然地流溢出来,而避免了诗的"头巾气"与道学气。这一点是值得肯定的。

第三节 由宋入元的几位诗人

元代前期有若干由宋入元的诗人,他们的创作与诗论,都在当日诗坛发生着重要的影响。成为元诗的主要源头之一。由宋入元的诗人主要有方回、戴表元、赵孟頫、黄庚等,于山水诗较有可述者为戴、赵二人。

一 诗律雅秀的戴表元

戴表元(1244—1310),字帅初,一字曾伯,庆元奉化(今属浙江)人。聪明早慧,"五岁知读书,六岁知为诗,七岁知习古文"[1]。宋度宗咸淳七年(1271)中进士,任建康府教授。入元后隐居家乡,徜徉于浙东山水,并游历杭州、宣州、湖州、严州一带,交结文坛名士,谈诗论艺。元大德三年(1304)被推荐为信州教授,时已61岁,再调婺州,终以疾辞。至大三年卒于家中。

戴表元是元代前期的重要诗人与诗论家,有诗文集《剡源集》。他不愿为元廷服务,遂以栖隐山水为乐。《元诗选》称他"性好山水,每策杖游眺,远不十里,近才数百步,不求甚劳,意倦辄止。忘怀委分。或自然称'质野翁'、'充安老人'云"[2]。这种野老情怀使其诗集中多有山水吟咏之作。

戴表元对山水诗的创作有独到的审美观念。他主张山水诗的创作,应是诗人游历的自然产物,而决不应是向壁虚构。戴氏提出"游益广,诗益肆"

---

① (明)宋濂等:《元史》卷190《戴表元传》,中华书局1975年版,第4336页。

② (清)顾嗣立:《元诗选·初集》,中华书局1987年版,第226页。

的观点，在《刘仲宽诗序》中，他指出：

> 余少时喜学诗，每见山林江湖中有能者，则以问之，其法人人不同。有一老生云："子欲学诗乎？则先学游。游成，诗自当异于时。"方在父兄旁，游何可得！但时时取出陆放翁《入蜀记》、范至能《吴船录》之类，张诸坐间，想象上下，计其往来，何止日行数千万里之为快。已而得应科目出，交接天下士大夫，谂其乡土风俗，已而得宦学江淮间，航浮洪流，车走巍坂，风驰雨奔，往往经见古今战争兴废处所，虽未能尽平生之大观，要自胸中潇潇然无复前时意态矣。身又展转更涉世故，一时同学诗人，眼前略无在者，后生辈复推余能诗。余故知其何如也。然有从余问诗，余不敢劝之以游。及徐而考其诗，大抵其人之未游者，不如已游者之畅；游之狭者，不如游之广者之肆也。呜呼，信有是哉！……如此则游益广，诗益肆。①

　　戴氏这里并非专论山水诗的创作，但无疑的，其中的主要命题"游益广，诗益肆"，对于山水创作有更为深刻的意义。"游"即漫游、游历。诗人能够多游山水风物，饱览大自然的雄姿，登临怀古，倾听历史的呼唤，以博胸次，以广见闻，对于诗歌创作尤其是山水诗的创作是大有裨益的。这与江西派的"无一字无来处"，在书本中撷取诗料的做法是判为二途的。这一点，宋代一些突破了江西家数的诗人已从创作实践中有所悟入。如陆游所说："法不孤生自古同，痴人乃欲镂虚空。君诗妙处吾能识，正在山程水驿中。"（《题庐陵萧彦秀才诗卷后》）"文字尘埃我自知，向来诸老误相期。挥毫当得江山助，不到潇湘岂有诗？"（《予使江西时以诗投政府丐湖湘一麾会召还不果偶读旧稿有感》）杨万里也在诗中说："山思江情不负伊，雨姿晴态总成奇。闭门觅句非诗法，只是征行自有诗。"（《下横山滩头望金华山》）其实，这些都是对江西诗派"闭门觅句"所下的针砭，强调诗人在与大自然的"亲切交谈"中获得诗思。戴表元则进一步把这种诗学思想提炼成"游益肆"的命题，更具有理论上的概括性。

　　戴表元还非常重视诗歌创作中的亲历体验，认为只有诗人的亲历才能真正表现对象的独特个性所在，这在山水诗的创作中是有更重要意义的。他在《赵子昂诗文集序》中谈道：

---

① （元）戴表元：《剡源集》卷9《刘仲宽诗序》，中华书局1985年版，第137页。

就吾二人之今所历者，请以杭喻。浙东西之山水，莫美于杭，虽儿童妇女未尝至杭者，知其美也。使之言杭，亦不敢不以为美也，而不如吾二人之能言。何者？吾二人身历而知之，而彼未尝至故也。他日试以其说问居杭之人，则言之不能以皆一，彼所取于杭者异也。今人之于诗，之于文，未尝身历而知之，而欲言者皆是也。幸尝历而知之，而之同者亦未之有也。

戴氏在这里用了很浅显、很生动的比喻，说明了深刻的美学问题。杭州山水之美，人所共知，即便是未尝亲至，也都称其为美，但这只是一般性的判断，是一种间接知识，用佛教因明学的术语来说就是"比量"。再问居住在杭州的人，其所言杭州之美便不一样了，因为他们在亲身的深切体验中对杭州所取不一。这说明什么呢？对于诗歌创作而言，创作主体对其描写的事物，如果没有亲身的经历、体验，只是通过传闻等间接知识，得出的只能是一般性的判断，那么，在诗歌创作之中所表现的便为"皆是"而雷同。反之，从亲身的体验中所得到的则是没有相同的，体现的作品中便形成艺术个性。这对山水创作的独创性来说是有深刻意义的。

戴表元的山水诗，如《苕溪》一诗：

六月苕溪路，人言似若耶。渔罾挂棕树，酒舫出荷花。碧水千塍共，青山一道斜。人间无限事，不厌是桑麻。

此诗颇类孟浩然《过故人庄》的风味，于用韵都差近之。诗人把六月的苕溪写得宁静优美，如同一幅色调分明的水彩画。然而诗的最后两句所透露的，乃是一种对世事纷扰的厌倦感，而欲在"桑麻"中寄托自己的情怀，很有一点"弦外之音"。这类诗在其近体中还有一些，如《社日城南山作》、《同诸子行上畈山》、《四明山中逢晴》、《送旨上人西湖并寄邓善之》等五、七言律诗，都在山水吟赏中别有怀抱。七律《四明山中逢晴》云：

一冈一涧一萦隈，新岁新晴始此回。莎坂南风寅蛤出，茅檐西日乙禽来。人迷白路羊群石，水卷青天雪里雷。犹是深山有寒食，梨花无数绕岩开。

此诗写四明山中的晴日，在对山中景物的吟赏刻画中，表达了他对山野的深爱。在山中，诗人才"剡源诗律雅秀，力变宋季余习"①。这个特点在其山水之作中也是体现得很鲜明的。

二　融画入诗、境界清远的赵孟頫

赵孟頫（1254—1322），字子昂，号松雪道人，湖州人，是宋朝宗室。先祖即秦王赵德芳。宋亡之后，家居湖州。侍御史程巨夫奉诏搜访遗逸，以孟頫入见，受到元世祖忽必烈的赏爱，授兵部郎中、集贤直学士。延祐中，累拜翰林学士承旨。至治初年卒，年六十九，追封魏国公，谥"文敏"。

赵孟頫是元代著名的书法家、画家，在诗文创作上也是元代的大家。作为诗人，他的地位也是显赫的，深受时人推重。他之所以受到论者重视，主要是因其"始倡元音"，昭示了元诗的成熟。他一反时风，直接上承南北朝诗人的清丽而高古，又融之以唐诗的圆浑流畅，形成了独特的风格，开启了延祐诗风。戴表元评其诗云："古诗沉潜鲍谢，自余诸作，犹傲睨高适、李翱云。"② 袁桷也谓："松雪诗法高踵魏晋，为律诗则专守唐法，故虽造次酬答，必守典则。"③ 这种特点，也表现在他的山水诗创作之中，而且更为典型。他的山水篇什，境界清远，意韵悠长，而且融进了绘画的意境。读其《桐庐道中》诗：

> 历历山水郡，行行襟抱清。两崖束苍江，扁舟此宵征。卧闻滩声壮，起见渚烟横。西风林木净，落日沙水明。高旻众星出，东岭素月生。舟子棹歌发，含词感人情。人情苦不远，东山有遗声。岂不怀燕居？简书趣期程。优游恐不免，驱驰竟何成。我生悠悠者，何日遂归耕！

诗中写桐庐道的所见所感，景物历历，风格颇似大小谢及孟浩然的山水诗，在清远的景物描写中表达了诗人的情愫。

赵孟頫还有一些山水小诗，超轶绝尘，淡远空明，近于王维的辋川绝句。我们且读他的《天冠山题咏》：

---

①　（清）顾嗣立：《元诗选·初集》，中华书局1987年版，第248页。

②　（元）戴表元：《剡源集》卷7《赵子昂诗集序》，中华书局1985年版，第107页。

③　（清）陈衍：《元诗纪事》卷8，见王云五主编《万有文库第二集七百种元诗纪事》，商务印书馆1935年版，第122页。

峭石立四壁，寒泉飞两龙。人间苦炎热，仙境已秋风。

——《龙口岩》

修岩如长廊，下有流泉注。山中古仙人，步月自来去。

——《长廊岩》

攀萝缘石磴，步上金沙岭。露下色荧荧，月生光炯炯。

——《金沙岭》

飞泉如玉帘，直下数千尺。新月横帘钩，遥遥挂空碧。

——《玉帘泉》

　　赵孟頫是画家又是诗人，因而他的这些山水小诗也就有着如同王维那种"诗中有画"的特色。运画境入诗境，清新淡远，创造了一个远离尘氛的山水境界。徐复观先生评价赵孟頫的绘画艺术时说："赵松雪之所以有上述的成就，在他的心灵上，是得力于一个'清'字；由心灵之清，而把握自然世界的清，这便形成他作品之清。清便远，所以他的作品，可以用'清远'两字加以概括。在清中主客恢复了均衡。"①此语很准确地概括了赵孟頫的艺术精神，他的山水诗，正可以作如是观。

第五章　元代中期：升平气象与避世倾向

　　元代社会进入中期，在政治、经济、文化上都得到了较大的发展，尤以仁宗朝延祐年间为元代社会的巅峰。延祐二年（1315）元朝首次进行科举考试，重新开启了士大夫进入仕途的大门。以此为契机，大大促进了元代文化的繁荣。以往人们对元代文化的成就颇为忽略，也许是出于对少数民族统治政权的某种偏见。其实，元代社会在科技、文化方面的成就是颇为突出的。以文学艺术而言，杂剧、散曲的创作实绩，足以使元代在中国文学史占有非常独特的重要地位。而诗歌，也同样是元代文学宝库中不可忽略的瑰宝。延祐时期是元诗的鼎盛时期。在这个阶段，诗坛上最为活跃的"元四家"（即虞集、杨载、范梈、揭傒斯），还有柳贯、黄溍、欧阳玄等诗人。他们的创作，在某种程度上，代表了元诗区别于其他时代诗歌创作的特有本色。从诗所反映的内容与思想倾向来看，升平气象的描写是此期诗作的主流，"雅正"成为当日诗坛最为突出的美学倾向。山水诗的写作也染上了这

<hr>

① 徐复观：《中国艺术精神》，春风文艺出版社 1987 年版，第 383—384 页。

种色彩。另外，元代文学中经常流露出来的士大夫的避世心态，在这时期的山水诗也同样有很集中的表现。因此，元代中期的山水诗，在山水景物的描写中是有很复杂的内蕴的。

第一节　元诗四大家的山水吟讴

"元诗四大家"指元代中期的四位著名诗人，他们是虞集、杨载、范梈、揭傒斯。"四大家"的创作，在很大程度上，结束了元代前期诗坛沿袭宋、金余习的情形，开创了元诗的新局面，代表了元代中期诗风的走向。

一　诗风清和淡远的虞集

虞集（1272—1348），字伯生、道园，祖籍蜀郡，是宋丞相虞允文的五世孙。虞集也是元代著名的理学家。大德初年，到京城大都任国子助教博士，累迁秘书少监。翰林直学士兼国子祭酒。至正八年卒，年七十七。

道园诗文皆负盛名，"一时宗庙朝廷之典册，公卿士大夫碑板咸出其手。粹然成一家之言"①。诗文集有《道园学古录》50 卷。

虞集在文学创作上有很大成就，在当日文坛上声名甚著。其诗以平和淡雅为其风格特征。他的诗还以句律精严著称。诗人自谓其诗如"汉廷老吏"，认为这是天下人都这样认定。就是说，这既是诗人的自我评价，也是符合当时的客观舆论。那么，"汉廷老吏"所比喻的意思是什么呢？胡应麟为之阐释道："'汉法令师'（同一比喻的不同说法）刻而深也。"② 又对虞集作了这样的评价："七言律，虞伯生为冠。"③ 胡氏又转引了杨文贞语云："虞自拟汉廷老吏，盖深于律者。"④ 可见，所谓"汉廷老吏"的说法，主要是指虞诗深于诗律，谨严而浑融。

道园集中的山水之作多为五七言近体，这些篇什以谨严的诗律与淡雅的语言传写了淡远清和的山水意境。试读以下诗什：

冰泮溪流碧，云生岛屿红。轻阴残梦里，远树乱愁中。鸥外兼晴絮，莺边共晚风。地偏山气近，霏霭湿房栊。

露冷天光逼，溪澄夜影圆。水花含窈窕，山吹纵清绵。为觅洪崖

---

① （清）顾嗣立：《元诗选·初集》，中华书局 1987 年版，第 843 页。
② （明）胡应麟：《诗薮》，上海古籍出版社 1958 年版，第 231 页。
③ 同上书，第 242 页。
④ 同上。

侣，重寻赤壁船。翻愁孤鹤外，回互万山连。

——《次韵叶宾月山居十首》选二

何处清江拥玉华，手题名榜寄仙家。光凝石殿千年雪，影动云河八月槎。藏药宝函腾玉气，说诗瑶席散天葩。奎章阁吏无能赋，得似新官蔡少霞。

——《玉华山》

这些五、七言律诗，都以精严的韵律、典丽的语言，把山水景物写得气象纷呈。另外一些短章，则体现了道园山水诗的另一种风貌。如《李老谷》云：

十转山崦交，九度沙碛溜。始辞平漠旷，稍接山木秀。老病畏行役，慰藉得良觐。秋岭晚更妍，寒花昼如绣。故园夫如何？朝阳眩霜袖。

这首五古，用白描手法写景物，意象清丽，从中又抒写了思乡之情，其风格是平和淡远的。

再看《题李溉之学士湖上诸亭》中的几首五言绝句：

金沙滩上日，潭底见云行。只有琴高鲤，时时或作群。

——《金潭云日》

春水如天上，秋潭见月中。如何列御寇，犹欲待泠风。

——《漏舟》

三周华不注，水影浸青天。不上银河去，空明击棹还。

——《无倪舟》

这些山水小诗，写得玲珑晶莹，意境十分优美，使人如置身于其中。这些诗表现出道园诗在艺术上的圆熟。在诗风上，这类诗作承续王、孟一脉，以清和淡远见长。清人王士祯倡"神韵"说，于唐代最推王、孟，而在元代诗人中首推虞集，可见其间在艺术风格、审美取向上的一致性。

二　擅长以律诗写山水的杨载

杨载（1271—1323），字仲弘，建宁浦城（今属福建）人，后徙家于杭州。40岁以后以布衣召为国史院编修官，延祐二年登进士第，授饶州路同知浮梁州事，迁宁国路总管府推官，卒于至治三年。杨载是元代中期的著名诗人、诗论家，也是有名的古文家。杨载诗文成就受到赵孟頫的称赏推重。"初，吴兴赵孟頫在翰林，得载所为文，极推重之。由是载之文名，隐然动京师，凡所撰述，人多传诵之。其文章一以气为主。博而敏，直而不肆，自成一家言。"① 可见其文名倾动当时。

　　杨载的诗话著作《诗法家数》是一部有相当理论价值的诗论著作。该书侧重论述诗歌的创作，就中贯彻了风雅传统。杨载的诗歌创作，被虞集称为"百战健儿"。诗语健劲，富有变化腾挪之势，雄浑横放，长于议论。范梈为其诗作序云："仲弘天禀旷达，气象宏朗。开口论议，直视千古，每大众广集，占纸命辞，傲睨横放，尽意所止。众方拘拘，己独坦坦。众方纡徐，独驰骏马之长坂而无留行，要一代之杰作也。"② 可见杨载为诗的那种脱略束缚、横放杰出的艺术气质。

　　杨载以律诗见长，其山水之作也基本上都是用律诗形式来写的，如《望海》：

　　　　海门东望浩漫漫，风飔无时纵恶湍。黑雾涨天阴气盛，沧波衔日晓光寒。岂无方士求灵药，亦有幽人把钓竿。摇荡星槎如可驭，别离尘土有何难！

再如《东海四景为大尹本斋王侯赋四首》：

　　　　夏月湖中爽气多，南风叠叠卷长波。渔人舟楫衡萍藻，游女衣裳揽芰荷。脍切银丝尝美味，腔传金缕换新歌。使君用意仍深远，即此光华岂灭磨？

　　　　　　　　　　　　　　　　　　　　——其二

　　　　暂停麾盖拥轻舟，此日湖山属暮秋。采采黄花登几案，离离红树散汀洲。倾壶浮蚁杯频竭，下箸鲜鳞网乍收。莫向钱塘夸往事，白苏未许擅风流。

　　　　　　　　　　　　　　　　　　　　——其三

① （明）宋濂等：《元史》卷190《杨载传》，中华书局1975年版，第4341页。
② （清）顾嗣立：《元诗选·初集》，中华书局1987年版，第935页。

这些诗篇体现了杨载山水诗的基本特点，他善于用较有色彩的词语来表现山水景物，意境富有层次感与动态感，较为严整的律诗形式与山水境界的刻画浑融地结合在一起。

杨载还善于借题画诗来传写山水意境，通过对画家笔下画面的生发与联想，进行艺术的再创造，如《云山图为茅山刘宗师作》：

> 长江千万里，奔浪薄高云。龙现谁能睹？猿啼不可闻。迂回因地势，昭晰应天文。剑气秋如洗，珠光夜欲焚。连峰俄笋迸，断岸复瓜分。句曲临东极，岩头有隐君。

再如《题赵千里山水扇面歌》：

> 公子丹青艺绝伦，喜画江山上纨扇。只今好事购千金，四幅相连成一卷。春流漠漠如江湖，飞烟著树相有无。岚光注射翻长虚，白玉盘浸青珊瑚。追随流俗转萧疏，对此便欲山林居。旗亭花发酒须沽，舟行为致双提壶。抱琴之子来相须，醉归不省何人扶。旁有飞泉出岩隙，掣电飞霜相荡激。蛟龙不爱鲵桓食，但见垂纶古盘石。人生万事无根柢，出处行藏须早计。……

这类诗作在《仲弘集》中还有很多。都以较为自由的古体形式对画中的山水意境加以发挥，进行再创造，使题画诗中的山水展现了更为鲜活的风貌。诗人在其山水刻画中又抒写了自己的思想情感，对自然的热爱与对庸俗人生的厌倦渗透在其山水吟咏之中。

三　风格多样的范梈

范梈（1272—1330），字亨父，一字德机，临江清江（今属江西）人。家贫早孤，却天资颖悟，又刻苦为学，尤精诗文，用力精深。36 岁始游京师，受人推荐，为左卫教授，迁翰林院编修官、福建闽海道知事等，人称文白先生。晚年辞归，徙家新喻（今江西新余）百丈峰下。范梈为人清正，史称："梈持身廉正，居官不可干以私，疏食饮水，泊如也。吴澄以道学自任，少许可，尝曰：'若亨父，可谓特立独行之士矣。'为文志其墓，以东汉诸君子拟之。"① 可见颇受时人称誉。

---

① （明）宋濂等：《元史》卷 181《范梈传》，中华书局 1975 年版，第 4184 页。

范梈是元代中期著名的诗人、诗论家、古文家，有《德机集》行世。范梈论诗有《木天禁语》、《诗学禁脔》等著。范氏论诗，倡诗法、诗格之说，这是对唐代诗学的一种回复与规慕。

德机诗风格较为多样。虞集尝喻之为"唐临晋帖"，对此，揭傒斯提出不同看法，他说："余独谓范德机诗以唐临晋帖终未逼真，今故改评之曰：范德机诗如秋空行云，晴雷卷雨，纵横变化，出入无联；又如空山道者辟谷学仙，瘦骨峻嶒，神气自若；又如豪鹰掠马，独鹤叫群，四顾无人，一碧万里，差可仿佛耳。"[①] 指出了范诗风格的富于变化。

德机诗各体兼具，且多有佳作。其中的山水篇什散见于各体之中，五古如《秋江钓月》：

> 秋江明似镜，月色静更好。之子罢琴来，萝径初尚早。众峰更灭没，横笛隔幽鸟。我船尔棹歌，丝纶荡浮藻。潜鱼却寒饵，宿雁起夜缟。离离不可招，白露下烟草。高风桐庐士，俊业渭川老。同是钓鱼人，那应不同道？把酒酌清辉，如何答穹昊。

这首五言古诗，把月夜秋江之景写得十分生动，如梦如画，使人恍如在此境之中。笔触细致却又十分省净，将秋江之景的特征表现得非常传神。此诗颇有古风，这也是范梈五古的特点所在。再看《小孤行》：

> 小孤有石如虎蹲，西望屹作长江门。洪涛万古就绳墨，虽有劲势不敢奔。大哉禹功悉经理，何必有志今能存。大者为纲小者纪，不徒百谷知王尊。灵祠正在石壁下，我来适值秋风昏。明朝东行吊碣石，更与寻河问九源。

此诗写长江中的小孤山，奔放豪宕而颇有顿挫之势。范梈集中的歌行，很难见到单纯的山水吟咏，而往往都是间以述怀写志，这种述怀写志却与写景融为一体，很难剥离，故一而不觉其生硬牵合。其他如《赠李山人》、《奉酬段御史登岳阳楼之作》等诗，都在描写山水中间以述怀言志。

范梈的若干山水短章，写得颇为洗练而有情致，如《春日西郊》：

---

① 李梦生标校：《揭傒斯全集》卷3，上海古籍出版社1985年版，第288页。

東风千里福州城，绿水青山老相迎。
惟有垂杨偏待客，数株残雨带流莺。

再如《发湖口》：

已过匡庐却向西，片帆犹逐暮云迷。
路长正是思亲节，取次惊猿莫浪啼。

《湖面》：

湖面春深暖气匀，青芜未陨已知春。
沙湾散驻张渔客，苇室时惊射雁人

这些山水小诗意境清新，词语洗练，而且在景物刻画中暗寓了诗人的情愫，是山水诗中的佳构。《诗家一指》称许范梈的"洗练"为"如矿出金"①，很能说明其山水诗的内在特质。

四　"神骨秀削，寄托自深"的揭傒斯

揭傒斯（1274—1344），字曼硕，龙兴富州（今江西丰城）人。幼时家贫，然读书十分刻苦。延祐初年荐授翰林国史院编修官，官至翰林侍讲学士。揭傒斯是元代著名诗人，诗集为《秋宜集》。揭氏有诗论《诗家正法眼藏》，集中体现了他的诗学观点。在其中，他侧重发挥了以"雅正"为核心的诗歌审美标准。宋人严羽论诗曾以"优游不迫"和"沉着痛快"为两种主要风格，揭氏则以"优游不迫"为诗的标准。

虞集曾以"三日新妇"评曼硕之诗，也就是说他的诗以艳丽见长。《尧山堂外纪》等书记载说揭傒斯听了此评之后十分不满，曾星夜造虞府质之。从揭氏的作品来看，喻之为"三日新妇"，的确是不妥当的。他的诗虽然时有艳丽之作，但往往艳而新，不给人以涂抹堆砌之感。《四库全书总目提要》说其诗"清丽婉转，别饶风韵"②，"神骨秀削，寄托自深，要非嫣红

---

① （清）陈衍：《元诗纪事》卷13，见王云五主编《万有文库第二集七百种元诗纪事》，商务印书馆1935年版，第244页。

② （清）纪昀等：《四库全书总目提要》，河北人民出版社2000年版，第4300页。

姹紫徒矜姿媚者所可比也"①，倒是较能道出其艺术个性的。

曼硕诗中的山水篇什较多，这些诗篇表现了诗人对大自然的热爱。较有名的如《夏五月武昌舟中触目》：

> 两髻背立鸣双橹，短蓑开合沧江雨。青山如龙入云去，白发何人并沙语。船头放歌船尾和，篷上雨鸣篷下坐。推篷不省是何乡，但见双飞白鸥过。

这首诗把江岸上的青山写得呼之欲出，清新生动。诗人不是一般性地模山范水，而是赋山水以灵性。诗的意象新奇而飞动。在山水诗中，可以说是别开生面的佳作。

再如《云锦溪棹歌》组诗，选录两首：

> 才过浮石是兰溪，溪上青山高复低。山中泉是溪中水，寻源直到华山西。
>
> 溪上层层云锦山，垂杨尽处是龙滩。不是孤舟来逆上，何人知道世途难。

这类绝句也是颇具神韵的，而且景物刻画的后面，还蕴含着对自然之理的领悟和对人生的慨叹，耐人寻味。

曼硕诗以五言古诗见长，他的五古中便有一些山水题咏。诗人用五古形式所作的山水篇什，有着一种幽淡深邃的风调，读之进入一种超逸朦胧的境界。如《自盱之临川晓发》：

> 扁舟催早发，隔浦遥相语，雨色暗连山，江波乱飞雾。初辞梁安峡，稍见石门树。杳杳一声钟，如朝复如暮。

这里在行旅中写出山水游历的审美感受，又在山水之中流露出行旅的淡淡哀愁，发而为一种"飞雾"似的幽淡境界。诗境之中又更有一种深潜却又难以言喻的感触，这类诗在《秋宜集》中是很多的。

虞、杨、范、揭被称为"元诗四大家"，足见其在元诗发展中的重要地

---

① （清）纪昀等：《四库全书总目提要》，河北人民出版社 2000 年版，第 4300 页。

位。其山水诗创作，也颇有一些佳什，其山水描写，也都与他们的其他诗作一样，有着冲和雅正的特点，体现了元诗发展中期的主导倾向。

第二节　同郡齐名的黄溍与柳贯

元代中期的诗坛，除"四大家"外，还有一些颇有声望的诗人。他们共同创造了元中期的文学繁荣景象。在山水诗领域中，尤以黄溍、柳贯最有成就。

一　黄溍："二谢"山水诗的回归

黄溍（1277—1357），字晋卿，婺州义乌（今属浙江）人。"生而俊异，学为文，顷刻数百言。"① 壮岁隐居不仕，从隐者方凤学，作歌诗可唱和。延祐二年，县吏强迫其参加考试，中了进士，授宁海县丞，后升为侍讲学士，应奉翰林文字。至正七年（1347）起翰林直学士，知制诰同修国史。至正十年辞官还乡，年八十一卒。

黄溍是当时诗坛的著名诗人、诗论家。他的诗文集有《日损斋稿》。黄溍于山水诗尤多佳作。黄溍乐于隐居和游历，在山水徜徉中获致心灵的清新与安恬的感受。杨维桢为黄溍所作的《墓志铭》中说他"遇佳山水，竟日忘去，多冲淡简远之情"②。这的确道出了其山水篇什的主要风格特征。

黄溍的山水题咏往往是与纪行结合在一起的，诗人的足迹遍及江浙山水，触得辄诗，将山水之美与纪行之感融在一处。他的山水诗什多为五古之作，清丽细致，曲尽物态，而又颇有淡远之风，得"大小谢"之神气。略举一些篇目，如《晓行湖上》、《西砚峰》、《晚泊钓台下》、《龙湾夜泊》、《敬亭山》、《宿云黄山作》、《重登云黄山》、《登钱山望菰城慨然而赋》、《金华北山纪游八首》、《龙山九日》、《石台分韵得字》、《游西山，同项可立宿灵隐西庵》等数十篇。下面摘录几首，以见其山水诗之风貌。

> 晓行重湖上，旭日青林半。雾露寒未除，凫鹥静初散。寅缘际余景，闪倏多遗玩。会心乍有得，抚己还成叹。夙予丹霞约，久兹芳洲畔。独往愿易违，离居岁方换。沙暄芷芽动，春远川华乱。存期乃寂寞，取适岂烂漫。小隐倘见招，渔樵共昏旦。

——《晓行湖上》

① （清）顾嗣立：《元诗选·初集》，中华书局1987年版，第1085页。
② （元）杨维桢：《故翰林侍讲学士金华先生墓志铭》，见《全元文》卷1317，凤凰出版社2004年版，第57页。

昔窥谢公作，今陟敬亭寺。征素忻始游，赏胜资深诣。倏倏缘水木，宛宛交蹊术。绿绮涧草丰，幽飔松飙驶，微钟响香障，高阁浮花气。聿熏旃檀妙，岂爱岑蔜媚。凭生实内惕，即事多冥契。息阴倦枌槚，褰芳怀芝桂。海岳期屡迁，石林路深窅。经营乖道要，道窄余物累。稽首调御尊，尚饮无生蕙。

——《敬亭山》

薄游厌人境，振策穷幽躅。理公所开凿，遗迹在岩麓。秋杪霜叶丹，石面寒泉涤。仰窥条上猿，攀萝去相逐。物情一何适，人事有羁束。却过狁峰回，遥望松林曲。前山夜来雨，湿云涨崖谷。缥缈辨朱甍，禅房带修竹。故人丹丘彦，抱被能同宿。名篇聊一咏，异书欣共读。蹉跎未闻道，黾勉尚干禄。夙有丘壑期，吾居几时卜。

——《游西山，同项可立宿灵隐西庵》

以上全文抄录的这几首五古山水诗，已能充分地说明了黄漘山水诗的特点：无论是写山光，还是写水色，都有着古淡而清新的作风。在很大程度上，可以说黄漘的山水诗是对"二谢"山水诗的回归，体物的细腻，感觉的清新，使之带有大、小谢山水诗什的韵味。

山水诗在魏晋南北朝时期的崛起，标志着当日诗人们的审美趣味更多地转向了自然。正如宗白华先生所说的"晋人向外发现了自然，向内发现了自己的深情"[①]。对于山水自然之美的关注是这一时期诗坛上的突出之点。陶渊明、谢灵运、谢朓是山水诗发展的关键性人物。陶诗更多的是以自己的审美感受来融化山水意象，在其山水诗中有着较为虚灵化的色彩；而大、小谢（尤其是谢灵运）则以更为细腻的刻画山水景物也即"体物"为其特征的。当然，大谢山水诗也很明显地抒写自己的感慨和理念，但他的写景与抒情、议论是分开的。谢灵运山水之作在结构上有一个基本的模式，这就是先叙述游览过程：游览缘起，接以景色描写，最后是感慨或议论。黄浩的山水诗，在体物这方面是颇为相近于大、小谢山水诗的。黄漘的山水诗，不同于盛唐王、孟山水诗"羚羊挂角，无迹可求"的审美境界，亦不以追求这种完整空灵的境界为目标，而在对山水风物特征的刻画中，随机表达自己的人生感怀，或者就是以一种特有的理性化意念去观照山容水态，因而其诗中往往将一些抒情、达意的成分与山水意象掺杂在一起。然而，黄漘的山水诗毕

---

① 宗白华：《美学散步》，上海人民出版社 1981 年版，第 183 页。

竟是经过了盛唐山水诗传统滋育的，尽管不以完整的审美境界取胜，但其山水描写，仍然有着悠然淡远的韵味。在元代中期的诗人中，黄溍是山水诗创作数量较大、成就较高的一位。

二　柳贯：以奇拗之笔写江河壮景

柳贯（1270—1342），字道传，婺州浦江（今属浙江）人。少从金履祥学习性理之学，后从方凤、谢翱等学习诗文。"自幼至老，好学不倦。凡六经、百氏、兵刑、律历、数术、方技、异老教外书，靡所不通。"① 大德四年（1300）出任江山县教谕，晚年官至翰林待制兼国史院编修，终年七十三岁。

柳贯是理学中人，与虞集、黄溍、揭傒斯号称"儒林四杰"，又与同郡黄溍齐名，有"黄、柳"之称。其诗文集为《待制集》。

柳诗各体都有佳作，而尤以五古、七律更见特色。与黄溍相比，柳诗则是另一种风格。其诗更多梗概恢宏之气，古硬奇险，深受江西诗派的影响。现存有五百多首，略知散佚的有九百余首。柳诗中亦多有山水篇什。五古中的《过大野泽》、《晚渡扬子江未至甘露寺城下潮退阁舟风雨竟夕》、《龙门》、《旦发渔浦夕宿大浪滩上》、《晚泊贵溪游象山昭真观》、《渡河宿麻子港口》等山水题咏就有数十首之多。例如：

> 鼓栧凌涛江，江光晚来薄。相望铁瓮城，正值沙水落。滩长洲渚出，月黑风雨作。鼓眠听春浪，梦枕生新愕。起吟不成魇，但怯体中恶。金焦两浮萍，天堑何限著。意令制溟渤，帖帖就疏瀹。奈何潮汐舟，咫尺恨前却。方冬百泉缩，潦净海为壑。乘流俟满魄，明夕异今昨。快呼北府酒，暖客慰离索。庶因行路难，幸识还山乐。
>
> ——《晚渡扬子江未至甘露寺城下潮退阁舟风雨竟夕》

这首诗写风雨中的扬子江，排奡不平，极见气势。全诗以入声为韵，更在语调上增添了奇拗峥嵘之感。诗中所写的意境，阔大雄奇，怒耸突兀，给人以崇高的美感。这是很能体现柳诗的独特之处的。再看《龙门》一诗：

> 一溪瓜蔓流，渡者云可乱。屡涉途已穷，前临波始漫。严严龙门峡，石破两崖半。沙浪深尺余，湾回触垠岸。他山或澍雨，湍涨辄廉

---

① （明）宋濂等：《元史》卷181《黄溍传》，中华书局1975年版，第4189页。

悍。顷刻漂车轮，羁络不能绊。其源想非远，众水自兹滥。济浅抑何
艰，虑盈疑及患。峰阴转亭午，出险马蹄散。草路且勿驱，烟开望
前馆。

翻阅柳贯的诗集，发现他的山水诗多是以波翻浪卷的江河壮景为描写对
象的。这恐怕不是偶然现象，大概是由于诗人的气质、审美习惯而形成的。
他喜欢这种波澜壮阔、气象万千的景致，在其中可以寄寓诗人的胸臆。他多
用上、入声为韵，使诗造成一种突兀不平之势。有时用一些较为奇僻的字
词，把诗的意象写得矫然不群。读其山水篇什，有些近于韩退之的"横空
盘硬语"，这在元代中期的诗人中，是较为特出的，有着鲜明的个性色彩。

元代中期的山水诗创作，与这一时期的其他诗作有着颇为一致的共同倾
向，那就是体现了"雅正"的文学观念。在山水描写中透露出的诗人心境，
是相对平和的，所创造的山水意境，也是较为淡雅的。但也有的诗人在山水
名区的刻画中抒写了避世的心态，这种心态在元代士人中是较为普遍的，于
山水诗中就更为容易得以展露。

第六章　元代后期：突破"雅正"追求新奇

从诗歌的发展来看，元代后期诗坛与中期相比，是有明显的转折的。所
谓"后期"，主要是指泰定帝以后的元朝历史。而从文学上来说，时间界限
也许并不一定那么明确，但是文学思潮与文坛风会的变异则是有迹可寻的。

在延祐之后，元代诗坛开始改变了以"雅正"的审美观念为"一统天
下"的格局，产生了更加多样化的风格，在诗的风貌上也与中期迥然有异。
山水诗的创作自然也带着这种新变的痕迹。尤其是像杨维桢、萨都剌等杰出
的诗人，都通过山水篇什表现了新的创作态势。

第一节　萨都剌等少数民族诗人

一　萨都剌：流丽清婉，寄托深沉

萨都剌（1272—?），字天锡，号直斋，回族人（也有人认为他是维吾
尔族人），其祖先是答失蛮氏，祖父以勋留镇云代，遂为雁门人。萨都剌虽
是色目人，在元代地位高于汉人，但到他这一代时，家境已经中落，至于
"家无田，囊无储"（《溪行中秋玩月》）。后来到吴、楚等地经商谋生。泰
定四年（1327）中进士，授镇江录事司达鲁花赤（掌印正官，有实权，是

只有蒙古人或色目人才能做的官职），后任河北廉访经历等职。晚居武林（今杭州），流连于山水之间。

萨都剌创作勤奋，在诗歌方面建树尤为卓异。其《雁门集》收诗近 800 首。他的诗作在元代诗人中别具一格，不再囿于"雅正"的诗学观念，而一任感情的流泻。虞集评其诗说："进士萨天锡最长于情，流丽清婉，作者皆爱之。"① 指出其诗以情见长的特点。作为元代的大诗人，萨都剌的诗歌成就是多方面的，非一隅所限。礼部尚书干文传序其诗时说："其豪放若天风海涛，鱼龙出没；险劲如泰华云开，苍翠孤耸；其刚劲清丽，则如淮阴出师，百战不折；而洛神凌波，春花霁月之婧娟也。"可见，萨都剌的诗是多方熔冶，众彩纷呈的。

萨都剌一生喜爱游历，遍览名山大川。《雁门集》中多有山水篇什，刻画了山川景物，同时也表现了诗人在其中兴发的某种感怀。其中有不少是以近体律绝的形式来写山水清晖，意境幽远，而又能在短小的篇制中蕴深沉顿挫之致。如这样一些山水小诗：

千里长江浦月明，星河半入石头城。
棹歌未断西风起，两岸菰蒲杂雨声。

——《江浦夜泊》

船头夜静天如水，渡口潮平月在江。
灯影摇波风不定，老龙吹浪湿篷窗。

——《夜发龙潭》其二

春水满湖芦苇青，鲤鱼吹浪水风腥。
舟行未见初更月，一点渔灯落远汀。

——《夜过白马湖》

这些山水小诗，意境并不狭窄。对山水景物的描写，有声色、光影、动静、气味，极真切，并给人以颇为深沉的感觉，语言富有一种力度感。

另有一些作品，虽也刻画山水形胜，但于其中寄托了较深的感慨。如七律《游钟山遇雨》：

虎踞龙蟠翠作堆，竹与高下路萦回。潮声万壑松风过，云气满楼山

---

① （元）虞集：《傅与砺诗集序》，见《全元文》第 26 册，凤凰出版社 2004 年版，第 266 页。

雨来。梁武庙前芳草合，荆公墓下野花开。百年感慨成何事？且尽生前酒一杯。

金陵的钟山，不仅是自然美的所在，而且有极为丰厚的历史文化意蕴。作为一个审美对象，钟山的自然属性与其历史文化意蕴是融合在一起的。钟山作为金陵的象征，是历史上许多王朝兴衰的见证者。但他没有直接抒写，而是将其化作了苍茫雄阔的意象。诗的颔联"潮声万壑松风过，云气满楼山雨来"，极有气势，雄浑而不流于粗粝，而颈联的"梁武庙前芳草合，荆公墓下野花开"，则寓含了深沉的吊古伤今的情思。

萨都剌还有一些篇什用歌行体的形式来写山川形胜，形成了一种奇崛雄放的意境特征。如《过居庸关》：

> 居庸关，山苍苍，关南暑多关北凉。天门晓开虎豹卧，石鼓昼击云雷张。关门铸铁半空倚，古来几多壮士死。草根白骨弃不收，冷雨阴风哭山鬼。道旁老翁八十余，短衣白发扶犁锄。路人立马问前事，犹能历历言丘墟。夜来芟豆得戈铁，雨蚀风吹半棱折。色消唯带土花腥，犹是将军战时血。前年又复铁作门，貔貅万灶如云屯。生者有功挂六印，死者谁复招孤魂？居庸关，何峥嵘。上天胡不呼六丁，驱之海外消甲兵。男耕女织天下平，千古万古无战争。

这首诗把居庸关的险要形势与对历代战争的反思密切联系在一起，对居庸关的描写，多有想象夸张之辞，却把其山形的险峻写得十分突出。诗人借居庸关在战争中的重要地位写出了历史的兴亡之感，表达了自己企盼和平生活的愿望。这类诗作是与其山水小诗有着不同风格的。如果说"流丽清婉"是萨都剌诗的一个重要特点，但却不是唯一的特点，《过居庸关》这样的诗作则表现出其雄奇深刻的一面。

二 马祖常、余阙等人的山水诗

除萨都剌外，元代后期还有一些较有名的少数民族诗人，如马祖常、泰不华、迺贤、余阙、丁鹤年等。他们的创作，也在一定程度上体现了元代诗风由中期到后期的变迁。其诗集中山水诗也许数量并不很多，但也还是有着相当特色的。

马祖常（1279—1338），字伯庸，世为雍古部，延祐二年廷试第二，累迁至礼部尚书，诗文集为《石田集》。其山水诗如《淮安路池山》："淮浦蒲花秋渺渺，淮岸杨花春袅袅。白鱼初下渔船来，十里风烟隔飞鸟。吾生欲向淮南居，更闻池山好田庐。濯足沧浪箕踞坐，不问朝家求聘车。"这种诗什，可以说更多地逸出了盛唐诗的笼罩，而吸收了李贺、温庭筠等诗人的风格，又加以自己的熔冶创造，别具一格。

余阙，字廷心，人称"青阳先生"。元统二年（1333）进士，至正年间出任淮东都元帅，与红巾军战、兵败自刎，被视为元朝的忠烈之臣，诗文集为《青阳集》。余阙工于近体，元末戴良序其诗云："注意之深，用工之至，尤在于五七言律。"① 其中五律《竹屿》："秋水镜台隍，孤洲入森茫。地如方丈好，山接会稽长。紫蔓林中合，红莲叶底香。何人酒船里？似是贺知章。"宁静阔远，意味悠长，颇似盛唐王孟一派的某些篇什。

元代后期少数民族诗人群体在元诗发展中起了重要作用："要而论之，有元之兴，西北子弟，尽为横经，涵养既深，异才并出，云石海涯，马伯庸绮丽清新之派振于前，而天锡继之，清而不佻，丽而不缛，真能于袁、赵、虞、杨之外，别开生面者也，各逞才华，标奇竞秀。亦可谓极一时之盛者欤。"② 这段话概括地揭示了元代后期少数民族诗人在元诗史上的地位。在山水诗史上，萨都剌等少数民族诗人也起到了某种转折作用。

第二节　以乐府写山水的杨维桢

元代后期诗坛，最有影响、成就最大的，无疑是杨维桢。他所开创的诗风"铁崖体"，代表着元诗从中期到后期的转捩。

一　生平经历与"铁崖体"特征

杨维桢（1296—1370），字廉夫，号铁崖、东维子，又号铁笛道人，山阴（今浙江绍兴）人，登泰定四年（1327）进士第，与萨都剌为同年。初任天台县尹，改钱清盐场司令，迁江西等处儒学提举。元末遇兵乱，隐居于富春山、钱塘、松江等地。元亡以后，明洪武二年（1369），明太祖召他修礼乐书志。他辞谢说："岂有八十岁老妇，去木不远，而再理嫁者耶！"③ 并作《老客妇谣》一首以进，以明自己不仕两朝之意。太祖成其志，仍给安车还山，卒年七十五。杨维桢所作诗篇，集为《铁崖古乐府》、《铁崖复古

---

① 陈援庵：《元史研究》，九思出版社 1977 年版，第 129 页。

② （清）顾嗣立：《元诗选·初集》，中华书局 1987 年版，第 1185—1186 页。

③ （清）陈衍：《元诗纪事》卷 16，见王云五主编，陈衍编辑《万有文库第二集七百种元诗纪事》，商务印书馆 1935 年版，第 319 页。

诗》、《铁崖集》、《铁龙诗集》、《铁笛诗》、《草云阁集》、《东维子集》等，其中尤以《铁崖古乐府》影响最巨。

清人顾嗣立曾站在诗史的高度评价杨维桢的地位，他说："元诗之兴，始自遗山。中统、至元而后，时际承平，尽洗宋、金余习，则松雪（赵孟頫）为之倡。延祐、天历间，文章鼎盛，希踪大家，则虞、杨、范、揭为之最。至正改元，人材辈出，标新领异，则廉夫为之雄，而元诗之变极矣。"① 由此可见，杨维桢的"铁崖体"是领诗坛一代风骚的新诗风。

"铁崖体"究竟是什么样的一种诗风？这需要具体的说明。前人曾有这样的议论，可以帮助我们了解"铁崖体"的风貌。"杨聘君廉夫，才高情旷，词隽而丽，调凄而婉，特优于古乐府。"② 明人胡应麟也认为："杨廉夫胜国末领袖一时，其才纵横豪丽，亶堪作者，而耽嗜瑰奇，沉沦绮藻，虽复含筋吐贺，要非全盛典型，至他乐府小诗，香奁近体，俊逸浓爽，如有神助。"③ 都在相当的程度上说明了"铁崖体"的某些特征。笔者认为"铁崖体"可以这样概括说明："铁崖体"在体裁形式上以"古乐府"为主，力求打破古典主义的规范，走出元代中期模拟盛唐、圆熟平滑、缺少个性的模式，而追求构思的奇特、意象的奇崛，造语藻绘而狠重，在诗的整体审美效应上具有"陌生化"的特征与力度美。而这些，都是出自诗人的情性，从而使作品富有相当的个性色彩。

二　神奇迷离的乐府山水诗

铁崖诗集中，山水篇什比例很小，较为纯粹的山水诗，大概不过二三十首，但却颇具特色。他用乐府体写山水，即使从题目和体式上不像乐府，但观其诗的语气、神韵，都颇具乐府之风。他的山水诗往往与游仙、梦境掺和在一起，带有一种神奇迷离的风貌。如《香山篇》："放舟脂塘曲，盘游湖上雷。雷鸣湖雨作，还泊香山隈。美人斗香草，上有九畹栽。美人在何所，搴芳招归来。露下荆棘草，鹿上姑苏台。"在铁崖集里要说山水诗，这算是较为"纯"的了，但其实这种诗基本上都非"写境"，而是"造境"。诗人并未描摹山容水态，却是通过想象，创造了一种幻境，给人以似仙似俗、半真半幻的感觉。其他像《虎篇》、《尧市山》、《弁峰七十二》、《骊山曲》等，都与之

---

① （清）顾嗣立：《元诗选·初集》，中华书局1987年版，第1975—1976页。
② （明）顾起纶：《国雅品》，见（清）丁福保《历代诗话续编》，中华书局1983年版，第1092页。
③ （明）胡应麟：《诗薮》，上海古籍出版社1958年版，第241页。

相类，倒是《送客洞庭西》还更多地接近一些山水的自然形态，诗云：

> 送客洞庭西，雷堆青两两。陈殿出空明，吴城连苍莽。春深湖色深，风将潮声涨。杨柳读书堂，芙蓉采菱桨。怀人故未休，望望欲成往。

此诗写洞庭湖的景象，笔墨省净，意境脱俗，在近于平淡的语气中，仍蕴奇气。而像《弁峰七十二》之类的诗作，则有更多的奇幻色彩。诗云：

> 弁峰七十二，菡萏开青冥。穷探最绝顶，龙舌呀岩扃。高源下绝壁，海眼涵明星。毒龙戏珠玉，残唾吹余腥。胡僧洗神钵，密咒收风霆。洞庭水如蓝，溟濛连沦溟。下观人间世，九点烟中青。

此诗以游仙式的笔法写弁峰所见，所写景物都有一种亦真亦幻的感觉。诗人的描绘，使我们如同到了一个"高处不胜寒"的仙境，其实这不过是登临绝顶、鸟瞰万象的视界。诗思的奇妙，都是一般山水诗中很少见到的。

更能体现其山水诗的乐府特色的，是《望洞庭》、《苕山水歌》、《石桥篇》、《庐山瀑布谣》等一类作品。试举一二在此。如《望洞庭》：

> 琼田三万六千顷，七十二朵青莲开。道人铁精持在手，啸引紫凤朝蓬莱。龙子卧抱明月胎，须臾化作桃花腮。嗟尔云槎子，何处忽飞来？蓬莱之浅今几尺？黄河之清今几回？云槎子云是江上来。但知东方生，卖药五湖上；不知张使者，北犯七斗魁。云槎子，吾与尔何哉？任公钓竿在东海，潮压桐江江上台。

《苕山水歌》诗云：

> 苕山如画云，苕水如篆文。使君画船山水里，荡漾朝晖与夕曛。中流棹歌惊水鸭，捷如竞渡千人军。渡头刘阮郎，清唱烟中闻。为设胡麻饭，招手越罗蚡。既到车山口，还过溢水濆。东盛坝前折杨柳，西庄漾下劚香芹。东村击鼓送将归，西村吹笛迎余醺。三日新妇拜使君，野花山叶斑斓裙。使君本是龙门客，官衫脱锦披黄斤。愿住吴侬山水国，不入中朝鸾鹄群。酒酣更呼酒，挽衣劝使君。游丝蜻蜓日款款，野花蛱蝶

春纷纷。君不见城南风起寒食近，老农火耕陈帝坟！

　　铁崖集中的这样一些乐府山水诗，其风格、意境的确不同于元代中期的那些山水篇什，体现了元代后期山水诗的某些特点。如果说《望洞庭》一诗的意境有更多的超现实特色，诗人勾勒了高蹈超俗的景致，以游仙笔法来写现实中的山水，而后者则以更为异彩纷呈的诗笔，创造了更有风俗意韵的场景。这些诗作，都充分体现了乐府诗的韵味，尤其是近于中、晚唐时期李贺、温庭筠的乐府诗风。

　　三　"铁崖体"山水诗的创新

　　杨维桢的山水诗，以乐府诗的笔法、韵味，使山水景物的描写更为虚灵化。诗人很少用体物写貌的方式来描摹山水的客观外形，而常常是以比拟或形容的方式来摄写山水之神。这就体现了山水诗在金、元时期的新变。

　　诗人以参差错落的形式，运以乐府的情味，造成一种独特的风貌。诗人不再以描绘完整的山水画面为鹄的，而是在山水题材中融进了更多的东西，使山水诗的内在审美信息量大为增加。同时，诗中有很多迷离惝恍的情景，无疑是来自诗人的想象，它们又与山水形貌的刻画糅为一体，重新构成了新的山水之境。

结　　语

　　以上这一编，主要论述了金元时期山水诗的创作状况与发展脉络。这里的论述当然是很不完整的，但从中大致可以窥见金元时期山水诗的一斑。

　　从整个山水诗史来看，金元时期并不重要，却有着承上启下的意义。山水诗发展到金、元，积累的艺术经验已是多种多样，艺术风格也屡有变迁，因此金元山水诗在其艺术继承上是体现了多元化的态势的。金元时期山水诗的传世名篇远不及魏晋南北朝与唐、宋那么多，与唐代相比，更是相形见绌，但金元山水诗仍展示了独特的风貌。其中不无清新的成分，不无北方文化的某种影响。有些诗作所反映的山水状貌，本来就不同于传统的山水诗，而有些北方诗人的山水诗中所勃郁的雄浑刚健之气，又为山水诗史灌注了生机。这又是金元山水诗的文学史价值所在。金元山水诗的这些艺术特征，也没有随时间的流逝而完全消泯，而是积淀在明代及以后的山水吟咏之中。总之，金元时期的山水诗创作，有着其他时代所缺少的特殊价值与文学史意义。

《中国书画》画论系列

董逌以"天机"论画[*]

　　董逌是北宋画家、鉴赏家，主要活动于宣和年间。他有《广川书跋》、《广川画跋》，都是重要的书画理论著作。其中我注意到的是，董氏论画，有其一以贯之的评判尺度，有其核心的论画理念，最突出的便是"天机"。题跋有130余条，其中以天机论画者随处可见。董逌评之为"天机"的画家都是一流的画家，如评李成的山水画云："其绝人处，不在得真形，山水木石，烟霞岚雾间。其天机之动，阳开阴阖，迅发惊绝，世不得而知也。"①评范宽《山水图》云："余于是知中立放笔时，盖天地间遗物矣。故能笔运而气摄之，至其天机自运，与物相遇，不知披拂隆施，所以自来。"② 评李公麟画云："至其成功，则无毫发遗恨。此殆进技于道，而天机自张邪？尝作县《雷山图》，遂尽其山林胜势，使人见图，如在其山中，不假他求也。"③

　　"天机"可以视为中国美学的一个重要概念。它最早出现在《庄子》中。《庄子·大宗师》云："古之真人，其寝不梦，其觉无忧，其食不甘，其息深深。真人之息以踵，众人之息在喉。屈服者，其嗌言若哇，其嗜欲深者，其天机浅。"④ 庄子的意思是把真人与众人相比，因为众人嗜欲深重，

---

　　* 本文刊于《中国书画》2014年第1期。

　　① （宋）董逌：《广川画跋》，见于安澜《画品丛书》，上海人民美术出社1982年版，第276页。

　　② 同上书，第303页。

　　③ 同上书，第290页。

　　④ （清）王先谦：《庄子集解》，上海书店1986年版，第36页。

所以天机浅薄。很明显，庄子所说的"天机"，当然不是指画论方面的。魏晋南北朝时期的文艺理论家陆机，首次将"天机"的概念引入到文艺创作思维的领域。在其文论代表作《文赋》中，他说："若夫应感之会，通塞之纪，来不可遏，去不可止。藏若影灭，行犹响起。方天机之骏利，夫何纷而不理？"①陆机所说的"天机"，基本上是指作家创作的灵感。以"天机"论画，在宋代画论中董逌最具代表性，且有重要的美学理论价值。从他对画家的评价看，"天机"并非一般意义上的创作灵感，而是指创作出最佳、最独特的作品的契机。董氏在题跋中所谈到的"天机自张"、"天机自运"，都是他最为推崇的画家，如李成、范宽、李公麟、燕肃等，而他所不甚以为然的画家或画作，他常常会以其缺乏"天机"为批评话语。董逌的"天机"之说，是以"天人合一"作为其哲学背景的，指艺术家的主体灵性和客观事物的物性在特定机缘中的遇合。天机的根据，正在于"造化"的力量。天机的针对性首先是超越刻求形似，这是董逌反复申说的。在他看来，以"天机自张"的作品，决不会是以形似为目的的画师之作，而是兴会淋漓、解衣磅礴的创化。"天机"意味着艺术创作的最佳契机是只可有一、不能有二的，因为这是审美创造主体和客体事物的不可再遇的契机，这才是真正的"天机"。其评范宽山水画说："当中立有山水之嗜者，神凝志解，得于心者，必发于外。则解衣磅礴正与山林泉石相遇。虽贲育逢之，亦失其勇矣。故能揽须弥尽于一芥，气振而有余，无复山之相矣。彼含墨咀毫，受揖人趋者，可执工而随其后耶？世人不识真山而求画者，垒石累土，以自诧也。岂知心放于造化炉锤者，遇物得之，此其为真画者也。"②谓其天机作画，不可复得。

　　天机为画，不在刻意求似，而在于主体与客体的遇合。这种遇合却是创作主体有意识而为的。真正要获得天机，就要时时造访自然，在某种邂逅式的主客遇合中体验"天人合一""物我两忘"的境界，这样的画才能脱略笔墨形迹，带着大自然的生命感，元气淋漓。这在山水画等画种中体现得颇为明显。在评燕肃画时，董逌指出："燕仲穆以画自嬉，而山水尤妙其真形。然平生不妄落笔，登临探索，遇物兴怀。胸中磊落，自成丘壑，至于意好已

　　①　郭绍虞：《中国历代文论选》，上海古籍出版社2001年版，第70页。
　　②　（宋）董逌：《广川画跋》，见于安澜《画品丛书》，上海人民美术出社1982年版，第307页。

传，然后发之。或自形象求之，皆尽所见，不能措思虑于其间。"①以"天机"作画之时，画家是"不能措思虑于其间"的。而它又是画家有意识地"登临探索"的产物。平素的观察求索，是画家之所以成功画出作品的根本原因。

宗炳《画山水序》中的"山水有灵"观念*

南北朝的画家宗炳，并没有什么作品留存下来，从谢赫的《古画品录》中可见对他的评陟。谢赫把他置于第六品，也是排在最后的一品。谢赫以品衡定画家，共分六品：宗炳则居第六品中。可见他在当日画坛上并无很高的地位。谢赫对他的评价是："炳明于六法，迄无适善；而含毫命素，必有损益。迹非准的，意足师放。"②

然而，在绘画史上和中国美学史给宗炳带来巨大声誉的是他的《画山水序》。《画山水序》是画论史的第一篇山水画论，是开了山水画论的先河的。宗炳之所以没有得到谢赫的很高的评骘和定位，估计很重要的原因在于他是以山水为能的，而当时画坛占主导地位的是人物画，谢赫所评为前几品的画家都是以人物画著称的。如陆探微、曹不兴都是。以山水画知名的宗炳和王微，尚未得到权威的认可。但是宗炳的山水画论却对后世产生了极大的影响。

宗炳的山水画论，以山水为画材，并将山水作为有灵之物和晤谈的对象。其开篇写道："圣人含道映物，贤者澄怀味象。至于山水，质有而趣灵。"③"质有"是言其物质化的客观存在；"趣灵"则是言山水之有灵异或灵魂。后面接着有："夫圣人以神法道，而贤者通，山水以形媚道而仁者乐，不亦几乎？"④"以形媚道"是说山水通过其外形亲近"大道"，这是仁者乐山之"乐"啊！后面宗炳又说："如是，则嵩华之秀，玄牝之灵，皆可

---

* 本文刊于《中国书画》2014 年第 2 期。

① （宋）董逌：《广川画跋》，见于安澜《画品丛书》，上海人民美术出版社 1982 年版，第 297 页。

② （唐）张彦远：《历代名画记》卷 6，上海人民美术出版社 1964 年版，第 144—145 页。

③ （南朝·宋）宗炳：《画山水序》，人民美术出版社 1985 年版，第 1 页。

④ 同上。

得之于一图矣。"① "夫以应目会心为理者。类之成巧，则目亦同应，心亦俱会。应感会神，神超理得，虽复虚求幽岩，何以加焉?"② 这段论述都是以山水为有灵性的对象而彼此晤对、相互感通的。

宗炳不仅是个画家，也是一位造诣精深的佛学思想家。他的这种"山水有灵"的观念，其实与其佛学理论有内在的联系。宗炳非常崇拜当时的佛教领袖——高僧慧远，《宋书·隐逸传》称他："妙善琴书，精于言理，每游山水，往辄忘归。征西长史王敬弘每从之，未尝不弥日也。乃下入庐山，就释慧远考寻文义。"③《高僧传》述慧远生平业绩时谈道："彭城刘遗民、豫章雷次宗、雁门周续之、新蔡毕颖之、南阳宗炳、张莱民、张季硕等，并弃世遗荣，依远游止。"④ 此条记载了宗炳和慧远的亲密关系，甚至可见其在思想上的追随。从东汉到魏晋南北朝时期在哲学上有一场"神灭"论和"神不灭"论的著名论争。前者主张人的形体消亡后灵魂也随之而灭；后者则认为人死后灵魂可以依然活着。主张"神不灭"论的最重要代表人物就是慧远，其理论基础就是慧远所大力提倡的"三世轮回"之说。宗炳在这场论争中充当了重要角色，他写的《明佛论》（另一题目为《神不灭论》）这篇文章完全是响应慧远的"形尽神不灭"之说的。《明佛论》中明确阐发"佛国之伟，精神不灭，人可成佛，心作万有"的"神不灭"论，从唯物主义的观点来看，当然是虚妄的；但宗炳在《明佛论》中又旁及自然山水的"神不灭"，如其所说："夫五岳四渎，谓无灵也，则未可断矣。若许其神，则岳唯积土之多，渎唯积水而已矣。得一之灵，何生水土之粗哉? 而感托岩流，肃成一体，设使山崩川竭，必不与水土俱亡矣。"⑤ 就是提出"山水有灵"的主张所在。

把《画山水序》中关于山水有灵的论述和《明佛论》中的有关主张对勘来看，可以看到，宗炳山水画论中的观点是有其佛学渊源的。这种思想从哲学角度来看是典型的唯心主义，但进入审美和艺术的范围来看，却使中国的山水画理论一开始便有了不同凡响的美学高度。

---

① （南朝·宋）宗炳：《画山水序》，人民美术出版社1985年版，第5页。
② 同上书，第7页。
③ （南朝·宋）沈约：《宋书》卷93《隐逸传》，中华书局1975年版，第2278页。
④ 汤用彤校注：《高僧传》卷6，中华书局1992年版，第214页。
⑤ （南朝·宋）宗炳：《明佛论》，见方立天《佛学精华》下，北京出版社1996年版，第2646页。

画中之"化"*

古代画论中有所谓"物化"之说，指画家与所画物象之间融而为一，物我冥合。物化作为一种至高的审美境界，对于画家而言，可称是一种"高峰体验"。

"物化"之始，是庄子在《齐物论》中提出的命题。庄子言："昔者庄周梦为蝴蝶，栩栩然蝴蝶也，自喻适志与！不知周也。俄然觉，则蘧蘧然周也。不知周之梦为蝴蝶与，蝴蝶之梦为周与？周与蝴蝶，则必有分矣。此之谓'物化'。"① 庄周梦为蝴蝶，还是蝴蝶梦为庄周，已经无法分辨，这种物我界限消解，万物融化为一的思想，是庄子《齐物论》的基本观念。庄子在《齐物论》中又有"天地与我并生，而万物与我为一"的名言，这对中国思想史的发展有非常深远的影响。"物化"的命题，是最具美学意味的，在文学艺术中有着创作论的特征，在绘画中尤其表现得鲜明。

这种"物化"的观念进入画论，在唐人符载对画家张璪画境的评价中体现出来，符载论张璪画时说："观夫张公之艺非画也，真道也。当其有事，已知夫遗去机巧，意冥玄化，而物在灵府，不在耳目。故得于心，应于手，孤姿绝状，触毫而出，气交冲漠，与神为徒。"② 张璪绘画时物我两忘，心与物"玄化"，所以能够得心应手，触毫而出。宋代的苏轼对当时的湖州画派开创者、文人画的代表人物文同所画墨竹十分服膺，在题画诗中写道："与可（文同字）画竹时，见竹不见人。岂独不见人，嗒然遗其身。其身与竹化，无穷出清新。庄周世无有，谁知此凝神。"③ 这首著名的题画诗，称赏文同画竹时的状态是"身与竹化"，主客融而为一。"嗒然"正是形容物我两忘的境界。宋人罗大经作《鹤林玉露》，其中记载了宋画家曾无疑画草虫时的状态："曾云巢无疑，工画草虫，年迈愈精。余尝问有所传乎？无疑曰：是岂有法可传哉！某自少时取草虫，笼而观之，穷昼夜不厌，又恐其神之不完也，复就草地观之。于是始得其天。方其落笔之际，不知我之为草

---

* 本文刊于《中国书画》2014 年第 3 期。

① 陈鼓应：《庄子今注今译》，商务印书馆 2007 年版，第 109 页。

② （唐）符载：《观张员外画松石序》，见俞剑华《中国古代画论类编》，人民美术出版社 1957 年版，第 20 页。

③ 李之亮：《苏轼文集编年笺注·诗词附》，巴蜀书社 2011 年版，第 298 页。

虫，草虫之为我。此与造化生物之机缄，盖无以异，岂有可传之法哉。"①
清人邹一桂的《小山画谱》，也有此记载。擅长以草虫为画材的曾无疑，其
画年迈愈精，颇有成就。人问其是否有所传授？曾无疑说自己的秘密是，取
草虫放在笼子里"昼夜不厌"地观察草虫的神态，为了把草虫表现得神完
气足，他又趴在草地上观察，这样才真正把握了草虫的天性。如此，画家落
笔之时，已然不知草虫为我还是我为草虫。这也是画中"物化"的典型例
子。清代大画家石涛在其《苦瓜和尚画语录》中有这样一段广为人知的名
言："我有是一画，能贯山川之形神。此予五十年前未脱胎于山川也。亦非
糟粕其山川，而使山川自私也。山川使予代山川而言也。山川脱胎于予也，
予脱胎于山川也。搜尽奇峰打草稿也。山川与予神遇而迹化也。所以终归之
于大涤也。"② 石涛所说的山川与"予"的关系，也正是一种物化的关系。
画家（予）与山川你中有我，我中有你，如此才能真正画好山川。

　　"物化"在绘画创作实践中是至高的体验，也是"天人合一"的哲学理
念在艺术领域的具体体现。画家作为审美主体和作为客体的物象完全融为一
体，超越了主体和客体的界限和对立，而在画家的心灵之中产生了玄同彼
我、与物冥合的境界。在此基础上创造出的绘画作品，变化多端，逸气四
射，入于精微，臻于化境。

"无一点尘俗气"：山谷的标准*

　　北宋大诗人黄庭坚（山谷），同时也是中国书法史上一流的大书家，他
与苏轼、米芾、蔡襄并称为"北宋四大书法家"。山谷还是一位眼光和水平
都甚高的书画鉴赏家，其诗文和题跋中有大量的书画品评。他和苏轼一样，
持很鲜明的文人画立场。他不像苏轼那样贬损"画工画"，但却鄙薄书画中
的尘俗之气，认为好的作品就应该是"无一点尘俗气"或"超逸绝尘"的，
这其实是苏黄等持文人画的立场的士大夫论书画时的一个价值尺度，在黄山
谷这里，"无一点尘俗气"，成了他对诗画上乘之作的首要标准，也是他论

　　＊　本文刊于《中国书画》2014 年第 4 期。

　　①　（宋）罗大经：《鹤林玉露》，见俞剑华《中国古代画论类编》下，人民美术出版社 1957 年
版，第 1036 页。

　　②　（清）石涛：《苦瓜和尚画语录》，见俞剑华《中国古代画论类编》，人民美术出版社 1957
年版，第 153 页。

书画时的理论亮点。

山谷评东坡字云："东坡简札，字形温润，无一点俗气。今世号能书者数家，虽规摹古人自有长处，至于天然自工，笔圆而韵胜，所谓兼四子之有以易之，不与也。"① 又评苏轼（子瞻）书体："蜀人极不能书，而东坡独以翰墨妙天下，盖其天资所发耳。观其少年时字画，已无尘埃气，那得老年不造微入妙也！"② 所谓"尘埃气"就是俗气。山谷对东坡是持全方位的认同的，对于东坡的字更是高度赞美。"无一点俗气"，是一个整体的概括。他评行书时亦云："至于行书，则王氏父子随肥瘠皆有佳处，不复可置议论。近世惟颜鲁公（颜真卿）、杨少师（杨凝式）特为绝伦，甚妙于用笔，不好处亦妩媚。大抵更无一点一画俗气。"③ 山谷以诗称许他的姨母李夫人所画墨竹也如此说："小竹扶疏大竹枯，笔端真有造化炉。人间俗气一点无，健妇果胜大丈夫。"④ 墨竹是文人画的画材，看来这位李夫人，在绘画上也是与苏黄等文人画家一流的。关于墨竹，山谷也认为以墨为生竹，才是不近流俗的。他指出其源流以吴道子为先河："不加丹青，已极形似。故世之精识博物之士，多藏吴生墨本，至俗子乃衔丹青耳。意墨竹之师，近出于此。往时天章阁待制燕肃，始作生竹，超然免于流俗。近世集贤校理文同，遂能极其变态，其笔墨之运，疑鬼神也。"⑤ 燕肃、文同，都是画墨竹的大家，也是文人画的代表，在山谷看来，他们的墨竹，都是"免于流俗"的，而那些"加之丹青也"即用色者，则被山谷斥为"俗子"。山谷评其画，是和苏轼、米芾等同样的说法。

山谷心目中的"不俗"，在书画方面也还有一些艺术上的内涵，当然这也是同他的文学审美相通的。文人画这派人，都有相当的文学造诣，他们对书画的看法，是与其文学观念一体化的。山谷评苏轼《卜算子》词时说："语意高妙，似非吃烟火食人语，非胸中有万卷书，笔下无一点尘俗气，孰能至此。"⑥ 评苏轼文章："彼其老于文章，故落笔皆超逸绝尘耳。"⑦ 这当然是和他的书画审美标准完全一致的。

---

① （宋）黄庭坚：《题东坡字后》，《山谷题跋》卷5，中华书局1985年版，第43页。

② （宋）黄庭坚：《论子瞻书体》，见《黄庭坚全集》，四川大学出版社2001年版，第1433页。

③ （宋）黄庭坚：《论书》，同上书，第1428页。

④ （宋）黄庭坚：《姨母李夫人墨竹二首》，同上书，第209页。

⑤ （宋）黄庭坚：《道臻师画墨竹序》，同上书，第416页。

⑥ （宋）黄庭坚：《跋东坡乐府》，《山谷题跋》卷2，中华书局1985年版，第15页。

⑦ （宋）黄庭坚：《跋子瞻醉翁操》，同上书，第15页。

山谷主张书画创作应该有"韵",也即韵味,而非韵律之"韵"。诗论家范温所谓"有余意谓之韵"①,最得要领。可见这也是宋诗评论中的一个重要范畴。山谷说:"凡书画当观韵。往时李伯时为余作李广夺胡儿马挟儿南驰,取胡儿弓引满以拟追骑,观箭锋所直发之人马皆应弦也。伯时笑曰:使俗子为之,当作中箭追骑矣。余因此深悟画格,此与文章同一关纽,但难得人入神会耳。"② 伯时所画是一幅名作,甚有神韵。如伯时所说,倘是"俗子"所画,必无这种余地,因而也就无韵可言。这当是不俗与俗之别。在苏黄这些文人画家看来,以"形似"为尚,是画工画的特征,也是士大夫所所不屑的。苏轼在诗中明确说:"论画以形似,见与儿童邻;赋诗必此诗,定非知诗人。诗画本一律,天工与清新。"③ 把以"形似"为标准来论画斥之为小儿之见。山谷也颇为鄙薄以"形似"为追求的价值取向,他论画时说:"徐生作鱼庖中物耳。虽复妙于形似,亦何所赏,但令馋獠生涎耳。"④ 反之,以"神似"为尚,应是"不俗"吧。

山谷以"无一点尘俗气"为评价书画的最高赞语,也即他的审美标准所在,反过来,俗气、尘埃气等,是他所鄙薄的,这突出地表现在他的书论中,画论中也颇多见。这可以视为文人画派的一个理论支点。

瘦硬通神:杜甫的诗画审美观*

唐代大诗人杜甫,生逢唐代社会从鼎盛而入衰落的变局时代,用他的那些伟大诗篇,为时代存照,因而被称为"诗史"。杜甫于书画艺术,有其独特的审美观念和审美趣味,可以认为是与盛唐时期流行的审美观念有很大差异的。杜甫有品题书画诗作数十首,较有代表性的有《丹青引》、《李潮八分小篆歌》、《戏题王宰画山水图歌》、《通泉县壁后薛少保画鹤》等等。这些作品颇为鲜明地呈现出诗人的独特审美观念,拈出其中突出的一点便是:

---

　* 本文刊于《中国书画》2014 年第 5 期。

　① (宋)范温:《潜溪诗眼》,见郭绍虞《宋诗话辑佚》,中华书局 1980 年版,第 373 页。

　② (宋)黄庭坚:《题摹燕郭尚父图》,见《黄庭坚全集》第 2 册,四川大学出版社 2001 年版,第 729 页。

　③ (宋)苏轼:《书鄢陵王主簿所画折枝二首》,见《苏轼选集》,上海古籍出版社 1984 年版,第 244 页。

　④ (宋)黄庭坚:《题徐巨鱼》,见《黄庭坚全集》第 2 册,四川大学出版社 2001 年版,第 738 页。

瘦硬通神。

瘦硬通神的鉴赏标准，在杜甫论书法的名诗《李潮八分小篆歌》里表达得最为直接。李潮是唐代的书法家，也是杜甫的外甥。他善为小篆，师法小篆鼻祖秦朝李斯。按宋代金石学者赵明诚的说法："潮书初不见重当时，独杜诗盛称之。今石刻在者，惟此碑与《彭元曜墓志》，其笔法亦不绝工。"① 据文意看来，他似乎对李潮的八分、小篆评价不怎么高。杜甫则特别推崇李潮，认为李斯、蔡邕之后便是李潮了。诗中云："苍颉鸟迹既茫昧，字体变化如浮云。陈仓石鼓又已讹，大小二篆生八分。秦有李斯汉蔡邕，中间作者绝不闻。峄山之碑野火焚，枣木传刻肥失真。苦县光和尚骨立，书贵瘦硬方通神……"这不仅是对李潮八分、小篆的推崇，也可作为杜甫书画审美观念最集中的体现。他认为字形肥硕即是"失真"。瘦硬作为书法的风格，一是有古风古韵，不随流俗；二是健劲峭拔，雄奇有力，这也是杜甫"瘦硬通神"的一个意思，故而诗中又称李潮小篆："惜哉李蔡不复得，吾甥李潮下笔亲。尚书韩择木，骑曹蔡有邻。开元以来数八分，潮也奄有二子成三人。况潮小篆逼秦相（李斯为秦相），快剑长戟森相向。八分一字直百金，蛟龙盘拏肉倔强。"诗中作了进一步的发挥描写，称赞李潮的八分、小篆锋芒劲健，所向力透纸背。梁朝袁昂评韦诞书法："如龙威虎振，剑拔弩张。"② 杜甫称李潮小篆如"快剑长戟森相向"，盖源于此。张旭以草书名世，俊逸雄壮，在唐代尊为"书圣"，杜甫却在与李潮的比较中加以贬抑："吴郡张颠夸草书，草书非古空雄壮。岂如吾甥不流宕，丞相中郎丈人行。""雄壮"在杜甫的笔下成了贬词。清人仇兆鳌揭明杜诗此义："张旭名重当世，故又借以相形，流宕雄壮，皆指草书，正与瘦硬相反。"③ 张旭草书在盛唐可谓时代审美风格的典范，李泽厚先生在《美的历程》中有浓墨重彩的论述。杜甫贬抑草书，推尊八分、小篆，倡导的是瘦硬通神的审美观念。

杜甫还有多首品题画马、画鹰的诗作，也明确地张扬这种审美观念。马本是神骏之物，唐代国力强大，玄宗又以爱马著称，厩中宝马良驹据说有四十万匹之多。在唐代画坛上，马成为重要的画材，也多有画家以画马名世。

① （宋）赵明诚：《金石录》，引自（清）仇兆鳌《杜诗详注》卷18，中华书局1979年版，第1550页。

② （唐）张彦远：《法书要录》，人民美术出版社1984年版，第103页。

③ （清）仇兆鳌：《杜诗详注》卷18，中华书局1979年版，第1552页。

曹霸、韩干，都是盛唐时期画马名家，韩干还是曹霸的弟子。韩干有《照夜白》这样的名作传世，其声名居于曹霸之上。韩干画马，肥硕雄壮，光彩夺目，可以视为盛唐艺术的代表，朱景玄作《唐朝名画录》，将韩干名作列为"神品"，即最上之品。杜甫有歌行体名作《丹青引》，主要是称颂曹霸的绘画成就，咏叹曹霸的际遇，诗人在诗中寄托了很深的身世感慨。杜甫对韩干的画马成就也颇赞赏，但在此诗中却把韩干拿来反衬曹霸，其理由在于韩干画马之多肉肥硕。诗中说："先帝御马玉花骢，画工如山貌不同。是日牵来赤墀下，迥立阊阖生长风。诏谓将军（指曹霸，曹有左武卫将军的官职）拂绢素，意匠惨淡经营中。须臾九重真龙出，一洗万古凡马空。"这是描绘曹霸画马的神奇，接下来却又以韩干相衬："玉花却在御榻上，榻上庭前屹相向。至尊含笑催赐金，圉人太仆皆惆怅。弟子韩干早入室，亦能画马穷殊相。干惟画肉不画骨，忍使骅骝气凋丧！"韩干乃当世之画马名家自不待言，杜甫焉能不知？只是出于他自己那种与世不谐的审美观念，便把韩干拿来作曹霸的反衬。因为韩干画马肥硕雄壮，杜甫就认为已使良马的神骏之气凋丧殆尽。清人王嗣奭在《杜臆》中指出："又得韩干一转，然后意足而气完。干能入室穷殊相，亦非凡手，特借宾形主，故语带抑扬耳。"① 虽是以韩衬曹，其瘦硬通神的审美观念却是跃然纸上的。

　　杜甫一生坎坷，艰辛备尝矣。长安十年，世态炎凉，使他对那些衣轻裘、乘肥马的达官贵人侧目而视，所以诗中才有"朝扣富儿门，暮随肥马尘。残杯与冷炙，处处潜悲辛"（《奉赠韦左丞丈二十二韵》）之语。他对那些轻裘肥马的达官贵人一向鄙视，《秋兴八首》中也有"同学少年多不贱，五陵衣马自轻肥"的诗句，可见其对轻裘肥马是一贯酸涩的。对于画马、画鹰，他是称赞其瘦硬见骨的，也常常以"骨"代表马或鹰的健劲。如写马："胡马大宛名，锋棱瘦骨成。"（《房兵曹胡马》）写鹘："高堂见生鹘，飒爽动秋骨。"（《画鹘行》）以"骨"为赞语，足见其瘦硬通神的审美观念是一贯的。这与他人生经历的某种内在联系，也许不仅是猜测吧。

---

① （明）王嗣奭：《杜臆》卷6，上海古籍出版社1983年版，第200页。

苏轼对于王维、吴道子的轩轾[*]

作为北宋文艺界的领袖人物，苏轼的画论和绘画实践对于中国艺术史的发展有着重大的影响。平心而论，苏轼的画论是有着非常鲜明的文人画色彩的，也可以视为北宋文人画美学观念的代表。在这方面，他的《王维吴道子画》一诗，是最能体现其文人画美学观念的。吴道子是唐代顶尖级的大画家，苏轼对吴也是倍加推崇。而当他将吴道子（又名道玄）与王维加以比较时，苏轼却将最高的评价给了王维，其眼光尺度，在这首诗中得而见之。诗云：

> 何处访吴画？普门与开元。开元有东塔，摩诘留手痕。吾观画品中，莫如二子尊。道子实雄放，浩如烟海翻。当其下手风雨快，笔所未到气已吞。亭亭双林间，彩晕扶桑暾。中有至人谈寂灭，悟者悲涕迷者手自扪。蛮君鬼伯千万万，相排竞进头如鼋。摩诘本诗老，佩芷袭芳荪。今观此壁画，亦若其诗清且敦。祇园弟子尽鹤骨，心如死灰不复温。门前两丛竹，雪节贯霜根。交柯乱叶动无数，一一皆可寻其源。吴生虽妙绝，犹以画工论。摩诘得之于象外，有如仙翮谢笼樊。吾观二子皆神俊，又于维也敛衽无间言。^①

普门寺和开元寺都留有吴道子的佛像画，而王维在开元寺画有墨竹。苏轼因之将吴与王拿来比较。其对吴道子画的评价也是相当高的。"雄放"，是对吴画风格的生动概括。

苏轼对吴道子本来是有至高的评价的，其《书吴道子画后》中评吴画："故诗至于杜子美，文至于韩退之，书至于颜鲁公，画至于吴道子，而古今之变，天下之能事毕矣。道子画人物如以灯取影，逆来顺往，旁见侧出，横斜平直，各相乘除，得自然之数，不差毫末。出新意于法度之中，寄妙理于豪放之外，所谓游刃余地，运斤成风，盖古今一人而已。"^② 评价不谓不高。

＊ 本文刊于《中国书画》2014 年第 6 期。

① （宋）苏轼：《王维吴道子画》，见《苏轼诗集》，中华书局 1982 年版，第 108—110 页。

② （宋）苏轼：《书吴道子画后》，见《苏东坡集》卷 23，商务印书馆 1933 年版，第 402 页。

而吴道子在唐代绘画史上的地位十分尊崇，晚唐朱景玄作《唐朝名画录》，以神、妙、能、逸四品评画，神、妙、能三品中又各置上中下三等，其中"神品上"是最高品级，只列吴道子一人。朱景玄又评吴道子画说："凡画人物、佛像、神鬼、禽兽、台殿、草木皆冠绝于世，国朝第一。"① 可见吴道子在当代画坛上地位之尊。张彦远在著名的《历代名画记》中评吴道子画时说："唯观吴道玄之迹，可谓六法俱全，万象必尽，神人假手，穷极造化矣。所以气韵雄状，几不容于缣素，笔迹磊落，遂恣意于壁墙，其细画又甚稠密，此神异也。"② 也认为吴画是达到了登峰造极的境界。

王维作为画家，在唐代的地位远不能和吴道子抗衡。《唐朝名画录》将其置于"妙品上"，排在他前面有"神品上"1人，有"神品中"1人，有"神品下"7人。"妙品上"有8人，摩诘位居其四。《唐朝名画录》品其画云："复画辋川图，山谷郁郁盘盘，云水飞动，意出尘外，怪生笔端。尝自题诗云：'当世谬词客，前身应画师。'其自负也如此。"③ 其评价也无法与吴道子相比。然而，到了苏轼这里，吴道子竟然成了王维的陪衬。在以"神俊"评价吴王二人的基础之上，又对王维作为画家的地位三致意焉，认为他是超越了吴道子的。其中的眼光与尺度是颇为耐人寻味的。他把吴道子归入"画工"的范畴，这也是与王维比较的结果。"画工"是在士大夫眼里对那些职业画家的称谓。在苏轼看来，王维是文人画的开山人物。文人画的作者都是文人士夫，而其画作本身也渗透着强烈的文学色彩，更多的是诗的精神气韵。王维在盛唐时期是杰出的诗人，其成名早于李白，更早于杜甫。苏轼对王维最有名的定评就是："诗中有画，画中有诗"。在这首诗中，他对王维作为"士人画"的代表，其重要原因在于"今观此壁画，亦若其诗清且敦"。④ 文人画在作画的画法上是以水墨为之，这一点，恰恰也是王维开其先河。唐人绘画，本以李思训的着色山水为尚，其画风工整富丽，如潘天寿所言："以金碧青绿诸重色，创精工繁茂，绮丽端厚之青绿山水，成一家法。"⑤ 王维画山水，则以水墨为之，开文人画之端绪。传为王维所作的

---

① （唐）朱景玄：《唐朝名画录》，见于安澜《画品丛书》，上海人民美术出版社1982年版，第75页。

② （唐）张彦远：《历代名画记》卷1，上海人民美术出版社1964年版，第24页。

③ （唐）朱景玄：《唐朝名画录》，见于安澜《画品丛书》，上海人民美术出版社1982年版，第80页。

④ （宋）苏轼：《王维吴道子画》，见《苏轼诗集》，中华书局1982年版，第108—110页。

⑤ 潘天寿：《中国绘画史》，上海人民美术出版社1983年版，第70页。

《山水诀》，开篇即言："夫画道之中，水墨最为上。肇自然之性，成造化之功。"① 虽然无法确证此文系王维所作，而其精神实质则是与王维非常吻合的。作为文人画的代表，王维的画作，运思奇特，想落天外，具有诗歌创作那种"超以象外，得其环中"的艺术魅力。宋代沈括论书画时所说："书画之妙当以神会，难可以形器求也。世之观画者，多能指摘其间形象、位置、彩色瑕疵而已，至于奥理冥造者，罕见其人。如彦远画评言王维画物多不问四时，如画花往往以桃、杏、芙蓉、莲花同画一景。余家所藏摩诘画《袁安卧雪图》有雪中芭蕉，此乃得心应手，意到便成，故造理入神，迥得天意，此难可与俗人论也。"② 沈括也是以文人画的立场来论画的，而他所举的王维的"雪中芭蕉"，却是文人画不落畦径、超以象外的经典例子。苏轼称之为"得之象外"，乃可此为证。

画中"天趣"的获得 *

宋人沈括的名著《梦溪笔谈》卷十七专论书画，记载了一些画坛的故实，也表现了作者的美学观念，如说："书画之妙当以神会，难可以形器求也。"③ 这与士夫画观念同一机杼。其中记述宋迪（字复古）教人如何得"天趣"之法，颇得画理，可供玩味。其言："度支员外郎宋迪工画，尤善为平远山水，其得意者有平沙雁落、远浦帆归、山市晴岚、江天暮雪、洞庭秋月、潇湘夜雨、烟寺晚钟、渔村落照，谓之'八景'，好事者多传之。往岁小窑村陈用之善画，迪见其画山水，谓用之曰：'汝画信工，但少天趣。'用之深伏其言，曰：'常患其不及古人者正在于此。'迪曰：'此不难耳。汝先当求一败墙，张绢素讫，倚之败墙之上，朝夕观之。观之既久，隔素见败墙之上高平曲折皆成山水之象，心存目想，高者为山，下者为水，坎者为谷，缺者为涧，显者为近，晦者为远，神领意造，恍然见其有人禽草木飞动往来之象，了然在目，则随意命笔，默以神会，自然境皆天就，不类人为，是谓'活笔'。用之自此画格日进。"④ 宋代邓椿在《画继》卷六"山水林

---

　*　本文刊于《中国书画》2014 年第 7 期。
　①　沈子丞：《历代论画名著汇编》，文物出版社 1982 年版，第 30 页。
　②　侯真平校点：《梦溪笔谈》卷 17《书画》，岳麓书社 1998 年版，第 135 页。
　③　同上书，第 135 页。
　④　同上书，第 137 页。

石"中说到陈用之时也记载了此事。宋迪作为画家，在宋代画坛上没有太大的名气，但这则故事却影响深远。陈用之也意识到自己作山水画，工于形似而缺乏神韵。宋迪的"天趣"之法可谓"对症下药"。如何能够在画中得其"天趣"？宋迪启发陈用之的方法是：找一面颓败之墙，把绢素挂在墙头上，然后隔着绢素凝神观看。看得久了败墙的高平曲折就都在成为眼前的山水之象。这些通过观察与想象而得到的山水之象，往来飞动，活跃在眼前心中，作画时画境便会天趣盎然，这也就是"活笔"。陈用之依此而行，大有长进，成为宋代有名的山水画家。

此前的陈用之，作画用力颇勤，已臻工巧，但这在绘画艺术上只能被视为"初级阶段"，以北宋文人画的观念看来，当然属于"画工"一类。如以"神妙能"为品画等级，充其量能达到"妙品"也就不错了。宋迪的平远山水则远胜于此，因为它们是富有"天趣"的。这是特别符合沈括的书画审美价值观的。而臻于"天趣"并非仅凭空洞的想象，还要有画家提升形成审美意象的训练过程。这也就是前面宋迪启悟陈用之的方法。

这个方法竟然与西方的伟大画家达·芬奇不谋而合！笔者把达·芬奇所说的引在这里，肯定让读者大为惊讶。达·芬奇《论绘画》中说："促进思想作出各种发明的方法——我少不了要将这种新发明，一种协助思维的方法包括到以上的办法之中。这法子虽然似乎微不足道甚至可笑，但却具有刺激灵感作出种种发明的大用处。请观察一堵污渍斑斑的墙面或五光十色的石子。倘若你正想构思一幅风景画，你会发现其中似乎真有不少风景：纵横颁布着的山岳、河流、岩石、树木、大平原、山谷、丘陵。你还能见到各种战争，见到人物疾速的动作，面部古怪的表情，各种服装，以及无数的都能组成完整形象的事物。墙面与多色石子的此种情景正如在缭绕的钟声里。你能听到可能想出来的一切姓名与字眼。切莫轻视我的意见，我得提醒你们，时时驻足凝神污墙、火焰余烬、云彩、污泥以及诸如此类的事物，于你并不困难，只要思索得当，你确能收获奇妙的思想。一被刺激，能有种种新发明，比如人兽战争的场面，各种风景构图，以及妖魔鬼怪之类的骇人事物。这是因为思想受到蒙眬事物的刺激，而能有所发明。"① 两相对照，这简直太一致了！宋迪当然不知道有个达·芬奇，达·芬奇虽然晚于宋迪很多年，应该也无缘知道中国有个宋迪，没听说达·芬奇对中国的画家和画论有什么了

---

① ［意］达·芬奇：《论绘画》，见杨身源《西方画论辑要》，江苏美术出版社 2010 年版，第140 页。

解，何况宋迪的名气还远远不够。而达·芬奇的论述简直如同是宋迪的"翻译版"。这说明这种方法对于培育画家的思维构形能力是真的有效。

英国的著名艺术理论家贡布里希可是确确实实发现了宋迪的方法，在他的经典名著《艺术与错觉》（也有译为《艺术与幻觉》者）中专门引述了宋迪的这个故事，而且和达·芬奇的说法相比勘，也觉得令人惊讶。冈布里奇把这个方法作为"投射"的经典例子，他主张"投射"在艺术创作思维中是异常重要的。贡布里希所说的"投射"是指"他们已有一种的艺术形式语言资金积累投射到那些墨迹中。他们期望的是那些观念的新的组合和新变化，而不是一套全新的语汇"①。"投射"在绘画创作上的创造性心理机制方面无法替代，比起那种亦步亦趋地模仿外物，由"投射"而成的内心意象成为创作杰作的基础。

造化的节律 *

春夏秋冬，四季轮回，本是大自然永无停息的运转。在中国古代的文艺理论中，关于"四时"景象描述，斑斑可见。然而，有关"四时"的论述并非仅仅是一种自然景象的摹写，而是人的心灵在自然物象召唤下的情感曲线的呈现。正如刘勰在《文心雕龙》的《物色》一篇中所说："春秋代序，阴阳惨舒，物色之动，心亦摇焉。岁有其物，物有其容；情以物迁，辞以情发。"②"物色"是刘勰所凝聚炼成的一个审美范畴，指由于四时变化而带来的自然物象。

关于在绘画中如何表现"四时"转换，画论中颇多论述。其中，又集中存在于山水画论著述。如魏晋南北朝时期王微《叙画》中所说："望秋云，神飞扬；临春风，思浩荡。虽有金石之乐、珪璋之琛，岂能仿佛之哉！"③萧绎论山水画格时说："秋毛冬骨，夏荫春英。炎绯寒碧，暖日凉

　　＊　本文刊于《中国书画》2014 年第 8 期。

①　［英］冈布里奇：《艺术与错觉：图画再现的心理学研究》，林夕等译，浙江摄影出版社1987 年版，第 222 页。

②　范文澜：《文心雕龙注》，人民文学出版社 1962 年版，第 693 页。

③　（南朝·宋）王微：《叙画》，见（唐）张彦远《历代名画记》卷5，上海人民美术出版社1964 年版，第 132 页。

星。巨松沁水，喷之蔚涧。褒茂林之幽趣，割杂草之芳情。"① 至宋代著名画家郭熙与其子郭思所著之《林泉高致》，对于四时在山水画中的不同方面作了更细致的描述："真山水之云气，四时不同：春融怡，夏蓊郁，秋疏薄，冬黯淡。画见其大象，而不为斩刻之形，则云气之态度活矣。真山水之烟岚，四时不同：春山淡冶而如笑，夏山苍翠而如滴，秋山明净而如妆，冬山惨淡而如睡。画见其大意，而不为刻画之迹，则烟岚之景象正矣。"② 这里不仅指出了山水画中的云气、烟岚在四时变化中的不同形貌，非常形象而生动，同时，还从艺术经验的角度出发，指出画家在处理山水画中四时不同的云气和烟岚的原则。

另一位北宋的著名画家韩拙，以其画论名著《山水纯全集》在美术理论史上占有重要地位。《山水纯全集》又分"论山"、"论水"、"论林木"、"论云霞烟霭岚光风雨雪雾"、"论人物桥关城寺观山居舟车四时之景"等节目，其中都从四时角度描述之笔墨，如"论山"中说："山有四时之色：春山艳冶，夏山苍翠，秋山明净，冬山惨淡，此四时之气象也。"③ 很明显，他继承了郭熙的说法。"论水"也有四时之水的不同："然水有四时之色，随四时之气。春水微碧，夏水微绿，秋水微清，冬水微惨。"④ 林木作为山水画的重要元素，其四时变化所带来的荣枯之感，更有表征价值，在"论林木"中韩拙说："凡林木有四时之荣枯，大小丛薄，咫尺重深，以远次近。"⑤ 在指出其荣枯变化时，又提出要以笔墨浓淡来表现远近的透视关系。宋以后的画论，也多有从四时的角度来谈山水画的不同形态的。清代的唐岱则从"着色"方面论述四时的不同："山有四时之色，风雨晦明，变更不一，非着色无以像其貌。所谓春山艳冶而如笑，夏山苍翠而如滴，秋山明净而如洗，冬山惨淡而如睡，此四时之气象也。水墨虽妙，只写得山水精神，本质难于辨别。四时山色，随时变现呈露，着色正为此也。"⑥ 强调从色彩方面呈现四时山色的不同面目。

以上所举只是山水画论中关于四时变化及其画法的少许例子，可谓挂一

---

① （南朝·梁）萧绎：《山水松石格》，见俞剑华《中国古代画论类编》，人民美术出版社 1957 年版，第 587 页。

② （清）郭熙：《林泉高致》，同上书，第 635 页。

③ （宋）韩拙：《山水纯全集》，同上书，第 664 页。

④ 同上书，第 666 页。

⑤ 同上书，第 667 页。

⑥ （清）唐岱：《绘事发微》，上海人民美术出版社 1987 年版，第 25 页。

漏万。四时迁转，物色鲜明，在绘画方面可以得到最为形象的体现。四时运行，是宇宙大化的生命节律，虽是周而复始，却又显得生机盎然。中国古代哲学中"天人合一"的根本理念，在诗画理论中都是普遍渗透着的。画论中所论四时，也都是与宇宙造化的生命运动相通为一的。韩拙曾言："善绘于此者，则得四时之真气，造化之妙理，故不可逆其岚光而当顺其物理也。"① 四时问题是对时间的感悟，同时，更是对宇宙生命的体认。中国古代画论中的"四时"，当然首先是对自然山水变化的客观反映，另一方面，则是画家以主体的审美眼光和其独特的艺术语言来把握山水物象的产物。在诗论中，关于"四时"的论述，基本上是指外在的物色兴发诗人的情感变化，如陆机所说的"悲落叶于劲秋，喜柔条于芳春"，画论中的四时描述，则更多的是以画家的眼光所感受到的，具有更为具体的、更为鲜明的视觉印象。其中涉及"四时"的不同所带来的构图、着色、笔墨等方面的经验，也从山、水、林木等不同元素的四时不同，描述了其形态的不同。但这都是与宇宙造化的整一气象相联系的，体现着宇宙生命的节律。

恽南田对"逸"的发挥 *

清初的大画家恽格（1633—1690），字寿平，号南田，不仅在绘画实践上风格卓荦，特重一时，其画论也内涵深刻，独具慧眼。南田的画论集中于他的《南田画跋》中，顾名思义，《画跋》即是南田为他人的画作所作题跋的辑录，可见版本中有二百余则之多。《画跋》虽是对某些画家作品的具体品评，却体现出南田自觉的绘画美学观念，有着一以贯之的批评标准。对于"逸品""逸格"的标举与阐发，是贯穿于《画跋》的一个理论标志。

《画跋》中有数十则直接论"逸"者，又有"逸品""逸格"之别。从"画跋"的论述可知，"逸品"主要指绘画作品的超逸品质，"逸格"则主要指画家作为创作主体所体现的高逸格调。而这二者之间，其实是互为连通，互为映发的。如他说："纯是天真，非拟议可到，乃为逸品。当其驰毫点墨，曲折生趣百变，千古不能加，即万壑千崖，穷工极妍，有所不屑，此

---

　　* 本文刊于《中国书画》2014 年第 9 期。

① （宋）韩拙：《山水纯全集》，见俞剑华《中国古代画论类编》，人民美术出版社 1998 年版，第 671 页。

正倪迂所谓写胸中逸气也。徐子有旷览人外之致，王山人因以此帧聊供卧游，笔墨神契，遗象忘言，当自得之。"① 这里可见南田对"逸品"的阐发虽是以描述为主，但却可知其着眼点所在。南田眼中的"逸品"，应该是"纯任天真"、发自于画家性情的。对于那种"穷工极妍"的技巧炫耀，他是有所不屑的。又论"逸品"云："逸品，其意难言之矣，殆如卢敖之游太清，列子之御泠风也；其景则三闾大夫之江潭也；其笔墨如子龙之梨花枪，公孙大娘之剑器。人见其梨花龙翔，而不见其人与枪剑也。"② 逸品是难以说清楚的，也无法在作品中见到技法的畦径路数，但却有着从心所欲不逾的境界。对于"逸格"，南田这样说道："不落畦径，谓之士气，不入时趋，谓之逸格。其创制风流，昉于二米，盛于元季，泛滥明初。称其笔墨则以逸宕为上，咀其风味则以幽淡为工。虽离方遁圆而极妍尽态，故荡以孤弦，和以太羹，憩于阆风之上，泳于沕寥之野。斯可想其神趣已。"③ 南田认为，真正的逸格，就是要不落畦径，超乎时流。

恽南田对于"逸"标举有其时代性的因素，可视为明清文人画的理论代表。而"逸"在画论中却是颇有渊源的。早在南北朝时期的谢赫，在《古画品录》第三品中评姚昙度云："画有逸方，巧变锋出。魑魅神鬼，皆能神妙。同流真伪，雅郑兼善。莫不俊拔，出人意表。天挺生知，非学所及。"④ 这是"逸"在画论中的最早出现，指的是画法超越法度，出人意表。初唐书论家李嗣真效庾肩吾之《书品》作《书后品》，而其最为特出之处，就是另立"逸品"，且将他设为最高品级，置之于其他九品之上，明显地体现了作者的审美尺度。晚唐画论家朱景玄作《唐朝名画录》，以"神妙能逸"四品论画，"神、妙、能"三品是由上而下依次排列的，而逸品则未必。逸品所指的三位与众不同的画家分别是：王墨、李灵省、张志和。朱氏在《自序》中说："其格外有不拘常法，又有逸品，以表其优劣也。"又概括评价这三人说："此三人非画之本法，故目之为逸品，盖前古之未有也。"⑤ 不拘于画法之常格，自由创造，这是逸品的审美特征。在朱氏这里，逸是在神妙能三品之"外"，而到了宋代画论家黄休复作《益州名画录》，

① 朱季海校：《南田画跋》，上海人民美术出版社 1987 年版，第 73 页。
② 同上书，第 44 页。
③ 同上书，第 33 页。
④ 王伯敏标注：《古画品录》，人民美术出版社 1959 年版，第 12 页。
⑤ （唐）朱景玄：《唐朝名画录》，见于安澜《画品丛书》，上海人民美术出版社 1982 年版，第 68 页。

则堂而皇之地将"逸品"置于"神、妙、能"三品之上了。突出逸品的地位，是《益州名画录》的特点。在本书中，"逸"列于诸格之首，而且只有孙遇一人获此殊荣。黄休复对此还有理论上的界定，指出："画之逸格，最难其俦。拙规矩于方圆，鄙精研于彩绘，笔简形具，得之自然，莫可楷模，出于意表，故目之曰逸格尔。"① 他对逸格的内涵作了理论上的定位，指出它是绘画上的最高审美范畴，超越了一般的艺术表现程式，进入一种审美创造上的自由境界。

"逸"的本义与后来的文人画美学观念非常吻合，以至于在元明时代得到了充分的展示。元代大画家倪瓒（云林）更明确表示"仆之所谓画者，不过逸笔草草，不求形似，聊以自娱耳。"② 这是典型的文人画的观念。超越笔墨畦径，一任胸中逸气，这在恽南田对逸的标举中得到了充分的发挥。南田论画，除几十处标之以逸者之外，还有很多论述虽未以"逸"为目，却是颇能说明"逸"的意蕴的，如说"作画须有解衣盘礴，旁若无人意，然后化机在手，元气狼藉，不为先匠所拘，而游于法度之外矣"③，"方壶泼墨，全不求似，自谓独操造化之权，使真宰欲出也。宇宙之间，当不可无此种奇境"④，等等，都是对"逸"的具体诠释。纵观《南田画跋》，可以这么说，"逸"是南田画论的核心灵魂，也是对画论中"逸"的深刻发挥。

谢赫以奇论画 *

作为一个文艺理论研究者，笔者在早些年就提出了"审美惊奇"论，把"惊奇"当成一个具有普遍意义的审美心理范畴来加以阐述。并认为，无论是在什么艺术门类中，惊奇都是进入审美状态的鲜明标志。诗、画、戏剧、舞蹈、影视，莫不如此。笔者在《审美惊奇论》这篇文章中，从审美心理学的角度这样指出"惊奇"在审美过程中的功能："惊奇是一种审美发现。在惊奇中，本来是片断的、零碎的感受都被接通为一个整体，使观赏者的心灵受到了强烈的撼动，而作为审美对象的作品里潜藏着的、幽闭着的意

---

* 本文刊于《中国书画》2014 年第 10 期。

① （宋）黄休复：《益州名画录》，上海人民美术出版社 1964 年版，目录第 1 页。

② （元）倪瓒：《玄元馆读书序》，见《全元文》第 46 册，凤凰出版社 2004 年版，第 618 页。

③ 朱季海校：《南田画跋》，上海人民美术出版社 1987 年版，第 33 页。

④ 同上书，第 55—56 页。

蕴，突然被敞亮了出来。观赏者处在发现的激动之中。也许没有惊奇就没有发现，也就没有美的属性的呈现，没有崇高和悲剧的震撼灵魂，没有喜剧和滑稽的油然而生。"① 这是我对审美惊奇的"破题"。

其实，中国古代的诗人或画家都非常重视惊奇的审美效果，把它作为一种艺术美的价值尺度或者是目标追求。最有名的是大诗人杜甫在诗中的表白："为人性僻耽佳句，语不惊人死不休。"（《江上值水如海势聊短述》）宋代著名女词人李清照也以"惊人句"处为傲："学诗漫有惊人句"（《渔家傲》），底气足得很！在画论领域，也多有将惊奇作为绘画佳作之标准者。在这方面，因提出绘画"六法"而著称于世的画论家谢赫，其品评便是以给人惊奇的审美感受为标准的。这在他的画论名著《古画品录》中体现得颇为鲜明。也许《古画品录》中的原话并非"惊奇"，但其表达出来的内涵却果真如此。

谢赫提出"六法"，他在《古画品录·序》中说："六法者何？一气韵生动是也，二骨法用笔是也，三应物象形是也，四随类赋彩是也，五经营位置是也，六传移模写是也。"② 这是谢赫对画法的高度概括，而认为"虽画有六法，罕能尽赅，而自古及今，各善一节"③。在他看来，一般的画家，于六法大约是能"各善一节"，而罕能全备。但谢氏最为推崇、评价最高的是陆探微和卫协，他还特别在《古画品录》的序文中提出，认为这二位是能"备赅六法"的。不唯如此，谢氏还对陆、卫的画作效果予以最高的评价，在这篇很短的序文的最后几句中说："然迹有巧拙，艺无古今，谨依远近，随其品第，裁成序引。故此所述，不广其源，但传出自神仙，莫之闻见也。"④ 这正是以绘画效果的令人惊奇——"莫之闻见"为其最高的标准的。在具体的品骘中，陆探微被置于第一品之首，其评语为："穷理尽性，事绝言象。包前孕后，古今独立。非复激扬所能称赞，但价重之极乎上上品之外，无他寄言，故屈标第一等。"⑤ 认为陆探微的绘画艺术是远出于上上品之外，只是因为再无更高的等级可评，所以只能屈居第一等，足见其推尊之高。至于卫协，其评价也在第一品（即上品）里，评语为："古画之略，至协始精。六法之中，迨为兼善。虽不说赅备形妙，颇得壮气。凌跨群雄，旷

① 张晶：《审美惊奇论》，《文艺理论研究》2000 年第 2 期。
② 王伯敏标注：《古画录》，人民美术出版社 1959 年版，第 1 页。
③ 同上。
④ 同上。
⑤ 同上书，第 6—7 页。

代绝笔。"① 这当然也是令人大感惊奇的。谢氏论其他画家时也多以"奇"赞之，如第二品（即中品）中评陆绥，谢赫评语曰："体韵遒举，风采飘然。一点一拂，动笔皆奇。传世盖少，所谓希见卷轴，故为宝也。"② 认为其"动笔皆奇"，也是从绘画的效果来说的。在第三品（即下品）中有姚昙度，谢赫以"逸方"论之，而所谓"逸方"，正是出人意表，其云："画有逸方，巧变锋出……莫不俊拔，出人意表。天挺生知，非学所及，虽纤微长短，往往失之，而舆皂之中，莫与之匹。"③ 姚昙度的画风，可谓开"逸品"的先河。此处所描述的姚昙度的画法，正与后来朱景玄《唐朝名画录》和黄休复的《益州名画录》中的"逸品"是颇为一致的。只是前者将"逸品"置于"神、妙、能"三品之后，其实是"之外"，本意并非是在神妙能之下的。"神、妙、能"三品又各分上、中、下三等，而"逸品"未分，以见其特异。朱氏在《唐朝名画录·序》中指出："以张怀瓘《画品》断神、妙、能三品，定其等格上中下，又分为三。其格外有不拘常法，又有逸品，以表其优劣也。"④ 足见其单列"逸品"是因为它"不拘常法"，而非在其下也。至宋人黄休复作《益州名画录》则以"逸品"置于"神、妙、能"三品之上，并在理论上加以正名："画之逸格，最难其俦。拙规矩于方圆，鄙精研于彩绘，笔简形具，得之自然，莫可楷模。出于意表。故目之曰'逸格'尔。"⑤ 黄氏对"逸品"给予最高地位，实可视为画评中的一场革命了！而逸格的效果正是令人惊奇，如黄休复列于最上品仅有孙位一人，黄的评语则是"其天机迥高，思与神合。创意立体，妙合化权，非谓开厨已走，拔壁而飞。"⑥ 何其令人目瞪口呆，惊奇不已！而逸格之滥觞，正在谢赫的《古画品录》中。巧变锋出，出人意表，当然是令人惊奇了，虽在第三品内，却是后来画论逸居其上的先声矣！

① 王伯敏标注：《古画品录》，人民美术出版社 1959 年版，第 8 页。

② 同上书，第 10 页。

③ 同上书，第 12 页。

④ （唐）朱景玄：《唐朝名画录》，见于安澜《画品丛书》，上海人民美术出版社 1982 年版，第 68 页。

⑤ （宋）黄休复：《益州名画录》，上海人民美术出版社 1964 年版，目录第 1 页。

⑥ 同上。

咫尺万里之势[*]

在中国古代画论中，能否在有限的笔墨中表现无限的空间感，是一个值得关注的话题。山水画论里的相关论述时有见之。最早的山水画论——宗炳《画山水序》就讲山水画的以小见大："况乎身所盘桓，目所绸缪，以形写形，以色貌色也。且夫崑崙山之大，瞳子之小，迫目以寸，则其形莫睹，迥以数里，则可围于寸眸。诚由去之稍阔，则其见弥小。今张绡素以远映，则崑阆之形，可围于寸之内。竖划三寸，当千仞之高；横墨数尺，体百里之迥。是以观画图者，徒患类之不巧，不以制小而累其似，此自然之势。如是，则嵩华之秀，玄牝之灵，皆可得之一图矣。"^① 宗炳在这里揭示了山水画的透视原理，但这并不仅是科学的，而且更是美学的。宗炳以"山水有灵"的眼光来看作为审美对象的山水，所以提出"目亦同应，心亦俱会。应会感神，神超理得"^② 的审美主客体的关系。宗炳称"横墨数尺，体百里之迥"的效果，为"自然之势"。与宗炳同时期的画家王微更是明确指出山水画之不同于地形图的差别，在于山水画应能具有吸引人心的空间审美张力，他的经典画论《叙画》中所说："且古人之作画也，非以案城域，辨方州，标镇阜，划浸流，本乎形者融，灵而动变者心也。灵亡所见，故所托不动；目有所极，故所见不周。于是乎以一管之笔，拟太虚之体。"^③ 明确主张山水画不能像地形图那样仅以写实为标准，而是要有超越有形的广大之势。

唐代大诗人杜甫并非画者，但他对绘画有独特的审美能力，读他的题画诗，可知此老眼光之独具。尤其是他的《戏题王宰画山水图歌》，就王宰的山水画发论，而提出"咫尺万里"的著名美学命题。诗云："十日画一水，五日画一石。能事不受相促迫，王宰始肯留真迹。壮哉昆仑方壶图，挂君高堂之素壁。巴陵洞庭日本东，赤岸水与银河通，中有云气随飞龙。舟人渔子入浦溆，山木尽亚洪涛风。尤工远势古莫比，咫尺应须论万里。焉得并州快

本文刊于《中国书画》2014 年第 11 期。

① （南朝·宋）宗炳：《画山水序》，人民美术出版社 1985 年版，第 5 页。

② 同上书，第 7 页。

③ （南朝·宋）王微：《叙画》，见（唐）张彦远《历代名画记》卷 5，上海人民美术出版社 1964 年版，第 132 页。

剪刀，剪取吴淞半江水。"① 王宰是唐代颇有名气的画家，以山水画著称于画史。张彦远《历代名画记》卷十称："王宰，蜀中人。多画蜀山。玲珑窳窆，巉差巧峭。"② 元代夏文彦《图画宝鉴》则记述说："王宰，居于西蜀，贞元中韦令公以客礼待之。画山水树石出于象外。"③ 看来王宰作为山水画家，能够画出象外之势，这是人们的共识。杜甫这首题画诗的意义已远远超出了对于王宰画的个案价值，甚至也超出了一般的题画诗的范围，而具有了普遍性的美学理论的性质，使"咫尺万里"成为一种影响深远的美学命题。"势"在中国古代美学中是早已有之的范畴，指艺术作品中具有强劲动感和超越有形的态势。魏晋南北朝时期的杰出文论家刘勰在《文心雕龙》中有《定势》一篇，其中对"势"有这样的描述："势者，乘利而为制也。如机发矢直，涧曲湍回，自然之势也。"④ 这是指诗文创作中的"势"。杜甫论画所说的"远势"，更具有空间感，是针对山水画而言的。它并非仅是指距离而言，而且着矢量动态的方向感。

清初著名思想家、文论家王夫之在论诗时将"势"作为诗画相通的美学原则提出。他的诗论著作《姜斋诗话》中说："论画者曰：'咫尺有万里之势'。一'势'字宜着眼。若不论势，则缩万里于咫尺，直是《广舆记》前一天下图耳。五言绝句，以此为落想时第一义。唯盛唐人能得其妙，如：'君家住何处？妾住在横塘。停船暂借问，或恐是同乡。'墨气四射，四表无穷，无字处皆其意也。"⑤ 王夫之以唐诗人崔颢的名篇《长干行》为例，指出了五言绝句应有这种"无字处皆其意也"的势，才能成为具有丰厚审美韵味的佳作。王夫之是从画论中的"咫尺万里之势"谈及诗歌之势，可见，在艺术创作中，势对于诗画都是相当重要的元素。

顾恺之的"晤对通神"*

魏晋南北朝时期的大画家顾恺之提出著名的"传神写照"的命题，这

---

　　* 本文刊于《中国书画》2014 年第 12 期。

　　① （唐）张彦远：《历代名画记》，上海人民美术出版社 1964 年版，第 199 页。

　　② 同上书，第 198 页。

　　③ 温肇桐注：《唐朝名画录》，四川美术出版社 1985 年版，第 17 页。

　　④ 范文澜：《文心雕龙注》，人民文学出版社 1962 年版，第 529—530 页。

　　⑤ （清）王夫之：《姜斋诗话》卷 2《夕堂永日绪论内编》，见戴鸿森《姜斋诗话笺注》，人民文学出版社 1981 年版，第 138 页。

对中国的艺术创作理论影响至为深远，至今仍有其不可磨灭的生命力。这在画论史和美学史上都是人所熟知的。顾氏的画论收录在唐代画论家张彦远的《历代名画记》中，共有《论画》、《魏晋胜流画赞》及《画云台山记》等三篇，见于《历代名画记》卷五。另外在刘义庆的《世说新语》中也有相关的记载。"传神"论深刻地影响了中国画的走向。我这篇小小的文章主要是想说明顾恺之"传神"论中一个重要内涵，那就是"晤对通神"。

顾恺之所主张的"传神"，都是在人物画的范围中提出的。《世说新语》中有关于"传神写照"的著名记载，《巧艺》篇中说"顾长康（恺之字长康）画人，或数年不点睛。人问其故，顾曰：四体妍蚩，本亡关于妙处，传神写照，正在阿堵中。"① 阿堵，是当地方言，代指"那个"，这里指人的眼睛。恺之画人数年不点眼睛，究其原因是在于他认为人的四肢画得怎样无关紧要，关键在于人的眼睛，因为传神写照全在于此了。在顾氏看来，人物画的根本之处就是"传神写照"。这也正是这个美学命题的提出。

形神关系，历来是绘画中的重要问题，也是很早就有的哲学问题。形指人的形体，神指人的精神或神韵。二者是相互依存的。无形，则神无所寄寓，无所附丽；无神，则形无所主宰，无所归趋。而神主形从，似乎成为这个问题的一贯主张。《淮南子》中说："故心者，形之主也；而神者，心之宝也。"② 认为心是形的主宰，而神是心的珍宝，神当然是形的主宰了。《淮南子》明确提出"以神为主"的思想，说："故以神为主者，形从而利；以形为制者，神从而害。"③ 这种思想，深远地影响着中国的艺术理论特别是绘画理论的发展。

作为魏晋时期最为杰出的画家，顾恺之对于形神关系的处理，并非因其"传神"的宗旨而忽略了形的表现，而是主张以形写神，也就是凭借形体描绘来表现人物之神。传神固然是其落脚点，但形亦不可偏废。在《魏晋胜流画赞》中，恺之指出画人物时"其于诸像，则像各异迹，皆令新迹弥旧本，若长短刚软，深浅广狭，与点睛之节，上下、大小、浓薄，有一毫小失，则神气与之俱变矣。"④ 认为这些因素的变化，都会引发人物的"神气"之不同。因此，传神是要通过形体的动态描绘来实现的。

① 余嘉锡：《世说新语笺疏》，中华书局1983年版，第849页。
② 张双棣：《淮南子校释》，北京大学出版社1997年版，第745页。
③ 同上书，第125页。
④ （东晋）顾恺之：《魏晋胜流画赞》，见（唐）张彦远《历代名画记》，上海人民美术出版社1964年版，第110页。

在《魏晋胜流画赞》中，顾恺之提出的"晓对通神"的观点尤为值得我们重视，其间有重要的美学内涵。其中说："人有长短，今既定远近，以瞩其对，则不可改易阔促，错置高下也。凡生人，亡有手揖眼视，而前亡所对者，以形写神，而空其实对，荃生之用乖，传神之趋失矣。空其实对则大失，对而不正则小失，不可不察也。一像之明昧，不若晓对之通神也。"①这里提出的"晓对通神"，是颇具独特审美内涵的重要命题。所谓"生人"，也即生命力鲜活之人。晓对通神，即是所画之人的眼光的对象性问题。"晓对"就是画出人物的对象感。只要是"生人"，不可能手揖眼视而对面无所面对。真正的"传神"，必须画出人物目光的对象感来。从这个前提出发，根据人物的个头高矮长短，是以其所瞩对之对象的位置规定了远近距离，就不可随意变动改易左右上下的关系，因为那样会使人物的目光无所瞩对，"传神"也就失去了基础。可以看到，顾恺之所谓的"传神写照"，其中的重要元素在于人物的"晓对通神"。

形神在魏晋玄学中是非常重要的一对哲学范畴，此前此后都有长久的源流，成为中国美学史上的一个传统。顾恺之将其引入绘画理论，并且落实到人物画中，具有非常重要的美学理论价值。张怀瓘曾赞顾恺之人物画的成就说："顾公远思精微，襟灵莫测，虽寄迹翰墨，其神气飘然，在烟霄之上，不可以图画间求。象人之美，张得其肉，陆得其骨，顾得其神，神妙无方，以顾为最。"②通过与张僧繇、陆探微这两位大画家的比较，揭示了顾氏能得人物之神（即"传神"）的独特成就。这与顾氏"晓对通神"的美学观念也是有着密切关系的吧。

---

① （东晋）顾恺之：《魏晋胜流画赞》，见（唐）张彦远《历代名画记》，上海人民美术出版社1964年版，第110—111页。

② （唐）张彦远：《历代名画记》卷6，上海人民美术出版社1964年版，第100—101页。

书序　书评

哲理的诗化生成[*]

——王充闾《诗性智慧》序

王充闾先生编著的《诗性智慧》（辽宁人民出版社 1999 年版）一书，是中国古代哲理诗的选本，选释中国诗史上富有哲理蕴含的绝句三百余首。可能有的读者读了此书，会有不尽满足之感，觉得有些诗"哲理味"不是很浓，或云不够纯粹。这里牵扯到一个较为重要的理论问题：就是如何认识诗中之"理"？笔者恰恰非常认可的是书的选篇，因为它们特别契合于笔者对诗与哲理关系的看法。对于是书的选目标准，笔者以为是深刻地体现了充闾先生的理论眼光的。

在中国古代文论中，诗中的哲理，大致可以用"理"来代表之。当然，这其中还有种种内涵上的差别，但最能概括这些相近的概念族的范畴还是这个"理"字。对于诗中之"理"的内涵以及表现方式，诗论家们曾有不少深刻的观点，我们不妨从宋人严羽的著名论断作为切入点。严沧浪之名言谓："夫诗有别材，非关书也；诗有别趣，非关理也。然非多读书，多穷理，则不能极其至。所谓不涉理路，不落言筌者，上也。"[①] 沧浪所论重心在于诗的特殊审美性质，不赞成在诗中演绎抽象的道理，在这个大框架中来认识它是没有问题的；但关键是，不少论者把"诗有别趣，非关理也"理解为诗与理的绝对对立，理解为二者是全然不搭界的，这恐怕就有了偏差。严氏本人并未走非理性主义的极端，他在下面接着补充说："然非多读书，多穷理，则不能极其至"，这是很有深意的。其实，沧浪所反对的诗中言"理"，只是"理路"，也即逻辑思维的方式。

我们觉得，问题的难点也许不在这里，因为在文论界，人们早已认同了这样的观点：诗歌的审美特质就在于创造特殊的审美意境，而不能以逻辑思

---

[*] 本文刊于《社会科学辑刊》2000 年第 5 期。

[①] 郭绍虞：《沧浪诗话校释》，人民文学出版社 1961 年版，第 26 页。

维的方式进行构思。这是关于形象思维的大讨论已经解决了的问题。但这绝非有关诗与哲理关系这个问题的终结，而是我们思考的一个新的生长点。

首先，我们应该确定这样一个讨论的前提，就是诗能否表现"理"？或者说诗中是否允许"理"的存在？在笔者看来，诗的艺术功用也许并不仅在于表现人的情感，同时还在于诗人以具体的审美意象把不可替代的情感体验升华到哲理的层面。许许多多传世的诗歌名作都不仅是以情感的传导使人得到感染，同时更以十分警策的理性力量穿越时空的层积，使人在千古之下得到心智的启迪！中国古典诗歌之所以具有其他艺术种类所无法取代的生命强力，以非常凝练的语言、丰富的情感体验所蕴含的人生哲理，是其不可或缺的重要因素。

我们接着就要提出这样一个问题：除了"理"的表现方式不同之外，诗中之"理"在内涵上与哲学中的理念是否一致？这是一个相当重要的问题，也是我们异于传统认识的关键所在。正是在这里，我们与传统美学观念开始分道扬镳了。以传统美学的思维方式来看，诗（也可以扩而大之到其他艺术门类，相当于西方的"诗学"范畴）中"理"的内涵是与哲学中的理念完全一致的。黑格尔美学最核心的命题便是"美是理念的感性显现"，即把诗作为"绝对理念"的工具，因而他认为"艺术的内容就是理念，艺术的形式就是诉诸感官的形象"。① 无疑地，诗中之"理"在黑格尔那里，当然是与他的"绝对理念"完全一致的。著名的俄国文艺理论家别林斯基首倡"诗是寓于形象的思维"的命题，实际上正是"形象思维"的滥觞。在别氏看来，诗与哲学在内容上是一样的，只是表达方式有所不同而已。别林斯基认为："诗是直观形式中的真理，它的创造物是肉身化的观念，看得见的、可通过直观来体会的观念。因此，诗歌就是同样的哲学，同样的思维，因为它具有同样的内容——绝对真理。不过不是表现在观念从自身出发的辩证法的发展形式中，而是在观念直接体现为形象的形式中。诗人作形象来思考；他不证明真理，却显示真理。"② 这种观点是关于诗与哲学关系问题上非常具有影响力的权威观点。

从中国古代诗歌的创作实践来看，我们不能仅从上述看法来界定诗中之"理"的内涵。诗中之"理"与哲学中的理念是不完全一样的。哲学中的理

---

① ［德］黑格尔：《美学》第 1 卷，朱光潜译，商务印书馆 1991 年版，第 87 页。

② ［俄］别林斯基：《智慧的痛苦》，见《别林斯基选集》第 2 卷，满涛译，上海译文出版社 1980 年版，第 96 页。

念是高度抽象的，是可以通过教科书来传授的普遍之理。这种"理"是以陈述命题的方式加以表达的。而诗中之"理"的内涵要丰富得多。从中国古代诗歌来看，有的是指事物的规律，有的是指一种人生的况味、一种人生的境界。总之，是穿透现象、揭示社会、人生百态的本相。用海德格尔式的话语方式来说就是对于"遮蔽"的"敞开"。

诗中之"理"不应是一种知识性的判断，不应是一种逻辑性的推理，而应是诗人通过自己独特的审美体验生发出来的。倘若不是从诗人的亲在的审美体验中生发而出的"理"，则往往是流于"理过其辞、淡乎寡味"① 的枯燥言理。真正脍炙人口的哲理诗，都是诗人在当下的审美感兴中生发而出的，都以具体的审美意象作为载体，而且都是饱和着诗人的切身审美体验的。好的哲理诗，可以说基本上都是在诗人的当下审美感兴中生发出来的，它不脱离具体的审美意象，同时又寓含了普遍的哲理性蕴含。

诗中之"理"，不是在教科书上可以找到的现成定义，不具有经典上的抽象规定性，它产生于诗人的具体审美感兴之中，它是千差万别的，有着特殊的丰富性、具体性。哲理诗中的"理"，不是封闭着的，不具有现成性，相反，它有着明显的生成性。它带着鲜活的生机，给人以深入思索的余地与潜势。相形之下，哲学中的理念，则有着更大的现成性、既定性，它是哲学家们所给定的，只能按其原意加以准确阐释，这又是诗中之理的突出特点。

《诗性智慧》这个书名，本身就反映出充闾先生对于诗中哲理的认识。智者，智慧也。充闾先生是把诗中之理作为一种人类的智慧来理解的。这是一种诗性智慧。它并不仅限于认识论的真理，而且是人的存在的体验。我以为这种理解不仅是一种宏通的识见，并且暗示着对这个问题认识的深化。由此看来，是书的选篇正是印证了编著者的这种理解。有些"哲理味"颇浓却缺少审美韵味的篇什（如邵雍《伊川击壤集》中的某些篇什），并没有进入编选的范围；而所选之诗多是从诗人的独特体验中升华出来的哲理意趣及人生况味。如李白的《独坐敬亭山》、王昌龄的《芙蓉楼送辛渐》、王安石的《题张司业诗》、杨万里的《过松源晨炊漆公店》，等等。而书中又选入了许多以前其他选本所罕见的篇什，金元明清时期的哲理诗绝句尤其如此。《诗性智慧》选注本，可见出编著者非常精审认真的态度。在看似简单浅易的注释说明之中，编著者不放过任何一个难点，力求准确无误。甚至为了一个字音，充闾先生都详加考索，务求无讹。而对于实在无法确定的疑点，又

---

① 　周振甫：《诗品译注》，中华书局 1998 年版，第 17 页。

以实事求是的态度宁可存疑，也不妄加臆断。书中对于诗中蕴含之理的说明阐释深入浅出，简明易晓，而实际上都是颇费斟酌的，但都举重若轻，揭示出其中精华所在。由是书的选编注释之中，很可以体会到充闾先生执着严谨的治学态度与深厚广博的古典文学修养。

受命濡翰，本极忐忑，然下笔不休，渐致亢奋，不觉已是"夜如何其，夜未央"之时。春夜寂寂，却感朦胧氤氲之中蕴蓄着生机无限。举望夜半之星辰，汲纳大地之生力，顿觉倦意尽去，遐思翩然。"阳春召我以烟景，大块假我以文章"。太白之语，如契我心。在与夜之亲切晤谈中，似乎感到宇宙之神的某种神秘之天启：所谓"哲理"，乃是人生体验之精华，是存在之"道言"。吾辈所见，特弱水之瓢耳。藐予小子，何敢大言以为序？然春夜之芳信假我以语之，权且充焉，犹冀于充闾先生及同好之恕也！

写于 1998 年 3 月 7 日

读《中国前期文化—心理研究》*

一

王钟陵继他的《中国中古诗歌史》之后，又推出了一部 60 万言的力著《中国前期文化—心理研究》。读了这部著作，我被作者带入了一个有着雄奇景观却又陌生的领域。

毫无疑问，《中国前期文化—心理研究》（以下简称《研究》）是以多学科交叉的综合把握来叩开人类原始文化心理的大门的，然而作者的着眼点和逻辑归宿则在于文学。史前先民的文化心理，这无疑是一部巨大的无字天书，在邈远无际的鸿蒙时代，没有任何文学记载可以依据。当然，在文化人类学、民族学乃至于思维科学的范围内，前代学者已经留下了作为开启原始人类心灵奥秘的宝贵思想遗产，如摩尔根的《古代社会》、弗雷泽的《金枝》、布留尔的《原始思维》、维柯的《新科学》等，尤其是马克思主义创始人的有关论著如《摩尔根〈古代社会〉一书摘要》、《家庭、私有制和国家的起源》等，更为探索早期人类的文化心理提供了科学的方法论。但是，这些著作都并非专门从文化心理的角度来分析原始人类的，更不是以文学研究为其理论归宿，所用材料、研究对象主要是欧美的原始民族，要想从这些思想遗产中直接得出有关中国前期文化心理的结论，却不啻是懒汉的梦呓。这其间必须经过大量艰苦细致的研究工作，才能有所建树。王钟陵在马克思主义的历史唯物主义方法论及人类学思想启迪下．对于前人留下的有关思想遗产进行了批判的吸收、扬弃，汲取了许多思想资料，同时又进行了综合分析，对于史前社会人类文化心理的萌生与发展，做了令人信服的勾勒。

作者从时空感受、审美、形象思维和逻辑思维等几个方面来把握史前先

＊ 本文系王钟陵《中国前期文化—心理研究》序言，该书由上海古籍出版社 2006 年出版。

民的文化心理能力，在发生学的意义上捕捉住了原始思维的特点，而且将这种原始思维与人类的文学艺术思维方式——形象思维，内在地沟通起来，使形象思维在先民的思维方式中找到了源头。在这方面尽管有摩尔根的《古代社会》、布留尔的《原始思维》可供借鉴，但作者并没有依赖于此，而是以更为深入的理性思辨与细微的事实考辨，紧紧沿着原始思维与形象思维内在联系这个思路进行探索。在第一编第三章"原始思维与形象思维"中，作者在具体论证的基础上，指出这样三个方面的关系：一是在由巫术观念所决定的神幻的思维方式中，构成形象思维的一些重要的心理能力的形成；二是在以人为基准的类比心理基础上，产生出来的移情与拟人的形象思维方法；三是在具体思维所表现的个别化与整体化相统一的特征中，所形成的对形象的整体把握形式。① 作者在思维方式的层次上为人类的文学艺术找到了它的襁褓。

在对汉民族所沿用的象形文字的渊源研究之中，作者依然在思维特点上找到了中国文字符号系统与中国文学的美学风格之间的必然联系。第一编第四章"符号——逻辑的通天塔"，在对中国文字符号的分析之中，凿开了一爿敞向中国文学的内在美学特征的门窗。作者指出："这种以形象性为底根的中国文字符号系统，在语法规范的系统性、严密性上虽不足，却又在表达的隐喻性、意义的增生性以及理解阐释的多种可能性上，有着拼音文字所不具备的长处、缺点转过一面来，则又变成了优点。上述这三个优点有利于激发符号使用者的想象力、创造力，并有利于打破语言的牢笼以走向新的意义天地。这样一种文字系统，无疑大大裨益了中国文学艺术的发展，象形、指事、会意、形声这样一个依类象形到以虚会实以至追求象外之意的文字序列，奇妙地昭示了中国文艺的美学风格必然沿着从饱满充沛到讲求隐秀式的空灵，再到超以象外的脱略形似这样一条道路发展，中国文艺之爱好虚实结合、重虚神、求远韵，可以说先天地已然为其文字的特征所决定。"② 作者从对于中国文字符号的分析之中，为中国文学的美学归趋找到了文字学依据。

二

神话研究是《研究》中最为重要、也最为精彩的部分。神话本身便是

---

① 王钟陵：《中国前期文化—心理研究》，上海古籍出版社 2006 年版，第 51 页。
② 同上书，第 106—107 页。

文学，这是不言而喻的，作者对于上古神话的阐释，本身便是对中国古代文学研究的贡献。然而很明显，此书对于神话的深刻解析，其意义决不在于一般的文学研究，而在于作者从神话思维研究入手，将上古先民的思维特征与后世文学的发展道路紧密结合在一起，使我们面对着一座中国文学的伟大武库。作者以"意象图式"作为基本范畴，统摄了大量神话资料，并在比较中见出中西神话的异趋之势。从许多神话的变异中揭示出解构与建构的突出进行是神话思维的一个特点，作者对于神话的解析与阐释都不是静止的，而是动态的、历史发展的。作者既注重了从神话资料中抽象出具有创新意义的范畴，又紧紧把握住神话发展变异的脉络，如对后羿神话的论述便充分体现了这种特色。

在中国神话与希腊神话的比较之中，作者确定了两种不同的文化基型，就中揭示出中国与西方两类文化的不同特点。尤其是中华文化的一些要素，得到充分的展示与机智的连接。如作者所指出的："中国上述谱系式的神话，决定了其后数千年史官文化的心理走向，具有在全世界最为完备、连贯之史籍的中华民族的文化心理，已然在这种谱系神话中得到了具有基型意义的牢固的凝定。"①

作者进一步阐明了神话特征与民族文学艺术之间关系的问题，使我们看到，本书有关神话思维的研究，除神话学本身的价值而外，更主要的是作为一种文学研究的崭新途径而出现，作者在一些根本特征上比较了中国与希腊神话，而更重要的是集中揭示了中国文学艺术的美学特点。如作者指出："中国神话的特征，还规定了中国文学的发展道路，在荒莽的动物神身上，世俗生活内容难以渗入；神系狭隘，神职模糊，则难以发生横向的交织关系；因而大大限制了中国神话中故事因素的发展。……象征型意象比重大的中国神话虽不长于再现，却饶具表现性成分，于是抒情诗在中国文学的发展系列上，乃在神话以后而占据了首位。"② 从中国神话特征的深入分析来透视中国文学艺术的发展趋势，其实也便揭示了中西比较视野中的中国艺术精神，曲径通幽却又展现出柳暗花明的理论天地。

对于中国中古时期文化—心理的研究，在本书中是结构上的过渡也是逻辑上的中介点。如果说，前面所及神话思维特征与中国艺术精神之间关系的论述，尚嫌抽象或猜测成分较重的话，那么，这部分内容则以相当有力的理

---

① 王钟陵：《中国前期文化—心理研究》，上海古籍出版社 2006 年版，第 407 页。
② 同上书，第 429—430 页。

论研究使从上古神话到后世文学艺术特质及走向之间的转换过程以笃实可征的样态呈现出来。作者勾勒了这样一个历程：从神话"生长"为神学，"生长"为神学化了的哲学与经学。① 这里所指主要是汉代的思潮。作者论析了思想家王充在中古思想史上的重要地位。在古文论界，人们往往不满于王充对神话传说所取得批判态度，认为王充对神话的批判是不理解文学艺术的特征。作者并未局限于王充自身来进行辨析，——那样不过是一般的翻案文章，作者从民族思维的发展过程中加以历史主义的分析，认为王充对神话的批判，正是对这一蒙昧的思维方法的批判。王充所反对的，正是把神话看作真实的态度。王充的理论活动，不仅在其所批判或论述的内容上，表明了我们民族在思想上对于远古蒙昧及其近世胤嗣的廓清，而且更重要的，是在其所体现的思维方式上，同宗教神学划出了泾渭分明的鸿沟，表现了一种理性的新风貌。② "而当王充彻底批判了包括感生神话在内的各种神话的虚妄以后，神话被看做历史的观点方才走到了尽头，一种新的对待神话的态度——视之为文学艺术之一种——方才能够兴起。"③ 对王充的评价其实就是民族文化心理转折的揭示，而其间所表现的思想力度是很强的。

　　作者在论述中古时期的文化心理轨迹时，一直是把民族思维的深层推进与古代文艺理论的一些重要命题、范畴紧紧关合在一起进行分析的。在第五编《独特的中国文化—心理历程》之中，作者正面讨论了一些重要的古典美学问题，使之与民族思维发展贯通一气，"关于'意象之辨'"、"哲学上的'言意之辨'与文学上的'隐秀'论"、"中古诗歌史的逻辑起点与发展轨迹"、"神思与意象"等章，都沿此思路展开，而它们之间并非简单地排列，而是一种历史性的演进。作者从哲学思维与艺术思维的角度来阐说美学范畴，较之以往的研究有了深化。"唐人时空观"这一章作为全书的阖卷，也是一个逻辑的归宿。从时空观开始，又在时空观上结束。之所以如此，是因为时空观在直觉感受中，蕴聚着一个时代丰富的文化心理。作者取这一视角来观照唐诗，洞见了一个奇妙的世界。当然，文化心理非止于时空观之一项，然而从这一侧面所窥见的时代文化心理又是十分直观而生动的。

　　但是，这样一部开拓新的领域之作，事实上是很难尽善尽美的。我们无意于理想化地苛求于作者，看到并指出是书需要进一步完善与提高之处，也

---

① 王钟陵：《中国前期文化—心理研究》，上海古籍出版社 2006 年版，第 549 页。

② 同上书，第 556 页。

③ 同上书，第 560 页。

许是更有意义的。作者在书中涉及了一个颇为重要的课题，即是中国先民的思想—文化—心理特质的形成原因，这是十分值得重视的；然而，《研究》本身尚未做到基本解决这个问题。中华民族的文化心理的最初"基因"是什么？是怎样形成的？这个问题尚待更为令人信服的回答。作者回答了先民文化心理是怎样的，而没能回答"为什么会是这样的？"当然这个问题本身便难度极大，需要"多学科综合研究"，而且一时也难以取得根本性进展。甚至可以说，这是在目前的理论条件下，某一位学者个人都难以解决的，带有一种时代局限的性质，而且，作者已经致力于这个问题的深入探究，尽管与问题的终极解决尚存相当一段距离，作者所做出的研究努力本身便是一份对于学术的馈赠。

作为一部学术著作，《研究》有很突出的学术个性。浓厚的思辨色彩与雄浑的历史感熔为一炉，是其一。王钟陵的著述以思辨见长，是人们深有感受的；但本书力求思辨与历史有机的结合，并且在本书中首先提出"原生态的把握方式"，并且有意识的贯穿于全书，成为一种方法论观念。作者的这种意向与努力是很可贵的。"原生态"是否可能，需要大大地画个问号，王著本身的历史感又似乎带有很浓的主观印迹，但作者的这种方法论观念以及动态的历史挺进状貌，给人以生生不息的感受。严密的逻辑思路与壮美的文笔风格之统一，是其二。王钟陵本人也特别强调以"逻辑学思路"来建构文学史，他的著作也有较强的逻辑性，而这并未妨碍其语言的诗性化，二者在此书中得到了较好的统一。

从洪荒的历史深处来返照文学艺术的美学归趋，《研究》当然是首开之作。尽管它不可能尽善尽美，许多问题还只是提出，尚未得到圆满的回答，但这恐怕是难以避免的，其开拓价值对于中国研究来说却是应该得以彰显的。

回归文学本身——读詹福瑞新著《不求甚解》[*]

　　詹福瑞先生的新著《不求甚解》，新近行世，即悄然间引起学界的关注。其间原因如何，我以为良有以也！

　　这本书说起来应该是一部学术随笔集，作者以"不求甚解"为书名，表达了书中一以贯之的方法论旨趣：即对目前在古代文学研究中盛行的"过度阐释"的做法加以反拨，使对古代文学的研究，回归文学的本真状态。

　　此书有一个副题："读民国古代文学研究十八篇"。内容是就民国时期一些著名学者的学术研究名篇所作的学术札记。笔致轻松风趣，读之令人解颐之处甚多。然而，不要以为此书只是一部文章的合集，而是从对民国时期的一些古代文学论著的解读与发挥，阐述了作者的文学价值观与方法论，其间有感而发的针砭，则确乎是搔着了古代文学研究中由来已久的一些痼疾的痒处，在时下尤有击一猛掌的效果！从不同的侧面，透射出作者对于古代文学研究的本体论理念，即回到生活本身的逻辑；方法论诉求：即是剥落加在文学经典身上的重重过度阐释，恢复作品的本来面目！作者所选民国时期的研究论著其实颇有针对性，而作者的发挥，则又抉而发之，将自己的意旨透彻道出。

　　"不求甚解"，出于陶渊明《五柳先生传》，本是这位大诗人的一种人生态度，但其中有着玄学那种"得意忘言"的方法论背景。福瑞先生借此发挥，道出"不求甚解"的学术态度。所谓"甚解"，正是古代文学研究中相沿已久、于今为甚的积习痼疾，也即"深解"和"旁解"。这在古代文学研究中，是颇具代表性的。如对李商隐诗、《西游记》、《红楼梦》的过度阐释，作者选了胡适的《〈西游记〉考证》、苏雪林的《玉溪诗谜》等论著，借此批评古代文学中的过深求解。《西游记》这部令人捧腹的神话小说，被

---

　　[*] 本文刊于《读书》2009 年第 6 期。

很多学者以"微言大义"的深解，赋予了种种政治的意蕴，而像鲁迅、胡适这样的思想家，却未从人们谈得玄而又玄的《西游记》里看出思想来，反而看出了它游戏的浅。胡适有《〈西游记〉考证》一文，通过实证的方法，不是将《西游记》弄得玄之又玄，倒是勘出它的游戏性质。对于那种"微言大义"的过深求解之法，胡适是有意加以廓清的，要"还他一个本来面目"："至于我这篇考证本来也不必做；不过因为这几百年来读《西游记》的人都太聪明了，都不肯领略那极浅极明白的滑稽意味和玩世精神，都要妄想透过纸背去寻找那'微言大义'，遂把一部《西游记》罩上了儒释道三教的袍子。"① 在胡适看来，这部《西游记》"至多不过是一部很有趣味的滑稽小说，神话小说；并没有什么微妙的意思，至多不过有一点爱骂人的玩世主义。这点玩世主义也是很明白的；并不隐藏，我们也不用深求"。② 福瑞先生对此深以为然，对那种非要在作品中抠出思想意义的做法进行明确的批评，指出："对于这样复杂的文学作品，我们篇篇都要挖掘不止，硬要挤兑，生出思想，就走偏了研究的路径。在此情况下，如果不趋潮流，从作品中识出常情，不求甚解，读出浅来，殊为难得。"③ "甚解"之弊，在于置人之常情于不顾，而非要深入挖掘，捕风捉影地将一些政治的、历史的意义附会于作品，"深解"之外，还有"旁解"。"旁解"则是无中生有，多属臆测。汉儒解诗，即为典型。当代《红楼梦》研究中的"秦学"，亦是旁解之例。这是远离作品本身，也远离文学的本真的。福瑞先生肯定了古史辨派对于《诗经》的清理，认为这是"真正打破神圣，把《诗经》还给民间，冲破经学，把《诗经》还给文学"④。书中所收胡适《谈谈〈诗经〉》一文，对于经学家们的做法是非常不满的，主张还《诗经》一个"人的性情"的本来面目，其中说："这一部《诗经》已经被前人闹得乌烟瘴气，莫名其妙了。诗是人的性情的自然表现，心有所感，要怎样写就怎样写，所谓'诗言志'是。《诗经·国风》多是男女感情的描写，一般经学家多把这种普遍真挚的作品勉强拿来安到什么文王、武王的历史上去；一部活泼泼的文学因为他们这种牵强的解释，便把它的真意完全失掉，这是很可痛惜的!"⑤ 福

---

① 胡适：《古典文学研究》下，见《胡适文集》第 6 集，人民文学出版社 1998 年版，第 150 页。

② 同上。

③ 詹福瑞：《不求甚解：读民国古代文学研究十八篇》，中华书局 2008 年版，第 7 页。

④ 同上书，第 40 页。

⑤ 同上书，第 51 页。

瑞先生对此有更为理性的认识，指出汉儒解诗，以诗为经，把文学作品经学化。在对这种"经学化"的分析中，福瑞先生明确地表达了自己的文学价值观。他认为解诗问题在于"去文学"，"使诗远离文学，并最终泯灭文学性，实质是伦理化和政治化。许多的微言大义，就产生于这个过程。去文学的实质是什么呢？是把诗从它产生的民间剥离开来，再从人的普通生活中蒸发掉"①　于是，福瑞先生又正面指出："《诗经》回归文学，关键是回归民间，回归百姓的生活，回到人本身。"②　这正是本书的真正主旨所在。

文学之所以有魅力，之所以能够动人心魂，在于表现了人之常情。文学要回归人的本身，当然也是要体验作品中的人之常情。福瑞先生的这种文学本体观、价值观，是贯穿了书中各篇的，也涉及多种文体。对于小说，他是不满于那些"索隐派"的；对于诗学研究中，那种"讲无一字无来历，无一诗无寄托，诗成了政治的修辞标本，个人遭际的有韵日记，把诗讲死了"③。这种情形，在古代文学研究中是有普遍性的，也是遮蔽文学实现其本体价值的重要障碍。"从古到今，注诗、讲诗不乏其人，但真也有许多不知诗为何物者，现在研究古代文学的人也多有此类。"④　话说得有些刻薄，却是道着此中之弊！对于诗词研究中的故求高深，寻找其微言大义，本书则是借对苏雪林的义山诗研究，汪静之的杜甫研究和詹安泰的词学研究之感悟，予以剥落的。对于杜甫的博爱思想，汪静之的《李杜研究·杜甫之博爱襟怀》认为其"真正的源泉却不在这里。在哪里呢？很简单很切实地说，只是一个'饿'字，这个饿字才是子美思想的真源泉。这饥饿的功劳真不小，成就了子美的博爱思想，而子美全部诗集也是由饿所逼成"⑤。杜甫被称为"诗圣"，捧到脱离凡人的境地。福瑞先生对于这种造圣运动，心存反感，而宁可将杜甫还原为一个具有博爱襟怀的普通人。于是在此书中收入汪静之此文，认同的正是这一点："汪静之著作的与众不同，正在于跳出了忠君爱国的老套，集中揭示杜甫的博爱襟怀，而对这种襟怀产生的原因，有极普通又颇有说服力的解释。"⑥　对于李商隐的无题诗，如《锦瑟》，素以难解著称，注家们多是从其政治际遇和牛李党争来解析此诗，却令人感到更为扑

---

① 詹福瑞：《不求甚解：读民国古代文学研究十八篇》，中华书局2008年版，第41页。
② 同上。
③ 同上书，第148页。
④ 同上。
⑤ 同上书，第124页。
⑥ 同上书，第117页。

朔迷离，王渔洋因有"一篇锦瑟解人难"之叹。苏雪林则有《玉溪诗谜》一书，认为对义山这类无题之作，"不必求什么深解"，而"一首首都是极香艳、极缠绵的情诗"①。福瑞先生对苏雪林的研究的推崇，"在于对义山诗旧的解释的冲击，就在于它把义山还原为一个有血有肉有情有义的生活着的人"②。这也正是本书的文学本体观所系。词后起于诗，被文人所喜爱，正在于它能写出人的平常情感，男女欢爱之情。而词学中的"寄托"之说，也将诗学中的"微言大义"之法用来解词，这也使本来言情之词，也背上了不堪的重负。词学家詹安泰先生有《论寄托》一文，对于词中寄托有全面透彻的分析，其中"情深"乃其重要一维。詹安泰先生云："惟'情深'，斯能入人心坎，而使之哀乐无端，未由自主。"③ 福瑞先生对于词之寄托首重于此，他认为"词学的寄托说也并不是人人都重题材之大，而是重情感之深。只要情深，常情亦无不可"④。这正是体现出他的文学本体观，因而，书中的这篇文章，即以"最为难得是常情"为题，可见其主旨所在。《金瓶梅》为人们所注意，在于其中露骨的性描写。阿丁的《〈金瓶梅〉之意识及技巧》却是从最为平常的人情世态入手，加以剖析的。阿丁指出："《金瓶梅》所叙事实，最为平淡，无一非家常琐事，社会人情。即男女交合之事，为动物的生理作用，也至平常，不过古来以为事关风化，不能形诸笔墨，而《金瓶梅》偏渲染出之，乃以为奇。所以《金瓶梅》一书，实可说是最平淡无奇的人情小说，家庭小说，社会小说，并重好炫奇的理想小说，目之为奇，自属过甚，断非认识全书之确论。"⑤ 福瑞先生最为看重的也是这一点。他以"于人情世情处勘入"许之，认为《金瓶梅》的引人入胜，就在于书中所涉之世相人情。

以呈现人之常情为文学旨归，从而扫去"甚解"带来的重重迷雾，从而使古代文学研究回归文学最为根本的东西，作者所选民国时期的十八篇文章，有的是经典名篇，有的不太为人所关注，而福瑞先生的目光所及，都集中于此。易言之，作者是以这种文学本体观和价值观来选择它们进行阐释的。而仅仅是"人之常情"不加以艺术传达，那就不可能成为文学经典。作为语言艺术的形式创造，自然应是文学的题中应有之义。就文学研究的本

---

① 詹福瑞：《不求甚解：读民国古代文学研究十八篇》，中华书局 2008 年版，第 103 页。
② 同上书，第 99 页。
③ 同上书，第 161 页。
④ 同上书，第 153 页。
⑤ 同上书，第 179 页。

体来看，艺术的、审美的立足点，应该是最为主要的，也是根本的。胡云翼先生的《宋词研究·论柳永》一文，从艺术的立足点看柳永之词，揭示了柳词的成功之处："从艺术的立足点看，耆卿能够运用白话的描写，把很普遍的意境和想象，铺张地表现出来，而融化情感于景物之中。虽然没有什么新意，格调也不高，但形容曲致，音律谐婉，工于羁旅行役，能够表现苦闷的情调。这便是柳词的成功。"① 福瑞先生选此文借以发挥自己的看法，最关键的也就是这个"从艺术的立足点看"，并认为这句话抓住了文学研究的本性。那么，文学作为语言艺术，其本质特征是什么？作者认为是感性，也即感性的穿透力。因而，对于文学研究者来说，能否体验到文学作品的情感脉搏，能否真正把握到它的感性之美，是能否做好文学研究的关键。而现在有很多从事文学研究的学者，对于作品没有切实的体验，更缺乏艺术和审美的感悟能力，以推理和演绎来做研究。这也是文学研究行当里颇有普遍性的现象了。福瑞先生对此大不以为然，他以宗白华先生的《论〈世说新语〉和晋人的美》和闻一多先生《宫体诗的自赎》这两篇经典之作，表达了自己的观点："文学和美学研究固然是一门科学，但又不同于普通的科学研究，它需要感受和体验，甚至用生命去体验，用心灵去触摸，才会对研究对象有最直接也最真实的把握。当然，文学和美学也不乏从理论到理论的阐述，但研究者不懂文学，不懂艺术，仅仅靠演绎和推理，那样的文章，很会装腔作势，看起来多半要留心上当，还是打个折扣的好。"② 可谓知人之言。这也是真正回归文学本体所必要的质素。

　　《不求甚解》看似是一些文章的结集，而且类于学术随笔。但是，作者确乎是有明确的理论自觉的，有非常一贯的学理观念，有深刻的针砭作用，有强烈的现实感。它从不同的角度抨击了当下古代文学研究中以艰深文浅陋的积习，主张回归文学的本体。这在时下，不能不说是切中学界弊端的，宜乎，其令人有所震撼哉！

写于 2009 年 2 月 17 日

---

① 詹福瑞：《不求甚解：读民国古代文学研究十八篇》，中华书局 2008 年版，第 69 页。
② 同上书，第 191 页。

吕木子《中国电视剧批评的科学精神》序[*]

吕木子的博士论文《中国电视剧批评的科学精神》很快就要付梓面世了，嘱我为序。以我多年来对木子的了解，我也乐于谈一点感想，故而便未加推辞，欣然下笔了。

木子是一位果敢坚毅的当代知识女性，在传媒界是颇有作为的。她于2004年入中国传媒大学攻读广播电视艺术学专业的博士生，师从电视剧艺术理论家曾庆瑞教授。木子作论文的时候，母亲却身患绝症，住进肿瘤医院，木子在母亲生命的最后一年多，用尽了所有的精力和积蓄，一直和妈妈住在医院里，表现了一个中国式的女儿对母亲的无私之爱！我记得我曾和几位博士生一起去看望正在医院里住院的木子母亲，木子正给半坐半卧在病床上的母亲梳头，情景真是感人至深。木子送走母亲后，把精力才投入到了论文写作中来。当她把论文送给我时，我的的确确是受到了一种心灵的震撼！

电视剧批评，对于目前我国的电视剧繁荣发展而言，其理论价值和现实意义都不可低估。对于电视剧批评这个重要课题进行学术探讨，并且系统提出自己的见解，对于木子来说，是具有很强的挑战性的。木子并非学院派的学者，而基本上是一位在一线工作并负有领导责任的人，她有着相当丰富的媒体工作经验和经营魄力，看她在中视传媒和新影音像出版社的不俗业绩，就可以知道她在传媒领域是堪称"将才"的。木子对于传媒的生态环境和运作规律，都有很深的体会，而且对于传媒艺术的市场命运，也颇具敏感。记得木子在博士论文选题上曾考虑电视剧的市场运作问题，后来觉得其中的艺术含量有些欠缺，才把焦点集中到电视剧批评上来。但这个问题实际上仍是充满了时代的问号和现实的分量的。木子不缺少现实的思考和敏感，而她选择这种具有理论前沿性和批评实践性双重难度的话题，我以为是又一次体现了她带有"丈夫气"的魄力。

---

* 本文系吕木子《中国电视剧批评的科学精神》序言，该书由中国电影出版社2009年出版。

　　电视剧批评与电视剧的存在与发展是息息相关的。也可以说，没有电视剧批评，也就没有中国电视剧今天的繁荣局面。几十年来，与电视剧创作相伴相生的电视剧批评在中国的电视剧发展中起到的作用，虽然无法定量地表示，但是，可以肯定地说，是不可或缺的。批评不仅评价了电视剧的价值，而且引导了电视剧的趋势。

　　一般来说，电视剧批评是有其即时的、个案的特点，也就是批评家以其特有的兴趣或态度对时下播出的电视剧作品作出及时的反应，进行多维度的分析评价，从而阐扬其价值，指摘其瑕疵。电视剧这个艺术门类，如果没有电视剧批评的相伴相生，是不可想象的。在电视剧发展的同时，电视剧批评也得到了长足的进步。那么，电视剧批评究竟应该是自发的，还是自为的？有没有它的规范或标准？这都是有待于在系统研究后才能得出结论的。本书正是出于这样一种学术责任感，而对电视剧批评进行系统的梳理和研究，并以"科学精神"来概括作者本人对电视剧批评的本体性要求的。从书中不难看出，作者是力求电视剧批评研究的这种"科学精神"的。其实，木子所说的"科学精神"并不是我们一般理解的与"人文主义"相对应的"科学主义"，纵观全书，也不是阐发以自然科学的工具理性为主导的科学精神，而是着力发现电视剧批评中的理性的、系统的、规范的因素，且将其提高到学理的层面。在这方面，作者是有明确的意识的，她在书的"绪论"中提出了这样的界说："所谓'科学精神'，主要指电视剧批评科学的指导思想、科学的观念和内容、科学的价值判断标准、科学的方法和态度。因此，从论文的研究对象上看，它既是严格限定的，同时也具有某种开放性。首先，'科学精神'并非是相对于人文精神而言的基于科学技术基础之上的某种理念，而是指一种正确的、符合客观规律的认识和评价事物的方法和观念。"[①] 作者有感于当前在电视剧批评中理性的、科学的精神的匮乏，不成体系，学理性不足，价值坐标也较为紊乱的倾向而倡导电视剧批评中的"科学精神"，并主张电视剧批评通过建构来使之成为规范和模型。应该说，作者对于当前电视剧批评所下的针砭，是有的放矢的，也是把握了电视剧批评的"软肋"的。

　　对于自己的这部电视剧批评之批评，作者是有着明确的自觉意识的，同时，对于书中所采用的研究方法和逻辑结构，作者提出了自己的思考，而且从横向的方面，勾勒了当下电视剧批评的生态格局，认同了现实中电视剧批

----

　① 吕木子：《中国电视剧批评的科学精神》，中国电影出版社2009年版，第2页。

评多维生存状况；作者又对中国电视剧批评作了历时性描述，分为"萌芽期"、"起步期"、"发展期"、"自觉期"等四个时期，且有明确的时间划定，体现了作者对于我国的电视剧批评状况所作研究的深入功夫。尽管这部分确乎是"描述"较多，而理论剖析较少，但是，作者在其中所倾注的心血，却是斑斑可见的。在这种共时和历时双重剖解中，作者以专章篇幅揭示了中国电视剧批评的缺陷，这也可以视为作者的"慧眼"所在，也是本书的针对性所在。如果不能对当下的电视剧批评的缺陷有明确的认识，那么，此书的价值就会大打折扣了。作者指出了中国电视剧批评的多重缺陷，如功利性批评、非学术性批评以及批评学理的非完善性等，这些都是电视剧批评现状中的客观存在，也果真是需要拨正的。"破"的目的在于"立"。木子正是从对电视剧批评所存在的缺陷的反思出发，对中国电视剧批评的科学内涵，进行了正面的建构，提出了话语的民族性、艺术的本体性和方法的科学性等"科学精神"的内涵。在书中的第五章里，作者提出的对于"中国电视剧的科学批评环境的塑造"的倡导，其实，也是电视剧批评"科学精神"的重要方面，或者说作者思考的致力途径。

　　木子在对新影音像出版社进行扭亏为盈的大动作的同时，还进行着关于电视剧批评的学理性思考，而且有了这样的成果，在我来说，读之是精神为之一振的。也许，在本书中所涉及的一些理论问题的论述，还并不那么丰满，并不那么深入，并不那么显得石破天惊的力度，但我还是为之折服。在我心目中留下最初印象的木子，是开着一部旧的切诺基英姿飒爽的高挑女孩儿，当然，现在则显得沉稳而深刻，但她的那种果断和坚毅，却是一仍其旧，这本书只是为她增加了厚重而已。

2009 年 8 月 18 日京城雨后凉润之中

王韶华《元代题画诗研究》序*

　　好友韶华新著《元代题画诗研究》书稿甫成，嘱我为序。我对韶华这个颇为专门的课题尽管不甚了解，读到其书后还是感佩不已。于是，也就毫不迟疑地答应了作者之约。在这个可以骋望碧蓝大海的书案前，十月里那明丽的阳光装满了斗室，偶尔抬头看见缓缓离港的白色巨轮，心情异常平静地进入到这部著作营构的世界里。

　　我对元诗略有了解，但也只是皮毛而已；至于元代的题画诗，谈不上格外的注意。以对元诗的粗浅感受来说，我是知道元人别集里的题画诗比比皆是。这当然是一个值得关注的文学史现象或曰文化现象。元诗在中国诗歌史上具有特殊的地位，有着与其他时代的诗歌创作明显不同的特殊风貌，这是与元诗的政治环境和文化背景有密切关系的。元代在中国绘画史上是一个成就斐然的时代，尤其在中国画独特道路和美学理念形成的过程中，起着特殊的作用。文人画的画风，到元代臻于成熟。元代以画名家而可考者，就有420余人之多，最有名的如赵孟頫、仇远、倪瓒、黄公望、王冕等人，而他们本身又都是有成就的诗人。元诗中的一个重要现象，便是题画诗的大量创作，题画诗的数量、比重超过了任何一个时代。这正是元代绘画勃兴的体现。

　　诗和画当然是不同的艺术门类，但又是特别具有亲缘关系的门类。无论是从艺术类型学上，还是从艺术史上的角度，对于诗画关系的关注和研究，早已有许多名家在前。西方的莱辛，中国的苏轼等等，都在这方面有著名的论述，或是着眼于诗画之间的分野，或是着眼于诗画之间的互渗，其实都是诗画关系的不同侧面。在中国艺术史（我将文学也纳入到艺术范畴中观照）上，诗和画的关系一是渊源甚远，二是有其更深的瓜葛，三是有其非常独特的形式。治中国古代文学和艺术史的学者，很多人都程度不同地揭示了这些

---

　　* 本文系王韶华《元代题画诗研究》序言，该书由中国传媒大学出版社 2009 年出版。

关系。就其后者而言，题画诗是诗与画结合得最为密切的一种。在中国的艺术领域，大量的题画诗的存在，对于诗画关系的认识与建构，提供了坚实而厚重的基础。

韶华从攻读博士学位时便开始研究诗歌与绘画这两种不同艺术门类之间的关系，她的博士生导师邓乔彬先生是著名的词学家，同时又在绘画美学思想史方面有颇深的造诣，有多部这方面的著作出版。韶华是得了邓先生的真传的。作为一个对学术有着虔诚态度的青年学者，韶华近年来一直是从文艺学的立场上来思考和研究艺术门类的特征及其相互关系的。关于中国诗与中国画之间的相通与差异，这是她独有心得的论域。而这本专著，专论元代题画诗，是以其研究专长充分发挥，而加以集中突破的成果。作者首先是对题画诗进行了理论上的界定，这种界定是作者在大量的研究基础上提出来的，经过了缜密的思考。书中还探讨了题画诗在元代兴盛的原因，作者在对元代题画诗的艺术观照中透视其文化成因，将题画诗这种艺术形式的文化内涵及其成因，令人信服地揭示了出来。这里尤能见出这位文静的女性学者在学术研究上的那种细腻深沉的特征。在对元代题画诗的研究中，作者采取了历时性和共时性的两种维度，从历时的维度，是将元代的题画诗做了分期的描述，如元初的题画诗、中期的题画诗和后期的题画诗等几个主要的阶段；从共时的维度上，作者是将元代的题画诗从诗人的身份上分为了元代诗人的题画诗、元代画家的题画诗、元代书家的题画诗、元代少数民族题画诗等。如第二章，作者将元代书家的题画诗以三节分论元初书法家、奎章阁书法家和后期隐逸书法家题画诗的不同成就。本书的这种结构，本身是体现了作者对元代题画诗的深入程度。从不同的身份来透视元代题画诗，并不是简单的身份分野，而是对这种身份的历史积淀和文化内涵进行透析，从而揭示出其题画诗的特异之处，从而使研究进入到一个非常符合其个性化存在的境地。

韶华的学术研究道路，其实也是经历了一个由古代文学向文艺学的转变过程，但她没有遗弃对于古代文学和艺术的细微体会和文献优势，却在理论升华上有了非常明显的进展。这个进境是我这几年所看到的，也是为之欣喜的。这两种路向的合流，给韶华的治学带来了既具体深入又富有理性精神的特点。她的努力探索、勤于思考和不断提升，使其在学术上渐臻成熟。这本元代题画诗研究的著作，可以视为韶华近年来学术进步的证明。

在我的目光所及范围内，这本专著是关于元代的题画诗研究的首创之作，当无疑义。也许，在它问世以后的价值，并非是单一的，而是较为丰富的，涉及几个方面的。对于元诗研究，对于元代绘画研究，对于中国古代题画诗研究，乃至于对元代的文化研究，都会产生"润物无声"的作用。

　　无论是对文学史的意义，还是对艺术理论的意义，《元代题画诗研究》的问世都是具有独特的奉献的。作为先睹为快的读者，欣然写下这么一点很是粗糙的文字，权且为之小序，未知诸君以为然否？

写于新中国 60 华诞之际

杨忠谦《政权对立与文化融合
——金代中期诗坛研究》序[*]

时值新中国 60 华诞即将来临之际，海内外辽金文学研究的同仁齐聚京郊名胜红螺寺旁的钟磬山庄，举行中国辽金文学学会的第五届年会暨学术研讨会，与会学者有 70 余人，大家济济一堂，畅谈辽金文学研究近些年来的深入开拓，又都浸染在共和国 60 年大庆的喜悦气氛之中，享受着北京秋光的美好，更显意气之勃发。期间杨忠谦博士到我房间恳谈移时，甚为相得。忠谦将他的文稿送给我，并希望我为这部著作的出版写一篇序。我因前些年对辽金文学史下过一番功夫，且较早地出版了《辽金诗史》等拙著，现在也在辽金文学学会做一点组织工作，承蒙忠谦的信赖，加之我对这个论题尤有兴趣，因此欣然愿意为本书命笔作序，一是我和忠谦的缘分，二是可以借此深化我本人对金代这段时期诗坛的了解。

我和忠谦相识还是他在大同大学执教的时候，大同大学前身的主体部分是山西雁北师范学院。忠谦彼时在师院的中文系讲授古典文学。雁北师院非常重视辽金文学研究，并且专门成立了辽金文学研究室，忠谦当时是这个研究室的负责人。和忠谦一见之下，觉得其人与其名甚为吻合，忠厚谦和，恰是我对其人的深刻印象。其后不久，忠谦就到华东师范大学去攻读博士学位，师从著名学者黄珅教授。忠谦对于辽金文学研究不能释怀，其博士论文还是以金代诗史研究为选题。黄先生是以古典文献为其学术专长的，忠谦在黄先生门下学到了文献学的真功夫。这在他的这部书稿中体现得是很明显的。

读了忠谦的这部文稿，感到非常欣喜。作为国家社科基金项目"金代家族与金代文学关系研究"的阶段性成果，作者对于金代中期的诗坛的考

＊ 本文系杨忠谦《政权对立与文化融合——金代中期诗坛研究》序，该书由人民出版社 2010年出版。

察，不是停留在文献考索的层面，更不是仅凭着印象和推演对金中期诗坛作一般性的描述，而是在丰富的文献基础之上，对于世宗、章宗诗坛在金代诗史上的地位作了颇为深刻的分析，呈现了金中期诗坛在时间和空间、文化和审美等不同维度的风貌。我在 15 年前出版的《辽金诗史》中对大定、明昌时期的诗歌创作有很多的分析和评价，并以之作为金诗在其初期"借才异代"之后，"国朝文派"崛起、金诗盛季到来的重要阶段。因为《辽金诗史》是着眼于金诗整体上的框架建构，且因《辽金诗史》是在一个更大的视阈下，对辽金两代的诗歌史作初辟草莱的框架性描述，尚未能对大定、明昌诗坛进行细部的、聚焦式的研究，加之我的思维习惯也还是以大处着眼者多而微观审辨者少，所以，在《辽金诗史》中关于大定、明昌诗坛的论述还是相当粗略的。《辽金诗史》之后，虽然辽金文学研究有了许多新的重要成果，在很多问题上有了突破，有了明显的跃升，但尚未看到将金中期诗坛作为一个独立的、集中的研究课题进行全景式的研究。忠谦的这部书稿，显然是第一部这样的研究成果。

事实上，作者通过以此为选题的精深研究过程，将金诗的分期研究向前大大推进了一步。在某种意义上来看，它不仅是对大定、明昌诗坛的客观的考察，而且还为分期研究提供了一个探索性的模式。当然，我们并不希望文学史研究上的模式化，更不提倡用条条框框来限定活生生的文学史实，因为文学史实是一个客观的存在，它并不是完全按照某种既定的规律或逻辑来生长的，而是有着千差万别的样态。那种动辄就概括出几条规律来为文学史"定性"的研究，其实是很幼稚也是简单化的。但是我们并不排斥研究主体以某些理论视角来透视文学的客观存在，这恰恰是文学史研究的必要方法。然而，作为前提的是对文学史实的尊重。这一点，在这部书中得到了充分的体现。因为忠谦全然是从对大定、明昌诗坛的客观生态中发现和梳理出来的几个角度。它对于分期研究来说是具有明显的启示意义和借鉴作用的，但却又是活生生的，真切地反映出金代中期的诗歌创作情形。这段时期是金代文学史上的重要阶段，忠谦将其作为一个相对独立的阶段进行考察，固然是为了选题的可行与合理，却又是为文学史的研究提供了一个可资参考的模态。

之所以选择金中期诗坛作为研究范围，并非仅仅出于书稿选题的方便，而是基于作者对金诗发展的历史性认识。选择大定、明昌，是因为在作者看来，这是一段非常特殊而又非常重要的时期，是金诗的转型期。具体而言，处于文人心态的转变阶段，国朝文派的创立阶段，文学创作的成熟阶段，以及社会思想的开放阶段。在这部论文的格局里，作者对于世宗、章宗时期诗坛作了文化的、审美的、艺术的和因革通变的多方面考察。从文化角度，作者研究了当时的文化政策对于金中期诗歌的影响，对其科举方面、儒学方面和宗教方面都有较为全面的分析。

本书从审美的角度来观照大定、明昌诗坛的创作，以"气格"、"自适"和"典雅"为这段时期主要的审美取向，而且还看到这几种审美取向的变异性，指出明昌诗人整合了"气格"和"自适"两种诗风，形成了刚柔相济、清真淡宕的创作思想。值得称道的是，作者在这里所揭橥的这几种审美取向，并非是美学理论中的现成范畴，而是作者从世宗、章宗诗坛的众多诗歌创作和对诗人的研究中深切体会到而又加以提炼的。在中国古代美学中，不乏"气格"或"自适"这样的说法，而在金中期的诗坛上得到了突出的体现，作者以之作为大定、明昌诗坛的主导审美取向，是颇中肯綮的。这种研究方法，不是用现成的模式来套活的文学史实，而恰恰是从层积深厚的文学史土壤中提升出来的。譬如"气格"，作为诗歌的审美范畴，在中国古代诗学中也不是那么常用的，而且论者在用的时候，罕见有人作明晰的阐释，或者可以说，"气格"作为审美范畴也许还很难说是已经成熟的。忠谦在其书中则从金中期诗坛的特定文学史实出发，对于"气格"作了追本溯源的分析，并使大定、明昌诗坛上那些标举"气格"的篇什得以呈露出来。作者进一步揭示了这一时期诗歌创作"气格"的几个特征：地域性、主体性、圆融性。关于"自适"，作者指出其表现形式，又着重揭示其社会经济原因和民族原因，同时指出佛教、老庄思想对其产生的影响所在。第五章"诗歌艺术特征论"对于这一时期丰富繁多的诗歌现象作了全方位的探查，指出大定、明昌诗坛在体裁方面的多样性和体式方面的丰富性。体裁指大的诗体分类，如古体诗、近体诗和楚辞体诗歌等；体式则是指具体的诗歌表现样式，如回文体、集句体、连珠体、寓言体、渔父体、天随子体等，这种体裁和体式的艺术分析，使是书对大定、明昌诗歌创作的描述更为深入、更具本体特色。但是，这里面也还有可以商量的地方，如回文体和集句体等和渔父体及天随子体是不是在同一个平面上的，前者更多的是体现为技巧的性质，后者则是特殊的风格。是书对大定、明昌诗歌所做的意象分析是非常细致的，也是充分反映了金中期诗坛的创作成就的。作者将金中期诗坛的诗歌意象分为山水意象、香草意象和动物意象以及"残缺"意象等，并对这些意象进行了颇具理论色彩的分析，如论"香草"意象的主体性特征、女性化特征和对象化特征，等等。第七章"诗歌因革论"，则是探讨了大定、明昌诗歌的继承与创新的因素所在，如对"陶谢风流"的继承，如"苏学盛于北"造就的诗歌风貌，如"以唐人为旨归"的诗学旨趣等。作者还专论了少数民族诗歌以及南北诗歌的互动等论题，都是从这一时期的诗歌创作的实践出发而生发的论题，因此，在这些全面具体而又具有理论深度的论述中，我们对金代诗史的中期阶段，有了一个全景式的而又深刻的印象，同时，也在这种研究中呈现出文学史的分期研究的成功范例。

忠谦原在山西大同工作，那里是辽金史和辽金文化最有根基的地方之一，忠谦以辽金为其研究对象已有多年；现在到了山城重庆执教，还是对辽金文学"情缘"不断，其科研项目和发表的文章主要的还在辽金文学方面，令我心存感佩。近些年来学术界瞩目于辽金文学研究的进展，这个领域已不再是文学史阵营中的"小萝卜头"了。无论是成果的数量或者研究水准，都在不断地呈现上扬的态势，很多博士生、硕士生都以辽金文学作为自己的研究方向或论文选题，研究队伍也在不断扩大，看到辽金文学会议上那么多洋溢着自信的青春面孔，我对我们从事的事业充满了希望和信心。这不仅是辽金文学研究的兴盛发达，且更是伟大时代和国家为我们社会科学工作者所创造的美好机遇。当下的辽金研究成果，较之以往更加深入和细微，同时又具有更多的理论含量。作为这个研究队伍中的一员，我由衷地欣喜。

忠谦的这部专著，体现了辽金文学研究的当下进展，是可以给同仁们一点惊喜的。忠谦比我年轻许多，可以期许在学术研究上令人刮目相看的前景。

这也是我对辽金文学研究同仁的期许吧。

写于 2009 年京华深秋之时

夤夜断想

——谭旭东《重构文学场：当代文化情境中的传媒与文学》序*

对于旭东来说，今年的秋天真是丰收的季节！他刚刚获得了第五届鲁迅文学奖的文学理论评论奖，在他这个年纪和资历的人中，可能是绝无仅有的。他的博士后出站报告——也就是这部学术专著《重构文学场：当代文化情境中的传媒与文学》，马上就要在敦煌文艺出版社出版了。这当然又是一喜！旭东请我为序，作为他的博士后合作导师，自然愿意做这种锦上添花的事，于是乎操觚命笔，率而为之。

旭东是一位才华横溢的年轻学者，无论在学术界，还是在作家圈里，都已经是广有名气了。这是和他的勤奋与敏锐分不开的。他读博士时的儿童文学方向，在儿童文学的学术层面，有很多论著，而且相当活跃。但他似乎并不满足于此，在现当代文学和审美文化方面都有贯通性的思考，也都有成果体现。当时他要来传媒大学读我的博士后，和我恳谈多时，表达他的初衷，就是要在理论方面得到升华，成为具有思辨高度的学者。我非常赞赏他的想法，于是一拍即合。我特别欣赏他的灵性和勤奋，更嘉许他的进取和意志，只是期望他在理论上的"淬火"，臻于炉火纯青的境地。旭东在博士后流动站这两年时间里，通过艰苦的努力和深入的思考，实现了这个目标。这部《重构文学场》，就是最有力的证明。作者系统地论述了在当代文化情境中的传媒与文学的关系。其书的内容，不仅是一般的扫描，而且是在深入研究之后的提炼和整合。

当今的文化情境有什么特征？它给我们带来了什么样的感受？聚焦于电子媒介，也许是学者们所不约而同的。换言之，正是由于电子媒介的普及，

* 本文系谭旭东《重构文学场：当代文化情境中的传媒与文学》序言，该书由敦煌文艺出版社2010年出版。

方才造就了当下的文化情境。而文学在这个时代的命运，成为人们普遍关心的问题。从文艺学的学科立场而言，就必须关心文学的当下和未来。"文艺学"从其本义来说，就是"文学学"或文学理论。这是苏联文艺学传给中国文艺学的衣钵。而现在断言文学在电子媒介时代似乎要"终结"者大有人在。如美国学者希利斯·米勒教授所声言的"全球化和新的电信时代文学研究还会继续存在吗？"是一种非常典型的疑虑。对于这种疑虑的反驳，也是文艺学界颇为强烈的声音。我作为一个文艺学的教师或者说是学者，对于这个问题也是无法释怀，因为这是一个时代性的困惑，但我并不悲观。在我看来，文学在当下这个电子媒介时代并非无所作为，相反，倒是通过形态的变换，而发挥了更为深刻的功能。我曾做过这样的表述："宣告文学命运的'终结'或怀疑她的存在的合理性，固然是夸张有余；悲壮地坚守文学的原有疆界，为文学今天的风光不再而痛心疾首，其实也是底气不足。我们的看法是：在大众传媒时代，文学借传媒艺术的风帆达于天下所能达之处，从未有今日这样传播之广；传媒艺术以文学为内蕴，为运思之具，得到了深刻的滋养。文学不同于传媒艺术，两者自然不可混同，但是互补共济，却有美好的前景。"① 迄今我仍然坚持这种看法。

旭东和我的观点是非常契合的，进入博士后流动站后，在一个新的制高点启动了这方面的研究。对于电子媒介和文学的关系，对于当前的文化情境下文学的走势，进行了理性的审视。本书中对于电子媒介的主要类型做了分析，并对其进行了文化上的阐释。择其网络媒介等方式，认为是用新的媒介方式完成了对文学的一次重建。作为一个年轻的批评家，旭东是有着新的思维向度的，在他看来，在不同的媒介环境下，新文学都呈现出不同的文体形态和审美内涵，那么，媒介也可以成为新文学研究的一个有效视角。在书的腹心之处，作者观照到了这样的一些方面，即是：电子媒介给文学带来的娱乐化、日常生活化、文学类型化和文学产业化等趋势，这样确证了电子媒介为文学的发展带来的新变化和新气象。作者又看到了另一方面的问题，也即是电子媒介对文学教育所产生的消解作用，这里面又包含着两个方面，一是对阅读文化的消解，二是对教育权威的消解。这也是当代文学的危机所在。但是，作者对于文学及文艺生态的前景绝不悲观，他认为文学依然可以保有它的价值观念，在社会建构中发挥其不可忽视的作用。这种认识是符合客观实际的。

----

① 张晶：《文学与传媒艺术》，《现代传播》2008 年第 2 期。

　　理论不可以脱离现实，脱离现实的理论是没有生命力的，也会被束之高阁的。旭东的这部著作，贴近当下的文化现实，心平气和地解析了电子媒介和文学的诸多内在的纠葛和共生的生态，对于我们理解这些文化现象，提供了一些新的角度和景观，尤其是中国现阶段的文化现实，呈现出可供考察的诸多机理，在学术上的逻辑和现实中的逻辑，都是脉络清晰的。作者调动了许多当代的文化理论模式，同时又务实地描述了当下中国的文化现状。读之令人深感欣慰。因为它印证了旭东近期思想跋涉的足迹，当然还有向上提升的坐标。

　　由此我所连带想到的是，电子媒介与文学的互动，产生了当下文化情境的许多变化，也就为美学的变迁准备了充足的佐证。美学当然也不会因时代的变化而消亡，这是基于人们不可能没有审美生活。对于美学我更没有悲观的理由，然而经典美学的权威受到的挑战和质疑，也是摆在眼前的事情。在后现代的众声喧哗之中，康德和黑格尔似乎都早已是风光不再，他们的哲学律条和美学规则，都已是博物馆里的"文物"；而电子媒介呈现给我们的虚拟图像，将我们的"审美"弄得眼花缭乱，无所适从。人们好像是"咸与审美"了，满街都在流动着审美的靓采。电子媒介确乎在这方面是立下了不世之功的，因为它魔术般地将那些虚拟的影像廉价地馈赠给我们的眼球。对于审美的肤浅理解，可能是造成人们对文学的轻慢的重要原因。文学一方面要渗透于电子媒介的内在奥府，另一方面仍然要张扬自尊。文学不是谁的婢女，从来都不是。当然也不是电子媒介的。电子媒介与文学的联姻也许是时代的文化出路，但是不可以对文学颐指气使！文学在相当大的程度上担负着审美的使命，倘若轻慢了文学，必然使审美走向浮薄！经典的美学好像离我们渐行渐远，这在某种意义上也许是一种矢量；而在我看来，经典美学并没有丧失它的永久魅力，因为它们是伟大哲人们的智慧结晶。我们没有对今天的审美抱着更多的质疑，但是必要的审视和理性的认识，还是美学所要做的事情。眼下的审美现象多则多矣，可她透着那么多的尘俗气和脂粉气，还要一望即知的浮薄，也是使"英雄气短"的氛围所在。用不着乞灵于文学的昔日风韵，因为文学是和人类的灵魂同行的。

　　窗外的银杏树已绽放了满目的明黄，深秋不无肃杀，却又飞动着摇曳的明丽。一排银杏的树下，便是一条碎金似的地毯，一直铺向了目光所及的消点。面对于此所受到的震撼，我深知即是审美的案例，但它不是挂在脸上的扭捏作态，而是来自大自然的脉息，它是造化的张翕！

　　写到这里，是不是有些离题？"夜如何其？夜未央"。我听到了黉夜的秋声。

李汉秋先生与李韵《关汉卿名剧赏析》序[＊]

　　李汉秋先生和李韵新著《关汉卿名剧赏论》书稿既成，嘱予为序。汉秋先生是著名的古典文学专家，又是对弘扬中华文化其功厥伟的人文学家，我作为汉秋先生的后学，初衔此命，汗涩脊背，确乎是诚惶诚恐，以汉秋先生的德高望重，似应由分量更重、年资更隆的学者为之。但因汉秋先生的敦促，我方敢濡翰，略申一二拙见，不知能否道着其间三昧。

　　《关汉卿名剧赏论》这部关剧研究的最近成果同时也是戏剧美学研究新著，是汉秋先生与其爱女李韵合著。父女两位"妙手联弹"，奏出如此美妙的学术乐章，可谓学术界一件美谈！汉秋先生系北京大学中文系 1955 级高才生。北大中文系 1955 级是一个非常卓越的特殊群体，为学术界贡献了一批顶尖的学者专家。我们都还记得北大中文系 55 级同学编著的红皮本和四卷本的《中国文学史》，汉秋先生当时就是元曲部分撰写者之一。在其后数十年的学术生涯中，元曲一直是汉秋先生最有心得的专攻领域之一，50 年来"痴心不改"，与时俱进，成为这个领域中屈指可数的著名学者，且是中国关汉卿研究会的副会长。作为一位德高望重的教授，汉秋先生一直是以教书育人为己任的，在为祖国培育栋梁之材上倾注了大量心血，因而获得了首届国家级教学优秀成果奖。李韵系中国戏曲文学专业科班出身，女承父业，踵事增华，现已是具有高级职称的知名女学人。此番父女联手关剧研究，真是一段佳话，在当代文坛上，也是殊为难得的。

　　关汉卿是一位世界文化名人，是伟大的戏剧作家，他的诸多经典戏剧作品，成为可与莎士比亚的经典戏剧相辉映的东方文化明珠。其穿透时空的美学力量，是罕有其匹的。在古代文学领域里，关汉卿算不得什么"冷门"，当然也谈不上什么"填补空白"。而在我眼里，汉秋先生所以将关汉卿的经典名剧作为研究对象，压根也没有这样的"奢望"；恰好相反，拜读了汉秋

＊　本文系李汉秋、李韵《关汉卿名剧赏论》序言，该书由上海交通大学出版社 2010 年出版。

先生的大稿后，给我启示是，如何能对人们耳熟能详的经典作出唤起时代性审美感知的诠释，这既是历史赋予我们的使命，又是古代文学研究的提升途径。敢于对研究成果已近乎汗牛充栋的经典发起"正面进攻"，且能提出具有时代精神的洞见，这方能显出沧海横流的"英雄本色"。在古代文学研究领域，能够真正敢碰硬、不讨巧的学者并不很多，而汉秋先生此著，价值也许更在这里。

艺术是人类审美地把握世界的独特方式。文艺不可放弃审美追求，要自觉注入审美精神，培育健康向上的审美胸襟、审美情趣和审美能力。这是提高民族素质、促进文化发展的文艺使命。从美学的视角来透视关剧名篇，是这部著作的基本角度。这不仅为经典的诠释与再创造提供了理论支点，使得我们对关剧一些经典名篇有了不同于一般的戏剧戏曲学的理解，同时，又以这些剧作的个案典型，深化或丰富了一些重要的美学范畴。尤其是对于传统的范畴如悲剧、喜剧来说，这种深化与丰富并非个别的，而是具有普遍意义的。就这点来说，汉秋先生对于美学理论是具有自己的特殊贡献的。客观地说，汉秋先生并不是以美学家名世，但这并不妨碍他从个案出发对美学理论的某种建构。通观此书，可以看出汉秋先生对于关汉卿的戏剧创作非常谙熟，而对于关剧的美学分析既准确地运用了传统的美学范畴，又不囿于既定的内涵，而是在丝丝入扣的分析中，便令人信服地扩大了美学范畴的张力，比起某些人云亦云的美学文章来，提供了很多新的东西。

"《窦娥冤》的悲剧艺术"一章，可说是以《窦娥冤》为个案而对悲剧内涵的深入思考。无论是悲剧还是喜剧，作为美学范畴，都是在西方美学传统中生长起来的，它们的现实基础和创作根源从发生的角度来看，都不能离开西方的文化。一方面，作为成熟的美学范畴，悲剧与喜剧都已从戏剧形态本身超越出来而具有普遍的美学价值，另一方面，它们赖以立论的基础，还在西方的悲喜剧艺术之中。

《窦娥冤》是典型的悲剧，而且是中国式的悲剧，它是符合悲剧的一般性特征的。然而，《窦娥冤》之所以成为千古不朽的悲剧经典，不在于它符合一般性的悲剧内涵，也不在于它可以为西方的悲剧概念作出中国式的充填和诠释，而在于其在中国文化传统和现实中，能够不断地激起我们对悲剧主人公的同情，并迸发出强烈的道德力量。《窦娥冤》的悲剧冲突，并不是来自于不可抵抗的命运，如《俄狄浦斯王》那样，而分明是中国封建社会的产物。本书作者对于窦娥的悲剧冲突，并没有置于命运的手掌之中，而是深刻地揭示了其中的社会根源。通过对《窦娥冤》的细致分析，作者强化了悲剧冲突的社会因素。书中所言的"我们讲的窦娥悲剧的必然性是实际生活中社会关系的必然性，是社会的基本矛盾运动过程中的必然现象，它植根于元代的社会现实之中，具有深刻的社会内容。毁灭窦娥的是整个黑暗的社会，而不是哪一个个别的人或偶然的事件"①。汉秋先生通过具体分析而得到的这种认识，对于悲剧理论来说，是基于中国的悲剧经典而作出的重要补充，我们可以以此来深化对于悲剧的理解。纵观全书，汉秋先生还在对戏剧冲突的分析中，突出了必然性和偶然性这对关系，尤其是对偶然性的重视，这是对以往的悲剧美学理论的一个重要的发展。因为在传统的悲剧理论中，必然性成为决定性的因素，无论是黑格尔的还是恩格斯的悲剧理论，都贯穿了这种必然性的理念。而在我看来，艺术创作固然是以必然性作为内在逻辑的，但是偶然性的功能和作用是决不可以忽视的。偶然性才可以带来了作品的诗意存在，才能使人获得审美快感。我曾在《中国古典美学中的偶然论》等多篇文章和专著中阐释"偶然"的审美创造价值，如说："在我看来，偶然是指艺术创作主体（从美学角度而言，也可看作审美主体）赖以激发审美情感、创作冲动，并在不经意间形成审美意象的一种偶然性、突发性的思维形式，是以客观外物的变化触兴主体情感为前提条件的。"② 在《神思：艺术的精灵》等专书中，我也较为系统地论述了"偶然"的审美创造价值。汉秋先生在对关汉卿名剧的艺术处理的分析中，客观地把握了必然性和偶然性的辩证关系，彰显了偶然性在悲剧创作中的特殊意义。

在悲剧中的偶然性固然有其独到的价值，在喜剧中的偶然就更是"主角"了。"关汉卿喜剧综览"这一章，就通过对有关喜剧理论的理解以及对关氏喜剧的融通分析，将偶然性提升到了喜剧的主干因素。这一部分重点分析《救风尘》、《望江亭》、《谢天香》、《拜月亭》、《诈妮子》、《金线池》等关氏喜剧经典，由此也客观地彰显了关汉卿作为喜剧大师的世界性地位。作者不是抽象地谈论偶然性在喜剧中的意义，而是通过对《望江亭》等喜剧名篇的深入解读，指出了偶然性所起的不可或缺的重要作用。在偶然性这个意义下，误会对于喜剧冲突的情节发展所发挥的功用是非常突出的。作者是在与悲剧对比中对这些喜剧名著进行分析的，认为喜剧是将严重斗争轻松化、谐谑化，并揭示出其途径是多种多样的，主要有变形、夸张和荒诞等等。这些理论上的建树，不是从理论文献中借用来的，而是从具体的作品中

---

① 李汉秋、李韵：《关汉卿名剧赏论》，上海交通大学出版社2010年版，第23页。
② 张晶：《神思：艺术的精灵》，百花洲文艺出版社2006年版，第146页。

发掘出来的，因而是特别中肯的。

　　汉秋先生还以《单刀会》为个案，在全面解析的基础之上，提出"颂剧"的美学观念。"《单刀会》的颂剧艺术"这一章，从题目就可看出，作者在此一专题中虽然仅对《单刀会》加以研究，但并非一般的欣赏分析，而是将其作为"颂剧艺术"的最为经典之作来加以理论升华的。关羽在中国古代社会中被塑为一个人格与神勇完美无缺的英雄人物，是世代人们喜爱和崇拜的人物形象，关汉卿的《单刀会》是着力刻画关羽的英雄形象的最早的戏剧名作。汉秋先生以"颂剧"称之，并指出了颂剧与悲剧的差异："悲剧一般是通过正面人物的不幸和毁灭而肯定他的美和崇高，颂剧却可以通过英雄人物的成功和胜利来歌颂他的美和崇高。"① 书中还结合剧本分析，揭示了颂剧艺术的一些手法。应该说，这里汉秋先生的研究是具有重要的理论价值的。

　　汉秋先生是一位具有强烈的社会责任感和文化担当意识的著名学者，他在担任重要的社会工作同时，还在进行着这种富有学术价值的研究工作，其精神特别令我敬佩。汉秋先生前些日子还住了一段医院，此书即在医院杀青的。不过，看起来汉秋先生还是精力充沛的，读了这本书，我被其中饱满的文气、深湛的理论精思所震撼。

　　适逢端午。清明、端午、中秋等传统节日增为法定节假日，在政协的首倡者正是汉秋先生。在这佳节里，为汉秋先生这本书作序，心中真是充满了感慨和祝福！

---

　　① 李汉秋、李韵：《关汉卿名剧赏论》，上海交通大学出版社 2010 年版，第 68 页。

京华的晨思*
——王鹏《电视动画艺术价值论》序

龙年的6月，北京时常处在雷雨之中，因此也就少了往年的酷热，空气里都透着清新与湿润。办公室窗外爬满了一串串藤萝，绿茵茵地给房间带来了无限的生机。光线从藤萝的枝蔓间泻了进来，若明若暗，又令人感到了几分含蕴。我再次读着王鹏的博士论文《电视动画艺术价值论》的书稿，心情是舒展的。

王鹏是我带的博士，她从本科就是在北京广播学院读的，硕士也是在北京广播学院，也就是现在的中国传媒大学，导师是有名的才子周月亮教授。王鹏博士阶段攻读的是广播电视艺术学中的文艺美学方向，对于学生的艺术修养和理论修养都有很高的要求。王鹏对于动画艺术有很深的濡染，而且参与了多部动画大片的创作过程，比如大型动画电视连续剧《三国演义》，她就是主要作者之一。但在读博期间，我还是担心她在美学理论上能否有大的提高，是否能写出有较高学术价值的博士论文。及至她完成了博士论文的初稿交给我来看了之后，我真是着实吃惊了一下，这个孩子真是长大了，在学术上也趋近于成熟了。这部论文是作者用自己的体验写出来的，又上升到了美学理论的高度。

《电视动画艺术价值论》无论是从动画艺术理论的领域，还是美学研究的范围，都是一部既清新又见分量的力作。说它清新，是指作者不是从既定的概念出发，而是从其对中外动画艺术的体验出发，升华出若干较为重要的理论问题，非常切近动画艺术的本质特征；说它有分量，是指它没有停留在一般的技法和艺术表现层面，而是真正上升到文艺美学的高点上。无疑地，作者是以美学价值理论为自己的视角和理论工具的，然而，作者不是以一般性的审美价值理论来套动画艺术的，而是从丰富的动画艺术实践和作品中感

* 本文系王鹏《电视动画艺术价值论》序言，该书由中国广播电视出版社2012年出版。

悟到艺术审美价值的一些价值范畴。如第一章中"动画艺术美感",提出动画的本质特征为:"生动的假定性"、"综合的辩证法"、"运动的表现力",这种界定是否全然是确切的,也许是可以讨论的,但它们却是从作者在对动画创作所做的具体分析中得到的。作者又提出了"动画的美学品格",有"炫美"、"尚乐"和"倡德"等,也是紧紧贴近动画本体的。在横向的阐发之外,作者还着力揭示了中国动画的民族特征和文化传统,如对传统文化艺术的传承,其中有戏剧艺术的启发、绘画艺术的熏染、民俗艺术的灵魂、民乐艺术的烘托等等,都是源自于对电视动画的全面了解与其艺术成就的谙熟。作者并未局限于单方面地观照中国的电视动画,而是从中外艺术的冲突与融合中来把握中国动画的特质的,这就使本书有了更为广阔的视野和更为深入的思考向度。从美育的角度尤其是从对于儿童的美育角度来揭示动画的价值,这不仅是对动画艺术理论的纵深发掘,同时也是对文艺美学的延伸。以往的美育理论,当然没有深入到动画的美育功能这样的问题,而作者颇为系统地将电子时代审美教育的特征、动画对接受主体的审美教育、动画创作主体对审美教育的认知等予以理论的梳理,这是对美育理论的一个贡献。作者还将动画产业的衍生增值作为本书的重要部分,且用了大量来自动画产业的真实数据与图表分析来描述这个增值过程,这部分的意义可说是非同寻常!一方面是其对审美价值理论的补充与深化,一方面是对动画的产业结构的概括总结。书的第五章又从价值论的基本理论维度来分析动画艺术文本,并以社会主义文艺价值观作为动画艺术的核心原则,既是回归了审美价值理论的本体,又是对动画艺术价值的准确提升。

价值学说对于中国的美学理论和文艺理论产生了根本的影响,从价值论的角度来认识美学和艺术问题,对于原来固有的认识论理论基础,曾经产生过强烈的冲击。中国近三十年在文艺理论和美学理论上的跌宕起伏,与价值论转向有着内在的关系。它不仅是一种新的理论角度与方法,而且有着深刻的历史因素。唯其如此,价值论的转向才有非同寻常的冲击力。在理论的背后,鼓荡着学者们的某种变革的激情。当然,价值论自身也经历着一个不断学理化的过程。也许,这些意蕴,并非是王鹏这个年龄的年轻学子所能深切感受到的。理论的发展是不可能脱离时代的洪流的。以我本人的性情,不太愿意参与一些热点的争论与辩难,但这不等于说我对当下的理论问题没有敏感。对于这个潮起潮落的时代,对于这个时代的理论话语,我焉能没有自己的体察与判断?价值论对理论界所带来的变革,我是颇有感触的。王鹏作为博士毕业时间不长的年轻学者,不一定有我们这个年龄的切身体验和某种历史性的感悟，这是情理之中的；但这不妨碍她对价值论自身的把握。而恰恰如价值论这样的很有形而上的意味的理论系统，到了应该在具体的文学艺术评价中发挥作用的时候了！现在的文艺美学框架，也特别需要这种动态的、深入到艺术门类中的分析。从哲学价值论到美学价值论，还是"自上而下"的路数。而涉及文艺理论领域，无论是从理论内涵来说，还是学者的知识结构来说，都是以文学理论为主的或者说为其边界的。这其实带来的是对文艺美学发展的一个重要的制约因素。

文艺美学与原来的文艺学相比，重要的区别在于：不再是以单纯的文学为研究对象了，而是将文学和艺术进行一体化的美学提升了。但这也并非和原来的艺术理论可以等同。原有的艺术理论，恕我直言，其实基本上是文学理论的模仿和搬用，并无源于研究对象本身的理论创造。文艺美学在很大程度上改变了这一情况，把问题向前延伸了一大步。但是目前的状况，我以为停留在某种框架上，有些凝滞了。若干倡导文艺美学的著名学者，都提出了自己的框架，都出版了文艺美学方面的专著，但还是在研究对象上将文学艺术做一般性的表述，因而现在的文艺美学，特别需要从艺术门类的内部，生长出充满活力的美学观念。这需要许多的年轻学者来为文艺美学填充这些东西。我本人是对文艺美学这个新的论域非常认同的，也尝试着做一些这方面的思考。但也只能是敲边鼓而已。王鹏这些年轻学者是可以寄予厚望的。他们的身上没有那么多的历史包袱，也没有那么多的思维桎梏，是可以有许多新鲜思想的。王鹏本人对动画的热爱与执着，使得她能提出一些令人首肯的说法，同时，她又在学习过程中注重对于经典理论的浸染和修养，所以能够较为完整地把动画艺术带入到美学思考之中，这是令我非常欣喜的地方。我所看到的不仅是她这本书，更是文艺美学的希望所在。寄希望于年轻人，总归是没错的！

晨光熹微的清早，肌肤被淡淡的凉意包围着，鸟儿已经很勤奋地鸣啭着，树叶在轻轻地摇动，太阳一会儿就会升起来了，我感到了大地的无限生机。我不敢奢望"诗意地栖居"，但却能感觉到每个早晨生活的实在。

我愿意用美好的眼光来看这个我栖息着的世界，更以美好的希望寄予王鹏。

所谓"序"，说点感想而已。京华的拂晓，给了我这些笔致。

2012 年 6 月 26 日晨光熹微中，难得的清凉

世纪的哲思[*]

——读张世英新著《中西文化与自我》

　　日前从同事李智博士处得到著名哲学家张世英先生赠送给我的新著《中西文化与自我》，不禁欣喜若狂，因为这部著作是我期待数月的。此前在《北京大学学报》上连载的六篇文章《中华精神现象学大纲》（一至六篇）是其中的第四部分。世英先生以"自我"这个独特的视角来观照中西哲学、中西文化的异同，是一部别开生面的哲学著作。

　　张世英教授今年已是92岁的老人，但他一生在哲学领域里不断探索，不断耕耘，不断突破，不断超越。我和张先生没有很密切的交往，却一直对这样一位哲人充满了敬仰之情。我在研究生刚毕业时研读黑格尔的《小逻辑》和《逻辑学》（即"大逻辑"）、《精神现象学》，无法弄懂那些抽象而晦涩的思辨，就是以张先生的《论黑格尔的逻辑学》、《论黑格尔的精神哲学》等为津梁。记得从学校图书馆里找到张先生的那本绿色封面的《论黑格尔的逻辑学》，简直如获至宝，拿回家里便在只有6平方米的书房里看。通过张先生的阐释，觉得再进入黑格尔的世界，就没有那么困惑了。进入21世纪，我调到北京，在大学里教授和研究美学、文艺学，读到了张先生的《进入澄明之境——哲学的新方向》（商务印书馆1999年版）、《天人之际——中西哲学的困惑与选择》（人民出版社1995年版）等新著，更是让我在惊叹之余，敬仰不止。张先生在耄耋之年融通中西方哲学，将哲学研究向前大大推进，这岂是常人所能为！我在张先生的这几部著作中得到了许多启迪，也激发了创作的热情。张先生提出的一些新的哲学话题，如"超越在场"、"历史的连续性与非连续性"、"艺术中的隐蔽与显现"、"论惊异"等，都对我有极大的思想震撼，我在进入新世纪之初写的一系列美学文章，如《审美惊奇论》、《广远与精微》等，都是直接或间接地受到张先生思想

---

　　* 本文刊于《读书》2012年第9期。

的影响。我在本科生和研究生的课堂上都鼓励同学们读张先生的《天人之际》、《进入澄明之境》等著作，中国传媒大学的很多研究生也深受张先生的思想沾溉。我又读到张先生的《哲学导论》，开始时我以为可能只是一部哲学教材，读后才知道，这是一部对现在的哲学体系有重大突破的著作。

"自我"的问题，是一个重要的哲学问题，也是具有强烈现实感的问题。张先生一直都在思考这个问题。此前的著作里，张先生都程度不同地论述过"自我"问题。而眼前的这本《中西文化与自我》，则是在中西文化的对比中来渐次显发"自我"在西方和中国的不同意义。张先生是有感于中国文化传统中"个体性自我"的缺失，通过回观西方和中国的哲学发展历程，来透视自我的觉醒过程。如其在书的封底题词中所书："西方文字，'我'字大写，中国人则爱自称'鄙人'。在世界文化发展的洪流中，我们中国人也该改变一下老传统，在世界文化史上堂堂正正地写上大写的'我'字，做一个大写的人。"① 这对于国人来说，是一个极大的激励！缺少真正的"自我"，这正是国人由来已久的心理痼疾。张先生对此非常理性，他的论述从西方和中国有关"自我"的系统观照中，阐述了"自我"的应有本质。

我国当代心理学家朱滢先生有《文化与自我》一书，其目录的"专题一"中并列了两个标题：其一是《Searle 论自我》，另一个是《张世英论自我》，认为美国哲学家塞尔代表西方哲学对自我的看法，张世英则代表中国哲学对自我的看法。朱滢先生从心理学的方法入手进行分析，认为西方人的自我观是"独立型的自我"，强调个体的独立性与独创性；与此同时，中国人的自我观是"互倚型的自我"，强调个体与他人和社会的相互依赖。在我看来，朱先生的这两个命题"独立型的自我"和"互倚型的自我"，还是相当准确地揭示了西方与中国不同的自我观。张先生在很大程度上是认同并受其启示的。作为一个心理学家，朱滢是通过大量的心理实验和社会调查之后得到的结论，有很强的说服力。朱滢得出结论：当今的中国人，甚至年轻人的自我观，还属于"互倚型的自我"，缺少个体自我的独立性和独创性。张先生并不认同朱氏说自己"代表中国哲学对自我的看法"的判断，而是主张中国传统文化与西方文化相结合，应该吸纳西方人的自我观而又超越之。张先生对中国传统文化的自我观，其实是抱着冷峻批评的态度，他用注释的形式表达了自己的看法，指出："由于中华传统文化以个人所属各种社会群

---

① 张世英：《中西文化与自我》，人民出版社 2011 年版，第 81 页。

体之'我们'占优先地位，故每个个人所着重于其自身的，是其所属群体的'我们'占优先地位，故每个个人所着重于其自身的，是其所处社会群体之中的地位，亦即平常所说的身份：个人之所言所行，就其主导方面来说，是其所属群体的'我们'之所言、所行，也就是说，按'身份'言行。于是中华传统文化中'我'（'自我'）的观念被湮没无闻。总之，在等级森严的社会里，尊卑上下，各有所属，人皆按'身份'自称，在下者不敢言我，在上者不屑言我。可以说，中华传统文化是一种缺乏独立自我观念的文化。"① 作者先是通过第一篇"本质的深层含义"来深入论述"主体性"与"个体性"的内在联系，且从黑格尔的"实体本质上即是主体"的命题，揭示了胡塞尔"面向事物本身"的著名命题对于"自我"的哲学价值。所谓本质，其实乃是主体意识的观照之物。作者认为"事物深层本质的显现是一个由外在的自在之物转化为主体意识中为我之物的过程"②，这都是通过对黑格尔和胡塞尔的深入分析得到的。

自我意识的发展和显现，是一个历史的演进过程，也是一个逻辑的展开过程。张先生在对"自我"的论述中，显然是深受黑格尔"精神现象学"逻辑展开的影响。他在本书中指出了西方哲学中的几种"自我"观，并且着重介绍了柏格森"在意识流的绵延中领悟自我的自由本质和创造性"③。柏格森提出"深层的自我"和"表层的自我"的区别，认为深层的自我是运用思考，对外在的原因做出了更改的思考，才做出决定。"表层自我"也称为"第二自我"或"寄生的自我"，相对于"深层的自我"而言，"表层的自我"显然是浮浅的、外在的。张先生在柏格森的阐发中得出了"只有审美的自我才是真正自由和有创造性的"④ 结论，这也是体现于张世英哲学思想日趋明朗化的过程中的。美学在张世英哲学思想中是非常重要的部分，他认为"哲学是关于人对世界的态度或人生境界之学"⑤，提出人生有四种境界，包括：欲求境界、求知境界、道德境界和审美境界。这在他的《哲学导论》和本书中都有系统论述。这四种境界，依次由低向高，审美境界也是人生之最高境界。因而，审美观在张世英哲学思想中占的地位和比重是其他哲学体系中所未曾有过的。这在他的《哲学导论》中有明显的体现。

---

① 张世英：《中西文化与自我》，人民出版社 2011 年版，第 2 页。
② 同上书，第 24 页。
③ 同上书，第 42 页。
④ 同上书，第 47 页。
⑤ 张世英：《哲学导论》，北京大学出版社 2008 年版，第 7 页。

张先生对审美观的建构，在他的哲学理论系统中是无法剥离的，是其中最能体现其哲学特色的部分。《中西文化与自我》这本书中的第三篇"中西美学思想与自我"，系统地阐发了西方美学思想中自我意识的发展状态，同样地，作者也是将在美学思想中的自我意识置于一个不断发展、不断发显的过程之中。古希腊的美学思想里，"自我在孕育中"；现代的美学思想里，"自我被蒙上了宗教神秘主义的阴影"；中世纪美学思想里，"自我脱下了基督教宗教神学的外衣而展露自身"；后现代美学思想里，"自我作为理性与非理性相结合的整体，更充分地表现了自由和个体性的特征"，非常清晰地描述了在西方美学发展历程中"自我"意识的显发过程。张先生在第八章中，专门论述了"中国古典美学思想与自我"，为后面的第四篇凸显了一个美学的脉络。中国美学在其发端之时，便以"互倚型的自我"为基本意识，而这正是儒家美学最突出的特征。道家的美学思想，则以"无我"为美，这其实也是一种自我意识的体现。秦汉以降至于唐宋时期的审美观念，张先生指出其是"以无我为美和以自我表现为美之遇合"①，而到明末清初之际，自我表现成为当时审美观的核心观念。这就将中国美学思想发展过程中自我意识的变化与发展的脉络呈现给我们。

　　张先生对西方现代画派、对于后现代艺术从哲学角度所作的分析，可谓是发人之所未发，对于哲学史来说，对于艺术史来说，都是令人深思的。从"人的主体性与自我表现"②的精神内核来认识西方现代画派，哲学界没有，艺术史论界也无法做到如此深度。张先生指出，西方现代画由理想主义、现实主义到表现主义的转化，揭橥了"后期印象派"与"野兽派"重主体、重自我表现的精神，立体派的表现主义重在表现自我的想象力与理性，抽象派超越物象的自我表现精神等等。西方现代画派的表现主义重在表现自我，这与中国古代画论中"重神"一派颇有可以相通之处，在语言表达上也有类似之处，但张先生在指出其同之后，更指出二者之异。他认为，中国古代画家之重形似者，主要是凭直观以求画之与物之相似，而非如西方印象派之对光与色进行科学的分析，以求画之逼真；另则，西方现代主义画作所表现的自我，主要是个人的情绪、个性，而中国古画所表现的"神"、"我"，归根结底，主要是"天人合一"意义下的道或意境，而非主客关系中具有独立意义的自我。这一点，辨析准确，深入毫芒，切中肯綮。

---

① 张世英：《中西文化与自我》，人民出版社 2011 年版，第 118 页。
② 同上书，第 127 页。

本书的第四章"'东方睡狮'自我觉醒的历程",是全书的落脚点,也是本书的现实意义最为集中的笔墨。读者可以直接感受到张先生所论的黑格尔"精神现象学"的痕迹。作为一位著名的黑格尔研究专家,这当然并不奇怪。但是我们应该看到的是,作为一个相对独立的论著,张先生的旨趣,并不在于或者说并不完全在于像黑格尔那样,对于中国人的意识形态做一个辩证发展的逻辑建构,而是以"自我觉醒"为主线,高屋建瓴地描述了中华民族的精神发展历程。这样的篇幅当然无法求全,也不必要求全,作者选择了一些最具代表性意义的人物作为节点,将这一历程勾画出一个简明的轮廓。如先秦时期屈原作为一个怀瑾握瑜、特立独行的伟大诗人,可说是自我意识高度张扬的典型。在汉朝这样一个思想一元化初期却有着卓尔不群品格的贾谊,处百家罢黜之世仍能成一家之言的司马迁,魏晋时期不"自以心为形役"的陶渊明,直到明代的李贽等等,以这些秀出群伦、特立独行的士大夫为标志,写出了中华精神的主体性不断发显的历程。作者在最后一章中,指出近世以来西方的"船坚炮利"对于"东方睡狮"的震撼,中华传统文化第一次吸收了西方"主体性"思想的新鲜血液,又指出五四运动的伟大历史意义在于"东方睡狮"的如梦初醒!这六章,是中华民族的精神现象学,但它不是抽象的,不是形而上的,而是对于中华民族精神发展史的简要表述。大处落笔,提纲挈领,读之令人思之再三,令人醍醐灌顶!

我早年在书中认识张世英教授,因为他是著名的黑格尔研究专家、德国古典哲学研究专家。这十几年来在思想上亲近张先生,是因为他的哲学观念里,贯穿了他的美学智慧!《天人之际》、《进入澄明之境》也好,《哲学导论》也好,美学都是其哲学思想中重要的有机部分。他主张人生的"四种境",至高者便是审美境界,美学自然也成了他的哲学之塔的塔尖。作为其哲学逻辑起点的论述,张先生认为人对世界有两种关系:"天人合一"和"主客二分"。他又从本体论的角度,提出"人生在世"的两种结构:"人—世界"和"主体—客体",这里本身就包含着重要的美学命题。《哲学导论》第二篇"审美观",提出人的"审美意识的在世结构"[1],便是人与世界的融合,而其主张"惊异"是审美意识的灵魂,而惊异则是起于超越主客二分。这些都揭示了审美作为哲学核心问题的重要性所在。我感觉到,张先生近些年来的哲学突破,在很大程度上是因为其在美学上的独特见解。《进入澄明之境》、《哲学导论》都可以说明这一点。《中西文化与自我》一书,更

---

① 张世英:《新哲学讲演录》,广西师范大学出版社 2004 年版,第 203 页。

加印证了此种看法。自我意识是一个非常重要的哲学问题，却又特别集中地表现在美学思想之中。

值得注意的还有，张先生的美学见解，与其说是来自美学经典，毋宁说是来自他对文学艺术的深湛修养。张先生对于中国古代的文学艺术，尤其是古代诗词，非常谙熟，可以信手拈来，又以其深刻的哲学眼光予以阐发，使之升华为美学问题并进入哲学论域。"海德格尔的形而上学与陶渊明的诗"一章即是显例。十六章中"佛道审美意识中的自我觉醒"一节，对唐宋时期的绘画、书法、诗歌的谙熟，尤其是对王维诗歌禅境的阐发，十七章中"从'文以载道'到'以美人情'"一节，对宋元明清时期文学艺术如宋词、散曲、杂剧以及王夫之、叶燮的诗论，都是如数家珍，信手拈来。而作者在此基础上对中国美学思想的把握，不是纯然思辨的产物，乃是鸢飞鱼跃式的呈现。张先生原来是以德国古典哲学研究专家的形象出现在人们视野之中的，而他近年来的著作中表现出的对中国古代文学的深厚修养，使我大为震惊。后来我从张先生送给我的《归途：我的哲学生涯》一书中方才得知，张先生早年毕业于西南联合大学哲学系，亲炙于冯友兰、贺麟等哲学大师的门墙，而又深受大文学家闻一多教授的欣赏，张先生的夫人当时也是西南联大中文系的高才生，而且也是最受闻一多欣赏的学生。闻一多还是张先生爱情与婚姻的"月老"。张先生的夫人是有名的才女，对中国古典诗词非常精通，能写一手精美的古体诗词，在这方面，张先生还真是夫人的学生，他的古典文学修养，主要得益于夫人的熏陶。而以张先生超拔的哲学见解来领悟文学艺术，自然会得出与众不同的美学观念，这种美学观念又进入其哲学思维之中，成就了其独特的哲学话语。是否如此，还只是自己的私见，有待于张先生和同仁的批评。

张先生对我来说是高山仰止的大哲学家，比我的父亲还要年长13岁，我不敢以先生为"忘年交"，却在思想上和美学观念上一直都自以为是先生的"私淑弟子"，以先生的学问和人格为自己暗中追慕的楷模！以前与先生从未谋面，也记不得是几年前的一个晚上，突然接到一个陌生的电话，电话的那一端说"我是北大的张世英"，我当然感到惊喜不已。在电话里和张先生谈了40分钟，心中充满了激动之情。后来在北大开会时与先生晤面，看到先生精神甚健，目光炯炯，又聊了一阵。每当看到先生新著问世，我都马上求到，连夜捧读，心中感到智慧之灯的照耀，豁然而进入一个新的境界！

张国涛《电视剧本体美学研究》序[*]

张国涛博士的专著《电视剧本体美学研究：连续性视角》，即将在北京大学出版社付梓面世，这是作者的第一部个人学术专著，也是在他的博士学位论文基础上历经四年反复增删修改而成的力作。国涛嘱我为该书作序，我觉得无论从哪个角度都没有理由推辞，欣然命笔。

逝者如斯，转眼间我已经从一个敢发狂言的"貌予小子"，成了一个经常被人请作书序的"资深教授"了。不管心里有多少不情愿，"白发种种来无情"，总是事实。而当看到国涛这样的青年才俊写出这本具有很高学术含量的学术论著，不由得满心喜悦。觉得自己的学术血脉不仅有了传承，而且发扬蹈厉，特见光大，还是非常欣慰的。

因为国涛读硕士时就表现颇佳，因而被推荐免试攻读广播电视艺术学的博士学位。作为他的博士生导师，我也为收了这样的门徒而得意。国涛在硕士阶段读的就是电视艺术学，导师是著名学者胡智锋教授。我自己更多的是搞一些"形而上"的理论研究的，对于电视艺术实践实无可解。但是智锋教授一直对国涛督励颇严，这在相当大的程度上帮了我的忙。国涛勤奋，悟性又好，出手很快，文章写得很多，当时在各种报刊上发表了相当数量的影视评论文章。我一方面很是欣赏，另一方面也有隐忧，怕国涛停留在平滑的水平上，而影响了"终成大器"。国涛在读博一年多的时候，就提出了"论电视剧的连续性"的博士论文选题。我闻之一振，觉得这真是一个有难度有高度也有深度的好题目。和智锋教授一商量，他也以为甚佳。于是我俩就对国涛下了"死命令"：无论几年，必须把这个题目作好！国涛不负所望，读博的后两年，全力投入论文的思考与写作。我因晨练每每早上看到国涛从宿舍楼里出来，若有所思、颠三倒四的样子，知道他在夜里用功，心里十分

---

* 本文系张国涛《电视剧本体美学研究：连续性视角》序言，该书由北京大学出版社 2013 年出版。

嘉许，经常和他开玩笑说“我看到你要撞树的样子，对你的论文就放心了!”2007年6月，国涛论文答辩获得一致好评，被评委们认为是广播电视艺术学博士论文中的难得的佳作。翌年便获得了“北京市优秀博士论文”的荣誉，2011年又入选了教育部优秀博士学位论文（“优博”）的提名。

现在即将面世的书稿，是在原来的基础上经过了四年的精心锤炼、打磨而成的，显得更为成熟，也更有理论与实践相结合的浑融。其间也可看出作者对电视剧本体研究在学理上的深化。电视剧在中国人的文化生活中占有的比重空前之大，无论长幼，不分贤愚，大多数人都是以电视剧来充填空闲时间的。在广播电视艺术学的学科领域中，电视剧研究占的份额又是最大的。因为中国可称是电视剧的第一大国，这一论断大概用不着数理统计就是可以得出的。中国的电视剧的艺术水准也是最好的，历经数十年的发展，在艺术手法上已经相当成熟。电视剧有着鲜明的时代性色彩，不断有新的作品呈现于荧屏，吸引着人们的眼睛。作为虚构叙事的电视剧现在基本上已没有单本剧，都是连续剧，而且越来越长，集数越多。电视剧的艺术质量是要经受着无可回避的市场考验的。电视剧如若质量不佳，就无收视率可言，制作者就可能血本无归。

电视剧的创作和观赏，其实都是审美行为。只是一方面是审美创造，一方面是审美欣赏而已。电视剧的艺术考量，必须是要从美学角度加以审视的。国涛对于电视连续剧，对于各种电视艺术形态都较为谙熟，而且在中央电视台音像资料部门长期担任影视剧的审片工作，他对于电视剧的规制和创作机理都是颇为了解的，在多年的影视评论实践中形成独到的欣赏眼光。然而，国涛在写作中并没有像有些博士论文那样，流于一般的技术分析、类型归纳、审美鉴赏以及文化解读，而是沉潜到电视剧的本体研究之中。这种本体研究，又不是一般性的描述，而是抓住“连续性”这一根本特征进行展开。

当今的电视剧，之所以能够演绎得越来越长，而且还有很好的市场效应，是因为资金投入大幅度增加，经济效益推动了电视剧的变化，如果没有收视率的回报，电视剧是不可能发展到今天的模式的。作者以“长篇电视剧时代的到来”为导论的题目，而且以大量的数据无可辩驳地说明了这一事实，把握了电视剧艺术的时代特征。电视剧的“连续性”这个命题的重要性就在于：一是把握了电视剧有别于传统的新兴艺术样式的独特美学特征，二是从学理上回答了电视剧发展与提升的实践性机制。连续性是一个贯通全书的灵魂，也是将有关的哲学美学理论和电视剧创作实践密切绾合的纽结。所以，当博士论文开题时，有些老师对这个题目并不理解，认为"连续性有什么可说的！"我和智锋教授意见高度统一，认为这是一个难得、也难作的好题目，因此"逼"着国涛进行到底。看现在这部书稿，可以知道，作者对这个问题有了更为深刻、更为清醒、更见高度的理论自觉。

作者专门阐述了"电视剧的连续性"作为电视剧本体研究的切入点的理由与依据，而且为这个论题准备了具有高度哲学含量的理论方法——现象学，又在现实的层面揭示了电视剧的"长篇化"和"连续性"的有机关联。当然，连续性并非是国涛的发明，之前的诸多学者都对此有所论述，并以诸多的论著建构出连续性作为电视剧审美特征的定性。国涛没有掠美这些学者的主要观点，却在此前提下，将连续性作为电视剧的根本特征做了非常全面系统的建构，既是有深刻的哲学美学方法作为理论背景的，又是基于对电视剧历史与现实准确的把握。国涛从理论上厘清电视剧理论研究的两种范式，一为本体研究范式，二是文体批评范式，对这两种范式进行了梳理与辨析，将自己的研究方向定位在电视剧的本体研究之上，同时，以现象学为其研究的理论基础，将现象学的基本理念"回到事实本身"作为出发点；他没有只是抽象地谈论哲学美学的方法，而是用现象学思维来考察电视剧的基本美学性质，概括出这样的电视剧本体："电视剧的播放/观看过程为电视剧从'未完成作品'向'完成作品'转化的重要一环，只有在这个过程中，电视剧作为审美客体才能成为审美主体——电视观众的审美对象，成为一种主客体相统一的对象性存在，即胡塞尔所说的'意向性客体'，而这正是我们所要寻找的电视剧本体——现象学层面上的电视剧本体。"[1] 这是从现象学原理来认识电视剧本体而得到的电视剧本体的定位，也是其研究的基本出发点。

值得注意的是，作者并没有孤立地将电视剧文本作为本体来看待，而是将"播出/观看"作为电视剧的本体的指称对象，认为只有如此，电视剧本体才能得以真正呈现。第二章中所揭示的电视剧的三种时间形态，第三章中所揭示的电视剧的连续性的多种形态样式：各种体裁样式的连续性、各种间断层次的连续性、各种同一要素的连续性、不同强弱程度的连续性等，都是具有重要理论价值和实践意义的。本书的第五章，则系统地探索了电视剧在叙事策略上的历史渊源与当代发展，使提出中国电视剧之所以能有现在的叙事水平和艺术成就，是因为有着深刻的民族艺术传统以及现实的发展。第八

---

[1] 张国涛：《电视剧本体美学研究：连续性视角》，北京大学出版社 2013 年版，第 28 页。

章的"电视剧文本构建与编播实现"，则是从电视剧的创作与运营实践中作出的理论提升。

国涛的这部著作，是他多年以来的心血凝结，也是他在学术上不断探求、不断提升的见证。作为博士论文，他就写了两年整，而且在获得了"优秀博士论文"的荣誉之后并没有满足于原有的水平，也没有急于将论文出版，而是经过了四年的修订打磨，才呈现我们今天看到的这个样子。仅从这点来讲，国涛在学术上所表现出的不是心浮气躁、急功近利，而是一种扎实的进取。一部著作当然无法避免瑕疵，哪怕是再有名的学者也是如此，何况国涛毕竟是一个年轻气盛的新锐学者，仔细推敲起来还是会有不少可指摘的地方的，但这都不足以掩盖这部著作的鲜活气息和学术价值。读者自能识之。

在龙年的明媚春光里，读着这部书稿，肺腑间萦绕着缕缕清香，感觉真是不错。也真的希望读者们能和我有相同的感受。

写下这个序文，也是为我和国涛的师生之缘打下一个印记！

2012 年的芳菲四月，春夜清芬

刘洁《美境玄心》序[*]

刘洁的博士学位论文《美境玄心——魏晋南北朝山水审美之空间性研究》即将问世，作者嘱我为序。这部书稿在刘洁的博士学位答辩之前自然是要认真看过的，这次为了写序又读了一遍，更是深以为然之。作序，也是早就答应下来的，因为这也是我指导博士生多年来觉得不可多得的论文。不仅是作为导师的我，其他评议和答辩的专家也都真心地欣赏和称赞之。在某种意义上，这篇论文可以说是我们这个文艺学博士点的标志性成果。作者呈现于其中的才华、思想、文笔、新见，浑然一体地扑面而来。

我对刘洁的了解，真的是要追溯到 20 年前了。彼时我还在辽宁师范大学任教，刚刚破格晋升教授，刘洁是我招收的文艺学硕士生。之前她就在师大的中文系本科读书，在本科时便是有名的才女。毕业后到大连师范学校任教，后来又回母校读研。作为她的导师，了解她的为人和为学是题中应有之义。刘洁写得一手情辞婉约而又中规中矩的古体诗词，给我的信函，都是竖排繁体的楷书，让人看了心旷神怡。刘洁喜欢读书，古今中外无不涉猎，而对中国哲学和美学典籍浸染尤深。她不仅会读书，而且善于思考。对于前人的观点，她能够辨析入微，提出自己独到的看法。当年确定硕士论文的选题时，她便提交了《玄学与诗学》的论文提纲，且分上下两编。我一读之下，惊讶于她把握这种宏大选题的能力，也慨叹于她读书的深入以及对中国美学的理解，但我觉得这样的选题作为硕士论文太大了，其实也是很难完成的。我的内心里是期许她在未来的岁月里完成博士学业的，尽管我那时还没有条件指导博士生。我对她说，这个题目作硕士论文可惜了，你留待以后作为博士论文吧。刘洁果然换了选题，以清初大思想家、文论家王夫之的诗学思想为研究课题。为此刘洁通读了王夫之的主要著述，写出了关于王夫之诗学思

---

* 本文系刘洁《美境玄心：魏晋南北朝山水审美之空间性研究》序言，中国社会科学出版社 2016 年版。

想研究的硕士学位论文，后又以《王夫之诗学的审美主客体论》在《吉林大学社会科学科学学报》上发表。硕士毕业后，刘洁工作和出国若干年，之后又到我的门下攻读中国古代文论与美学方向的博士学位。这篇博士论文的选题，是在十几年前读硕士时就选定的啊。看到她这么多年沿着这个学术思路且行且思，终有所成，我在心里不能不赞叹有加。

如果说刘洁在硕士阶段是以玄学与诗学关系为研究目标的，这个博士论文的深度与方法，则远远超出了以往的思考范围。不仅如此，在我看来，也超越了一般山水审美的研究和玄学与诗学关系研究的当下状态。作者以魏晋南北朝山水审美的空间性为论题，以近年来西方美学理论中提出的空间性作为整体的研究视角，融会了现象学等理论方法，将魏晋南北朝时期的山水审美展开为一个多重性的和谐生命空间。论文所阐述的，已不再仅仅是玄学与诗学的关系问题，而是以山水审美主体所经验的生命空间为线索，全面而又充满逻辑力量地重新考量一系列美学问题。对于哲学史和文学史上的一些相关典籍，在山水审美的角度上，都作了令人耳目一新的理解。作者把山水空间的审美经验建构为一个多重性的空间性动态深化模式，身体化是其第一重，灵性化是其第二重，意象化是其第三重。所谓"身体化"，意谓山水审美首先在于身体介入。这看来并非一个难以理解的话题，但却是作者在考察人与山水关系的历史性观照中所揭示出来的。正如作者所说："自此魏晋南北朝士人投身山水的主流经验模式开始明确告别'知者乐水，仁者乐山'的比德象征模式，而为'山水有灵，当惊知己'的身体交往模式所代替。"①这种认识也许算不上什么惊世骇俗的发现，但却体现了作者通过自己的切实研究之后得到的结论，也体现了作者在论文中显现出来的历史感。灵性化的山水空间，在逻辑上当然是比身体化的山水经验空间更进一层，作者将魏晋时期的有关心性的哲学话语，带入到山水审美的语境中来辨析，将心性问题落到了实处，并提出"在灵性建构的过程中，山水已经以其空间的广延与伸展占据了身体、开拓了心灵，山水已经成为一种内在的'心象'，而不再是纯粹自性的存在了。"这也就将这个命题作中间环节的意义呈现了出来。意象化的山水经验空间，是这个"金字塔"的最高一层，它涵盖了前面两种空间的意义，如作者所说："山水心象还只是一个内视性的虚质的空间形象，而山水'意象'才是一个内外兼济、虚实相生的整体性空间形象，它既有外在身体的空间形式或载体，同时又呈现着内在于身体的精神与情

---

① 刘洁《美境玄心》将由中国社会科学出版社出版，本序引文见于该书。

感。"这是关于山水的意象化经验空间的说明，也许本书的各章之间还有较为明显的营构痕迹，但其间的层层深入，而且吸纳了当时的很多哲学问题，颇为自然地进入到山水审美的论域之中，并由此阐发了作者的独到见地，显示出一个年轻的思想者的学术追求和逻辑力量。

最使我感到学术上的兴奋的是，作者将山水审美中的不同心态，解析为"玄对山水"、"佛对山水"、"神对山水"和"情对山水"这样四种心态，这其中涵盖了当时一些最为核心的理论命题，却在刘洁的这部论文中得到了与众不同的理解与阐释。玄对山水，是"映照于湛然之心"，佛对山水，是"应会于空寂之心"；神对山水，是"超灵于精明之心"；情对山水，是"动变于容势之心。"看起来是精于结撰的排比句式，外显的是文辞的优美，而实际上却颇为确切地揭示了这四者之间的差异所在。以我之所见，无论在哲学层面，还是在美学层面，从未有人作过这样细致的分析。这真可以看作是本书的精义所在。尤其是"玄对山水"与"佛对山水"的不同，用"湛然之心"和"空寂之心"来指认，真是非常中肯啊。作者在这个问题的分析，敢于挑战既成的权威观点，而且是结合当时的语境，认为以玄对山水是以"玄心"而非"玄学"或"玄理"，对认为以玄对山水，就是"以玄学的态度对待自然山水美"的观点，予以明确的反驳，指出"这种机械地将玄理理解为玄学思想，将'玄对'理解为以玄理去面对的阐释，是非常错误的。"读之深以为然，乃欲浮一大白也！

把山水审美的问题，放在这样的深度上进行阐述，这在已有的相关成果罕有所见。作者对哲学美学文献的理解与阐释功力，作者的文思才情，在本书中都浑然而为一体了。对于魏晋南北朝著名的哲人和文士的那些很少为人所知的著述，如慧远、宗炳、孙绰、郭象、支遁等人的有关文献，作者都纳入山水审美的论域之中作了贯通一气的理解与阐释，给人以豁然开朗之感。

在欣赏和敬佩作者的思辨深度和逻辑建构的同时，也许会使人们觉得有些刻意之痕，全书的层层深入使人感受到了作者的建构能力，但是其间是不是都有那么紧密的因果联系？这可能是我过于苛刻的看法吧。我是希望刘洁在学术上能臻于炉火纯青的境界啊！

光阴太快，转眼间又到了岁暮，甲午年又要落下帷幕了。刘洁的这本书，估计在新春时节就会面世，这也是我一直都很期待的。这两天似乎到了今冬最冷的时候，窗外的黄叶都飘零殆尽了，但这掩不住生机的透露。想望着明春迎春花绽放的景象，那是大自然给我们的春天的芳信；当这本书摆上案头之时，我把它看作是一簇小小的迎春花吧。